Abigail Reynolds

Die Kraft des Instinkts

Eine Variation von
„Stolz und Vorurteil"

Roman

übersetzt von Nicola Geiger

White Soup Press

Die Originalausgabe "BY FORCE OF INSTINCT" erschien bei
Intertidal Press, Copyright © 2002, 2007, 2011 by Abigail
Reynolds

"Die Kraft des Instinkts: Eine Variation von „Stolz und
Vorurteil"
von Abigail Reynolds
Copyright © 2017 der deutschsprachigen Ausgabe by Abigail
Reynold
ISBN: 978-0997935646
Published in US by White Soup Press
Alle Rechte vorbehalten
Übersetzt von Nicola Geiger

Für Elaine

Es kommt nicht oft vor, dass man jemandem begegnet, der
ein wahrer Freund, ein scharfsinniger, einfühlsamer
und enthusiastischer Leser
und außerdem ein guter Schriftsteller ist.

(Entschuldigung, E.B. White!)

Kapitel 1

„Ein Kerl, der in einer Windmühle lebt, verfügt keinesfalls über eine schwindelerregendere Behausung, als das Herz eines Mannes, das sein Zuhause in einer Frau gefunden hat… Sich dessen gewahr zu sein, und dennoch weiterhin zu lieben, entbehrt jedweder Logik.
Gleichwohl machet er sich bereitwillig zum Narren – das ist die Kraft des Instinkts.“

(William Congreve, „The Way of the World“
„Der Lauf der Welt“, 1798)

MIT MR. DARCYS BRIEF in Händen wanderte Elizabeth seit über zwei Stunden rastlos umher. Wie konnte es sein, dass sie noch an diesem Morgen so sicher gewesen war, Mr. Darcy hätte sowohl ihrer Schwester als auch Mr. Wickham Unrecht getan? Sie konnte sich kaum mit dem Inhalt des Briefes anfreunden, der Mr. Darcy vielmehr als Opfer, denn als Bösewicht der ganzen Geschichte darstellte. Schließlich ließ sie sowohl ihre Müdigkeit, als auch das Bewusstsein darüber, wie lange sie bereits fort gewesen war, zum Pfarrhaus zurückkehren. Und so betrat sie das Haus, fest entschlossen, ebenso fröhlich wie sonst auch zu wirken.

Unverzüglich wurde ihr mitgeteilt, Colonel Fitzwilliam sei während ihrer Abwesenheit zu Besuch gekommen und weile seit über einer Stunde bei den Damen, um auf ihre Rückkehr zu warten. Ihr aufgewühltes Gemüt würde es ihr nicht leichter machen, gepflegte Konversation zu betreiben. Sie versuchte, sich zu beruhigen, indem sie sich einredete, dass er nur gekommen war, um ihr Lebewohl zu sagen, da er und Mr. Darcy am morgigen Tag aufbrechen würden. Sie nahm sich zusammen, atmete tief durch und betrat das Wohnzimmer mit einem charmanten, wenngleich auch ein wenig unsteten, Lächeln.

„Miss Bennet!", rief Colonel Fitzwilliam, „ich hatte soeben beschlossen, Ihnen zu folgen – und schon sind Sie da!"

„Entschuldigen Sie bitte, dass ich nicht hier war, um Sie zu empfangen, Sir", antwortete sie mit einem kleinen Knicks. „Ich fürchte, ich habe die Zeit vergessen, während ich so umherwanderte."

„Das ist kaum der Rede wert, Miss Bennet", entgegnete er freundlich. „Ich habe den Besuch bei Mrs. Collins und Miss Lucas sehr genossen. Außerdem werde ich, wie es der Zufall so will, in den kommenden Tagen die unerwartete Freude haben, Ihre Gesellschaft auch weiterhin zu genießen."

Auf Elizabeths verwirrten Blick hin schaltete Maria Lucas sich ein: „Es hat sich herausgestellt, dass Colonel Fitzwilliam morgen nicht wie erwartet abreisen wird, Lizzy! Sind das nicht herrliche Neuigkeiten?"

„Herrlich, in der Tat", wiederholte Elizabeth angespannt und zog besorgt ihre Schlussfolgerungen daraus. Sie wünschte sich, nach den Gründen für die Planänderungen fragen zu können, fürchtete sich jedoch vor der Antwort. Nur zu gut erinnerte sie sich an ihr Gespräch vom vorigen Tag, als er gesagt hatte, sie würden Samstag fahren, wenn Darcy es nicht wieder hinausschieben würde. *Sicherlich würde Mr. Darcy sich wünschen, diesen Ort so schnell als möglich verlassen zu können!*, dachte sie beunruhigt. *Er kann unmöglich vorhaben, mir erneut den Hof zu machen – nein, in seinem Brief stand, dass er seine Gefühle für mich nicht schnell genug vergessen könne!* Sorgenvoll wartete sie Colonel Fitzwilliams weitere Erklärungen ab.

„Nun, es ist durchaus wahr. Gestern Nacht kam ein Expressbrief von meinem Vater an, indem er ankündigte, dass er und meine Mutter zusammen mit Miss Darcy am späten Nachmittag auf Rosings einfallen werden. Da es von einer außerordentlich schlechten Kinderstube zeugen würde, wenn wir abreisten, bevor sie eintreffen", er lächelte verschmitzt über seinen eigenen Scherz, „müssen wir wohl hier bleiben."

Bei diesen Neuigkeiten wurde Elizabeth noch schwerer ums Herz. Sie versuchte, sich zu beruhigen, indem sie sich selbst einredete, dass Lady Catherine sicherlich keinerlei Interesse an der Gesellschaft von Mr. und Mrs. Collins haben würde, wenn so viele Mitglieder ihrer Familie auf Rosings weilten.

Gewiss werden er und ich es zuwege bringen, uns für eine Woche aus dem Weg zu gehen, und danach werde ich selbst in London sein, dachte sie. „Also wird Mr. Darcy auch bleiben", erwiderte sie so ruhig wie möglich.

„Ja, selbstverständlich", bestätigte Colonel Fitzwilliam, „auch wenn er darüber gar nicht erfreut ist. Ich glaube, dass er sich auf seine Rückkehr nach London gefreut hat. Als er heute Morgen die Neuigkeiten mitgeteilt bekam, wirkte er so ungehalten, wie ich ihn bisher nur selten erlebt habe."

Was ich mir lebhaft vorstellen kann!, dachte Elizabeth. *Ganz sicher will er mich so schnell als möglich hinter sich lassen!*

MR. COLLINS' HOCHGEFÜHL angesichts der Nachricht, dass keine Geringeren als Lord und Lady Matlock selbst sich auf Rosings die Ehre geben würden, war nicht in Worte zu fassen. Sogleich beschloss er, die Häuser entlang der Hunsford Lane den ganzen Tag im Auge zu behalten. Durch diese Maßnahme würde er keine Gelegenheit verstreichen lassen, den ehrwürdigen Gästen seine untertänigste Aufwartung zu machen. Nachdem er ausführlich dargelegt hatte, welch zusätzliche Mühen er in seine sonntägliche Predigt einfließen lassen würde,

7

um der erhabenen Gesellschaft gerecht zu werden, machte er sich eiligst nach Rosings auf, um ihrer Ladyschaft seine Aufwartung zu machen. Dort hoffte er natürlich darauf, dass sie sich gnädigst dazu herabließ, ihn höchstpersönlich weitere Informationen über ihre illustren Gäste zukommen zu lassen.

Charlotte gab sich Mühe, mit Elizabeth ins Gespräch zu kommen, doch Letztere fühlte sich den Umständen geschuldet nicht in der Lage dazu, und bat darum, sich auf ihr Zimmer zurückziehen zu dürfen, da sie an Kopfschmerzen leide. Besorgt darüber, ihre Freundin könnte dasselbe Leiden wie am Vortag heimgesucht haben, schlug Charlotte vor, nach dem Apotheker zu schicken. Doch Elizabeth wiegelte ab und meinte, ein wenig Ruhe sei alles, was sie benötige. „Wenn du morgen noch krank bist, Lizzy, dann werde ich darauf bestehen!", warnte Charlotte.

Elizabeth war dankbar, dass sie sich auf ihr Zimmer zurückziehen und dort ein wenig Ruhe genießen konnte. Doch ihr Kopf wollte sich nicht beruhigen. Wieder nahm sie Mr. Darcys Brief heraus und führte ihn sich mehrmals zu Gemüte, während sie versuchte, ihre Gedanken zu ordnen. Was er ihr in seinem Brief mitteilte, war schon aufwühlend genug gewesen, als sie noch erwartet hatte, ihn nie wieder sehen zu müssen. Noch stärker beschlich sie dieses Gefühl allerdings, da sie nun wusste, dass sie in der kommenden Woche zumindest flüchtigen Kontakt haben würden. *Mein Verhalten muss in jeder Hinsicht tadellos und von Schicklichkeit und Umsicht geprägt sein*, beschloss sie. *Um unser beider Willen darf niemand einen Verdacht hegen, was zwischen uns geschehen ist!* Sie machte sich Gedanken darüber, ob es wohl schon jemand wüsste – könnte Mr. Darcy sich Colonel Fitzwilliam anvertraut haben, oder hatte sonst jemand außer Charlotte sein Interesse an ihr bemerkt?

Einen Moment lang fragte sie sich, ob sie ihm in irgendeiner Weise zu verstehen geben sollte, dass sie sich im Klaren darüber war, ihn verkannt und fälschlicherweise beschuldigt zu haben. Das würde ihn zweifellos befriedigen, und doch barg es das Risiko, er könne glauben, sie würde erneute Avancen durch ihn begrüßen. Sie würde ihre Gedanken für sich behalten und mit der Ungerechtigkeit des Ganzen leben müssen.

AM FOLGENDEN TAG ward Colonel Fitzwilliam wie üblich im Pfarrhaus gesehen, dieses Mal in Begleitung von Miss Darcy. Er bat die Damen darum, sie einander vorstellen zu dürfen. Elizabeth, die wenig davon hielt, nähere Beziehungen zu einem Mitglied der Darcy-Familie aufzubauen, kam jedoch nicht umhin, eine gewisse Neugierde zu verspüren. Es interessierte sie, welche Persönlichkeit die junge Frau wohl hatte, von der sie schon so viel Gegensätzliches gehört hatte. Mr. Wickham hatte ihr erzählt, Miss Darcy sei sehr stolz, doch schon nach ein paar Minuten eingehender Betrachtung war Elizabeth überzeugt davon, dass Georgiana Darcy nur unglaublich schüchtern war. Es fiel ihr schwer, auch nur ein Wort aus der jungen Frau herauszubringen, das mehr als nur eine Silbe hatte.

Miss Darcy war groß – größer als Elizabeth selbst und trotz ihres zarten Alters von sechzehn Jahren hatte sich ihre Figur schon voll entwickelt, Erscheinung war weiblich und anmutig. Sie wirkte nicht so gutaussehend wie ihr Bruder, doch ihrem Gesicht waren ein scharfer Verstand und Sinn für Humor anzusehen. Sie begegnete keinenfalls nicht anmaßend, sondern vornehm und liebenswürdig. Elizabeth, die gefürchtet hatte, auf eine ebenso eindringliche wie unverfrorene Beobachterin zu treffen, wie Mr. Darcy es gewesen war, stellte erleichtert fest, dass sie sich getäuscht hatte. Hätten sie sich unter anderen Umständen kennengelernt, dann hätte sie sich über die Bekanntschaft mit Miss Darcy wohl gefreut. Doch so wie die Dinge standen, konnte sie sich nicht vorstellen, dass eine Verbindung zur Darcy-Familie ohne Schwierigkeiten möglich wäre.

Sie versuchte, Miss Darcy und Maria Lucas miteinander ins Gespräch zu bringen, da beide im selben Alter waren. Maria

9

bewunderte Miss Darcy jedoch mit solcher Ehrfurcht, dass sie kaum ein Wort herausbrachte, und so waren Elizabeths Bemühungen nicht sonderlich von Erfolg gekrönt. Elizabeth selbst unterhielt sich zumeist mit Colonel Fitzwilliam, dessen umgängliche Art so manche Schwierigkeit in den Hintergrund treten ließ. Von Zeit zu Zeit gelang es ihr, Miss Darcy in die Unterhaltung einzubeziehen, doch alles in allem konnte sie das Treffen nicht als Erfolg verbuchen. *Wenn nur Mr. Darcy auch hier wäre*, dachte sie frustriert und fügte amüsiert hinzu, *dann hätten wir drei stille Beobachter, anstatt zwei!* Kurzzeitig fragte sie sich, ob es am Esstisch der Darcys überhaupt zu einer Unterhaltung kommen konnte, erinnerte sich jedoch daran, dass sowohl Colonel Fitzwilliam, als auch Mr. Wickham erwähnt hatten, wie lebhaft und liebenswürdig Mr. Darcy unter seinesgleichen sein konnte. *Aber ich werde nie diejenige sein, in deren Anwesenheit er sich so ungezwungen fühlen wird*, dachte sie. Wut machte sich in ihrem Bauch breit, als sie sich daran erinnerte, wie lebhaft er ihr dargelegt hatte, was er alles auf sich genommen habe, um seine unangemessenen Gefühle für sie zu unterdrücken. Wusste er, wo sich seine Schwester gerade aufhielt und was mochte er wohl davon halten?

Sie atmete erleichtert auf, als ihre Gäste aufbrachen. Maria Lucas schnatterte noch eine Weile lang über Miss Darcys Eleganz weiter, doch Elizabeth sie kaum. Ihre Gedanken drifteten zu Mr. Darcys pointierter Beschreibung ihrer Familie und deren unbedeutenden Beziehungen ab, was ihr aufgewühltes Gemüt nicht im Geringsten beruhigte.

AM NÄCHSTEN MORGEN machte sich Elizabeth langsam und ungewöhnlich bedacht für die Kirche zurecht. Sie wünschte, sich dieser Pflicht vollkommen entziehen zu können, doch ihr war bewusst, dass ihre Abwesenheit Aufsehen erregen würde und Kopfschmerzen würde sie auch nicht unentwegt vortäuschen können. *Sicherlich werden wir es zu Wege bringen, uns für die kurze Dauer eines Kirchenbesuches wie ganz normale Bekannte begegnen zu können*, dachte sie, doch das ungute Gefühl in ihrem Bauch wollte sich dadurch nicht vertreiben lassen.

Immer noch war sie weit davon entfernt, sich sicher zu sein, was sie von Mr. Darcy halten sollte. Seinen Brief kannte sie nun beinahe auswendig. Sie hatte jeden seiner Sätze genauestens studiert und ihre Gefühle gegenüber dem Schreiber schwankten bisweilen stark. Wenn sie sich daran erinnerte, wie er mit ihr gesprochen hatte, war sie immer noch empört, doch wenn sie daran dachte, wie ungerecht sie ihn verurteilt und ihm Vorwürfe gemacht hatte, dann wandte sich ihre Wut gegen sie selbst, und seine unerwiderten Gefühle erweckten ihr Mitgefühl. Sie war dankbar für seine Bereitschaft, sich an sie zu binden, seinem Charakter im Allgemeinen musste sie Respekt zollen und doch konnte sie sich nicht für ihn erwärmen, ganz zu schweigen davon, es auch nur für einen Augenblick bereuen, ihn abgewiesen zu haben. Auch verspürte sie nicht den geringsten Wunsch, ihre Bekanntschaft fortzuführen. Wie sie sich in der Vergangenheit verhalten hatte, machte sie unendlich betrübt und sie bereute es zutiefst. Doch das unmögliche Verhalten ihrer Familie bereitete ihr nur noch mehr Kummer. Es war hoffnungslos, ihnen war nicht mehr zu helfen. Ihr Vater, der sich damit zufrieden gab, über sie zu lachen, würde sich nie dazu bequemen, das wilde Verhalten seiner jüngsten Töchter zu zügeln. Und ihre Mutter, deren Manieren so weit vom Ideal entfernt waren, war sich überhaupt nicht bewusst, dass es auf dieser Welt auch Böses gab. Elizabeth und Jane hatten sich oft schon zusammengetan und versucht, Catherines und Lydias Unbesonnenheit im Zaum zu halten. Doch wie konnte Hoffnung auf Besserung bestehen, wenn ihre Mutter sie wieder und wieder in ihrem Verhalten bestärkte und nachgab? Catherine, ängstlich, nervös und vollkommen von Lydia vereinnahmt, fühlte sich durch sie fortwährend gemaßregelt und angegriffen. Und Lydia, die eigensinnig, unbekümmert und leichtfertig handelte, hörte ihnen kaum zu. Ihnen fehlte es an Bildung, sie waren faul und

11

eitel. Solange die Offiziere in Meryton weilten, würden sie mit ihnen flirten und solange Meryton nur einen Fußmarsch von Longbourn entfernt lag, würden sie ewig dort hingehen.

Mit sich selbst ging sie nicht weniger hart ins Gericht. Es beschämte sie, dass Wickhams freundliches Wesen sie derart geblendet hatte. Zum ersten Mal war sie froh darum, über keinerlei Vermögen zu verfügen – andernfalls wäre sie Gefahr gelaufen, Mr. Wickham zu heiraten, noch ehe ihr bewusst gewesen wäre, welch unehrlicher Taugenichts er doch war. Für sie war es kaum auszuhalten, dass Mr. Darcy all das von ihr wusste. Er mochte seiner Schwester ihren Fehler verzeihen, schließlich war sie nur fünfzehn Jahre alt, doch sie selbst konnte kein solch zartes Alter zu ihrer Verteidigung vorbringen.

Zudem quälte sie die Sorge um Jane. Mr. Darcys Erklärungen hatten dazu geführt, dass sie Mr. Bingley gegenüber wieder wohlgesonnener war. Doch das führte ihr nur umso deutlicher vor Augen, was Jane verloren hatte. Wie sich herausgestellt hatte, war seine Zuneigung aufrichtig und sein Verhalten ihr gegenüber dadurch über jeden Tadel erhaben, wenn man davon absah, dass er seinem Freund blind vertraut hatte. Wie sehr schmerzte sie der Gedanke nun, dass eine Situation, die in jeglicher Hinsicht so wünschenswert, so voller Vorteile und so vielversprechend für Janes Glück war, durch die Dummheit und das Fehlen jeglichen Anstandes seitens ihrer Familie zerstört wurde.

Als zu diesen Überlegungen noch die neuen Erkenntnisse über Wickhams Charakter hinzukamen, war es nicht weiter verwunderlich, dass ihr sonst so sonniges Gemüt, welches nur selten zur Niedergeschlagenheit neigte, nun so angeschlagen war, dass es ihr beinahe unmöglich war, auch nur halbwegs fröhlich zu wirken.

Der Gedanke daran, Darcy wiedersehen zu müssen, beschämte sie, schließlich wusste er, welch leichtgläubige Närrin sie doch gewesen war. Sie hatte sich so viel auf ihren Scharfsinn eingebildet und nun war ihr vor Augen geführt worden, dass es ihr genau daran fehlte. Nicht nur war sie von Wickham vollkommen eingenommen und empfänglich dafür gewesen, nach Gründen zu suchen, um Darcy abzulehnen. Nein, sie hatte auch keines der Anzeichen für seine wachsende Zuneigung früh genug wahrgenommen, um dieses Desaster eines Antrags noch abwenden zu können. In der Rückschau waren die Zeichen offensichtlich gewesen: Er hatte sie auf dem Ball auf Netherfield zum Tanz aufgefordert, obwohl er mit keiner anderen Dame aus Hertfordshire getanzt hatte. Ihr häufiges und scheinbar zufälliges Aufeinandertreffen, als er sich ihr auf ihren Spaziergängen angeschlossen hatte, obwohl es ein Leichtes gewesen wäre, sich zu entschuldigen und einen anderen Weg einzuschlagen. Ihre sehr offene und beinahe etwas unschickliche Diskussion über die Ehe der Collins', die für sie nichts weiter bedeutet hatte, als ihren sehr eindeutigen Gefühlen zu diesem Thema Luft zu machen. Doch die Intimität dessen konnte leicht als ein Anzeichen ihres Wohlwollens ihm gegenüber verstanden werden. Natürlich musste sie sich eingestehen, welch große Achtung sie vor seinem Scharfsinn und seiner Intelligenz hatte, denn sonst hätte sie sich niemals auf ein Gespräch über ein solch persönliches Thema eingelassen. Oh, wie konnte sie all das nur übersehen haben? Sogar Charlotte war es aufgefallen und sie hatte noch versucht, sie zu warnen. Doch sie war blind gewesen, so blind…

„Cousine Elizabeth!", ertönte die Stimme von Mr. Collins, „eil dich, hurtig, eil dich, wir werden zu spät kommen!"

Seufzend ging Elizabeth nach unten und übte schon einmal an Mr. und Mrs. Collins das strahlende Lächeln, das sie für die Kirche aufsetzten wollte. Charlotte sah sie durchdringend an, interpretierte ihr aufgesetztes Verhalten jedoch als Reaktion auf Mr. Collins übermäßige Eile.

„Cousine Elizabeth", wies Mr. Collins sie zurecht, „Lady Catherine hat klare Ansichten, was die begehrenswerte Eigenschaft der Pünktlichkeit angeht. Jedwede Verspätung unsererseits würde mit *größter* Missbilligung betrachtet werden und würde der Freundlichkeit, die sie dir hat angedeihen lassen, wohl kaum den nötigen Respekt zollen!"

Für einen Moment fragte sich Elizabeth, wie Lady Catherine wohl reagiert hätte, wäre sie ihr als ihre zukünftige Nichte vorgestellt worden. Bei dem Gedanken an die Entrüstung ihrer Ladyschaft konnte sie ein Lächeln nicht unterdrücken. Doch dieses Lächeln erstarb sogleich auch wieder, als sie daran dachte, wie es sich angefühlt hatte, als Mr. Darcy eine Verbindung mit ihr als herabwürdigend bezeichnet hatte. Es machte sie krank, daran zu denken, dass die Torheit und das unmögliche Verhalten ihrer Familie ein schlechtes Licht auf sie selbst warfen und wie viel es sie und Jane gekostet hatte.

Nachdrücklich führte sie sich vor Augen, dass Mr. Darcys Verhalten genauso sehr von schlechter Erziehung zeugte, wie das ihrer Familie. Und doch konnte übermäßiger Stolz nicht als so herabwürdigender Makel angesehen werden, wie das Fehlen von Bildung und jeglichen Anstandes wie im Fall von Lydia und Kitty und auch Mr. Collins Dummheit war kein Vergleich dazu. Doch wie er während seines Antrages, und auch schon ihre gesamte Bekanntschaft zuvor, mit ihr gesprochen hatte, war tadelnswert. Nein, auch das war nicht vollkommen richtig, wies sie ihr Gewissen zurecht. Zu manchen Gelegenheiten war er beleidigend und außerordentlich stolz gewesen. Doch für die meisten ihrer Begegnungen konnte sie ihm nichts Gravierenderes vorwerfen, als über alle Maßen still gewesen zu sein. *Und schon wieder einer meiner Makel*, dachte sie.

Mr. Collins gab seine Erleichterung wortreich bekannt, als sie entdeckten, dass die Gesellschaft aus Rosings noch nicht an der Kirche eingetroffen war und eilte sogleich davon, um sich für den Gottesdienst vorzubereiten. Seine Frau blieb sich selbst überlassen und so lag es an Charlotte, alle Gemeindemitglieder zu begrüßen. Elizabeth, deren Erleichterung ebenso groß war, wenn auch aus anderem Grunde, stellte fest, dass ihr Herz jedes Mal heftig pochte, wenn sie draußen eine Kutsche vorfahren hörte.

Lange musste sie nicht warten. Lady Catherine rauschte nur wenige Minuten später herein und ihre Gäste folgten ihr auf dem Fuße. Auch verlor sie keine Zeit, ihren Anteil an der Unterhaltung einzufordern und die Damen mit Lord und Lady Matlock bekannt zu machen: „Mrs. Collins und Miss Bennet und Miss Lucas, ursprünglich aus Hertfordshire, nun auf Besuch hier", kommentierte sie wegwerfend.

Elizabeth brachte höflich ihre Freude über die neue Bekanntschaft zum Ausdruck. Als es Zeit wurde, auch den Rest der Gesellschaft zu grüßen, brachte sie es nicht über sich, Darcy direkt anzusehen. Sie starrte auf seine Krawatte, als sie ihren Knicks machte und war sich sicher, dass ihre Wangen tiefrot sein mussten. Immerhin schaffte sie es, ihrem Gesicht ein höfliches Lächeln abzuringen und brachte es fertig, Colonel Fitzwilliam und Miss Darcy einigermaßen gefasst zu begrüßen.

Einige Minuten würde es noch bis zum Beginn des Gottesdienstes dauern und Elizabeth war zum allerersten Mal froh um Lady Catherines Angewohnheit, jegliche Unterhaltung ansichzureißen. Damit blieb es ihr erspart, etwas zum Gespräch beitragen zu müssen. Doch als sie ihrer Ladyschaft zuhörte, schalt sie sich für ihre Feigheit. Sie zwang sich dazu, Darcy in die Augen zu sehen, nur um dabei seinem unsagbar kalten Blick zu begegnen.

Dass sie damit gerechnet hatte, auf Verachtung und Wut zu stoßen, machte es nicht weniger schmerzhaft, als sie ihm ins Gesicht sah. Nur kurz hielt sie Blickkontakt, ehe Lady Catherines Monolog ihr den Vorwand bescherte, sich wieder von ihm abzuwenden. Sie erinnerte sich daran, was er einmal gesagt hatte: Einmal verloren, könne seine gute Meinung von einem niemals wiederhergestellt werden. *Wie er sich nun selbst beglückwünschen musste – schließlich war er einer Ehe mit einer Frau, die so wenig Weitsicht und Urteilsvermögen bewies, haarscharf entkommen!*, dachte sie bei sich, gedemütigt, in Ungnade gefallen zu sein und überrascht darüber, dass der Gedanke an seine Missbilligung ihr so sehr zusetzte.

Als sie ihren Blick wieder auf sein Gesicht richtete, weil es ihr unmöglich war, dem schmerzhaften Impuls ihrer Neugierde nicht nachzugeben, sah sie, dass der Boden unter seinen Füßen all seine Aufmerksamkeit auf sich zog. Mit grenzenloser Erleichterung hörte sie Lady Catherines Ankündigung, es sei nun an der Zeit, den Gottesdienst zu beginnen.

Elizabeth war dankbar darum, hinter Mr. Darcy zu sitzen, wo sie seinen eindringlichen Blick nicht zu fürchten brauchte. *Sie müssen mir gestatten, Ihnen mitzuteilen, wie inbrünstig ich Sie liebe und bewundere.* Wie sehr er diese Worte und Gefühle bereuen musste, die sie dazu veranlasst hatten, ihn derart scharf und ungerecht zurechtzuweisen! Neben ihrer Blindheit und ihren Vorurteilen musste sie nun auch noch Grausamkeit und Reizbarkeit zu ihren zahlreichen Unzulänglichkeiten hinzurechnen.

Ihre Augen wanderten zu ihm hinüber, zu den unruhigen, dunklen Locken, die im starken Kontrast zu seiner weißen Halsbinde standen, als er stolz und aufrecht in der Bank vor ihr saß. Leugnen war zwecklos, sie musste sich eingestehen, dass er ein gutaussehender Mann war, das hatte sie sogar schon bemerkt, als sie ihn das erste Mal auf dem Tanzfest in Meryton gesehen hatte. Nur sein verletzendes Verhalten und seine stolze Miene hatten sie damals dazu gebracht, die Vorzüge seiner Erscheinung nicht zu beachten. Aber gutes Aussehen und eine gut gefüllte Börse machten noch lange keinen guten Ehemann. *Vergeblich habe ich mit mir gerungen. Doch es nützt nichts.* Auch wenn sie sich wünschte, sie wäre seinem Antrag anders begegnet, bereute sie ihre Entscheidung nicht. Denn ihr war nur allzu gegenwärtig, wie demütigend es gewesen war, als er beschrieb, dass er alles versucht habe, seine Gefühle für sie zu unterdrücken. Sie erinnerte sich lebhaft an seinen durchdringenden Blick, der so oft auf ihr geruht hatte und fröstelte unwillkürlich, während sie sich frage, was er wohl davon hielt, ihr wieder zu begegnen.

Die Person, um die sich ihre Gedanken kreisten, brütete indes über der Frage, ob sein Leben in irgendeiner Weise noch schrecklicher werden konnte. Er konnte nicht anders, seit ihrer ersten Begegnung war er sich Elizabeths Präsenz instinktiv bewusst. Doch nun fühlte sie sich eher wie ein dumpfer Schmerz in seiner Brust an, denn wie das heimliche Vergnügen, das sie in der Vergangenheit so oft für ihn gewesen war. Als ob das nicht schon genug wäre, musste er sich den schwachsinnigen Ausführungen ihres idiotischen Cousins aussetzen, die dieser für eine Predigt hielt. Eine schmerzhafte Erinnerung daran, wie tief er gesunken war, ihr die Ehe anzutragen. Und dann war da auch noch *seine* Familie... aber daran wollte er jetzt erst gar nicht denken.

Er hatte die letzten zwei Tage versucht, sich davon zu überzeugen, dass jene Elizabeth Bennet, die er geliebt hatte, nur ein Wunschbild seiner Fantasie gewesen war. Die wahre Elizabeth Bennet hatte er nie kennen gelernt, sie war diejenige, die grausam und trotzig gewesen war und ihn zu Unrecht verurteilt hatte. Sie war wie all die anderen Frauen, die er bisher kennen gelernt hatte – töricht und kapriziös. Er hatte aus ihren schönen Augen und ihren geistreichen Bemerkungen die Fantasie einer Frau mit gesundem Menschenverstand und wahrem Gefühl zusammengesponnen. Eine Frau, die ihn wirklich verstehen würde. Jetzt wusste er, dass sie niemals wirklich existiert hatte. Er war beschämt über sich selbst und wütend auf sie. Das Schlimmste daran war aber, dass er sie in dem Augenblick, als er sie vor der Kirche hatte stehen sehen, ebenso sehr gewollt hatte, wie eh und je. Er hasste sie dafür, dass sie diese Macht über ihn hatte und schalt sich selbst einen Narren ohne Rückgrat.

Er war sich ihrer Anwesenheit so sehr bewusst, dass es ihm unmöglich war, nicht zu bemerken, dass ihr an diesem Morgen das sonst übliche Strahlen fehlte. Das bedeutete hoffentlich, dass sie begriffen hatte, welch schrecklichen Fehler sie begangen hatte und es für den Rest ihres Lebens bereuen würde, den

Lügen von George Wickham Glauben geschenkt und ihr Gift auf Fitzwilliam Darcy gespritzt zu haben. Sie würde als arme alte Jungfer enden, die von der Mildtätigkeit ihrer Familie abhängig wäre. Oder an irgendeinen ungebildeten Idioten, vermutlich einen Handelstreibenden, verheiratet werden. Sie, die Herrin auf Pemberley hätte werden können. *Wenn sie jetzt zu leiden hat, dann verdient sie es auch*, dachte er nachtragend und aufgebracht, nur um dann seine Augen von Schmerz geplagt zu schließen. Denn er wusste, dass er nichts anderes hatte tun wollen, als er die dunkel geränderten Augen gesehen hatte, als ihren weichen Körper in seine Arme zu schließen, ihre verlockenden Lippen zu küssen und ihr zu sagen, dass sie sich nicht sorgen müsse, denn er würde sich um sie kümmern…

Aber Fantasien würden ihm keine Antworten bescheren, sagte er sich selbst grimmig. Und wenn sein Onkel ihn noch ein einziges Mal daran erinnerte, dass ‚es anders wäre, wenn er verheiratet und sesshaft würde, aber mit diesem Junggesellenleben habe es einfach keinen Zweck‘, dann würde er sich vergessen. Lady Catherines immer und immer wiederkehrende Forderungen, nun doch endlich Anne zu heiraten, konnte er ignorieren, das hatte er schon sein Leben lang getan. Sich aber an diesem bitteren Tiefpunkt seines Lebens den Anschuldigungen stellen zu müssen, es sei *seine* Schuld, dass er noch nicht verheiratet sei, war mehr, als ein Mann aushalten konnte. Ihm wurde bewusst, dass er seine Fäuste geballt und nicht ein Wort von dem mitbekommen hatte, was Elizabeths peinlicher Verwandter katzbucklerisch von sich gegeben hatte – nicht dass es schade darum gewesen wäre.

Ihm fiel auf, dass Georgiana ihn verwundert von der Seite ansah. Er atmete tief durch und zwang sich ein gewinnendes Lächeln auf die Lippen, woraufhin sie wieder den übellaunigen Gesichtsausdruck aufsetzte, den sie seit ihrer Ankunft zur Schau gestellt hatte. Er war eine konstante Erinnerung daran, wie enttäuscht sie von ihm war, dass er es nicht fertig brachte, all ihre Probleme in Wohlgefallen aufzulösen. Was war mit dem süßen, sanftmütigen Mädchen geschehen, das sie einmal gewesen war? Manchmal war es ihm, als ob ein Hauch dieses Mädchens immer noch durchschimmerte, doch derzeit wirkte sie immer häufiger wegen diesem oder jenem verärgert mit ihm. Colonel Fitzwilliam hielt es für etwas Vorübergehendes, sie befand sich schließlich in einem schwierigen Alter, doch Darcy vermutete, dass das alles etwas mit dieser Geschichte mit George Wickham zu tun hatte. Georgiana hatte natürlich keine Ahnung davon, welch heftige Vorwürfe er sich immer noch machte, weil er den Fehler begangen hatte, Mrs. Younge als ihre Gesellschafterin zu wählen. Dieser Gedanke brachte nur allzu bekannte Selbstzweifel wieder zu Tage: *Warum habe ich ihre Referenzen nicht sorgfältiger geprüft? Weshalb habe ich mich der Illusion hingegeben, ihr freundliches Wesen würde Rückschlüsse auf tadellose Manieren zulassen? Warum nur habe ich Georgiana schon so bald mit ihr fort geschickt, statt sie noch länger im Auge zu behalten? Und wieso habe ich überhaupt nachgegeben und Georgiana ihr eigenes Etablissement zugestanden, obwohl sie noch so jung war? Ich allein bin für diese Situation verantwortlich.* Nein, im Großen und Ganzen dachte Darcy nicht, dass sein Leben sich noch bedeutend verschlimmern konnte.

Eben dies musste er ein paar Minuten später noch einmal überdenken, als seine Tante Mr. Collins und seine Hausgäste dazu einlud, den heutigen Abend auf Rosings zu verbringen. Das hätte ihn nicht weiter überraschen sollen, denn das hatte sie die letzten beiden Sonntage ebenso getan. Doch er hatte erwartet, ihr Interesse an ihrem Schoßhündchen von Pfarrer, der sie immerzu bewunderte, würde ein wenig nachlassen, da sie nun so viel Familie um sich hatte. Offensichtlich sollte ihm keine Atempause gegönnt sein und er begann bereits damit, sich Ausflüchte einfallen zu lassen, als er sah, wie Elizabeth sich abwandte, um ihre Bestürzung zu verbergen. Und da wusste er, dass er sich nicht fernhalten konnte. Er schalt sich selbst, dass er ihr so ausgeliefert war. *Denk daran, sie hält dich für gefühllos und glaubt, dir fehle jegliches Ehrgefühl,* rief er sich zur Ordnung. *Sie ist nichts, als ein dummes, kleines Mädchen, das eine Gelegenheit verwirft, von der die meisten Frauen nur träumen können, weil sie deine ehrlichen Bedenken beleidigt haben.* Es versetzte ihm einen Stich, als er sich daran erinnerte, wie sie gesagt hatte: „*Sie unterliegen einem Irrtum, Mr. Darcy, wenn Sie annehmen, dass die Art und Weise Ihres Antrages mich andersartig berührt hat, als mich der Sorge zu entheben, die ich bei einer Ablehnung empfunden hätte, wenn Sie sich wie ein Gentleman verhalten hätten.*"

Welch grausames Schicksal hatte bestimmt, dass die Frau, die er liebte, ausgerechnet diejenige sein sollte, die nichts mit ihm zu tun haben wollte? Er fragte sich, ob eine solche Wendung wohl als Tragödie oder eher als Farce bezeichnet werden könnte. Etwas, das einem höflichen Nicken ähnelte, brachte er in Elizabeths Richtung und ihrer Begleitung gegenüber zustande, bevor er seine Füße dazu zwang, ihn von der Frau fortzutragen, die ihn so verzaubert hatte.

Elizabeth fühlte sich nach dem schmerzhaften Erlebnis in der Kirche nicht wohl genug, um in Gesellschaft zu sein. Außerdem war ihr nur allzu bewusst, dass ihr beim Dinner eine noch qualvollere Version der heutigen Tortur bevorstand und so beschloss sie, sich ein wenig Zeit zu nehmen, um auf die ihr liebste Art und Weise nachzudenken. Deshalb entschuldigte sie sich nach dem Mittagessen, um zu einem einsamen Spaziergang aufzubrechen und wischte Charlottes Bedenken hinsichtlich ihrer Blässe und der Neigung zu Kopfschmerzen beiseite. Ihr war klar, dass ihre Freundin mehr und mehr Verdacht schöpfte und sie sich dessen früher oder später stellen musste. Doch im Moment fühlte sie sich dem nicht gewachsen.

Ohne sich dessen bewusst zu sein, führten sie ihre Füße zu ihrer Lieblingsallee. Als sie erkannte, wo sie sich befand, überkam sie ein Moment der Panik, denn sie erinnerte sich, dass

Darcy in der Vergangenheit hier oft zu ihr gestoßen war. Doch dann erkannte sie, dass sie ausgerechnet hier wohl am sichersten vor ihm wäre, denn sicherlich würde er momentan keinen anderen Ort stärker meiden, als diesen. Schließlich hatte er ihr unmissverständlich deutlich gemacht, wie sehr er sich seiner Gefühle für sie schämte und sie nicht schnell genug vergessen konnte. Sein kalter Blick in der Kirche zeigte ihr, dass er keine Zeit verloren hatte, seine zärtlichen Neigungen ihr gegenüber hinter sich zu lassen. Dafür konnte sie ihm keine Vorwürfe machen, denn nachdem sie ihn so schlecht behandelt hatte, konnte sie sicherlich nicht erwarten, dass er Rücksicht auf sie nahm.

Ihr Schamgefühl über ihr Verhalten ihm gegenüber lenkte ihre Gedanken sogleich zu den unglückseligen Defiziten ihrer Familie, was ein Thema von noch tiefer sitzendem Kummer für sie war. Bei diesem Gedanken brach sie in Tränen aus und fühlte sich so schwach, dass sie sich gegen einen Baum lehnte, während die Tränen aus ihr herausströmten. Sie hatte es stets vermieden, darüber nachzudenken, wie sich das fehlende Vermögen der Bennet-Schwestern in Verbindung mit dem unschicklichen Verhalten ihrer Mutter rein materiell gesehen auf ihre Heiratsaussichten auswirkte. Es war leicht dahingesagt, dass sie einen Mann nicht heiraten solle, wenn sie keine Liebe für ihn empfand. Doch Mr. Darcys Worte führten dazu, dass sie sich der Realität stellen und sich vor Augen führen musste, dass selbst die sanftmütige Schönheit Jane nur den einen Verehrer mit sechzehn gehabt hatte, bevor Mr. Bingley Interesse an ihr zeigte, und Elizabeths Vorzüge waren sicherlich nicht größer als die ihrer Schwester.

Sie war so sehr in ihrem eigenen Leid gefangen, dass sie die sich nähernden Schritte nicht wahrnahm. Darcy blieb bei ihrem Anblick am anderen Ende der Allee wie angewurzelt stehen und wollte augenblicklich wieder umkehren, ehe er entdeckt wurde. Als ihm jedoch bewusst wurde, dass sie weinte, war er sich nicht mehr so gewiss. Er konnte sich nicht sicher sein, worauf ihr Schmerz zurückzuführen war, lag doch die Vermutung nahe, dass es etwas mit seinem desaströsen Antrag zu tun hatte. Ein Teil seiner selbst sehnte sich danach, zu ihr zu gehen und sie zu trösten, doch gleichzeitig fühlte es sich nur recht und billig an, dass sie genauso sehr zu leiden hatte, wie er selbst. Auch konnte er nicht davon ausgehen, sie würde einen Versuch seinerseits, ihr Erleichterung zu verschaffen, willkommen heißen – schließlich hatte sie eindrücklich dargelegt, was sie von ihm hielt und er wäre wohl der letzte Mann, von dem sie sich trösten lassen wollte. Mit einem ungewohnten Gefühl der Hilflosigkeit wurde ihm klar, dass er ihr nichts zu bieten hatte, was ihren Kummer lindern konnte. Und doch drängte sich ihm die Frage auf, *was* sie so aufwühlte. *Er* war schließlich der verschmähte Verehrer, *er* war derjenige, der zu Unrecht beschuldigt und verurteilt worden war. Doch die Antwort darauf ließ nicht lange auf sich warten und hatte einen bitteren Beigeschmack, als er realisierte, dass ihre Tränen nichts im Geringsten mit ihm zu tun hatten, sondern daher rührten, dass sie sich falsche Hoffnungen in Bezug auf Wickham gemacht hatte. Ihre Gefühle ihm gegenüber mussten zärtlicherer Natur gewesen sein, als Darcy es jemals für möglich gehalten hatte. Hass flackerte in ihm auf. Genügte es nicht, dass Wickham seine geliebte Schwester verletzt hatte, musste er ihm auch noch die Frau nehmen, die er liebte?

„*Glauben Sie tatsächlich, ich könnte es in Erwägung ziehen, denjenigen zum Mann zu nehmen, der das Glück meiner geliebten Schwester möglicherweise für immer zerstört hat?*" War es möglich, dass Elizabeth ihn genauso sehr verabscheute wie er Wickham, da sie beide einer Schwester bewusst Schaden zugefügt hatten? Der Gedanke daran, sein Handeln könnte in diesem Licht betrachtet werden, erschütterte ihn, ganz besonders auch deshalb, weil er sich gegen diesen Punkt der Anklage nicht wehren konnte. Wie auch immer man seine Motive deuten mochte, an die Gefühle Jane Bennets hatte er nie einen Gedanken verschwendet, sondern nur die Vorteile in Betracht gezogen, die sich aus der Trennung für Bingley und ihn selbst ergeben würden.

Das Herz war ihm schwer, als er umkehrte und sich so leise wie irgend möglich zurückzog, um sich seiner schmerzlichen Erkenntnis zu widmen: Seine Elizabeth, so tief in Wickhams Bann gezogen, dass sie seine Enthüllungen über ihn so mitnahmen. Mit Fug und Recht verabscheute sie ihn, da er nicht besser war, als Wickham selbst. Wie konnte er ihr nur jemals wieder in die Augen sehen? Er wusste, dass sie ihm nie gehören würde – doch wie sollte er damit leben?

ELIZABETH WUSSTE, WIE hoffnungslos es war, zur Abendgesellschaft auf Rosings auch nur ansatzweise fröhlich zu erscheinen. Es würde genügen, auch nur halbwegs die Fassung zu bewahren, damit hatte sie sich abgefunden. Dass sie stiller als gewöhnlich war, stellte zunächst kein Problem dar – Lady Catherine war durchaus in der Lage, das Gespräch auch ohne Zutun von außen in Gang zu halten und es schien so, als teile Lord Matlock diesen Wesenszug seiner Schwester.

Darcy zeigte bei ihrer Ankunft keine merkliche Regung, ihr fiel jedoch auf, dass er seinen Platz ihr gegenüber schnell aufgab, um sich hinter sie zu begeben, wo sie ihn nicht sehen konnte. Und doch fühlte sie seinen Blick wie Blei in ihrem Nacken, und war sich seiner Anwesenheit mehr als bewusst, noch mehr so, nachdem Lady Catherine zeterte: „Darcy, *würdest* du aufhören so nervös auf und ab zu gehen? Mir wird noch ganz schwindlig davon!"

Darcy gab dem Wunsch seiner Tante nicht gerade erfreut nach, denn er hielt es für wesentlich klüger, durch den Raum zu schreiten, als seine Gedanken in die Tat umzusetzen: Beide hatten damit zu tun, Elizabeth Bennet körperlich zu attackieren, wobei er sich noch nicht ganz im Klaren darüber war, ob er sie nun schütteln oder doch lieber küssen wollte. Weitere

23

Anweisungen seiner Tante, sich neben Anne zu setzen, ignorierte er geflissentlich.

Da Darcy ihren Wünschen nur unzureichend nachkam, wurde Lady Catherines Verdruss nur um so größer, und als ihr Blick auf Elizabeth fiel, konzentrierte sie sich auf ihr neues Opfer. „Miss Elizabeth Bennet, Sie sind ungewöhnlich still!", stichelte Ihre Ladyschaft, „beehren Sie uns heute Abend gar nicht mit Ihrer klaren Sicht der Dinge?"

Da sie sich des Gentlemans in ihrem Rücken bewusst und sich außerdem im Klaren darüber war, wie unrecht sie ihm getan hatte, wollte Elizabeth die Gelegenheit, eine Art Entschuldigung vorzubringen, nicht verstreichen lassen. So gefasst wie irgend möglich, antwortete sie: „Ihre Ladyschaft hat mir vor Augen geführt, dass eine einseitige Betrachtungsweise auch Gefahren birgt. Mir ist bewusst geworden, dass man dabei von falschen Informationen geleitet werden kann, was zu bedauernswerten Ereignissen führen könnte."

Lady Catherine war sich nicht ganz sicher, ob sie diese Antwort als Impertinenz oder eher als angemessene Demut einstufen sollte, entschied sich aber dann doch für Letztere. „Es freut mich zu hören, dass meine Empfehlungen nicht auf taube Ohren gestoßen sind, Miss Bennet, und dass Sie sich nicht zu schade dafür sind, den Rat Höherstehender einzuholen."

Darcy, der bei Elizabeths unerwarteten Worten wie angewurzelt stehen geblieben war, stöhnte auf, als er die unverschämten Äußerungen seiner Tante vernahm. Hatten seine Worte in Elizabeths Ohren auch so geklungen?

Lady Catherine widmete ihre Aufmerksamkeit nun Miss Darcy. „Georgiana, dein Bruder hat mir berichtet, welch exzellente Fortschritte du am Pianoforte machst. Es würde mir Freude machen, dir nun zuzuhören."

Georgiana erbleichte. „Bitte entschuldigen Sie, Lady Catherine. Ich kann unter keinen Umständen vor all den Leuten spielen", brachte sie heraus.

Ihre Tante bedachte diese Unerhörtheit mit einem Stirnrunzeln. „Unsinn, Georgiana, du spielst durchaus akzeptabel, wenn auch nicht ganz so gut, wie meine Anne, wenn sie die Chance dazu gehabt hätte, es zu erlernen. Ich muss darauf bestehen, dass du für uns spielst."

„Ich bitte Sie, mich zu entschuldigen", entgegnete das Mädchen mit einer Stimme, die kaum mehr als ein Flüstern war.

„Das dulde ich nicht, Georgiana! Du bist meine Nichte und ich weigere mich zu glauben, dass es dir unmöglich ist, dein Können im engsten Familienkreis unter Beweis zu stellen!" Es war deutlich zu sehen, dass die Sturheit ihrer Nichte Lady Catherine zunehmend reizte.

Elizabeth hatte Lady Catherine bisher noch nicht so unnachgiebig erlebt wie heute Abend. Sie fühlte mit Miss Darcy, die wie gelähmt wirkte. Die Augen der jungen Frau füllten sich mit Tränen und sie brachte kein Wort hervor. Sie empfand Erleichterung, als sie sah, wie Darcy sich neben den Stuhl seiner Schwester stellte und ihr die Hand auf die Schulter legte. „Wenn Georgiana nicht spielen möchte", sprach er langsam und deutlich, „dann sehe ich keinen Grund, warum sie es tun sollte."

„Da siehst du's, Darcy", polterte Lord Matlock. „Und schon wieder packst du sie in Watte. Damit hilfst du ihr ganz bestimmt nicht!"

Darcys Kiefer spannten sich vor Zorn an. Elizabeth war sich nicht im Klaren darüber, was genau das Problem zwischen den beiden Herren war, doch sie sah, dass Miss Darcy kurz davor stand, die Fassung zu verlieren.

Einer Eingebung folgend, richtete sie ihre Augen entschlossen auf Darcy, als könnte die Kraft ihrer Gedanken ihn dazu bewegen, zu ihr hinüber zu sehen. Wie von einem Magneten angezogen, richtete sich sein Blick auf sie. Mit einer kaum wahrnehmbaren Bewegung ihres Kopfes deutete sie auf das Pianoforte. Für einen Moment sah er sie unverwandt an und sagte dann beinahe widerstrebend: „Genau genommen habe ich mich darauf gefreut, Miss Bennet heute Abend spielen zu hören."

„Ich auch", schloss sich ihm Colonel Fitzwilliam eilig an.

Elizabeth erhob sich, noch ehe jemand einen Einwand vorbringen konnte. „Es wäre mir eine Freude. Miss Darcy, dürfte ich mich Ihnen aufdrängen – würden Sie die Seiten für mich umblättern?"

Miss Darcy stimmte mit beinahe peinlicher Bereitwilligkeit zu und verbarg sich am Pianoforte in Elizabeths Schatten. Als sie sich ans Instrument setzten, begann Elizabeth die Notenblätter durchzusehen.

„Dankeschön", sagte Georgiana leise.

Elizabeth wandte sich ihr mit einem Lächeln zu. „Gern geschehen, wirklich. Hoffentlich lassen Sie sich nicht allzu sehr von dem beeindrucken, was eben gesagt wurde", gab sie ebenso leise zurück.

„Was meinen Sie damit, Miss Bennet?", fragte sie schüchtern.

Sie legte die Finger auf die Tasten und antwortete verschmitzt: „Ich wage zu behaupten, dass Sie heute Abend einige Kritik an meinem Klavierspiel zu hören bekommen werden. Doch ich müsste noch sehr viel schlechter spielen, um mich dessen so zu schämen, wie ich es tun würde, wenn ich solch schlechte Manieren hätte."

Colonel Fitzwilliam zog sich einen Stuhl zu ihnen heran und die Unterhaltung fand ihr Ende, doch Darcy war der leise Austausch zwischen den beiden Frauen nicht entgangen. Auch wenn er nicht hören konnte, was genau gesprochen wurde, nahm er doch den Ausdruck von Überraschung und Bewunderung auf Georgianas Gesicht wahr und fragte sich, was Elizabeth ihr wohl gesagt haben mochte. Bevor ihr Spiel ihn in seinen Bann ziehen konnte, sah er sie geradewegs an, um sich in Erinnerung zu rufen, was sie ihm an den Kopf geworfen hatte und das wohlbekannte Wutgefühl darüber, dass sie ihn so bereitwillig missverstanden hatte, stellte sich wieder ein.

Lady Catherine missdeutete den Ausdruck der Abneigung auf seinem Gesicht und da es ihr gerade gelegen kam, alles an ihrem Neffen zu kritisieren, schalt sie ihn: „Miss Bennet spielt gar nicht so schlecht für jemanden, dem die Vorzüge eines Lehrers aus London nicht zuteilwurden. Man kann wohl kaum erwarten, dass sie den Standards Rechnung trägt, die du sonst gewohnt bist, Darcy, und schon gar nicht, dass ihr Geschmack sich mit dem von Anne oder Georgiana messen könnte. Ich sage dir, wenn sie nur mehr üben würde, dann könnte sie wohl ganz passable Leistungen abliefern."

Elizabeth neigte sich zu Miss Darcy hinüber. „Sehen Sie, und schon beginnt das Schauspiel", flüsterte sie ihr amüsiert zu. „Und jetzt fragen Sie sich bitte, wer hier am ehesten Grund dazu hat, sich zu schämen."

Georgiana kicherte und ihre Bewunderung für Elizabeth ging schon beinahe in Vergötterung über, als diese Lady Catherines weitere Sticheleien mit Gleichmut hinnahm, sie jedoch nicht unkommentiert ließ. Elizabeth freute sich zu sehen, wie sich die Stimmung der jungen Frau wieder hob, fragte sich jedoch zugleich, was ihr Bruder wohl davon halten mochte, dass sie seine Schwester in ihren Unabhängigkeitsbestrebungen unterstütze. Und doch war sie froh um Lady Catherine, da sie ihr einen Vorwand lieferte, sich um Miss Darcys Gemütszustand zu sorgen, was wesentlich angenehmer war, als sich ihren eigenen Sorgen zu widmen. Darüber sann sie nach, während sie weiter spielte, bis es für ihre Gesellschaft Zeit zum Aufbruch wurde.

COLONEL FITZWILLIAM UND MISS DARCY statteten dem Pfarrhaus am folgenden Tag wieder einen Besuch ab. Georgiana konnte es gar nicht erwarten, wieder Zeit mit ihrem neuen Vorbild zu verbringen. Obwohl sie unter normalen Umständen Georgianas Gesellschaft genossen hätte, blieb die Anwesenheit des Mädchens für Elizabeth doch eine stete und unangenehme Erinnerung an deren Bruder. Ihr drängte sich die Vermutung auf, dass Darcy es nicht gutheißen würde, wenn sich eine Freundschaft zwischen seiner leicht zu beeindruckenden Schwester und der Frau, die er zu vergessen versuchte, entwickeln würde. Und sicherlich hielt er nichts davon, dass Elizabeths niedere Herkunft ein unvorteilhaftes Licht auf Georgiana werfen könnte. Das beschäftigte Elizabeth so sehr, dass es ihr schwer fiel, sich auf das Gespräch zu konzentrieren. Das Nachdenken sollte sie sich für einsame Stunden aufheben, denn wann immer sie allein war, gönnte sie sich diese große Erleichterung und so verging kein Tag, an dem sie nicht einen langen, einsamen Spaziergang unternahm, auf dem sie ihren Gedanken freien Lauf lassen konnte. Doch trotz Elizabeths Zerstreutheit, bat Miss Darcy sie inständig, eine Einladung nach Rosings für den folgenden Tag anzunehmen. Am liebsten wollte sie ablehnen, doch ihr fiel keine vernünftige Ausrede ein.

Und so fügte es sich, dass Elizabeth sich am nächsten Morgen langsam auf den Weg nach Rosings machte und inständig hoffte, Mr. Darcy dort nicht anzutreffen. Bei ihrer Ankunft wurde sie glücklicherweise in ein leeres Empfangszimmer geführt, während ein Lakai sich auf den Weg machte, um Miss Darcy zu suchen. Um ihre Nerven zu beruhigen, nahm sie ein Buch zur Hand, das auf einem der Beistelltischchen lag. Wie sich herausstellte, hatte sie nach einem Gedichtband gegriffen, den sie lange schon lesen wollte und so ging sie damit zum Fenster hinüber, um ihn im besseren Licht durchzublättern.

Sich ihrer Anwesenheit nicht bewusst, trat Darcy ein und war sogleich gefangen von dem Bild, das sich ihm bot, wie sie dort am Fenster stand und ihre dunklen Locken vom hereinströmenden Sonnenlicht umrahmt wurden. Ihre Lippen bewegten sich, als sie las und offensichtlich das Versmaß und den Rhythmus der Verse auf sich wirken ließ. Sich abzuwenden war ihm unmöglich und sein Bedürfnis, ihr Gesicht zu berühren und diese Lippen zu küssen, ließ all seine Wut bedeutungslos werden.

Intuitiv spürte sie ihr, dass sie nicht mehr allein war und so blickte Elizabeth auf und entdeckte Darcy, dessen dunkle Augen mit einem Ausdruck, den sie nicht zu deuten vermochte, auf sie gerichtet waren. Als sie darüber nachsann, was er wohl davon halten mochte, dass sie hier auftauchte, stieg ihr die Röte in die Wangen. „Pardon, Sir, ich hatte nicht vor, mich aufzudrängen. Ich warte lediglich auf Miss Darcy", sagte sie mit deutlichem Unbehagen.

Sag was, verdammt nochmal!, schalt er sich selbst. „Ich bitte um Verzeihung, Miss Bennet, dass ich Sie gestört habe. Ich habe nur nach meinem Buch gesucht."

Elizabeth betrachtete das Buch in ihren Händen mit zunehmender Beklemmung. Schnell schloss sie es und hielt es ihm entgegen. „Dann muss das hier Ihnen gehören, Sir", erwiderte sie und hatte das Gefühl, sich entschuldigen zu müssen, da sie sein Eigentum in Beschlag genommen hatte, wenn der Moment auch noch so kurz gewesen sein mochte.

„Wenn Sie Freude daran haben, Miss Bennet, dann fahren Sie doch bitte fort. Hier gibt es noch etliche andere Bücher, die ich lesen kann… Mögen Sie Wordsworth?", fragte er aus purer Verzweiflung und war sich nicht ganz sicher, weshalb er überhaupt versuchte, eine Unterhaltung aufrechtzuerhalten. Nun da er sie sah, war es einmal mehr dahin mit seiner Gelassenheit und wie sie so vor ihm stand, fiel es ihm schwer, sich daran zu erinnern, warum er ihr so böse gewesen war.

„Was ich gelesen habe, hat mir gefallen", antwortete sie beinahe mechanisch. „Als ich in London war, kam es im Haus meines Onkels abends einmal zu einer Diskussion über Mr. Wordsworth und Mr. Coleridge und wie sie die Kunst der Dichtung verändert haben. Mr. Monkhouse, dessen Cousine mit Mr. Wordsworth verheiratet ist, war der Meinung, dass seine persönliche Herangehensweise an das Subjekt der Natur im starken Kontrast zum eher formalen Verständnis steht, das Cowper und Gray in ihrem Werk zeigten. Das hat mich neugierig gemacht und ich wollte selbst einen Blick in sein neuestes Buch werfen, um zu sehen, wie es sich hier wohl verhält…" Es fühlte sich an, als würde sie aus keinem anderen Grund reden, als den leeren Raum zwischen ihnen mit Worten zu füllen.

„Dann haben Sie diesen Band also zuvor schon einmal gelesen?" Allmählich erholte er sich von dem Schock, so unerwartet auf sie getroffen zu sein und seine Stimme nahm distanziertere Züge an.

Die Kälte, die nun auf die Überraschung in seiner Stimme folgte, entging ihr nicht. „Nein, Sir, ich hatte noch nicht das Vergnügen", erwiderte sie knapp, denn sie gab ihm gegenüber nur ungern zu, welche Lücken Ihre Bildung aufwies. Da er keine Anstalten machte, ihr das Buch abzunehmen, legte sie es auf neutralem Gebiet auf einem kleinen Tischchen ab.

„Sie dürfen es gerne lesen, Miss Bennet. Vielleicht würden Ihnen auch die ,Lyrischen Balladen' von Coleridge und Wordsworth gefallen – das erste Werk, das von den beiden veröffentlicht wurde."

Die Veränderung seiner Miene bereitete ihr Unbehagen, ebenso seine herablassende Haltung, als er sie über Lyrik belehrte. „Daraus habe ich bereits viele Gedichte gelesen; in der Tat läutete es eine neue Ära der Poesie ein. Mich interessiert, welchen Weg Mr. Wordsworth in seinem aktuellen Schaffen einschlägt." Damit sah sie herausfordernd zu ihm auf.

„Die Prelude? Was halten Sie davon?"

Es gefiel ihr gar nicht, dass sie nicht die Oberhand gewinnen konnte und so antwortete sie kurz angebunden: „Davon habe ich nur kurze Auszüge gelesen."

„Ich hoffe, dass Sie bald schon die Gelegenheit haben werden, sie in Gänze zu ergründen, oder zumindest die Teile, die davon schon veröffentlicht wurden", sagte er betreten, sich nur allzu bewusst, dass er sie irgendwie gegen sich aufgebracht hatte.

Elizabeth hörte sein Unbehagen heraus, zog jedoch die falschen Schlüsse: „Vielen Dank, Mr. Darcy, aber wir sollten uns doch nichts vormachen, nicht wahr?", entgegnete sie in scharfem Tonfall, „ich darf meine bescheidenen Verhältnisse nicht außer Acht lassen. Immerhin besitzt mein Vater eine exzellente Bibliothek für einen Mann seiner Möglichkeiten, doch die neuesten Ausgaben sind darin nicht zu finden. Jene unter uns, die nicht über herausragende Verbindungen verfügen, können derartige Annehmlichkeiten nicht voraussetzen."

Darcy wurde blass. „Miss Bennet", wehrte er sich, wobei sein Unbehagen zur Folge hatte, dass er eine unbeabsichtigt hochmütige Haltung einnahm, „ich hatte nicht im Geringsten vor, Andeutungen in diese Richtung zu machen."

Seine Haltung ihr gegenüber brachte sie zur Weißglut und so musste sie feststellen, dass eine einmal geöffnete Wunde sich nicht so schnell wieder von selbst schloss. „Mein Onkel mag Mr. Wordsworth selbst zu Gast gehabt haben, aber selbstverständlich ist er nur ein gewöhnlicher *Handelstreibender*, von dem man keinerlei Feinsinn erwarten kann. Ist es nicht *degradierend* für Sie, Mr. Darcy, auch nur mit mir darüber zu sprechen? Was würde Ihre Familie davon halten?" Sie hielt den Atem an und war entsetzt darüber, dass sie ihm gegenüber offenbart hatte, wie sehr sie seine Worte verletzt hatten. „Bitte entschuldigen Sie mich, Mr. Darcy!" Ohne ihn noch einmal anzusehen, rauschte sie an ihm vorbei. Sie wollte einfach nur hier weg.

Darcy, der auf diesen unerwarteten Angriff nicht vorbereitet gewesen war, hielt sie mit einer Hand auf. Ihm war nie in den Sinn gekommen, dass er ihre Gefühle verletzt haben konnte, als er ihr sachlich ihren Standesunterschied dargelegt hatte. „Miss Bennet", sagte er mit gequälter Stimme, „es lag nie in meiner Absicht, Ihnen in irgendeiner Weise Kummer zu bereiten."

Sie sah zu seinem bleichen Gesicht auf. „Dabei sind Sie aber höchst ungewöhnlich vorgegangen!" Sie war entsetzt, als sie bemerkte, dass ihr die Tränen in den Augen standen. „Wenn Sie so freundlich wären, mich loszulassen, Sir."

Augenblicklich nahm er seine Hand von ihrem Arm. „Ich werde Sie nicht weiter behelligen, Madam", ließ er sie förmlich wissen. Ihr plötzlicher Wutausbruch hatte ihn tief getroffen. *Du Dummkopf!*, ging er sich selbst an. *Hast du aus diesem furchtbaren Antrag gar nichts gelernt? Sie will nichts mit dir zu tun haben, wie deutlich kann sie es denn noch machen?* Diese Erkenntnis war so unannehmbar wie eh und je.

„Miss Bennet!", klang Georgianas helle Stimme von der Tür herüber, was sowohl Elizabeth als auch Darcy veranlasste, eine Haltung beispielhafter Schicklichkeit einzunehmen. Sogar Georgiana konnte die spannungsgeladene Atmosphäre im Raum nicht entgehen, als Darcy sich wortlos verbeugte und ging. Da sie sich jedoch nicht vorstellen konnte, was zwischen ihrem Bruder und ihrer Freundin vorgefallen sein mochte, verwarf sie den Gedanken alsbald wieder.

Elizabeth fand nicht so schnell Zerstreuung. Nach ihrem Ausbruch vor Darcys Augen dränge sich nun ein Schamgefühl in ihr Bewusstsein vor. Es war schlimm genug, dass er so von ihr dachte, doch dass er nun wusste, wie sehr seine Abscheu ihrer Familie gegenüber sie erschütterte, war noch schlimmer. Sie war wütend. Seine Kritik an ihrer Familie war ihr wunder Punkt und das hatte er zu sehen bekommen. Was er nun von ihr dachte, wollte sie erst gar nicht so genau wissen. Sie hatte Rosings nach ihrem Besuch bei Miss Darcy eben erst hinter sich gelassen, als sie sich vornahm, unter keinen Umständen je wieder einen Fuß hinein zu setzen. Und wenn sie sich dazu bis zu ihrer Abreise ins Bett begeben und die Kranke spielen musste, dann würde sie auch das auf sich nehmen.

Kapitel 2

T<small>AGS DARAUF WAR</small> C<small>OLONEL</small> Fitzwilliam erneut zu Gast im Pfarrhaus. Da er Elizabeth allein antraf, überredete er sie, einen Spaziergang mit ihm zu unternehmen. Elizabeth, die seit ihrem Streit mit Mr. Darcy immer noch nicht wieder recht zu sich gefunden hatte, nahm die Einladung gerne an.

„Wird Ihre Familie lange auf Rosings bleiben?", wollte Elizabeth wissen, die sich mehr als nur einmal über die plötzliche Reise der Matlocks nach Rosings gewundert hatte.

„Das ist noch nicht ganz sicher. Ich glaube, sie hatten vor, nur ein paar Tage zu bleiben, jedoch sind wir noch ebensoweit entfernt von einer Lösung, wie wir es bei ihrer Anreise vor ein paar Tagen waren", gab er zurück.

„Einer Lösung?"

„Ja, wegen Georgiana", entgegnete er. Auf ihren verwirrten Gesichtsausdruck hin fügte er hinzu: „Es tut mir leid, ich hatte angenommen, sie hätten die Geschichte bereits gehört, sei es nun von Georgiana oder Darcy oder gar von den Collins'."

„Mir gegenüber hat niemand etwas erwähnt", sagte sie vorsichtig und war sich nicht sicher, ob sie noch weiter in die Probleme der Fitzwilliam-Familie hineingezogen werden wollte.

„Nun, ich denke, es ist nicht weiter tragisch, wenn Sie es erfahren. Meine Eltern sind zu dem Schluss gekommen, dass ein alleinstehender junger Mann nicht die Art von Zuhause bieten kann, das ein Mädchen in Georgianas Alter bräuchte. Und deshalb haben sie sich angeboten – nun, vielleicht wäre es angemessener zu sagen, dass sie es verlangt haben – sie selbst bei Hofe vorzustellen. Das bedeutet natürlich nichts anderes, als dass sie sie Darcy für immer entziehen wollen – er hätte wenig Einfluss auf ihre Zukunft oder die Wahl ihres Ehemannes. Wie auch immer, Darcy ist der festen Überzeugung, dass sie in seiner Obhut bleiben sollte und auch Georgiana ist von diesem Plan wenig begeistert. Er ist ein sehr hingebungsvoller Bruder, müssen Sie wissen. Natürlich besteht Lady Catherine darauf, dass Darcy das Problem löst, indem er Anne auf der Stelle heiratet, um seiner Schwester ein gefestigtes Heim bieten zu können. Darcy hat Jahre damit zugebracht, ihre Andeutungen und Anweisungen in Bezug auf Anne zu ignorieren, doch aus irgendeinem Grund hat er dieses Mal beschlossen, ihr mitzuteilen, dass er Anne nicht heiraten wird. Weder jetzt, noch in Zukunft."

Auf diese Erklärung für Lady Catherines Verstimmung in Bezug auf Darcy war sie bisher noch nicht gekommen. „Aber liegt es nicht an Ihnen und Mr. Darcy, das als ihre Vormunde zu entscheiden?"

Er seufzte. „Rein rechtlich schon, ja. Aber wir fühlen uns gezwungen, auch die Ansicht der Familie in Betracht zu ziehen. Darcy ist Loyalität der Familie gegenüber sehr wichtig – Sie können sich sicher sein, dass er nicht jedes Jahr aufs Neue einen Besuch auf Rosings abstatten würde, wenn es nicht so wäre! Ich hoffe, dass wir bald zu einer Lösung kommen werden, zumindest um seinetwillen. Ihn hat das mehr mitgenommen, als ich erwartet hätte."

Ihr drängte sich die ungute Vermutung auf, dass Colonel Fitzwilliams Schilderung nicht der einzige Grund für Darcys Kummer war und so beschränkte sie sich auf eine kurze Antwort: „Das ist bedauerlich."

„Gut gemeint ist nicht gut gemacht", erwiderte er mit einem Stirnrunzeln. „Darcy hat immer alles Menschenmögliche für seine Schwester getan. Und jetzt deutet mein Vater an, er könne nicht gut genug für sie sogen – kein Wunder, dass ihn das aufwühlt."

Elizabeths Neugier war geweckt. „Und was ist mit Ihnen, Sir? Stimmen Sie Lord Matlock zu?"

„Nein, wie ich schon erwähnte, ist Darcy ein sehr hingebungsvoller Bruder und Vormund. Es ist nur so, nun ja, dass es einen Zwischenfall mit Georgiana gegeben hat, der die Aufmerksamkeit meiner Eltern erregte. Um ehrlich zu sein, hätte es nichts gegeben, was Darcy oder irgendjemand sonst hätte tun können, um es zu verhindern, aber mein Vater weigert sich strikt, das zu glauben", erwiderte er mit einem Seufzen.

Zu ihrer Überraschung empfand sie einen Moment lang Mitleid mit Darcy – denn wenn es sich bei diesem Zwischenfall um das handelte, was sie vermutete, nämlich der gescheiterte Versuch, mit Wickham durchzubrennen, dann wäre es wirklich bitter, wenn ihm vorgeworfen würde, er habe versagt, indem er es nicht verhindert hatte. Vor ihrem geistigen Auge erschien sein bleiches Gesicht, nachdem sie ihn am vorigen Tag so angegangen hatte. Sie konnte nicht anders, als zu denken, dass es zum schlechtmöglichsten Zeitpunkt für ihn kam, direkt nachdem sie seinen Antrag abgelehnt und ihn der Grausamkeit gegenüber Wickham bezichtigt hatte. Auch wenn er seinen Antrag nicht besonders geschickt formuliert hatte, konnte man davon ausgehen, dass er dennoch enttäuscht worden war und ihn ihre ungerechtfertigten Anschuldigungen getroffen haben mussten. *Und dann musste ich ihn gestern schon wieder so angehen, als er nur versuchte, mir unter diesen unmöglichen Umständen höflich gegenüberzutreten*, dachte sie, nicht ganz ohne Schmerz. *Er muss mich für vollkommen gefühllos halten und läge nicht einmal falsch damit!* Ein unangenehmes Gefühl der Scham machte sich in ihr breit.

„Miss Bennet? Geht es Ihnen gut?", fragte sie Colonel Fitzwilliam besorgt, den ihr langes Schweigen und ihre grüblerische Miene beunruhigt hatten.

Abrupt kehrte Elizabeth wieder in die Gegenwart zurück. „Mir geht es gut, vielen Dank, Sir, ich hatte nur darüber nachgedacht, wie schwer das für Mr. Darcy sein muss. Sie ist alles, was ihm von seiner Familie geblieben ist, nicht wahr?" Sie hoffte schwer, dass ihm diese Erklärung für ihre Reaktion zufriedenstellen würde.

„Ja, das ist sie." Colonel Fitzwilliam hielt inne, ehe er mit besorgtem Blick fortfuhr: „Ich wünschte, mein Vater wäre ein wenig bedachter, wenn es um ihn geht. Ich glaube nicht, dass ich Darcy schon jemals so unglücklich gesehen habe, wie er es die letzten paar Tage über gewesen ist."

Unwillkürlich zuckte sie zusammen, als ihr klar wurde, dass Lord Matlock nicht der Einzige war, der sich mehr Gedanken um Darcys Gefühle hätte machen sollen. *Ich frage mich, ob es noch irgendeinen Teil meiner Persönlichkeit gibt, den ich noch ausstehen kann, wenn dieser Besuch in Kent erst einmal vorüber ist*, dachte sie niedergeschlagen.

Der Colonel fuhr fort: „Es würde alles vereinfachen, wenn er endlich heiraten würde, aber das ist ein Thema, mit dem man ihm gar nicht kommen braucht."

„In der Tat", murmelte Elizabeth und war sich dessen bewusst, dass ihre Wangen mittlerweile eine leichte Rötung aufweisen mussten. *Aber immerhin zeigt mir das, dass er nichts von Mr. Darcys Antrag weiß*, dachte sie. Verschmitzt fügte sie hinzu: „Ich nehme an, er wird von heiratsfähigen jungen Damen nur so belagert."

Colonel Fitzwilliam rollte mit den Augen. „Es ist geradezu peinlich mitanzusehen, Miss Bennet, wie viele junge Damen sich ihm buchstäblich an den Hals werfen, ihm nach dem Mund reden und ihm schamlos schmeicheln!"

„Und doch bleibt er ungebunden." Da sie sich mit ihrem Geheimnis nun in Sicherheit wähnte, konnte sie sich ein wenig weiter aus dem Fenster lehnen und sich ihrer Neugierde hingeben.

„Manchmal verliere ich alle Hoffnung, dass Darcy jemals eine Frau finden wird, die seinen Standards genügen kann! Wenn ich seine Möglichkeiten hätte, wäre ich nicht so schwer zufriedenzustellen", sagte er mit einem Seitenblick auf Elizabeth, deren Gesicht eine zarte Röte annahm.

Das verkompliziert die Lage nur noch – etwas, das ich jetzt ohnehin nicht gebrauchen kann, dachte sie und lenkte das Gespräch resolut wieder auf Darcy zurück: „Er muss in der Tat ein recht hohes Maß anlegen!"

„Ganz schön hoch, fürchte ich", entgegnete der Colonel betrübt. „Es ist frustrierend, zu wissen, dass er jede Frau haben kann, die er haben will, und dennoch keine wählt."

Sie konnte sich nicht helfen und musste einfach anmerken: „Natürlich unter der Annahme, dass die besagte Lady seinen Antrag annimmt."

Er warf ihr einen Blick amüsierter Ungläubigkeit zu. „Warum sollte irgendeine Frau ihn ablehnen? Mal von seinem Vermögen und seiner vornehmen Herkunft abgesehen, hat er einen guten Charakter, ist ehrlich, fast schon zu loyal und sehr gebildet und intelligent. Was kann eine Frau mehr wollen?"

„Höflichkeit und gute Manieren?", antwortet Elizabeth mit einem verschmitzten Blick und erinnerte sich daran, dass selbst Mr. Wickham Darcy ähnlich gute Charaktereigenschaften zugestanden hatte, jedoch nur bezogen auf diejenigen, die er für gesellschaftlich ebenbürtig hielt.

Er lachte herzhaft. „Das ist wahr, Miss Bennet, Darcy wird sich in Gesellschaft niemals wohl fühlen und deshalb auch bis zum Sankt-Nimmerleins-Tag hochmütig und herablassend wirken, wenn er sich doch in Wirklichkeit einfach nur furchtbar beklommen fühlt. Das ist eine Charakterschwäche, in der Tat, die jedoch wohl kaum als schwerwiegend einzustufen wäre. Und dennoch war es nicht meine Absicht, Miss Bennet, einen solch schönen Tag mit den Schwierigkeiten meiner Familie zu verderben, lassen Sie uns über ein angenehmeres Thema sprechen." Elizabeth war einem Themenwechsel ebenso zugetan wie er selbst und so verbrachten sie den Rest des Spaziergangs in angenehmerer Atmosphäre, wenn auch das vorherige Gesprächsthema Elizabeths Stimmung ein wenig gedämpft hatte.

ALS MR. COLLINS VON seinem täglichen Besuch auf Rosings zurückkehrte, brachte er frohe Kunde mit, die bei Elizabeth jedoch weniger auf Gegenliebe stieß: Lady Catherine hatte sie alle zum Dinner am morgigen Abend geladen und dabei den ausdrücklichen Wunsch geäußert, Miss Bennet vor ihrer Abreise zu Gesicht zu bekommen.

Elizabeth überlegte kurz, ob sie sich aus der Affäre ziehen könnte, indem sie wieder die Kranke spielte, musste sich dann aber widerwillig eingestehen, dass sie Mr. und Mrs. Collins damit Lady Catherines Unmut aussetzen würde, wenn sie es wagte, sich ihr zu widersetzten, indem sie die Frechheit besaß, krank zu werden, wenn ihre Anwesenheit zu Tische doch ausdrücklich angeordnet worden war. Also würde sie nach Rosings gehen und so fragte sie sich den ganzen restlichen Tag über, wie sie sich verhalten sollte, wenn sie Mr. Darcy wieder gegenüberstehen würde. Schließlich und endlich schloss sie mit demselben Gedanken des Nachts die Augen und war am darauffolgenden Morgen einer Lösung nicht näher gekommen als zu Beginn der Prozedur, sondern nur noch nervöser geworden.

Sie konnte sich nicht entsinnen, wann sie das letzte Mal über so lange Zeit hinweg niedergeschlagen gewesen war. Ihre Gedanken wanderten rastlos von seinem unglückseligen Antrag zum verletzten Ausdruck auf seinem Gesicht, als sie ihn eben damit konfrontiert hatte, bis hin zu seiner etwas wohlwollenderen Charakterisierung durch Colonel Fitzwilliam. Wie auch immer sie es drehte und wendete, für ihr eigenes Verhalten konnte sie sich keine Absolution erteilen. Sie hatte ihm erheblichen Schmerz zugefügt, ihm Kummer bereitet und das, obwohl sie zuvor noch geglaubt hatte, er sei nicht in der Lage dazu, etwas Derartiges zu empfinden. Immer schon hatte sie gewusst, dass sie nicht so sanftmütig wie Jane war. Und doch war es nicht besonders angenehm, feststellen zu müssen, dass sie unsensibel genug gewesen war, um die Auswirkungen ihrer Ablehnung auf Mr. Darcy vollkommen außer Acht zu lassen. Es ließ sie nicht los, dass sein hochmütiges Verhalten so direkt zum erniedrigenden Eingeständnis ihrer Fehler führte und dann wiederum gab es Momente, in denen sie beinahe froh darum war, dass er ebenso litt, wie sie selbst. Doch ihr Gerechtigkeitsgefühl wollte das nicht lange zulassen, und so kehrte sie wieder zu der Erkenntnis zurück, dass ihre Menschenkenntnis sie in diesem Fall im Stich gelassen hatte. Schließlich nahm sie sich vor, ihr Bestes zu tun, um ihm mit Höflichkeit und Freundlichkeit zu begegnen, wie sie es bei jeder anderen leidenden Person auch tun würde, auch wenn sie ihren eigenen Fähigkeiten in diesem Fall nicht vollends traute.

Es hätte sie überrascht, zu wissen, dass Darcy vor einem ähnlichen Dilemma stand. Was sie ihm bei ihrem letzten Aufeinandertreffen gesagt hatte, hallte, zusammen mit ihren Worten von jenem unglückseligen Aufeinandertreffen im Pfarrhaus, fortwährend in seinen Ohren wieder. Immerzu sah er ihr Gesicht, seines üblichen Lachens beraubt, die schönen Augen mit Tränen gefüllt – Tränen, die *er* verursacht hatte. Bis zu jenem Augenblick war es ihm nie in den Sinn gekommen, dass sein Werben sie eher treffen, denn ihr schmeicheln konnte. Beschämt musste er feststellen, dass er sich an kein Aufeinandertreffen erinnern konnte, bei dem er sich ernsthafte Gedanken über ihre Gefühle gemacht hatte – ihm war nicht einmal der Gedanke gekommen, es könnte sie bekümmern, dass Bingley ihre Schwester verlassen hatte. Er konnte sich nicht erklären, wann er so gefühllos geworden war, denn bisher hatte er sich immer für jemanden gehalten, der die Belange anderer vor seine eigenen stellte. Doch wenn er es genauer betrachtete, dann stellte er fest, dass er diesen Leitspruch nur auf diejenigen anwandte, die ihm am nächsten standen. War seine Gleichgültigkeit mit jeder Frau gewachsen, die ihm zu verstehen gegeben hatte, dass die Ehe mit ihm ihre größte Eroberung wäre? Glaubte er mittlerweile tatsächlich daran, die Welt drehe sich so sehr um ihn, dass jegliche Aufmerksamkeit seinerseits jemanden ehrte, ganz gleich, wie kränkend er sie auch formulieren mochte?

Verbunden mit dieser Einsicht kam die schmerzhafte Gewissheit, dass er Elizabeths Kummer gegenüber nicht immun war. Was sie verletzte, traf ihn ebenso sehr. Auch wenn er sich mit nicht unerheblicher Selbstzufriedenheit eingestehen musste, dass sie – wenn man von ihren Worten an jenem Abend absah – immerhin genug auf seine Meinung gab, um ihr nicht vollkommen gleichgültig gegenüberzustehen. Doch der Gedanke an ihre mit Tränen gefüllten Augen, ließ ihn mit Schmerzen in der Brust zurück und er begann, sich selbst für jenes Verhalten zu schelten, das sie ausgelöst hatte. Und dann gab es wiederum Zeiten, in denen ihn die Wut packte und er sich in Erinnerung rief, dass er ihr gegenüber nichts gesagt hatte, was nicht der Wahrheit entsprach.

Zu diesen Gefühlen gesellte sich noch ein weiteres, das seinen Ursprung in dem Wissen hatte, dass sie Kent in ein paar Tagen verlassen und er sie bei diesem Dinner wohl das letzte Mal sehen würde. Einerseits war er erleichtert darüber, ihr und der erniedrigenden Erinnerung an ihre Ablehnung und dem damit verbunden Schmerz entkommen zu können. Andererseits wollte er alles in seiner Macht stehende tun, damit sie ihm nicht vollkommen entglitt. Der Gedanke daran, sie nie wieder zu sehen – ihr Lachen, ihre Lebendigkeit, ihre natürliche Anmut und ihre lebensbejahende Art – hinterließ ein Gefühl der Leere in ihm.

Der Moment, den er sowohl gefürchtet als auch herbeigesehnt hatte, war mit der Ankunft der Gesellschaft aus Hunsford gekommen. Ihm fiel sogleich auf, dass Elizabeth wesentlich niedergeschlagener wirkte als gewöhnlich. Es war das erste Mal, dass er sie in Gesellschaft sah und sie nicht zumindest versuchte, ihre sonst übliche Lebhaftigkeit zur Schau zu stellen. Er erwischte sie dabei, wie sie ihm einen verstohlenen Blick zuwarf – hatte er darin eine gewisse Wärme entdecken können oder spielten ihm seine eigenen Wünsche dabei einen

Streich? Als sie die Augen wieder senkte, verspürte er ihr gegenüber einen überraschenden Anflug von Zärtlichkeit, dem er sich einen Moment lang hingab, bevor er sich dafür schalt, erneut dem Charme dieser Frau erlegen zu sein.

Wieder nahm er seinen angestammten Platz ein, der ihn ein wenig von ihr wegführte, von dem aus er sie jedoch gut beobachten konnte. Seit jenem Abend in Hunsford hatte er das nicht mehr getan. Wie immer, setzte sich Colonel Fitzwilliam neben sie und versuchte, sie in ein Gespräch zu verwickeln. Darcy war zu weit von den beiden entfernt, um ihre leisen Antworten hören zu können, und doch stellte er mit nicht unerheblicher Genugtuung fest, dass der Austausch mit seinem Cousin nicht so lebhaft wie gewöhnlich vonstattenging. Momentan wäre es ihm unerträglich, zu sehen, wie sie einem anderen Mann zulächelte. Colonel Fitzwilliams offene Bewunderung für sie war ihm schon von Beginn an ein Dorn im Auge gewesen. Als ob sie seine Gedanken lesen könnte, blickte Elizabeth zu ihm auf, um dann beinahe augenblicklich wieder wegzusehen.

Lady Catherine merkte nach dem Dinner an, Miss Bennet mache den Eindruck, als sei sie nicht in Stimmung heute Abend und bezog es sofort auf sich, indem sie zu dem Schluss kam, sie sei traurig darüber, schon so bald wieder nach Hause zurückkehren zu müssen. Deshalb verkündete sie: „In diesem Falle jedoch, müssen Sie Ihrer Mutter schreiben und sie bitten noch ein Weilchen länger bleiben zu dürfen. Mrs. Collins würde sich sehr über Ihre Gesellschaft freuen, da bin ich mir sicher."

„Ich danke Eurer Ladyschaft vielmals für diese wohlwollende Einladung", entgegnete Elizabeth, und dachte bei sich, dass es wohl nichts gäbe, was sie weniger wollte, als zu bleiben, „und doch steht es mir nicht zu, sie anzunehmen. Ich muss nächsten Samstag in London sein."

„Nun, aber dann waren Sie ja nur sechs Wochen hier! Ich war davon ausgegangen, Sie blieben zwei Monate. Das hatte ich Mrs. Collins mitgeteilt, bevor Sie hier eintrafen. Es kann keinen

41

Grund geben, weshalb Sie schon so früh abreisen müssen. Mrs. Bennet kann Sie sicherlich auch noch vierzehn Tage länger entbehren."

„Mein Vater kann es jedoch nicht – letzte Woche erst hat er geschrieben und um eine baldige Rückkehr gebeten."

„Oh! Natürlich kann Ihr Vater Sie entbehren, wenn Ihre Mutter das kann. Töchter sind für einen Vater nie von großer Bedeutung. Und wenn Sie noch einen ganzen Monat länger blieben, wäre es mir möglich, Sie bis London mitzunehmen, denn ich reise Anfang Juni dorthin, für eine Woche. Und da Dawson nichts dagegen einzuwenden hat, sich in der Barouche auf den Kutschbock zu setzten, werden wir ausreichend Platz für Sie haben."

„Oh, bitte, bleiben Sie noch ein Weilchen länger, Miss Bennet!", rief Miss Darcy, „ich wäre so froh um Ihre Gesellschaft."

„Das wären wir alle", unterstützte sie Colonel Fitzwilliam warmherzig. „Sicherlich könnten Sie noch vierzehn Tage länger bleiben, nicht wahr?"

„Sie alle sind sehr freundlich, doch ich fürchte, dass es bei meinen ursprünglichen Plänen bleiben muss." *Zumindest befindet sich eine Person in diesem Raum, die nichts gegen meine Abreise einzuwenden hätte*, dachte sie mit trockenem Humor.

„Warum bleiben Sie nicht, Miss Bennet? Georgiana würde es viel bedeuten. Und ich bin mir sicher, dass wir, was Ihre Beförderung betrifft, ein Arrangement finden könnten."

Elizabeth sah erschrocken in die dunklen Augen des Sprechers auf, der ihren Blick ruhig und ernsthaft erwiderte.

„Ich werde am Samstag in London erwartet", wiederholte sie ihren Einwand. Ihre Verwirrung sorgte dafür, dass ihre Stimme nicht so fest war, wie sie sich das gewünscht hätte. *Welche Absicht verfolgt er damit?*, zermarterte sie sich den Kopf.

„Sicherlich macht eine weitere Woche keinen solch großen Unterschied", beharrte er mit neutraler Stimme.

Seine Worte verwirrten sie. Sein Gesichtsausdruck ließ keine Schlüsse darauf zu, dass er sich nach ihrer Gesellschaft sehnte. Sicherlich wünschte er sich wohl kaum, dass sie blieb, nach all dem, was zwischen ihnen vorgefallen war. Vielleicht bat er sie seiner Schwester zuliebe, da Elizabeths Anwesenheit ihr einen Ausweg vor ihrer Tante bot. *Ja, dass muss es sein,* dachte sie.

Sein Blick ruhte auf ihr und das machte sie nervös. Sie suchte fieberhaft nach einer Ausrede, was sie jedoch so sehr aufwühlte, dass sie den Tränen unangenehm nahe war. Ein Augenblick der Feigheit genügte, als sie befürchtete, durch weiteres Argumentieren die Fassung vollends zu verlieren, und sie antwortete leise: „Nun gut, dann werde ich eine weitere Woche bleiben, wenn Mrs. Collins mich noch bei sich haben möchte."

Sie brachte es nicht über sich, Mr. Darcy anzusehen, während sie sprach. Doch glücklicherweise sorgten Georgianas überschwängliche Jubelrufe dafür, dass ein ansonsten sehr unangenehmer Moment überbrückt werden konnte. Elizabeth war froh um die Ablenkung.

Darcys Blick ruhte auf ihren geröteten Wangen, als er sich fragte, welcher Teufel ihn geritten hatte, dass er sie dazu ermutigt hatte, in Kent zu verweilen. War er so masochistisch veranlagt, dass er weiterhin daran erinnert werden wollte, wie sie ihn verachtete und wie sehr er ihr widerstrebte? Heute Abend war zum ersten Mal weder Schmerz noch Feindseligkeit von ihr ausgegangen – war er verzweifelt genug, *das* als positives Zeichen zu deuten? *Gütiger Gott! Was denke ich da? Sie hat sich als all das herausgestellt, was ich an einer Frau fürchten könnte – sie steckt voller Vorurteile, ihr fehlt es grundlegend an Höflichkeit und Selbstbeherrschung, außerdem sie hat keinerlei Sinn für den guten Ton – ich werde ihr nicht nachtrauern. Das werde ich nicht tun!* Er erinnerte sich daran, wie Elizabeth mit

Georgiana am Pianoforte gesessen war und ihr trotz ihrer eigenen Niedergeschlagenheit ein Lächeln abgerungen hatte. Für einen Moment musste er die Augen schließen, um dem Schmerz Herr zu werden. Als er sie wieder öffnete, sah Lady Matlock ihn fragend an, was ihn frustriert mit den Augen rollen ließ – er wusste, warum er solche Momente der Schwäche sonst nicht zuließ.

Was mochte Elizabeth wohl denken, was hielt sie von seiner Bitte und vor allem: Warum hatte sie ihm nachgegeben, obwohl sie sich allen anderen verweigert hatte? Ihr Gesichtsausdruck verriet nichts, auch wenn ihre Wangen noch immer von einer zarten Röte überzogen waren. Es schien so, als ob sie seinem Blick absichtlich auswich und Georgiana ihre volle Aufmerksamkeit schenkte, und sie nur von Zeit zu Zeit, wann immer es eben nötig war, mit Lady Catherine teilte.

Georgiana war entzückt, dass es ihr gelungen war, Elizabeth zum Bleiben zu bewegen. Und dennoch war sie fest entschlossen, einer weiteren entwürdigenden Situation vor den Augen der Bewohner des Pfarrhauses zu entgehen. Sie bat Lady Catherine, sie zu entschuldigen, da sie sich aufgrund großer Müdigkeit früh zurückziehen wolle. Da er den oftmals lästigen Wesenszug besaß, sich zu viele Sorgen um sie zu machen, warf sie ihrem Bruder einen beruhigenden Blick zu, der allerdings nicht bemerkt wurde, da er nur abwesend zum anderen Endes des Raumes starrte und ihre Bitte offensichtlich gar nicht mitbekommen hatte. Sein offenkundiges Desinteresse brachte sie auf.

Lady Catherine genehmigte ihren Rückzug, jedoch nicht, ohne ihr zuvor eine Lektion darüber zu erteilen, wie gefährlich es sei, sich tagsüber zu überanstrengen, woraufhin sie Darcy einen vernichtenden Blick zuwarf, als ob dieser in irgendeiner Weise für die Müdigkeit seiner Schwester verantwortlich wäre. Schon bald, nachdem sich Georgiana zurückgezogen hatte, bat Colonel Fitzwilliam, der die konstanten Forderungen seiner Tante und seines Vaters nicht mehr ertragen konnte – ganz zu schweigen von Darcys grüblerischem Schweigen – Elizabeth darum, sich wieder ans Pianoforte zu setzen.

Darcy beobachtete, wie sie sich lächelnd fügte. Plötzlich erschien es ihm unmöglich, dabei zuzusehen, wie sie Colonel Fitzwilliams Charme erlag und ihn anstrahlte, wenn sie zusammen am Instrument saßen. Noch bevor er sich seiner Handlung bewusst war, machte er sich selbst auf den Weg zu ihr und setzte sich auf den Platz, den üblicherweise sein Cousin bei dieser Gelegenheit einnahm.

„Mr. Darcy", murmelte Elizabeth, die sein plötzliches Auftauchen überrascht hatte, und zögerte einen Augenblick, ehe sie sich selbst an seine Seite setzte.

Sein Verhalten verstörte sie – er hätte diese unnötige Nähe gut und gerne vermeiden können und wenn man danach ging, welche Miene er aufgesetzt hatte, dann war er selbst alles andere als glücklich über die Position, in der er sich nun wiederfand. *Wenn er vorhatte, mir Unbehagen zu bereiten, dann ist ihm das allerdings gelungen!*, stellte sie nüchtern fest.

Sie konzentrierte sich darauf, eine Auswahl aus den vorhandenen Musikstücken zu treffen, als hätte sie die Notenblätter nicht schon oft genug durchgeblättert, um sie auswendig zu kennen. Sie nahm sich zusammen und rief sich ins Gedächtnis, dass sie sich vorgenommen hatte, ihre eigenen Gefühle außer Acht zu lassen und ihm höflich und freundlich zu begegnen. Ein paar tiefe Atemzüge gönnte sie sich, ehe sie all ihren Mut zusammennahm, um sich ihm mit einem Lächeln auf den Lippen zuzuwenden: „Nun, Sir, was darf es sein? Haydn oder Mozart?"

Darcy, der seit jenem Abend im Pfarrhaus nicht mehr so von ihr angelächelt worden war, verlor sich in ihren schönen Augen. *Wie würde sie wohl reagieren, wenn ich ihr sagte, wie gleichgültig es mir ist, welche Musik sie spielt, solange sie mir nur weiterhin dieses Lächeln schenkt?*, fragte er sich und wusste zugleich, dass er kein Recht hatte – und es auch niemals haben würde – ihr etwas Derartiges sagen zu dürfen. Als ihm bewusst

45

wurde, dass er schon zu lange geschwiegen hatte, eilte er sich, eine Präferenz für Mozart zu äußern.

Der Duft von Rosenwasser stieg ihm in die Nase und seine Sehnsucht nach ihr wuchs. Es war wirklich ungerecht, dachte er, dass sie ihn immer noch so verzaubern konnte, selbst nachdem sie sich ihm gegenüber so unmöglich verhalten hatte. Seine Augen verweilten auf ihrem Profil und zeichneten die Konturen ihrer einladenden Lippen nach, während sie spielte. Er bewunderte wie ihre schlanken Finger über die Tastatur tanzten und stellte sich vor, wie sie sein Gesicht berührten, seinen Arm entlang streiften und ihm wieder und wieder Freude bereiteten.

Als sie das Ende der Seite erreichte, warf sie ihm einen Blick zu und nahm den ernsten Ausdruck auf seinem Gesicht wahr. Er kam wieder zu sich, langte an ihr vorbei und blätterte um. Der beinahe schmerzhafte Zustand freudiger Erregung, den ihm ihre Nähe bescherte, war nicht mehr zu verleugnen und er sehnte sich nach jener Erleichterung, die nur sie ihm verschaffen konnte und wusste doch, dass sein Wunsch niemals in Erfüllung gehen würde. Er konnte sich nicht zurückhalten und streifte ihren Arm scheinbar zufällig mit seinem, als er sich wieder setzte.

Für Elizabeth war es schier unmöglich, sich auf ihre Darbietung zu konzentrieren und mit jedem Fehler, den sie machte, wurde sie nervöser. Sie war sich sicher, dass Darcy sowohl ihre Schnitzer, als auch ihre Aufregung bemerkte und so bemühte sie sich nur umso mehr, seine Anwesenheit zu ignorieren. Doch es nützte alles nichts. Ein seltsames Gefühl durchfuhr sie so heftig, als sein Ärmel ihre Haut streifte, dass ihr Spiel von ein paar schiefen Tönen durchbrochen wurde. Trotzdem widerstand sie dem Drang, in seine Richtung zu sehen, um festzustellen, ob er bemerkt hatte, wie sehr er sie damit aus dem Konzept gebracht hatte. Als sie das Ende des Stückes erreicht hatte, waren ihre Wangen beträchtlich röter, als zuvor. Ohne aufzusehen, beschloss sie, sich die nächste Hürde nicht all zu hoch zu legen und suchte das einfachste Stück aus dem Stapel heraus.

Ihre Rettung ereilte sie jedoch von unerwarteter Seite. Mr. Collins verkündete: „Cousine Elizabeth, obwohl ich Ihrem musikalischen Talent wie üblich Beifall spende, ist es für uns nun an der Zeit, diese illustre Runde zu verlassen."

Sie sah überrascht zu Mr. Collins auf, denn für gewöhnlich blieben sie wesentlich länger. Ihr fiel auf, wie nervös er wirkte und so raffte sie die Notenblätter rasch zu einem ordentlichen Stapel zusammen, ehe sie sich ihm anschloss. Durch ihre Wimpern warf sie einen Seitenblick auf Darcy, dessen Gesichtsausdruck nicht zu deuten war.

Sie waren eben erst im Pfarrhaus angekommen, nachdem Lady Catherine sie mit einem unterkühlten Adieu verabschiedet hatte, als Charlotte sie zur Seite nahm.

„Lizzy", flüsterte sie, „ich muss dich warnen. Lady Catherine war verstimmt, weil Mr. Darcy dir heute Abend so viel Aufmerksamkeit geschenkt hat. Ich bitte dich, sei vorsichtig. Ihr Ärger könnte leicht von dir auf Mr. Collins übergehen."

„Mr. Darcys Aufmerksamkeit? Mir gegenüber? Wir haben den ganzen Abend kaum zwei Worte gewechselt!", protestierte Elizabeth.

„Und doch lag sein Augenmerk den ganzen Abend nur auf dir. Lizzy, ich möchte nicht behaupten, dass ich verstünde, was da zwischen euch vorgeht, aber ich bin nicht blind und unglücklicherweise ist Ihre Ladyschaft es ebenso wenig! Ich sehe doch, dass er uns hier nicht mehr besuchen kommt und ich bin froh drum, nicht zu wissen, ob ihr euch heimlich irgendwo anders trefft. Aber ihr spielt ein gefährliches Spiel, indem ihr das vor den Augen seiner ganzen Familie tut. Dir muss doch klar sein, dass sie sein Interesse an dir nicht gutheißen würden."

Elizabeth konnte nicht anders, sie musste lächeln, als sie hörte, wie Charlotte Darcys Abwesenheit der letzten Tage interpretierte. „Charlotte, ich kann dir versichern, dass du meinen Part in dieser Geschichte vollkommen falsch verstehst.

Mr. Darcy lässt sich hier nicht mehr blicken, weil wir beide gestritten haben und ich kann dir versichern, dass ich die Letzte wäre, deren Gesellschaft er suchen würde. Wenn du etwas zwischen uns wahrnimmst, dann ist es Feindseligkeit und keine Zuneigung." Ihre letzten Worte hinterließen einen schalen Geschmack in ihrem Mund.

„Lizzy", sagte Charlotte geduldig, „ich habe den Beweis dafür doch mit eigenen Augen gesehen. Mir ist klar, dass du sein Interesse an dir nie wahrhaben wolltest und das muss ich respektieren. Aber tu dir selbst den Gefallen – diesen Rat muss ich dir einfach geben – und lass dich nicht vor den Augen seiner Familie von ihm umwerben. Sonst läufst du Gefahr, enttäuscht zu werden."

Langsam und deutlich sprach Elizabeth mit leicht gereiztem Unterton: „Das ist keine Brautwerbung, Charlotte."

Ihre Freundin sah sie ratlos an. „Nun, Lizzy, wie ich weiß, bewegst du dich keinen Zentimeter, wenn du dir erst etwas in den Kopf gesetzt hast. Aber solltest du jemals darüber sprechen wollen, dann weißt du hoffentlich, dass du dich auf meine Diskretion verlassen kannst."

Spontan lehnte sich Elizabeth herüber und drückte ihr einen Kuss auf die Wange. „Liebste Charlotte, ich weiß, dass du nur das Beste für mich willst und ich versichere dir, wenn es jemals etwas zu erzählen geben sollte, dann wirst du es erfahren."

CHARLOTTE HATTE OFFENSICHTLICH recht gehabt, was Lady Catherines Sicht der Dinge anging. Denn obwohl sie zuvor darauf bestanden hatte, Elizabeth solle in Kent bleiben, blieben in den folgenden Tagen doch die Einladungen nach Rosings aus. Elizabeth war um jeden Tag dieser Atempause froh, wenn auch mit schlechtem Gewissen. Nicht nur Darcys Verhalten bei ihrem letzten Zusammentreffen verwirrte sie, auch ihre eigene Reaktion darauf gab ihr Rätsel auf. Sämtliche Einladungen von

Seiten Miss Darcys schlug sie konsequent aus und ermutigte die junge Dame stattdessen, sie im Pfarrhaus zu besuchen.

Als Miss Darcy an einem besonders schönen Tag auf Besuch kam, schlug Elizabeth vor, einen Spaziergang zu unternehmen. Charlotte meinte, sie hätte zu viel zu tun und Maria ging nicht gerne spazieren, sodass sich die beiden allein auf den Weg machten. Sie folgten den Pfaden, die sie in den Park von Rosings führten, und Elizabeth bemühte sich, fröhlicher zu wirken, als sie sich fühlte.

Lange waren sie noch nicht unterwegs, als sie in der Ferne einen Gentleman auf sich zukommen sahen. Miss Darcy, die ihren Bruder sofort erkannte, bestand darauf, zu ihm zu stoßen und ignorierte Elizabeths Einwand, dass er womöglich seine Ruhe haben wolle. Alles andere als Ruhe machte sich bei dem Gedanken, ihm gegenüberzutreten, in ihr breit. Sie bemühte sich, die Contenance zu wahren, wenngleich ihr Puls bei jedem Schritt, den sie auf ihn zumachte, mehr zu rasen begann.

Er wirkte überrascht, als er die beiden erblickte, schloss sich ihnen jedoch nach nur kurzem Zögern an, nachdem Georgiana ihn darum gebeten hatte. Elizabeth blickte zur Seite, als er seinen Platz zwischen den Damen einnahm. Er erkundigte sich höflich nach den Collins' und nachdem er ihre nicht allzu deutliche Antwort erhalten hatte, fragte er ebenso höflich nach ihren eigenen Plänen und stellte fest, dass es eine Weile her sei, seit sie sich zum letzten Mal gesehen hatten.

„Ich habe vor, am Samstag nach London aufzubrechen. Dort werde ich dann eine Woche bei meinem Onkel und meiner Tante verbringen, ehe ich nach Hause zurückkehren werde", antwortete sie und fragte sich, ob er es nun eilig hatte, sie loszuwerden. Amüsiert stellte sie fest, dass er ebenso angespannt war, wie sie selbst, denn als er sprach, fehlte seiner Stimme die sonst übliche Gelassenheit.

„Ihre Tante und Ihr Onkel leben in London, habe ich das richtig verstanden?", fragte Georgiana und hoffte auf Details, die es ihr ermöglichen würden, ihre Bekanntschaft mit Elizabeth fortzusetzen.

„Ja, sie wohnen in der Gracechurch Street, in Cheapside", erklärte Elizabeth, wobei sie das letzte Wort ganz besonders betonte. Sie warf Darcy einen verstohlenen Blick zu, um zu sehen, wie er es auffasste, er trug es jedoch mit Fassung. Sie konnte sich nicht helfen und musste ihn einfach noch ein wenig weiter necken: „Ich mag sie ganz besonders gern. Meine Schwester Jane und ich verbringen jedes Jahr mindestens einen Monat bei ihnen. Unsere Tante stammt ursprünglich aus Derbyshire, gar nicht so weit von Pemberley entfernt." *Und doch ist ihr Zuhause weit, weit von dessen Rang entfernt*, dachte sie amüsiert. *Er hat nicht die leiseste Ahnung, wie unbedeutend meine Verbindungen tatsächlich sind.*

„Wirklich!", rief Georgiana. „Woher kommt sie?"

Elizabeth konnte sich das Lachen nur schwer verkneifen, hatte ihr Georgiana doch mit dieser Frage direkt in die Hände gespielt. Beinahe glaubte sie, Georgiana wolle ihr dabei helfen, ihren Bruder ein wenig zu ärgern, und doch war es offensichtlich, dass sie wirklich Interesse daran hatte. „Ich glaube, es ist tatsächlich nicht weit von Pemberley entfernt. Sie wurde in dem kleinen Städtchen Lambton geboren. Ihr Vater war der ortsansässige Schneider dort." *Wie Sie sehen, Sir, schäme* ich *mich keinenfalls einer solchen Verwandtschaft!*, dachte sie.

Georgiana schielte peinlich berührt zu Darcy hinauf, als ob sie sich von ihm Unterstützung erhoffe, wie sie mit einer solchen Aussage umzugehen habe. Doch er schien sie nicht zu bemerken, sondern starrte nur gedankenverloren ins Leere. Seltsamerweise war sie enttäuscht, dass er nicht zum Gegenschlag ausgeholt hatte und so fragte sich Elizabeth, ob er seine Gefühle für sie tatsächlich begraben hatte.

„Es muss wahrlich eine Umstellung gewesen sein, als sie nach London umziehen musste", durchbrach Georgiana schließlich das Schweigen.

„Ich glaube, es hat ihr gefallen. Meine Tante ist eine Dame von großem Elan, die trotz ihrer begrenzten Mittel überaus gebildet ist. In London findet sie weit mehr Gelegenheit, sowohl ihren Geist, als auch die Seele zu beflügeln. In dieser Hinsicht passt sie sehr gut zu meinem Onkel."

„Das muss dann also der Onkel sein, in dessen Haus Mr. Wordsworth und seine Freunde ein und ausgehen", brachte sich ein leicht amüsiert wirkender Darcy nun auch wieder in die Unterhaltung ein.

Elizabeth sah zu ihm hinüber und blickte ihm dabei direkt in die Augen. „Ja", antwortete sie schnippisch. „Mein Onkel begibt sich gerne unter Leute und er und meine Tante pflegen zahlreiche interessante Freundschaften. Einer der Gründe, weshalb ich sie so gerne besuche, liegt darin, dass man bei ihnen jederzeit anregende Unterhaltungen führen kann."

Wenn sie dachte, er würde ihre Herausforderung nicht annehmen, lag sie falsch: „Das hört sich durchaus so an, als befände man sich dort in einem anregenden Umfeld. Ich kann mir gut vorstellen, dass Sie sich dort wohlfühlen, Miss Bennet. Den Gedanken daran, dass Sie eine Diskussion mit Wordsworth führen, finde ich dabei ganz besonders faszinierend, da ich denke, dass Sie eine recht ähnliche Art des Denkens haben. Und doch sehe ich Sie beide eher am Ufer des Wye, als in der guten Stube eines Londoner Stadthauses."

Elizabeths Augen weiteten sich. Es überraschte sie, auf welch persönliche Ebene er das Gespräch gebracht hatte. Dachte er tatsächlich an sie, während er Gedichte las? „Dazu kann ich nichts sagen, Sir. Und doch muss es ein schöner Landstrich sein, nehme ich an", entgegnete sie, und staunte, wie sehr ihr plötzlich, ihres gemächlichen Spazierganges zum Trotz, der Atem wegblieb. „Ich kann mich glücklich schätzen, denn diesen Sommer darf ich mit meinem Onkel und meiner Tante zum Lake District reisen. Dort werde ich mir selbst ein Bild machen können."

„Ich kann Sie mir nur zu gut in Wordsworths Grafschaft vorstellen", gab er zurück. Sie hatte Pläne, die ihn nicht einschlossen, und das traf ihn. *Ihm* sollte es zustehen, ihr die Reise zu den Seen zu ermöglichen, *er* sollte am Ufer des Wye neben ihr stehen. Irgendwie brachte er sich dazu, fortzufahren. „Ich sehe ihn als Anhänger der Natur – seiner Überzeugung nach stecke in ihr die Kraft, ihn zu inspirieren. Und so schreibt er auch ‚Die Natur… sie sei mir Ein und Alles'" Einen Augenblick hielt er inne, während sie darüber nachsann, und begann dann zu zitieren:

Ich hab gefühlt, dass etwas da ist,
das mich aufrührt mit der Freude,
die aus den erhabenen Gedanken kommt:
Gespür von etwas, das viel tiefer ist
dazu gemischt und alles ganz durchdringt,
im Licht der untergehnden Sonne wohnt,
im runden Ozean, der Luft, die lebt,
im blauen Himmel, in des Menschen Geist:
Bewegung ist es, Antriebsfeder der
vernunftbegabten Wesen, alles dessen,
was je ein Gegenstand des Denkens war:
Es ist der Geist, der alles Sein durchströmt.
Und deshalb lieb ich noch die Wiesen und
die Wälder und die Berge, alles das,
was wir von dieser grünen Erde her
erblicken können, diese mächt'ge Welt
des Auges und des Ohres, wie sie halb
erschaffen, halb erfahren wird von ihnen.
Wie gern erkenne ich dabei in der
Natur und in der Sprache aller Sinne
den Anker meiner lautersten Gedanken,
mir Amme, Führer, meines Herzens Wächter,
die Seele meines ganzen Seins als dem
Moralgesetze unterworfner Mensch.

Mit unverwandtem Blick zitierte er die Verse, schlicht und doch kraftvoll, doch Elizabeth wusste, dass sich seine Worte direkt an sie richteten. Sie konnte sich nicht helfen – es rührte sie einfach, wenn sie sich vorstellte, wie dieser stolze Mann beim Lesen an sie dachte, ebenso wie das Bild, das er dabei vor Augen und ihr kurz zuvor noch geschildert hatte. Sie biss sich auf die Lippe, denn sie wurde sich bewusst, wie viel sie von ihm noch nicht wusste und wie falsch sie ihn beurteilt hatte.

Georgiana, der die Intimität der Situation nicht entging, sah zunächst zu ihrem Bruder und dann zu einer entrückt wirkenden Elizabeth hinüber, deren Augen zu Boden gerichtet waren. Wenn sie die beiden nur hätte hören und nicht sehen können, dann hätte sie das Ganze für einen romantischen Moment gehalten. Das schien es aber ganz und gar nicht zu sein, so ernst und abweisend, wie die beiden drein schauten. Das Verhalten ihres Bruders traf sie vollkommen unvorbereitet und verwirrte sie. Ebenso Elizabeth, die sich problemlos der unbezwingbaren Lady Catherine entgegen stellte, schien sich Darcy zu fügen – worin jedoch, das war ihr alles andere als klar.

Die Situation rief Gefühle in Elizabeth hervor, denen sie sich nicht gewachsen fühlte. Sie wusste kaum, was sie sagen sollte und mit jedem Schritt, den sie tat, wurde das Schweigen unerträglicher. Verzweifelt sagte sie das Erstbeste, das ihr einfiel: „Seine Sicht auf die Natur erscheint mir sehr persönlich."

„Ja, sehr persönlich", antwortete Darcy gedehnt. „Auf mich wirkt es, als sähe er in ihr eine Quelle der Inspiration und als bräuchte er sie, um sich auf dem Boden der Tatsachen zu halten, in einer Welt, die durch zwischenmenschliche Beziehungen immer vielschichtiger wird."

Ihre Wangen glühten, als Elizabeth sich dessen bewusst wurde, was er ihr damit zwischen den Zeilen zu verstehen gegeben hatte. Beinahe fragte sie sich, ob er den Versuch unternahm, ihr den Hof zu machen und die Anwesenheit seiner

Schwester ihm als Vorwand diente. *Und wenn er das täte,* flüsterte ihr Herz, *wie würdest du dann darauf reagieren?*

Darcy selbst war sich noch viel weniger im Klaren darüber, warum er so viel von sich preisgab. Es handelte sich dabei weniger um eine bewusste Entscheidung, denn um das Bedürfnis, dem einzigen Menschen auf Erden sein Herz auszuschütten, der ihm Absolution erteilen konnte, indem er ihr all die Gefühle und Gedanken mitzuteilen, die ihn über Monate hinweg verfolgt hatten. Er war sich unsicher, ob er damit den Versuch anstellte, ihre Meinung von ihm zu verbessern oder ob er dem Ganzen ein Ende setzen wollte, indem er seinem Herzen Luft machte. Ein Seitenblick auf sie verriet ihm, dass sie sich unwohl fühlte, einen bekümmerten Eindruck machte sie jedoch nicht auf ihn. *Was weit mehr ist, als du verdient hast,* rief er sich selbst zur Ordnung.

Elizabeth blickte zu Georgiana hinüber: „Haben Sie die Poesie auch so gern, Miss Darcy?"

„Nicht so sehr wie Fitzwilliam, nein. Seine Interessen sind mehr oder minder allumfassend, während ich mich eher auf den Bereich der Musik konzentriere, und alles Andere dabei außen vor lasse." Der vorwurfsvolle Blick, den sie ihrem Bruder dabei zuwarf, ließ darauf schließen, dass es sich dabei um ein altbekanntes Diskussionsthema zwischen den beiden handelte. Ihr Ton schien darauf hinzudeuten, dass sie seinen Wissensdurst verspottete.

Elizabeth sah Darcy verstohlen an, der die Kritik seiner Schwester gut zu verkraften schien, und sogar ein leichtes Lächeln auf den Lippen hatte. Und doch dachte sie, sie hätte eine Spur Kränkung darin entdeckt. „Nun, Universalgelehrte brauchen wir ebenso wie gute Musiker", warf sie gelassen ein. „Ich selbst kann nicht behaupten, sehr belesen zu sein. Auf vielen Gebieten habe ich keine Ahnung und doch habe ich noch nichts gelernt, das ich anschließend bereut hätte."

Sein Lächeln wurde wärmer, was ihr Herz ein wenig zum Flattern brachte. Verlegen sah sie beiseite. Hätte sie ihm in die

Augen sehen können, dann hätte sie eine Entdeckung gemacht, die ihr die Röte in die Wangen getrieben hätte. Denn auf seinem Gesicht spiegelte sich das wider, dessen er sich soeben gewahr geworden war. Doch obwohl sie ihn nicht ansah, konnte sie dennoch hören, wie er sagte: „Niemand, der Sie je kennen gelernt hat, käme auf die Idee, Sie nicht für belesen zu halten, Miss Bennet."

„Da bin ich aber erleichtert, dass es mir gelungen ist, Sie derart in die Irre zu führen, dass das wahre Ausmaß meiner Ahnungslosigkeit im Dunkeln bleibt, Mr. Darcy", entgegnete sie leichthin und wusste dabei nur zu gut, dass er das wahre Ausmaß ihrer Ahnungslosigkeit kannte und wusste, wie vorurteilsbehaftet sie war.

Er hörte die Entschuldigung aus ihren Worten heraus und stellte ein wenig überrascht fest, dass er ihr die harten Worte und Anschuldigungen schon längst vergeben hatte. „Sie sorgen sich unnötig", antwortete er sanft, und dankte Georgiana im Stillen für ihre Anwesenheit, die sie davon abhielt, diese Unterhaltung im Streit zu führen. „Niemand von uns ist frei von Fehlern, die wir am liebsten vor aller Welt verbergen würden."

Sie riskierte einen Blick auf ihn. Er schien es tatsächlich so zu meinen. Nun stellte sie sich natürlich die Frage, was genau er damit gemeint hatte und für welche Fehler er sich entschuldigen wollte. Sie fühlte, wie ihr die Tränen in die Augen stiegen und merkte, wie froh sie darum war, Frieden geschlossen zu haben, ehe sie sich voneinander verabschiedeten.

Georgianas Gesicht nahm immer missmutigere Züge an. Sie wusste, dass die anderen sie vom Gespräch ausschlossen und sich ihrer Gegenwart immer weniger bewusst waren, und das gefiel ihr nicht. Nicht nur reizte sie das unbewusst bevormundende Gehabe ihres Bruders in zunehmendem Maße, sie hatte auch begonnen, Elizabeth als eine liebe Freundin zu betrachten, und wusste es deshalb ganz und gar nicht zu schätzen, dass Darcy all ihre Aufmerksamkeit auf sich zog. „Nun", ging sie dazwischen, denn sie hatte beschlossen, dass sie lieber auf Elizabeths Gesellschaft verzichtete, als sich das hier noch länger anzutun, „wir sind nun beinahe bei Rosings angekommen und ich stelle fest, dass ich zunehmend ermüde. Fitzwilliam, vielleicht sollten wir zum Haus zurückkehren."

„Natürlich, Miss Darcy", reagierte Elizabeth freundlich und kehrte damit wieder auf den Boden der Tatsachen zurück. „Lassen Sie mich Ihnen Adieu sagen, für mich wird es schon lange Zeit, zum Pfarrhaus zurückzukehren." *Und mir die Qualen zu ersparen, diese Unterhaltung fortführen zu müssen!,* dachte sie nicht ganz ohne Reue.

Darcy blickte in qualvoller Unentschlossenheit zwischen Elizabeth und Georgiana hin und her. In jeder anderen Situation hätte er alles stehen und liegen gelassen, um sich um seine Schwester zu kümmern. Und doch war es ihm zuwider, Elizabeth genau zu dem Zeitpunkt verlassen zu müssen, wenn sie bereit war, ihn anzuhören; noch dazu da sie nur zu einer bruchstückhaften Übereinkunft gekommen waren. Doch könnten sie ihre Unterhaltung überhaupt ohne Georgianas Anwesenheit fortführen, die ihnen beiden den Schutz der Schicklichkeit bescherte? Er rief sich ins Gedächtnis, dass Elizabeth Kent in ein paar Tagen verlassen würde und damit war seine Entscheidung gefallen. „Dann lasst uns alle zum Haus zurückkehren. Und vielleicht gewähren Sie mir die Ehre, Sie zum Pfarrhaus zurückzugeleiten?", schlug er vor.

Als Georgiana wieder sicher, wenn auch ein wenig gereizt, im Haus angelangt war, liefen sie stumm nebeneinander her. Die Stille hatte nichts kameradschaftliches, sie fühlte sich eher erdrückend an. Einige Male stand Elizabeth kurz davor, eine Unterhaltung zu beginnen, doch die Angst davor, was Darcy wohl sagen würde, wenn sie miteinander sprächen, hielt sie zurück.

Darcy selbst war sich seiner Wünsche viel zu ungewiss, und so fühlte er sich einem Gespräch nicht gewachsen. Genauer gesagt, waren jene Wünsche, deren er sich unmissverständlich klar war, eben genau diejenigen, über die ein Gentleman am wenigsten sprechen durfte. Er wünschte sich, sie würde ihn wieder anlächeln, ihn wieder necken, wie sie es zuvor in Georgianas Anwesenheit getan hatte. Und wenn er auch nicht wusste, was er *sagen* sollte, so war er sich doch vollkommen im Klaren darüber, was er *tun* wollte und das hatte etwas mit ihren verführerischen Lippen zu tun. Wenn er sich vorstellte, wie sie warm auf seinen lagen... *Stattdessen*, rief er sich streng zur Ordnung, *solltest du ich daran erinnern, dass du dafür verantwortlich bist, ihr das Lachen zuvor erst genommen zu haben!*

Je länger das Schweigen andauerte, desto unwohler fühle Elizabeth sich damit. Sie ließ ihre Finger durch die Büsche am Wegesrand streifen, um sich abzulenken, doch das erinnerte sie nur daran, was er zuvor über die Natur gesagt hatte. *Sei nicht so nervös*, ermahnte sie sich selbst, und zwang sich dazu, unter einem spät blühenden Kirschbaum stehen zu bleiben, wie sie es schon oft zuvor getan hatte. Sie lehnte ihren Kopf über einen tief hängenden Ast, schloss die Augen und sog den beruhigenden Duft der Blüten in ihre Nase.

Vollkommen ahnungslos, welch bezauberndes Bild sich Darcy bot, so eingerahmt von schneeweißen Blüten, umspielte ihren Mund ein freudig erregtes Lächeln. Darcy war wie gefangen von ihrem Anblick und ging unwillkürlich ein paar Schritte auf sie zu. Als sie ihre Augen öffnete, sah sie, wie sein Blick auf ihr ruhte, sodass ihr Herz einige Schläge aussetzte. Seine dunklen Augen hatte sie bisher noch nie aus der Nähe betrachtet. Es war, als würde sie in ihren Tiefen versinken. Um die Magie des Augenblicks zu durchbrechen, platzte sie mit dem Erstbesten heraus, was ihr in den Sinn kam: „Die Kirsche blüht jedes Jahr nur so kurze Zeit, dass ich nie an einer vorbeigehen kann, ohne mich an ihr zu erfreuen."

Seine dunklen Augen schienen noch dunkler zu werden und ihr stockte der Atem. „Elizabeth", sagte er mit brüchiger Stimme.

Sie wusste, dass sie seine Vertraulichkeit rügen sollte, doch stand sie da wie angewurzelt, als seine Stimme die vertrauten Silben ihres Namens formte. Ohne genau zu wissen, was sie tat, schloss Elizabeth die Augen. Einen Augenblick später fühlte sie seinen warmen Atem auf ihrer Wange, gefolgt von dem sanften Druck seiner Lippen auf ihren. Sogleich durchströmte sie ein wundervolles Gefühl. Nie zuvor hatte sie eine solch unsagbar schöne Erfahrung gemacht. Sie war erstaunt darüber, welch Wonne sich in ihr ausbreitete, als seine Lippen die ihren liebkosten. In diesem Moment gab es weder Vergangenheit noch Zukunft, keine Erinnerung an die vergangenen ereignisreichen Tage, sondern nur Bewusstsein für das leidenschaftliche Gefühl, das die Luft zwischen ihnen beiden zum Flirren brachte.

Darcy, der kaum glauben konnte, dass seine Lippen tatsächlich ihre für sich einnahmen, fühlte, wie ihm auch noch der Rest seines Urteilsvermögen entglitt, als er ihre Reaktion auf seinen Kuss spürte. Sie zu küssen war noch lustvoller, als er es sich jemals hätte vorstellen können und das war oft genug vorgekommen. Von einem unkontrollierbaren Verlangen getrieben, begann er, jene Dringlichkeit, die er fühlte, auch in seine Küsse zu legen. Ihre anfängliche Zurückhaltung schmolz dahin, als sie spürte, wie eine Welle des Glücks sie mit sich fort trug.

Elizabeth verlor sich in einem Strudel aus purem Gefühl. In ihr wurde ein Verlangen wach, von dem sie nie geahnt hatte, dass es in ihr schlummerte und es schien, als könne nur er es befriedigen. Sie sog scharf die Luft ein, als seine Finger die zarte Haut ihres Nackens berührten und eine Spur aus Feuer hinterließen, während sie sich auf die Reise zu ihrem Nacken machten. Sie hätte nicht sagen können, wie ihre Hände den Weg zu seinen Schultern gefunden hatten. Doch als sie seine Kraft unter ihnen spürte, sehnte sie sich danach, dass er sie in seine Arme schloss und das intime Gefühl seiner anderen Hand auf ihrer Hüfte intensivierte dieses Verlangen nur noch.

Ihre stetig wachsende Lust war es, die ihr die Unschicklichkeit– nein, den Irrsinn – ihres Verhaltens vor Augen führte. Sie riss die Augen auf, doch selbst nachdem ihr das schlagartig klar geworden war, konnte sie sich noch nicht sofort von der alles umnebelnden Erfahrung seiner Lippen auf ihren losreißen. Nicht, wenn ihr Körper durch seine Küsse von bisher unbekannten Wellen der Leidenschaft durchströmt wurde. Erst als sich die Scham in ihr Bewusstsein drängte, fand sie die Kraft, sich von ihm loszumachen. Wie verrückt musste sie sein, um sich auf derartige Avancen eines Mannes einzulassen? Ganz zu schweigen davon, dass es sich dabei um Mr. Darcy handelte. Dass es ihr noch dazu gefallen hatte, erschütterte sie. Mit brüchiger Stimme mahnte sie: „Mr. Darcy!"

Sobald Darcy spürte, wie sie sich unter seinen Händen versteifte, durchdrang ihn ein Gefühl der Verzweiflung wie Nebel einen Herbstmorgen. Ihr entsetztes Gesicht sprach Bände. Er wusste, dass ihre Zurückweisung vollkommen gerechtfertigt war. Doch der kurze Moment der Hoffnung, als er dachte, dass diese beiden letzten Wochen nur ein schlimmer Albtraum gewesen waren, aus dem er nun in den Armen seiner Liebsten erwacht war, wurde ihm jäh entrissen… was kaum zu ertragen war. Die Züge um seinen Mund verhärteten sich und die Entschuldigung, die er eigentlich vorbringen sollte, blieb ihm im Hals stecken.

Elizabeth sah, wie sich die Kälte über sein Gesicht legte und war sich nicht sicher, ob sie das nun erboste oder sie sich verletzt fühlen sollte. „Wenn Sie mich bitte entschuldigen, Sir", sagte sie bissig und verspürte plötzlich den verzweifelten Wunsch, ihm zu entfliehen.

Er blickte ihr nach, als sie sich umdrehte und davonstürzte, bis ihre hastigen Schritte schließlich ins Rennen übergingen und sie hinter der Wegbiegung verschwand. „Idiot!", schalt er sich selbst und fuhr sich mit der Hand durchs Haar. Was hatte ihn nur geritten, musste er sie küssen, um damit den kurzen Moment der Freundlichkeit, den sie zuvor geteilt hatten, wieder zunichte zu machen? *Muss man es dir auf die Stirn gravieren? Sie will nichts mit dir zu tun haben!* Er war ein Narr gewesen, zu glauben, ihre Reaktion bedeute etwas anderes, als dass sie überrumpelt worden war. Und doch hatte ihre Wonne so süß geschmeckt... Der Schmerz und die Verzweiflung holten ihn wieder in einem Maße ein, wie er sie seit dem Abend ihrer Ablehnung nicht mehr empfunden hatte. Bitterlich enttäuscht machte er auf dem Absatz kehrt und ging nach Rosings zurück.

Elizabeth rannte, bis sie keinen Schritt weiter gehen konnte und sich gegen einen Baum fallen ließ, um nach Luft zu ringen. Ihre Flucht hatte sie von ihm weg geführt, doch unglücklicherweise hatte sie ihre Gefühle nicht so einfach hinter sich lassen können. Sie lehnte ihren Kopf zurück und fragte sich, was um alles in der Welt über sie gekommen war, dass sie ihm gestattet hatte, sie zu küssen und seine Küsse sogar *gewollt* hatte. Nie zuvor hatte sie derart lüsterne Begierde empfunden. Sie verstand nicht, wie Mr. Darcy, der sie verärgert und verletzt hatte, derjenige sein konnte, auf den sie gerichtet war. Sie redete sich steif und fest ein, dass sie nur dem Zauber des Augenblicks erlegen war, der zu so inakzeptablen Verhalten geführt hatte. Doch wenn sie ehrlich mit sich war, musste sie zugeben, dass es Darcy war, und nicht der Moment, der sie dazu gebracht hatte.

Erneut machte sie sich auf den Weg zum Pfarrhaus. Wie war es so weit gekommen, dass aus einem Gefühl der tiefsten Abneigung eine solch unverständliche Anziehungskraft wurde? Viele Monate hatte sie ihn gekannt, ohne dass er irgendeine besondere Wirkung auf sie ausgeübt hatte, warum sollte sich das also nun ändern? Ihre Schritte verlangsamten sich, als sie zu der überraschenden Erkenntnis kam, dass sie bisher, was ihn anbelangte, nie ehrlich mit sich selbst gewesen war. Durch seine beleidigenden Worte beim Tanz in Meryton hatte sie sich so sehr angegriffen gefühlt – das allein musste schon ein Indiz dafür gewesen sein, dass sie seine Anziehungskraft gespürt hatte. Wie sie erkannte, bedeutete ihr starker Widerwille im Grunde nichts anderes, als dass sie sich davor schützen wollte, Gefühle für einen Mann zu entwickeln, den sie attraktiv fand und der sie wie kein anderer herausforderte und gleichzeitig weit außerhalb ihrer Reichweite lag.

Als sie verstand, welche Folgen ihre Selbsttäuschung hatte, wühlte sie das nur umso mehr auf. Wenn sie keine so starke Abneigung gegen Mr. Darcy entwickelt hätte, dann hätte sie Wickhams unglaubwürdige Geschichte wohl eher in Zweifel gezogen. Sie wäre nicht blind gewesen für die deutlichen Anzeichen seiner wachsenden Zuneigung – Zeichen, die sogar Charlotte hatte erkennen können. Ein reuiges Lächeln schlich sich auf ihre Lippen, als ihr bewusst wurde, dass Darcy selbst einen sehr hohen Preis für seinen unhöflichen Kommentar gezahlt hatte. Andererseits war er auch sie teuer zu stehen gekommen.

Sie hielt sich die hochroten Wangen. Es schien ihre Bestimmung zu sein, diese Pfade entlangzuwandern und sich zu fragen, wie sie Mr. Darcy nur jemals wieder unter die Augen treten konnte. Ihr eigenes Benehmen beschämte sie zutiefst – sie wollte nicht einmal drüber nachdenken, was er von ihr halten mochte, nachdem sie ihm derartige Freiheiten eingeräumt hatte. Damit hatte sie sich eindeutig als Mitglied der Bennet-Familie ausgewiesen und jedes seiner Vorurteile bestätigt.

Sie fragte sich, weshalb er sie geküsst hatte. Sicherlich triumphierte er innerlich, dass sie es zugelassen hatte. War es das? Hatte er demonstrieren wollen, dass er sie durchaus dazu bringen konnte, sich dem zuzuwenden, was sie zuvor verschmäht hatte? Sie konnte sich nicht einmal vorstellen, dass er ihr ihre erbitterte Zurückweisung vergeben hatte. Aber wie sollte sie sein Verhalten sonst deuten? Auf jeden Schritt, den er auf sie zu machte, kam ein weiterer, mit dem er sich offensichtlich erbost von ihr entfernte.

Wenn er sie geküsst hatte, weil er sie immer noch liebte, dann wäre das nur noch schlimmer für sie. Er hätte jedes Recht, sich gewisse Hoffnungen zu machen, nachdem sie seine Küsse zugelassen hatte – den Kuss ja sogar erwidert hatte. Und das

61

waren Hoffnungen, denen sie so bald als möglich begegnen musste. *Wenn er das als Bestätigung meiner Gefühle für ihn auslegt, dann steckte ich tatsächlich in ernsthaften Schwierigkeiten,* dachte sie und suchte fieberhaft nach einem Weg, ihm mitteilen zu können, dass das Ganze ein Fehler und keine Ermutigung gewesen war. Mehr als alles auf der Welt wollte sie Kent für immer hinter sich lassen, um sich in Janes Arme zu werfen und doch schmeckte sie noch immer seinen Kuss auf ihren Lippen und vor den Gefühlen, die er in ihr aufgewühlt hatte, konnte sie nicht davonlaufen.

Kapitel 3

DARCY WAR ES unverständlich, wie er so dumm sein konnte, sich einmal mehr vor Elizabeth Bennet die Blöße zu geben. *Es ist ja nicht so, als hätte sie beim ersten Mal nicht gleich klar und deutlich ihren Standpunkt vertreten, aber nein, du musstest ja darauf hoffen, dass sie dir nun ein wenig gewogener ist!,* schalt er sich selbst. Auch half es nichts, sich ins Gedächtnis zu rufen, wie unbedacht ihre Äußerungen und ihr Handeln gewesen waren. Er konnte an nichts anderes als seine eigene Dummheit denken. *Nun, immerhin kannst du dir jetzt zweifelsfrei sicher sein – mit dir will sie nichts zu tun haben, nicht jetzt, und nicht in Zukunft.* Am bittersten aber war jene Erkenntnis gewesen, die ihn schon während des Kusses ereilt hatte: Er wusste, dass es gleichgültig war, was sie für ihn fühlte und welche Fehler sie auch haben mochte, er liebte sie immer noch so heftig wie eh und je und daran würde sich auch nie etwas ändern.

Der Schmerz darüber begleitete ihn Tag und Nacht und selbst Georgiana, die es darauf angelegt hatte, ihm bei jeder Gelegenheit zu reizen, nahm sich nun vor ihm und seiner unerklärlich schlechten Laune in Acht.

Colonel Fitzwilliam, der dachte, ihr verlängerter Aufenthalt auf Rosings wäre dafür verantwortlich, klopfte ihm auf die Schulter und erinnerte ihn daran, dass sie bald schon abreisen würden. Und dann überrollte ihn bei den seltsamsten Gelegenheiten wieder die Erinnerung daran, wie es sich angefühlt hatte, ihre Lippen auf seinen zu spüren, wie sie auf ihn reagiert hatte und ihn mit ihren Händen berührt hatte. Das Gefühl war so bittersüß, dass er es kaum aushalten konnte. Manchmal war es ihm einen Moment lang so, als bestünde doch noch Hoffnung, doch dann hatte er ihren entsetzten Ausdruck vor Augen und er verschwand wieder in die Untiefen von Wut und Verzweiflung.

Er war ein Gentleman, und als solcher sollte er sich bei ihr für sein Betragen entschuldigen. Ihre Worte darüber, wie wenig sein Verhalten dem eines Gentlemans entsprach, hallten bitter und unaufhörlich in seinem Kopf wider. In diesem Fall hatte sie vollkommen Recht damit, das wusste er. Und er war sich auch im Klaren darüber, dass er nicht bei ihr vorstellig werden würde, um seine Entschuldigung vorzubringen. Nicht, weil er keine Reue empfand, sondern weil er sich in ihrer Gegenwart selbst nicht über den Weg traute. Seine Gefühle hatten ihn schon zu weit vom guten Ton abgebracht und er konnte sich nur zu gut vorstellen, dass er sie anflehen würde, es sich noch einmal zu überlegen. Etwas erniedrigenderes gäbe es wohl nicht.

Am zweiten Tag nach seinem unglückseligen Aufeinandertreffen mit Elizabeth entdeckte ihn sein Onkel in einer Ecke der Bibliothek. Dorthin hatte er sich zurückgezogen, um seinem Cousin aus dem Weg zu gehen, der ihn sonst sicherlich wieder Dank seiner leutseligen Art auf einen Besuch ins Pfarrhaus mitgenommen hätte. „Da bist du ja, Darcy", machte Lord Matlock auf sich aufmerksam. „Was einem jungen Mann wie dir einfällt, sich an einem solch schönen Tag drinnen zu verstecken, will mir nicht in den Sinn kommen. Als ich in deinem Alter war, bin ich draußen gewesen und habe die Landschaft erkundet, aber heutzutage scheinen alle jungen Männer es vorzuziehen, sich innerhalb des Hauses zu amüsieren. Nun, genug davon, ich habe mit dir zu sprechen."

„Ja, Onkel", antwortete Darcy mit abweisender Stimme. Er lag vollkommen richtig damit, dass er sich versteckte. Wenn er nach draußen ginge, bestünde nicht nur die Möglichkeit, Elizabeth zu begegnen, er wäre auch nicht in der Lage, seine Füße davon zu überzeugen, ihn nicht zum Pfarrhaus zu führen. Sich in der Bibliothek zu vergraben, war die wesentlich bessere Alternative.

„Du weißt, dass Lord und Lady Temple heute Abend zum Dinner hier sind. Unsere Familien verbindet eine langjährige Freundschaft und sie haben Verbindungen zu den Stowes aus Warwickshire. Lady Catherine hat mir erzählt, ihre Tochter, Sophia, habe sich zu einer recht hübschen jungen Dame entwickelt. Nun, ich verstehe ja, warum du mit dem Gedanken spielst, Anne nicht heiraten zu wollen. Wenn ich ehrlich bin, muss ich sagen, dass ich mir selbst nicht sicher bin, ob ich an deiner Stelle bereit dazu wäre. Aber ich erwarte von dir, dass du dich um Miss Temple bemühst. Mit einem Vermögen von 40.000 Pfund wäre sie eine gute Partie. Ich weiß doch, dass du nicht vergessen hast, dass du den Verlust von Georgianas Mitgift ausgleichen musst, wenn du nicht willst, dass das Vermögen der Darcys darunter leidet. Sicherlich bin ich mir dessen bewusst, dass für eine gute Ehe mehr als nur das Vermögen bedacht werden muss und ich verlange ja auch gar nicht, dass du sie heiratest. Ich gehe fest davon aus, dass du das Gespräch mit ihr suchen wirst – heute Abend wirst du nicht still in einer Ecke herumsitzen. Hast du mich verstanden?"

Darcy rollte mit den Augen. „Sie haben mir Ihre Wünsche durchaus klar gemacht, Sir", antwortete er mit kühler Stimme. *Als ob ich mich länger als eine Minute für irgendeine andere Frau als Elizabeth interessieren könnte!*

Offensichtlich war das Zustimmung genug, um Lord Matlock milde zu stimmen, der sich anschließend darauf konzentrierte, seinen Neffen damit zu quälen, seinen Auftrag noch zwei- oder dreimal zu wiederholen, ehe er ihn endlich wieder der himmlischen Ruhe überließ. Darcy war momentan alles andere als erfreut über die Aussicht, einen ganzen Abend damit zu verbringen, mit einer jungen Frau sprechen zu müssen. Und doch war es ein kleines Zugeständnis, das es wert war, gemacht zu werden, im Streit um Georgianas Zukunft. Wenn er seinen Onkel bauchpinseln konnte, indem er das Mädchen umgarnte – wer auch immer sie sein mochte – dann würde er das eben tun.

Erleichtert stellte er am selben Abend fest, dass fragliche junge Dame zumindest eine angenehme Gesprächspartnerin war, wenn auch ein wenig zu fügsam. Beinahe hatte er befürchtet, sich schon wieder auf eine draufgängerische und kriecherische Dame auf Männerfang einstellen zu müssen. Als sie durch ihre Wimpern hindurch zu ihm aufsah, zwang er sich zu einem Lächeln und lenkte das Gespräch zielgerichtet wieder auf die Geschehnisse der Londoner Saison zurück, sodass er gerade noch einmal um einen qualvollen Abend herum gekommen war und man die Situation als durchaus annehmbar bezeichnen konnte. Er hoffte nur, dass sie seine Aufmerksamkeit ihr gegenüber nicht zu ernst nehmen würde, denn Kummer wollte er ihr nicht bereiten, sondern einfach nur den ewigen Forderungen seiner Familie entfliehen.

Ihm war, als hätte er das Schlimmste hinter sich gebracht, als die Damen sich zurückzogen. Die Anwesenheit Lord Temples schützte ihn vor einer minutiösen Auseinandersetzung mit all den Fehlern, die er im Laufe des Abends begangen hatte, die sein Onkel früher oder später vornehmen würde. Außerdem konnte er seinen Portwein in Ruhe genießen und sich neben seinem redseligen Cousin zurücklehnen. Nur widerwillig gab er seinen Platz auf, als es Zeit wurde, wieder zu den Damen zurückzukehren und hoffte dennoch, weiterer Konversation durch die Liebe seiner Tante zu den Kartenspielen entgehen zu können. Sein Onkel bestand selbstverständlich darauf, dass er sich zu Miss Temple setzte und überging damit vollkommen die gereizte Lady Catherine, die forderte, er möge sich auf der Stelle zu Annes Tisch begeben. Darcy war aufrichtig dankbar dafür, keinem der Gäste nach seinem Aufenthalt in Kent je wieder zu begegnen, wenn er bedachte, auf welch beschämende Art und Weise sich seine Familie hier präsentierte.

Er wäre noch wesentlich beunruhigter gewesen, hätte er gewusst, dass seine Tante die Collins und deren Gäste zum Kartenspiel eingeladen hatte, um genügend Spieler für all ihre geplanten Partien zu haben. Doch Lady Catherine, die Miss

Elizabeth Bennet immer noch argwöhnisch beobachtete, weil sie befürchtete, dass diese auf Beutezug war, um ihren Neffen zu erobern, hatte diese Information wohlweislich für sich behalten. Deshalb traf es ihn vollkommen unvorbereitet, als ihre Ankunft verkündet wurde und ihm schlug das Herz bis zum Hals, als er sich erhob, um sie zu grüßen. Ihm graute vor diesem ersten Aufeinandertreffen mit Elizabeth, denn er erwartete, ihrem Gesicht die Abscheu ansehen zu können. Vorsichtig sah er über ihre Schulter hinweg, als er ihre Ankunft mit einem Nicken würdigte.

Im Gegensatz zu Darcy hatte Elizabeth das zweifelhafte Vergnügen gehabt, sich den lieben langen Tag Sorgen über dieses Aufeinandertreffen zu machen. Als ob sie sich nicht selbst schon genug sorgte und quälte, standen ihr auch noch etliche Lektionen durch Mr. Collins bevor, der ihr vor Augen führte, wie außerordentlich notwendig es war, sich bei dieser Gelegenheit aufs Äußerste bescheiden zu geben und es unter allen Umständen zu vermeiden, in irgendeiner Weise Aufmerksamkeit auf sich zu ziehen. Am liebsten hätte Elizabeth ihm gesagt, dass sie in keinster Weise vorhatte, Mr. Darcy zu nahezukommen, wenn es ihr irgend möglich war. Auch wenn sie lange darüber nachgedacht hatte, war sie sich immer noch nicht im Klaren darüber, wie Mr. Darcy wohl reagieren würde, wenn sie aufeinandertrafen. Doch als sie sich Rosings an diesem Abend gemeinsam mit ihren Gefährten näherte, drängte sich ihr die Erinnerung an das alles erschütternde Gefühl seiner Lippen auf ihren auf.

Beinahe befürchtete sie, man könne ihr die Gedanken vom Gesicht ablesen, und so blieben ihre Augen während der Begrüßung und den Vorstellungen fest zu Boden gerichtet. Als sie schließlich aufblicken musste, um den Weg zu ihrem Tisch zu finden, sah sie, wie Mr. Darcy der attraktiven, und keinesfalls abgeneigten, jungen Dame zu seiner Linken ein zuvorkommendes Lächeln schenkte. Dieser Treuebruch versetzte ihr einen unerwarteten Stich. Auf eine Reaktion der

Abneigung seinerseits hatte sie sich eingestellt, doch nicht darauf, dass seine Aufmerksamkeit so schnell auf eine andere übergehen würde. Blindlings wandte sie sich Colonel Fitzwilliam zu, der sich neben sie gesetzt hatte, und warf ihm aus Trotz das strahlendste Lächeln zu, das sie in dieser Situation zu Stande brachte.

Ihr war ein Tisch am gegenüberliegenden Ende des Raumes von Mr. Darcy zugewiesen worden und so war es ihr nicht möglich, seiner Unterhaltung zu folgen und doch drangen sein Lachen und seine gedämpfte Stimme immer wieder zu ihr hindurch. Offensichtlich hatte Wickham zumindest in einem kleinen Punkt die Wahrheit gesagt – Darcy war durchaus in der Lage, Leuten freundlich gegenüberzutreten, sofern er sie für gleichrangig hielt. Diesem Teil der Gesellschaft gehörte sie nicht an, und würde es auch nie tun.

Sie ließ sich nichts anmerken, denn ihr Stolz verbot es ihr, auch nur einen Hinweis darauf zu geben, wie sehr es sie berührte, dass Darcy sie fallen gelassen hatte. Stattdessen unterhielt sie sich lebhaft mit Colonel Fitzwilliam, was schon bald eine erfreute Reaktion des Gentlemans hervorrief, der von der liebreizenden Miss Bennet immer noch sehr eingenommen war. Ihm war nicht entgangen, dass sie sich ihm gegenüber sehr zurückhaltend gezeigt hatte, nachdem er ihr gestanden hatte, wie notwendig es für ihn war, eine Braut mit großzügiger Mitgift zu finden. Ihr Lächeln war hinreißend und sie warf ihm so viele kokette Seitenblicke zu, die ihn unter anderen Umständen womöglich in Versuchung gebracht hätten und als der Abend zu einem Ende gekommen war, war er sich sicher, dass es sich um den Schönsten handelte, den er seit seiner Ankunft auf Rosings verbracht hatte.

Diese Einschätzung hätte seine Gesprächspartnerin nicht geteilt, deren Aufmerksamkeit zu ihrem Leidwesen immer wieder zum anderen Ende des Raumes abdriftete. Sie wusste selbst nicht, warum die Situation ihr so wenig behagte, schließlich hatte sie Darcy zurückgewiesen, und zudem keinerlei

Interesse daran, die Beziehung zu ihm weiter zu vertiefen, warum also ging es ihr so nahe, zu sehen, wie er sie hinter sich ließ? Schließlich gelangte sie zu der schmerzlichen Erkenntnis, dass Miss Temple all das im Überfluss hatte, woran es ihr fehlte: Sie war reich, in Seide gehüllt und mit Schmuck behangen, hatte eine vornehme Blässe aufzuweisen und zeigte das gewisse erhabene Desinteresse, das den Damen des *ton* anhaftete. Sie würde, so musste Elizabeth sich eingestehen, eine wesentlich angemessenere Braut für Mr. Darcy abgeben, und doch war der Schmerz, den ihr dieser Gedanke bereitete, nicht zu verleugnen.

Darcys Unmut beim Anblick von Elizabeth, deren funkelnde Augen auf seinen Cousin gerichtet waren, erreichte beinahe ein Ausmaß, das als Tortur zu bezeichnen wäre, je weiter der Abend fortschritt. Er konnte ihr Gesicht nicht erkennen, denn sie saß ihm abgewandt, doch allzu oft sah er, wie ihre dunklen Locken nahe an Colonel Fitzwilliams Arm entlang streiften und welch offensichtliche Freude dem Gentleman ihre Gunst bereitete. *Also hielt ihre gedämpfte Stimmung nur so lange an, wie sie annahm, dass ich sie es bemerken würde*, dachte er verbittert. *Sobald sie sieht, dass meine Aufmerksamkeit sich auf eine andere Person richtet, lacht sie ihn wieder an!*

Ihn überkam der Wunsch, Elizabeth von seinem Cousin fortzubringen, notfalls unter Anwendung von Gewalt. Noch besser, sie von all diesen Leuten und ihrer oberflächlichen Art weg zu bringen und von ihr zu verlangen, seinen Antrag anzunehmen. Seine Gedanken wanderten in vertraute Gefilde, als er sich vorstellte, auf welche Art und Weise er sie überzeugen würde – ein Szenario, in dem sein Schlafgemach und von Leidenschaft erfüllte Augen eine tragende Rolle spielten. Der kristallklare Klang ihres Lachens drang zu seinen Ohren durch und durchbrach seinen Tagtraum, was ihn den Mordgelüsten wieder näher brachte, als ihm lieb war.

„Mr. Darcy?", durchdrang Miss Temples vornehm-zurückhaltende Stimme seine abschweifenden Gedanken und es gelang ihm gerade noch rechtzeitig, sich wieder zu fassen, eher er sich ihr entnervt zuwenden konnte. Nein, er würde das hier zu Ende bringen, ermahnte er sich selbst fest entschlossen. Elizabeth würde nie zu ihm gehören und nun war es an der Zeit, sein Leben wieder selbst in die Hand zu nehmen. Sie würde die Frau eines anderen werden und ihre Wege würden sich nie wieder kreuzen. Ihm blieben nur die Erinnerung an diesen einen Kuss im Blütenmeer und ein Gedichtband, der ihn für immer an sie erinnerte. Da es ihm nicht möglich war, diese Tortur noch länger zu ertragen, entschuldigte er sich abrupt bei Miss Temple und stürmte zur Tür hinaus.

Er hielt nicht inne, bevor er in der kühlen Nachtluft angekommen war. Dann ließ er sich auf eine Bank fallen, die er im Garten entdeckt hatte, stütze den Kopf in die Hände und ließ dem Schmerz in seinem Inneren freien Lauf. Warum hatte es so kommen müssen? Warum konnte er ihr nicht einfach etwas bedeuten? Er gestattete sich, nein, er konnte nicht anders, als sich den Genuss zu gönnen und sich Elizabeth, wie schon so oft, vorzustellen, wie sie mit diesem spitzbübischen Lächeln, das ihn so sehr verzaubert hatte, auf ihn zukam und ihm die Hand entgegen hielt. Wenn man genau hinsah, würde man neben dem neckenden auch einen warmen und sanften Ausdruck in ihren Augen sehen, der nur ihm allein galt. Und er würde sie in seine Arme nehmen und eine Kostprobe jener Leidenschaft genießen, die dicht unter der Oberfläche schlummerte und nur darauf wartete, von ihm erweckt zu werden.

Zu oft schon hatte er davon geträumt, sie in seinem Bett zu haben, um sich an dieser Stelle von seiner ganz privaten Illusion zu verabschieden und so konnte er ihre warmen Kurven beinahe unter seinen Fingern spüren, ebenso wie all die Entdeckungen, die er machen würde, wenn er ihr das Kleid von den Schultern streifte. Sie würde sich ihm hingeben, ebenso großzügig mit ihrer Liebe umgehen, wie sie es mit ihrem Lachen tat und er würde sie für immer zur Seinen machen, durch eine Verbindung, die ebenso stark war wie Blut.

Gütiger Gott, wie werde ich ohne sie leben können?, rief er stumm den Nachthimmel an. Ein Gefühl der Hoffnungslosigkeit erfüllte ihn, als ob das Leben selbst seine Bedeutung verloren hätte, als er sie verloren hatte. *Sie war nie die Deine gewesen!* Nein, er würde die Verzweiflung nicht die Oberhand gewinnen lassen, sondern sich selbst beweisen, dass er sein Verlangen nach ihr überwinden konnte.

Reiß dich zusammen, Mann!, mahnte er sich streng. *Du bist Fitzwilliam Darcy, der Herr auf Pemberley, und die Frau, die dich in Knie zwingt, muss erst noch geboren werden! Es wird Zeit, mehr als Zeit, wieder da hineinzugehen und die Rolle zu spielen, die schon immer für dich vorgesehen war.* Mit einem Seufzen erhob er sich und streifte sich den Schmutz von der Hose.

Er kehrte zurück und entschuldigte sich bei Miss Temple. Bis es für die Gesellschaft aus dem Pfarrhaus Zeit wurde, aufzubrechen, blickte er nicht mehr in Elizabeths Richtung. Erst dann gestattete er sich, seine Augen für einen langen, ernsten Moment auf ihr ruhen zu lassen, um ihr Gesicht und ihre Erscheinung in sich aufzunehmen und sich ins Gedächtnis einzubrennen. Sie würden nie wieder aufeinandertreffen, das war nun das Ende einer Ära für ihn und der Beginn eines Lebens, das von Leere geprägt sein würde. So rasch wie es ihm taktvoll möglich war, zog er sich in seine Räumlichkeiten zurück. Der Geschmack von Galle wollte nicht aus seinem Mund weichen. Er entledigte sich seines Fracks und des Krawattentuches und warf beides achtlos auf einen Stuhl. Sein Kammerdiener sah ihn vorwurfsvoll an – für gewöhnlich legte Mr. Darcy mehr Wert auf diese Dinge. Doch in dieser Nacht war er blind für alles außer dem Schmerz in seinem Herzen.

Abrupt fasste er einen Entschluss. Er konnte nicht länger bleiben und riskieren, ihr erneut zu begegnen. „Wir brechen im Morgengrauen nach London auf, Sawyer. Bitte tragen Sie Sorge dafür, dass meine Koffer gepackt sind und so bald als möglich vorausgeschickt werden."

„Sehr wohl, Sir", murmelte der Kammerdiener überrascht, wusste aber, dass man gut daran tat, die Entscheidungen seines Herrn in seiner derzeitigen Stimmung nicht in Frage zu stellen.

ELIZABETH KAM AM folgenden Morgen zu spät zum Frühstück, nachdem sie die Nacht zuvor schlecht geschlafen hatte. Sie hatte sich kaum gesetzt, da platzte Maria mit leuchtenden Augen hervor: „Hast du es schon gehört, Lizzy? Mr. Darcy ist heute am frühen Morgen in die Stadt aufgebrochen, weil er dort unaufschiebbare Geschäfte zu erledigen hat. Ihre Ladyschaft ist außer sich vor Wut!"

„Maria!", entfuhr es Mr. Collins, dessen Mund immer noch an einem großen Bissen Kuchen zu schaffen hatte. „Ich dulde keinerlei Respektlosigkeit gegenüber Lady Catherine in diesem Hause! Ich kann es kaum glauben, dass du ihr die Großzügigkeit und Freundlichkeit, die sie dir gegenüber gezeigt hat, auf eine derartige Weise wettmachen möchtest, indem du so über sie sprichst! Und wenn sie Mr. Darcy gegenüber verärgert ist, dann hege ich nicht den geringsten Zweifel daran, dass er es in vollem Maße verdient hat!"

Maria fügte sich mit einem Ausdruck der Scham auf ihrem Gesicht, der Elizabeth an einem anderen Tag amüsiert hätte. Heute jedoch herrschte in ihrem Kopf ein wirres Durcheinander der Gedanken – *er hat sich nicht einmal die Mühe gemacht, mir Lebewohl zu sagen*, dachte sie, während sie ein seltsamer Schmerz durchfuhr.

Sobald als möglich, entfloh sie dem Pfarrhaus, um bei einem strammen Spaziergang den Kopf wieder frei zu bekommen und ihre Gefühle wieder zu ordnen, eine Herausforderung, die über ihre Möglichkeiten ging, wie sich später herausstellen sollte. Auf ihrem Rückweg traf sie auf einen Mann, den sie mit einiger Anstrengung als Dienstbote auf Rosings zuordnen konnte.

„Miss Bennet!", rief er ihr zu.

„Ja, bitte?", antwortete sie.

„Madam, ich habe den Auftrag erhalten, Euch dies‘ Buch wieder zurückzugeben", sagte er mit einer Verbeugung und reichte ihr ein in Leder gebundenes Buch.

Sie sah es verwirrt an. Als sie es umdrehte, erkannte sie darin den Gedichtband, in dem sie an jenem Tag auf Rosings gelesen hatte. „Ich fürchte, dass es sich hierbei um ein Missverständnis handelt", entgegnete sie höflich, „das gehört mir nicht."

Der Diener hielt verdutzt inne. "Aber, Mr. Darcy hat mich ausdrücklich angewiesen, es Euch wieder zurückzubringen. Er sagte, dass Ihr es ihm geliehen hättet. Vielleicht hat er sich geirrt und es handelt sich im eine Leihgabe eines Anderen?"

Sie schlug das Buch auf, um auf dem Deckblatt ihren Namen in jener klaren Handschrift zu finden, die ihr vom wiederholten Lesen seines Briefes so bekannt war. Einige Augenblicke starrte sie verwirrt darauf, bevor ihr bewusst wurde, wie geschickt Darcy sie in die Falle gelockt hatte. Für sie bestand nun keinerlei Möglichkeit mehr, das Buch abzulehnen, ohne alle Aufmerksamkeit auf die Tatsache zu lenken, dass er es ihr hatte zukommen lassen, mit all den gefährlichen Schlussfolgerungen, die damit einhergingen. Schließlich sagte sie gedehnt: „Nein, der Fehler lag bei mir, ich hatte es mit einem anderen Buch verwechselt. Ja, dieses hier gehört mir."

Der Diener, den die unergründlichen Verhaltensweisen der besseren Gesellschaft nicht mehr überraschten, hatte die Begebenheit bereits hinter sich gelassen, was Elizabeth nicht von sich behaupten konnte. Langsam kehrte sie zum Pfarrhaus zurück und brachte es fertig, zu ihrem Zimmer zu gelangen, ohne dabei einem der Bewohner zu begegnen.

Sie setzte sich, hielt das Buch in Händen, strich mit den Fingern über die Goldlettern auf dem Buchrücken und fragte sich, was Darcy bewogen haben mochte, es ihr zu überlassen. Sollte es einen Abschiedsgruß darstellen, oder eine Art Entschuldigung oder war es der Versuch, sich von all dem zu befreien, was ihn an sie erinnern könnte? Sie kam zu keinem Schluss und wusste, dass diese Fragen für immer unbeantwortet blieben, da es äußerst unwahrscheinlich war, dass sie ihm jemals wieder begegnen würde. Sie seufzte, als sie bedachte, welch unterschiedliche Eindrücke sie von ihm erlangt hatte und wunderte sich, dass ein Teil von ihr ihm nachtrauerte.

Ihre Aufmerksamkeit wurde auf ein kleines, seidenes Lesezeichen gelenkt, das zwischen den Seiten steckte und so öffnete sie das Buch auf jener Seite, deren Gedicht den Titel *„Verse, verfasst ein paar Meilen oberhalb von Tintern Abbey"* trug. Während sie sich noch fragte, ob er ihr damit eine stille Botschaft übermitteln wollte, oder das Lesezeichen schlichtweg übersehen hatte, begann sie langsam zu lesen. Schnell war ihr klar, dass es sich dabei um das Gedicht handelte, aus dem er während ihres Spazierganges zitiert hatte. Sie fuhr fort, in dem langen Gedicht zu lesen, um die Zwischentöne in Wordsworths einfachem und doch kraftvollen Lobgesang auf die inspirierende Kraft der Natur herauszuhören. Und doch war sie erst vollkommen ergriffen, als sie zum letzten Absatz seiner Poesie kam:

…So laß auf manchem Gang, wo du allein,
den Mond dir scheinen, laß am Berg den Wind
den Nebel an dich treiben; später dann,
wenn diese wilden und ekstatischen
Erfahrungen gereift, verwandelt sind
zu nüchternen Vergnügungen, und wenn
dein Sinn wird sein ein treuer Ort für all
die schönen Formen, wenn Erinnerung
wird sein die Wohnstatt aller Harmonien
und sanften Töne, selbst, wenn Einsamkeit,
auch Kummer, Angst und Schmerz dein Schicksal wär',
mit welchen heilenden Gedanken, die
aus sanfter Freude kommen, wirst du dich
an mich erinnern und an diesen Zuspruch!

Wenn dort ich sollte sein, wo ich nicht mehr
die Stimme dein kann hören, haschen nicht
von deinem scheuen Aug' den schwachen Schein
von dem, was einmal war, auch dann wirst du
vergessen nicht, daß an den Ufern hier
des schönen Flusses wir zusammen standen,
daß ich, so lange schon Anbeter der
Natur, hierher zurückkam, niemals müd'
in diesem Dienst, ach sag, mit wärmrer Liebe,
mit noch weit größrem Eifer heil'ger Liebe.
Auch nicht vergessen wirst du dann, daß nach
den Wanderungen all, den Jahren all
des Fernseins diese Wälder hier am Hang
mit ihren hohen Klippen und rundum
die grüne pastorale Landschaft mir
ans Herz gewachsen war noch weitaus mehr
um ihrer selbst und auch um deinetwillen!

Eine einsame Träne schlich sich aus ihrem Auge, als sie die
Passage wieder und wieder las. Wenn das tatsächlich eine
Botschaft an sie war, dann konnte sie nicht anders, als bewegt zu
sein – und doch hatte er sie am Abend zuvor ignoriert, um sich
einer anderen Frau zuzuwenden und war Miss Temple mit einer
Wärme und einem Charme begegnet, den er ihr gegenüber nie
gezeigt hatte. *Wenn ich ihm immer noch etwas bedeute, warum
hat er dann der vornehmen Miss Temple so viel Aufmerksamkeit
geschenkt? Und wenn ich keine Bedeutung mehr für ihn habe,
warum steckte er dann das Lesezeichen an eben jenes Gedicht?
Warum spielst du nur so mit mir? Streich ihn aus deinen
Gedanken!*, wies sie sich entschlossen an.

Diese Entschlossenheit hielt jedoch nur kurz an, ehe sie
nach unten ging, um sich Charlottes Fragen zu stellen und ihre
Pläne für den Tag zu erfahren. Und doch rutschte ihr das Herz

auf die Zunge, als ihre Freundin anmerkte: „Dich scheint Mr. Darcys Abreise zu überraschen, Lizzy."

„Gestern Abend war mir nichts darüber zu Ohren gekommen", wand sich Elizabeth, „es kam also überraschend, ja."

„Oh Lizzy", seufzte Charlotte mitleidig. „Es tut mir leid, dass du gestern Abend diese Szene miterleben musstest. Ich hätte Mr. Darcy wirklich für klüger gehalten und nicht gedacht, dass er dir gegenüber ein solches Benehmen an den Tag legt – von ihm hätte ich das nicht erwartet. Vielleicht kann man von Glück sprechen, dass sich zwischen euch beiden nichts Ernsthafteres entwickelt hatte."

Resigniert sann Elizabeth darüber nach, wie einfach die Welt doch in Charlottes Augen war. Wenn sie selbst nur so unkompliziert sein könnte! „Charlotte, wie ich feststellen muss, hast du es dir in den Kopf gesetzt, dass Mr. Darcy sich zu mir hingezogen fühlt. Ich kann dir jedoch versichern, dass wir uns niemals ein Versprechen gegeben hatten."

Der stumme Blick des Mitleids ihrer Freundin war kaum auszuhalten, als Elizabeth klar wurde, dass es wohl kaum Zufall war, dass sie dieses Mal nicht geleugnet hatte, Gefühle für ihn zu hegen. Sie wusste, dass sie ihn niemals vergessen würde – zu eindrücklich hatte er sich in ihr Gedächtnis geprägt, der Mann selbst, und auch die Tatsache, dass er das Bild, das sie von sich selbst hatte, unwiederbringlich erschüttert hatte. Auch die Erinnerung an seinen Kuss würde wohl nie verblassen und trieb ihr immer noch die Röte ins Gesicht. Doch sie hatte keine Wahl, diese Gedanken musste sie hinter sich lassen. Und so nahm sie einen tiefen Atemzug, um sich zu beruhigen und lenkte das Gespräch in sicherere Gefilde.

AM FOLGENDEN TAG beschloss Elizabeth, sich die Abwesenheit von Darcy zunutze zu machen, um Miss Darcy einen Besuch auf Rosings abzustatten. Sie war ihr noch einige Gegenbesuche schuldig, da sie bisher versucht hatte, ihren Bruder im jeden Preis zu meiden. Da er nun abgereist war, machte sie sich nur noch Sorgen darum, einen niedergeschlagenen Eindruck auf die junge Frau zu machen. Als sie Miss Darcy antraf, saß diese gerade bei Lady Matlock und war hocherfreut, sie zu sehen. Nachdem sie sich begrüßt hatten, schlug Lady Matlock vor, eine Partie Commerce zu spielen, was den jungen Damen recht war.

Elizabeth traf zum ersten Mal auf Lady Matlock allein, ohne dass sie im übergroßen Schatten ihres Gatten stand und stellte mit großem Interesse fest, dass sie nichts jenes farblose Geschöpf war, für das sie sie in größeren Gesellschaften gehalten hatte. Ganz im Gegenteil, sie war überaus liebenswürdig und entgegenkommend und stellte Elizabeth Fragen über ihre Familie, ihr Zuhause und was sie von Kent hielt. Trotz Elizabeths Versuch, das Thema zu umgehen, dauerte es nicht lange, bis sie ihr die Geschichte über ihre vorangegangene Bekanntschaft mit Darcy entlockt hatte. Eine Information, die für Miss Darcy ebenso neu zu sein schien, wenngleich diese nicht zufrieden mit den neuen Erkenntnissen schien.

„Ich kann mir nicht vorstellen, warum mein Bruder mir gegenüber nie etwas erwähnt hatte", erwiderte sie ein wenig gereizt.

Elizabeth hob eine Augenbraue. „Unsere Bekanntschaft war genaugenommen recht flüchtig", entgegnete sie beschwichtigend. „Sicherlich war es ihm schlichtweg entfallen." *Welch seltsame Wendung, dass nun ich diejenige bin, die Mr. Darcy seiner Familie gegenüber verteidigt!*, dachte sie amüsiert.

„Nie erzählt er mir etwas", beschwerte sich Georgiana. „Ich wünschte, er hätte mehr Vertrauen in mich. Manchmal glaube ich, er denkt immer noch, dass ich nicht älter als elf bin."

„Zuweilen gehst du sehr hart mit ihm ins Gericht", brachte sich Lady Matlock ein. „Er hat dir gegenüber immer seine Pflicht erfüllt und ich wage zu behaupten, dass er dich besser behandelt hat, als er selbst es von seinen Eltern erfahren durfte –

und das sollte deinen Respekt doch Wert sein. Er kann dir deine Eltern jedoch nicht ersetzen, Georgiana, ganz gleich, wie sehr er es auch versuchen mag."

Georgiana richtete sich kerzengerade auf und sah sie empört an. „Ich weiß nicht, was du im Bezug auf meine Eltern andeuten willst. Sie waren wundervoll, mein Bruder hat mir oft von ihnen erzählt."

Lady Matlock seufzte. „Wie du selbst gesagt hast, bist du alt genug, um die Wahrheit zu erfahren, Georgiana. Vielleicht ist es nun also an der Zeit, dir zu erzählen, dass deine Eltern nicht die Heiligen waren, die dein Bruder immer aus ihnen macht. Deine Mutter war eine wahrhafte Fitzwilliam, liebreizend, aber stolz und anderen und deren Gefühlen gegenüber rücksichtslos. Für ihre Kinder hatte sie wenig Zeit übrig, abgesehen davon, sie als Abbild ihrer eigenen Perfektion zu präsentierten. Die Ehe mit deinem Vater betrachtete sie als Pflicht, Gefühle brachte sie ihm nicht entgegen. Und nachdem sie ihm einen Erben geschenkt hatte, ging sie ihm so weit aus dem Weg, wie es nur möglich war, wenn man bedenkt, dass die beiden im selben Haus lebten. Dein Vater war ein sehr hingebungsvoller Mensch, ebenso wie es dein Bruder nun ist, doch sehr bald schon ging er eine äußerst unpassende Liaison ein, und ich denke, dass er ihr immer nachgetrauert hat. Für einen sensiblen Jungen wie deinen Bruder war das kein geeignetes Umfeld. Vermutlich war er erleichtert, als er fortgeschickt wurde, um zur Schule zu gehen. Ich hatte immer gehofft, dass er seine Braut einmal ebenso mit dem Herzen und im gegenseitigen Respekt wählt und auch praktische Gründe nicht außer Acht lässt. Deshalb muss ich gestehen, wie erleichtert ich war, als ich erfahren habe, dass er sich geweigert hat, Anne zu heiraten."

Elizabeth hatte die sonst oftmals zurückgezogene Lady Matlock noch nie so lange sprechen gehört. Sie kam nicht umhin, sich darüber zu wundern, ganz besonders, wenn man bedachte, wie unschicklich es war, solch intime Details der Familiengeschichte mit einer nahezu Fremden zu teilen. Die

78

Bitterkeit, mit der sie Darcys Mutter als eine ‚wahre Fitzwilliam‘ dargestellt hatte, ließ Elizabeth vermuten, dass ihre Ehe sie einen hohen Preis gekostet hatte, was ihr überraschenderweise einen Moment des Mitgefühls abverlangte.

Georgiana spielte nervös mit ihren Karten. „Mein Bruder hat aber dennoch immer recht herzlich von unseren Eltern gesprochen“, entgegnete sie leise, und doch lag ein Hauch Trotz in ihrer Stimme.

Zu Elizabeths Überraschung flackerte in Lady Matlocks Augen die Entschlossenheit auf. „Ja, er war ihnen sehr verbunden und deshalb in der Lage, über ihre Fehler hinwegzusehen. Eine Tendenz, die auch heute noch von Zeit zu Zeit an ihm zu beobachten ist.“

„Was wurde aus der anderen Frau, von der du sagtest, mein Vater habe Gefühle für sie gehegt?“, fragte Georgiana.

Lady Matlock zuckte mit den Schultern, als sei das nicht weiter von Bedeutung. „Sie hat einen anderen geheiratet, glaube ich. Ich meine mich zu erinnern, dass es einer der Angestellten auf dem Anwesen war. Ihre gesamte Familie hatte auf Pemberley gedient, es war also tatsächlich eine vollkommen undenkbare Verbindung. Ich hatte den Eindruck, dass dein Vater und sie in gewisser Weise befreundet blieben, selbst wenn es nie auch nur den Hauch einer Ungebührlichkeit hatte.“

Sie sah, wie erschüttert das Mädchen nach den Enthüllungen ihrer Tante aussah und so versuchte Elizabeth, die Wogen ein wenig zu glätten: „So spielt das Leben leider immer wieder. Nur wenige können ihren Ehepartner frei wählen und es zeigt wirklich Größe, wenn man akzeptiert, dass man nicht immer nur mit dem Herzen, sondern manchmal auch mit dem Kopf entscheiden muss, um seine Pflicht zu erfüllen.“

Zu ihrer Überraschung sah Lady Matlock sie durchdringend an. „Es kann jedoch auch bitter sein, ohne jegliche Zuneigung zu heiraten und bitterer noch, wenn man seine Liebe zu einem anderen Menschen hinter sich lassen musste. Ich fürchte, mein Neffe nimmt seine Pflichten allzu ernst, was ihn letztlich ebenso teuer zu stehen kommen wird wie seinen Vater. Mir persönlich ginge das sehr nahe."

Elizabeth errötete, als ihr bewusst wurde, dass Lady Matlock dieselben Schlüsse wie auch Charlotte gezogen haben musste und dachte, Mr. Darcy habe ihre Zuneigung für sich gewinnen können, nur um sich dann von ihr zurückzuziehen, weil er eine Verbindung zu ihr für unter seiner Würde hielt. Für sie musste es den Anschein gehabt haben, als hätte sie sich mit ihren Aussagen zur Familiengeschichte der Darcys selbst Trost spenden wollen. Sie wandte sich wieder ihren Karten zu und haderte mit ihrem Schicksal, das dafür gesorgt hatte, dass sie nun noch weiter in Kent festsaß und noch mehr von sich preisgab, als ihr lieb gewesen wäre. Einen Moment später jedoch erinnerte sie sich daran, wie Lady Matlock die Fitzwilliams charakterisiert hatte – stolz und rücksichtslos – und ihr wurde klar, wie schwer ihr dieses Gespräch vermutlich gefallen war. Elizabeth sah auf und sagte selbstbewusster als sie sich derzeit fühlte: „Um seinetwillen hoffe ich, dass sich ihre Befürchtungen nicht erfüllen werden, Lady Matlock. Ich darf keinen anderen Mann zu meiner Bekanntschaft zählen, der stärker von heiratsfähigen jungen Damen umworben wird als Mr. Darcy. Deshalb kann ich es mir nicht vorstellen, dass es ihm unmöglich sein wird, unter ihnen eine gute, verständnisvolle Ehefrau zu erwählen. Denken Sie das nicht auch, Miss Darcy?"

„*Er* wird niemals aus Liebe heiraten, soviel steht fest", antwortete Georgiana. „Er wird sich eine hochanständige, würdige junge Lady mit großem Vermögen wählen, und dabei keinen Deut auf seine eigenen Gefühle geben und von mir wird er dasselbe verlangen. Liebe bedeutet ihm *nichts*."

Elizabeth sah sie ob der Heftigkeit dieses Ausbruches bestürzt an, insbesondere, da es bei Weitem nicht der Realität entsprach. Sie konnte sich nicht vorstellen, was Georgiana zu einer derartigen Überzeugung gebracht haben mochte.

„Georgiana, mein Liebes, mit der Zeit wirst du lernen, dass eine junge Lady von großem Vermögen viele Verehrer hat, die vorgeben, sie zu lieben, während ihr wahres Interesse an ihr rein finanzieller Natur ist", erklärte Lady Matlock auf eine Art und Weise, als hätte sie ihrer Nichte diese Lebensweisheit schon des Öfteren vermitteln wollen.

„Wer kann sich anmaßen zu behaupten, ein Mann, der nur wenig Geld hat, könnte eine vermögende Frau nicht wahrhaft lieben?", forderte Georgiana.

War es tatsächlich möglich? Trug Georgiana es ihrem Bruder tatsächlich nach, *dass er sie von Wickham getrennt hatte?,* wunderte sich Elizabeth. *Sicherlich kann sie nicht glauben, er habe sie geliebt!* Aus diesem Grund sagte sie: „Wie Sie bereits sagten, Miss Darcy, steht dem nichts entgegen. Ein armer Mann kann eine reiche Frau lieben, und doch ist es nur allzu bekannt, dass es charmante Mitgiftjäger gibt, die mit den Gefühlen ahnungsloser junger Damen spielen. Wie es sich so fügt, hat sich das erst kürzlich in meiner Heimatstadt in Hertfordshire zugetragen. Es gab dort einen Offizier der Miliz, der mir große Aufmerksamkeit schenkte. Doch als ein anderes Mädchen, der er zuvor keinerlei Beachtung geschenkt hatte, eine Erbschaft von 10.000 Pfund machte, vergaß er mich augenblicklich, um ihr den Hof zu machen. Unglücklicherweise ließ sie sich darauf ein, da sie nicht erkannte, was ihn an ihr tatsächlich reizte. Um ehrlich zu sein, tut sie mir leid. Lieutenant Wickham wird keine halb so guter Ehemann sein, wie er Verehrer war und ich fürchte, dass Miss King sehr unglücklich werden wird." Sie blickte rechtzeitig von ihren Karten auf, um Georgiana zusammenzucken zu sehen, als sie Wickhams Namen erwähnte.

Lady Matlock begegnete ihr mit ruhigem Blick und sagte: „Das klingt, als seien Sie dem Unheil nur knapp entkommen, Miss Bennet."

„Auf gewisse Weise stimmt das, ja. Doch ich gehe nicht davon aus, dass er mir gegenüber jemals ehrliche Absichten gehegt hatte. Ich hatte zuvor bereits meine Zweifel an seiner Person", antwortete Elizabeth, wenn auch nicht ganz

81

wahrheitsgemäß. Sicherlich hatte es Gründe genug gegeben, Wickhams Aussagen in Zweifel zu ziehen, und doch war sie zu verblendet gewesen, um der Wahrheit ins Auge zu sehen. „Ich fürchte, er hat sich ein Gespinst aus Lügen gebildet, durch das ich anfänglich nicht recht zu sehen vermochte. Einige davon betrafen auch Ihre Familie, Miss Darcy, mit der er einst in Verbindung stand. Als ich herausgefunden hatte, welche Art von Mensch er ist, bereute ich, ihm auch nur einen Moment zugehört zu haben."

Georgiana erblasste. „Er hatte Verbindungen zu meiner Familie?", fragte sie mit belegter Stimme.

Elizabeth zog die Augenbrauen zusammen. „Ja, ich meine mich zu erinnern, dass sein Vater Ihrem in welcher Weise auch immer gedient hatte, worum es sich genau handelte, ist mir allerdings entfallen."

„Was waren das für… Lügen, die er Ihnen erzählt hat?"

Elizabeths Wangen röteten sich, wenn auch nicht aus jenem Grund, den ihre Zuhörer vermuten mochten. „Entschuldigen Sie bitte, ich fürchte, es war recht taktlos von mir, das Thema auch nur anzusprechen. Es wäre mir äußerst unangenehm, seine Worte zu wiederholen. Ich denke, es genügt, wenn ich Ihnen sage, dass er Ihrem Bruder gegenüber sehr unhöflich wurde, Miss Darcy, und, wenn auch in geringere Maße, ebenso, als es um Sie und andere Mitglieder Ihrer Familie ging."

Georgiana stand abrupt auf. „Entschuldigt mich", verabschiedete sie sich mit brüchiger Stimme, ehe sie schnellstmöglich den Raum verließ.

Ihr hastiger Aufbruch wurde von Stille begleitet. Ein weiterer Moment verstrich, ehe Lady Matlock eine weitere Karte ausspielte. „Mr. Darcy steht tief in Ihrer Schuld, Miss Bennet. Allen Umständen zum Trotz waren Sie sehr großmütig."

Elizabeth fiel es immer schwerer, auszuhalten, dass alle Welt davon ausging, Mr. Darcy habe sie enttäuscht. Aber da sich ihr keine gesellschaftlich anerkannte Möglichkeit bot, die Wahrheit zu erklären, blieb ihr keine andere Wahl, als sich zu fügen. „Ich habe lediglich die Wahrheit gesagt, denn ich möchte weder, dass Miss Darcy Schaden nimmt, weil sie einer Illusion nachtrauert, noch möchte ich mit ansehen, dass es Mitgliedern ihrer Familie schlecht geht." *Ich kann nur hoffen, mir bleiben nun weitere mitfühlende Worte zu der mir vermeintlich versagten Position erspart*, dachte sie. „Ich muss nun jedoch aufbrechen, Mrs. Collins erwartet mich schon im Pfarrhaus."

Dankenswerterweise stellte Lady Matlock ihre allzu offensichtliche Ausflucht nicht weiter in Frage, verabschiedete sich von ihr und überließ Elizabeth ihrem langen Heimweg zum Pfarrhaus. Während sie lief, konnte sie sich den Kopf über ihre peinliche Niederlage zerbrechen und sich fragen, weshalb so viele Mr. Darcys Interesse an ihr erkannt hatten.

ELIZABETH WAR ERLEICHTERT, als es endlich an der Zeit war, Kent zu verlassen. Obwohl Miss Darcy ein deutliches Interesse daran zeigte, ihre Freundschaft fortzuführen, war ihr Verhältnis seit ihren Enthüllungen über Wickham doch ein wenig angespannt gewesen. Auch Charlottes Verdacht hinsichtlich ihrer Niedergeschlagenheit strengte sie zunehmend an. Sie konnte es kaum erwarten, Jane zu sehen, sich in Ruhe und Frieden ihre Wunden zu lecken und von ihrer Schwester getröstet zu werden.

Schließlich und endlich fuhr die Kutsche vor, auf der sogleich die Koffer und Truhen befestigt und die Päckchen im Innenraum verstaut wurden, sodass sie zur Abfahrt bereitstand. Nach einer herzlichen Verabschiedung von Charlotte wurde Elizabeth von Mr. Collins zur Kutsche geleitet. Als sie durch den Garten schritten, bestellte er die besten Grüße an ihre Familie, vergaß dabei nicht, sich abermals für die Freundlichkeit zu bedanken, die ihm im Winter auf Longbourn zuteil geworden war und ließ unbekannterweise Grüße an Mr. und Mrs. Gardiner ausrichten. Er half ihr beim Einsteigen, Maria folgte sogleich und die Tür war gerade dabei, geschlossen zu werden, als er sie urplötzlich fassungslos daran erinnerte, dass sie bis dato vergessen hatten, den Ladys auf Rosings einen Gruß zu bestellen.

„Allerdings", fügte er hinzu, „werden Sie sicherlich Ihre untertänigsten Grüße überbringen lassen, ebenso wie Ihren erkenntlichsten Dank für die Freundlichkeit, die sie Ihnen während Ihres Aufenthaltes hier zuteilwerden ließen."

Elizabeth ließ das so stehen, woraufhin die Türe geschlossen werden durfte und sich die Kutsche in Bewegung setzte.

„Gütiger Himmel!", rief Maria nach ein paar Minuten der Stille aus. „Mir kommt es wie ein oder zwei Tage vor, seit wir hier angekommen sind! Und was doch alles seither geschehen ist!"

„Einiges, in der Tat", seufzte ihre Weggefährtin.

„Wir haben neunmal auf Rosings diniert und waren zweimal zum Tee geladen! Wie viel werde ich zu erzählen haben!"

Elizabeth murmelte: „Und wie viel ich zu verbergen habe."

Ihre Reise verlief ruhig und ohne große Aufregung und binnen vier Stunden nach ihrem Aufbruch in Hunsford erreichten sie das Haus der Gardiners, wo sie ein paar Tage verweilen sollten.

Jane sah gesund aus, und Elizabeth blieb wenig Gelegenheit, sich ein Bild ihres Gemütszustandes zu machen, da ihre Tante freundlicherweise ein vielfältiges Programm für ihre Gäste geplant hatte. Doch Jane würde mit ihr zusammen nach Hause fahren und auf Longbourn würde sie genug Gelegenheit zur Beobachtung haben.

Ihr fiel es jedoch nicht leicht, zu warten, bis sie auf Longbourn angekommen waren, um sich ihrer Schwester hinsichtlich Mr. Darcys Antrag anzuvertrauen. Zu wissen, dass es in ihrer Hand lag, etwas zu enthüllen, das ihre Schwester derart in Erstaunen versetzen würde und gleichzeitig ihre eigene Eitelkeit so sehr befriedigte, der sie sich immer noch nicht entledigen konnte, so sehr sie es auch versuchte, führte sie mehr als in Versuchung. Und doch fürchtete sie, das Thema könnte dazu führen, ihrer Schwester weiteren Schmerz bezüglich Mr. Bingley zuzufügen, sodass die Eitelkeit schlussendlich dem schwesterlichen Mitgefühl erlag.

Eines Morgens, kurz bevor sie wieder nach Hertfordshire aufbrechen sollten, saßen Elizabeth und Jane gemeinsam mit ihrer Tante im Salon und arbeiteten an ihrer Stickarbeit, während Elizabeth Anekdoten von Lady Catherine und Rosings Park zum Amüsement aller zum Besten gab. Ihr war es gelungen, Mr. Darcy dabei vollkommen außen vor zu lassen. Obwohl Jane bereits durch Maria Lucas erfahren hatte, dass er auch dort gewesen war, fühlte sich Elizabeth dennoch noch nicht in der Lage, über ihn zu sprechen. Ihre Geschichte wurde jedoch unterbrochen, als das Mädchen der Gardiners in der Tür erschien. Das Dienstmädchen überreichte Mrs. Gardiner die Karten der beiden Besucher. „Zwei Gentlemen warten draußen. Sie sind gekommen, um Miss Bennet und Miss Elizabeth ihre Aufwartung zu machen."

Elizabeth und Jane sahen sich ob dieser unerwarteten Bekanntmachung gegenseitig an und fragten sich, wer sie wohl in London besuchen kommen könnte. Mrs. Gardiners Gesicht zeigte kultiviertes Erstaunen, als sie die beiden Visitenkarten näher betrachtete und dann besorgt zu ihren Nichten aufsah. „Mr. Bingley und Mr. Darcy", verkündete sie.

Wäre der Prinzregent vor der Tür gestanden, hätte Elizabeth auch nicht erstaunter sein können. Beim Gedanken daran, Mr. Darcy wiederzusehen, setzte ihr Herz einen Schlag aus. Ihre Überraschung war groß, kam er doch freiwillig und suchte damit wieder ihre Nähe. Sie konnte sich das nicht anders erklären, als dass Mr. Darcy sich ihre Kritik zu Herzen genommen hatte. Ganz im Klaren war sie sich jedoch noch nicht darüber, ob sie dieser seltsame Einfall nun freuen oder doch eher beunruhigen sollte.

Jane sah ein wenig blasser als gewöhnlich aus, wirkte jedoch gelassener, als Elizabeth es für möglich gehalten hatte. Als die Gentlemen eintraten, stieg ihr eine zarte Röte in die Wangen, dennoch grüßte sie die beiden einigermaßen ruhig, gelassen und mit vorbildlicher Höflichkeit, die weder nachtragend noch unnatürlich entgegenkommend wirkte. Elizabeth hoffe nur, einen ebenso gefassten Eindruck wie ihre Schwester zu machen und doch fühlte sie sich innerlich aufgewühlter, als sie es nach außen hin darstellen wollte.

Jane übernahm es, die Gentlemen Mrs. Gardiner vorzustellen, die besonders erfreut darüber war, die Bekanntschaft jenes jungen Mannes zu machen, der Janes Herz für sich gewinnen konnte. Dem sonst nie um ein Wort verlegenen Mr. Bingley hatte es die Sprache verschlagen, als er Jane erblickte, sodass Mr. Darcy die Aufmerksamkeit ihrer Gastgeberin auf sich zog, als er sich höflich mit ihr unterhielt.

Wenig überraschend nahm Mr. Bingley neben Jane Platz, wie er das zuvor schon häufig in Hertfordshire getan hatte. Elizabeth wartete angespannt darauf, dass Mr. Darcy auf sie zukam, doch er wählte stattdessen einen Platz ihr gegenüber und antwortete ihr nur knapp, als sie sich höflich nach seinem Aufenthalt in London erkundigte. Mrs. Gardiner, der die angespannte Atmosphäre nicht entging, wandte all ihre Kunstfertigkeit auf, um das Gespräch mit Mr. Darcy in Gang zu halten. Anfangs wirkten seine Antworten ebenso gestelzt und lakonisch, wie Elizabeth es erwartet hatte, wenn er mit Leuten sprach, die weit unter seinem gesellschaftlichen Rang standen. Einen Moment lang bereute sie es, ihn über den schlichten Hintergrund ihrer Tante aufgeklärt zu haben, denn andernfalls hätte er sie für eine vornehme Dame halten können. Sie rief sich jedoch vor Augen, wie stolz sie auf ihre Tante war und hörte aufmerksam zu, als es Mrs. Gardiner schließlich gelang, Mr. Darcy in ein Gespräch über Derbyshire zu verwickeln.

Mr. Darcys Augen wanderten nicht selten zu Elizabeth hinüber, was sie wiederum dazu veranlasste, sich ihrer

Stickarbeit mit sonst nur selten gezeigtem Enthusiasmus zu widmen. Bingley zeigte ihrer Schwester gegenüber deutlich seine Bewunderung, sodass Elizabeth zu dem – wenn auch ein weniger schnell gezogenen – Schluss kam, sein und Janes Glück könnte bald schon gewiss sein, überließe man die beiden nur sich selbst. Auch wenn sie sich noch nicht gestattete, an ein erfreuliches Ende zu glauben, bereitete es Elizabeth doch erhebliche Freude, sein Werben zu beobachten. Was ihre Gefühle für den zweiten Gast des Hauses anbelangte, war sie sich weniger sicher.

Die Gentlemen waren noch nicht lange zugegen, als neue Besucher angekündigt wurden und Mr. und Mrs. Monkhouse eintraten. Nachdem alle einander vorgestellt waren, warf Mr. Darcy Bingley einen Seitenblick zu und meinte, dass es für sie nun Zeit zum Aufbruch würde. Mrs. Gardiner, der Janes entsetzte Mine nicht entgangen war, bat sie, noch zu blieben.

„Um diese Tageszeit herrscht hier oft reger Betrieb, was Besucher angeht", wandte Mr. Monkhouse höflich ein. „Unsere Gastgeber sind äußerst sympathisch, und viele von uns nutzen das schamlos aus."

Darcy machte abermals den Eindruck, als fühle er sich nicht recht wohl. Er gab nur eine knappe Antwort, ließ sich aber dazu herab, der Einladung zu folgen und zu bleiben. Seine Augen richteten sich wieder auf Elizabeth.

Elizabeth überkam plötzlich das Bedürfnis, ihn ein wenig zu necken und so sagte sie: „Mr. Monkhouse, Mr. Darcy ist ein großer Bewunderer Ihres Cousins, Mr. Wordsworth."

Darcy warf ihr einen undeutbaren Blick zu, ehe er bejahte.

„Hervorragend!", rief Monkhouse energisch. „Das freut mich zu hören. Ich persönlich lese gerade die neuen Schriften Lord Byrons. Sein Zugang zur Poesie ist wahrhaft eine Offenbarung."

„In der Tat. Sein Ausdruck ist derart kraftvoll und seine Gefühle werden auf einer solch individuellen Ebene dargestellt, die die alten Poeten erblassen lässt", stimmte Mrs. Gardiner zu.

„Individuell oder doch eher zügellos?", brachte Elizabeth sich ein. „Ich muss gestehen, dass ich die klarere Linie in den Werken von Coleridge und Wordsworth bevorzuge."

„Sie haben also den Eindruck, die Erhebung des Individuums wurde zu weit getrieben?", hakte Mr. Monkhouse nach.

Elizabeth hielt einen Augenblick inne und machte sich Gedanken zu dieser Frage. „Mir erscheint es, als gehe etwas verloren, wenn die individuelle Selbsterkenntnis als Ideal in eine Position der Passivität gedrängt wird, aus der heraus der Poet sich erhofft, so viel als möglich wahrzunehmen, indem er so wenig als möglich tut." Aus dem Augenwinkel erblickte sie Darcy, der sie mit einem Ausdruck des Erstaunens ansah – ob er sich dabei auf ihren Gedankengang bezog, oder es ihm eher darum ging, dass sie überhaupt solche Gedanken haben könnte, war ihr allerdings ein Rätsel.

„Ich muss mich Miss Bennet anschließen", brachte Darcy sich in die Diskussion ein. „Wenn wir davon ausgehen, dass das Göttliche im Menschen seine Fähigkeit zur Selbsterkenntnis ist, ist es dann nicht sinnvoller, seine Möglichkeiten auszuschöpfen, als die Auswirkungen der Umwelt auf das Individuum zu ergründen? Im Gegensatz zu Byron, blüht in Wordsworths Werken durch das Erwachen des Ich-Bewusstseins auch die moralische Urteilsfähigkeit auf und führt somit zu einem Bewusstsein des Göttlichen."

Nun war es an Elizabeth, eine Augenbraue zu erheben, als Mr. Monkhouse Darcy und Mrs. Gardiner in eine lebhafte Debatte über das romantische Ideal verwickelte. Der überraschende Anblick eines Mr. Darcy, der in eine Debatte mit eben jenen Leuten verwickelt war, die er während seines Antrages noch verachtet hatte, zog sie so sehr in seinen Bann, dass sie der Unterhaltung selbst weniger Beachtung schenke, als sie das sonst getan hätte. Auf diese Weise ging es noch eine Weile weiter – Bingley unterhielt sich leise mit Jane und war sich der angeregten Debatte um sich herum gar nicht bewusst, bis Mr. Gardiner eintraf und einen heißblütigen jungen Gast herein begleitete, Mr. Brewer, der Elizabeth nicht unbekannt war. Als sie eintraten, verkündete Mr. Monkhouse fröhlich: „Und nun, Mr. Darcy, werden Sie feststellen, dass unsere Debatte über Poesie ein Ende gefunden hat, da unser Freund Brewer zweifelsohne binnen weniger Minuten einen Weg finden wird, das Gespräch auf die Abschaffung der Sklaverei zu lenken."

Mr. Brewer lachte und setzte sich neben Elizabeth, der er ein warmes Lächeln schenkte. Seine Bewunderung für die jüngere Miss Bennet war ihr und den Gardiners wohl bekannt, ebenso wie die Tatsache, dass sein politisches Engagement ihm niemals die notwendigen Mittel bescheren würde, einer Frau ohne eigenes Vermögen jemals ernsthaft in Betracht zu ziehen. Elizabeth begegnete seiner Aufmerksamkeit in ihrer gewohnt fröhlichen Art, ihr entgingen jedoch nicht die vernichtenden Blicke, die er sich dabei von einem Gentleman am anderen Ende des Raumes einheimste. Als Mr. Brewer zu einem enthusiastischen Bericht über seine letzten Anstrengungen zur Abschaffung der Sklaverei ansetzte, kam sie nicht umhin, sich daran zu erinnern, wie aufmerksam Darcy Miss Temple gegenüber gewesen war. Die anfängliche Genugtuung, die sie verspürte, als sie seine Eifersucht bemerkte, wandelte sich alsbald in eine Art Ärger – weshalb nahm er sich heraus, allen Frauen, die ihm gefielen, Bewunderung zu schenken, erwartete jedoch gleichzeitig, sie selbst sei unantastbar für alle anderen Männer! Sie blickte auf, visierte ihn direkt an, bis auch er ihren Blick erwiderte, und sah ihm lange und ernst in die Augen.

Darcy verspürte einen plötzlichen Anflug von Unsicherheit, als er bemerkte, wie sie ihn anstarrte. Während der vorangegangenen Unterhaltung hatte er sich überraschend wohl gefühlt, da sie anregend genug gewesen war, um ihn von jener Kombination aus Schmerz und Freude abzulenken, die ihn immer dann ereilte, wenn er sich in Elizabeths Nähe befand. Er machte sich keine Illusionen, sie hatte ihm sein vorangegangenes

Verhalten noch nicht vergeben, doch zumindest schien sie ihm bisher neutral oder fast schon ein wenig neckend gegenüberzutreten. Wollte sie ihm nun möglicherweise zu verstehen geben, dass das schmächtige Bürschchen zu ihrer Rechten ihr etwa mehr bedeutete, als er das tat? Er mahlte mit den Zähnen, um sich unter Kontrolle zu halten.

Mrs. Gardiner unterbrach Mr. Brewers leidenschaftliche Rede: „Ich bewundere die Position, die Sie in der Debatte um die Abschaffung der Sklaverei einnehmen, und muss doch erneut die Frage aufwerfen, auf welche Basis Sie Ihr Vorhaben stellen, würde es zwar alle Sklaven zu freien Menschen machen, und doch im selben Atemzug die Mehrheit von ihnen *de facto* ein Eigentum der Minderheit bleiben", sagte sie lieblich, um ihrer Aussage die Schärfe zu nehmen.

Elizabeth wandte ihren Blick von Darcy ab, um zu sehen, wie Mr. Brewer diese Herausforderung annahm. Sie wurde nicht enttäuscht, denn er lief rot an, als er seine Gegenposition darstellte: „Meine liebe Mrs. Gardiner, die Basis des Abolitionismus liegt in der Erkenntnis, welch Sünde es ist, rational denkende Geschöpfe als Sklaven zu halten – eine Position, die für Frauen noch zur Debatte steht. Ich persönlich halte es für möglich, dass die hier anwesenden Vertreterinnen Ihres Geschlechtes für das Argument der Bildungsfähigkeit von Frauen sprechen. Und doch wurde mir noch kein Beweis dafür erbracht, dass das der Regel entspricht und weniger die Ausnahme ist."

„Ich danke Ihnen, Sir, dass Sie mich für ein rational denkendes Wesen halten", ging Elizabeth mit einem amüsierten Lächeln darauf ein. „Und doch muss ich mich wundern, welcher Quelle Ihr Argument entstammt, dass Frauen nicht lernfähig seien. Mir scheint, als gäbe es eine Reihe von Beispielen die dafür sprechen. Mir sind keinerlei Fälle bekannt, in denen Frauen durch Bildung in den Wahnsinn getrieben wurden!" Sie warf Darcy einen verstohlenen Blick zu, um zu sehen, wie er ihre radikale Aussage aufnahm.

„Außerdem muss ich noch hinzufügen", brachte sich Mrs. Monkhouse ein, „dass es gewisse Gefahren birgt, die Erziehung unserer Kinder jenem Teil der Menschheit zu überlassen, den Sie für nicht lernfähig und irrational halten! Natürliche Zuneigung kann sich in völliger Abhängigkeit nicht entfalten."

Nun beteiligte sich auch Mr. Gardiner an dem Schlagabtausch: „Können wir denn tatsächlich Tugendhaftigkeit von jenen erwarten, die vollkommen von den Launen anderer abhängig sind – seien sie nun Sklaven, Frauen oder Kinder? Ich möchte zu bedenken geben, dass unsere Gesellschaft ebenso Männer dazu ermutigt, den höchsten Wert in ihrem Vermögen zu sehen, wie sie Eitelkeit, List und Manipulationskünste auf Seiten der Frauen begünstigt, da deren Kapital in ihrem persönlichen Charme liegt, der damit einen höheren Wert darstellt, als die Tugendhaftigkeit an sich."

„Ich muss Ihnen zustimmen: Es ist ungünstig, dass Frauen oftmals darauf angewiesen sind, sich auf ihre Schönheit und Anziehungskraft zu stützen, um einen Mann für sich einnehmen zu können, statt sich auf ihre moralische Größe verlassen zu können", sagte Mr. Brewer inbrünstig. „Das ist eine der unnatürlichen Besonderheiten unserer Gesellschaft, in der Vermögen, Schönheit und Rang von größerem Wert sind als Tugend. Und doch halten viele Männer die Unterwürfigkeit ihrer Frauen für eine Tugend an sich und deuten sie als Zeichen des Respektes – wie könnte die Eigenständigkeit der Frauen dem gegenüber als Tugend gelten?"

Elizabeth zuckte unwillkürlich zusammen. Mr. Darcy mit radikalen Gedanken und Argumenten zu schockieren beunruhigte sie nicht weiter, doch sie fürchtete, dass sich hieraus eine Debatte um den Wohlstand als die Quelle allen Übels entwickeln könnte, was zu einer äußerst unangenehmen Situation führen könnte. Er überraschte sie jedoch erneut, indem er nicht nur die potentiell beleidigende Anspielung ignorierte, sondern sich auch noch selbst an der Diskussion beteiligte.

„Ich stimme nicht mit der Einschätzung überein, alle Männer wünschten sich eine Art Schoßhündchen zur Frau, von dem sie immerzu angehimmelt werden. Gegenwärtig wird von Frauen erwartet, unterwürfig zu sein", fügte er nachdenklich hinzu, "doch ich würde die Charakterstärke eines Mannes stark in Zweifel ziehen, der eine Partnerin benötigt, über die er zu jeder Zeit Kontrolle ausüben kann, und keine, die eine Herausforderung für seinen Intellekt darstellt. Ich persönlich halte nichts davon, meine Unterhaltungen mit einem Spiegel zu führen, anstatt mit einer anderen, *rational* denkenden Seele. Die Unterwürfigkeit so vieler Frauen spricht eher für, als gegen deren Lernfähigkeit und es wird deutlich, dass die Gesellschaft ein solches Verhalten auf jede erdenkliche Art und Weise fördert und bekräftigt." Darcy war sich durchaus bewusst, welch überraschten Blick ihm Elizabeth zuwarf. Er fragte sich, wie sie seiner Aussage wohl gegenüberstand, denn ausgerechnet sie sollte sich im Klaren darüber sein, wohin seine Neigungen zu diesem Thema tendierten.

„Gut gesprochen, Mr. Darcy!", rief Mr. Monkhouse aus. „Ich würde mir keine Frau wünschen, die wie ein Kind behandelt werden muss."

„Und das ist auch gut so", entgegnete seine Frau verschmitzt, „denn dann würde dir eine schwere Enttäuschung ins Haus stehen."

„Und ich wäre schwer enttäuscht, wenn wir diese ausgezeichnete Diskussion nicht fortführen könnten! Gentlemen, Mrs. Monkhouse, würden Sie uns die Ehre erweisen und zum Dinner bleiben?", ersuchte Mr. Gardiner seine Gäste.

Elizabeth sog scharf die Luft ein und schloss die Augen, da sie Darcys Gesichtsausdruck nicht sehen wollte, wenn er auch nur daran dachte, in einer solchen Gesellschaft zu dinieren. Sie öffnete sie wieder, und heftete ihren Blick zu Boden, als sie mit anhörte, wie er zu bedenken gab, dass sie sich so kurzfristig nicht aufdrängen könnten.

„Nun, zum Bleiben werden wir Sie nicht drängen, wenn Sie wieder aufbrechen müssen", antwortete Mrs. Gardiner höflich, „doch von aufdrängen kann keine Rede sein. Unerwartete Gäste sind hier keine Seltenheit, sodass unsere Köchin die Möglichkeit stets in Betracht zieht."

Elizabeth sandte ein Stoßgebet zum Himmel, ihre Tante möge sie nicht noch weiter demütigen, indem sie unwissend eine weitere Einladung zum Bleiben aussprach, die einem derart stolzen Mann ganz und gar zuwider sein musste und blickte zu Jane hinüber, deren glückseliges Lächeln ihr eigenes Unbehagen wettmachte.

„Bingley? Was sagst du? Bingley!", wollte Darcy mit leicht erhobener Stimme wissen, als sein Freund ihn anfänglich nicht wahrnahm.

„Ja?", antwortete Bingley, den es offensichtlich einiges an Mühe kostete, seine Augen von Jane zu lassen.

„Mrs. Gardiner hat uns eingeladen, zum Dinner zu bleiben", sagte Darcy mit neutraler Stimme.

Bingleys Züge erhellten sich zu einem strahlenden Lächeln. „Ich wäre hocherfreut, mich Ihnen anzuschließen, Mrs. Gardiner, sofern Darcy keine anderen Verpflichtungen hat."

„Nein, ich habe keine anderweitigen Verpflichtungen", versicherte Darcy. Elizabeth sah erstaunt zu ihm auf und er schenkte ihr ein kleines, entschuldigendes Lächeln. Ihr wäre es offensichtlich lieber, wenn er nicht bliebe und tatsächlich war er sich im Klaren darüber, dass er eine Entschuldigung hätte vorschieben sollen, doch er brachte es nicht über sich, sie zu verlassen. Gott allein wusste, wann er sie wiedersehen würde – sicherlich nicht vor Bingleys Hochzeit, falls es dazu kommen sollte. Er war sich nicht eins, ob er sich eine derartige Entwicklung der Dinge wünschen oder eher fürchten sollte. Falls Bingleys Interesse bereits einer anderen als Miss Bennet gelten sollte, könnte Darcy wohl kaum davon ausgehen, Elizabeth jemals wiederzusehen. Doch wenn eine Verbindung mit Bingley zu Stande käme, würde das bedeuten, dass er ihr von Zeit zu Zeit begegnen und die bittersüße Freude genießen würde, sie wiederzusehen. Doch das würde zwangsläufig die Qual mit sich bringen, zusehen zu müssen, wie sie sich früher oder später in einen anderen Mann verlieben und ihn dann auch heiraten würde. Nein, das wäre in der Tat keine wünschenswerte Entwicklung. Zumindest schien es so, als müsse er sich über das Jüngelchen an ihrer Seite keine Sorgen machen, wenn man danach ging, wie temperamentvoll sie seinen Behauptungen begegnete. Er könnte es wohl kaum ertragen, wenn sie so bald schon einem anderen Mann den Vorzug gäbe.

Angenehm überrascht stellte er fest, dass er die Gesellschaft der anderen beim Dinner genoss. Zweifelsohne spielte es dabei eine große Rolle, dass man ihn zwischen Elizabeth und Mrs. Gardiner platziert hatte, insbesondere da erstere in gelöster Stimmung war und ihn aufzog, auch wenn sie es von Zeit zu Zeit vermied, ihm in die Augen zu sehen. Es genügte ihm schon, ihr nahe zu sein, ihre Stimme zu hören und einen Hauch ihres Parfüms in der Nase zu haben. Er war sich dessen bewusst, dass ihm nie mehr als das vergönnt sein würde und war bereit, sich den Träumen zu stellen, die ihn sicherlich nun wieder verfolgen würden, wenn er sich nur für eine kurze Weile der Illusion hingeben durfte, dass zwischen ihnen wieder alles wie zuvor war. Die anregende Unterhaltung stellte sich dabei als hilfreich heraus und er konnte nachvollziehen, weshalb Elizabeth so gerne bei ihrem Onkel und ihrer Tante auf Besuch war. Das wiederum bot ihm auch die Erklärung dafür, weshalb ihm in Hertfordshire aufgefallen war, wie überraschend wenig provinziell ihr Gebaren war. Er ging sogar soweit, es zu bedauern, dass die Gardiners und Monkhouses keiner gesellschaftlichen Schicht angehörten, die es ermöglicht hätte, weiter mit ihnen in Verbindung zu bleiben.

Elizabeth hatte jede Hoffnung aufgegeben, herauszufinden, was Mr. Darcy wohl denken mochte, nachdem er so überraschend zugestimmt hatte, im Haus ihres Onkels zu speisen. Dafür gab es einfach keine vernünftige Erklärung.

Auch wenn sie gerne geglaubt hätte, dass er seinen Stolz beiseitegeschoben hatte, sprach doch sein Verhalten zu Beginn seines Besuches eine andere Sprache. Vielleicht war er mehr als nur ein wenig wankelmütig in seinen Gefühlen für sie. Sie schaute sich um, sah den glücklichen Glanz in Janes Augen und eine Welle der Dankbarkeit durchflutete sie, sodass sie sich Mr. Darcy mit einem strahlenden Lächeln zuwandte. Beinahe sofort bereute sie ihre Impulsivität, da ihr der Blick in seine dunklen Augen wieder die Bilder ihres Kusses bescherte, die sie so gerne zurückgehalten hätte, ebenso wie den Schmerz, er sich dabei unwillkürlich in ihr ausbreitete. *Wenn irgendjemand in diesem Raum davon wüsste, was zwischen uns geschehen ist, würde die Konsequenz ganz sicher auf dem Fuße folgen!,* dachte sie mit einem Seitenblick auf ihren Onkel, dessen strickte Moralvorstellungen sie nur zu gut kannte. Sie biss sich auf die Lippe, als ihr ein zartes Rot in die Wangen stieg.

Zu Darcys Erleichterung zogen sich die Damen kurz darauf zurück, denn er hatte Gelüste von höchst unsittlicher – und zweifelsohne unwillkommener – Natur verspürt, nachdem ihm Elizabeth dieses umwerfende Lächeln geschenkt hatte. Er wusste weder, was sie dazu bewogen hatte, noch, warum sie es nur einen Augenblick später so offensichtlich bereute, doch exakt das war es, woraus sich seine Träume spannen. Und so war es ihm unmöglich, sie nicht in Gedanken weiterzuführen und sich dabei nicht vorzustellen, wie er sie in seinen Armen hielt und ihren weichen Körper an seinem spürte, zu sehen, wie ihr Gesicht sich mit eben diesem Lächeln erhellte, nachdem ihr Haar und ihre Kleidung in Unordnung waren, weil er ihr gezeigt hatte, wie es sich anfühlte, von ihm geliebt zu werden.

Alsbald entwickelte sich unter den Gentlemen eine lebhafte Debatte über Politik, eine Ablenkung, die Darcy höchst willkommen war. Das schein Bingley zu überraschen, an dem das vorherige Gespräch beinahe vollkommen vorübergegangen war, und er geriet ins Straucheln, als er sich gegen Brewer verteidigte, der offensichtlich immer noch ahnungslos war, was den finanziellen Wert von Darcy und Bingley anging und extreme Ansichten über die unnatürliche Abgrenzung von geerbtem Vermögen und den damit verbundenen Privilegien von sich gab. Darcy lehnte sich zurück und nahm einen eher amüsierten Betrachtungswinkel ein, da er sowohl weniger irritierbar, als auch diese Art von Gespräch aus seiner Zeit in Cambridge gewöhnt war. Als Mr. Gardiner in seiner Rolle als Gastgeber versuchte, das Gespräch in sicherere Gefilde zu steuern, mischte Darcy sich ein: „Mr. Brewer, Sie stellen die Behauptung auf, dass Reichtum zu Müßiggang führt, und dessen Besitzer dazu veranlasst, die ihnen obliegenden Pflichten zu vernachlässigen. Doch das halte ich für eine ebenso fehlgeleitete Verallgemeinerung wie Ihr Argument, Frauen seien nicht bildungsfähig. Würde ich Ihnen, schlichtweg aufgrund Ihrer Klassenzugehörigkeit, vorhalten, ein von Neid zerfressener Speichellecker zu sein, der eben diese Reichtümer zu erreichen sucht, hielten Sie das mit vollstem Recht für nicht gerechtfertigt. Und dennoch sind Sie nicht bereit, den Wohlhabenden gegenüber das Zugeständnis zu machen, dass es unter ihnen jene gibt, die ihre Verantwortung durchaus ernst nehmen und Edelmut zeigen. Gibt es denn keine gütigen Grundbesitzer und Lehnsherren? Und mit welchem Recht scheren Sie sie über denselben Kamm, wie die Faulen und Selbstgefälligen unter ihnen?"

„Mit demselben Recht, Mr. Darcy, das diese Klassen anwenden, um jene, die ihnen nicht ebenbürtig sind, als wertlos und unwürdig zu betrachten und sich weigern, jeglichen Wert und jegliche Tugendhaftigkeit nicht von deren Geldbörse abhängig zu machen!"

„Sie halten die gesamte Oberklasse für derart borniert?", fragte Darcy mit erhobener Augenbraue.

„Ja, denn anderenfalls bestünden keine solch klaren Grenzen zwischen den Klassen. Warum sind Londons Kaufleute nicht zu den Veranstaltungen des *ton* geladen?"

Das weckte unangenehme Erinnerungen in ihm, als er Elizabeth Vorhaltungen über den Stand ihrer Familie gemacht hatte und ihr gleichzeitig aufgezeigt hatte, welch Herabsetzung mit einer ehelichen Verbindung für ihn einher gegangen wäre. Er musste sich eingestehen, dass er Hertfordshires bessere Gesellschaft in der Tat mit Geringschätzung betrachtet hatte, und das aus keinem geringeren Grunde, als deren unbedeutenden Status. Er erinnerte sich nicht mehr daran, wann er sich zuletzt in solch bunt gemischter Gesellschaft befunden hatte wie heute – höchstwahrscheinlich nicht mehr seit Cambridge, als es ihn beschämt hätte, sich so etwas eingestehen zu müssen. Die Erkenntnis schmerzte, insbesondere da er gerade einen anregenderen Abend mit besseren Gesprächen als in den gesamten letzten Jahren im *ton* zusammen unter Leuten verbracht hatte, deren Bekanntschaft zuvor noch unter seiner Würde gewesen wären. „Ich erwarte nicht von allen Verständnis dafür", antwortete er mit ruhiger Stimme, „lediglich, dass es ihnen nicht völlig versagt wird." Plötzlich wünschte er sich Elizabeth an seiner Seite.

Nachdem man sich allgemein darauf geeinigt hatte, dass Ausnahmen die Regel bestätigen, lenkte Mr. Gardiner, dem die Veränderungen in Darcys Miene nicht entgangen waren, das Gespräch auf den Krieg auf der iberischen Halbinsel, ein Thema, das auch Bingley entgegen kam. Darcy widmete sich seinen Gedanken und fragte sich niedergeschlagen, was aus den Idealen seiner Jugend geworden war.

Als sie sich den Damen wieder anschlossen, war Darcy an dem Punkt angelangt, sich Elizabeths nicht würdig zu finden. Wenn er daran zurückdachte, welch unbedachte Dinge er ihr gegenüber an jenem Abend in Hunsford gesagt hatte, kam er zu dem Schluss, dass sie durchaus ein Recht darauf gehabt hatte, ihn zurückzuweisen – sie verdiente einen weitaus besseren Mann, als ihn. Er sah nicht zu ihr hinüber, als sie eintraten, wählte sich einen Platz so weit entfernt, wie nur irgend möglich, ohne dabei unhöflich zu wirken und wollte einfach nur so schnell als möglich aufbrechen.

In der Zwischenzeit waren Elizabeths Gedanken ebenso oft zu ihm gewandert, auch wenn es von außen so aussah, als spekuliere sie ebenso gern darüber, was Mr. Bingleys Rückkehr wohl zu bedeuten habe, wie die anderen Ladys auch. Aus Darcys Verhalten wurde sie immer noch nicht schlau, doch sie hielt sich vor Augen, wie sehr sie ihn in der Vergangenheit schon missverstanden hatte, und war deshalb fest entschlossen, nicht wieder vorschnell über ihn zu urteilen. Außerdem musste sie sich eingestehen, dass er sich heute schon großes Lob verdient hatte, angefangen dabei, dass Bingley hier aufgeschlagen war, was eindeutig Darcy zuzuschreiben war, bis hin zur Äußerung seiner Meinung in der vorangegangenen Diskussion. Auch wenn er sich eingangs noch hochmütig zurückgehalten hatte, hatte er sich später dennoch ein wenig geöffnet und den anderen schließlich Respekt gezollt. Diese Gedanken führten dazu, dass sie seiner Rückkehr mit Erwartung entgegen sah und nicht mehr leugnen konnte, dass sie ihm nicht mehr gleichgültig gegenüber stand, nur um feststellen zu müssen, dass er ihr nicht in die Augen sah und sie mied. Wie sie es auch drehte und wendete, Freude bereitete ihr das nicht.

Sie beschloss, ihr Glück nicht von seinen Launen abhängig zu machen und beteiligte sich rege am Gespräch der anderen, bis Darcy sich bei Mrs. Gardiner entschuldigte und Bingley einsammelte. Sowohl Mr. Gardiner, als auch Mr. Monkhouse brachten ihre Freude über die Bekanntschaft der beiden zum Ausdruck und wünschten sich, sie auch in Zukunft wiederzusehen.

Elizabeth folgte einem Wink ihrer Tante und schloss sich wortlos Jane an, um die Gentlemen zu ihrer Kutsche zu geleiten. Wenn Darcy verschlossen und stumm sein wollte, würde sie ihn nicht davon abhalten, beschloss sie. Ihr Schweigen stand im starken Kontrast zu Bingley, der die Grenzen der guten Sitten beinahe überschritt, so nahe war er Jane in ihrem vertraulichen

Gespräch. Erst nachdem sie die Schwelle überschritten hatten, wünschte Elizabeth Darcy einen guten Abend, ebenso wie sie es auch mit anderen Bekannten getan hätte.

Der Anblick von Jane und Bingley, die sich tief in die Augen schauten, war mehr als Darcy nach seiner kürzlich gewonnenen Einsicht ertragen konnte. „Ich hoffe, Sie mit meiner Anwesenheit nicht beunruhigt zu haben, Miss Bennet", sagte er mit dem bitteren Geschmack der Niederlage auf der Zunge. „Ich hatte beabsichtigt, Rosings zu verlassen, um Bingley vor Ihrer Ankunft hierher zu bringen, doch unglücklicherweise ist er erst gestern wieder nach London zurückgekehrt. Ich kann mir nicht vorstellen, dass es ihm schwerfallen wird, seinen nächsten Besuch allein abzustatten."

Also hatte er doch versucht, sie zu meiden. *Das kann wohl kaum eine Überraschung sein*, rügte sie sich, als ihr der Gedanke einen Stich versetzte und rief sich wieder ins Gedächtnis, dass es keinen Grund gab, vor ihm im guten Licht dastehen zu wollen, ebenso wie er keinen hatte, eine gute Meinung von ihr zu haben. Sie hob das Kinn und zwang sich dazu, ihm in die Augen zu sehen, während Bingley ein paar sanfte und gefühlvolle Worte mit Jane wechselte. „Sie haben mich nicht im Geringsten belästigt, Sir, und ich hatte noch keine Gelegenheit, mich für das Buch zu bedanken", entgegnete sie.

Darcy ward unbehaglich. Wenn sie so zu ihm aufsah, war es ihm unmöglich, zu vergessen, wie sich ihre Lippen unter seinen angefühlt hatten. „Ich wünsche mir lediglich, dass es Ihnen gefällt, Miss Bennet, das ist mir Dank genug."

„Es gefällt mir sehr", antwortete sie leise. „Sie sind sehr großzügig."

Einen Moment schloss er seine Augen, als ob ihm das Schmerzen bereitete. Der Schutz der Dunkelheit, verbunden mit der Geradlinigkeit ihrer vorangegangenen Unterhaltungen schien es ihm zu erlauben, direkter zu sein, als er es unter anderen Umständen gewesen wäre. „Miss Bennet, das war nicht *großzügig* von mir. Ich wollte alles mit Ihnen teilen, was mein
99

ist, doch zu meinem Unglück musste ich feststellen, dass ich lediglich über zwei Dinge verfüge, die Sie sich wünschen: Eine weitere Chance für Mr. Bingley und Ihre Schwester, und ein Buch." Er atmete tief durch, ehe er noch ein letztes Mal ihre Hand in seine nahm. „Ich hoffe, Sie können beides bei bester Gesundheit genießen und werden eines Tages das Glück finden, das Sie verdienen. Leben Sie wohl, Miss Bennet." In seiner Stimme lag eine Endgültigkeit, als er ihre Hand an die Lippen führte, sie sanft küsste und versuchte, das Gefühl in seinem Kopf für die Ewigkeit einzubrennen. Er wandte sich um und ging forschen Schrittes auf die Kutsche zu, ohne auch nur einen Blick zurückzuwerfen, während Bingley ihm auf dem Fuße folgte.

„Lebewohl", antwortete eine ergriffene Elizabeth der Luft vor sich und fragte sich mehr denn je, ob ihr klar gewesen war, was sie tat, als sie ihn zurückgewiesen hatte.

Sobald die Kutsche abgefahren war, ergriff Jane aufgeregt Elizabeths Arm. „Oh Lizzy, er hat gefragt, ob er mir morgen einen Besuch abstatten darf! Er meinte, er habe nicht gewusst, dass ich in London war, bis ihn Mr. Darcy darüber aufgeklärt hatte. Und als ich ihm sagte, dass wir bald wieder nach Longbourn zurückkehren würden, meinte er, dass er in Erwägung zöge, wieder nach Netherfield zurückzukehren. Lizzy, das ist doch zu schön, um wahr zu sein, oder?"

Elizabeth zwang ihre Lippen zu einem Lächeln. „Ich bin mir sicher, dass es wahr *ist*!", beruhigte sie ihre Schwester. „Meine liebste Jane, ich denke, du läufst schwer Gefahr, ihn noch mehr in dich verliebt zu machen, als er es je zuvor war." *Und ich laufe schwer Gefahr, dem nachzuweinen, was hätte mein sein können, wenn ich ein wenig mehr Weisheit in meinem Urteilsvermögen gezeigt hätte*, dachte sie zerknirscht, ehe sie beherzt nach dem Arm ihrer Schwester griff, denn ihr zuliebe wollte sie sich nichts anmerken lassen, auch wenn ihr Herz den Verlust schmerzlich spürte.

Kapitel 4

BINGLEY HIELT WORT und stattete den Gardiners tags darauf einen Besuch ab. Noch immer machte er den Eindruck, verliebt wie eh und je zu sein, wenn er Jane erblickte. Elizabeth bezweifelte nicht, dass sich die Dinge zwischen den beiden schnellstens klären würden, da Darcy der Verbindung nun offensichtlich seinen Segen erteilt hatte. Was das für sie bedeuten würde, stand da schon eher in Frage. Denn auch wenn sie sich wünschte, Jane in die Geschehnisse auf Rosings einzuweihen und ihren schwesterlichen Trost zu erfahren, war das nicht länger vertretbar. So sehr es sie auch entlasten würde, Jane ihre Geschichte anzuvertrauen, würde sie damit doch jenes Vertrauen missbrauchen, das Darcy in sie gesetzt hatte, denn allem Anschein nach wäre er nicht nur eine längst vergangene Bekanntschaft, sondern der beste Freund ihres künftigen Ehemannes. Außerdem wollte sie Jane nicht in eine unangenehme Lage bringen, wenn sich die Gelegenheit ergeben würde, dass Darcy und sie in ihrem Beisein aufeinander träfen, wozu es sicherlich früher oder später kommen würde, wenn die beiden den nächsten Schritt gingen. Mit Bedauern kam sie zu dem Schluss, dass die Vernunft eine Enthüllung nicht zuließ.

Nur ein paar Tage später brachen die beiden jungen Damen in der Gracechurch Street auf, um sich auf den Weg zum vereinbarten Gasthof zu machen, wo die Kutsche ihres Vaters sie erwartete. Schon bald erspähten sie, dank der Pünktlichkeit des Kutschers, sowohl Lydia als auch Kitty am Fenster eines der oberen Speisesäle. Die beiden Mädchen waren schon über eine Stunde dort und hatten sich die Zeit damit vertrieben, ein Hutgeschäft auf der gegenüberliegenden Straßenseite aufzusuchen, dem diensthabenden Offizier bei der Wache zuzusehen und einen Salat mit Gurke anzurichten.

Nachdem sie ihre Schwestern willkommen geheißen hatten, präsentierten sie triumphierend den gedeckten Tisch, der so viel Auswahl an kaltem Braten aufzuweisen hatte, wie sich der Betreiber des Gasthofes hatte leisten können und riefen: „Ist das nicht nett? Ist das keine herrliche Überraschung?"

„Und wir haben vor, euch alle einzuladen", fügte Lydia hinzu, „aber ihr müsst uns das Geld dafür leihen, da wir unseres eben erst im Geschäft dort drüben ausgegeben haben." Als sie ihnen dann ihren Einkauf zeigte, meinte sie: „Seht her, ich habe diesen Hut gekauft. Besonders hübsch ist er nicht, aber ich hab mir gedacht, dass ich ihn ebenso gut kaufen kann. Sobald ich zu Hause bin, werde ich ihn auftrennen und sehen, was sich daraus noch machen lässt."

Als ihre Schwestern ihn als Scheußlichkeit bezeichneten, fügte sie vollkommen unbeeindruckt hinzu: „Oh! Aber es gab zwei oder drei noch viel hässlichere zu kaufen, und wenn ich ein wenig Satin in einer hübscheren Farbe besorgt habe, um ihn damit neu zu beziehen, wird er, denke ich, ganz passabel aussehen."

Elizabeth kam nicht umhin, daran zu denken, welche Art von Gesellschaft sie in der Gracechurch Street und auf Rosings Park zurückgelassen hatte und dass ihre Schwestern im Vergleich dazu nur verlieren konnten. Ihre Art, sich auszudrücken und ihre fehlende Sensibilität stachen nur umso deutlicher hervor, als sie das in der Vergangenheit schon getan hatten, und brachten ihr Darcys Brief und die darin enthaltene, schneidende Beschreibung ihrer Familie wieder vor Augen. Wie hatte sie das nur jemals ertragen können?

Lydia fuhr fort: „Außerdem wird es sowieso egal sein, was wir im Sommer tragen, nachdem die Miliz Meryton verlassen hat. Sie ziehen in vierzehn Tagen ab."

„Tatsächlich?", fragte Elizabeth mit größtmöglicher Genugtuung.

„Sie werden in der Nähe von Brighton stationiert sein und ich will so sehr, dass Papa uns alle dort auf Sommerfrische mitnimmt! Das wäre ein so herrlicher Plan, und sicherlich würde es auch kaum etwas kosten. Mama würde auch gerne mitgehen, stellt euch das vor! Denkt euch nur, was für einen öden Sommer wir andernfalls haben werden!"

Ja, dachte Elizabeth, *das wäre ein herrlicher Plan, in der Tat, und wäre auch genau das Richtige für uns alle jetzt. Gütiger Himmel! Brighton und ein ganzes Offizierslager für uns allein, die wir doch schon von einem Regiment überwältigt waren, ganz zu schweigen von den monatlichen Tanzfesten in Meryton.*

„Jetzt habe ich aber Neuigkeiten für euch", ereiferte sich Lydia, als sie sich zu Tisch setzten. „Was glaubt ihr wohl? Es sind wunderbare Neuigkeiten, große Neuigkeiten und es geht um eine gewisse Person, die wir alle mögen."

Jane und Elizabeth sahen sich an und dem Ober wurde mitgeteilt, dass er nicht bleiben müsse. Lydia lachte und meinte: „Na sicher, ihr wieder mit eurer Förmlichkeit und Diskretion. Ihr meint, der Kellner müsste nichts davon mithören – als ob er sich darum scheren würde! Ich sage euch, er hört sicher oft Schlimmeres als das, was ich euch jetzt zu sagen habe. Aber hässlich war der Kerl! Ich bin froh, dass er weg ist. In meinem ganzen Leben hab ich noch kein so langes Kinn gesehen. Nun aber zu meinen Neuigkeiten: Es geht um den lieben Wickham, zu gut für den Kellner, nicht wahr? Die Gefahr ist gebannt, Wickham wird Mary King nicht heiraten. Sie ist zu ihrem Onkel nach Liverpool gereist und wird dort bleiben. Wickham ist vor ihr sicher."

„Und Mary King ist in Sicherheit!", fügte Elizabeth hinzu, ward sich dann aber der Notwendigkeit der Diskretion bewusst und ergänzte: „Sicher vor einer Verbindung, die im finanziellen Sinne höchst unvernünftig gewesen wäre."

„Sie ist eine dumme Gans, wenn sie ihn mochte und trotzdem gegangen ist."

„Ich hoffe nur, dass es auf beiden Seiten keine tiefergehenden Gefühle gab", fügte Jane hinzu.

„Was seine Seite angeht, bin ich mir sicher. Ich sags dir, der hat sich nie um sie geschert. Wie auch, bei einem so garstigen Sommersprossengesicht wie die hatte?"

Elizabeth stellte schockiert fest, dass sie, wenngleich auch nicht derart derb *ausgedrückt*, doch dieselben derben *Gefühle* in ihrer Brust gehegt hatte und sich dabei auch noch für einen Freigeist gehalten hatte! Wenn man bedachte, wie sehr sie die Gewohnheiten ihrer Familie geprägt hatten, und das voll und ganz unbewusst! Sie wurde rot, als ihr klar wurde, von welch schlechter Kinderstube ihre Gedanken doch zeugten.

Wie angenehm es gewesen war, den schlechten Manieren und der Unschicklichkeit ihrer Familie entkommen zu sein und sich unter vernünftigen und intelligenten Leuten befunden zu haben. Es versetzte ihr einen seltsamen Stich, als sie sich eingestehen musste, dass sie diejenige war, die die Möglichkeit zurückgewiesen hatte, ihr Leben mit einem solchen Menschen zu verbringen. Und ihre Dummheit wurde ihr nun damit vergolten, dass sie sich nun wieder zu ihrer wildgewordenen Familie zurückbegeben musste. Sie konnte nicht anders und musste sich einfach dafür schelten, sich ein derart gedankenloses Fehlurteil gebildet zu haben und Mr. Darcy gegenüber derart vorurteilsbehaftet gewesen zu sein, sodass sie seinen herausragenden Qualitäten gegenüber blind gewesen war bis es zu spät war. Wieder sah sie seinen Gesichtsausdruck vor sich, als er ihr ein letztes Lebewohl in der Gracechurch Street gesagt hatte und das versetzte ihr einen Stich, dessen Intensität sie überraschte.

Sobald sie alle gegessen und die älteren gezahlt hatten, ließen sie die Kutsche vorfahren und mit ein wenig Findigkeit fand schließlich auch die gesamte Gruppe mitsamt all ihren Truhen, Handarbeitstäschchen, Päckchen und den unwillkommenen Einkäufen von Lydia und Kitty im Innenraum der Kutsche Platz. Lydia gab mit einiger Hilfe von Kitty

Anekdoten der Gesellschaften wieder, die sie in der Zwischenzeit besucht hatten, und riss Witze, die Elizabeth tief beschämten, um ihre Mitfahrerinnen auf ihrem Weg nach Longbourn zu amüsieren. Elizabeth hörte so wenig als möglich hin, doch dem Namen Wickham konnte sie nicht entkommen, so häufig wurde er genannt. Und das verursachte ihr nur noch größere Pein, da es sie an ihr Verhalten Mr. Darcy gegenüber erinnerte.

Zu Hause wurden sie äußerst freundlich empfangen. Mrs. Bennet freute sich, Jane in unveränderter Schönheit vorzufinden und mehr als nur einmal wandte sich Mr. Bennet während des Dinners aus freien Stücken an Elizabeth: „Ich bin froh, dass du zurück bist, Lizzy."

Elizabeth nutzte ihre Rückkehr nach Longbourn, um Jane am selben Abend damit vertraut zu machen, was sie über Wickham herausgefunden hatte, wobei sie lediglich die Umstände unerwähnt ließ, die zu diesem Wissen geführt hatten. Ihr selbst spendete diese Aussprache Trost, doch für die gute Jane, die gerne im Glauben durchs Leben gegangen wäre, dass so viel Schlechtigkeit in der gesamten Menschheit zusammen genommen nicht zu finden war, wie es nun hier in einem einzelnen Exemplar vorkam, war es ein herber Schlag. Und auch Darcys Ehrenrettung, auch wenn sie die Wogen ihres Gemütes ein wenig glätten konnte, reichte nicht aus, um sie über eine solche Erkenntnis hinwegzutrösten. Sie gab sich alle Mühe, den Grund für das vermeintliche Missverständnis herauszufinden, um den einen freizusprechen, ohne dabei den anderen zu belasten.

„Das hat keinen Sinn", sagte Elizabeth. „Es wird dir niemals gelingen, beide heiligzusprechen. Triff deine Wahl, aber du wirst dich mit nur einem zufrieden geben müssen. Beide zusammen besitzen gerade genug Vorzüge, um einen einzigen guten Menschen daraus zu machen und in letzter Zeit hat sich die Waage deutlich in eine Richtung geneigt. Ich für meinen Teil bin geneigt, sie einzig Mr. Darcy zuzuschreiben, doch du sollst deine Wahl selbst treffen."

Es dauerte allerdings noch einige Zeit, bis Jane wieder ein Lächeln entlockt werden konnte.

Elizabeths Gemüt war weiter in Aufruhr, obwohl sie ihr Geheimnis losgeworden war und häufig fand sie sich in tiefer Grübelei wieder, wie viel gute Eigenschaften sie Mr. Darcy denn nun tatsächlich zugestehen mochte. Als Klagen über das Abziehen des Regiments durch Longbourn hallten, wurde ihr wieder bewusst, wie berechtigt Mr. Darcys Vorbehalte gewesen waren, was dazu führte, dass sie ihm seine Einmischung in das Leben seines Freundes so sehr nachsah wie nie zuvor. Dass Lydia beharrlich darauf bestand, mit Mrs. Forster nach Brighton fahren zu dürfen und ihr Vater sich weigerte, ihren hinter vorgehaltener Hand gegebenen Rat anzunehmen, bestätigte sie nur ihn ihren Gefühlen.

Auch machte sie sich Gedanken darüber, was sie alles während der vierzehn Tage, die auf seinen unseligen Antrag folgten, über Mr. Darcy gelernt hatte und kam zu dem Schluss, dass sie seinem Verstand und seinen Talenten großen Respekt zollte, ebenso wie seiner Fähigkeit, sie als ebenbürtige Gegnerin anzusehen und herauszufordern. Mit ein wenig Abstand betrachtet und weniger von seinem rätselhaft-wankelmütigen Verhalten verunsichert, konnte sie seine Zuneigung zu ihr voll und ganz nachvollziehen und verglich sie mit seiner bemerkenswerten Loyalität denjenigen gegenüber, die ihm etwas bedeuteten. Seine Fehler, ebenso wie sein weiterhin hochmütiges Verhalten und die Stimmungsschwankungen entgingen ihr nicht. Doch nachdem sie ihn im Haus der Gardiners gesehen hatte, hielt sie sein Verhalten nicht mehr für unabänderlich und erkannte, dass manche seiner wenig nachvollziehbaren Stimmungsumschwünge darauf zurückzuführen waren, dass es ihm nicht leicht gefallen war, seine Gefühle für sie anzuerkennen.

Häufig nahm sie sich seinen Brief zur Hand und machte sich Gedanken darüber, wie viel Weitsicht er doch ausdrückte, insbesondere in seiner freundlichen Grußformel, die so sehr seinen Abschiedsworten in der Gracechurch Street ähnelte. Wieder und wieder kehrte sie in Gedanken zu seinem Kuss zurück und die Gefühle, die er in ihr auslöste, waren ihr nun nicht mehr fremd. Sie sehnte sich danach, die Erfahrung noch einmal machen zu dürfen, zog es aber schwer in Zweifel, dass ihr das jemals wieder vergönnt sein würde, und schämte sich ob ihrer unmoralischen Sehnsüchte.

Sie hatte die Endgültigkeit seines Adieus gespürt und fragte sich, ob er sie bereits jetzt aus seinem Gedächtnis verbannte. Ganz sicher hatte sie ihm keinen Grund gegeben, seine zarten Gefühle ihr gegenüber in Ehren zu halten, etwas, das ihr mehr und mehr zu schaffen machte. Welch Triumph es doch für ihn wäre, wüsste er, dass jene Anträge, die sie vor ein paar Wochen noch zurückgewiesen hatte, heute auf wesentlich fruchtbareren Boden fallen würden! Er war ebenso großzügig, daran hegte sie keinerlei Zweifel, wie die Großzügigsten seines Geschlechtes. Doch da er auch nur ein Mensch war, war auch er Gefühlen des Triumphes gegenüber nicht immun.

Eine um die andere Stunde brachte sie damit zu, sich zu fragen, was wohl geschehen würde, wenn sie wieder aufeinander träfen und ob sie die Macht besäße, ihn wieder dazu zu bringen, seine Avancen zu erneuern. Womöglich würde er ihr aber mit der Kälte und Distanz begegnen, die sie verdiente, nachdem sie ihn so behandelt hatte. Dass sie sich wieder begegnen würden, schien kaum mehr zu bezweifeln zu sein, nun, da Bingley nur zwei Wochen nach ihrer eigenen Rückkehr wieder nach Netherfield zurückgekehrt war, ganz so, wie er es versprochen hatte. Dieses Mal begleiteten ihn weder sein Freund noch seine Schwestern. Wenn es auch keine Überraschung war, so war es ihr doch eine große Freude, als Jane zu ihr kam, um sich selbst zur glücklichsten Kreatur unter der Sonne zu küren.

„Es ist einfach zu viel!", fügte sie hinzu, „viel zu viel. Das verdiene ich gar nicht. Oh! Warum kann nicht jeder so glücklich sein?"

Elizabeth wünschte ihr so aufrichtig und voll Wärme und Freude Glück, dass Worte es nur schwer auszudrücken vermochten. Jeder liebevolle Satz war Jane eine neue Quelle des Glücks. Doch sie wagte es nicht, bei ihrer Schwester zu bleiben oder auch nur die Hälfte von all dem zu erzählen, was momentan noch zu sagen war.

„Ich muss auf der Stelle zu meiner Mutter gehen", rief sie. „Unter keinen Umständen würde ich ihre liebevolle Fürsorge missachten oder es zulassen, dass sie es von irgendeinem anderen als mir selbst hört. Er ist bereits zu meinem Vater gegangen. Oh! Lizzy, zu wissen, dass das, was ich zu sagen habe, meiner lieben Familie eine solche Freude bereiten wird! Wie ich so viel Glück nur aushalten kann!" Mit diesen Worten machte sie sich eilig auf zu ihrer Mutter, die mit Kitty im Obergeschoß saß.

Elizabeth, die sich selbst überlassen blieb, musste lächeln ob der Geschwindigkeit und Leichtigkeit, mit der die ganze Sache sich nun doch noch zum Guten gewandt hatte, nach all den vorangegangenen Monaten der Ungewissheit und des Verdrusses. „Und das", beschloss sie, „setzt dem Ganzen nun ein Ende, nachdem sein Freund so eifrig darauf bedacht war, die Fäden zu ziehen. Und ebenso all der Falschheit und den Intrigen seiner Schwester! Das glücklichste, weiseste und vernünftigste Ende!" Trotz ihrer Freude für Jane kam sie nicht umhin, sich zu fragen, ob ein solches Ende auch für Mr. Darcy und sie selbst vorgesehen war oder ob sie schon am Ende ihrer Geschichte angekommen waren.

Ein paar Minuten später kam Bingley herein, dessen Unterredung mit ihrem Vater kurz und zielführend gewesen war.

„Wo ist Ihre Schwester?", fragte er hastig, als er die Schwelle überschritt.

„Oben bei meiner Mutter. Es wird sicherlich nur einen Moment dauern, ehe sie wieder kommt."

Daraufhin schloss er die Tür und ging zu ihr hinüber, um sich die guten Wünsche und die Zuwendung seiner künftigen Schwägerin abzuholen. Elizabeth drückte ehrlich und von Herzen aus, wie sehr sie sich auf ihre künftig verwandtschaftlichen Beziehungen freue. Dem folgte ein sehr herzlicher Händedruck und dann musste sie sich, bis ihre Schwester wieder zurückkehrte, all das anhören, was er über sein eigenes Glück und Janes Perfektion zu sagen hatte. Und trotz dessen, dass er als Liebender gerade in anderen Sphären schwebte, glaubte Elizabeth tatsächlich daran, dass all die Erwartungen an sein künftiges häusliches Glück eine gute, solide Basis hatten – und das waren sowohl seine außerordentliche Verständigkeit, als auch Janes mehr als außerordentlich sanftes Gemüt, noch dazu verfügten beide im Generellen über eine ähnliche Persönlichkeitsstruktur und Geschmack.

Mehr denn je war Elizabeth nun sich und ihren Gedanken überlassen, da ihr nunmehr nur noch wenig Zeit verblieb, um mit sich mit ihrer Schwester zu unterhalten, denn wann immer Bingley anwesend war, hatte Jane nur noch Augen für ihn und in jenen Stunden der Trennung, die nun einmal auch dazu gehörten, stellte sie sich als äußerst brauchbar für beide dar. In Janes Abwesenheit schloss er sich grundsätzlich Elizabeth an, da er sich mit ihr gerne über seine Liebste unterhielt und wenn Bingley fort war, suchte Jane sie aus demselben Grund auf.

Wenn sie ihre Gedanken zu überwältigen drohten und sie dringend Erleichterung brauchte, dachte sie an ihre bevorstehende Reise zu den Seen. Das waren nun ihre glücklichsten Momente, denn sie spendeten ihr in jenen unseligen und unvermeidlichen Stunden Trost, wenn Jane einmal wieder abwesend und Kitty unleidlich war und sie obendrein noch an Darcy denken musste. Der Beginn ihrer Reise in den Norden rückte nun immer näher und es blieben nur noch vierzehn Tage bis zur Abreise, als ein Brief von Mrs. Gardiner eintraf, der sowohl ihre Abreise verzögerte, als auch die Dauer der Reise verkürzte. Mr. Gardiner wurde geschäftlich noch aufgehalten, sodass er erst vierzehn Tage später im Juli abkömmlich sei und auch schon wieder binnen eines Monats in London zurück sein müsse. Da ihnen dadurch nicht mehr genug Zeit bliebe, um so weit zu reisen, oder auch so viel zu sehen, wie ursprünglich geplant gewesen war, jedenfalls nicht, wenn man mit Muße und Komfort reisen mochte, waren sie gezwungen, ihre Pläne abzuändern und die Seen aufzugeben. Stattdessen würden sie eine wesentlich kürzere Route nehmen und, so wie es sich derzeit darstellte, nicht weiter nördlich als bis nach Derbyshire fahren. Das County böte ihnen ausreichend Abwechslung, um die verbleibenden drei Wochen zu füllen. Für Mrs. Gardiner hatte es zudem einen ganz besonderen Charme. Das Städtchen, in dem sie ihre Jugend verbracht hatte, und in dem sie nun ein paar Tage verbringen würden, war für Elizabeth jedoch mindestens ebenso sehr von Interesse wie die hochgelobten Attraktionen von Matlock, Chatsworth, Dovedale oder des Peaks.

Elizabeth war über alle Maßen enttäuscht. Ihr Herz hing an den Seen und sie hatte sich so darauf gefreut, sie zu sehen und vermutlich wäre ihnen auch noch genug Zeit geblieben, um sie zu besichtigen. Als sie das Wort Derbyshire las, weckte das nicht wenige Assoziationen in ihr. Ihr war es unmöglich, das Wort zu lesen, ohne dabei an Pemberley oder dessen Besitzer zu denken. „Aber sicherlich", sagte sie zu sich, „darf ich sein County betreten, ohne mich dabei strafbar zu machen und mir ein paar Versteinerungen mitnehmen, ohne ihn zu erzürnen."

Die Zeit der Vorfreude hatte sich damit nun verdoppelt. Vier Wochen müsste sie noch hinter sich bringen, ehe ihre Tante und ihr Onkel eintrafen und Elizabeth nahm sich vor, sie so sehr zu genießen, wie es ihr nur möglich war. Es standen einige Planungen für Janes Hochzeit an, die einen Großteil ihrer freien Zeit in Anspruch nahmen, auch wenn bis zu dem eigentlichen Ereignis noch mehr als zwei Monate ins Land ziehen würden.

Eine Woche bevor sie zu ihrer großen Reise aufbrechen würde, erwähnte Bingley beiläufig, dass er mit Darcys Besuch rechne.

Diese Information beschleunigte ihren Puls sowohl vor Aufregung als auch aus Verzagtheit, denn sie entlockte Bingley die frustrierende Erkenntnis, dass seine Ankunft just für jenen Tag geplant war, an dem sie aufbrechen würde. Das war ein solcher Zufall, dass sie sich fragte, ob er von ihren Plänen gewusst hatte, als er seinen Besuch auf Netherfield geplant hatte und doch konnte sie Bingley nur schlecht danach fragen, ob er seinem Freund gegenüber den Verlauf ihrer Reise erwähnt hatte. Nachdem sie sich etliche Stunden den Kopf darüber zerbrochen hatte, musste sie sich schließlich eingestehen, dass ihr nichts anderes übrig blieb, als die Antwort darauf bis nach ihrer Rückkehr abzuwarten – wenn er Netherfield zuvor schon wieder verlassen hatte, gäbe es keinen Zweifel mehr daran, dass er sie mied. Die Aussicht darauf bereitete ihr erhebliche Schmerzen, wodurch ihr die Vorfreude auf ihre Reise deutlich vermindert wurde.

Am Tag bevor die Gardiners auf Longbourn eintreffen sollten, verstrich seine gewohnte Besuchszeit, ohne dass Bingley sich hatte blicken lassen. Elizabeth kümmerte sich um Jane, die angesichts dieses ungewöhnlichen Umstandes voll der Sorge war, während Kitty und Mary, die sich nun bereits zum dritten Mal anhören durften, welch tragischen Unfällen er zum Opfer gefallen sein könnte, beschlossen, ihr Glück andernorts zu suchen. Kitty entschied sich, Maria Lucas zu besuchen und Mary zog sich mit einem Buch auf ihr Zimmer zurück. Wenn sie bedachte, was Bingleys Verzögerung verursacht haben könnte, war Elizabeth nicht wirklich besorgt, ging aber dennoch regelmäßig gehorsam zum Fenster, um nachzusehen, ob er schon in Sichtweite war. Als er schließlich zu sehen war, stellte sie mit nicht geringer Aufregung fest, dass ihn kein anderer als Mr. Darcy begleitete.

Jegliche Farbe, die ihr zuvor aus dem Gesicht gewichen war, kehrte eine halbe Minute später nur um so strahlender

111

zurück, und ein glückliches Lächeln verlieh ihren Augen zusätzlichen Glanz, als sie für diese Zeitspanne dachte, dass sich seine Gefühle und Wünsche noch immer nicht verändert haben könnten. Doch sicher konnte sie sich dessen nicht sein.

„Warten wir ab, wie er sich mir gegenüber verhält", sagte sie zu sich, „und dann wird es immer noch früh genug sein, um sich etwas von ihm zu erwarten".

Sie beugte sich eifrig über ihre Näharbeit, und gab sich alle Mühe, gefasst zu wirken, ohne es auch nur zu wagen, die Augen zu heben. Als die Gentlemen eintraten, stieg ihr die Röte in die Wangen und sie riskierte einen kurzen Blick auf Darcy. Er wirkte ebenso ernst wie gewöhnlich, doch einen langen Augenblick ruhte sein Blick auf ihr, ehe er von Mrs. Bennet mit kalter, förmlicher Höflichkeit begrüßt wurde. Wieder errötete Elizabeth ob des fehlenden Anstandes ihrer Mutter, denn sie war sich dessen bewusst, dass er seine Ansichten über ihre Familie darin nur bestätigen sehen würde.

Von Darcy war kaum ein Wort zu hören, nachdem er sich bei ihr nach Mr. und Mrs. Gardiners Befinden erkundigt hatte. Womöglich lag der Grund seines Schweigens auch darin, dass man ihm keinen Platz an ihrer Seite zugewiesen hatte. Einige Minuten verstrichen, ohne dass seine Stimme zu hören gewesen wäre, doch als sie schließlich der Versuchung nicht mehr widerstehen konnte und ihm in die Augen sah, ruhte sein nachdenklicher Blick auf ihr. Was wohl in seinem Kopf vor sich gehen mochte, wagte sie nicht zu ergründen, an seinem Gesicht war jedenfalls nichts abzulesen, weder Ärger, noch zartere Gefühle.

Sie beschloss, nicht weiter passiv zu sein und erkundigte sich nach seiner Schwester. „Georgiana erfreut sich bester Gesundheit, Dankeschön", antwortete er höflich. „Sie hat Ihre Gesellschaft in Kent sehr genossen, Miss Bennet, und bedauert es, dass Ihre Freundschaft nicht fortgeführt werden konnte."

„Ebenso wie ich", sagte Elizabeth ernst. „Bitte, richten Sie ihr meine besten Grüße aus, wenn Sie sie das nächste Mal sehen." Sie konnte ihn nicht ansehen, ohne sich an die Intensität seines Kusses zu erinnern und allein der Gedanke daran überzog ihre Wangen mit einer zarten Röte.

„Vielen Dank, Miss Bennet, das werde ich tun", gab er zurück, um dann wieder in Schweigen zu verfallen.

Elizabeth blieb nun nichts weiter, als quälende Unsicherheit. Sie war sich nicht sicher, wie sie sein Verhalten deuten sollte, denn sie fürchtete, ihre Wünsche könnten ihr einen Streich spielen, sodass sie mehr hineinlesen könnte, als tatsächlich existierte. So biss sie sich auf die Lippe, ohne sich dessen bewusst zu sein, was das bei dem ihr gegenüber sitzenden Gentleman auslöste. Wenn sie ihm nur einen Hinweis auf ihre veränderte Sichtweise geben könnte – doch das würde in jeglicher Hinsicht gegen die guten Sitten verstoßen, die vorgaben, dass jegliche Initiative vom Gentleman ausgehen musste. *Er hat mir einen Antrag gemacht, mich geküsst und mir gesagt, dass er mir alles geben wollte, was er besitzt – welche weitere Art der Erklärung erwarte ich mir eigentlich von ihm, um mir seines Interesses sicher zu sein?,* fragte sie sich scharf. *Wenn er sich so weit vorwagen kann, dann ist es sicherlich nicht verboten, ihm ein Lächeln zu schenken!*

Nervös hob sie ihren Blick erneut und wartete, bis sich ihre Blicke kreuzten. Angesichts ihres Wagemutes schlug ihr das Herz bis zum Hals, als sie ihm ein Lächeln schenkte, von dem sie hoffte, dass er es als warmherzig und zugeneigt verstand. Sie sah, wie er am anderen Ende des Raumes scharf den Atem einsog und hielt tollkühn seinem Blick stand, als eine neue Wärme seine Augen aufleuchten ließ. Es war einfach zu viel, sie musste wieder wegsehen, ehe sein Blick sie gefangen nehmen konnte, und doch wurden ihre Augen wieder wie von ihm angezogen wie von einem Magneten. Ein leichtes Lächeln umspielte seine Lippen, was ihr einen Schauder über den Rücken laufen ließ. *Wie kann es sich so sehr anfühlen, als küsste er mich, wenn er nichts anderes tut, als mich anzusehen?*

„Lizzy!", drang Janes Stimme durch ihre Gedanken. Überrascht sah sie auf.

„Pardon Jane, ich bin wohl einem Tagtraum nachgehangen", sagte sie entschuldigend.

„Es sah ganz danach aus", antwortete Jane lächelnd. „Mr. Bingley und ich gehen ein wenig im Garten spazieren."

Elizabeth hätte sich ihnen nur zu gern angeschlossen – sie hätte alles getan, um der spannungsgeladenen Atmosphäre zu entkommen – doch sie konnte ihre Mutter wohl kaum mit Mr. Darcy allein lassen, und der Gedanke daran, ihn zu fragen, ob er mitkäme, machte ihr schlichtweg Angst, bei allem, was noch zwischen ihnen stand. Also lächelte sie Jane entschuldigend an und sagte, sie solle den Sonnenschein genießen.

„Nun, Mr. Darcy", begann Mrs. Bennet scharf, sobald das verlobte Paar den Raum verlassen hatte, „sie sind zweifelsfrei ein schönes Paar, nicht wahr?" Ihre Stimme ließ keinen Widerspruch zu.

„In der Tat, Mrs. Bennet", antwortete er zuvorkommend. „Ich haben Bingley selten so glücklich erlebt. Sie passen sehr gut zueinander."

Elizabeth, die ein wenig überrascht war, mit wie viel Ruhe er der spitzen Bemerkung ihrer Mutter begegnete, brachte sich in das Gespräch ein. „Für uns alle ist es sehr tröstlich zu wissen, dass sie nicht weiter als bis Netherfield fortziehen wird, da wir Jane schmerzlich vermissen würden."

Darcy warf ihr einen fragenden Blick zu, sagte jedoch nichts. Nach mehreren Minuten des Schweigens in der Gesellschaft der von ihr am wenigsten geliebten Tochter und eines Mannes, den sie noch nie hatte leiden können, entschuldigte sich Mrs. Bennent unter dem Vorwand, etwas mit der Köchin besprechen zu müssen.

Elizabeth konnte nicht fassen, dass ihre Mutter sie mit Mr. Darcy allein gelassen hatte. *Zumindest kann ich mir sicher sein, dass man sie dabei nicht der Kuppelei bezichtigen kann!,* dachte sie amüsiert und nervös zugleich.

Doch diese Situation machte ihr noch mehr zu schaffen, als ein Spaziergang im Garten. Sie wusste nicht, was sie sagen sollte und scheute davor zurück, ihn auch nur anzusehen. Blind griff sie nach einem neuen Stickgarn, doch die Beklemmung machte sie ungeschickt, das Nähkörbchen kippte und alle Garnrollen purzelten zu Boden.

Das hat ihn nun sicherlich schwer beeindruckt, zu sehen, dass du dich in ein nervöses Etwas verwandelst, sobald man uns allein lässt!, rügte sie sich. Mit hochrotem Kopf bückte sie sich, um die Garnrollen einzusammeln, doch Darcy kam ihr zuvor, und kniete, um sie ordentlich in den Korb zu schlichten. Seine Nähe ließ sie erschauern. „Ich danke Ihnen vielmals, Mr. Darcy", hauchte sie, als er es ihr reichte. Als sie danach griff, bedeckte seine Hand für einen Augenblick ihre und hinterließ ein brennendes Gefühl, das sie ihm für einen Moment unaufhaltsam näher zu bringen schien, auch wenn sich ihre Nervosität dabei nur noch verstärkte. Beinahe unwillkürlich sah sie auf, um in seine Augen zu blicken, die sich verdunkelt hatten und sie voller Intensität ansahen. Ihr war bewusst, dass ihr all ihre Gefühle und das Verlangen nach seinen Berührungen vom Gesicht abzulesen waren und das lodernde Feuer in seinen Augen ließ sie nur noch sensibler werden.

Er strich ihr sanft mit dem Daumen über die Wange, was das Feuer auch in ihrem Inneren entfachte. „Elizabeth", flüsterte er, „sieh mich nicht so an, wenn du es nicht so meinst. Ich glaube nicht, dass ich es ertragen könnte, wenn du deine Meinung ändern würdest." Sein Finger strich sacht über ihre Lippen und den Hals entlang, ehe seine Hand auf ihrem Nacken zum Liegen kam, wo ihre weichen Locken seine Finger umspielten.

Es fiel ihr schwer, die richtigen Worte zu finden, um ihm zu sagen, dass ihre Gefühle nicht derart unbeständig waren, doch seine Berührung schlug sie so sehr in ihren Bann, dass es ihr die Sprache verschlug. Stattdessen machte sich ihr Mund selbständig und bot sich ihm zum Kuss dar, eine Einladung, die er ohne zögern annahm. Die Empfindung drang ihr in jede Pore und füllte sie vollständig aus, als seine Lippen ihre zunächst sachte und dann drängender berührten, und all das, was er in den letzten drei Monaten sorgfältig zurückgehalten hatte, sich seinen Weg an die Oberfläche suchte. Das Nähkörbchen fand ohne dass ihm jemand weiter Beachtung geschenkt hätte seinen Weg zum Boden zurück, als er sie in seine Arme nahm.

Ihr Körper passte sich seinem noch wesentlich perfekter an, als er sich bisher immer vorgestellt hatte und als ihre Arme sich um seinen Hals schlangen, konnte er nur noch einen vernünftigen Gedanken fassen – dass sein Leben niemals erfüllter sein konnte, als in diesem Augenblick. Heftiges Verlangen stieg in kraftvollen Wellen in ihm auf und er hielt sich mit aller Mühe zurück, um sie nicht zu verängstigen. Er machte seine Lippen von ihren los, um ihr Gesicht mit Küssen zu bedecken. Als er ihr Ohr erreichte, murmelte er inbrünstig: „Liebste, liebste Elizabeth, darauf habe ich schon so lange gewartet!"

Elizabeth, die ebenso das Gefühl hatte, schon eine Ewigkeit auf diesen Moment gewartet zu haben, gab ihrem Bedürfnis nach und schmiegte sich noch näher an ihn. Das exquisite Gefühl, seinen Körper so nahe an ihrem zu spüren, weckte ein Verlangen in ihr, das sie bisher nicht gekannt hatte. Als sein Mund eine glühende Spur von ihrem Ohr den Nacken hinab zog, fühlte sie sich, als löste sich ihr Körper aus seinen Konturen, während sie sich an seinen schmiegte und mit ihm verschmolz. Sie konnte ihm nicht nahe genug kommen, als sie spürte, wie ein unerklärlicher Druck sich in ihrem Inneren aufbaute. Wie konnte sie jemals bestritten haben, dass es genau das war, was sie brauchte und wollte?

Ihre Reaktion erregte ihn so sehr, dass er drohte, die Kontrolle über sich zu verlieren. Er wandte sich wieder ihrem Mund zu und genoss in vollen Zügen, wie berauschend sie schmeckte und sich anfühlte. Ihm war klar, dass er nie genug von ihr bekommen würde, als das Geräusch von herannahenden

Schritten zu seinem vom Verlangen umnebelten Gehirn vordrang.

Jäh löste er sich von ihr, schritt eilig zum Fenster hinüber, wandte der Tür den Rücken zu und verschaffte sich damit einen Augenblick mehr, um sich wieder zu sammeln. Die Leidenschaft, die ihn immer noch gefangen nahm, war schwer genug unter Kontrolle zu bringen, doch er konnte das erhabene Gefühl des Triumphes nicht unterdrücken, als er herausgefunden hatte, dass Elizabeth – nun, er war sich nicht ganz sicher, ob Elizabeths Verhalten darauf hindeutete, dass sie ihn akzeptiert hatte, dass er ihr etwas bedeutete oder ob es ein Zeichen dafür war, dass sie ihn liebte, doch was es auch war, es konnte ihm nur recht sein.

Elizabeth fühlte sich beraubt, als er sie von sich schob und verstand erst, warum er das getan hatte, als Mary einen Moment später den Raum betrat. Sowohl was sich gerade zugetragen hatte, als auch das Erscheinen ihrer Schwester brachte sie aus der Fassung, ganz, als ob Mary auf den ersten Blick sehen könnte, was soeben zwischen ihnen geschehen war. Um ihren Gemütszustand zu überspielen, beugte sie sich rasch herab, um das Körbchen mit den Nähutensilien aufzuheben und suchte anschließend besonders sorgfältig nach dem passenden Garn.

Mary grüßte beide knapp, ehe sie sich mit ihrem Buch niederließ. Ihr Verhalten ließ eindeutig darauf schließen, dass Mrs. Bennet sie als Anstandsdame für Elizabeth herein geschickt hatte und dass sie der Meinung war, dass es wohl kein anderes Paar in ganz England gab, das eine Anstandsdame weniger nötig hatte, als die beiden, die hier vor ihr standen. Elizabeth musste sich ein Lächeln verkneifen, als sie daran dachte, wie ihre Familie wohl darauf reagieren würde, wenn sie die Wahrheit über ihre Gefühle für Mr. Darcy erführen. Durch ihre Wimpern hindurch sah sie zu ihm auf und sah, dass er am Fenster stand und hinaus blickte, wie er das schon so oft gemacht hatte, seit sie ihn kannte. Doch heute schien er sich ihres Blickes bewusst zu sein und wandte sich mit einer neu gewonnenen Wärme in den

117

Augen zu ihr um. Ihre Wangen nahmen Farbe an, als er sie betrachtete, da ihr nur allzu bewusst war, wohin seine Gedanken gerade wanderten.

Ihre eigenen Gefühle waren derart in Aufruhr, dass sie vorübergehend nicht in der Lage war, einen vernünftigen Satz zu formulieren. Er liebte sie noch immer, nach all den grausamen und gedankenlosen Worten, die sie ihm an den Kopf geworfen hatte, ihrer Zurückweisung zum Trotz und nach all dem, was zwischen ihnen geschehen war! Was sie fühlte, war nicht nur Dankbarkeit, sondern Erleichterung darüber, dass ihre wachsende Zuneigung für ihn erwidert wurde und es noch nicht zu spät für sie beide war, um einen Neuanfang zu wagen. Dass er solche Gefühle der Hemmungslosigkeit und Selbstvergessenheit in ihr auslösen konnte – wären ihre Wangen nicht bereits rot, wären sie es sicher noch einmal geworden, als sie an ihr schamloses Benehmen dachte und welche Freude es ihm offensichtlich bereitet hatte. Aus seiner heftigen Reaktion schloss sie, dass er nicht einen Augenblick davon bereute.

Darcy hatte sich schneller wieder unter Kontrolle als sie und durchquerte den Raum, um sich neben sie zu setzen. „Miss Bennet, wenn ich das richtig verstanden habe, werden Sie demnächst eine Reise unternehmen", sagte er, als wollte er seien Liebkosungen nun mit seiner Stimme fortsetzen.

„Ja, meine Tante und mein Onkel sind so freundlich, mich auf eine Rundreise durch Derbyshire mitzunehmen", antwortete sie mit einem verschmitzten Glanz in den Augen, als sie ihr Ziel preisgab.

Er lächelte das unverfälschteste Lächeln, das sie jemals an ihm gesehen hatte. „Ich hoffe, Derbyshire wird Ihnen gefallen. Es hat viel Schönes."

„Es hat viele Vorzüge, Sir, und ich hege keinen Zweifel daran, dass es mir sehr gut gefallen wird", sagte sie schüchtern und genoss das Spiel mit den Doppeldeutigkeiten.

„Wenn ich das richtig verstehe, wird Ihre Reise sie nach Lambton bringen? Pemberley ist ganz in der Nähe."

„Das wurde mir gesagt."

„Zu meinem Bedauern werde ich nicht dort sein, um Sie zu empfangen, aber vielleicht bietet sich uns dazu ein andermal wieder die Gelegenheit." Seine Augen drückten aus, was der Mund nicht sagen konnte.

„Es wäre mir eine große Freude, Mr. Darcy", antwortete sie und hielt seinen Blick. Sein Lächeln wurde noch ein wenig wärmer und schien ihr zu vermitteln, dass er wesentlich intimere Dinge mit ihr anstellen würde, als sie nur anzulächeln, wären sie nun allein.

„Das ist mir eine große Ehre, Miss Bennet."

Mary sah argwöhnisch von ihrem Buch auf, denn ihr war aufgefallen, dass das Gespräch wesentlich harmonischer verlief, als man es von Lizzy und Mr. Darcy vermuten mochte. Da es jedoch nicht über die Grenzen der Schicklichkeit hinaus ging, wandte sie sich wieder dem Lesen zu.

Um sie keinen weiteren Verdacht zu erregen, bemühte Elizabeth sich darum, ihre Stimme neutraler klingen zu lassen. „Meine Tante und mein Onkel werden morgen hier ankommen. Am folgenden Morgen werden wir unsere Reise dann in aller Frühe beginnen." Sie sah ihn an, um seine Reaktion auf diese Information abzuschätzen.

„Verstehe. Ich denke, man wird Sie hier sehr vermissen." *Ganz besonders vermissen*, fügte er in Gedanken hinzu und war sich immer noch nicht sicher, was ihren Sinneswandel bewirkt haben konnte. Als er beschlossen hatte, doch früher als ursprünglich geplant nach Netherfield zu reisen, war er machtlos gewesen und hatte wider besseren Wissens seiner Sehnsucht nach ihr nachgegeben. Doch nun dankte er dem Himmel dafür, dass ihn das, was er für eine Schwäche gehalten hatte, zu ihr geführt hatte. Plötzlich verspürte er ein heftiges Verlangen, sie wieder in seine Arme zu schließen und musste sich zwingen, sie nicht heimlich zu entführen, was gegen jede Schicklichkeit verstieße. Oder vielleicht könnte er auch schon vor ihrer Abreise mit ihrem Vater sprechen – aber nein, dieses Mal wollte er alles

119

richtig machen, wenn er ihr den Hof machte, das war er ihr nach dem vorherigen Desaster schuldig. Das würde warten müssen, bis er die Gelegenheit gehabt hatte, unter vier Augen mit ihr zu sprechen – sofern er es fertig brächte, seine Hände lange genug von ihrem hinreißenden Körper fernzuhalten, um alles Wichtige mit ihr zu besprechen.

Sie fragte sich, was das amüsierte Blitzen in seinen Augen zu bedeuten hatte, ihr blieb jedoch keine Gelegenheit, dies weiter zu ergründen, da just in diesem Moment Bingley und Jane wieder zurückkamen.

An diesem Tag bot sich ihnen keine weitere Gelegenheit für ein privates Gespräch, denn obwohl Darcy zum Dinner eingeladen wurde, saß er beinahe so weit von ihr entfernt, wie es der Tisch nur zuließ. Wenn er sie ansah, sprach Darcys Blick jedoch Bände, sodass Gefühle der Entbehrung zunächst einmal nicht aufkamen. Bis die Kutsche für die Gentlemen aus Netherfield bestellt wurde, bot sich ihnen keine Möglichkeit mehr, miteinander zu sprechen und auch dann nur in Gegenwart von Mrs. Bennet.

„Ich habe unsere Unterhaltung heute Nachmittag sehr genossen, Miss Bennet. Ich hoffe, dass sich uns nach Ihrer Rückkehr die Gelegenheit bieten wird, sie fortzuführen", sagte Darcy mit bedeutungsvoller Stimme.

„Ich danke Ihnen, Sir", entgegnete sie mit einem Knicks.

Er fragte sich, ob es klug wäre, ihre Hand zu küssen, entschied sich aber mit Bedauern dagegen, da es im Kreise ihrer Familie nicht angemessen wäre. So beschränkte er sich auf eine formvollendete Verbeugung, in seinen Augen lag jedoch das Versprechen nach weit mehr.

Elizabeth blickte ihm wehmütig nach und dachte, wie lang ihr die oft herbeigesehnten Wochen der Sommerfrische nun doch werden würden. Welch ein Schock es für ihre Familie sein würde, wenn sie zurückkäme und Mr. Darcy seine Absichten ihr gegenüber offenbarte! Selbst Jane hegte keinerlei Verdacht, was ihre Gefühle anbelangte, dessen war sie sich sicher. Sie vermisste ihn jetzt schon und wusste, dass sie glücklich war, auch wenn sie es momentan nicht spürte. Erleichtert war sie allemal, dass nun die langen Wochen des Bangens vorüber waren und es in der Tat eine Zukunft für sie beide gab und die Hochzeitsglocken auch für sie noch läuten würden, sodass sich ihr Gemüt dann doch wieder beruhigte und ihr wieder leicht ums Herz wurde.

Darcy erfreute sich bester Stimmung, als er von Longbourn aufbrach. Er wusste nicht, was geschehen war, dass Elizabeth ihre Meinung geändert hatte, doch allein die Tatsache, nun ihr Herz für sich gewonnen zu haben, war ihm schon genug. Wenn er daran dachte, dass er beinahe überhaupt nicht nach Longbourn gekommen wäre! Ursprünglich hatte er vorgehabt, erst nach Elizabeths Abreise auf Netherfield anzukommen und bereits vor ihrer Rückkehr wieder abzureisen, sodass ihnen beiden schmerzliche Szenen erspart blieben. Doch als die Zeit näher rückte, wurde sein Wunsch, sie zu sehen, übermächtig, selbst wenn er nur ihre Stimme hören dürfte oder ihre Lebhaftigkeit erleben. Weiter hatte er weder zu denken, noch zu hoffen gewagt, das hatte er aufgegeben, als er sie mit Colonel Fitzwilliam lachen gesehen hatte, nachdem sie vor ihm davongelaufen war. Und doch hatte er gewusst, dass seine Träume niemals wieder vor ihr sicher sein würden und dass er niemals eine Frau finden würde, die ihn auf dieselbe Art und Weise beflügeln und herausfordern würde, wie Elizabeth das tat. Bei Gott, er hatte es versucht, und bevor er sie getroffen hatte, war er sich nicht einmal klar darüber gewesen, wie allein er sich sein ganzes Leben lang gefühlt hatte. Er verfügte über einen Kreis loyaler Freunde, doch viele davon, wie etwa Bingley, waren mehr auf ihn angewiesen, als umgekehrt und es gab nur sehr wenige, mit denen er offen über seine Gefühle sprach. Elizabeth war die erste Person – die einzige Person – bei der er jemals das Gefühl gehabt hatte, dass sie ihm auf Augenhöhe begegnete und ihn so akzeptierte, wie er war. Dass sie seinen

Antrag zurückgewiesen hatte, bestätigte ihn nur noch in seiner Einschätzung.

Nachdem er darauf aufmerksam geworden war, was seinem Leben fehlte, und erkannt hatte, welchen Wert eine beständige Frau für Georgiana hätte, hatte er pflichtschuldig Bälle und Soireen besucht und sich darum bemüht, angemessene junge Damen kennenzulernen. Er hatte sich unter die Leute gemischt, sich unterhalten, getanzt und mit einer Dame nach der anderen Karten gespielt. Die meisten schafften es nicht einmal, sein Interesse zu wecken, ein paar von ihnen wirkten halbwegs intelligent, ordneten sich und ihre Meinung jedoch grundsätzlich seiner Sichtweise unter. Eine war sogar ein wenig neckisch, ihr fehlte es dabei aber an Geist. Doch keine von ihnen konnte sein Herz für sich erobern, wie es Elizabeth im Handumdrehen gelungen war, und schließlich war er gezwungen gewesen, aufzugeben.

In der Tat hatte er mehr als nur die Ladys des *ton* aufgegeben, er hatte jegliches Interesse an der gesamten besseren Gesellschaft verloren. Nach seinem Abend bei den Gardiners hatte er mehrere Einladungen zu ähnlichen Zusammenkünften erhalten. Zunächst war es Mr. Monkhouse gewesen, doch als sein Interesse allgemein bekannt wurde, bezogen ihn andere Personen, sowie einige Intellektuelle von Stand in ihre Londoner Zirkel ein. Zunächst ging er aus reiner Neugierde zu den Treffen, doch dann stellte er fest, dass es ihm wesentlich besser gefiel, für das, was er zu sagen hatte, denn um seiner gesellschaftlichen Stellung oder seines Besitzes wegen geschätzt zu werden. Das gab ihm etwas, das er schon seit Jahren, oder zumindest seit seiner Zeit an der Universität, vermisst hatte, und das war ein Gefühl dafür zu bekommen, welche Person Fitzwilliam Darcy war – ganz unabhängig vom Herrn von Pemberley. Und er erkannte, dass das etwas war, was er auch an Elizabeth schätzte –sie achtete ihn nicht nur seines Standes wegen, vielmehr musste er sich seinen Platz an ihrer Seite verdienen.

Dieser Gedanke führte ihn wieder zu seinen anfänglichen Überlegungen zurück – *wie,* um alles in der Welt, hatte er ihre Gunst gewinnen können? Mit viel gutem Willen konnte man es so ansehen, als hätten sie sich nach ihrer letzten Begegnung im Guten getrennt, und doch hieß sie seine Avancen nun willkommen. Was hatte sich wohl verändert? Und, was noch wesentlich wichtiger war, würde sich das wieder ändern, wenn er auch nur einen falschen Schritt machte?

Kapitel 5

AM FOLGENDEN TAG erreichten Mr. und Mrs. Gardiner gemeinsam mit ihren vier Kindern Longbourn. Dort würden sie nur eine Nacht verbringen, um am nächsten Morgen weiterzureisen. Die Kinder, zwei Mädchen im Alter von sechs und acht Jahren, sowie die beiden jüngeren Buben, blieben in Obhut ihrer Cousinen zurück. Und obwohl Jane im Allgemeinen die Favoritin der Kinder war, da sie sowohl das richtige Gespür, als auch ein sanftes Gemüt hatte, ließen ihre Hochzeitsvorbereitungen es jedoch nicht zu, dass hauptsächlich sie sich um die Kinder kümmerte.

Auch wenn ihre Gedanken mehr in Netherfield denn auf Longbourn waren, hielt das Elizabeth dennoch nicht davon ab, mit ihren jüngeren Cousins und Cousinen zu spielen. Es machte ihr große Freude, ihnen zuzusehen, wie sehr sie die gute Landluft genossen, umher rannten und sie schließlich drängten, mit ihnen zu spielen. Innerhalb kürzester Zeit waren wieder die Techniken ihrer Jugend im Gedächtnis, sodass sie zumindest für das älteste Mädchen eine würdige Herausforderin darstellen konnte, ehe sie die Stöcke an die jüngeren weitergab und ihnen beim Spielen zusah. Der ältere der Gardiner-Brüder, der bereits im stolzen Alter von vier Jahren autokratische Züge zeigte, verlangte, dass nun Verstecken zwischen den Büschen hinterm Haus gespielt werden solle. Elizabeth meldete sich freiwillig, um als erste zu suchen, schloss ihre Augen und begann anzuzählen, als eine tiefe Stimme in ihrem Rücken raunte: „Guten Tag, Elizabeth."

Sie spürte, wie er ihr einen federleichten Kuss in den Nacken hauchte, der ihren ganzen Körper zum Kribbeln brachte. Es war, als ob seine Gegenwart sie auferweckt hätte, da plötzlich jeder ihrer Sinne geschärft schien. „Sie sind heute ausgesprochen verwegen, Mr. Darcy", antwortete sie, während ihre Wangen eine zarte Röte annahmen.

„Nicht so verwegen, wie ich gerne wäre", entgegnete er, „doch ich gehe davon aus, dass deine Cousins und Cousinen scharfe Augen haben." Er stellte sich so dicht hinter sie, dass ihre Körper sich leicht berührten.

Wie kann seine bloße Berührung derartige Auswirkungen auf mich haben?, wunderte sie sich, beschwingt durch all die Empfindungen, die durch sie hindurchströmten. Sie öffnete die Augen und ein Lächeln umspielte ihre Lippen, als sie über ihre Schulter hinweg zu ihm aufsah. „Ich war nicht davon ausgegangen, heute Ihre Gesellschaft genießen zu dürfen, Sir."

Ihm gelang es, gleichzeitig verlegen und selbstzufrieden zu wirken. „Ich weiß, ich hätte nicht kommen sollen, aber ich fürchte, dass ich nicht wegbleiben konnte. Und so kam mir der Vorwand gerade recht, eine Nachricht von Bingley auf meinem Weg nach London zu überbringen."

Sie überkam ein Schauder, als sie seinen warmen Atem auf ihrer Wange spürte. Mit einem noch selbstgefälligeren Ausdruck als zuvor, legte er ihr eine Hand auf die Hüfte. Elizabeth erhob eine Augenbraue, um ihre Empfänglichkeit für seine Avancen zu überspielen. „Sir, ich denke, dass ich mich nun meiner eigentlichen Aufgabe widmen muss", sagte sie kokett.

Einer seiner Mundwinkel wanderte nach oben, als er ihr dabei zusah, wie sie durch den Garten wanderte, dreimal am Versteck eines kichernden Kindes vorbei, ehe sie es entlarvte. Auch die anderen waren rasch gefunden, sodass sogleich eine neue Runde eingeläutet wurde. „Cousine Lizzy, jetzt musst *du* dich verstecken", sagte die Älteste in einem Tonfall, der darauf schließen ließ, dass sie des Öfteren mit dem fehlenden Durchhaltevermögen der Erwachsenen fertig werden musste.

„Gut, so sei es", damit wandte Elizabeth sich zu Darcy um und sagte mit einem verschmitzten Glitzern in den Augen:

„Kommen Sie, Sir. Haben Sie denn nicht aufgepasst? Wir müssen uns verstecken!"

Seine Augen weiteten sich ein wenig. „Ich auch?" Er betrat nun Neuland, denn für gewöhnlich pflegte er nicht mit Kindern zu spielen.

„Ich bestehe darauf, Sir!", rief sie und nahm ihn kühn bei der Hand, um ihn mit einem einnehmenden Lächeln in einen versteckten Winkel hinter der Hecke zu führen.

Darcy, dem sich nun ebenfalls die Vorteile eines solchen Spiels erschlossen, nahm sie in seine Arme und begann so gierig, wie ein Mann, der in der Wüste Wasser gefunden hatte, die Reize ihrer Lippen zu erkunden. Seine vorigen Liebkosungen hatten sie bereits so tief bewegt, dass auch Elizabeth ihre Freude an seinen Küssen hatte und ihre Arme sich wie von selbst um seinen Nacken schlangen. Ihre Verspieltheit, die sein Verlangen schon seit jeher geschürt hatte, trug nur dazu bei, dass er sie noch mehr wollte und so wurden seine Küsse zunehmend fordernder und provozierten bei ihr eine Reaktion, die ihn umso mehr erregte. Sie japste nach Luft, als er ihre Lippen wieder freigab, nur um seine Liebkosungen entlang der Konturen ihres Nackens und ihrer Schulter weiter fortzuführen.

Elizabeth konnte sich nur schwer erklären, wie sie seine Handlungen so angenehm finden konnte, obwohl sie doch wusste, dass ihr davon nur allzu bald die Schamesröte ins Gesicht steigen würde. Beruhigend sagte sie sich, dass Mr. Darcy ganz offensichtlich alles andere als bekümmert über ihr Verhalten war, sondern im Gegenteil durchaus in der Lage zu sein schien, jeden Vorteil daraus zu ziehen. Sie schnappte nach Luft, als ein erhebendes Gefühl sie übermannte, während er seine Lippen zart ihren Hals hinunter wandern ließ und seine Hände auf ihrem Rücken sie dazu ermutigten, sich ihm entgegenzuwölben, um sich noch dichter an ihn schmiegen zu können. Wie hatte sie diese Anziehungskraft nur all die Monate übersehen können?

„Wie lange haben wir wohl noch, ehe sie uns finden werden?", raunte Darcy in ihr Ohr. Seine Finger drifteten ab, um ihre Brust zu erkunden, und ihr Innerstes schien in einem traumgleichen Zustand zu schmelzen.

Elizabeth stockte der Atem, als sie seine intime Berührung mit einem exquisiten Gefühl der Freude erfüllte. Es war eine berauschende Erfahrung, doch ihr blieb noch genug Verstand, um widerstrebend anzuerkennen, dass sie mehr losgetreten haben könnte, als ihr derzeit noch lieb war. „Nicht lange, fürchte ich", sagte sie und hoffte, dass ihre Stimme sich sicherer anhörte, als sie sich fühlte, während sich seine Hand immer noch intimeren Stellen zuwandte. Dass er ihr mit Leichtigkeit eine derart heftige Reaktion entlocken konnte, beunruhigte sie zunehmend, ebenso wie sein Verhalten, das sie durch ihre Reaktion billigte – nun verstand sie nur zu gut, wie es sein konnte, dass Frauen so leicht verführbar waren.

Darcy sah, dass er sich in einem Dilemma befand. Er wünschte sich nichts sehnlicher, als Elizabeth weiterhin zu berühren und ihre Hände auf sich zu spüren, doch es war offensichtlich, dass ihr seine Zärtlichkeiten zunehmend unangenehm wurden – *obwohl sie ihr offensichtlich gefallen!*, dachte er überglücklich. Er beschloss, sich besser ein wenig zurückzuhalten, ehe er darum gebeten würde, ganz aufzuhören und zog ihren Kopf schweren Herzens an seine Schulter. „Meine allerliebste Elizabeth", wisperte er.

Sie hörte lachende Stimmen näherkommen, und doch fühlte sie sich in seinen Armen so glücklich, dass sie sich nur von ihm loszumachen konnte. Glücklicherweise gelang es ihr noch rechtzeitig, ehe die Kinder sie in einer kompromittierenden Position auffinden konnten. Sie lächele Darcy an, um ihm zu versichern, dass er sie mit seinen Avancen nicht übermäßig beunruhigt hatte.

„Ich denke, ich sollte deiner Tante und deinem Onkel meine Aufwartung machen", meinte Darcy, als sie hinter der Hecke hervortraten, und da er ihrer Gesellschaft noch nicht gleich beraubt werden wollte, fragte er: „Wirst du mit mir kommen?"

Sie stimmte zu, auch wenn ihr bei der Vorstellung, ihn ihrer gesamten Familie auszusetzen, ein wenig bange wurde. Seine Reaktion auf sie ließ allerdings keine Wünsche offen, er war die Höflichkeit in Person, selbst Mrs. Philips gegenüber, sie sich einige taktlose Bemerkungen nicht verkneifen konnte. Elizabeth war vollkommen erstaunt und so fragte sie sich fortwährend: *Warum ist er so verändert? Woher kann das kommen? Es kann nicht an mir liegen, um meinetwillen hat er seine Manieren nicht sosehr verbessert. Mein Tadel in Hunsford kann nicht solch grundlegende Veränderung bewirkt haben.* Noch dazu grüßte Darcy Mr. und Mrs. Gardiner mit offensichtlicher Freude, und Elizabeth musste im Laufe ihrer Unterhaltung überrascht feststellen, dass sich ihre Wege offensichtlich seit seinem Besuch in der Gracechurch Street des Öfteren gekreuzt hatten. Diese Erkenntnis machte sie über alle Maßen neugierig, doch es wurde keinerlei Erklärung dafür vorgebracht und sie wusste nicht, wie sie eine Nachfrage ihrerseits rechtfertigen könnte. Als Darcy schließlich aufbrach, liebkoste sie sein Blick ebenso sehr, wie es seine Hände zuvor getan hatten. Sie blieb mit geröteten Wangen zurück, ebenso wie ihre Tante und ihr Onkel, die eine Ahnung davon bekommen hatten, dass ein gewisser Gentleman eine Schwäche für ihre Nichte entwickelt haben könnte.

DIESES WERK BEFASST sich weder mit der Beschreibung von Derbyshire, noch mit jenen bemerkenswerten Orten, die auf ihrer Reise dorthin lagen: Oxford, Blenheim, Warwick, Kenelworth, Birmingham, etc., denn sie sind hinreichend bekannt. Ihre Reise stellte für Elizabeth eine Zeit des Nachdenkens dar, ganz besonders, als sie das kleine Städtchen Lambton erreichten, wo Mrs. Gardiner früher gelebt hatte. Ihr drängte sich der Gedanke auf, dass sie nur wenige Meilen von jenem Ort entfernt war, den sie in Zukunft ihr zu Hause nennen würde und so sah sie eifrig aus dem Fenster, um sich die Landschaft anzusehen, als ob sie ihr den Weg in ihre Zukunft weisen könnte. In Lambton dachte sie darüber nach, dass sie das Städtchen zukünftig wohl noch viele Male sehen würde und es kostete sie einige Überwindung, ihrer Tante nicht all ihre Hoffnungen für die Zukunft anzuvertrauen. Dieses Zögern begründete sich nicht nur auf ihr Taktgefühl, das es ihr gebot, nicht über die Sache zu sprechen, ehe ihr Vater nicht seine Zustimmung gegeben hatte, sondern auch auf diese leise Angst, die sie sich selbst kaum eingestehen wollte. Bei seinen Besuchen auf Longbourn hatte Darcy zwar seiner Bewunderung Ausdruck verliehen und ihr gezeigt, dass er sie begehrte, jedoch kein Wort über Liebe oder Heirat verloren. Sie hatte Vertrauen in sein Ehrgefühl und glaubte nicht wirklich, dass er nur mit ihr spielen würde, doch als der Gedanke einmal seinen Weg in ihren Kopf gefunden hatte, ließ er sich so schnell nicht wieder abschütteln. Dennoch half er ihr dabei, ihre eigenen Wünsche besser zu verstehen.

Es bereitete ihr ein verschlagenes Vergnügen, die Bewohner des Städtchens nach dem Charakter des Herrn von Pemberley zu befragen. Anderes als seinen Stolz hatten sie nicht anzuprangern, und den hatte er durchaus und falls nicht, dann würde er ihm sicherlich von der Bevölkerung eines kleinen Markt-Städtchens nachgesagt, das die Darcy-Familie nicht frequentierte. Ihm wurde allerdings attestiert, ein liberaler Mensch zu sein und viel Gutes für die Armen zu tun.

Eines Morgens beschloss Mrs. Gardiner, deren Neugierde hinsichtlich der Beziehung zwischen Mr. Darcy und ihrer Nichte nicht gestillt worden war, die Fühler auszustrecken und selbst das Gespräch auf den Gentleman zu lenken. „Es ist jammerschade, Lizzy", sagte sie, „dass wir Pemberley nicht besichtigen können. Würdest du nicht auch gerne jenen Ort sehen, von dem wir schon so viel gehört haben? Wenn es sich dabei nur im ein herrschaftliches Haus mit exquisiter Innenausstattung handelte, wäre es mir auch einerlei, aber die

Ländereien sind herrlich. Sie haben mit die schönsten Wälder des Landes. Gehörte er nicht unserem Bekanntenkreis an, hätten wir es besichtigen können, wie die anderen Herrenhäuser auch. Aber vielleicht bietet sich dir, als Freundin von Miss Darcy, irgendwann einmal noch die Gelegenheit, eine Einladung nach Pemberley zu erhalten."

„Unsere Bekanntschaft ist wirklich ziemlich flüchtig", entgegnete Elizabeth vorsichtig. „Doch bisher wurde Pemberley mir gegenüber nur gelobt." Sie sehnte sich danach, ihre Tante nach ihren weiteren Treffen mit Mr. Darcy fragen zu können, fürchtete jedoch, dass das den Anschein erwecken könnte, als interessiere sie sich ein wenig zu sehr für Mr. Darcys Belange. Glücklicherweise rückte diese Versuchung in den Hintergrund, als eine Dienstmagd mit der Post eintrat, die auch zwei Briefe für Elizabeth enthielt.

Elizabeth war sehr enttäuscht gewesen, bei ihrer Ankunft in Lambton keinen Brief von Jane vorzufinden, eine Enttäuschung, die sich jeden Morgen wiederholte, den sie nun dort verbracht hatten. Doch am dritten Tag hatte das Warten ein Ende und ihre Schwester ward von jeglicher Schuld frei gesprochen, als sie gleich zwei Briefe auf einmal erhielt, einer davon mit dem Vermerk „fehlgeleitet", sodass er wohl zunächst einen Umweg gemacht hatte. Das wunderte Elizabeth nicht, da Jane die Adresse in der Tat sehr undeutlich geschrieben hatte.

Sie hatten sich eben für einen Spaziergang fertig gemacht, als die Briefe überbracht wurden. Nun brachen Tante und Onkel allein auf, um ihr Gelegenheit zu geben, ihre Korrespondenz in Ruhe zu lesen. Der fehlgeleitete musste zuerst geöffnet werden, da er bereits vor fünf Tagen geschrieben worden war. Zunächst berichtete Jane darin über all die kleinen Gesellschaften und Beschäftigungen, und all die anderen Nachrichten, die auf dem Land von Interesse sind, doch die zweite Hälfte, die einen Tag später datiert und offensichtlich in Aufruhr verfasst worden war, enthielt drängendere Neuigkeiten. Elizabeth las sie zunehmend schockierter, ohne sich dabei Zeit zum Nachdenken zu geben.

Sie wusste kaum, was sie fühlen sollte, als sie nach dem anderen griff und ihn voller Ungeduld öffnete. Er war einen Tag später als das Ende des ersten geschrieben worden, und vervollständigte mit ihm zusammen den Bericht über die schockierende Tatsache, dass Lydia mit keinem anderen als Mr. Wickham davongelaufen war.

„Oh, wo ist mein Onkel?", rief Elizabeth und kaum dass sie den Brief fertig gelesen hatte, stürzte sie auch schon los, um ihm schnellstmöglich die unangenehmen Nachrichten zu überbringen, ohne auch nur einen Augenblick der dringend benötigten Zeit zu verlieren. Sie eilte aus dem Raum, über die Straßen zur Kirche hin und entdeckte kurz vor ihrem Ziel Mr. und Mrs. Gardiner.

Es drängte sie, nach Hause zu kommen – um es mit eigenen Augen zu sehen, selbst zu hören und am Ort des Geschehens zu sein und mit Jane all die Aufgaben zu teilen, die nun ihr allein zufallen mussten in einer derart derangierten Familie. Der Vater war abwesend, die Mutter zu jeglicher Anstrengung unfähig, beanspruchte noch dazu unentwegt Aufmerksamkeit für sich und auch wenn sie beinahe überzeugt davon war, dass nichts mehr für Lydia getan werden konnte, erschien es ihr überaus wichtig, dass ihr Onkel eingriff. Ehe sie ihn kurz vor der Kirche eingeholt hatte, war ihre Ungeduld ins Unermessliche gestiegen.

Mr. und Mrs. Gardiner sahen sie erschrocken an und fürchteten aufgrund ihrer in Tränen aufgelösten Erscheinung, sie sei krank geworden. Doch in dieser Hinsicht konnte sie sie sogleich beruhigen. Hastig bat sie ihren Onkel, Janes Briefe zu lesen, um den Grund für ihr überstürztes Auftauchen zu erklären. Auch wenn Lydia niemals ihre Lieblingsnichte gewesen war, konnten die Gardiners nicht umhin, tief bestürzt zu sein. Denn das betraf nicht nur Lydia allein, sondern alle Mitglieder ihrer Familie und nach den ersten Ausrufen des Erstaunens und der Bestürzung, versprach Mr. Gardiner bereitwillig, jegliche Hilfe zu leisten, die in seiner Macht stand. Elizabeth, die nicht weniger erwartet hatte, dankte ihm mit Tränen in den Augen. Alle drei waren sich einig, dass alles Nötige für ihre Abreise unverzüglich arrangiert werden musste. Sie sollten so schnell als möglich aufbrechen können.

Doch das blieben nur fromme Wünsche, die sie bestenfalls in all der Hektik und dem Chaos der nächsten Stunde amüsieren konnten. Wäre Elizabeth eine unbeteiligte Zuschauerin, wäre sie davon überzeugt gewesen, dass all die Anstrengung vollkommen umsonst war, die man derart verwirrt und bestürzt unternahm, wie sie es nun war. Doch sie unterstützte ihre Tante, wo sie nur konnte und abgesehen von allem anderen waren auch noch kurze Nachrichten mit fadenscheinigen Ausreden für ihre überstürzte Abreise an ihre Freunde in Lambton zu schreiben. Eine Stunde reichte jedoch aus, um alles zu erledigen. Mr. Gardiner hatte inzwischen die Rechnung beim Gasthaus beglichen und so blieb ihnen nichts weiter zu tun, als sich auf den Weg zu machen. Elizabeth fand sich, nach diesem schrecklichen Morgen schneller als gedacht, in der Kutsche auf dem Weg nach Longbourn wieder.

„ICH HABE ES mir noch einmal durch den Kopf gehen lassen, Elizabeth", meldete sich ihr Onkel zu Wort, als sie aus dem Städtchen hinaus fuhren, „und ehrlich gesagt, nachdem ich noch einmal in Ruhe darüber nachgedacht habe, bin ich nun eher geneigt, mich dem Urteil deiner älteren Schwester anzuschließen. Mir erscheint es recht unwahrscheinlich, dass irgendein junger Mann etwas Derartiges mit einem Mädchen vorhat, das in keinem Falle ohne Freunde und Familie dasteht, und so glaube ich fest, dass wir auf das Beste hoffen dürfen. Könnte er davon ausgehen, dass keiner ihrer Freunde für sie eintritt? Würde er erwarten, nach solch einem Affront gegen Colonel Forster, wieder in seinem Regiment aufgenommen zu werden? Das Risiko ist viel zu groß, um einer solchen Versuchung nachzugeben."

„Denkst du das wirklich?", rief Elizabeth aus, deren Miene sich für einen Augenblick aufhellte.

„Ich muss sagen", antwortete Mrs. Gardiner, „langsam denke ich, dein Onkel könnte Recht haben. Es verstößt tatsächlich zu sehr gegen alle guten Sitten, jegliches Ehrgefühl und gleichzeitig gegen seine eigenen Interessen, als dass er sich solch eine Schuld aufladen würde. So schlecht kann ich nicht von Wickham denken, wenngleich ich gestehen muss, dass seine Berichte von Mr. Darcys Stolz und seinem hochmütigen Wesen sich meiner Erfahrung nach ganz sicher nicht bewahrheitet haben. Kannst du selbst, Lizzy, ihn derart verdammen, dass du ihm so etwas zutraust?"

„Nein, seine eigenen Interessen vernachlässigt er gewiss nicht, doch zu allem anderen halte ich ihn fähig", sagte Elizabeth und bereute es bitter, ihrer Familie nicht mitgeteilt zu haben, was sie über Mr. Wickham erfahren hatte. „Er ist nicht, was er zu sein scheint. Einige Zeit nun kenne ich seine wahre Geschichte und die ist geprägt von Täuschung, Betrug und Ehrlosigkeit. Er ist kein vertrauenswürdiger Mensch."

„Lizzy, wenn dir etwas bekannt ist, von dem wir noch nichts wissen, dann erwarte ich, dass du uns einweihst", sagte ihr Onkel.

Ohne die Quelle ihrer Information preiszugeben, fasste Elizabeth kurz zusammen, was sie über ihn aus Mr. Darcys Brief erfahren hatte und ließ dabei lediglich aus, was sie über Miss Darcy wusste. Ihre Zuhörer waren schockiert. Doch nachdem die erste Beunruhigung abgeebbt war, kam Mrs. Gardiner nicht umhin, sich zu fragen, von wem ihre Nichte diese Informationen wohl erhalten hatte, was ihre bisherigen Vermutungen nur noch bestätigte.

Man mochte doch meinen, dass ihren Befürchtungen, Hoffnungen und Mutmaßungen durch wiederholte Besprechungen nichts Neues mehr hinzugefügt werden konnte, doch während der langen Reise konnte kein anderes Thema sie lange davon abbringen. Elizabeths Gedanken kreisten ständig darum. Sie quälte sich furchtbar und machte sich selbst Vorwürfe, sodass sie weder Ruhe noch Zerstreuung fand.

Die Sorge um Lydia verstärkte sich nur noch durch die Unruhe, die sie um ihrer selbst willen quälte. Wie würde Mr. Darcy mit diesen Beweis der Willensschwäche ihrer Familie umgehen? Jene verachtenden Worte, die er in Hunsford über ihre Familie verloren hatte, ließen sie nun nicht mehr los und sie fürchtete sich davor, ihm unter die Augen zu treten, nun da sich seine Ansichten bewahrheitet hatten. Sie bezweifelte, dass seine Meinung von ihr nicht darunter leiden würde und bereute ihr bisheriges Verhalten ihm gegenüber, denn es würde ihm nur bestätigen, dass es auch ihr an Schicklichkeit fehlte. Das war ein erbärmlicher Anfang einer Verlobungszeit und die Verbindung zu Mr. Wickham machte das Ganze auch nicht besser. Der Gedanke daran, dass sie Mr. Darcy bald schon wiedersehen würde, brachte ihr jedoch ein wenig Trost – sie wusste, dass seine ruhige und selbstsichere Präsenz ihr dabei helfen würde, ihre eigenen Sorgen und Ängste zu mindern, wenn er auch nur wenig dazu beitragen konnte, um die Situation zu bereinigen.

Sie reisten so schnell als möglich, fuhren die Nacht durch und erreichten Longbourn pünktlich zum Dinner am folgenden Tag. Elizabeth war froh darum, dass Janes Gemüt nicht auch noch zusätzlich durch allzu langes Warten belastet wurde.

Die Gardiner-Kinder waren auf eine Chaise aufmerksam geworden und standen bereits auf den Stufen des Hauses, sobald sie in die Auffahrt einbogen. Als die Kutsche vor der Tür Halt machte, strahlten ihre Gesichter vor freudiger Überraschung und bald schon zeigte sich diese Freude an ihren Sprüngen und Hüpfern, die ihnen ein herzliches und überschwängliches Willkommen bereiteten.

Elizabeth sprang hinaus und eilte, nachdem sie jedem einen hastigen Kuss gegeben hatte, in den Eingangsbereich, wo sie sogleich von Jane empfangen wurde, die aus dem Appartement ihrer Mutter kommend die Treppen hinunter eilte. Beiden lagen Tränen in den Augen, als sie sich überschwänglich umarmten und Elizabeth verlor keine Sekunde, um sich zu erkundigen, ob man inzwischen etwas von den Ausreißern gehört hatte.

„Noch nicht", antwortete Jane, „doch nun, da mein lieber Onkel gekommen ist, hoffe ich, dass alles wieder gut wird." Sie klärte Elizabeth hastig über all das auf, was bisher über Lydias Situation bekannt war, dass ihr Vater in London weilte und die Nerven ihrer Mutter schwer unter der Situation litten. Als sie ihr die Nachricht zeigte, die Lydia Colonel Forsters Frau hinterlassen hatte, wurde Janes ganze Aufruhr deutlich sichtbar.

„Oh, du leichtfertige, gedankenlose Lydia!", rief Elizabeth, als sie zu Ende gelesen hatte. „Was für ein Brief soll das sein, noch dazu geschrieben in solch einem Moment. Doch zumindest zeigt er uns, dass wenigstens sie es ernst meinte, als sie diese Reise antrat. Zu was er sie hinterher auch verführt haben mag, von ihrer Seite lag keine schändliche Absicht darin. Mein armer Vater! Wie ihm das zugesetzt haben musste!"

„Ich habe noch nie jemanden gesehen, der so tief getroffen war. Volle zehn Minuten lang brachte er kein Wort heraus. Mutter wurde sofort krank und das ganze Haus war in Aufruhr!"

„Oh, Jane!", rief Elizabeth, „gab es auch nur ein Mitglied der Dienerschaft, das bis Sonnenuntergang nicht die ganze Geschichte kannte?" *Und damit auch jeder andere in Meryton – und Netherfield – am folgenden Morgen*, fügte sie verzweifelt in Gedanken hinzu.

„Ich weiß es nicht. Hoffentlich. Doch in solchen Zeiten ist es überaus schwierig, auf der Hut zu sein. Mutter war hysterisch, und wenngleich ich mir größte Mühe gab, sie zu beruhigen, ist es mir wohl nicht hinreichend gelungen, fürchte ich! Doch die Furcht darüber, was noch auf uns zukommen könnte, hat mich beinahe all meine Kraft gekostet."

„Ihr aufzuwarten war zu viel für dich. Du siehst gar nicht gut aus. Oh! Wäre ich doch nur bei dir gewesen, so musstest du all die Last und Sorge allein tragen."

„Mary und Kitty waren sehr verständnisvoll und hätten sicherlich auch alle Mühen auf sich genommen, da bin ich mir sicher, doch das wollte ich keiner von beiden zumuten. Kitty ist schmächtig und zerbrechlich und Mary widmet sich so ausdauernd ihren Studien, dass man ihr die wenigen Stunden der Ruhe nicht auch noch nehmen sollte. Tante Phillips kam am Dienstag, nachdem Vater aufgebrochen war und war so gut, bis Donnerstag zu bleiben. Sie hat uns allen sehr geholfen und Trost gespendet und auch Lady Lucas war sehr freundlich. Mittwochmorgen kam sie, um uns ihr Mitgefühl auszusprechen und ihre Hilfe anzubieten. Sie hätte auch ihre Töchter geschickt, falls sie uns zur Hand gehen könnten."

„Sie wäre besser zu Hause geblieben", echauffierte sich Elizabeth, „womöglich meinte sie es gut, doch unter solch unseligen Umständen wie diesen, kann man seine Nachbarn gar nicht wenig genug zu Gesicht bekommen. Hilfe ist unmöglich und Mitleid unerträglich. Lass sie aus der Ferne über uns triumphieren – das soll ihnen genügen."

Es wäre auch zu schön gewesen, um wahr zu sein, dachte sie, wenn sich die Nachricht nicht wie ein Lauffeuer in der gesamten Nachbarschaft verbreitet hätte. Sie wünschte sich nichts sehnlicher, als Jane nach Mr. Darcys Reaktion befragen zu können, doch ihre bisherige Heimlichkeit machte dies unmöglich. Sie wurde zunehmend unruhiger, als Bingley ihnen weiterhin täglich Besuche abstattete, ohne Darcy auch nur zu erwähnen. Elizabeth konnte gut verstehen, dass es ihm unter diesen Umständen unangenehm wäre, Longbourn einen Höflichkeitsbesuch abzustatten, hatte jedoch keine Ahnung, wie sie es in die Wege leiten sollte, sich andernorts mit ihm zu treffen. Nachdem sie schließlich zwei Tage nichts von ihm gehört hatte, ergriff sie verzweifelt die Initiative und erkundigte sich bei Bingley, wie sich sein Freund die Zeit auf Netherfield vertrieb.

„Er vertreibt sich keineswegs dort die Zeit", erwiderte Bingley. „Er ist schon vor einer Woche nach London zurückgekehrt, weil ihn dort dringende Geschäfte erwarteten."

Bis zu diesem Moment hatte Elizabeth es nicht gewagt, der Vermutung Raum zu geben, Mr. Darcy könnte sich entschieden haben, sein unausgesprochenes Versprechen ihr gegenüber nicht länger als gültig zu erachten. Die Angst kroch ihr in die Glieder und sie musste sich überwinden, weiter nachzuforschen, ob er vorhatte, in nächster Zukunft nach Hertfordshire zurückzukehren.

„Dem Brief nach zu urteilen, der mich erst kürzlich erreichte, denke ich nicht, dass er diese Saison überhaupt noch vorhat, wiederzukommen. Und doch hoffe ich, dass ich ihn dazu überreden kann, zur Hochzeit zu erscheinen", antwortete Bingley. „Er erwähnte, dass er nach Pemberley zurückzukehren wolle, wenn er in London zu einem Abschluss gekommen sei."

Elizabeth fiel es schwer, zu glauben, dass ein so durchdringender Schmerz, wie sie ihn in diesem Augenblick empfand, nicht allen offensichtlich sein konnte. Die Botschaft konnte klarer nicht sein, er brach alle Verbindungen zu ihr ab und wenn sie ehrlich mit sich war, konnte sie ihm das nicht einmal übelnehmen. Selbst wenn er sich um ihretwillen dem Skandal ausgesetzt hätte, konnte er weder seine Schwester dem vermeintlichen Risiko für ihren guten Ruf aussetzen, noch riskieren, dass sie mit Wickham in Kontakt käme. Die Tränen hatten sich nur mit Mühe zurückhalten lassen, ehe es ihr schließlich gelang, sich auf ihr Zimmer zurückzuziehen, wo sie im stillen Kummer dasaß und das Buch an sich drückte, das er ihr geschenkt hatte.

Die nächsten paar Tage verbrachte sie wie im Nebel und schwankte zwischen unerträglichem Leid und dumpfer Benommenheit. In Gedanken ging sie jeden Moment durch, den sie jemals miteinander erlebt hatten und wägte noch einmal ebenso all die verpassten Gelegenheiten ab, als auch jene, die sie ergriffen hatten. Die Erinnerung an seine Zärtlichkeit und die Küsse gingen ihr so nahe, dass sie ihr die Tränen in die Augen trieben und sie war dankbar darum, durch Lydias Situation eine

Ausflucht zu haben, weshalb sie in einem derart schwerwiegenden Stimmungstief steckte.

Allmählich hatte sie das Gefühl, sich wie eine der Heldinnen aus Kittys Liebesromanen zu benehmen, die sich über ihre verlorene Liebe zu Tode grämte. Sie fühlte sich in ihrer Situation so hilflos, dass es ihr nahezu unerträglich war und sie schwor sich, dass sie niemals wieder einem Mann die Macht geben würde, sie so sehr zu verletzen. In vielerlei Hinsicht entbehrte dieses Versprechen jeglicher Grundlage, denn sie konnte sich nicht vorstellen, jemals zu heiraten oder wieder einen anderen Mann zu lieben. Um ihre Zukunft wollte sie sich am liebsten noch keine Gedanken machen – der Naheliegendste wäre jedoch, nach dem Tod ihres Vaters bei Jane zu leben. Doch wie könnte sie ihr Leben bei den Bingleys verbringen, wenn sie doch wusste, dass *er* jederzeit dort auftauchen konnte?

Weder die Rückkehr ihres Vaters, noch die postalische Nachricht Mr. Gardiners, dass Lydia aufgefunden worden sei und Mr. Wickham heiraten würde, waren Balsam für ihre bekümmerte Seele. Die Situation der armen Lydia musste, von der besten Seite gesehen, schon schlimm genug sein, und doch sollte sie dankbar dafür sein, dass es nicht noch schlimmer gekommen war. Und das war sie auch, und doch, wenn sie in die Zukunft blickte, sah sie dort nüchtern betrachtet weder Glückseligkeit noch Wohlstand für ihre Schwester. Wenn sie darauf zurückblickte, was sie noch vor zwei Stunden befürchtet hatten, erkannte sie all die Vorzüge dessen, was erreicht worden war, und doch wusste sie, dass es für sie selbst kein solch gutes Ende geben würde.

Die überschäumenden Begeisterungsstürme ihrer Mutter, die die Neuigkeiten über Lydias neuen Status allen mitteilte als wäre das etwas, worauf man stolz sein konnte, ertrug sie kaum. Das war es also, das Umfeld, in dem sie dazu verdammt wäre, den Rest ihres Lebens zu verbringen und sich den endlosen Tratsch von Mrs. Bennet, Mrs. Phillips und Lady Lucas und all der anderen Frauen der Nachbarschaft anhören dürfte – sie, die

Herrin auf Pemberley hätte werden können! Nur daran zu denken, schmerzte schon. Doch den Aufruhr über die Nachricht von Lydias Verlobung konnte sie nicht vermeiden und so wurden ihr dieselben Glückwünsche zuteil, wie auch dem Rest der Familie. Der Narretei endgültig überdrüssig, suchte sie Schutz auf ihrem Zimmer, um dort in Ruhe nachdenken zu können.

Ihr war klar, dass sie niemanden hatte, dem sie ihre Sorgen anvertrauen konnte. Früh schon hatte sie gelernt, sich mit ihrem Schmerz nicht an ihre Eltern zu wenden. Ihr Vater würde sie aufziehen, anstatt Mitgefühl zu zeigen und ihre Mutter würde wieder einen Nervenzusammenbruch erleiden, wenn ihre am wenigsten geliebte Tochter Ärger machte. Wüsste ihre Mutter etwas über ihre Geschichte mit Mr. Darcy, dann wäre die Strafe, sie den Verlust von zehntausend im Jahr betrauern zu hören, mindestens ebenso schlimm, wie der Vorwurf, Elizabeth habe versagt, weil sie es nicht geschafft hatte, ihn an sich zu binden. In Zeiten wie diesen fiel es ihr schwer, Darcys ursprüngliche Einschätzung ihrer Familie zu widerlegen. Und was die künftige Mrs. Bingley anging, tat sie gut daran, ihre Schwester nicht unnötig in eine schwierige Lage zu versetzen, indem sie sie darüber in Kenntnis setzte, dass der engste Freund ihres Gatten ihre Lieblingsschwester sitzengelassen hatte.

Schließlich und endlich gelang es Elizabeth, das Ganze mit Gleichmut zu betrachten, indem sie sich in ihre täglichen Aufgaben stürzte und sich beizubringen versuchte, nicht an Darcy zu denken, da ihr diese Gedanken nichts weiter brachten als Schmerz. Doch das sollte nicht von Dauer sein. Mr. Gardiner hatte seinem Schwager nochmals geschrieben, vor allem, um ihm mitzuteilen, dass Mr. Wickham sich dazu entschlossen hatte, die Miliz zu verlassen, außerdem ließ er noch eine Bitte Lydias einfließen, die ersuchte, wieder in den Schoß der Familie aufgenommen zu werden, bevor sie in den Norden aufbrach.

Diesem Anliegen begegnete Mr. Bennet zunächst mit einem kategorischen Nein, eine Entscheidung, der Elizabeth im

Stillen aus vollem Herzen zustimmte. Auch wenn sie um Lydias Willen hoffen mochte, dass ihre Eltern sie nun, da sie verheiratet war, wieder als ihre Tochter ansehen würden, wusste Elizabeth dennoch, dass es ihr selbst schwer fallen würde, die Höflichkeit zu wahren, wenn Lydias impulsives Verhalten sie doch ihr eigenes Glück gekostet hatte. Und so war es ihr eine unangenehme Überraschung, als sie herausfand, dass ihr Vater, unter dem Einfluss von Janes Sanftmut wie auch der Hartnäckigkeit seiner Frau, ihnen doch noch seine Einwilligung gegeben hatte und sie kommen ließ. Es war bereits vereinbart, dass sie nach Longbourn aufbrechen würden, sobald die Trauung vollzogen war.

Elizabeths gedrückte Stimmung wurde in der Zwischenzeit so offensichtlich, dass sie selbst Mr. Bennet auffiel, der nach einigen Tagen des Nachdenkens seine Lieblingstochter in die Bibliothek bestellte. „Lizzy", begann er, und sah sie über den Rand seiner Brille an, „sogar ein törichter alter Mann wie ich es bin kann kaum übersehen, dass du in letzter Zeit nicht du selbst bist. Was ist es, das dich so bedrückt, mein Liebes?"

Mit nicht allzu vielen Worten gab sie ihm zu verstehen, dass die Umstände rund um die Hochzeit ihrer Schwester sie immer noch beunruhigten und dass sie der Ankunft von Lydia und Wickham auf Longbourn nicht unbedingt freudig entgegen sah. Mr. Bennet, dessen erste Reaktion von Wut und Schuldgefühlen bereits wieder abgeflaut und durch seine übliche Trägheit ersetzt worden war, war nicht sonderlich erfreut darüber, an seine Fehler erinnert zu werden. Vielmehr wollte er nach der angenehmen Überraschung, dass die Verbindung ohne großes Zutun oder Aufwand seinerseits zu Stande gekommen war, nicht mehr weiter darüber nachdenken. „Komm, Lizzy, was geschehen ist, ist nun mal geschehen. Das Schlimmste konnte abgewendet werden und ich muss gestehen, dass ich schon gespannt bin, zu sehen, wie unverfroren Mr. Wickham wohl sein wird, nun, da er unserer gesamten Familie – und dir im Besonderen – gegenüberstehen muss, mein Liebes."

Elizabeth rollte mit den Augen. Das Letzte, was sie nun brauchte, war, daran erinnert zu werden, dass sie einmal eine Schwäche für Wickham gehabt hatte – eine Fehleinschätzung, für die sie bereits bitter bezahlt hatte. In diesem Fall ging ihr Sinn für Humor nicht so weit wie der ihres Vaters. Sie startete einen letzten Versuch, ihm ihre Position darzulegen, wenngleich sie sich dessen bewusst war, dass er wohl kaum von Erfolg gekrönt wäre, wenn sie den Grund für ihre Zurückhaltung nicht offenlegte. „Es lässt sich leichter belächeln, Sir, wenn man nicht zu denjenigen gehört, die durch Lydias Handeln erhebliche Nachteile erlangt haben. Jane genießt das außerordentliche Glück, bereits verlobt zu sein, doch ich mache mir nichts vor – meine eigenen Chancen auf eine vorteilhafte Verbindung wurden, ebenso wie die meiner Schwestern, durch dieses Ereignis deutlich geschmälert. Ich fürchte, Sir, dass es mir nicht möglich sein wird, die großmütige Gastgeberin für jene zu mimen, die mich und diejenigen, die ich liebe, aus keinem anderen Grund als zu ihrem eigenen Vergnügen, so tief verletzt haben. Ich bitte dich, verlange das nicht von mir, denn ich werde keine Gefühle vortäuschen, die ich nicht habe."

„Lizzy", versuchte ihr Vater sie zu überreden, denn er merkte, dass dieses Thema ihr Gemüt sehr erhitzte, „mach dir nicht zu viele Gedanken über die Zukunft. Wer dich kennt, muss dich einfach respektieren und zu schätzen wissen. Jeder Mann, der borniert genug ist, sich durch ein wenig Absurdität in der Familie abschrecken zu lassen, ist es nicht wert auch nur in Erwägung gezogen zu werden."

Elizabeth wusste, dass sie von ihrem Vater kein Mitgefühl erwarten konnte, und doch brauchte sie einige Augenblicke, ehe sie sich wieder gefasst hatte, da sein Kommentar einfach zu sehr ins Schwarze traf, um sich davon nicht weiter berühren zu lassen. „Sir, Sie haben gefragt, was mich derart bestürzt und ich habe es Ihnen gesagt, sollten Sie sonst noch etwas benötigen, stehe ich zu Ihrer Verfügung."

Das grenzte schon beinahe an Unverschämtheit, etwas, das Mr. Bennet noch nie von seiner Lizzy erlebt hatte und es gefiel ihm ganz und gar nicht. Kurz angebunden schickte er sie fort und Elizabeth, zu deren anderen Sorgen sich nun auch noch Verdruss gesellte, entschied sich kurzerhand, einen ausgedehnten Spaziergang zu unternehmen, auch wenn das Wetter ungewöhnlich feucht und kalt für diese Jahreszeit war.

Sie kehrte nicht wieder zurück, bis es Zeit zum Abendessen war und hatte bei dieser Mahlzeit nur wenig zum Tischgespräch beizutragen, das vor allem aus den glückseligen Gefühlsausbrüchen Mrs. Bennets bestand, die davon schwärmte, nun bald zwei Töchter verheiratet zu haben. Kurz bevor ihr Vater wieder in seine Bibliothek entschwand, verkündete er: „Mir kam der Gedanke, Lizzy, dass du durch diese unschönen Umstände um einen Teil deiner Reise mit deinem Onkel und deiner Tante gebracht wurdest. Vielleicht möchtest du dich ihnen für eine Weile in London anschließen – wenn du kurz nach Lydias Ankunft zu ihnen stößt, werden sie froh darum sein, dass ihnen noch ein paar vernünftige Nichten geblieben sind."

Elizabeth war angenehm überrascht über diesen Vorschlag, da sie angenommen hatte, dass dieses Thema vom Tisch war. Auf den zweiten Blick jedoch stellte sie fest, dass es ihrem Vater dabei um sein eigenes Wohl ging – zweifelsohne würde ihm ihre Abwesenheit Erleichterung verschaffen, denn wenn sie während Lydias Besuch reizbar und gekränkt wäre, würde ihm das nur seine eigene Verantwortungslosigkeit vor Augen führen.

Wenn sie jedoch nach London ginge, dann barg das ein gewisses Risiko, auf Mr. Darcy zu treffen, was sogar noch schlimmer wäre – aber nein, Bingley hatte gesagt, dass er nach Pemberley zurückkehren würde, wenn seine Geschäfte abgeschlossen seien und das konnte doch sicherlich nicht so lange dauern. Außerdem war London eine große Stadt. Immerhin hatte Jane den gesamten Winter in London verbracht, ohne Mr. Bingley auch nur ein einziges Mal zu begegnen. Es wäre schon außergewöhnlich viel Zufall im Spiel, selbst wenn er noch in der Stadt weilte. Sie kam zu dem Schluss, dass das verschwindend geringe Risiko es wert war, wenn sie stattdessen Longbourn entfliehen konnte und gab ihrem Vater zu verstehen, dass seine Planungen ihr zusagten. So wurde beschlossen, dass sie am Tag nach Lydias Ankunft nach London aufbrechen würde.

Als der Hochzeitstag ihrer Schwester schließlich gekommen war, graute Elizabeth vor dem Eintreffen der Frischvermählten. Die Familie hatte sich im Frühstücksraum versammelt, um sie in Empfang zu nehmen. Mrs. Bennets Gesicht strahlte, als die Kutsche vorfuhr, ihr Ehemann sah undurchdringlich ernst drein, ihre Töchter aufgebracht, unruhig und unbehaglich.

Lydias Stimme drang durch die Halle, die Tür wurde aufgerissen und sie stürmte herein. Ihre Mutter auf sie zu, umarmte sie und hieß sie voll der Freude willkommen. Wickham, der seiner Angetrauten gefolgt war, reichte sie mit einem liebevollen Lächeln die Hand. Mrs. Bennet wünschte beiden mit Bereitwilligkeit und Eifer alles Gute, als hege sie keinen Zweifel an deren Glückseligkeit.

Die Begrüßung von Mr. Bennet, dem sie sich daraufhin zuwandten, fiel nicht ganz so herzlich aus. Die Unverfrorenheit des jungen Paares brachte es fertig, selbst sein Gemüt zu erhitzen. Lydia war immer noch Lydia, zügellos, ungeniert, wild, laut und unerschrocken. Einer Schwester nach der anderen wandte sie sich zu, um deren Glückwünsche einzufordern. Wickham schien das Ganze ebenso wenig zu berühren wie sie selbst, doch schließlich waren seine Umgangsformen so gefällig wie eh und je. Wären sein Charakter und die Eheschließung das gewesen, was sie hätten sein sollen, dann hätten sein Lächeln und seine umgängliche Art, während er sich selbst in die Familie einführte, alle entzückt. Elizabeth hätte ihn zuvor nicht für derart unverfroren gehalten, doch nun musste sie sich eingestehen und für die Zukunft merken, dass der Unverschämtheit eines unverschämten Menschen keine Grenzen gesetzt waren.

Wickhams überaus herzliche Begrüßung seiner Schwiegermutter genügte, um Elizabeth um ihrer beider Willen erröten zu lassen. Doch als er sich mit einem Blick an sie wandte, der dreist genug war, seine vormalige Bewunderung für sie durchblicken zu lassen, war sie nicht länger peinlich berührt, sondern die blanke Wut stieg in ihr auf. Als sie in das Gesicht blickte, das ihre Hoffnungen für immer hatte sterben lassen, konnte sie nicht länger verstehen, wie sie die Affektiertheit darin zuvor hatte übersehen können. Stattdessen sah sie nun mit Abscheu das ganze Ausmaß seiner Selbstbezogenheit und Verkommenheit.

Der abstoßende Anblick seiner lauernd-bewundernden Miene wurde plötzlich von der nur allzu lebhaften Erinnerung an zwei dunkle Augen überlagert, die sie ernst und aufmerksam anblickten, als wollten sie damit ihre Seele für sich beanspruchen. Es fühlte sich an, als hätte man ihr einen Schlag in die Magengrube versetzt, so sehr verschlug es ihr den Atem. Sie wünschte sich, oh wie sehr sie es sich wünschte, noch eine letzte Gelegenheit zu bekommen, um ihm mitzuteilen, was sie fühlte und noch einmal zu sehen, wie sein Gesicht Vergebung und Zuneigung ausstrahlte. Doch sie wusste, dass es dafür zu spät war und ebenso wusste sie, dass er genauso litt, wie sie selbst, wenn nicht noch mehr, wenn man bedachte, wie lange Mr. Wickham ihm bereits zusetzte.

Glücklicherweise kam durch die anderen kein Mangel an Gesprächsthemen auf, sodass ihr Schweigen nicht weiter auffiel. Weder die Braut noch ihre Mutter konnten schnell genug reden. Wickham, der zufällig bei Elizabeth saß, begann, sich derart gut gelaunt nach seinen Bekanntschaften in der Nachbarschaft zu erkundigen, dass es Elizabeth schwer fiel, es ihm in ihren Antworten gleichzutun. Er schien die fröhlichsten Erinnerungen der Welt an sie zu haben und sie kam nicht umhin, sein Verhalten mit all dem Schmerz in Verbindung zu bringen, den er dem Mann, dem ihr Herz gehört, verursacht hatte und es immer noch tat. Sie erinnerte sich an den schmerzverzerrten Blick, den sie bei ihrem Aufenthalt auf Rosings auf Darcys Gesicht gesehen hatte, und das Gefühl, ihn zu brauchen, wurde zu einer schmerzenden Wunde. Nun, da sie einem Mann gegenüber saß, dessen Name es nicht wert war, ausgesprochen zu werden, wusste sie, dass sie niemals in der Lage sein würde, ihn zu vergessen. Sie hatte ihm einen Teil ihrer selbst gegeben, der ihm für immer gehören würde, selbst wenn sie sich niemals wiedersehen würden.

Wickham, der ihre Zerstreutheit bemerkte und sie womöglich missinterpretierte, schenkte ihr ein gewinnendes Lächeln. „Mir ist zu Ohren gekommen, dass du morgen nach London aufbrechen wirst. Das tut mir leid, ich hatte gehofft, dass wir Gelegenheit hätten, unsere Bekanntschaft wiederzubeleben. *Wir* waren immer gute Freunde, und jetzt ist es sogar noch besser", sagte er und achtete genau auf ihre Reaktion.

Seine offenkundige Anzüglichkeit trug nur dazu bei, sie noch weiter abzustoßen und sie wusste im Nachgang nicht mehr, wie sie darauf reagiert hatte. *Wenn er sich dessen gewahr wäre, was ich tatsächlich für ihn und Mr. Darcy fühle, was würde er dann sagen?,* fragte sie sich verärgert und verwirrt. Es lief ihr eiskalt den Rücken hinunter, als ihr bewusst wurde, dass sich Wickham wohl nicht zu schade gewesen wäre, sich diese Verbindung zu Nutze zu machen, hätte er von Darcys Interesse an ihr gewusst. Und wieder wurde ihr die bittere Wahrheit vor Augen geführt, dass Darcy keine andere Wahl gehabt hatte, als sie zu verlassen.

Lydias durchdringende Stimme durchbrach ihre Gedanken. „Denkt nur, es ist erst drei Monate her", rief sie, „seit ich fort gegangen bin. Ich sags euch, es fühlt sich an wie zwei Wochen und doch ist genug passiert in der Zwischenzeit. Grundgütiger! Als ich weggegangen bin, hatte ich doch noch keine Ahnung, dass ich verheiratet wieder zurückkommen würde! Und doch dachte ich, dass es wenn dann ziemlich lustig wäre."

Elizabeth ertrug es nicht mehr. Sie stand auf und rannte aus dem Raum. Doch selbst, als sie sich in ihrem Zimmer verkroch, schien sie das Gefühl zu verfolgen, Darcy um sich zu haben und sie weinte aufs Neue um all das, was sie verloren hatte. Und doch war der Schmerz zu gegenwärtig, um sich allzu lang davon überkommen zu lassen und als sie sich schlussendlich wieder beruhigt hatte, beschloss sie, dass das die letzten Tränen waren, die sie der Vergangenheit wegen vergossen hatte. Und so konzentrierte sie sich fest entschlossen auf ihre morgige Reise nach London.

Kapitel 6

ELIZABETH ERREICHTE LONDON am folgenden Nachmittag, nachdem sie Lydia und ihrem Gatten keinesfalls mit gebrochenem Herzen Lebewohl gesagt hatte. Sie war nicht nur erleichtert, nun einige Zeit in der Stadt verbringen zu können, sondern auch dankbar darum, nicht mehr andauernd an ihren Kummer erinnert zu werden, wie es auf Longbourn der Fall gewesen war. Das Leben im Haus der Gardiners war um einiges abwechslungsreicher, sodass Elizabeth ihre eigenen Sorgen beiseiteschieben konnte, um mit ihren jüngeren Cousins und Cousinen zu spielen. Nun musste sie nicht mehr täglich Janes Liebesglück mit ansehen, das in so starkem Kontrast zu ihrer eigenen Verfassung stand und auch nicht mehr bei den Vorbereitungen für eine Hochzeit helfen, wie sie sie niemals bekommen würde. Sie war dankbar um die vielen Gäste und deren lebhafte Debatten im Hause der Gardiners, die sie manchmal für ein paar Stunden abzulenken vermochten.

Schwieriger wurde es, wenn sie mit ihrer Tante und ihrem Onkel allein war. Da sie einfühlsamer als ihre Eltern waren, fiel es ihnen stärker auf, dass etwas ihr Gemüt belastete, wie sehr sie es auch zu verbergen versuchte. Sie waren so liebevoll und besorgt, dass es ihr schwerfiel, die Fassade aufrechtzuerhalten und doch wagte sie es nicht, sich einem von ihnen anzuvertrauen, da sie gelegentlich Kontakt mit Mr. Darcy hatten. Ihr lief es kalt den Rücken herunter, wenn sie daran dachte, was ihr Onkel, der ein Verfechter striktester Schicklichkeit war, wohl sagen würde, wenn er wüsste, welches Verhalten sie an den Tag gelegt hatte.

Die Gardiners gaben sich alle Mühe, sie abzulenken, indem sie sie zu Konzerten, ins Theater und zu den Treffen mit ihren

Freunden mitnahmen. Diese kulturellen Freuden genoss sie sehr, bis sie eines Abends Mr. Darcy in einer der Logen des Theaters erblickte. Sie hatte sich davor gefürchtet, dass sich ihre Wege womöglich kreuzen könnten, doch London war eine große Stadt und sie war davon ausgegangen, dass er bereits nach Derbyshire aufgebrochen war. Das qualvolle Gefühl des Verlustes, das sie bei seinem Anblick durchströmte, war so schmerzhaft, dass sie es kaum ertrug und es ihr gleichzeitig den Atem nahm. Bei ihm saßen zwei Gentlemen und eine nach der neuesten Mode gekleidete junge Dame. Schmerzerfüllt sah sie dabei zu, wie er sich gelegentlich zu seiner jungen und hübschen Begleitung hinüber lehnte, um ihr offensichtlich etwas von Interesse zu zeigen. Auch wenn ihr Herz dabei schmerzte, vermochte sie nicht, sich zurückzuhalten und musste ihm immer wieder verstohlene Blicke zuwerfen, bis sie schließlich sah, dass auch er ihre Anwesenheit bemerkt hatte. Ihre Blicke trafen sich für einen Moment quer durchs Theater, ehe Elizabeth den Blick abwandte. Sie ging nicht davon aus, dass er sie aufsuchen würde, und doch hielt sie sich während der Pause im Hintergrund und schaffte es so, den Abend ohne weiteren Kontakt zu überstehen. Das hatte allerdings zur Folge, dass ihr die Freude an all den Zerstreuungen der großen Stadt vergangen war und sich die Wunde wieder öffnete, sodass das Gefühl der Verletzlichkeit und Zurückweisung wieder an die Oberfläche drang.

Eines Tages teilte ihre Tante ihr mit, dass sie nachmittags eine kleine Veranstaltung besuchen und dort sie einen Mr. Edwards kennen lernen würden, ein Maler, der gerade Einzug in die Londoner Kunstszene hielt. Auch wenn Elizabeth nur wenig vom Malen verstand, hatte sie nichts gegen diese Unternehmung einzuwenden. Zu diesem Anlass mieteten sie eine Kutsche, da sie offensichtlich eine beachtliche Strecke zurückzulegen hatten. Erst als sie in der vornehmen Gegend unweit des Grosvenor Squares angekommen waren, fragte Elizabeth, die plötzlich einen Verdacht hegte, beim wem sie zu Gast sein würden. Onkel und Tante tauschten einen kurzen Blick aus, denn Mrs. Gardiner hatte diese Information absichtlich zurückgehalten, da sie vermutete, dass ihre Nichte an einem gebrochenen Herzen leiden könnte.

„Na, es findet in Mr. Darcys Haus statt, Lizzy, ich dachte, du wüsstest das. Mr. Edwards ist aus Derby und Mr. Darcy ist einer seiner Förderer", erklärte Mr. Gardiner gut gelaunt. Als er sah, wie blass Elizabeth wurde, erkundigte er sich: „Fehlt dir etwas, Liebes?"

Elizabeth gab sich alle Mühe, seine Besorgnis zu zerstreuen, auch wenn sie die kalte Angst packte. Sie würde ihn sehen – das Gesicht, das sie in ihren Träumen verfolgte, die Arme, die sie gehalten hatten und es nie wieder tun würden – wie sollte sie das nur meistern? Und was würde Mr. Darcy davon halten, wenn sie bei ihm zu Hause auftauchte? Würde er denken, dass sie es darauf anlegte, ihn zu treffen? Die Erniedrigung wäre mehr, als sie ertragen könnte. Sie würde sicherstellen müssen, nichts zu tun, was als Beweis für ihr Interesse an ihm angesehen werden konnte. „Ich habe das Gefühl, mich aufzudrängen", startete sie den schwachen Versuch, sich zu rechtfertigen.

Nun, da Mrs. Gardiner Elizabeths Reaktion beobachten konnte, war sie sich sicher, dass ihre Vermutungen zutrafen. Gewiss war es zu einem Missverständnis gekommen, denn sie fühlte ganz genau, dass Mr. Darcy Gefühle für ihre Nichte hegte. Es hatte sie in der Tat überrascht, dass Mr. Darcy ihnen keinen Besuch abgestattet hatte, nachdem Elizabeth in London angekommen war und nun gab auch noch Elizabeth vor, dass keinerlei Verbindung zwischen ihnen bestand. „Denkst du nicht, deine Freundin Miss Darcy würde sich freuen, dich zu sehen?", schlug sie sanft vor, da sie ihr nicht weiter zusetzten wollte.

Elizabeths Gemüt wollte sich jedoch nicht beruhigen und ward noch einmal wesentlich aufgewühlter, als sie die Tür erreichten und vom Butler hereingebeten wurden. Erleichtert stellte sie fest, dass es sich um eine größere Veranstaltung handelte und einige Leute geladen waren, die sie von ihren

Besuchen bei den Gardiners kannte, sodass sie sich ein wenig in der Masse verstecken konnte. Sie fühlte sich bange und betreten und es schmerzte sie, dass ein Teil von ihr sich danach sehnte, ihn zu sehen.

Ihr Gastgeber erhob sich und kam auf sie zu. Darcy schlug das Herz bis zum Hals – sie war gekommen. Gehofft hatte er es, sogar ein verzweifeltes Stoßgebet zum Himmel geschickt, doch er hatte nicht damit gerechnet, dass sie tatsächlich zustimmen würde, über seine Schwelle zu treten. Ihr bloßer Anblick genügte, um sein Herz mit Glück zu erfüllen, doch seine Hoffnung schwand, als er bemerkte, dass sie ihm nicht in die Augen sah. Seine Befürchtungen hatten sich also bewahrheitet, sie konnte ihm nicht vergeben, welche Rolle er bei der Entehrung ihrer Schwester gespielt hatte. Er hörte noch Mr. Gardiners Stimme, als sie sich das erste Mal zusammengesetzt hatten, um Lydias Situation zu besprechen – *Ich weiß nicht, ob Lizzy es sich jemals vergeben kann, gewusst zu haben, was für ein Mensch Wickham war, ohne seine Machenschaften offenzulegen.* Und wenn sie sich selbst keine Absolution dafür erteilen konnte, jenes Geheimnis gewahrt zu haben, das er ihr in seinem Brief auferlegt hatte, welche Chance hätte er dann, dass sie ihm jemals würde vergeben können, er der seinen Stolz allem anderen vorangestellt hatte und Wickham damit freie Bahn gelassen hatte, ahnungslose junge Mädchen wie Lydia zu verführen? Nun, er würde sich ihr nicht aufdrängen, aber er würde ihr jede Aufmerksamkeit zuteilwerden lassen, um ihr zu zeigen, wonach sein Herz sich sehnte. Hoffentlich würde das genügen, dass sie sich eines Tages dazu durchringen könnte, ihm zu vergeben.

Er erkundigte sich höflich und formvollendet, wenn auch nicht ganz gefasst, nach ihrer Familie, erhielt jedoch nur knappe Antworten, die deutlich machten, wie sehr sie das verunsicherte. Sie verlor keine Zeit, nach seiner Schwester zu fragen und er zeigte ihr, wo Georgiana Platz genommen hatte. Die Bereitwilligkeit, mit der sie sich aus seiner Gegenwart flüchtete, machte ihm schwer zu schaffen, doch er war fest entschlossen, Haltung zu bewahren. Für sie war es ein großer Schritt gewesen, sein Haus zu betreten, das musste ihm fürs Erste genügen. Er beobachtete, wie sie Georgiana anlächelte, doch selbst bei ihr wirkte sie nicht unbeschwert. Vielleicht, so hoffte er, vermisste sie ihn auch zumindest ein wenig.

Georgiana freute sich, ihre Freundin wiederzusehen und verzichtete auf die trotzige Attitüde, die sie für die Freunde ihres Bruders an den Tag gelegt hatte. Für sie war es überaus befriedigend, dass Elizabeth *ihre* Gesellschaft der ihres Bruders vorzog. Sie war immer noch gereizt, weil er in Rosings versucht hatte, sie ganz für sich zu beanspruchen. Heute jedoch schien Elizabeth sich voll und ganz auf sie zu konzentrieren und alles andere dabei außen vor zu lassen.

Ungeteilte Aufmerksamkeit schenkte Elizabeth ihr durchaus, jedoch in der Absicht, sich davor zu bewahren, ständig zu Mr. Darcy hinüberzusehen. Sie war vollkommen überwältigt, weil sie sich schämte und die Situation sie beunruhigte. Dass sie hierher gekommen war, war die bedauerlichste und schlechteste Entscheidung, die sie jemals getroffen hatte! Einem Mann, der so stolz war, musste es vorkommen, als würde sie ihm nachlaufen. Er hatte sich eindeutig nicht wohl gefühlt, als sie sich unterhalten hatten und sie wünschte sich nichts mehr, als zu wissen, was er von davon hielt, dass sie in seinem Haus erschienen war.

Für Elizabeth zog sich der Abend qualvoll in die Länge. Wenngleich sie es durchaus interessant fand, hatte sie doch keine Ahnung auf dem Gebiet der Malerei, und auch wenn sie so aufmerksam wie irgend möglich zuhörte, konnte sie doch nur wenig zur Diskussion beisteuern. Darcy stellte einige kundige Fragen, die ihr immerhin die Möglichkeit boten, sich ihm ganz selbstverständlich zuzuwenden, ohne zu offensichtlich zu machen, dass sie sich genau das wünschte. Sobald sich das Gespräch einem anderen zuwandte, sah sie rasch wieder weg, denn auch wenn sie ihn nicht sehen konnte, fühlte sie seinen

Blick doch schwer auf sich ruhen. Sie wusste nicht, was sie denken, und schon gar nicht, was sie fühlen sollte.

Manchmal, wenn ihre Augen sich ihm wieder zuwandten, konnte sie den Verlust beinahe spüren und wünschte sich, dass alles anders verlaufen wäre. Und dann wiederum gab es Momente, wenn sein Blick auf ihr ruhte, in denen die Wut einer verschmähten Frau in ihr aufstieg, ganz gleich, wie gut sie seinen Sinneswandel auch nachvollziehen konnte. Ihr wurde die Ungerechtigkeit des Ganzen nur allzu bewusst – seine Schwester hatte um ein Haar denselben Fehler wie Lydia begangen, blieb nun jedoch unberührt davon und noch dazu gab er, um seine Schwester zu schützen, Elizabeth auf, die in jeder Hinsicht frei von Schuld war.

Als die Gäste schließlich aufbrachen, ward ihre Erleichterung nur von einem Gefühl des Bedauerns getrübt. In gewisser Weise war sie froh darum, dass das erste Aufeinandertreffen nun hinter ihr lag und nichts Schlimmeres sich daraus entwickelt hatte, als eine Wiederbelebung ihres Herzschmerzes. Wenn Jane mit Bingley verheiratet war, würden sich ihre Wege zwangsläufig kreuzen, dessen war sie sich bewusst. Alles in allem konnte sie diesen Abend als Erfolg verbuchen, wenn er auch schmerzhaft gewesen war, da keiner von beiden sich oder den anderen blamiert hatte, oder Anlass zu Spekulationen gegeben hatte. *Es hätte auch viel schlimmer kommen können*, philosophierte sie, als sie auf ihre Tante und ihren Onkel zuging, die sich angeregt mit Mr. Edwards unterhielten. Sie schienen mit dem Aufbruch keine Eile zu haben, doch sie brannte darauf, endlich gehen zu können, ehe Mr. Darcys Aufmerksamkeit sich auf sie konzentrieren konnte, denn das wäre weder ihrer Seele, noch ihrer Gefasstheit zuträglich. Als die letzten Gäste sich auf den Weg gemacht hatten, bat Mr. Darcy sie jedoch zu ihrer Überraschung, wieder Platz zu nehmen. Ihre Tante, die ihre erschrockene Miene lesen konnte, wisperte ihr zu: „Mr. Darcy hat uns zum Dinner eingeladen – hast du das gar nicht mitbekommen, Lizzy?"

Elizabeth brachte kein Wort heraus. Ihr erster Gedanke artete in Panik aus, denn sie wusste nicht, wie sie ihm gegenübertreten sollte – im Schutz der Menge hatte sie ihm aus dem Weg gehen können, aber doch nicht bei einem Dinner im engsten Kreis. Und wie sollte sie ihm in die Augen sehen und mit ihm sprechen, wenn sie doch genau wusste, dass sie nichts anderes wollte, als in seinen Armen zu liegen? Sie hatte den Gedanken noch nicht zu Ende geführt, als sie sich zu fragen begann, *weshalb* er sie zum Bleiben eingeladen hatte – warum nur legte er es darauf an, in ihrer Gesellschaft zu sein? Oder wollte er sich damit nur selbst beweisen, dass er ein für alle Mal über sie hinweg war?

Obwohl Elizabeth für gewöhnlich über einen gesunden Appetit verfügte, stocherte sie an diesem Abend ebenso lustlos in ihrem Essen herum, wie eine waschechte Lady des *ton*. Es kostete sie all ihre Kraft, ruhig und gefasst zu wirken. Weder seine Augen, noch ein Gespräch mit ihm ließ sich nun noch vermeiden, und so beschloss sie, dass sie ihm wie jedem anderen flüchtigen Bekannten auch begegnen würde. Ganz gleich, wie sehr es auch schmerzte, sie war fest entschlossen, sich den Verlust des einzigen Mannes, den sie jemals lieben würde, nicht anmerken zu lassen, zumal sie keinerlei Schuld daran trug.

Am anderen Ende des Tisches hing Darcy seinen Gedanken nach – es war nicht zu leugnen, er begehrte sie nun noch um ein Vielfaches mehr, als bei ihrer letzten Begegnung. Sie in seinem Haus zu sehen, an seinem Esstisch und doch zu wissen, dass sie nicht willens war, den ihr rechtmäßig zukommenden Platz als seine Ehefrau einzunehmen, bekräftigte nur noch das Gefühl der Leere, das ihn ausfüllte, seit er Netherfield verlassen hatte. Er wünschte sich nun mehr als jemals zuvor, er hätte sich die Zeit genommen, mit ihr zu sprechen, statt sie nur zu küssen – wie gut es wäre, zu wissen, was genau es war, das dazu geführt hatte, dass sie sich ihm annäherte, dann könnte er es sich nun erneut zunutze machen! Die letzten paar Wochen war er der Hölle näher gewesen, als er es je sein wollte – er hatte diesen kurzen

153

Moment der vollkommenen Glückseligkeit genießen dürfen, als sie seine Liebe erwiderte, nur um von den Sünden seiner Vergangenheit eingeholt zu werden, die ihm all das wieder entrissen. Warum, fragte er sich, wie er es so oft schon getan hatte, warum nur hatte Wickham sich von all den Frauen in England ausgerechnet ihre Schwester aussuchen müssen? Die einzige Hoffnung, die ihm nun noch blieb, war, dass sie ihm schon einmal vergeben hatte – läge es da nicht im Bereich des Möglichen, dass sie das wieder tat? Er starrte sie angestrengt an, als ob die Antwort darauf von ihrem Gesicht abzulesen wäre.

Eine Weile hatte er sich an die Hoffnung geklammert, dass sie ihm doch nicht so böse dafür war, dass er Wickham nicht enttarnt hatte, wie er ursprünglich gedacht hatte, doch als sie im Theater so demonstrativ weggesehen hatte, wusste er, dass das nur ein frommer Wunsch gewesen war. Und dennoch war er nicht in der Lage gewesen, seine Augen von ihr abzuwenden. Er hatte sie unendlich vermisst, als sie zu ihrer Reise aufgebrochen war, doch das war nichts gegen das, was er empfunden hatte, als ihm klar wurde, dass er sie für immer verloren hatte. Seit sie in London angekommen war, waren seine Gedanken konstant zu jenem Ort abgeschweift, an dem sie zu finden gewesen wäre. Und auch wenn er sich ursprünglich geschworen hatte, sich nicht wieder eine Abfuhr einzuholen, indem er ihr nachlief, wusste er doch, dass er, für den Fall, dass sie heute nicht erschienen wäre, den armen Tom Monkhouse belagert hätte, um von ihm eingeladen zu werden – schlichtweg, weil er nur eine Straße von den Gardiners entfernt wohnte und Darcy wusste, dass sie häufig bei ihm zu Gast waren. Er hatte keine Ahnung, was er tun würde, wenn er sie sah, doch soviel war sicher – er könnte es nicht über sich bringen, zu wissen, dass sie in London weilte und ihr doch fernzubleiben. Selbst in jenen nächtlichen Momenten, in denen ihn die unerbittliche Einsamkeit und das Verlangen gequält und er in Erwägung gezogen hatte, zum Haus ihres Onkels zu gehen, um ihr einen offiziellen und förmlichen Antrag zu machen, den sie nicht ablehnen konnte, war er sich nicht sicher, ob er sich hätte zurückhalten können, wenn er nicht geahnt hätte, dass sie ihm ein solches Vorgehen niemals verzeihen würde. *Wie kann ich nur ohne sie weiterleben?*, fragte er sich. *Ich habe versagt, indem ich meine Privatangelegenheiten nicht aller Welt offen legen wollte – doch hätte ich selbst mir eine bitterere Strafe dafür erdenken können?*

Elizabeth beging den Fehler, ihren Blick für einen Moment zu heben. Als sie seinem steten Blick einmal begegnet war, war sie hilflos und konnte nicht anders, als ihn zu erwidern, auch wenn sie dabei das Gefühl hatte, dass ihr Herz ein weiteres Mal brach. Sie wünschte sich nichts sehnlicher, als die alte Wärme wieder in seinen Augen aufflackern zu sehen und sie erkannte, dass sie ihre Gefühle nicht mehr lange würde verbergen können. Es war an der Zeit, sich geschlagen zu geben, sie würde ihm nicht länger neutral gegenübertreten können. Und was machte es jetzt noch aus, wenn er wusste, wie sehr sie darunter litt, dass er sie verlassen hatte? *Lass ihm die Genugtuung, wenn es ihm eine ist*, dachte sie. Seinen Blick quittierte sie, indem sie kurz den Kopf neigte, um sich dann wieder Georgiana zuzuwenden und mit ihr zu sprechen.

Ihr war eine kurze Atempause gegönnt, als die Damen sich zurückzogen, doch es dauerte nicht lange, bis die Gentlemen sich ihnen wieder anschlossen. Darcy setzte sich neben sie, doch der Abend hatte sie zu sehr mitgenommen, sodass das Gefühl des Verlusts und der Zurückweisung alles andere überschattete.

„Was halten Sie von Mr. Edwards Werken, Miss Bennet?", fragte er, und beobachtete sie genau, fest entschlossen, seine letzte Chance auf ein zivilisiertes Gespräch mit ihr nicht verstreichen zu lassen. Wenn er nur wüsste, was vorhin in ihrem Kopf vorgegangen war, als sie ihn so angesehen hatte. Es war offensichtlich kein allzu glücklicher Gedanke gewesen, aber war sie verärgert, unglücklich oder noch etwas ganz anderes gewesen? Er hegte den ungewöhnlichen Wunsch, die Frau, die er so gerne lachen sah, unglücklich und reumütig zu sehen.

„Wenn ich ehrlich bin, verstehe ich nichts von der Kunst des Malens", gab Elizabeth zurück, denn sie war zu erschöpft, um sich Gedanken darüber zu machen, ob Mr. Darcy nun die Lücken ihrer Bildung erkannte oder nicht. „Ich finde sein Werk reizvoll und finde leicht Zugang dazu, doch wenn ich noch weiter ginge, wäre das nicht aufrichtig von mir."

„Auch ich kann von mir nicht behaupten, ein Kunstwerk auf die traditionell-akademische Weise zu betrachten", entgegnete er vorsichtig, „aber ich habe eine Vorliebe für die feine Führung der Linien und Rundungen des naturalistischen Stils."

„Da muss ich Sie beim Wort nehmen, da ich nicht vorgebe zu verstehen, was Sie damit meinen", antwortete sie ein wenig ausdruckslos. Ihre Blicke kreuzten sich, verhakten sich ineinander und die angestrengte Spannung zwischen ihnen schien Funken sprühen zu lassen. *Oh, wenn dieser Abend nur ein Ende finden könnte und bitte befreie mich aus dieser Hoffnungslosigkeit!,* dachte sie, und doch konnte sie nicht leugnen, dass sie sich von ihm angezogen fühlte, ihn ansehen und an seiner Seite sein wollte.

So leicht wollte er sich jedoch nicht geschlagen geben. „Vielleicht, Miss Bennet, würden Sie mir gestatten, Ihnen zu demonstrieren, was ich damit meinte", sagte er und akzeptierte damit den Fehdehandschuh, den sie ihm zugeworfen hatte. „Mrs. Gardiner, Mr. Gardiner, hätten Sie Interesse daran, unsere kleine Galerie hier zu besichtigen?"

Als ihre Tante und ihr Onkel ihre Zustimmung zum Ausdruck brachten, sann Elizabeth einen Augenblick darüber nach, ob sie dankend ablehnen sollte, besann sich dann aber gleich eines Besseren, da das nur unnötig Aufmerksamkeit erregen würde. Sie schloss sich ihm an, und er führte sie einen Gang hinunter. Als sie so gingen, fiel ihr auf, dass die Möblierung des Hauses weder pompös noch besonders fein war, und weniger Wert auf Prunk legte, als sie es auf Rosings gesehen hatte, sondern wahre Eleganz ausstrahlte. Sein

Geschmack war ein weiterer Punkt, für den sie ihn bewundern konnte.

Elizabeths Stolz machte seine Ansprüche geltend – sie musste Mr. Darcy einfach zu verstehen geben, dass sie nicht erwartet hatte, ihm heute Abend zu begegnen und so bemerkte sie ganz nebenbei im Gehen, dass sie sich über den Ort der heutigen Veranstaltung nicht im Klaren gewesen sei, bis sie beinahe angekommen waren und schloss noch eine Entschuldigung an, da sie nicht vorgehabt hatte, sich aufzudrängen, schließlich sei die Einladung an ihre Tante und ihren Onkel ausgesprochen worden.

Darcy Enttäuschung über ihre Worte war so groß, dass es ihm für einen Moment die Sprache verschlug. Also hatte sie ihm mit ihrer Anwesenheit nicht zu verstehen geben wollen, dass sie ihm, in welcher Art auch immer, verziehen hatte – aber das wäre ohnehin zu viel verlangt gewesen. Doch einen Moment später fiel es ihm leichter, sich in sie hineinzufühlen und er sagte: „Miss Bennet, eine Entschuldigung Ihrerseits ist niemals vonnöten, Sie sind hier äußerst willkommen." *So willkommen, dass ich dich nur allzu gern hier behalten würde, wenn deine Tante und dein Onkel wieder fahren!,* fügte er trocken in Gedanken hinzu.

Elizabeth errötete bei seinen Worten, eine Antwort blieb ihr jedoch erspart, da sie nun die Galerie erreicht hatten. Mr. Darcy rief sie, um ihr ein Bild zu zeigen. Als sie ihren Platz an seiner Seite einnahm, verspürte sie wieder diese Kraft, die sie so sehr zu ihm zog und während sie das Bild betrachteten, fragte sie sich, ob es ihm genauso ging und ob er bereute, wie die Dinge sich entwickelt hatten. „Das hier, Miss Bennet, ist von Georges de la Tour und eines meiner Lieblingsbilder in unserer Sammlung hier. Sehen Sie, wie er die Gottesmutter beinahe als mystische Figur erscheinen lässt und sie dennoch kraftvoll-naturalistisch darstellt? Und hier in diesen Linien erkennen wir die für ihn charakteristische Vereinfachung der Formen, die er doch mit großem Augenmerk für Details ausführt." Er langte um

157

sie herum, um ihr einen Teil des Bildes näher zu zeigen. Elizabeth war sich mehr als bewusst, dass ihn diese Geste ihr näher brachte als dem Objekt, auf das er zeigte.

Sie musste um jedes Wort ringen. „Die Figuren scheinen beinahe zu leuchten." Im Hintergrund hörte sie die Gardiners, die sich mit Georgiana über ein anderes Bild unterhielten.

„Ja, überaus eindrucksvoll", sagte er leise, doch aus seiner Stimme konnte sie nicht recht heraushören, was er damit wirklich meinte. „Und hier drüben befindet sich ein weiteres meiner liebsten Bilder – es ist eine Radierung, ein Selbstbildnis Rembrandts. Sehen Sie, wie das Licht des Fensters auf ihn und den Zeichentisch fällt, während der Rest des Raumes in Dunkelheit getaucht ist? Sein Einsatz der Helldunkelmalerei scheint der Szene Tiefe und Dramatik zu verleihen."

Unter dem Vorwand, das Bild näher zu studieren, rückte sie ein wenig von ihm ab. Seine Gegenwart brachte sie zu sehr durcheinander und die Art, wie er mit ihr sprach, verunsicherte sie. Es war beinahe intim und ihr Puls reagierte stärker darauf, als sie sich eingestehen wollte. Sie biss sich auf die Lippe und fragte sich, was er damit wohl bezwecken wollte. Warum versuchte er nun, sie mit seinem Charme zu umgarnen, wo er doch derjenige gewesen war, der sich aus ihrer unausgesprochenen Vereinbarung gestohlen hatte? Zugegebenermaßen hatte er das vermutlich selbst gerne anders gehabt, und doch war er es, der diese Entscheidung selbst getroffen hatte, weshalb er nun auch nicht mit ihr spielen sollte. Ihr Kinn erhob sich ein wenig, als die Hoffnungslosigkeit langsam aber sicher der Wut wich – jener Wut, die sie die letzten Wochen heldenhaft unter Kontrolle gehalten hatte. „Sehr schön, Mr. Darcy. Ist die Unterrichtsstunde damit beendet?"

Er war auch noch so dreist, verletzt auszusehen. „Ich bitte um Entschuldigung, Miss Bennet, es lag mir fern, mich Ihnen aufzudrängen."

Sie zwang sich dazu, ihm fest in die Augen zu sehen, und auch wenn tief in ihr sich alles nach seiner Nähe sehnte, würde sie ihn das nicht wissen lassen. Ohne ein weiteres Wort drehte sie sich um und schloss sich wieder den Gardiners an.

Miss Darcy, der die Anspannung zwischen den beiden nicht entgangen war, konnte nicht widerstehen, noch weiter zu sticheln und rügte ihren Bruder: „Also wirklich, Fitzwilliam, du hast ihr den de la Tour und den Rembrandt gezeigt, aber nicht das Buch! Das sind seine Schätze", wandte sie sich an die Gardiners, „und er liebt es, sie vorführen zu können."

Darcy dachte aufgebracht, dass auf Georgiana wohl eine Lektion in angemessenem und respektvollem Verhalten vor Gästen zukommen würde. Gleich morgen würde er mit Mrs. Annesley darüber sprechen. „Ich denke, dass wir Miss Bennets Interesse nicht überstrapazieren sollten, Georgiana", entgegnete er ruhig. „Würdest du unsere Gäste in den Salon zurückführen, ich werde in einem Moment nachkommen." *Ich werde mehr als nur einen Moment benötigen,* dachte er bitter, *um mich gegen die vereinten Kräfte der Anfeindungen von Elizabeth und Georgiana zu wappnen!* Georgiana warf ihm einen aufmüpfigen Blick zu, kam dann jedoch seiner Aufforderung nach.

Elizabeth war bei diesem Schlagabtausch hellhörig geworden und wandte ihren Blick wieder seinem Gesicht zu, auf dem jemand, der so sehr auf ihn eingespielt war wie sie, unmöglich den Schmerz und die Erschöpfung übersehen konnte, die darin geschrieben standen. Ein Blick genügte, um sich einzugestehen, dass sie nicht wirklich ehrlich mit sich selbst gewesen war, denn sie wusste, dass er niemals mit ihr spielen würde, eine derartige Hinterlist lag ihm fern. Ihre Wut speiste sich nicht aus seinen Handlungen, sondern aus ihren eigenen Ängsten. Sie hatte Angst davor, sich wieder auf ihn einzulassen und sich ihm gegenüber verletzlich zu machen. Aus einem Impuls heraus, den sie selbst nicht näher betrachten wollte, sagte sie geradeheraus: „Falls Sie noch ein weiteres Lieblingsstück haben, Sir, dann würde ich es gerne sehen, wenn es Ihnen Recht ist." Die Worte hatten ihren Mund noch nicht verlassen, als ihr überforderter Kopf begriff, was sie da gesagt hatte und sich wünschte, er könnte sie zurücknehmen. Und doch stellte sie mit einer Kombination aus Freude und Erleichterung fest, dass der verletzte Ausdruck aus seinen Augen gewichen war. Ihr Groll ihm gegenüber löste sich in Luft auf, als er sie wieder mit dem alten, warmen Ausdruck in den Augen ansah. Ihren verräterischen Körper musste sie zurechtweisen, dass Darcy nicht länger der Ihre war.

„Die Freude liegt ganz auf meiner Seite, Miss Bennet", antwortete er formvollendet, denn er fürchtete sich davor, was er wohl von sich geben könnte, wenn er sein Herz sprechen ließe. „Würden Sie gerne noch weitere Gemälde ansehen? Oder, falls Ihnen das lieber wäre, hätte ich auch ein interessantes Stundenbuch, auf das meine Schwester anspielte."

„Ich verlasse mich vollstens auf Ihre Empfehlung, Sir", gab sie zurück und versuchte vergebens, ihren Herzschlag unter Kontrolle zu bringen. *Mit meiner Wut war ich auf wesentlich sichererem Terrain als nun, da ich Mitgefühl mit ihm habe!*, dachte sie reumütig.

Er bedeutete ihr mit einer Geste, ihm in einen gut beleuchteten Raum zu folgen, der ihm offensichtlich als Arbeitszimmer fungierte. Aus einem Schrank mit Vitrinentüren holte er ein großes Buch und schlug vorsichtig die Hülle beiseite, ehe er es auf den Schreibtisch legte. Er zog den Stuhl für sie heraus und sie erschauerte, während sie sich setzte, da ihr der Gedanke recht intim vorkam, auf *seinem* Stuhl an *seinem* Schreibtisch zu sitzen.

„Das ist das Große Buch der St. Helens Abbey", erklärte er, und öffnete behutsam den Folianten. „Konzentrieren Sie sich auf die reichen Verzierungen und Abbildungen, der Text ist Latein und nichts Besonderes."

Wenn Elizabeth auch keine Ahnung von der Malerei hatte, galt dasselbe jedoch nicht für Geschichte. Ihr Interesse für dieses Gebiet hatte ihr Vater geweckt und sie hatte sich eingehend und stellenweise auch sehr ausführlich damit beschäftigt. Sie stellte ihm einige Fragen über Herkunft und Geschichte des Buches, während sie es vorsichtig begutachtete, die Seiten langsam und sorgsam umblätterte, um ihnen angesichts ihres Alters die gebührende Achtung entgegenzubringen, und war dankbar darum, dass es sie von ihren Gefühlen ablenkte.

Er lehnte sich zurück und sah ihr dabei zu, wie sie jede Seite genau untersuchte, während ihre schlanken Finger sanft auf der Schreibtischplatte neben dem Buch ruhten. Er verfolgte die Konturen ihrer Hand mit seinen Augen und stellte sich für einen Augenblick vor, wie es wohl wäre, wenn sie ihn wieder berühren würde. Die Erinnerung ihrer Hände auf seinen Schultern überkam ihn heftiger, als er erwartet hatte. Nun, da er allein mit ihr war, erwachte sein Übermut aus seinem Schlaf, sodass er sich kaum mehr vorstellen konnte, aus welchem Grund sie ihn abweisen könnte. Er atmete tief durch, um sich zu beruhigen und hielt inne, um ihr etwas von besonderem Interesse auf der Seite, die sie gerade studierte, zu zeigen. Mit einem kurzen Lächeln sah sie zu ihm auf, doch ihre Aufmerksamkeit gehörte eindeutig dem Buch.

Seine Augen wanderten die entblößte Haut ihrer Schultern und ihres Nackens entlang und er erinnerte sich, wie weich sie sich unter seinen Lippen angefühlt, welch vollmundigen Duft nach Rosen und frischer Luft sie verströmt hatte und wie sie sich ihm entgegen gebogen hatte, als er sie berührte. *Hör auf!*, mahnte er sich scharf. *Du erreichst damit nichts weiter, als dich selbst zu quälen!* Seine Vorstellungskraft jedoch ließ sich nicht so leicht zurechtweisen. Sein Blick blieb an den klitzekleinen Löckchen ihres dunklen Haares hängen, die ihrer Gefangenschaft entkommen waren, um sich an ihren Nacken zu schmiegen und er verspürte das dringende Bedürfnis, die Hand auszustrecken, darüberzustreichen und die empfindliche Haut darunter zu liebkosen. Die Vorstellung, wie sie dabei lustvoll nach Atem ringen würde, war beinahe greifbar. *Nichts dergleichen würde sie tun, du könntest dich glücklich schätzen, wenn sie dir für deine Dreistigkeit nicht die Leviten liest!*, half er seinem Gedächtnis wieder auf die Sprünge, doch es hatte keinen Zweck.

Er unternahm den zum Scheitern verurteilten Versuch, seinen gefährlichen Gedanken ein Ende zu setzen, indem er versuchte, das Gespräch wieder auf das Buch zu lenken. „Die Illustrationen der Kalenderblätter..." Kurzzeitig verschlug es ihm die Sprache, als er sich über sie beugte, um ihr etwas zu zeigen und ihr vertrauter Geruch seine Nase streifte. „Die Illustrationen der Kalenderblätter sind besonders schön, Juni und August gefallen mir am besten."

Eine gewisse Anspannung in seiner Stimme ließ Elizabeth, die voll und ganz in der Betrachtung des Stundenbuches aufgegangen war, aufhorchen und führte ihr wieder vor Augen, wie nahe er ihr war. Aus dem Augenwinkel sah sie, mit welcher Intensität er sie anschaute, was sie unwillkürlich schneller atmen ließ. Sie wünschte, ihr fiele etwas an, das sie sagen könnte, um der Situation die Spannung zu nehmen, doch ihre Schlagfertigkeit schien sich in Luft aufgelöst zu haben. Unbewusst strichen ihre Finger über die aufwendige Bindung des Buches. „Die Bindung ist gut erhalten und sehr schön", sagte sie, wobei ihrer Stimme nur ein Bruchteil der Spannung anzuhören war, die sie empfand.

Darcy konnte es nicht länger ertragen. Sie war ihm so nahe – wie konnte sie dabei nicht sehen, dass sie in seine Arme gehörte und nirgends sonst? Seine Sinne spielten angesichts ihrer Nähe bereits verrückt und noch dazu sah er, wie sie sich scheinbar unentschlossen auf die Lippe biss, ein Anblick, der ihn seinen Vorsatz, niemals auch nur eine Schwäche zuzulassen, in den Wind schlagen ließ. Seine Hand schien ein Eigenleben zu entwickeln und ruhte nun auf ihrer Schulter.

Von seiner Berührung schienen Funken auszugehen, die Elizabeths gesamten Körper wie Blitze durchzuckten. Ihre Blicke trafen sich, als sie sich ihm zuwandte, um ihn anzusehen und seine dunklen Augen drückten mehr über seine Wünsche aus, als Worte es jemals hätten tun können. Sie wusste, dass sie ihn darauf hinweisen sollte, das zu unterlassen und doch zögerte sie einen Augenblick, und der reichte schon aus, dass sie verloren war.

Er sah ihren Augen an, dass noch Hoffnung für ihn bestand und er war der Verzweiflung nahe. „Ich bitte dich, stoß mich nicht weg, Elizabeth", raunte er mit rauer Stimme, während er sich ihr näherte, die Augen fest auf ihre geschwungenen Lippen gerichtet.

Sie hätte ihm ebenso wenig etwas versagen können, wie sie die Gezeiten hätte aufhalten können und so zitterte sie, als er ihre geheimen Wünsche mit einem Kuss erfüllte, der ihr zuzuflüstern schien, wie sehr er sie begehrte. Das ihr nun vertraute Verlangen durchfuhr sie wie ein Wirbelwind und sogar das exquisite Gefühl seiner Lippen auf den ihren konnte das Gefühl der puren Erleichterung nicht ganz überspielen, als sie mit freudiger Erregung feststellte, dass sie ihm ebenso wenig gleichgültig war, wie er ihr. Seine Lippen streiften ihre immer und immer wieder, als hätten sie Angst, mehr zu verlangen, bis sie es nicht mehr aushielt und sich umdrehte, um in seinen Armen die Erfüllung zu finden. Er drückte sie fest an sich, und wisperte ihren Namen.

Es war mehr, als Darcy begreifen konnte – dass sie tatsächlich wieder in seinen Armen war, und dass sie ihm zum ersten Mal ohne jegliche Zurückhaltung mit demselben Verlangen begegnete, das auch er ihr entgegenbrachte. Er küsste sie drängender, und erforschte die Wege der Leidenschaft mit besitzergreifender Dringlichkeit, als ob er befürchtete, sie könne sich jeden Augenblick in Luft auflösen. Er spürte, wie sich die Spannung in ihr löste und sie sich ihm zunehmend hingab und hätte am liebsten verlangt, dass sie zugab, nun ganz ihm zu gehören und dass sie ihn nie wieder verlassen würde. Doch er fürchtete sich davor, was sie wohl sagen mochte und so ließ er seine Lippen und Hände sprechen, die mehr von ihr forderten, um ihr auch die letzte Unze der Leidenschaft und liebevollen Zuwendung zu entringen, die sie ihm geben konnte. Ihre

163

Umgebung war vollkommen vergessen, als er seine Finger in ihrem seidigen Haar vergrub und die weiche Vollkommenheit streichelte, während er sie fest an sich drückte – nicht, dass sie auch nur den Versuch gemacht hätte, sich von ihm loszumachen, doch er brauchte sie so sehr.

Ihre Knie wurden weich, als sie so stürmisch belagert wurde, dass es ihr vollkommen die Sinne vernebelte. Sie brauchte ihn, da konnte sie sich nichts mehr vormachen, und es jagte ihr eine Heidenangst ein, dass sie sich wünschte, er würde sie noch intimer berühren. Gewagt drängte sie sich noch stärker an ihn, denn benommen durch das Wohlgefühl und die Erregung, die sie verspürte, als sein starker Körper ihrem so nahe kam, wollte sie ihm nichts mehr vorenthalten. Sie spürte seine Hand, sie sich so vertraut in ihrem Haar anfühlte und über ihre empfindliche Kopfhaut streifte. In ihr stieg das Verlangen auf, sämtliche Anstandsregeln über Bord zu werfen, um sich vollkommen den Empfindungen hinzugeben, die nur er in ihr auslösen konnte. Sie nahm die Welt um sich herum allmählich nicht mehr wahr, als ihre leichtsinnige Unbekümmertheit von einem unerwarteten und unwillkommenen Geräusch durchbrochen wurde.

„Mr. Darcy!" Mr. Gardiners Stimme war scharf und eisig.

Elizabeth erstarrte, als sie ihren Onkel sprechen hörte. Der plötzliche Umschwung, aus der Hitze des Moments heraus, als Darcy sie mit beinahe schon furchteinflößender Inbrunst geliebt hatte, auf den Boden der Tatsachen zurückgeholt zu werden und sich in einer kompromittierenden Position wiederzufinden, war niederschmetternd. Langsam und wie betäubt entfernte sie sich einen Schritt von Darcy und fühlte sich einer Ohnmacht nahe. Mr. Gardiners strikte Moralvorstellungen waren ihr über Jahre hinweg eingebläut worden, sie wusste nur zu gut, wie gravierend sie dagegen verstoßen hatte und dass die Konsequenzen nicht milde ausfallen würden.

„Mr. Darcy", wiederholte Mr. Gardiner schneidend, „ich bin mir durchaus bewusst, dass gemeinhin vermutet wird, liberale politische Ansichten gingen zwangsläufig mit einer Billigung unsittlichen Verhaltens einher, doch ich kann Ihnen versichern, dass dem nicht so ist."

Es herrschte eisige Stille, als Darcy sich bemühte, seine Fassung wiederzuerlangen. Er war hin- und hergerissen zwischen Elizabeths blassem Gesicht und der Notwendigkeit, sich Mr. Gardiner zu stellen. „Sir, derartige Vorstellungen hege ich nicht", erwiderte er schließlich. „Wenn ich in diesem Fall der Versuchung erlegen bin, dann nicht, weil ich nicht die höchste Meinung von Miss Bennets Schicklichkeit habe. Ich hege die zärtlichsten Gefühle für sie und hoffe, dass mir eines Tages die Ehre zuteilwird, sie meine Frau nennen zu dürfen."

Elizabeth schloss die Augen, als sie eben jene Worte vernahm, die sie noch ein paar Minuten zuvor hatte hören wollen. Sie hätten ihr Freude bringen können, doch nun da sie wusste, dass sie nur deshalb über seine Lippen kamen, weil er als Ehrenmann nicht anders reagieren konnte, hinterließen sie einen bitteren Beigeschmack. „Onkel…", begann sie zögerlich.

„Lizzy, mit dir werde ich mich später unterhalten!", fuhr er ihr über den Mund. „Mr. Darcy, meine Nichte ist in Ihrem Haus zu Gast und mich beunruhigt dieses Verhalten, das Sie ihr gegenüber an den Tag legen über alle Maßen. Ich bestehe darauf, zu wissen, ob Sie beabsichtigen, zu Ihrem Wort zu stehen."

Darcy atmete tief durch, um dem Ärger über diese Beleidigung Herr zu werden, doch Elizabeth, die einen durchaus unerwarteten Beschützerinstinkt für ihn entwickelte, kam seiner Antwort zuvor: „Onkel, du musst ihm gegenüber keinerlei Zweifel hegen", sagte sie mit weicher Stimme. „Er hatte mir bereits seine Hand angetragen." So unangenehm diese Situation auch sein mochte, konnte sie es unmöglich guten Gewissens zulassen, dass Darcy alle Schuld für ihre Fehleinschätzung auf sich nahm.

„Ist das wahr?", forderte Mr. Gardiner Darcy auf, sich dazu zu äußern.

Auch wenn er versucht war, jene Darstellung stehenzulassen, die Elizabeth ihrem Onkel dargeboten hatte, brachte Darcy es nicht fertig, diesen Schritt zu gehen, nachdem kurz zuvor noch seine Ehre in Frage gestellt worden war. „Miss Bennet meint es überaus gut mit mir", sagte er ruhig und sah sie dabei an. „Es stimmt zwar, jedoch liegt dieses Ereignis schon einige Monate zurück und sie hatte ihre Zustimmung nicht gegeben." Er hielt Mr. Gardiners aufgebrachtem Blick stand.

Die beinahe greifbare Spannung zwischen den beiden Männern stieg weiter an, als Mr. Gardiner fragte: „Und stehen Sie dann auch weiterhin zu Ihrem Antrag, Sir?"

„Das habe ich bereits gesagt", entgegnete Darcy scharf. Er wandte sich Elizabeth zu und fügte mit weicherer Stimme an: „Miss Bennet, würden Sie mir die große Ehre erweisen, meine Frau zu werden?" Er fühlte sich nervös und beklommen, als er ihr diesen offiziellen Antrag machte, nachdem er beim letzten Mal nicht auf Gegenliebe gestoßen war. Die angespannte Situation ließ seine Worte wesentlich kühler klingen, als er es gerne gehabt hätte und er konnte nur hoffen, dass sie verstand, was er ihr damit sagen wollte.

Elizabeth wandte den Blick ab. Sie zweifelte nicht länger daran, dass sie ihm immer noch etwas bedeutete und auch er sie leidenschaftlich begehrte, und doch konnte sie es nicht ertragen, ihn in eine Ehe zu zwingen und ihm damit gleichzeitig eine enge Verbindung zu jenem Mann zuzumuten, den er über alle Maßen verabscheute, noch dazu zu einer Familie, die in Ungnade gefallen war. „Onkel", sagte sie mit gesenkter Stimme, „es gibt da Umstände, die dir nicht bekannt sind."

„Ich habe all die *Umstände* gesehen, die ich sehen musste und ich muss sagen, dass ich das von dir nicht erwartet hätte, Lizzy", entgegnete Mr. Gardiner. „Ich warte noch immer auf deine Antwort."

„Bitte, lass mich allein mit ihm sprechen", suchte sie ihn an.

„Elizabeth!", wies Mr. Gardiner sie mit einer Schärfe zurecht, die keinen Widerspruch duldete.

Elizabeth sah für einen Moment zu Boden, um dann resigniert ihren Blick zu Darcy zu heben und mit dem Versuch eines Lächelns ihre Antwort hervorzubringen. „Ich danke Ihnen; Mr. Darcy, es wäre mir eine Ehre, Ihre Frau zu sein."

Darcys sog scharf die Luft ein, und spürte, wie seine Brust in stillem Triumph anschwoll. Ganz gleich, wie unglücklich die Umstände auch sein mochten, ihre Zustimmung hatte er nun und er wusste, dass er ihr nicht gleichgültig war. Nun würde er sich alle Zeit der Welt nehmen können, ihre gemeinsame Zukunft bot schließlich genug davon, um ihr zu zeigen, dass er sich ihres Vertrauens als würdig erwies, ohne Angst davor haben zu müssen, dass sie vor ihm fliehen würde. Ihre Zurückhaltung enttäuschte ihn zwar, kam jedoch nicht überraschend für ihn.

Dass sie nun vollendete Tatsachen geschaffen hatten, schien sich Mr. Gardiner allmählich zu entspannen und ein wenig seiner sonst üblichen guten Laune blickte durch, als er meinte: „Nun, dann ist es beschlossene Sache und ich wünsche euch beiden viel Glück. Lizzy, ich werde noch heute Abend deinem Vater schreiben und ihm mitteilen, dass ich in seinem Namen gehandelt und meine Zustimmung erteilt habe. Mr. Darcy, haben Sie Wünsche im Bezug darauf, wann und wie eine Verkündung stattfinden soll?"

„Sofern Sie nichts dagegen einzuwenden haben, möchte ich in jedem Fall auch einen Brief an Mr. Bennet richten", erwiderte Darcy. „Hinsichtlich der öffentlichen Bekanntmachung – meine Schwester sollte es vor allen anderen erfahren, doch abgesehen davon sehe ich keinen Grund, damit zu warten, es sei denn, Miss Ben... Elizabeth sieht das anders." Darcy wirkte nun so selbstsicher, als hätte er täglich mit derartigen Situationen zu tun. Einzig die Vorstellung, sie nun auch in der Öffentlichkeit beim Vornamen nennen zu dürfen, schien ihn zu überraschen.

Elizabeth schüttelte den Kopf, denn es überwältigte sie, wie schnell ihre Zukunft entschieden wurde.

„Nun denn, lassen Sie uns die Details besprechen, Mr. Darcy", sagte Mr. Gardiner. Dann wandte er sich zu Elizabeth um und fügte hinzu: „Lizzy, ich denke, du solltest dich ein wenig deinem Erscheinungsbild widmen."

Sie warf Darcy einen kurzen Blick zu, ehe sie sich fügte und war erleichtert, kein Missfallen auf seinem Gesicht zu entdecken. Um seinetwillen wünschte sie sich, bei dieser Diskussion anwesend sein zu können, doch ihr war bewusst, wie sinnlos es war, die Anweisungen ihres Onkels in Frage zu stellen. Leise machte sie sich auf den Weg aus dem Arbeitszimmer und ging auf die Ankleideräume zu.

Sobald sie allein war, begannen die Gefühle und Gedanken sie zu überwältigen. Nach allem, was geschehen war, war sie nun mit Mr. Darcy verlobt! Sie konnte es kaum fassen, nach all den vergangenen Wochen der Einsamkeit und Verzweiflung. Und er machte sich *immer noch* etwas aus ihr – Elizabeth war erstaunt, wie groß ihre Erleichterung bei diesem Gedanken war. Zwar hatte sie es für möglich gehalten, selbst wenn er sie nicht mehr für eine geeignete Partie hielt, und doch war es nicht dasselbe, als sich dessen gewiss zu sein. Sie lehnte sich gegen die Tür des Ankleideraumes, schloss die Augen und genoss es, das Glück durch ihre Adern rauschen zu lassen.

Lange dauerte es jedoch nicht, bis die Gedanken an ihren Onkel ihren Glücksmoment durchkreuzten. Sie war sich dessen gewahr, dass er schwer enttäuscht mit ihr war und sich zu fragen, was er nun wohl von ihr halten mochte, war ein schmerzhaftes Unterfangen. All die Jahre hatte sie unter Beweis stellen wollen, dass sie vernünftiger und ehrbarer als ihre nervöse Mutter und die flatterhaften Schwestern war, und nun kam die Wahrheit ans Licht – sie konnte ebenso leicht vom rechten Weg abgebracht werden, wie jede einzelne von ihnen. Sie konnte sich nicht vorstellen, dass Mr. Gardiner allzu schnell vergessen würde, was er zu sehen bekommen hatte.

Was geschehen ist, ist geschehen und nun ist es zu spät, sich Gedanken darüber zu machen, sinnierte sie und zum ersten

Mal seit Lydias Flucht begann ihr optimistisches Gemüt, sich wieder seinen Weg an die Oberfläche zu bahnen. Rasch richtete sie sich das Haar und legte die Hände an die Wangen, um sie zu kühlen. Ihr Bedürfnis, wieder zu Darcy zurückzueilen, überraschte sie selbst.

Wieder beim Arbeitszimmer angekommen, hörte sie Darcy und Mr. Gardiner umgänglicher miteinander sprechen. Für einen Moment überkam sie die Scham, da sie den beiden nun nach den vorangegangenen Unzüchtigkeiten gegenübertreten musste und so hielt sie einen Moment inne, ehe sie sich zum Eintreten zwang.

Darcy sah zu ihr hinüber und hatte sogleich ein Lächeln auf den Lippen, das sie wie ein Magnet an seine Seite zog, auch wenn sie errötete, als sie sich an seine Küsse erinnerte. Und doch brachte sie es nicht über sich, ihm in die Augen zu sehen. Als sie ihn sah, kam ihr ganz unwillkürlich wieder der Gedanke, dass er sich nun in einer Lage wiederfand, die er mit seiner Abreise aus Netherfield ausdrücklich zu vermeiden versucht hatte.

Darcy war sich ihrer so sehr bewusst, dass ihm ihr Unbehagen sofort auffiel. Beinahe schon selbstverständlich machte er sich Sorgen darum, was sie von ihrer Verlobung hielt, schließlich hatte er die Situation ausgenutzt und seinen Vorteil daraus gezogen, indem er ihr unbeabsichtigterweise eine Verbindung aufgezwungen hatte, die sie sich so nicht gewünscht hatte. „Dürfte ich einen Moment mit Elizabeth unter vier Augen sprechen?", Darcy wandte sich mit seinem Anliegen an Mr. Gardiner.

Dieser sah ihm einen Moment lang fest in die Augen. „Allein mit ihr *sprechen* dürfen Sie, wenn Sie das wünschen, Mr. Darcy." In seiner Stimme schwang eine unausgesprochene Warnung mit.

Darcy nickte zustimmend. Mr. Gardiner verließ den Raum, unterstrich seine Forderung jedoch, indem er die Tür offen stehen ließ. Darcy wandte sich Elizabeth zu, deren Wangen immer noch von einer zarten Röte überzogen waren, und fluchte innerlich, dass er eben sein Wort gegeben hatte, die Finger von ihr zu lassen. Sie sah so unheimlich verführerisch aus und sein Wissen darum, dass sie schlussendlich doch die seine werden würde, schien sein Verlangen danach, dieses Ereignis noch schneller herbeizuführen, nur noch zu verstärken. Er war sich nicht sicher, wie er ihren Blick deuten sollte, doch dann erinnerte er sich daran, wie sie es zu vermeiden versucht hatte, seinen Antrag anzunehmen. „Elizabeth", sagte er, „ich hoffe, du kannst es mir vergeben, dass das in einer solchen Art und Weise geschehen ist und dass dich das Ergebnis nicht über Gebühr beunruhigt. Bitte glaub mir, ich werde alles tun, was in meiner Macht steht, um dich glücklich zu machen."

Ihre Gesichtszüge wurden ein wenig weicher. „Es tut mir leid, dass mein Onkel so schroff mit dir war", sagte sie.

Darcy schüttelte den Kopf. „Mach dir keine Sorgen. Mir war durchaus bekannt, welche Ansichten dein Onkel in dieser Hinsicht hegt und ich glaube, dass ich noch besser davon gekommen bin, als zu erwarten gewesen wäre." Er war froh, dass ihr seine Interpretation ein Lächeln entlocken konnte und damit entspannten sich auch seine Gesichtszüge deutlich.

Ihn so zu sehen ließ sie erleichtert aufatmen und doch war sie sich noch nicht sicher, ob sie sich nun darüber freuen sollte, dass sie ihm noch immer viel bedeutete, oder sich doch eher Sorge darüber machen sollte, dass er gegen seinen Willen zu dieser Verlobung gezwungen wurde. *Er ist fest entschlossen, gute Miene zum bösen Spiel zu machen*, dachte sie, *oder vielleicht ist er ja auch froh darum, dass ihm die Entscheidung abgenommen wurde.* Für einen kurzen Moment fragte sie sich, wie es für ihn gewesen sein musste, Netherfield zu verlassen, das Band zwischen ihnen zu durchschneiden und sich den Erwartungen der Gesellschaft zu beugen, just als sich all seine Hoffnungen erfüllt hatten. Ihre Gesichtszüge wurden weicher und sie sagte leichthin: „Ja, mein Onkel ist sehr streng und es hätte tatsächlich noch viel schlimmer kommen können. Ich hege jedoch keinen Zweifel daran, dass *ich* mir noch einiges zu diesem Thema anhören muss!"

Er schenkte ihr eines seiner seltenen, ungezwungenen Lächeln, das sie einfach schwach werden ließ. „Vielleicht sollte ich das als Ausrede vorbringen, um nicht von deiner Seite weichen zu müssen, da ich dich natürlich jederzeit verteidigen muss, doch leider hege ich nicht den geringsten Zweifel, dass du dich durchaus angemessen zu verteidigen weißt und dabei nicht im Geringsten auf meine Hilfe angewiesen bist."

„Ja, in dieser Hinsicht hast du ja bereits deine Erfahrungen sammeln können!", neckte sie ihn ein wenig, um die heitere Stimmung ihrer Unterhaltung aufrechtzuerhalten. „Wie dem auch sei, Sir, wüsste ich es zu schätzen, wenn Sie an meiner Seite blieben, ob nun mit oder ohne Ausrede." Sie sah durch ihre Wimpern zu ihm auf und fragte sich, wie er wohl diese offensichtliche Koketterie aufnehmen würde.

Unwillkürlich machte er einen Schritt auf sie zu, rührte sich dann jedoch nicht weiter. „Elizabeth, mein Herz, nun könnte ich Mr. Gardiner beinahe böse sein", sagte er und seiner Stimme war anzuhören, dass er sowohl mit ihrer Situation als auch mit sich selbst unzufrieden war. Sein Blick haftete sich wie magisch angezogen an ihre Lippen, und es kostete ihn beinahe übermenschliche Kräfte, sie nicht zu küssen.

Sie warf ihm einen schelmischen Blick zu, sie wusste genau, was er damit meinte und teilte diese Meinung bis zu einem gewissen Grad auch. Das Feuer, das in seinen Augen loderte, reichte schon aus, um ihre Haut zum Kribbeln zu bringen, während sich ihr ganzer Körper nach seinen Berührungen sehnte und ihr Atem immer flacher wurde. *Wenn er mich schon so weit bringt, ohne mich auch nur anzurühren, wie wird es dann enden, wenn er mich berühren kann, wann immer es ihm beliebt?,* fragte sie sich geistesabwesend, während der Gedanke an die Zukunft eine Wärme in ihr aufsteigen ließ, die sie ganz benommen machte.

171

Darcy, dem ihr Erröten und die dunkler werdenden Augen nicht entgangen waren, hatte nun nur umso mehr mit sich zu kämpfen. Ihn berauschte der Gedanke, wie leicht es in diesem Augenblick wäre, sie nicht nur zu küssen, sondern auch in sein Bett zu bringen, wo er all die Geheimnisse ihres Körpers entdecken und ihn schmecken könnte, sie berühren würde, wie sie noch nie zuvor berührt worden war und derjenige wäre, dem es zustand, jene Leidenschaft zu entfesseln, die er schon immer in ihr schlummern gesehen hatte. Läge derselbe Ausdruck in ihren Augen, wenn er endlich Besitz von ihr ergreifen würde und in ihre Tiefen vordrang?

Die dunkle Intensität seines Blickes war schließlich zu viel für Elizabeth und sie wandte den Blick ab. Er lachte leise über ihre Reaktion und sie erwiderte seinen Blick mit einem verlegenen, aber amüsierten Lächeln. „Wir sollten zu den anderen zurückkehren", sagte Darcy widerstrebend, doch er wusste, dass seine Selbstbeherrschung empfindlich in Gefahr geraten war.

„Wie Sie wünschen, Sir", entgegnete sie mit einem neckischen Ausdruck, ohne zu ahnen, sie sehr ihr spielerisches Wesen seine bereits strauchelnde Selbstbeherrschung ins Wanken brachte. Er stieß scharf den Atem aus, ergriff ihre Hand und legte sie entschlossen auf seinen Arm.

„Lass uns gehen", sagte er, sichtbar um Gleichmut in der Stimme bemüht, obwohl bereits eine derart flüchtige Berührung seine Fähigkeit, sich zurückzuhalten, vollkommen außer Kraft zu setzen drohte. Vollkommen konnte er der Versuchung nicht widerstehen und so raunte er ihr sanft ins Ohr: „Oder ich sehe mich nicht mehr in der Lage, dir zu widerstehen und dann küsse ich dich, bis es dir vollkommen egal ist, was dein Onkel oder sonst irgendjemand denkt, meine liebste, teuerste Elizabeth."

Ein tiefes Rot ließ ihre Wangen angesichts seiner Kühnheit glühen und als sie das Arbeitszimmer verließen, traute sie sich nicht, darauf einzugehen, da sie mit Entsetzten feststellte, dass sein Vorschlag durchaus einen gewissen Reiz auf sie ausübte.

Woher kommen nur diese lüsternen Gedanken?, rief sie sich selbst zur Ordnung und war sich nur allzu bewusst, wie warm sein Körper an ihrem war und wie wenig fehlte, um sich in seine Arme zu begeben. Erleichtert erreichte sie das Empfangszimmer, auch wenn ihr auffiel, dass ihr Onkel ihr gerötetes Gesicht mit einem missbilligenden Blick zur Kenntnis nahm und auch Georgianas gefurchte Stirn deutete darauf hin, dass sie sich dessen bewusst war, dass etwas zwischen ihrem Bruder und ihrer Freundin geschehen sein musste.

Elizabeth versuchte, sich wieder zu sammeln, während sie sich setzte. Ihre Tante warf ihr einen fragenden Blick zu, von dem sie nicht wusste, wie sie ihn erwidern sollte, denn sie war so peinlich berührt, dass sie vermutete, ihre Schuld stünde ihr auf die Stirn geschrieben. Am liebsten wollte sie niemanden in die Augen sehen und so heftete sie ihren Blick auf den Boden vor ihren Füßen und gab sich ihren eigenen Gedanken hin, die darum kreisten, welche Veränderungen die letzte Stunde mit sich gebracht hatte. Ein kleines, warmes Lächeln der Zufriedenheit schlich über ihre Wangen, als sie an ihre Zukunft mit Darcy dachte. Sie erlag der Versuchung und blickte zu ihm hinüber, um zu sehen, wie er sie mit offensichtlicher Genugtuung betrachtete. Ihre Blicke kreuzten sich und tauschten eine stille Botschaft gegenseitigen Verstehens aus, ehe das Gespräch ihr wieder Aufmerksamkeit abverlangte.

Kapitel 7

EIN UNANGENEHMES SCHWEIGEN beherrschte die Kutsche der Gardiners, als sie vom Stadthaus der Darcys aufbrachen. Bisher hatte sich keine Gelegenheit geboten, Mrs. Gardiner über die jüngsten Entwicklungen zu informieren und doch war offensichtlich, dass sich etwas verändert hatte. Darcy war Elizabeth gegenüber äußerst aufmerksam gewesen, nachdem er ihr seine Kunstschätze gezeigt hatte, denn er hatte sich neben sie gesetzt und ihr ein- ums andere Mal zärtliche Blicke zugesandt, die den Rest der Gesellschaft beinahe ein wenig verlegen gemacht hatten. Als sie aufbrachen, war er unnötig lange damit beschäftigt gewesen, ihre Hand zu küssen, ohne dass Mr. Gardiner etwas dagegen einzuwenden gehabt hätte und noch dazu hatte Mr. Darcy um die Erlaubnis gebeten, sie am folgenden Morgen besuchen zu dürfen. Kurz und gut, das war ausreichend Material, um Mrs. Gardiners Neugier zu wecken, die sie nun befriedigen wollte.

„Nun, Lizzy", brach ihr Onkel das Schweigen, „das war ein durchaus ereignisreicher Abend."

Sie fühlte sich nicht ganz wohl dabei, all das, was geschehen war, erklären zu müssen und so bat Elizabeth ihren Onkel: „Ja, das war es. Vielleicht könntest du es meiner Tante erklären?"

Einen Augenblick lang betrachtete Mr. Gardiner sie, ehe er schweigend zustimmte und sich seiner Frau zuwandte, die ihn erwartungsvoll ansah. „Meine Liebe, Lizzy hat sich mit Mr. Darcy verlobt", sagte er schließlich.

„Verlobt!", rief Mrs. Gardiner mit großer Freude, wenngleich auch wenig überrascht, aus. „Das sind wundervolle Neuigkeiten! Ich freue mich so für euch beide. Mir war schon aufgefallen, wie sehr er dich bewundert, Lizzy, aber du hast dir nichts anmerken lassen!"

Elizabeth sah ihren Onkel an. Sie hatte nicht vor, zuzugeben, dass sie die Verlobung nicht ganz freiwillig eingegangen war. Ihr war durchaus bewusst, dass er es ihrer Tante sagen würde, wenn sie erst einmal allein wären, doch jetzt wollte sie sich nicht schon wieder in Verlegenheit bringen. Viel lieber gab sie sich noch eine Weile länger den Gefühlen hin, die Darcys Aufmerksamkeit in ihr ausgelöst hatten.

Ihr Onkel deutete ihr Schweigen anders und versuchte, zu beschwichtigen: „Lizzy, ich muss gestehen, dass ich nicht nachvollziehen kann, welche Vorbehalte du gegen diese Verbindung hegst. Mir scheint Mr. Darcy ein nobler und intelligenter Mann zu sein, der dir offensichtlich alles andere als gleichgültig ist. Aber, Liebes, sicherlich bist du dir im Klaren darüber, dass du in jedem Fall seinen Wünschen entsprechen musst, wenn er dich zur Frau haben möchte – das ist ihm deine Familie schuldig."

„Schuldig? Meine Familie ist ihm nichts schuldig!", empörte sich Elizabeth lautstark, die mit einem solchen Gedanken nicht gerechnet hatte. „Wenn ich ehrlich sein soll, dann können sie ihn nicht einmal leiden und ich bezweifle, dass mein Vater in Begeisterungsstürme ausbrechen wird, wenn er erfährt, welche Wendung das Ganze genommen hat!"

Mr. und Mrs. Gardiner sahen einander bestürzt an. Wenige Blicke genügten und sie hatten sich stumm ausgetauscht und als sie zu einer Art Beschluss gekommen waren, wandte sich Mrs. Gardiner an Elizabeth. „Nichts? Denkst du so über all das, was er für die arme Lydia getan hat?", fragte sie mit freundlicherer Stimme als ihre Worte es vermuten ließen.

„Was er für Lydia getan hat oder was sie ihm angetan hat?", rief Elizabeth mit mehr Gefühl als Verstand, denn sie hatte lediglich vor Augen, wie viel Leid Lydias Verhalten sowohl Darcy, als auch ihr selbst gebracht hatte.

„Lizzy", warnte sie ihre Tante sanft, „bist du dir nicht im Klaren darüber, dass er es war, der Lydias Aufenthaltsort ausfindig gemacht, Wickhams Schulden beglichen und ihm ein Offizierspatent gekauft hat, als Ausgleich dafür, dass er Lydia heiratet?"

Elizabeth wich sämtliche Farbe aus dem Gesicht und sie glaubte, ihren Ohren nicht trauen zu können. Mit einem Mal ergab alles einen Sinn – Darcys überstürzter Aufbruch von Netherfield, die schier unglaublichen Summen, von denen sie geglaubt hatten, dass ihr Onkel sie ausgelegt hatte und die offensichtlich gute Bekanntschaft der Gardiners mit Darcy. Doch wenn es auch auf der Hand lag, wollte es ihr dennoch nicht in den Kopf gehen.

Das kann einfach nicht sein!, dachte sie. *Er könnte die Demütigung nicht hinnehmen, sich mit jenem Mann zu treffen, den er immer sorgsam gemieden hatte und dessen Namen zu erwähnen schon Strafe genug war für ihn! Und das dann nicht nur zu tun, sondern ihn noch dazu dafür zu bezahlen, ein Mädchen zu heiraten, das er weder mochte, noch wertschätzte. Er hatte ja nicht einmal mich ertragen, als ich solch eine Verbindung aufzuweisen hatte.*

Ihre Gedanken schmerzten umso mehr, als ihr schlagartig bewusst wurde, dass ihre Tante etwas Derartiges nicht behaupten würde, wenn es auch nur den leisesten Zweifel daran gäbe. Und wenn sie dann noch bedachte, dass er so viel für sie tat, während er ihr gleichzeitig abschwor? Wieder einmal führte ihr das seinen Wert vor Augen und ungebetene Tränen bahnten sich einen Weg in ihre Augen.

„Dann hast du es also nicht gewusst", bemerkte Mr. Gardiner, als er das Erstaunen seiner Nichte wahrnahm und tauschte noch einmal Blicke mit seiner Frau aus. „Das überrascht mich, denn ich hätte nicht so gehandelt, wenn ich nicht angenommen hätte, dass du zu den Eingeweihten gehörst. Das lässt mir nun keine Ruhe mehr."

„Sei still, Edward", mischte sich seine Frau ein. „Offensichtlich hat sich schlussendlich doch alles so entwickelt wie es sollte. Wenn er nicht schon längst zu einer Übereinkunft mit Lizzy gekommen wäre, dann wäre es doch offensichtlich gewesen, dass er eben dies wollte."

Elizabeth brachte es nicht über sich, ihre Tante zu korrigieren und ihr aufzuzeigen, dass Lydias Flucht Darcys Absichten ihr gegenüber durchaus beeinflusst hatte. Allerdings gewann dann doch die Neugier die Oberhand und sie wandte sich an ihren Onkel und sagte: „Bitte, ich muss auch den Rest der Geschichte kennen. Kannst du mir nicht erzählen, was geschehen ist?"

„So wie ich das verstanden habe, ist er direkt nach London gereist, um die beiden zu finden, nachdem er von Lydias Aufbruch erfahren hatte. Das ist ihm auch gelungen, seine Informationen hatte er von einer Frau, die vormals in seinen Diensten gestanden hatte und ihm nun als Wickhams Gehilfin bekannt war. Ich meine mich zu erinnern, dass er sich einmal mit Lydia getroffen hat, mit Wickham wesentlich öfter. Zunächst hatte er vorgehabt, Lydia dazu zu bringen, ihre kompromittierende Lage aufzugeben und sich so schnell als möglich wieder zu ihren Freunden zu begeben, sobald diese sie empfangen könnten, hierbei hat er ihr seine volle Unterstützung angeboten. Doch Lydia gab sich störrisch und bestand darauf, zu verbleiben wo sie war. Ihre Freunde seien ihr gleichgültig, seine Hilfe bräuchte sie nicht und sie wollte nichts davon hören, Wickham zu verlassen. Sie war sich sicher, dass sie früher oder später heiraten würden, wann es vonstattenginge spielte keine Rolle für sie", gab Mr. Gardiner wieder, in seiner Stimme schwang die Abscheu für Lydias Benehmen mit, ehe er fortfuhr:

„Ihm blieb nichts anderes übrig, als eine Eheschließung zwischen den beiden zu beschleunigen. Wickham konnte natürlich den Hals nicht voll bekommen und verlangte mehr als ihm zustand, schließlich einigte man sich aber auf eine vernünftigere Summe. Mr. Darcys nächster Schritt bestand darin, mich über die Vorgänge zu informieren, was er auch unmittelbar nach dem Aufbruch deines Vaters nach Longbourn tat. Mittlerweile waren die nötigen Papiere aufgesetzt, die Heiratslizenz erworben und Lydia – auf Drängen von Wickham, wie ich hinzufügen möchte, denn das war eine seiner Bedingungen für eine Einigung – darauf vorbereitet worden, wieder nach Hause zurückzukehren. Ich muss dir gestehen, Lizzy, dass Mr. Darcy es strikt ablehnte, dass ich ihm bei diesem Unterfangen in irgendeiner Weise hilfreich zur Seite stand. Er meinte, es sei seine Schuld und liege an seiner Reserviertheit und fehlenden Rücksichtnahme, dass Wickhams Charakter so vollkommen missverstanden werden konnte. Er schob alles auf seinen falschen Stolz und bat uns darum, über seine Rolle bei dem Ganzen Stillschweigen zu bewahren. Mir hat das ganz und gar nicht gefallen, doch nach allem, was er getan hatte, schien es, als könnten wir ihm diesen einen Wunsch nicht abschlagen. Und doch sind wir stets davon ausgegangen, *du* wärst in die Sache eingeweiht!"

Sie wusste nicht so recht, was sie mit all dem anfangen sollte. Was sollte sie davon halten, dass er all die Mühe und Demütigungen auf sich genommen hatte? Ihr Herz wisperte ihr zu, dass er es für sie getan hatte. Sie schämte sich, darüber nachzudenken, welchen Umfang es tatsächlich angenommen hatte.

Ihre Tante und ihr Onkel ließen sie nicht aus den Augen, dessen war sie sich bewusst, und doch fühlte sie sich nicht danach, ihren Blicken zu begegnen und so wandte sie sich ab. Auch brachte sie es nicht über sich, jene Freude zu zeigen, die sie sicherlich von ihr erwarteten, nun da sie wusste, dass ihr frisch Verlobter so großzügig und liberal war. Es war schmerzhaft, schlichtweg zu schmerzhaft, so tief in seiner Schuld zu stehen und noch dazu zu wissen, dass sie ihm noch viel mehr dafür schuldete, dass er ihren eigenen Ruf gerettet hatte, als sie dumm genug gewesen war, sich selbst in einer kompromittierenden Situation erwischen zu lassen.

Warum, warum nur habe ich mich von ihm küssen lassen? Das war mehr als töricht! Warum nur kann ich ihm nicht widerstehen? Ich war leichtsinnig und gedankenlos – keinen Deut besser als Lydia!, dachte sie, erkannte jedoch, dass Darcys Gefühle ebenso stark waren und wenn man bedachte, dass er dieses Verhalten initiiert hatte, hätte er sich wohl moralisch dazu verpflichtete gefühlt, ihr die Ehe anzutragen, selbst wenn man sie dabei nicht unterbrochen hätte.

Doch als sie sich daran erinnerte, wie schön es gewesen war, ihm in die Augen zu schauen und seinen warmen Blick auf sich zu spüren, konnte sie einfach nicht mehr unglücklich sein. Auch wenn die Umstände etwas unglücklich waren, bereute sie das Ergebnis des heutigen Nachmittags nicht, das es ihnen ermöglichen würde, bald schon alles zu teilen.

DARCY SAH DER Kutsche nach, die Elizabeth und die Gardiners von seinem Haus fortbrachte und verfolgte sie mit den Augen, bis sie um die Ecke bog und in der Park Lane verschwunden war. Erst dann gestattete er dem Triumphgefühl, das sich in ihm ausgebreitet hatte, seit er Elizabeth geküsst hatte, sich seinen Weg nach außen in einem siegreichen Lächeln zu suchen. Wer hätte gedacht, dass ein Abend, der so ungünstig begonnen hatte, derart zufriedenstellend enden könnte? Und die Ironie lag darin, dass er sich vollkommen inakzeptabel und schlichtweg unverantwortlich verhalten hatte und damit genau das erreicht hatte, was er sich am meisten gewünscht hatte. Nun blieb nur noch, Elizabeth davon zu überzeugen, ebenso erfreut mit diesen Entwicklungen zu sein. *Aber ich bin ihr alles andere als gleichgültig!* Er kostete die Erinnerung an ihre Reaktion auf seine Küsse und an den Moment, als sie aus freien Stücken in seine Arme gekommen war, vollstens aus.

Schließlich machte er kehrt, ging leichten Schrittes wieder ins Haus zurück, und überlegte, auf welche Weise er Georgiana wohl am besten von den jüngsten Entwicklungen in Kenntnis

179

setzen sollte. Dass sie erfreut sein würde, stand außer Frage, immerhin hatte sie Elizabeth gern und wäre sicherlich entzückt, sie als Schwägerin zu gewinnen. Außerdem würde es Lord Matlock den Wind aus den Segeln nehmen. Nicht zu ersten Mal wünschte er sich, er könnte Lord Matlock daran erinnern, dass sein Vater ihn als Vormund gewählt hätte, wenn er ihn für geeignet gehalten hätte, statt sie in die Obhut ihres zweiundzwanzig-jährigen Bruders zu geben!

Er fand Georgiana im Musikzimmer. Dort setzte er sich in die Nähe des Pianoforte bis sie das Stück beendet hatte, das sie gerade einstudierte und betrachtete bewundernd, wie ihre Finger mühelos über die Tastatur huschten. Sie drehte sich um und bedachte ihn mit einem kühlen Blick. Kurz fragte er sich, was ihr wohl nun schon wieder an ihm missfiel, doch zumindest könnte er sich dieses Mal einem erfreulicheren Thema zuwenden.

„Georgiana", begann er, „es gibt etwas, worüber ich mit dir sprechen möchte."

„Offensichtlich", entgegnete sie unverbindlich.

Einen Augenblick brachte ihn ihr Verhalten aus dem Konzept, doch dann fing er sich wieder. „Ich habe gute Neuigkeiten. Heute Abend habe ich Miss Bennet geben, meine Frau zu werden und sie hat mir die Ehre erwiesen und zugestimmt." Er sah sie erwartungsvoll an.

Georgiana traute ihren Ohren nicht. Seine offenkundigen Avancen Miss Bennet gegenüber hatten sie heute Abend aufgebracht, und doch hatte sie sie als nicht ernsthaft abgetan, denn sie wusste, dass er die Ehe mit einer Frau so weit unter Stand niemals in Betracht ziehen würde. Der Gedanke daran, dass er mit den Gefühlen ihrer Freundin spielte, hatte sie verärgert, und doch verspürte sie Erleichterung, weil Elizabeth nicht durch ihn verletzt werden würde. Diese verflüchtigte sich allerdings sogleich, als sich Missgunst und Eifersucht in ihr ausbreiteten, da es ihm offensichtlich nicht schnell genug damit gehen konnte, eine andere Frau zu finden, noch dazu eine, die er kaum kannte, um *ihren* Platz als Vorstand seines Haushaltes einzunehmen. Und dann auch noch eine solche Frau zu erwählen, nach all dem, was er *ihr* über die Notwendigkeit einer angemessenen Eheschließung gepredigt hatte!

„Ich fasse es nicht", brachte sie schließlich in einem Ton heraus, der nur knapp der Unhöflichkeit entging.

„Es ist durchaus wahr, das kann ich dir versichern. Wir werden es verkünden, sobald ich die Zustimmung ihres Vaters erhalten habe." Darcy sah keinen Grund, sie über die ungewöhnlichen Umstände aufzuklären, die zu ihrem Verlöbnis geführt hatten. „Hättest du sie nicht gerne zur Schwägerin?"

Zu seiner Überraschung verfinsterte sich ihre Miene. „Du hast dich geweigert, deine Zustimmung zu meiner Ehe mit George Wickham zu geben, weil er nicht gut genug für mich war und nun wählst du selbst eine Frau, deren Stand kaum als höher bezeichnet werden kann, und die keinerlei Vermögen aufzuweisen hat, zu *deiner* Ehefrau?", spie sie.

Darcy hatte versucht, den Ärger über das trotzige Verhalten seiner Schwester hinunterzuschlucken, doch nun ließ er sich nicht mehr unterdrücken. „Wie kannst du es wagen, die beiden über einen Kamm zu scheren?", zischte er eisig. „Dass Wickham ein armer Schlucker ist, war meine geringste Sorge! Er ist ein Mann, dem jegliche Moral fehlt und der keinen Funken Anstand besitzt. Du solltest dankbar sein, dass du ihm entkommen bist. Dein Leben mit ihm wäre eine endlose Aneinanderreihung von Kummer und Elend gewesen."

„Und was ist, wenn ich *nicht* dankbar bin?" Die Worte, die Georgiana schon so viele Monate hatte aussprechen wollen, purzelten nur so aus ihr heraus und für einen Augenblick vergaß sie, welch bittere Erkenntnisse sie über ihn durch Elizabeth erlangt hatte. Elizabeth! Warum gestand er ihr keine eigene Freundin zu, stattdessen musste er sich einmischen und sie ihr ebenfalls wegnehmen? Oder war es womöglich umgekehrt – hatte Elizabeth die Freundschaft mit ihr gesucht, um sich dadurch ihrem Bruder nähern zu können, wie so viele geldgierige Damen vor ihr?

Nachdem er einen tiefen Atemzug genommen hatte, um sich zu beruhigen, sagte Darcy: „Du magst jung sein, Georgiana, aber dumm bist du nicht. Wickham wollte an dein Vermögen, *das* war der Vorteil, den er aus deiner Eroberung ziehen wollte."

„Und du glaubst tatsächlich, dass Miss Elizabeth deine Reichtümer vollkommen gleichgültig sind? Mir schien es nicht, als würde sie dir gegenüber tiefere Gefühle hegen!"

Darcys Miene blieb stoisch, und zeigte keinerlei Anzeichen dafür, dass ihn ihr Vorwurf schwer getroffen hatte. „Georgiana, du weißt nicht, wovon du sprichst. Miss Bennet würde niemals nur aus monetärem Interesse eine Ehe eingehen, so ist sie nicht." *Wie ich nur zu gut weiß!*, dachte er, doch seine Erniedrigung in Hunsford würde er Georgiana nicht auf die Nase binden.

„Natürlich lässt sie dich in dem Glauben! Soll ich noch einmal wiederholen, was du mir letzten Sommer gepredigt hast, als du versuchtest, mir Mr. Wickham auszureden – und der einzige Grund dafür war seine Armut!", sagte sie verächtlich.

Aus Darcys Gesicht wich alle Farbe, so wütend war er. „Georgiana, interessiert es dich, was dein hochgeschätzter Mr. Wickham gerade so treibt?"

Georgiana wich zurück, gab sich jedoch nicht geschlagen. „Ja, das würde es, in der Tat."

„Er befindet sich auf dem Weg in den Norden, um seinen Dienst als Offizier anzutreten, nachdem *ich* ihm das Offizierspatent erworben habe, weil er aus seinem vorigen Regiment desertiert ist – er hatte dort einfach zu viele Spielschulden. Zu allem Übel hat er seine Flucht getarnt, indem er Miss Bennets jüngste Schwester davon überzeugte, mit ihm davonzulaufen, und doch meinte er es nicht ernst mit ihr und wollte sie nur verführen. Weiterhin hatte er sich erhofft, auf dem Kontinent eine gute Partie machen zu können und damit ein reicher Mann zu werden. Ich habe sie gefunden, sie lebten ohne Trauschein in einer der schlimmsten Gegenden Londons zusammen. Ich habe seine Schulden beglichen, ihm das Offizierspatent gekauft und eine kleine Summe für Miss Lydia Bennet angelegt – all das war nötig, um ihn zu einer Heirat zu bewegen. Alles in allem hat es mich über zehntausend Pfund gekostet. Ist *das* wirklich der Mann, dem ich meine Zustimmung zu einer Ehe mit dir hätte erteilen sollen?" Darcys Stimme war gefährlich ruhig.

„Das glaube ich dir nicht!", rief Georgiana mit weit aufgerissenen Augen, und ihr war anzusehen, wie sehr sie das verstörte.

Da ging es schließlich mit ihm durch. „Es reicht, Georgiana! Wenn du willst, zeige ich dir die Dokumente, die all das beweisen können, mit Freuden würde ich dich morgen ins Büro meines Anwalts begleiten. Andernfalls möchte ich nichts mehr davon hören. Miss Bennet *wird* meine Frau werden und du *wirst* sie mit dem ihr gebührenden Respekt behandeln!"

Einen Moment funkelte sie ihn an, während ihr die Tränen in die Augen stiegen, dann stapfte sie aus dem Zimmer. Darcy ließ seinen Kopf zurückfallen. Was war nur aus dem schüchternen, süßen Mädchen geworden, das ihn förmlich angebetet hatte? Schon vor dem schicksalhaften Tag in Ramsgate war sie ihm entglitten und doch hätte er niemals gedacht, dass sie ein solch ungezügeltes und beschämendes Verhalten überhaupt in Betracht ziehen, geschweige denn ausreißen könnte, ganz gleich, wie verliebt sie sich auch fühlen mochte. War das auf den schändlichen Einfluss von Mrs. Younge zurückzuführen, die ihn so geschickt an der Nase herumgeführt hatte? Oder besaß sie solch einen Wesenszug etwa selbst? In Gesellschaft war sie meist so still wie eh und je, doch kaum waren sie allein, traf ihn eine Spitze nach der anderen.

Er wusste, dass er all das über Wickham nicht hätte sagen sollen. Bisher hatte er immer versucht, sie zu schützen, indem er ihr vorenthalten hatte, was für ein Schurke der Mann war, den sie zu lieben glaubte. Aber vielleicht war es das Beste so. Früher oder später musste sie von seiner Verbindung zur Familie Bennet erfahren.

Und plötzlich wünschte er sich Elizabeth herbei. Er stellte sich vor, wie sie neben ihm saß, seine Hand in ihre nahm und ihr die Besorgnis auf ihr liebreizendes Gesicht geschrieben stand. Bei dem Gedanken wurde ihm ein wenig leichter ums Herz. Wenn er nur nicht warten müsste, bis sie die seine wäre…

„WAS BESCHÄFTIGT DICH so, Liebling?", fragte Mrs. Gardiner ihren Ehemann als sie sich in dieser Nacht schlafen legten. „Mach dir nicht die Mühe, zu sagen, dass nichts wäre, dafür kenne ich dich nämlich zu gut."

Mr. Gardiner seufzte tief. „Dir kann ich nichts vormachen, ich weiß. Diese Verlobung – irgendetwas stimmt da nicht, ich weiß nur noch nicht, was."

„Zugegeben, Lizzy scheint nicht ganz so glücklich damit, wie ich es mir erhofft hätte, aber vielleicht ist ihr die ganze Situation auch nur ein wenig peinlich."

„Ich muss gestehen, Madeleine, das war der Schock meines Lebens, als ich die beiden miteinander erwischt habe! Allem Anschein nach war die *Ehe* das Letzte, woran der Gentleman dabei dachte und wenn man bedenkt, wie willig Elizabeth war – nun, wenn ich ehrlich bin, habe ich mich gefragt, was Mr. Darcy sich wohl mit seiner finanziellen Hilfe für Lydia erkauft haben könnte. Offen gesagt war ich erleichtert, als wir erfuhren, dass sie gar nicht wusste, was er getan hatte. Zumindest weist das darauf hin, dass sie keinen Pakt mit dem Teufel geschlossen hat, um ihre Schwester zu retten."

Seine Frau drehte sich überrascht zu ihm um. „Hast du wirklich geglaubt, dass Lizzy so etwas tun könnte?"

Er zuckte mit den Schultern. „Wenn sie es als den einzigen Ausweg gesehen hätte, um ihre Familie vor dem Ruin und der Schande zu bewahren – ja, möglicherweise. Ich würde Lizzy zutrauen, eine gefühlsbetonte Entscheidung aus dem Moment heraus zu treffen und sich selbst zu opfern. Glücklicherweise scheint das ja nicht der Fall zu sein, *denke* ich."

„Es klingt, als hättest du deine Zweifel, mein Lieber", sagte seine Frau mit gerunzelter Stirn.

„Es ergibt einfach keinen Sinn!", sagte er aufgewühlt. „Es war offensichtlich, dass Lizzy ihn nicht sehen wollte, schließlich hat sie ihn den gesamten Abend sorgsam gemieden und urplötzlich beschließt sie, seine Avancen zu begrüßen – und sogar noch zu erwidern. Und doch zögert sie dann, wenn es darum geht, seinen Antrag anzunehmen. Irgendetwas stimmt da nicht und das beunruhigt mich – was weiß sie über ihn, dass sie eine solch brillante Partie ausschlagen möchte? Und dann frage ich mich wiederum, ob er tatsächlich ehrliche Absichten hegte, immerhin ist nicht zu erwarten, dass seine Familie ein Mädchen wie Lizzy ohne weiteres als seine Braut akzeptieren wird!"

„*Er* jedenfalls scheint sie zu vergöttern", entgegnete Mrs. Gardiner nachdenklich. „Aber ich muss dir Recht geben, sie hielt sich seltsam zurück, als es darum ging, das Beste von ihm zu denken."

„Mir gefällt das gar nicht. Ich möchte ihrem Vater nicht schreiben müssen, um ihm die Neuigkeit mitzuteilen, wenn ich mir selbst noch so unsicher bin und mir gefällt es nicht, Lizzy dazu zwingen zu müssen, Mr. Darcys Antrag anzunehmen und am wenigsten gefällt es mir, mich an ihr Benehmen erinnern zu müssen!" Er schüttelte missbilligend den Kopf.

„Nun, mein Liebling, daran können wir heute Nacht auch nichts mehr ändern", stellte seine praktisch veranlagte Frau fest. „Ich werde Lizzy morgen in seiner Gegenwart beobachten und vielleicht verstehe ich es ja danach besser, aber ich muss gestehen, dass mir Mr. Darcy nicht die Art von Mann zu sein scheint, der derart unehrenhaft und hinterlistig handeln würde."

Mr. Gardiner seufzte erneut. „Vielleicht hast du Recht, meine Liebe. Vor dem heutigen Abend hätte ich das auch nicht gedacht. Aber ich muss gestehen, dass es mir lieb wäre, wenn du

Lizzy ein wenig auf den Zahn fühlen würdest, wenn auch nur für meinen eigenen Seelenfrieden."

Sie lächelte und reichte ihm die Hand. „Aber natürlich, mein Liebster."

AM FOLGENDEN MORGEN erwartete Elizabeth voller Vorfreude den versprochenen Besuch von Mr. Darcy. Schon beim Aufwachen hatte sie das Gefühl gehabt, auf einer ganz neuen Ebene der Glückseligkeit angekommen zu sein, nun, da sich die dunklen Wolken der Enttäuschung gelichtet hatten, die die letzten Wochen über ihr gehangen waren und neue Hoffnung für die Zukunft sie erfüllte. Wenn sie an Darcy dachte, dann stellte sie sich immer vor, welche Erleichterung und Freude sie verspüren würde, wenn sie wieder diesen dunklen Ausdruck in seinen Augen sah, mit dem er nur sie allein bedachte. Sein liebevolles Verhalten zu Ende des vorigen Abends war vielversprechend für ihre gemeinsame Zukunft. Und doch ließ sie nicht außer Acht, welche Vorbehalte er in Bezug auf ihre Eheschließung gehegt hatte, war sich aber dennoch sicher, dass er zu dazu war, um darauf herumzureiten und sich stattdessen in jeder Hinsicht verhalten würde, als hätte er sich diese Verlobung aus tiefstem Herzen gewünscht. Wenn nur auch sie das Wissen darum aus ihrem Kopf streichen könnte! Doch dazu war sie einfach nicht fähig, sie würde sich zusammennehmen müssen, um ihm durch ihr Verhalten keinen Anlass zur Reue zu geben und darauf hoffen müssen, dass seine Zuneigung ihr gegenüber eines Tages die Konsequenzen aufwiegen würde, die eine Ehe mit ihr für ihn mit sich brachte.

Einige ihrer weniger angemessenen Gefühle ihm gegenüber verwirrten sie umso mehr. Auch wenn sie Reue empfunden hatte, weil sie sich zügellos verhalten und seine Küsse zugelassen hatte, schien das keinen Einfluss darauf zu haben, dass sie sich immer noch nach seinen Berührungen sehnte, selbst wenn er nicht anwesend war. In ihrem Kopf spielte sich die

Szene wieder und wieder ab: wie es sich angefühlt hatte, in seinen Armen zu liegen, seine Lippen auf ihren zu spüren und wenn sie tief in sich hinein horchte, dann konnte sie nicht leugnen, wie sehr sie sich danach sehnte, seinen Körper wieder an ihrem zu spüren. Sie war sich nur allzu bewusst, wie unanständig und schändlich diese Gefühle waren und so wehrte sie sich – wenn auch nur halbherzig – dagegen, wusste sie doch, dass sie diesen Kampf nicht gewinnen konnte. Und doch konnte sie sich nicht recht freuen. Nicht nur deshalb, weil sie selbst sich einen Fehltritt geleistet hatte, sondern vielmehr, weil sie ihre Tante und ihren Onkel enttäuscht hatte. Und nachdem Mr. Gardiner ihr wegen ihres Benehmens gründlich die Leviten gelesen hatte, und ihre Tante ihr gleich darauf eine Lektion über die Gefahren gehalten hatte, die damit einher gingen, wenn sie ihren Ruf aufs Spiel setzte, konnte sie sich selbst noch viel weniger vergeben.

Am vorigen Abend hatte sie versucht, einen Brief an ihren Vater zu verfassen, in dem sie ihm bestmöglich erklären wollte, wie es zu ihrem Sinneswandel im Bezug auf Mr. Darcy gekommen war. Doch nachdem sie mehrere Bögen entsorgen musste, beschloss sie, dass es wohl das Beste wäre, damit zu warten, bis sie direkt mit ihm sprechen konnte. Sie wusste, dass Mr. Bennet verwundert wäre und sich Sorgen machen würde. Und dass es ausgerechnet sie, seine Lieblingstochter, sein sollte, die ihn mit der Wahl ihres Ehemannes so sehr belasten musste, machte ihr schwer zu schaffen.

Diese Gedanken schob sie beiseite, als sie hörte, wie an der Haustür klopfte. Ihre Wangen nahmen Farbe an, als das Mädchen Mr. Darcy ankündigte. Als Elizabeth sich erhob, um ihn zu grüßen, merkte sie, wie sich sein besitzergreifender Blick förmlich um sie schlang, ehe er sich Mrs. Gardiner zuwandte. Ein warmes Gefühl durchströmte sie, nun da er hier war. Als er sich neben sie setzte, stellte sie peinlich berührt fest, dass es wohl noch einige Zeit in Anspruch nehmen würde, ehe sie sich daran gewöhnte, dass er sein Interesse an ihr so offen zeigte, nachdem sie so viele Monate damit zugebracht hatte, jegliche Verbindung zwischen ihnen zu verschleiern. Er erkundigte sich höflich nach Mr. Gardiner und den Kindern und Mrs. Gardiner bedankte sich abermals für seine Gastfreundschaft tags zuvor und bekräftigte nochmals, wie sehr sie ihr Treffen mit Mr. Edwards genossen hatte. Danach schien die Unterhaltung jedoch ins Stocken zu geraten. Elizabeth sah nervös zu Darcy hinüber, tat sich jedoch schwer, den Ausdruck auf seinem Gesicht zu deuten. Ihr gelang es, das Schweigen zu brechen, indem sie auf ein Theaterstück zu sprechen kam, das sie mit den Gardiners besucht hatte. Und doch kam sie nicht umhin, sich Sorgen darüber zu machen, was ihn wohl beschäftigen mochte, wenn man bedachte, wie sehr sich sein heutiges Verhalten von der Offenheit und Wärme unterschied, die er gestern Abend gezeigt hatte. Sie versuchte, ihn mit ein paar Neckereien aus der Reserve zu locken und stellte erleichtert fest, dass er gut darauf ansprach.

Dennoch dauerte es nicht lange, bis es Elizabeth zu schaffen machte, die Unterhaltung vollkommen allein in Fluss halten zu müssen. Darcy mochte sich wohl damit fühlen, nur still dazusitzen, doch ihr ging es nicht so, insbesondere unter den wachsamen Augen ihrer Tante. Schlussendlich schlug sie vor, einen Spaziergang zu machen und nachdem Darcy seine Zustimmung gegeben hatte, machten sich die beiden auf, den Hügel nach Bishopsgate in Richtung Moorfields hinauf zu laufen.

Ihr war, als taute Darcy ein wenig mehr auf, nun da sie allein waren, doch seine Miene verriet, dass ihn immer noch etwas bedrückte. Elizabeth hatte zunehmend das Gefühl, als statte er ihr einen Pflichtbesuch ab, statt eines freudigen Wiedersehens, was ihr einen scherzhaften Stich versetzte und sie wünschte sich, schlau aus ihm zu werden. *Es ist nicht sonderlich günstig, dass wir bisher meist im Streit oder auf unziemliche Weise, oder gar beides, aufeinandergetroffen, sind,* philosophierte sie amüsiert. *Das führt nicht gerade dazu, dass wir viel Erfahrung damit haben, wie wir eine vollkommen alltägliche Unterhaltung führen können.*

Sie waren eine Weile schweigend nebeneinander hergelaufen, und Elizabeth war sich der Wärme seines Arms unter ihrer Hand nur allzu bewusst, als sie ihn in verzweifelter Entschlossenheit ansprach: „Ich bin ein sehr direkter Mensch, Sir, sollte es also irgendeinen Grund geben, der dafür verantwortlich ist, Sie nicht mit mir zufriedenzustellen, dann ziehe ich es vor, ihn genannt zu bekommen, statt weiter im Dunkeln zu tappen", begann sie.

Überrascht sah er zu ihr hinunter. „Nicht im Geringsten, Miss Bennet – Elizabeth", antwortete er, und seine Stimme wurde weich, als er ihren Namen sagte. „Entschuldigen Sie bitte, wenn mein Verhalten Sie dazu veranlasst hat, derartige Vermutungen anzustellen."

Erleichterung durchströmte sie und sie schenkte ihm ein beschwingtes Lächeln. „Nun, dann bin ich froh, zu wissen, dass ich mich geirrt habe."

Ihre leuchtenden Augen ließen Darcy alles andere als kalt und er zog sie ein wenig näher an sich heran, denn stürmischer konnte er seiner Befriedigung in aller Öffentlichkeit nicht zeigen. Die Zwänge, denen er sich ausgesetzt sah, frustrierten ihn zutiefst, schon den ganzen Tag hatte ihn das Bedürfnis gequält, ihre Lippen für sich zu vereinnahmen. Es missfiel ihm ganz und gar nicht, zu sehen, dass ihr die Röte ins Gesicht stieg, als sie erkannt hatte, woran er gerade dachte. Er richtete die Augen wieder auf den Weg vor ihnen, um die Versuchung ein wenig abzumildern und sagte: „Ich versichere dir, Elizabeth, es gibt nicht das Geringste, was mich an dir nicht zufriedenstellt."

Die Art, wie er das sagte, löste eine Woge des Glücks in ihr aus. Sie hegte keinen Zweifel daran, wohin sich seine Gedanken bewegten und versuchte, sich selbst von seiner Nähe abzulenken, indem sie weitersprach: „Ihrer Schwester schien es gestern Abend gut zu gehen. Schade, dass ich keine Gelegenheit hatte, sie spielen zu hören. Macht sie immer noch gute Fortschritte mit ihrer Musik?"

Darcys Stirn runzelte sich, als sie Georgiana erwähnte. „Ja, das tut sie", entgegnete er kurz angebunden.

Elizabeth stellte sein plötzlicher Stimmungsumschwung vor ein Rätsel. *Haben ihn meine Worte in irgendeiner Weise aus der Ruhe gebracht?,* fragte sie sich fassungslos darüber, wie man ihre höfliche Nachfrage wohl falsch verstehen konnte. Leise nagte ein gewisser Missmut über seine scheinbar ständig wechselnden Stimmungen und seine Verschlossenheit an ihr, als ihr bewusst wurde, wie wenig sie doch in Wahrheit über ihn wusste.

Er spürte, wie sie sich ihm verschloss und da er den Grund dafür ahnte, entspannte er sich ein wenig. „Meine Schwester mag eine gute Musikerin sein, doch ich muss gestehen, dass mich ihr Verhalten in anderen Bereichen nicht vollständig zufriedenstellt."

„Ah", erwiderte sie und erinnerte sich daran, wie feindselig Georgiana ihm gegenüber am vorigen Abend gewesen war. „Sie ist in einem schwierigen Alter, das konnte ich schon zur Genüge bei meinen Schwestern beobachten, die auch Schwierigkeiten machten. Zu alt, um ein Kind zu sein und noch zu jung, um als Frau durchzugehen." Ihre Gedanken drehten sich um Lydia, die im selben Alter war und deren Verhalten solch dauerhafte Konsequenzen für sie nach sich zog. Seiner Miene nach zu urteilen, hatten auch seine Gedanken einen ähnlichen Pfad eingeschlagen. Sie vermochte nicht, daran zu denken, ohne sich vor Augen führen zu müssen, welchen Anteil er daran gehabt hatte und wie sehr sie sich, stellvertretend für ihre Familie, ihm verpflichtet fühlte. Sie errötete, so unangenehm war es ihr, so tief in seiner Schuld zu stehen, dass sie niemals in der Lage sein würden, sie ihm zurückzuzahlen und nun nahm er auch noch die zusätzliche Bürde auf sich, eine so enge Verbindung mit ihrer Familie einzugehen, deren Name so sehr beschmutzt worden war.

Ihr war klar, dass das früher oder später zur Sprache gebracht werden musste und da sie nur ungern etwas vor sich herschob, beschloss sie, es sofort anzusprechen. Sie sah stur geradeaus, da sie ihm bei dem, was sie zu sagen hatte, nicht in die Augen schauen wollte. „Sie sind nicht der Einzige, dessen Schwester sich in einem schwierigen Alter befindet, Sir. Ich muss mich für die beispiellose Freundlichkeit, die Sie *meiner* bedauernswerten Schwester haben angedeihen lassen, bedanken. Wüsste der Rest meiner Familie darüber Bescheid, könnte ich auch für sie sprechen, wenn ich meine Dankbarkeit zum Ausdruck bringe."

Darcy machte ein finsteres Gesicht. Er hatte nicht gewollt, dass sie sich ihm gegenüber verpflichtet fühlte, denn dadurch stellte sich für ihn die Frage, aus welchen Gründen sie seinen Antrag angenommen hatte. „Es tut mir sehr leid, über alle Maßen leid", antwortete er überrascht und voller Gefühl, „dass man dich jemals darüber unterrichtet hat, und nun könntest du es missverstehen und dich deshalb unwohl fühlen."

„Mein Onkel hat mich gestern spätabends über Ihre Großzügigkeit aufgeklärt, er schien zu glauben, dass ich schon darüber Bescheid wusste. Aber lassen Sie mich Ihnen bitte wieder und wieder, auch im Namen meiner gesamten Familie, für Ihre Großzügigkeit und Ihr Mitgefühl danken, die dazu geführt haben, dass Sie so viel Unannehmlichkeiten auf sich genommen haben, so viele Kränkungen und Demütigungen ertragen mussten, nur um sie ausfindig zu machen."

Er spürte, wie unwohl sie sich in dieser Situation fühlte, war sich aber nicht sicher, wie er darauf eingehen sollte und entschied schlussendlich, dass Direktheit die beste Lösung war. Er blieb stehen, bis sie sich zu ihm drehte und ihn ansah und sagte dann sanft: „Wenn du meinst, dich bei mir bedanken zu *müssen*, dann sprich nur für dich. Ich möchte nicht bestreiten, dass mein Wunsch, dich glücklich zu sehen, mich zusätzlich zu meinen eigenen Beweggründen ermutigt hat. Aber deine *Familie* ist mir nichts schuldig. So sehr ich sie auch respektiere, dachte ich dabei nur an *dich*."

Ihr fehlten die Worte. Zum ersten Mal seit jenem Abend im Pfarrhaus in Hunsford hatte er ihr gegenüber von seinen Gefühlen gesprochen, weniger gehetzt und auf eine andere Art und Weise ernsthaft und das bewegte sie mehr, als sie erwartet hätte. Ihre Augen suchten die seinen und entdeckten darin ein tiefes Gefühl, das Bände sprach und ihr mitteilte, was er alles auf seiner Reise bis zu diesem Punkt hier und heute hinter sich gebracht hatte und sie kam nicht umhin, sich ein wenig inadäquat zu fühlen. Sanft verstärkte sie den Griff um seinen Arm und sagte: „Dann danke *ich* Ihnen, Sir." Als sie die Worte aussprach, wusste sie, dass ihre Dankbarkeit sich nicht nur auf die Rettung ihrer Schwester bezog, sondern auch darauf, dass er sie genug geliebt hatte, um ihr ihre bitteren Worte zu vergeben, mit denen sie ihn in Hunsford zurückgewiesen hatte.

Er senkte seine Stimme, wenngleich keine der Familien oder der anderen Spaziergänger, die den schönen Tag genossen, dem Paar Beachtung schenkte, das auf dem Fußweg stand. „Du musst nicht so förmlich sein, wenn du mit mir sprichst, Elizabeth."

Die Intimität seiner Stimme ließ sie erschauern. „Nun gut, Fitzwilliam", gehorchte sie, während sie seinen Namen zum ersten Mal auf ihrer Zunge schmeckte.

Seine Augen verdunkelten sich und ihr wurde regelrecht schwindelig, als sie hinein sah. Für einen Augenblick stieg die Spannung noch weiter an, ehe er sagte: „Gibt es hier keinen Ort, an dem wir uns ein paar Augenblicke allein stehlen können?"

Elizabeth war sich sicher, dass sie durchaus wusste, was ein solches Maß an Privatsphäre nach sich ziehen konnte und war froh darum, dass es schwer genug umzusetzen war, sodass ihr mehr Zeit blieb, um sich Gedanken darüber zu machen, ob sie der Versuchung widerstehen konnte. „Tut mir leid, aber ich muss gestehen, dass mir keiner bekannt ist. Ich fürchte, dass mein Onkel uns nicht über den Weg traut", sagte sie bedauernd und amüsiert zugleich, „und das nicht ohne Grund, wie ich anmerken darf."

„Verflucht nochmal, dein Onkel", schimpfte er, da er der Situation nichts Komisches abgewinnen konnte, „wird er uns denn niemals allein sein lassen, was denkst du?"

Elizabeth lächelte mitleidig. „Ich fürchte, darauf wird es hinauslaufen. Gewisse Ausrutscher kann er nicht verzeihen, was, wie ich vermute, ebenso auf dich zutreffen würde, hättest du an seiner Stelle gestanden."

„Du hast es auf den Punkt gebracht, sehr gut sogar, aber ich befinde mich *nicht* in seiner Lage", raunte er mit gesenkter Stimme, „ich befinde mich in der Rolle des Mannes, der sich verzweifelt nach deinen Küssen sehnt, Elizabeth."

Ihre Augen weiteten sich, so sehr schockierte sie seine Direktheit bei angesichts dieses delikaten Themas, doch ihr Körper entwickelte auch gegen ihren Willen ein Eigenleben. Einen Moment lang wollte sie nichts anderes, als sich von ihm all ihre Wünsche erfüllen zu lassen, doch ihre Augen, die Verräter, würden sie entlarven. Um sich von ihrer eigenen Reaktion auf ihn abzulenken, sagte sie leichthin: „Sir, Sie sind sehr direkt."

„Bei Gott, du bist eine Versuchung, Elizabeth", stöhnte er und machte dabei keinen Hehl aus der Tiefe seiner Gefühle für sie. „Hast du deine Rückkehr nach Longbourn schon geplant?" Seiner Stimme war anzuhören, dass er dort mehr Möglichkeiten für sie beide sah.

Elizabeth hatte diese Frage letzte Nacht gedreht und gewendet, wenngleich auch nicht in diesem Kontext. Ursprünglich hatte sie vorgehabt, noch einen vollen Monat in London zu verweilen, doch nun hatte sie das Gefühl, als verlangten die neuesten Entwicklungen nach einer vorzeitigen Rückkehr. Ihr freier Geist fand keinen Gefallen daran, und doch musste sie sich eingestehen, dass sie nun nicht mehr vollkommen frei in ihrer Entscheidung war. „Ich habe noch keine festen Pläne gefasst und stehe Ihnen vollstens zur Verfügung, Sir."

Solch unterwürfige Worte hatte Darcy noch nie von Elizabeth gehört. Irgendetwas an ihrer Stimme ließ ihn aufhorchen. „Ich kann dir nicht recht folgen."

Sie seufzte. Es fiel ihr nicht leicht, von der teilweise etwas unberechenbaren Autorität ihres Vaters nun in den Wirkungsbereich eines Mannes überzugehen, der an widerspruchslosen Gehorsam gewöhnt war. Ohne ihm dabei in die Augen zu sehen, sagte sie: „Gestern hattest du davon gesprochen, dass du unsere Verlobung umgehend bekannt geben möchtest. Ich bin mir dessen bewusst, dass diese Neuigkeit in gewissen Kreisen Aufsehen erregen wird. Ich hatte den Eindruck, du würdest es vorziehen, wenn ich dir zur Verfügung stünde, um all jenen gesellschaftlichen Verpflichtungen nachzukommen, die sicherlich folgen würden."

„Und was würdest *du* in diesem Fall vorziehen?", fragte er unzufrieden und mit Unbehagen, denn er fühlte, dass sie sich wieder voneinander entfernten, und das obwohl sie kurz zuvor noch so intime Momente miteinander erlebt hatten.

„Mir wäre es am liebsten, nach Hause zurückzukehren, bis sich die Wogen in London wieder geglättet haben", gab sie ein wenig zögerlich zu. „Aber mir ist klar, dass das womöglich nicht das Vernünftigste ist."

„Elizabeth", sagte er mit mühsam unterdrückter Frustration, „du wirst meine *Ehefrau* sein, und keine Leibeigene!"

Bei seinen Worten wurde Elizabeth ein wenig leichter ums Herz. Vielleicht hatte er tatsächlich vor, ihre Ehe anders zu gestalten als viele seiner ungleichen Freundschaften. Sie glaubte nicht, dass sie jemals so nachgiebig wie Bingley sein könnte, ganz gleich, wie sehr sie es auch versuchen mochte. Kokett sah sie durch ihre Wimpern zu ihm auf. „Es beruhigt mich, das zu hören, Fitzwilliam", sagte sie mit jener Vertrautheit, die sie zuvor vermieden hatte. „Ich fürchte, dass ich eine miserable Leibeigene abgeben würde!"

„Das ist mir auch schon aufgefallen", konterte er trocken.

AM FOLGENDEN TAG machte Elizabeth sich auf den Weg zum Stadthaus der Darcys, um Miss Darcy einen Besuch abzustatten. Als sie in der Brook Street angekommen war, bat der Butler sie, einstweilen in einem der leeren Salons Platz zu nehmen, um dort zu warten. Als sich die Tür ein paar Augenblicke später öffnete, war sie überrascht, zu sehen, dass nicht Georgiana, sondern Darcy erschien.

„Mr. Darcy!", stieß Elizabeth glücklich hervor.

„Miss Bennet", antwortete er und verbeugte sich, doch sein formvollendetes Verhalten konnte nicht über das Lodern in seinen Augen hinwegtäuschen. Er schloss die Tür hinter sich.

Eine zarte Röte zierte ihr Gesicht, als ihr bewusst wurde, was er vorhatte. „Sir, ich bin angenehm überrascht, Sie heute zu sehen. Ich war gekommen, um Ihre Schwester zu besuchen, vermutlich sieht gerade einer der Dienstboten nach ihr."

Darcy lächelte schief und seine Augen verdunkelten sich, als er sie ansah. "Ich fürchte, dass dem nicht so ist. Mein Butler hat seine Anweisungen, was zu tun ist, falls du uns besuchen kommst und es wird noch eine Weile vergehen, ehe er sich wieder daran erinnert, meine Schwester über deine Anwesenheit zu informieren."

Elizabeths Puls begann zu flattern. „Sir, ich hege die Vermutung, dass Sie ein Komplott gegen mich geschlossen haben!", echauffierte sie sich und hoffte, die Situation damit ein wenig aufzulockern.

„Damit liegst du vollkommen richtig, mein Liebling", erwiderte er und trat noch näher an sie heran. „Ich muss jede Gelegenheit nutzen, die sich mir bietet."

Er war wirklich unwiderstehlich, wenn er lächelte. Sein Blick löste alles andere als anständige Gefühle in ihr aus und so sehnte sie sich danach, von ihm berührt zu werden.

Er hob seine Hand und strich sachte mit einem Finger ihre Wange hinunter. „Wenn dir das nicht behagt, dann brauchst du es nur zu sagen."

Es war, als ob sein Finger eine Spur aus Feuer hinterließ. Elizabeth wusste, dass sie ihn auffordern sollte, die Tür wieder zu öffnen, doch der Druck, der sich in ihrem Inneren aufbaute, wenn er so auf ihre Lippen starrte, ließ das nicht zu. Ihre Zunge berührte ihre trockenen Lippen und sie versuchte ein letztes Mal, der Situation durch Humor ein wenig die Spannung zu nehmen. „Möchten Sie damit etwa andeuten, dass Ihnen nicht zu trauen ist, Sir?", fragte sie verschmitzt.

Er lehnte sich zu ihr herüber, bis sie seinen warmen Atem an ihrem Ohr spüren konnte. „Elizabeth", liebkoste er sie mit seiner samtweichen Stimme, „ich glaube, die Antwort darauf kennst du bereits." Er konnte sich nicht länger zurückhalten, sie so im Arm zu halten hatte er sich schon vorgestellt, seit sie sich verlobt hatten, doch die Vorstellung allein war nun nicht mehr genug. Er vereinnahmte ihre Lippen in einem Kuss, der weder sanft noch forschend, sondern heißblütig war und ebenso viel von ihr forderte, wie er von sich gab. Elizabeths Lippen öffneten sich, als die Hitze der Begierde in ihr aufstieg, sodass er den Kuss noch vertiefen konnte, eine Intimität, die alles Bisherige in den Schatten stellte. Ebenso intensiv fiel ihre Reaktion darauf aus. Sie krallte sich an seinen Schultern fest, genoss den warmen, sicheren Hafen, den ihr seine Arme boten und sonnte sich in der köstlichen Süße seiner Leidenschaft für sie.

Darcy hatte niemals zuvor eine Frau so intensiv begehrt, dass es sich anfühlte, als hielte sie seine Seele in ihren Händen. Gleichzeitig ließ es dieses heftige Verlangen nicht zu, dass er sich zurücklehnte, um sich auf seinen Lorbeeren auszuruhen – ganz gleich, wie viel sie ihm von sich darbot, es machte ihn nur umso hungriger nach mehr. Seine Hände ergründeten begierig die Konturen ihrer Hüften und zogen sie noch näher an sich heran. Ihren Körper an seinem zu spüren, erregte ihn so sehr, dass er sich dabei wie berauscht fühlte. Er legte all seine

Leidenschaft in seine Küsse und kostete jeden weiteren Kuss ihrer Lippen aus, bis sie vor Erregung nach Luft rang.

Widerwillig ließ er schließlich von ihr ab, hob den Kopf und erinnerte sich seltsamerweise plötzlich daran, wie er sie das allererste Mal zwischen all den Kirschblüten im Park seiner Tante geküsst hatte. Ihre Reaktion war so süß und unschuldig gewesen, dicht gefolgt vom herben Rückschlag ihrer Zurückweisung – bei der Erinnerung an all das überkam ihn ein mächtiger, besitzergreifender Drang. Er hielt sie dicht an sich gepresst und dankte dem Schicksal dafür, dass sie ihm nun endlich versprochen war. Nichts wünschte er sich mehr, als sie endlich zu der Seinen zu machen, um sicherzustellen, dass kein anderer Mann es auch nur wagen durfte, sie anzusehen, außer, um festzustellen, dass ihm und ihm allein gehörte. Er musste einfach noch einmal ihre Lippen für sich beanspruchen, und ihre unmittelbare Reaktion versicherte ihm, dass er sich keine Sorgen zu machen brauchte.

Beinahe wie von selbst machten sich Elizabeths Hände auf den Weg in seine unruhigen Locken, seine Berührungen waren so innig, dass sie sich nur noch stärker an ihn drängte. Das überraschte Darcy, doch ihr zögerliches Forschen verstärkte seinen Wunsch nach weiteren Intimitäten nur umso mehr. Seine Küsse wurden hitziger und doch musste er versuchen, sich wieder unter Kontrolle zu bekommen und so wandte er sich von ihren verführerischen Lippen ab, um sanfte Küsse entlang der Kontur ihres Unterkiefers zu platzieren, ehe seine Lippen schließlich direkt unterhalb ihres Ohres lagen. Sie schnappte nach Luft und bekam kaum mit, wie Darcys Hand Stück für Stück nach oben wanderte. Als sie ihre Schulter erreichte, ließ er sanft einen Finger am Ausschnitt ihres Kleides entlang gleiten und sie konnte ein lustvolles Erschauern nicht unterdrücken. Er konnte nicht widerstehen und gab dem überwältigenden Drang nach, seine Fingerspitze unter den Saum des Stoffes gleiten zu lassen, auch wenn er wusste, dass er damit das Risiko einging, sich nicht mehr im Zaum halten zu können.

197

Elizabeth erregte und schockierte es zugleich, welch starke Gefühle er in ihr auslösen konnte. Ihr Körper genoss seine Liebkosungen und sehnte sich nach mehr, doch als sie sich an ihn drückte, meldete sich ihr Verstand wieder. „Mr. Darcy", sagte sie mit einer Stimme, die gleichermaßen Verlangen als auch Widerstand ausdrückte.

Und doch verstand er sie genau. Widerstrebend löste er sich ein Stück von ihr, gestattete sich jedoch noch ein paar kurze Momente, ihre versteckten Kurven zu ergründen. Sie warf ihm einen gespielt vorwurfsvollen Blick zu, dem ebenso sehr ein Schuldgefühl wie auch Triumph anzusehen war und er ließ zu, dass sie sich von ihm zurückzog, jedoch nur so weit, dass seine Arme sie weiterhin umschlingen konnten.

Sie musste sich eingestehen, dass ihr sein frecher Gesichtsausdruck gefiel. Auch sie war noch weit davon entfernt, ihm gegenüber gleichgültig zu sein und so hielt sie es für besser, ihn so schnell als möglich abzulenken. „Ich muss wirklich darauf bestehen, deine Schwester nun zu Gesicht zu bekommen, bevor mein Ruf noch vollends dahin ist", forderte sie amüsiert.

Sie sah seinen Augen an, dass er die Grenze respektierte, die sie eben gezogen hatte, doch vollkommen kampflos ließ er sie nicht ziehen. „Küss mich zuvor noch einmal", bat er eindringlich. Mit einem Lächeln zog sie seinen Kopf zu sich herab, kam ihm auf halben Weg entgegen und küsste ihn mit spielerischer Entschlossenheit. Es überraschte sie selbst, wie sehr sie sich in ihrer Neckerei gehen lassen konnte und ihren Körper an seinem rieb, um eine offenkundige Reaktion in ihm zu provozieren. Als er schließlich seine Lippen von ihren hob, war seine Stimme ganz rau vor Begierde, als er sprach: „Oh, ja, ich mag es, wenn du so verwegen bist, mein Liebling."

Ihre Wangen überzog eine zarte Röte, die er mit einem Ausdruck der Selbstzufriedenheit quittierte. Ein fragender Blick, dann bugsierte sie zu einem Stuhl hinüber und zog sie auf seinen Schoß. Schockiert von dieser ungewohnt intimen Geste verharrte Elizabeth zunächst stocksteif, und verschaffte ihm damit einen

Vorteil, den er sofort für sich zu nutzen wusste, indem er ihr federleichte Küsse auf den Hals hauchte, der sich ihm in dieser Position so verführerisch darbot. Die Reaktion ihres Körpers darauf raubte ihr die Sprache, sodass ihr der Protest nicht über die Lippen kommen wollte. Als er davon ausgehen konnte, dass sie ausreichend abgelenkt war, hielt er für einen kurzen Moment inne, um sie zu fragen: „Was war das nochmal, du wolltest Georgiana sehen?"

„Mr. Darcy, ich bringe keinen vernünftigen Satz heraus, während Sie *das* machen!", echauffierte sie sich, als seine Lippen ihre Reise zu ihrer Halsbeuge fortsetzten.

Er grinste frech und ließ nicht von ihr ab. „Nenn mich beim Vornamen, Elizabeth."

Sie japste, als er sich zu einer besonders empfindlichen Stelle unterhalb ihres Schlüsselbeins vorgearbeitet hatte. „Fitzwilliam", sagte sie, und ihre Worte lagen irgendwo zwischen einem Hauchen und einer Bitte. Das Verlangen erschütterte sie wie ein Beben, als die Berührung seiner Lippen in ihrem gesamten Körper widerhallte. Sie wünschte sich nichts sehnlicher, als sich diesen Gefühlen hingeben zu können, die sie verspürte, wenn er das tat und ihm weiterhin zu erlauben, in ihr dieses unvergleichliche Hochgefühl auszulösen. Nicht einmal der Gedanke, zu protestieren, kam ihr in den Sinn, als seine Hand ihre Brust umschloss und ein allumfassendes Gefühl des Begehrens und der Erfüllung in ihr hervorrief, sodass sie sich an ihn presste.

„Oh, meine liebste Elizabeth", hauchte er. Dass sie so offensichtlich auf ihn reagierte, führte nur dazu, dass er sie noch mehr wollte und er gestattete seinen Lippen, weiter abwärts zu wandern bis sie die zarte Haut am Ausschnitt ihres Kleides erreicht hatten.

Elizabeth konnte ein Stöhnen nicht verhindern, als er sich so erschreckend angenehm die Zeit vertrieb. Ihr war bewusst, dass sie ihm Einhalt gebieten musste, doch immer dann, wenn sie beinahe die Kraft dafür gesammelt hatte, durchfuhr sie ein weiterer Schauder der Erregung und sie sagte sich, dass eine Minute länger nicht schaden konnte. Das Bedürfnis, ihn tief in sich zu spüren, wurde von Minute zu Minute drängender. Seine Lippen berührten die empfindliche Haut ihrer Brüste, was sich so gut anfühlte, dass sie einige Momente lang gar nicht mitbekam, dass sich seine andere Hand geschickt den Verschlüssen ihres Kleides widmete.

Mann, bist du von allen guten Geistern verlassen?, fragte Darcy sich selbst fassungslos. Scheinbar entwickelten seine Hände ein Eigenleben. *Das kannst du nicht tun, nicht jetzt, nicht hier!* Doch sein drängendes Bedürfnis, die nackte Haut ihres Rückens zu spüren, ließ sich nicht mehr leugnen und so ließ er seine Hand in die Öffnung gleiten, wo sie kühn unter ihr Korsett schlüpfte. *Ihre Haut ist so weich*, dachte er, *wie die Blütenblätter einer Rose – und sie gehört mir!*

Hilflose Leidenschaft und Furcht hatten sich in Elizabeths Innerem die Waage gehalten, doch was er nun tat, brachte sie aus dem Gleichgewicht. Ihr Verstand wusste, dass sie ihm nicht erlauben durfte, damit fortzufahren und irgendwie brachte sie den Willen auf, der Begierde, die er in ihr entfesselt hatte, zu widerstehen. Sachte legte sie ihm ihre Finger über die Lippen. „Fitzwilliam, wir müssen damit aufhören", erinnerte sie ihn atemlos.

Er hob den Kopf und sah sie reumütig an. „Also schön", sagte er jedoch alles andere als reumütig. „Ich werde mir Mühe geben, mich zu benehmen, mein Liebling."

Sein Gesichtsausdruck brachte sie zum Lachen. „Sir, Ihre Hand", erinnerte sie ihn mit leicht zitternder Stimme.

„Wie Sie wünschen." Er entfernte seine Hand, jedoch nicht, ohne zuvor federleicht ihr Rückgrat entlangzufahren, was ihr einen Schauder über den Rücken jagte. Ein selbstgefälliges Lächeln umspielte seinen Mund, als er sich daran machte, das Oberteil ihres Kleides wieder zuzuknöpfen. „Und doch ist es schwer, wenn ich die Versuchung direkt vor meiner Nase habe."

Ihn im Zaum zu halten würde ein Kampf gegen Windmühlen werden, soviel war klar. Er mochte glauben, dass eine Verlobung die Freiheit mit sich brachte, zu tun, was man wollte, auch Freundinnen hatten ihr früher schon davon berichtet, noch dazu war sie selbst durchaus in der Lage, die Monate zwischen einer Hochzeit und der Geburt des ersten Kindes abzuzählen, sodass sie wusste, wie weit verbreitet diese Auffassung war und doch wollte sie sie nicht teilen. Das würde sie klarstellen müssen, damit auch er sich dessen bewusst war. Sie schenkte ihm ein Lächeln, als sie ihn spielerisch rügte: „Nein, ich werde es nicht zulassen, dass Sie mir die Schuld dafür in die Schuhe schieben, Sir, indem Sie vorgeben, es läge daran, dass ich Sie in Versuchung bringe!" Sie wollte aufstehen, doch seine Hand um ihre Hüfte hielt sie zurück.

„So leicht wirst du mir nicht entkommen, liebste Elizabeth", raunt er ihr sanft ins Ohr. „Ich werde mich benehmen, und doch möchte ich deine Gesellschaft noch ein Weilchen genießen, schließlich wurde mir lange genug die Freude vorenthalten, dich zu berühren."

Sie sah ihn an und schätzte amüsiert ab, dass es wohl im Moment klüger wäre, der Situation mit Würde zu begegnen und stattdessen die Gefahr zu bannen, indem sie an ihrer eigenen Empfänglichkeit für seine Avancen arbeitete. „Also gut", lenkte sie ein, und ließ zu, dass er sie näher zu sich heranzog. Es war nicht zu leugnen, dass es sich gut anfühlte, immer noch zu spüren, wo seine Hände sie so intim berührt hatten, auch wenn er bereits von ihr abgelassen hatte. Wie seltsam, dass sie diese Klippe nun umschifft hatten, nach all den Launen des Schicksals, denen ihre Beziehung bereits standhalten musste!

Die Gesellschaft, die er sich von ihr erwünschte, schien sich rein auf ihre Anwesenheit zu beziehen, da er vollends damit zufrieden wirkte, sie einfach nur bei sich zu halten, während ihr Kopf sich an seine Schulter schmiegte. Zuneigung durchströmte Elizabeth und sie gab sich dem Gefühl der Wärme und Sicherheit hin, das sie in seinen Armen fand.

Wie lange sie dort so gesessen haben mochten, ehe ein Klopfen an der Tür zu ihnen durchdrang, bleibt wohl für immer ein Rätsel. Elizabeth sprang von seinem Schoß auf, als hätte sie sich verbrannt und sah ihn schockiert und verzweifelt an.

Er schien ihre Sorgen nicht zu teilen und erwiderte ihren Blick zärtlich, als er aufstand und ihr sachte über die Wange strich. „Wie ich dich verehre, lieblichste Elizabeth", wisperte er ihr ins Ohr, ehe er sie zu einem Stuhl führte und weiterging, um die Tür zu öffnen.

Elizabeth überraschte es nicht, dass Miss Darcy dahinter zum Vorschein kam und so sandte sie ein Stoßgebet zum Himmel, dass ihrem geröteten Gesicht nicht anzusehen war, was nur wenige Augenblicke zuvor geschehen war. Sie hoffte, dass ihre Begrüßung ruhig und gefasst wirkte und nahm ihre Gratulation und besten Wünsche zur Verlobung entgegen. Darcy schien Georgiana genau zu beobachten, doch nachdem sie sich eine Weile freundlich miteinander unterhalten hatten, entschuldigte er sich, um den Damen ein wenig Zeit unter sich zu gönnen.

Auch wenn Georgiana ihr mit vorbildlicher Höflichkeit begegnete, schien sie nicht mehr so bedacht darauf zu sein, ihr zu gefallen, wie es in der Vergangenheit der Fall gewesen war. Das brachte in Elizabeth die Frage auf, wie sie wohl tatsächlich auf die Neuigkeit der Verlobung ihres Bruders reagiert hatte. Es fiel ihr nicht schwer, nachzuvollziehen, dass Miss Darcy, die daran gewöhnt war, ihren Bruder ganz für sich allein zu haben, ein wenig eifersüchtig auf einen Eindringling reagieren konnte. Doch sie war fest entschlossen, aus diesem Besuch einen Erfolg zu machen und so bediente sie sich ihres nicht gerade geringen Repertoires, um Georgiana die Zeit mit Humor zu vertreiben.

Schließlich wandte sich das Gespräch Elizabeths Plänen zu. „Ich fürchte, wir haben uns über das genaue Datum, ebenso über alles andere, das die Hochzeit betrifft, noch keine Gedanken gemacht", gestand sie. „Wir warten immer noch auf die offizielle Zustimmung meines Vaters und danach wird es noch früh genug sein, um Pläne zu schmieden. In ein paar Tagen werde ich nach Hause zurückkehren, um dann zweifelsfrei feststellen zu können, ob meine Mutter bereits eigene Pläne geschmiedet hat." Beim Gedanken daran, von Darcy getrennt zu sein, wurde ihr plötzlich flau im Magen.

„Ich hoffe, du wirst irgendwann wieder nach London zurückkehren", sagte Georgiana, die unruhig wirkte und schließlich von ihrem Stuhl aufstand, um auf eine Art aus dem Fenster zu sehen, die amüsanterweise an ihren Bruder erinnerte.

„Wie schon gesagt, haben wir das noch gar nicht besprochen. Verbringst du deine Zeit vorwiegend in London oder auf Pemberley? Ich kann mich nicht erinnern, dass wir jemals darüber gesprochen hätten."

„Für gewöhnlich verbringe ich den Sommer auf Pemberley und den Rest des Jahres in der Stadt. Es wäre schön, dich und meinen Bruder hier zu haben – dann bekäme ich ihn vielleicht ein wenig öfter zu Gesicht."

„Er verbringt also nicht viel Zeit in London?" hakte Elizabeth nach, die mehr darüber erfahren wollte, was sie wohl von ihrer eigenen Zukunft zu erwarten hatte.

Georgiana schien etwas auf der Straße zu fesseln und so verging ein Moment, ehe sie antwortete. „Oh, er ist oft genug in *London*, doch die meiste Zeit verbringt er in der Drury Lane, sodass ich ihn kaum zu sehen bekomme. Doch das wird sich nun wohl ändern."

Elizabeth hatte nicht bemerkt, dass er ein so großes Interesse am Theater hatte, und doch passte es zu ihm. „Er ist also ein reger Theatergänger?"

Sie schnaubte kurz. „Die Besuche gelten wohl eher einer bestimmten Schauspielerin, würde ich sagen."

Da sie sich nicht sicher war, ob Georgiana wirklich das hatte ausdrücken wollen, was sie gesagt hatte, hakte Elizabeth nach: „Wie bitte?"

Georgiana wandte sich rasch mit angsterfüllten Augen zu ihr um. „Oh, nichts. Er geht einfach nur gerne ins Theater, das ist alles."

Elizabeth fühlte sich, als wäre sie im freien Fall. Georgiana war offensichtlich keine bessere Lügnerin als ihr Bruder – wobei sie Darcys Fähigkeiten auf dem Gebiet wohl deutlich unterschätzt hatte. Weiter in sie zu dringen hätte bedeutet, ihre Würde vollends aufzugeben und das konnte sie nicht zulassen. Äußerlich strahlte sie Ruhe aus, als sie sich auf ein „ich verstehe" beschränkte.

Georgiana, der langsam aber sicher die Panik ins Gesicht geschrieben stand, eilte sich zu sagen: „Nein, wirklich, Miss Bennet, das wollte ich damit wirklich nicht sagen! Ich wollte keinerlei Andeutungen machen!"

Dankbar um ihre jahrelange Übung darin, ihre Gefühle zu verbergen, antwortete Elizabeth: „Nein, natürlich nicht. Es wäre lächerlich, von etwas Anderem auszugehen." Das Atmen fiel ihr schwerer und schwerer.

Miss Darcy machte den Eindruck, als wäre es vielmehr ein frommer Wunsch denn Überzeugung, dass der Schaden rückgängig gemacht werden könnte. „Tut mir leid", sagte sie kleinlaut.

„Unsinn, du hast nichts falsch gemacht, dir ist einfach nur etwas herausgerutscht", wischte Elizabeth es brüsk beiseite. „Mach dir keine Gedanken mehr darüber. Aber nun muss ich mich auf den Weg machen, meine Tante erwartet mich sicherlich schon zurück. Wärst du so nett, mich bei deinem Bruder zu entschuldigen?"

„Selbstverständlich", murmelte Georgiana und wagte es nicht, Elizabeth in die Augen zu sehen. Sie läutete und wies den Dienstboten an, die Kutsche für Miss Bennet vorfahren zu lassen.

Sie hätten die nächsten Minuten wohl schweigend nebeneinander verbracht, hätte Elizabeth nicht eine Diskussion über die Unterschiede zwischen Hertfordshire und Kent angestoßen und Miss Darcy zu ihren Eindrücken von den verschiedenen Landesteilen befragt. Beide waren erleichtert, als der Diener zurückkehrte, um sie darüber zu informieren, dass die Kutsche zur Abfahrt bereitstand.

Erst als die Kutsche ins Rollen kam, ließ Elizabeth ihren Gefühlen freien Lauf. Der Schmerz in ihrem Inneren war so groß, dass sie nicht wusste, wie sie damit umgehen sollte. Das Ganze hatte einen Schock ausgelöst, der viel tiefgreifender war, als sie sich eingestehen wollte. Das Bild von Darcy, der eine andere Frau in seinen Armen hielt und küsste, wie er sie zuvor gehalten und geküsst hatte, wollte sich einfach nicht abschütteln lassen. Sie hätte es wissen sollen – er war nur allzu geschickt gewesen, sie zu berühren, um das Ziel zu erreichen, das ihm vorgeschwebt hatte. Seine Hände waren geübt darin, eine Dame zu entkleiden, das war deutlich genug geworden. Wenn sie daran dachte, was sie alles zugelassen hatte, durchlief sie ein kalter Schauder. Sie ließ ihren Kopf gegen die Wandpolsterung der Kutsche fallen und schloss die Augen.

Hat sich denn etwas Wesentliches verändert?, fragte sie sich und versuchte, sich durch analytisches Denken wieder zur Vernunft zu bringen. *Jetzt weißt du also, dass er eine Geliebte gehabt hat, das kommt doch sicherlich nicht überraschend für dich! Wir haben uns eben erst verlobt und bis dahin war er mir gegenüber zu nichts verpflichtet und ich habe kein Recht, ihn dafür zu kritisieren. Er ist ein Mann mit den Bedürfnissen eines Mannes, nun da wir heiraten werden, wird sich alles ändern.* Doch Georgiana hatte nicht so geklungen, als gehöre das Verhältnis der Vergangenheit an. Ging er etwa davon aus, dass sie darüber hinwegsehen würde, wenn er eine Geliebte aushielt? Und was hatte es zu bedeuten, dass er sich einer anderen Frau zugewandt hatte, nachdem er sie auf Longbourn geküsst hatte, dass er in den Armen einer anderen Frau gelegen war, während sie sich über seinen Verlust die Augen ausgeweint hatte? Hätte er ihr nicht zumindest ein wenig nachtrauern können, nachdem er sie beinahe geheiratet hätte?

205

Ein neuer Zweifel drängte sich ihr auf. Hatte er tatsächlich vorgehabt, sie zu heiraten oder war sie nur davon ausgegangen? Sicherlich, in Hunsford hatte er ihr einen Antrag gemacht, doch danach hatte er kein Wort mehr über die Ehe verloren, bis Mr. Gardiner ihm die Pistole auf die Brust gesetzt und seine Ehrbarkeit in Frage gestellt hatte. Hatte er womöglich aus ihrem Verhalten auf Longbourn geschlossen, dass er sich von ihr nehmen konnte, was er wollte, ohne sich ihre unsägliche Verwandtschaft aufhalsen zu müssen? Beim bloßen Gedanken daran wurde ihr übel. Das konnte nicht sein – sie mochte den Darcys gesellschaftlich unterlegen sein, doch so schutzlos wie eine Schauspielerin auf den Londoner Bühnen war sie nicht. Nein, das konnte sie einfach nicht glauben, nicht, nach allem, was er für die arme Lydia getan hatte.

Doch was sollte sie nun tun? Wie konnte sie ihm jemals wieder in die Augen sehen? Ihm war wohl kaum entgangen, dessen war sie sich bewusst, dass sie sein Haus ohne jeden Gruß verlassen hatte – auch dafür würde sie sich eine Erklärung einfallen lassen müssen. Sie fing sich wieder, als die Kutsche über die weniger ebenen Straßen von Cheapside rumpelte, und starrte unverwandt aus dem Fenster, doch auch dort fand sie keine Antworten.

Kapitel 8

MIT EINEM SEUFZER schob Darcy die Papiere zur Seite, die er hatte lesen wollen. Es war zwecklos. Wieder und wieder kehrten seine Gedanken zu Elizabeth zurück – wenn er sich nicht davon ablenken ließ, an ihre Küsse zu denken, oder daran, wie sich ihre weiche Haut unter seinen Fingern angefühlt hatte, dann fragte er sich, warum sie es für notwendig erachtet hatte, zu gehen, ohne sich von ihm zu verabschieden. Hatte sie das, was zwischen ihnen geschehen war, so sehr mitgenommen? Er war zu weit gegangen, daran bestand kein Zweifel, das würde er auch ohne Umschweife zugeben, wenngleich er nicht garantieren konnte, sich in Zukunft anders zu verhalten, wenn er sich wieder derselben Versuchung ausgesetzt sähe. Währenddessen schien es nicht so, als beunruhigten sie seine Avancen allzu sehr, doch er wusste nur zu gut, dass Elizabeth durchaus in der Lage war, ihre wahren Gefühle zu überspielen, wenn sie es für angebracht hielt. Vielleicht hatte sie aber auch befürchtet, all das könnte sich wiederholen, sollten sie erneut aufeinandertreffen bevor sie aufbrach und doch hätte sie nichts anderes tun müssen, als Georgiana nicht von der Seite zu weichen, um das zu vermeiden.

Oder hatte Georgiana womöglich etwas zu ihr gesagt? Wenn sie auch nur ein Wort darüber verloren hatte, dass sie glaubt, Elizabeth wolle sich nur einen reichen Mann angeln, würde er sie für eine Woche in ihr Zimmer sperren! Doch, wenn er es recht überlegte, hatte sich Georgiana den ganzen Tag über außerordentlich gut benommen. Vielleicht war es ja doch richtig gewesen, ihr endlich die Wahrheit über Wickham zu sagen, selbst wenn nun auch *sie* sich von ihm zurückzog. Beim Dinner hatte sie ihm verkündet, dass sie London leid sei und darum gebeten, vorzeitig nach Matlock aufbrechen zu dürfen. Und doch
207

ergab es keinen Sinn, zu denken, Georgiana hätte Elizabeth vorwerfen können, käuflich zu sein – Elizabeths Reaktion darauf wäre ein herzhaftes Lachen und keine Flucht gewesen. Selbst wenn Georgiana die unschöne Sache mit ihrer Schwester aufs Tapet gebracht hätte, hätte Elizabeth gewusst, wie sie damit umzugehen hatte, dessen war er sich sicher. Tatsächlich konnte er sich nicht vorstellen, dass Georgiana irgendetwas gesagt haben könnte, um Elizabeth loszuwerden. Nein, *er* musste es gewesen sein, den sie aus welchem Grund auch immer meiden wollte und Gott allein wusste, worum es sich handelte.

Er schenkte sich ein Glas Portwein ein und lehnte sich zurück, um einen großzügigen Schluck zu nehmen. Wie kam es nur, dass jedes Mal, wenn sich alles zum Guten entwickelte mit Elizabeth, von irgendeiner Seite wieder Schwierigkeiten auftauchten? Langsam aber sicher frustrierte ihn das außerordentlich – ebenso wie bestimmte Einschränkungen, die ihnen auferlegt wurden, ohne dass in nächster Zukunft Erleichterung abzusehen wäre. Wenn es nach ihm ginge, würde er den Stier bei den Hörnern packen, diese ganze Zeit des Freiens auslassen und sie am liebsten gleich morgen heiraten. Aber ihr war es sicherlich wichtig, die volle Verlobungsperiode zu haben. Das sollten sie so bald als möglich miteinander besprechen. Vielleicht könnte er sie zumindest davon überzeugen, einen relativ frühen Zeitpunkt für die Hochzeit auszuwählen, doch ob sich ihre Frau Mutter darauf einlassen würde, stand auf einem anderen Blatt.

Nun, für heute musste er es gut sein lassen. Es war viel zu spät dafür, ihr heute noch zu folgen, er würde bis morgen warten müssen, um sie zu besuchen und herauszufinden, was ihr auf der Seele lag. Der Himmel möge ihm beistehen, wenn ihr seine Avancen zu schaffen machten. Sollte er sich drauf beschränken müssen, sie bis zu ihrem Hochzeitstag nur anzusehen, wäre es wohl das Beste, wenn er sich eine Ausrede einfallen ließe, die ihn auf eine weite Reise schickte, denn er konnte sich nicht vorstellen, sie jeden Tag zu sehen, ohne sie berühren zu dürfen.

Ein weiterer Seufzer folgte. All diese Monate, in denen er gedacht hatte, dass alles, was er für sein Glück benötigte, ihre Zustimmung war, seine Frau zu werden, und nun, da er dieses Ziel erreicht hatte, war er beinahe genauso frustriert wie zuvor. Nun ja, vielleicht nicht ganz so frustriert, dachte er, und erinnerte sich daran, wie sie sich an ihn geschmiegt hatte, als er sie gestreichelt und ihre süßen Lippen auf seinen geschmeckt hatte. Er nahm einen weiteren Schluck von seinem Portwein und gab sich ganz der Erinnerung hin, die Papiere waren vergessen.

ELIZABETH FRAGTE SICH, wie viele Nächte sie im letzten Monat wegen Mr. Darcy kein Auge zugetan hatte. Momentan kam es ihr so vor, als wären es überaus viele gewesen, und nun, just als sie gedacht hatte, dass damit ein für alle Mal Schluss wäre, brach ein weiterer Morgen an, an dem es so schien, als hätte die Nacht kein Ende nehmen wollen. Sie war einer Lösung keinen Schritt näher gekommen als noch am Tag zuvor, wenn man davon absah, dass sie zu dem Schluss gelangt war, dass es dafür keine zufriedenstellende Lösung gab. Sie war nun an einem Punkt angelangt, an dem sie keine andere Wahl hatte, als Mr. Darcy zu heiraten. Ihr Herz hielt er bereits in seinen Händen, es gab also wenig, was sie tun könnte, um es zu schützen, außer sich vor Augen zu halten, dass er nicht ausnahmslos der Mann war, für den sie ihn gehalten hatte. Unter diesen Umständen hielt sie es jedoch nicht für schwierig, sich mehr im Zaum zu halten, angesichts seiner Avancen, und doch war sie sich unsicher, welchen Nutzen sie davon noch hätte, wenn sie erst einmal verheiratet wären.

Sie konnte wohl nur darauf hoffen, dass er seine Beziehung zu dieser Schauspielerin, die Miss Darcy erwähnt hatte, nach der Hochzeit aufgeben würde. Vielleicht hatte er das ja auch schon so geplant, doch nachprüfen ließe sich das nicht. Sie hatte versucht, ihm einen Vertrauensvorschuss zu geben, was sie betraf – dass er starke Gefühle für sie hatte und sie anziehend fand, ließ sich nicht leugnen, seine Gefühle für sie konnten nicht falsch verstanden werden, wohl aber ihre für ihn. Sie konnte sich nicht vorstellen, sich damit jemals wohl in ihrer Haut zu fühlen, und doch war sie fest entschlossen, einen Weg zu finden, damit zu leben, wenn sie sich schon nicht vermeiden ließen.

Heute Morgen kümmerte sie sich ganz besonders sorgfältig um ihr Aussehen, denn sie hegte keinen Zweifel daran, dass er ihr seine Aufwartung machen würde. Wenn man ihr auch ihre Müdigkeit würde ansehen können, dann wollte sie doch zumindest so nah wie nur möglich an ihr normales Aussehen herankommen. Wie sie geahnt hatte, kam Darcy tatsächlich und es gelang ihr, ihm einigermaßen gefasst gegenüberzutreten. Dass ihr Herz dabei einen Sprung machte, zeigte ihr, dass sie ihm gegenüber noch immer wesentlich verletzlicher war, als ihr lieb war. Fest entschlossen, das Beste aus der Situation zu machen, grüßte sie ihn freundlich, wenn auch weniger herzlich, als sie das tags zuvor getan hätte.

Seit er über die Schwelle getreten war, hatte er sie genauestens beobachtet, und doch war es auf den ersten Blick nicht offensichtlich für Darcy, ob ihr nun etwas auf der Seele lag oder nicht. Sie wirkte vielleicht ein wenig verhalten, doch das war nicht weiter ungewöhnlich. Am liebsten hätte er sie direkt gefragt, doch das war unmöglich, da ihre Tante als Anstandsdame anwesend war, sodass er sich auf die üblichen Höflichkeiten beschränken musste, und doch wollte sich seine Ungeduld nicht weiter unterdrücken lassen. Bald schon schlug er in der Hoffnung auf ein vertrauliches Gespräch vor, spazieren zu gehen, doch zu seiner Überraschung lehne Elizabeth ab und meinte, sie wolle lieber im Haus bleiben.

Ihm wurde schwer ums Herz. Noch nie hatte er erlebt, dass Elizabeth die Gelegenheit, sich an der frischen Luft zu bewegen, nicht ergriffen hätte. Sie vermied es, allein mit ihm zu sein, was wiederum Beweis genug dafür war, dass ihr Unbehagen auf ihn zurückzuführen war. Er suchte nach einer Möglichkeit, die Frage subtil einfließen zu lassen, scheiterte jedoch und hielt sich schließlich an Elizabeth, die das Gespräch auf sein Interesse am Theater lenkte und wissen wollte, welche Stücke er gesehen hatte und welche Theater er bevorzugt aufsuchte.

Nur wenig später kam eines der Hausmädchen herein, um ihre Herrin darüber zu informieren, dass eines der Kinder krank geworden sei. Mrs. Gardiner entschuldigte sich und ließ die Tür demonstrativ offen stehen, als sie sich auf den Weg machte.

Darcys Erleichterung über diese unerwartete Gelegenheit, im Vertrauen miteinander zu sprechen, erfuhr einen jähen Dämpfer, als er bemerkte, dass Elizabeth sich bestürzt auf die Unterlippe biss. Nichtsdestotrotz hatte er nicht vor, diese Chance so einfach verstreichen zu lassen. „Elizabeth, gibt es irgendetwas, das dich beunruhigt? Wenn ich etwas, ganz gleich was, getan haben sollte, um dich gegen mich aufzubringen, dann hoffe ich, dass du mit mir darüber sprichst."

Sie sah kurz zu ihm auf, um die Augen dann rasch wieder abzuwenden. „Danke, dass Sie so besorgt um mich sind, Sir, und doch gibt es nichts, worüber ich mich beklagen könnte."

Beunruhigt sah er sie an. Leise, sodass niemand sie hören konnte, sagte er: „Wenn es um mein Verhalten gestern geht und dich das so bestürzt, und ganz sicher hast du jedes Recht dazu, bitte ich dich, meine aufrichtigste Entschuldigung anzunehmen. Ich werde mein Bestes geben, um dafür zu sorgen, dass wir nicht wieder in eine solche Situation geraten."

Sie schüttelte den Kopf, hielt die Augen jedoch weiterhin gesenkt. „Ich bitte Sie, Sir, bemühen Sie sich nicht weiter, mich plagen leichte Kopfschmerzen, das ist alles, aber nicht weiter schlimm." Sie hoffte inständig, dass er den Wink mit dem Zaunpfahl verstehen und die Sache auf sich beruhen lassen würde. Mehr als alles andere würde sie nun Zeit brauchen, um mit diesen neuen Umständen zurechtzukommen.

Darcy lehnte sich zurück und taxierte sie. Das war eine Situation, mit der er bisher keinerlei Erfahrung hatte. Jeder seiner Instinkte sagte ihm, dass sie unglücklich war, doch sie selbst leugnete es. Er versuchte es ein letztes Mal mit einer Spur

Verdruss in der Stimme: „Sollten jemals Schwierigkeiten auftreten, jedwelcher Hinsicht auch immer, Madam, dann hoffe ich, dass Sie mit mir sprechen *werden*. Meine Fähigkeiten im Gedankenlesen sind nur unzureichend ausgeprägt."

Sie verstand selbst nicht recht, warum es sie so aufbrachte, dass er sie wieder so förmlich ansprach. „Ich werde das im Hinterkopf behalten, Mr. Darcy", gab sie kühl zurück. Sie spürte, wie Ärger in ihr aufstieg und rief sich aber dann ins Gedächtnis, dass es wohl klüger wäre, ruhig und gefasst zu bleiben.

Und doch war sie nicht in der Stimmung, das Gespräch in Gang zu halten. Sie hatte nicht widerstehen können und das schmerzliche Thema seines Interesses fürs Theater zur Sprache gebracht, wovon sich ihr Gemütszustand noch immer nicht ganz erholt hatte. Nun beschloss sie, einfach abzuwarten, still dasitzen konnte sie ebenso gut wie er auch.

Darcy hatte noch nie viel von Unterhaltungen gehalten, bei denen er sich mehr verstellen musste, als ihm lieb war. Da er nicht wusste, worüber er sonst sprechen sollte, kehrte er zu dem Thema zurück, das Elizabeth zuvor angeschnitten hatte: „Interessiert Sie das Theater im Speziellen, Miss Bennet?"

„Ich kann nicht behaupten, mich besonders damit auseinandergesetzt zu haben. Bisher hatte sich mir nicht allzu oft die Gelegenheit geboten, es zu besuchen, da ich mich nur wenig in der Londoner Gesellschaft bewegt habe", antwortete Elizabeth ein wenig spitz.

„Und doch meine ich, Sie erst kürzlich in Begleitung ihrer Tante und ihres Onkels dort gesehen zu haben", sagte er. „Hat Ihnen das Stück an diesem Abend gefallen?"

Elizabeth fühlte sich nur noch unbehaglicher. Sie hatte die zuvorkommende junge Dame vor Augen, mit der er an diesem Abend gescherzt hatte und fragte sich, wie er wohl reagieren würde, wenn sie ihm sagte, dass sie das Geschehen in seiner Loge weit mehr in seinen Bann gezogen hatte, als das auf der Bühne. Und plötzlich kam ihr ein Gedanke – konnte es sich dabei um jene Frau gehandelt haben, von der Georgiana gesprochen hatte? Nein, soviel war klar, mit einer solchen Frau konnte er sich nicht in der Öffentlichkeit sehen lassen, oder zumindest konnte sie sich nicht vorstellen, dass er das täte. Es sei denn, natürlich, es handelte sich dabei um einen der hellsten Sterne des Theaters, in diesem Fall wäre es akzeptabel gewesen. *Ich werde noch verrückt, wenn ich weiter daran denke!*, rief sie sich zu Ordnung, als der Schmerz sie wieder durchfuhr. So sehr war sie in ihre Gedanken versunken, dass sie nicht reagierte, als er ihr eine Frage stellte.

Mit einem verstohlenen Blick zur Tür griff Darcy nach ihrer Hand und nahm sie in seine. Sie schreckte auf und zuckte zusammen, während ihr Körper sich nicht sicher war, ob er sich nun nach seiner Berührung sehnen sollte oder ob doch die Bilder von der anderen Frau in ihrem Kopf den Kampf gewinnen würden. Sie musste sich zusammennehmen, ihm nicht ruckartig ihre Hand zu entziehen. Wie konnte ihr Körper die Berührung durch seinen noch so sehr genießen, nun, da sie all das wusste? War sie tatsächlich so willensschwach und schon eine Sklavin sündiger Gelüste geworden?

Darcys Augen verengten sich. Es stieß sie also plötzlich ab, wenn er sie berührte? Noch am vorigen Morgen war sie nur zu willig gewesen, sich von ihm lieben zu lassen, doch das hatte sich nun offensichtlich verändert. Langsam sah ihm das nach einer der Fallen aus, in die er ahnungslose Männer hatte tappen sehen. Die Frauen hatten sie ihnen gestellt, um das Feuer der Leidenschaft in ihnen anzufachen. Solche Spielchen fand er abscheulich. Dass Elizabeth sich ihrer bediente, verblüffe ihn ebenso sehr, wie es ihn abstieß. Sie hatte immer so anders gewirkt. Ihm war es stets so unwahrscheinlich vorgekommen, dass sie sich der Mittel der Frauen des *ton* bedienen könnte. Vielleicht hatte er sie aber auch falsch eingeschätzt, doch wenn dem so wäre, würde er es unmissverständlich klar stellen, dass er ein solches Verhalten ihrerseits nicht tolerieren würde. Abrupt ließ er ihre Hand los. „Wie kommt es, Madam, dass Ihnen meine

Gesellschaft, an der Sie gestern noch Gefallen gefunden hatten, heute so zuwider ist?", fragte er herausfordernd. „Gestern schien es Ihnen nicht allzu sehr missfallen zu haben, als ich Sie berührte." Er ließ seine Augen über ihren Körper wandern, sodass kein Zweifel daran blieb, was er damit meinte.

Elizabeth starrte ihn schockiert an. Waren seine Worte tatsächlich so verletzend gemeint wie sie geklungen hatten? Ein Blick in sein Gesicht sagte mehr aus, als Worte es vermocht hätten – ja, genau so hatte er es beabsichtigt. Das ging nun über ihre Schmerzgrenze hinaus. Ohne Rücksicht auf Verluste spie sie ihm entgegen: „Sir, ich habe weder um diesen Besuch heute Morgen noch um Ihre Avancen und auch nicht um diese Verlobung gebeten!"

Darcy wich angesichts ihrer vor Verachtung triefenden Stimme alle Farbe aus dem Gesicht. „Ich bedauere, dass Sie zu dieser Ansicht gelangt sind, Madam, doch in diesem Fall werde ich Ihnen meine Gesellschaft ganz sicher nicht weiter aufdrängen. Wenn Sie sich ein andermal Besuch gegenüber möglicherweise aufgeschlossener fühlen, dann seien Sie doch so gut, es mich wissen zu lassen, andernfalls werde ich Sie nicht weiter behelligen." Er erhob und verbeugte sich, doch bevor er den Raum verlassen konnte, drang genug Reue durch den Nebel aus Wut zu ihm durch, dass er sich noch einmal zu ihr umwandte: „Elizabeth, ich verstehe nicht, was hier eben geschehen ist, doch ich würde es vorziehen, wenn wir nicht im Streit auseinander gingen", sagte er, um einen letzten Versuch der Versöhnung bemüht.

„Ich bedauere, dass Sie das so quält, Mr. Darcy", entgegnete Elizabeth, deren Urteilsvermögen hinter einer dunklen Wolke aus Wut verschwand, weil es sie bis ins Mark getroffen hatte, dass er sich so ohne weiteres vollständig von ihr lossagte. „Ich bin mir jedoch sicher, dass Sie anderweitig Trost finden werden."

Darcys Augen weiteten sich schockiert bei dieser Anspielung. „Wenn das der Fall ist, Madam, denke ich, dass es unter diesen Umständen nichts weiter zu sagen gibt. Guten Tag, Miss Bennet." Mit diesen Worten verließ er hastig den Raum und im nächsten Augenblick hörte Elizabeth, wie er die Vordertür öffnete und das Haus verließ.

In ihrem Kopf herrschte schmerzhaftes Durcheinander. Warum, warum nur hatte sie das alles gesagt? Wie konnte sie nur zulassen, dass ihre Wut die Kontrolle übernahm? Wie konnte sie ihm ihr Verhalten heute nur jemals plausibel machen und wie würden sie zu einer Art Übereinkunft gelangen, die es ihnen ermöglichen würde, zumindest halbwegs friedlich miteinander zu leben? Ihre Seele litt Qualen, die sie überwältigten und ihr alle Kraft raubten, sodass sie sich setzten musste und zu weinen begann.

Wenige Minuten darauf eilte ihre Tante herein. Sie war von einem der Dienstmädchen geholt worden, das mitbekommen hatte, wie aufgebracht Miss Bennet war. „Lizzy!", rief sie und lief rasch herüber, um die Arme um ihre schluchzende Nichte zu breiten. „Was ist nur los, mein Liebes?"

Elizabeth schüttelte den Kopf, denn sie wollte weder preisgeben, wie dumm sie gewesen war, sich mit Mr. Darcy zu streiten, und noch weniger, dass sie es zuvor so weit kommen ließ und ihm vertraut hatte.

„Du *musst* es mir sagen, mein Liebes!", bestand Mrs. Gardiner, aufs Äußerste besorgt. „Liegt das Problem darin, wie sich Mr. Darcy dir gegenüber verhalten hat? Ich muss wissen, was geschehen ist!"

Sie wusste, dass sie ihn von den Vermutungen freisprechen musste, die ihre Tante gerade anstellte, doch als sie erst einmal zu sprechen begonnen hatte, purzelten die Worte nur so aus ihr heraus: „Nein, *getan* hat er nichts – wir haben uns gestritten, und er ist gegangen – aber, oh Tante, das alles war ein großer Fehler! Ich wünschte, wir wären uns niemals begegnet!"

Da sie wusste, dass Elizabeth nicht dazu neigte, zu übertreiben, machte sie sich nun umso mehr Sorgen und so hakte sie behutsam nach: „Was ist geschehen, Lizzy? Mir ist gestern

Abend schon aufgefallen, dass du neben dir standst. Was ist vorgefallen?"

Elizabeth gab sich Mühe, die Schluchzer zu unterdrücken, brachte es jedoch nicht über sich, ihre Tante anzusehen, ehe sie die demütigende Wahrheit ausgesprochen hatte: „Ich habe herausgefunden, dass er eine Geliebte aushält, eine Schauspielerin." Die Worte schienen wie Messer, die sich erneut in sie bohrten, während sie sie aussprach und wieder begannen die Tränen zu fließen.

„Oh, mein Liebes." Mrs. Gardiners Stimme war voll Mitgefühl. „Aber bist du dir da auch ganz sicher? Wie hast du das herausgefunden?"

„Miss Darcy hat es mir gestern selbst gesagt. Nicht absichtlich, es ist ihr einfach so herausgerutscht."

„Und was hat Mr. Darcy dazu gesagt?"

„Ich habe ihn nicht darauf angesprochen – das *konnte* ich nicht, sondern nur darauf angespielt, dass mir seine Gesellschaft nicht besonders willkommen war. Warum sollte ich am Wort seiner Schwester zweifeln und was sollte er schon dazu sagen, wenn ich ihn darauf ansprächE? Es ist eine unumstößliche Wahrheit, an der ich auch nichts ändern kann, aber aus seinem Mund möchte ich sie ganz bestimmt *nicht* hören."

Mrs. Gardiner sah besorgt aus. „Sollte er nicht zumindest die Chance bekommen, sich selbst zu verteidigen, denkst du nicht, dass er das verdient hat? Angenommen, seine Schwester irrt sich oder du hast sie in irgendeiner Weise missverstanden?"

„Daran gab es nichts zu missverstehen!", stieß Elizabeth hervor. „Und ich weiß, dass es wahr ist, ich weiß, dass er… erfahren ist." Sie barg ihr Gesicht in ihrem Taschentuch und wieder beschränkte sich ihre Welt auf ihr Schluchzen.

Ihre Tante hatte erkannt, dass es wohl keinen Sinn hatte, sich mit ihr darüber zu streiten und beließ es dabei, sie weiter zu halten und sanft mit ihr zu sprechen, bis Elizabeth sich wieder einigermaßen beruhigt hatte. Nachdem sich ihre Nichte entschuldigt hatte, um auf ihr Zimmer zu gehen, blieb Mrs. Gardiner noch eine Weile mit nachdenklicher Miene sitzen.

AN DIESEM NACHMITTAG machten die Angestellten im Haushalt der Darcys einen weiten Bogen um ihren Herrn. Seit er heute Morgen – früher als erwartet – nach Hause zurückgekehrt war, lag auf seinem Gesicht eine Maske des Zorns, den niemand auf sich lenken wollte. Selbst durch die geschlossene Tür seines Arbeitszimmers konnte man ihn auf und ab gehen hören. Es war äußerst ungewöhnlich, den Herrn derart außer sich vor Wut zu erleben.

Auf dem langen Rückweg aus der Gracechurch Street hatte Darcy seinen Zorn unter Kontrolle gehalten, doch als er zu Hause angekommen war, hielt ihn nichts mehr zurück. Er konnte kaum glauben, was Elizabeth ihm alles an den Kopf geworfen hatte. All seine Nachfragen hatte sie ignoriert und ihn dabei sogar noch zurückgewiesen und was sie dann zuletzt noch gesagt hatte! Für was für einen Mann hielt sie ihn, dass sie ihm vorwarf, er möge sich doch anderweitig trösten lassen? Er gab sich alle Mühe, nicht darüber nachzudenken, was sie außerdem noch gesagt hatte, denn das hatte ihn schwer getroffen – *Sir, ich habe weder um diesen Besuch heute Morgen noch um Ihre Avancen und auch nicht um diese Verlobung gebeten!*

Was war nur in sie gefahren? Ihr Verhalten war ebenso unerklärlich wie inakzeptabel. Hatte sie ihm damit eine Seite von sich gezeigt, die er zuvor nie zu Gesicht bekommen hatte? Wenn dem so war, wie sollten sie diesen Knoten dann nur jemals wieder lösen? Und sein Friedensangebot hatte sie abgelehnt... tags zuvor noch hätte er sich nicht einmal träumen lassen, dass seine Beziehung zu Elizabeth so schnell in eine solch falsche Richtung gehen konnte. Was war mit der leidenschaftlichen und empfänglichen Frau geschehen, die er in seinen Armen gehalten hatte, die ihn aufgezogen und mit der er gelacht hatte? War sie für immer verschwunden?

217

Schwerfällig ließ er sich auf seinen Schreibtischstuhl fallen und stütze den Kopf in beide Hände. *Elizabeth*, dachte er und der Schmerz zerriss ihm fast das Herz. *Werden wir niemals glückliche Momente miteinander haben? Wirst du mir, statt mit der Lebhaftigkeit, die ich so an dir liebe, nur mit Missmut und Groll begegnen?*

Ein leises Klopfen drang von der Tür herüber. „Ja?", blaffte er.

Der Butler erschien im Türrahmen. „Mrs. Gardiner möchte Sie sprechen, Sir", wagte sich der Butler vorsichtig vor, doch seiner Stimme war die Überraschung über eine verheiratete Frau, die allein zu Besuch kam, nicht anzuhören. Angesichts Mr. Darcys momentaner Stimmungslage hatte er ernsthaft in Erwägung gezogen, vorzugeben, der Herr sei nicht zu Hause. Da er allerdings nicht wusste, was Mr. Darcy davon halten würde, hatte er beschlossen, kein Risiko einzugehen.

Darcys Augenbrauen schossen in die Höhe, doch er sagte nur: „Danke, führen Sie sie bitte herein." Wenngleich er es auch nach außen hin nicht zeigte, war er innerlich doch überrascht und eine gewisse Beklommenheit ergriff von ihm Besitz. Wenn man bedachte, wie verärgert Elizabeth gewesen war, als er sie verlassen hatte, konnte er sich nicht vorstellen, dass ihr Tante frohe Kunde mit sich brachte. Und doch war ein solcher Besuch derart außergewöhnlich, dass wohl einen Grund haben musste. Er konnte nur hoffen, dass sich die Situation dadurch nicht noch verschlimmern würde. *Sicherlich glaubt Elizabeth nicht, dass sie an diesem Punkt die Verlobung noch lösen kann!,* dachte er, als ihn einen Augenblick die Panik überkam.

Fest entschlossen, sich seine Gefühle nicht ansehen zu lassen, erhob er sich und grüßte seinen Gast höflich, ehe er sie bat, sich zu setzen. Sie wirkte ebenso freundlich wie sonst auch und zeigte ihm gegenüber die übliche Wärme, doch seine Anspannung wollte sich noch nicht legen.

„Mr. Darcy, zweifelsohne fragen Sie sich, weshalb ich Sie heute aufsuche", eröffnete sie das Gespräch.

Er nickte. „Auch wenn es mir immer eine Freude ist, Sie zu sehen, muss ich Ihnen hier zustimmen."

„Ich wollte mit Ihnen über Lizzy sprechen. Ich mache mir Sorgen um sie, denn in letzter Zeit war sie sehr unglücklich. Ich spreche aus Erfahrung, wenn…", sie hielt einen Moment inne, als müsse sie ihre Gedanken ordnen, „… nun, ich weiß, dass Lizzys Gedankengänge nicht immer leicht nachvollziehbar sind."

Darcy sah sie argwöhnisch an. Elizabeths Verhalten hatte ihn bereits empfindlich getroffen und er wollte sich nicht noch verletzlicher machen, doch die Wärme, mit der ihm Mrs. Gardiner begegnete und ihre Sorge schienen aufrichtig zu sein. „Ich bin mir dessen bewusst, dass sie aufgebracht ist, allerdings habe ich keine klare Vorstellung davon, woran das liegen könnte."

„Sie wissen also nicht, was ihr so zu schaffen macht?"

Darcy sah sie unverwandt an. „Ich habe so meine Vermutungen, mehr allerdings nicht."

Mrs. Gardiner rutschte auf ihrem Stuhl herum. „Mr. Darcy, dürfte ich mich erkundigen, wo Ihre Schwester sich gerade aufhält?"

Überrascht antwortete er: „Georgiana? Sie ist heute Morgen nach Matlock aufgebrochen."

„Ah." Sie atmete tief ein und fuhr dann fort. „Aus Ihrer Miene schließe ich, dass Sie nicht im Bilde darüber sind, dass sie Elizabeth mitgeteilt hat, es gäbe da eine fortdauernde Angelegenheit mit einer gewissen Dame des Theaters."

Schockiert über das, was sie eben gesagt hatte, war er schon halb aus seinem Stuhl geschossen, ehe er sich wieder unter Kontrolle hatte. Erschüttert entgegnete er: „Mir fällt es schwer, das zu glauben, Mrs. Gardiner." Seine Gedanken rasten. *Das kann sie nicht getan haben! Sie wusste doch gar nichts davon – und* warum *sollte sie so etwas gesagt haben?* Schlagartig erinnerte er sich daran, wie still Georgiana nach Elizabeths

Besuch gewesen war und wie abrupt sie beschlossen hatte, London zu verlassen.

„Ich finde die Geschichte ebenso verwunderlich wie Sie, Sir", erwiderte Mrs. Gardiner ruhig, „und da ich nicht anwesend war, wage ich keine Aussage darüber zu treffen, wie nun tatsächlich der exakte Wortlaut gewesen sein mag, doch ich bin mir sicher, dass Elizabeth es genau so gehört zu haben glaubt, bzw. meint, es sei Ihrer Schwester so herausgerutscht."

Es ergab viel zu viel Sinn. Darcy fuhr sich mit der Hand durchs Haar und dachte daran, was Elizabeth ihm mit auf den Weg gegeben hatte – dass er anderweitig Trost finden würde. Kein Wunder, dass sie so aufgewühlt war. „Und Sie sagten, sie glaube, es handle sich um etwas *Fortdauerndes*?", fragte er fassungslos.

Sie sah ihn mitfühlend an. „Mir schien es, als hätte Lizzy das so verstanden."

Darcy konnte nicht länger still sitzen. Rasch ging er zum Fenster und blickte auf die Straße hinunter. *Aus welchem Grund hätte Georgiana so etwas sagen sollen? Und wie konnte Elizabeth das von mir glauben? Hat sie immer noch eine solch schlechte Meinung von mir?* Er schloss die Augen und nahm mehrere tiefe Atemzüge, um sich zu sammeln. „Ich versichere Ihnen, Mrs. Gardiner, es entspricht nicht der Wahrheit, dass ich eine solche Verbindung unterhalte", sagte er so ruhig wie nur möglich und hoffte, dass Mrs. Gardiner weltgewandt genug war, um zwischen den Zeilen zu lesen, dass er nicht abgestritten hatte, *jemals* eine solche Beziehung gehabt zu haben.

„Mr. Darcy, ich hatte nicht den Eindruck, dass dem so ist, andernfalls hätte ich Sie heute nicht aufgesucht", gab sie wohlwollend zurück. „Für gewöhnlich glaube ich nicht alles, was ich höre, aber vielleicht liegt das auch daran, dass ich in die Situation ein bisschen weniger … involviert bin als Lizzy – und vielleicht habe ich auch weniger Grund, anzunehmen, dass die Menschen, die ich normalerweise respektiere nicht immer die *Zuverlässigsten* sind."

Er war so verärgert darüber, dass Elizabeth glauben könnte, er würde seine Liebe für sie zum Ausdruck bringen und gleichzeitig eine Geliebte aushalten, dass er beinahe überhört hätte, wie nachdrücklich Mrs. Gardiner ihre letzten Worte formuliert hatte. Er gab sich alle Mühe, sich einen Reim darauf zu machen. Hatte Elizabeth etwa das Gefühl, *er* wäre unzuverlässig? Gott im Himmel! Was hatte er nur verbrochen, dass die Frau, die er liebte, eine solch schlechte Meinung von ihm hatte?

Mrs. Gardiner sah seine angespannten Schultern und bekam eine Vorstellung davon, wie er sich wohl gerade fühlte. „Mr. Darcy, ich habe den Eindruck, dass meine Nichte tiefe Gefühle für sie hegt", ließ sie ihn mit sanfter Stimme wissen, „aber Lizzy zu verstehen ist nicht leicht. Sie wirkt charmant und selbstbewusst, doch ich denke, viele lassen sich vom Schein trügen. Ich kenne sie nun schon viele Jahre und kann mit einiger Sicherheit sagen, dass ihr souveränes Auftreten nur darüber hinwegtäuscht, dass sie eine recht ungewöhnliche Art der Unabhängigkeit entwickelt hat, um für sich selbst zu sorgen. Ich weiß nicht, wie gut Sie ihre Familie kennen, und ich hoffe, Sie verstehen mich richtig, wenn ich Ihnen erzähle, dass ihre Eltern zwar herzlich sind, aber nicht immer *verlässlich* waren, wenn Lizzy sie gebraucht hätte. Das hatte zur Folge, dass Lizzy viel mit sich selbst ausgemacht hat. Eine ganze Weile schon habe ich mir Sorgen gemacht, dass es für einen Mann einmal schwer werden könnte, ihr Vertrauen zu gewinnen."

Er wusste nicht, was er davon halten sollte. Seine Gedanken wanderten von Georgiana, die ihn verraten hatte, zu Elizabeth, die nicht an ihn glaubte. Es fiel ihm schwer, Mrs. Gardiners Worte damit in Zusammenhang zu bringen. Er hatte mitbekommen, wie sowohl Mr. Bennet, als auch Mrs. Bennet mit ihren Töchtern umgegangen waren und daher fiel es ihm nicht schwer, zu verstehen, dass Elizabeth das Gefühl hatte, sich nicht auf sie verlassen zu können, aber war ihr das zu einer allgemeinen Gewohnheit geworden? Sie wirkte immer so stark,

221

so unabhängig. Es war schwer vorstellbar, dass das nur Fassade war und sie ausgerechnet davor Angst hatte, ihn zu verlieren. Könnte es sein, dass sie weniger eine dürftige Meinung von *ihm*, als vielmehr von sich selbst hatte? Dass seine unverblümte, lebhafte Elizabeth in manchen Bereichen auch fragil sein konnte, war ein radikaler, wenn auch nicht ganz unangenehmer Gedanke. Instinktiv wusste er, dass er derjenige sein konnte, der sie dort stützen konnte, wo sie Hilfe benötigte, ebenso sehr wie sie, allein dadurch, dass sie nun zu seinem Leben gehörte, ihm die Lebhaftigkeit und Kraft spendete, die er immer schon gebraucht hatte. Tief bewegt stellte er fest, dass ihre Verzweiflung als ein Zeichen dafür angesehen werden konnte, wie tief sie für ihn empfand. Der Gedanke verlieh ihm eine Erfüllung, die er nie zuvor verspürt hatte und führte ihm gleichzeitig vor Augen, dass er es immer vermieden hatte, sich Gedanken über Elizabeths Gefühle für ihn zu machen. Wie kam es, dass er sich damit zufrieden gegeben hatte, sie für sich gewonnen zu haben und sich niemals die Frage gestellt hatte, wodurch er ihre Zuneigung gewinnen konnte? Warum hatte er das für sinnlos gehalten und – was noch wichtiger war – war er bereit, seine Ansichten diesbezüglich zu ändern?

Entschlossen wandte er sich vom Fenster ab und ging zurück, um sich in seinen Stuhl sinken zu lassen. „Mrs. Gardiner, was möchten Sie mir damit sagen?", fragte er mit unerhörter Direktheit.

Seinem Gast schien das allerdings nichts auszumachen. „Sir, ich denke, Sie werden eine Entscheidung treffen müssen. Können Sie die notwendige Geduld aufbringen und ist es Ihnen das wert, um Lizzys Vertrauen zu gewinnen?"

Darcy saß still da, nur seine Finger bewegten sich, als sie auf die Armlehnen seines Stuhls trommelten. „Und wenn ich zu dem Schluss käme, dass es das wert ist, was dann?", fragte er schließlich.

Mrs. Gardiner schenkte ihm ein anerkennendes Lächeln. „Dann werden Sie sich darauf einstellen müssen, mit Lizzys

Ängsten umzugehen, die sicherlich kommen werden, wenn sie sich zugesteht, Gefühle für Sie zu haben. Außerdem wird sie sich, wenn ich mich nicht irre, ziemlich für gewisse Gefühle schämen, die sie Ihnen entgegenbringt."

Ihre Gefühle für ihn machten ihr also Angst – nun, das war alles andere als schwer nachvollziehbar für ihn, nachdem er Monate dagegen angekämpft hatte, ihrem Bann zu erliegen, doch schlussendlich siegte sein Verlangen nach ihr über seine Unabhängigkeitsbestrebungen. Aber Scham? Er wusste nicht, wofür sie sich schämen sollte, abgesehen davon, seiner Schwester ein wenig zu schnell Glauben geschenkt und nicht mit ihm darüber gesprochen zu haben. Verdammte Georgiana! Aber so schwerwiegend, wie ihre Tante das angedeutet hatte, kam es ihm dann auch wieder nicht vor. „Ich kann nicht ganz nachvollziehen, warum sie sich überhaupt schämen sollte", stellte er fragend fest.

„Mr. Darcy, ich war Ihnen gegenüber heute durchaus freimütig, und doch gibt es gewisse Themen, die ich *nicht* mit Ihnen erörtern werde", antwortete Mrs. Gardiner mit einem Lächeln, das ihren klaren Worten die Schärfe nahm.

Darcy lief hochrot an, als ihm klar wurde, was sie meinte, und er fühlte sich wie ein kleiner Junge, den man mit der Hand im Bonbonglas erwischt hatte. Gleichzeitig konnte er nicht umhin sie schlicht dafür zu bewundern, wie geschickt sie es zuwege gebracht hatte, klare, taktvolle Worte zu wählen, ohne dabei ein Urteil zu fällen, und das, obwohl sie nur ein paar Jahre älter war als er selbst. Elizabeth konnte sich glücklich schätzen, eine solche Tante in ihrem Leben zu wissen.

„Nun gut, Sir, ich fürchte, dass ich nun aufbrechen muss", schloss Mrs. Gardiner knapp. „Zuhause warten meine Kinder und eine sehr aufgewühlte Nichte auf mich, die ich, ehrlich gesagt, schon zu lange allein gelassen habe."

„Vielen Dank, dass Sie gekommen sind", sagte er aufrichtig. „Sie haben mir einige Denkanstöße geliefert, die mich noch eine Weile beschäftigen werden."

Er geleitete sie noch zur Tür, wo eine Mietskusche auf sie wartete. Abrupt, noch ehe er sein Angebot wieder überdenken konnte, platzte er heraus: „Würden Sie mir die Ehre erweisen, und mir erlauben, Sie nach Hause zu bringen, Madam?"

Sie sah ihn mit blitzenden Augen an. „Es wär mir eine Freude, vielen Dank, Mr. Darcy."

ELIZABETH HATTE SICH die Stunden, die ihre Tante fort gewesen war, in ihrem Zimmer verkrochen. Ihr Gemütszustand unterlag starken Schwankungen, zunächst war sie äußerst aufgebracht gewesen, nun aber hatte sich ein Gefühl der Benommenheit und Leere in ihr ausgebreitet. Sie bereute zutiefst, wie sie sich zuvor benommen hatte – schlichtweg intolerabel. Wie hatte sie nur solche Dinge sagen können, wo sie doch wusste, dass das der Mann war, mit dem sie ihr Leben verbringen würde? *Törichtes, törichtes Mädchen!*, schalt sie sich erneut. *Die Angelegenheit war schon schwierig genug – musstest du noch mehr Ärger heraufbeschwören? Willst du deine Ehe wirklich zu einem Kriegsschauplatz machen?*

Ihr war bewusst, dass sie sich bei Darcy entschuldigen musste und allein der Gedanke daran ließ sie erschaudern. Sie *wollte* sich nicht entschuldigen, schon gar nicht nur um des lieben Friedens willen, und doch wusste sie, dass es getan werden musste. Wie sie jemals mit ihren Gefühlen zu dieser Situation würde leben können, war ihr ein Rätsel, und doch würde sie es lernen müssen.

Sie war so weit gegangen und hatte versucht, Darcy zu schreiben, doch dabei musste sie nur umso mehr weinen. Eigentlich wäre es das Beste, sich abzulenken, das wusste sie, und doch konnte sie sich nicht einmal dazu aufraffen, mit den Kindern zu spielen. Ihre Tante würde es nicht lange hinnehmen, dass sie sich so zurückzog, soviel war klar. Bald schon würde sie sich wieder blicken lassen müssen. Als das Mädchen kam, um ihr mitzuteilen, dass Mrs. Gardiner zurückgekehrt sei und sie unten verlangt wurde, wusste sie, dass es wenig Sinn hätte, sich noch weiter zu verstecken.

Erst als sie das Wohnzimmer bereits betreten hatte, wurde ihr klar, dass ihre Tante nicht allein war. Sie erbleichte, als sie Mr. Darcy erblickte, der sie mit undurchdringlicher Miene fokussierte. Was sollte sie nur sagen?

Mrs. Gardiner nahm sie beim Arm. „Lizzy, du siehst nicht gut aus, bitte setz dich doch", sagte sie und führte sie zu einem Stuhl. Über sie gelehnt raunte sie ihr sanft zu: „Bitte sprich mit ihm, Liebes. Er braucht dich und du tätest gut daran, ihm zu glauben." Sanft küsste sie Elizabeths Wange und ließ die beiden dann zu Elizabeths Entsetzten allein.

Elizabeth versuchte krampfhaft, sich an den Wortlaut ihrer Entschuldigung zu erinnern, die sie sich zuvor zurechtgelegt hatte, und war im Begriff, all ihren Mut zusammenzunehmen, als Darcy den Raum durchquerte, um sich vor sie zu knien. Er nahm ihre beiden Hände in seine und drückte jeder einen Kuss auf. Sie konnte kaum glauben, wie sehr es sie erleichterte, dass er gekommen war und sie mit unverhohlener Zärtlichkeit ansah.

Darcy musste plötzlich feststellen, dass er einzig und allein das Ziel vor Augen gehabt hatte, zu ihr zu kommen – weiter hatte er nicht gedacht. Als ob seine bloße Anwesenheit ausreichte, um ihr all das mitzuteilen, was gesagt werden musste. Es war offensichtlich, wie aufgewühlt sie war und das machte es ihm nicht leichter, seine Gedanken zu ordnen. „Mein Liebling, bitte verzeih mir, dass ich heute Morgen so wütend war. Ich habe die ganze Situation nicht verstanden, und doch hätte ich in jedem Fall bleiben und dich anhören sollen", brachte er schließlich hervor. „Was Georgiana dir gesagt hat, ist nicht wahr. In Wirklichkeit habe ich, seit wir uns letzten Herbst begegnet sind, keinen Gedanken an andere Frauen verschwendet. Ich liebe dich, Elizabeth – heiß und innig, leidenschaftlich und über jede Vernunft hinaus und du kannst dich meiner nicht mehr entledigen, denn ich kann ohne dich nicht mehr sein."

Sie schämte sich dafür, dass er herausgefunden hatte, was sie so sehr mitgenommen hatte. Sie wollte ihm so sehr Glauben schenken, und wagte es doch nicht. „Mir tut es auch leid, was ich heute Morgen zu dir gesagt habe", zwang sie mit brüchiger Stimme hervor. „Aber ich kann mir nicht vorstellen, warum Georgiana sich so etwas ausdenken sollte."

Darcy blickte auf ihre Hände hinab, die von seinen fest umschlossen wurden. „Das kann ich dir nicht sagen, mein Liebling. Sie war sehr wütend auf mich, weil ich ihr etwas erzählt habe und vielleicht war das ihre Art, zurückzuschlagen. Wenn dem so sei, dann war sie damit äußerst erfolgreich, denn ich kann mir nichts vorstellen, was mich mehr treffen würde, als dein Vertrauen in mich zu erschüttern." Er atmete tief durch und war sich des Risikos bewusst, das er nun einging, und doch wusste er, dass alles andere als die reine Wahrheit an diesem Punkt nur noch größeren Schaden anrichten würde. „Ich möchte ehrlich mit dir sein, auch wenn ich nicht stolz auf das bin, was ich getan habe. Sie hat das nicht vollkommen aus der Luft gegriffen. Es gab da eine Frau, vor ein paar Jahren, obwohl es schon lange vorbei war, ehe wir uns trafen, das schwöre ich dir. Ich habe keine Ahnung, wie Georgiana davon erfahren hat."

Tränen stiegen Elizabeth in die Augen. Die Vorstellung, dass es eine andere Frau gegeben hatte, wenn auch nur in der Vergangenheit, tat weh.

Als er sah, wie sich ihr Gesichtsausdruck veränderte, schloss er sie mit einem undeutbaren Geräusch in seine Arme. Er hielt ihren Kopf an seine Schulter gepresst und wisperte: „Es tut mir so leid, mein Herz, dass ich dir weh getan habe. Ich würde alles tun, um dir den Schmerz zu nehmen."

Sie gönnte sich ein paar behagliche, tröstende Momente in seinen Armen, ehe sie sich von ihm losmachte. Als er sie daraufhin bestürzt ansah, antwortete sie ihm: „Danke, dass du so aufrichtig mit mir warst. Es ist zwar schmerzhaft, doch wenn ich wählen könnte, würde ich dennoch die Ehrlichkeit vorziehen."

„Ich werde dich niemals belügen, mein Liebling. Wie du weißt, ist mir jede Art der Täuschung zuwider. Deine Geradlinigkeit und Ehrlichkeit sind etwas, wofür ich dich immer bewundert habe."

Elizabeth hatte beinahe das Gefühl, den Mann, der da vor ihr stand, nicht zu kennen. So hatte sie ihn noch nie gesehen, diese Direktheit und Intensität war neu an ihm. Ohne es zu sagen, das wusste sie, forderte er nun mehr ein, als jemals zuvor. Sie wusste nicht recht, wie sie sein Verhalten deuten sollte. Er hatte die Macht, sie zu verletzen und das machte ihr Angst. Ihr Stolz war ihr Schutzschild und so hob sie ihr Kinn leicht an, als sie sagte: „Wenn wir also ehrlich sein wollen, dann lass uns auch ehrlich über dieses Verlöbnis sprechen. Mir ist bewusst, dass es nicht das ist, was du dir erwünscht hattest, nachdem solche Schande über meine Familie gekommen war. Ich weiß es sehr zu schätzen, dass du sofort bereit warst, meinen Ruf zu schützen, aber machen wir uns nichts vor, dir wäre es lieber gewesen, wenn es sich hätte vermeiden lassen."

Er sah sie ungläubig an. „Vermeiden? Was hat dich nur auf diesen Gedanken gebracht? Schon lange bevor Hunsford habe ich mir gewünscht, dich zu heiraten und in der Zwischenzeit hätte ich dir mehr als nur einmal auf der Stelle einen Antrag gemacht, wenn ich mir sicher gewesen wäre, dass du zustimmen würdest! Wenn dein Onkel uns nicht unterbrochen hätte, dann hätte ich dich um deine Zustimmung angefleht, sobald ich es über mich gebracht hätte, dich loszulassen!"

Der Augenblick des Vertrauens, den sie zuvor verspürt hatte, war dahin. Verletzt antwortete sie kühl: „Ich weiß es zu schätzen, dass du dir Gedanken um meine Gefühle machst, Fitzwilliam. Doch lass uns ehrlich bleiben – du hast Netherfield verlassen, um mir aus dem Weg zu gehen und das hast du auch weiterhin in London getan. Ich mache dir keine Vorwürfe. Mir ist durchaus klar, warum du mich zu diesem Zeitpunkt nicht mehr als geeignete Braut ansehen konntest, und doch kann ich nun nicht vorgeben, es ließe sich ungeschehen machen."

227

„*Das* ist es, was du geglaubt hast?" Obwohl ihre Behauptung ihn sprachlos machte, konnte Darcy nicht anders und musste einfach lächeln, wie sehr sie ihn missverstanden hatte. Sanft strich er ihr eine widerspenstige Locke in die Frisur zurück. „Meine liebste Elizabeth, meine Liebe, ich bin weggeblieben, weil ich dachte, dass *du* nichts mehr mit *mir* zu tun haben wolltest. Und selbst dann ist es mir nur mehr schlecht als recht gelungen und wenn du an jenem Abend nicht in mein Haus gekommen wärst, dann hätte ich dich aufgesucht, weil ich mich nicht von dir fernhalten könnte, selbst wenn ich es wollte."

„Wie kommst du darauf, dass ich nichts mehr mit dir zu tun haben wollte, nachdem ich... so wie ich dich auf Longbourn begrüßt hatte?", wollte Elizabeth wissen, nun ihrerseits ungläubig, und mehr als nur ein wenig beschämt, dass ihr nun nichts anderes übrig blieb, als auf ihr eigenes unangemessenes Verhalten hinzuweisen.

Nun hatten sie jenen Punkt erreicht, vor dem er sich gefürchtet hatte, seit er das erste Mal vom Verschwinden ihrer Schwester gehört hatte. Darcy schloss die Augen, denn das, was ihn immerzu an seine eigenen Sünden erinnerte, kam ihm nur allzu schwer über die Lippen: „Weil das, was deiner Schwester widerfahren ist, allein meine Schuld ist. Zunächst hörte ich es von deinem Onkel und dann erhielt ich einen Brief von Bingley, in dem stand, dass du es dir nicht verzeihen könntest, Wickham nicht öffentlich bloßgestellt zu haben. Wenn du dir das *selbst* schon nicht vergeben konntest, nachdem ich dich um deine Verschwiegenheit in der Angelegenheit gebeten hatte, wie konnte ich dann davon ausgehen, dass du mir jemals vergeben würdest, wo mir doch so viel mehr Schuld zukam?"

Sie sah ihn forschend an und versuchte, herauszufinden, wie ehrlich seine Worte gemeint waren und schließlich sah sie in ihm wieder den Mann, in den sie sich verliebt hatte. Ihr Gesicht nahm weichere Züge an, als sie sah, wie nahe ihm das Ganze ging. „Mir wäre es niemals in den Sinn gekommen, dich dafür verantwortlich zu machen, nicht damals und jetzt ganz bestimmt

228

auch nicht." Ihre Gedanken wanderten zu jener Zeit, als sie nach Longbourn zurückgekehrt war, nur um festzustellen, dass er fort war und zu jenem quälenden Gefühl des Verlustes, das sie fortan nicht mehr loslassen wollte. Den Tränen nahe, biss sie sich auf die Lippe und wandte den Kopf ab, um ihre Emotionen wieder unter Kontrolle zu bekommen.

„Was bedrückt dich, mein Herz?", drang Darcy in sie, der nur allzu gut den Schmerz auf ihrem Gesicht erkannt hatte. Elizabeth schüttelte vehement den Kopf, denn so offensichtlich wollte sie ihre Verletzlichkeit nicht preisgeben. Seine Stimme wurde sanft als er versuchte, es ihr zu entlocken: „Bitte sag es mir – bitte hab genug *Vertrauen* in mich, um mir zu offenbaren, was dich so beschäftigt."

Darauf zu antworten brachte sie nicht fertig und so schloss sie die Augen und sagte: „Ich weiß nur, dass ich nach Hause geeilt bin und mir nichts sehnlicher gewünscht habe, als bei dir zu sein und mich von dir trösten zu lassen und du warst nicht da." Bei den letzten Worten brach ihre Stimme ein wenig.

Mit dem ganzen Gewicht seiner Fehler auf den Schultern ließ Darcy den Kopf hängen und legte seine Stirn an ihre Handrücken. Es dauerte einen Augenblick, bis er in der Lage war, zu sprechen: „Kein Wunder, dass du meinen Antrag nicht annehmen wolltest. Wie du mich gehasst haben musst! Ich bin ein Dummkopf, nein, schlimmer noch als ein Dummkopf. Wenn ich gewusst hätte, dass du mich bei dir haben wolltest, wäre ich an deiner Seite gewesen, selbst wenn ich dafür jeden Zentimeter von London bis zu dir hätte kriechen müssen."

Etwas in seiner Stimme nahm ihr die Angst. „Ich habe dich *nie* gehasst, nicht eine Minute", sagte sie sanft. Sie beugte sich hinunter, um einen Kuss auf seine dunklen Locken zu hauchen, was ihn mit fragendem Blick zu ihr hochsehen ließ, dann fuhr sie fort: „Ich wollte deinen Antrag annehmen – ich wollte das mehr als alles andere, aber ich wollte nicht, dass du dich zu einer Ehe gezwungen fühlst, die nicht in deinem besten Interesse liegt."

„Du wolltest *mich* dabei schützen?", fragte er und konnte es kaum fassen. „Du *wolltest* meinen Antrag annehmen?"

„Ja", sagte sie mit einem reumütigen Lächeln. „Es scheint, als hätten wir beide uns vorschnell ein Urteil über den anderen gebildet."

Irrungen und Wirrungen!, dachte er, und seine Augen sprachen Bände. Er versuchte, sich ins Gedächtnis zu rufen, was Mrs. Gardiner über Vertrauen gesagt hatte und gab sich große Mühe, seine Gefühle in Worte zu fassen: „Offensichtlich, aber du kannst dir dessen absolut sicher sein, mein Herz? Ich wünsche mir nichts mehr, als dich zur Frau zu haben und daran besteht nicht der leiseste Zweifel, denn du bist die einzige Frau auf dieser Welt, die ich will."

Elizabeth fand seine Worte sowohl beruhigend als auch beängstigend angesichts ihrer Intensität. Ihr Blick wanderte über sein Gesicht und blieb schließlich auf seinen Händen liegen – fest, kundig und stark – die sich um ihre schlossen. Die Worte ihrer Tante hallten in ihrem Kopf wider: *Er braucht dich und du tätest gut daran, ihm zu glauben.* Die Hoffnung, die sie schon für immer verloren geglaubt hatte, entfaltete wieder ihre zarten Blättchen.

Er sah, wie ihre Augen zu leuchten begannen und wünschte sich nichts sehnlicher, als sie zu küssen, ihre Vergebung auf die einzige Art und Weise zu spüren, die er annehmen konnte, und doch wusste er, dass dies nicht der richtige Ort dafür war, noch dazu hatte er ihr körperlich schon genug abverlangt und damit zu ihrem Unglück beigetragen. „Elizabeth", sagte er zögernd.

„Ja, Fitzwilliam?" Sie sah ihm in die Augen und versuchte, ihm damit zu vermitteln, wie viel er ihr bedeutete, selbst wenn sie es noch nicht aussprechen konnte.

„Habe ich dir Kummer bereitet… als ich so forsch und fordernd war?"

Für einen Augenblick sah er so sehr wie ein schuldbewusstes Kind aus, dem man seine Belohnung vorenthielt, dass Elizabeth sich ein Lachen verkneifen musste, allerdings war es offensichtlich, wie ernst es ihm sehr mit der Frage war. Er konnte sich wohl denken, dass ihre Leidenschaft für ihn sie peinlich berührte, doch wie viel er wusste, war ihr unklar. „Sir, nicht Ihr Verhalten ist es, das mir Unbehagen bereitet, sondern mein eigenes", antwortete sie leise.

Wieder führte er ihre Hände an seine Lippen. „Dein Verhalten bereitet mir nichts als Freude."

Ihre Wangen nahmen eine tiefe Röte an und sie senkte den Blick.

Mit Bedauern und Verständnis in der Stimme fuhr er fort: „Aber ich sehe, dass es für dich nicht dasselbe ist. Ich muss mich für meine Selbstbezogenheit entschuldigen." Seine Daumen zogen kleine Kreise auf ihrem Handrücken. „Wenn ich mit dir zusammen war, hatte ich nur meine eigenen Bedürfnisse im Blick und mir zu wenig Gedanken um deine Gefühle gemacht und das kann ich mir nicht leicht vergeben. In meiner Ungeduld habe ich mehr von dir verlangt als mir zustand und ich fürchte, du hast den Preis dafür gezahlt. Aber das hat nun ein Ende – du sollst keine Angst davor haben, mit mir allein zu sein. Ich werde nicht noch einmal versuchen, die Situation auszunutzen." Einen Augenblick lang verstärkte sich sein Griff um ihre Hände, ehe er sie freigab.

Seine Worte berührten sie, vor allem, da sie sich dessen bewusst war, dass nicht wenig andere verlobe Paare ebenso weit gegangen waren, wenn nicht noch weiter. Kurzentschlossen, ehe er sich von ihr lösen konnte, legte Elizabeth ihm eine Hand an die Wange und küsste ihn – kurz, aber mir unverhohlener Leidenschaft – um sich dann beinahe ebenso schnell wieder zurückzuziehen. Überrascht über sich selbst, warf sie der Tür einen raschen Blick zu und hoffte, dass niemand sie gesehen hatte. Als sie zurückschaute, sah Darcy sie mit einer Wärme an, die ihr Herz für einen Moment aussetzen ließ.

„Wie sehr ich dich liebe", sagte er mit belegter Stimme. „Vergiss das nie, mein Herz."

Seine ungekünstelte Aufrichtigkeit bewegte Elizabeth zutiefst und brachte sie gleichzeitig ein wenig in Verlegenheit. Noch konnte sie ihm gegenüber nicht dieselbe Direktheit zeigen, wollte ihn aber dennoch wissen lassen, wie sehr sie sie schätzte. „Danke, dass du zurückgekommen bist. Nach unserem Streit habe ich mich unendlich leer und traurig gefühlt. Ich werde versuchen, dir in Zukunft mehr zu vertrauen."

„Elizabeth!" Die ungebändigte Freude über ihr Zugeständnis war nicht zu überhören. Die Zärtlichkeit, mit der sie ihn ansah, ließ ihn darauf hoffen, dass sie bereits tiefere Gefühle für ihn hegte, und je mehr er darüber nachdachte, desto mehr wünschte er es sich. Er wollte sehen, wie ihre liebreizenden Augen aufleuchteten, wenn er den Raum betrat, um zu wissen, dass er allein der Grund ihrer Freunde war. Er wollte derjenige sein, an den sie sich wandte, wenn sie verzweifelt war oder sich fürchtete und sich sicher sein können, dass sie ihn mit offenen Armen aufnehmen würde, wenn ihn etwas zutiefst verletzte. Und ihre Küsse – er wollte, dass sie dieselbe Freude und Freiheit in seinen Armen empfand wie er, wann immer er sie auch nur berührte, ohne dabei Schuld oder Scham zu empfinden. Doch für dieses Unterfangen würde er Geduld aufbringen müssen – eine Eigenschaft, an der es ihm grundlegend mangelte, wenn es um die liebreizende und verführerische Miss Elizabeth Bennet ging. Nachdem er bereits eine Kostprobe ihrer leidenschaftlichen Natur genossen hatte, würde es schmerzlich werden, es nun vorerst dabei zu belassen, doch was sein musste, musste eben sein. Er riss sich aus den Gedanken an ihre weichen Lippen und brachte es irgendwie über sich, auf den Stuhl neben ihr Platz zu nehmen, wo er sich auf vergleichsweise sicherem Terrain befand. Von dort aus konnte er die Wärme ihres Blickes genießen, ohne unmittelbar Gefahr zu laufen, der Versuchung zu erliegen.

Kapitel 9

„MADELEINE", KNURRTE MR. GARDINER und seine Tonlage ließ darauf schließen, dass er alles andere als erfreut war. „Wie bist du nur auf den Gedanken gekommen, die beiden allein zu lassen?"

Mrs. Gardiner seufzte. Ihr Ehemann lief schon seit er heute nach Hause zurückgekehrt war mit grimmiger Miene herum. Zu seinem Missfallen hatte er seine Nichte allein mit Darcy, der ihre Hand gehalten und ihr dabei vertraut ins Ohr geflüstert hatte, im Wohnzimmer vorgefunden. Mrs. Gardiner ging zu ihm hinüber, ließ ihre Arme um seine Mitte gleiten und legte ihren Kopf an seine Schulter. „Was möchtest du lieber hören – die praktischen Erwägungen oder eine generelle Rechtfertigung, mein Liebster?"

Es war äußerst schwierig, ging es Mr. Gardiner durch den Kopf, seiner Frau böse zu bleiben, wenn sie so liebevoll mit ihm war. „Ich nehme einmal an, dass ich mir beides anhören sollte", gab er ein wenig sanfter zurück.

„Vom praktischen Standpunkt aus gesehen, war Edward schon den ganzen Tag krank und hat meine volle Aufmerksamkeit gebraucht, und ich hätte es für äußerst unfreundlich gehalten, wenn ich Mr. Darcy zu verstehen gegeben hätte, dass man ihn nicht einmal für ein paar Minuten mit Lizzy allein lassen kann, insbesondere, da die Tür offen stand. Aber ich muss auch sagen, dass ich es für das Beste halte, den beiden ein wenig Spielraum zu lassen. Ich weiß, dass du das nicht für richtig hältst, aber die beiden sind sich leidenschaftlich zugetan und mir wäre es lieber, wenn wir sie dabei überraschen, wie sie hier bei uns ein wenig Händchen halten oder sich sogar einen Kuss stehlen. Andernfalls gehen wir das Risiko ein, dass aus lauter Verzweiflung einen Weg finden, sich zu zweit

233

davonzustehlen und dann hätte niemand mehr ein Auge auf sie."
Abschätzend sah sie zu ihm auf.

Doch so leicht würde er sich nicht erweichen lassen. „Du hast ein Händchen dafür, selbst das absurdeste Argument wie die Vernunft selbst klingen zu lassen, meine Liebe. Doch das kann und will ich nicht akzeptieren – das ist *mein* Haus! Sicherlich siehst du ein, dass ich das nicht zulassen kann – was wäre, wenn plötzlich eines der Mädchen auftaucht? Soll ich ihnen dann erklären, dass das bei Lizzy geduldet wird, weil ihr Zukünftiger solch *leidenschaftliche* Gefühle für sie hegt, was bei ihnen nicht toleriert würde? Ich denke nicht!"

Mit einem weiteren Seufzer räumte sie ein: „Vermutlich nicht, mein Liebster – aber hab ein wenig Nachsicht mit ihr. Ich denke, dass sie sich heute ernsthaft mit Mr. Darcy gestritten hat und die beiden haben sich eben erst wieder versöhnt."

Besorgt sah er sie an. „Weißt du, was der Grund für diesen Streit war?"

„Ja, das weiß ich, aber ich werde es dir nicht sagen. Alles ist nun wieder geklärt und beruhte nur auf einem Missverständnis. Es wäre nicht gut für deine Verdauung, wenn du es wüsstest", sagte sie mit einem Lächeln.

Er warf ihr einen argwöhnischen Blick zu und antwortete: „Aus irgendeinem Grund habe ich den leisen Verdacht, dass da mehr dahinter steckt, aber ich kenne dich zu gut, um mit dir diskutieren, wenn du mich mit diesem Blick anschaust. Also gut, behalt es für dich, ich vertraue dir."

Sie küsste ihn sachte. „Ich werde mich nun wieder zu ihnen gesellen, sodass du dir darum keine Sorgen mehr zu machen brauchst."

„Später *werde* ich noch ein Wörtchen mit Lizzy wechseln", bekräftigte er.

„Ja, mein Liebster, ich weiß", antwortete sie.

ALS SIE SICH an diesem Abend zur Ruhe legte, war Elizabeth zu müde, um an etwas anderes als Schlaf zu denken. Doch als sie am nächsten Morgen die Augen öffnete, war sie noch immer durcheinander und fühlte sich von allem, was tags zuvor geschehen war, verunsichert. Große Teile ihres Verhaltens beschämten sie – Darcy war vollkommen im Recht, dachte sie, wenn er meinte, sie hätte ihm genügend Vertrauen entgegenbringen sollen, um ihn direkt auf die Anschuldigungen seiner Schwester anzusprechen. Außerdem war da noch die Sache mit Georgiana, offensichtlich würden sie und Elizabeth ihr neues Verwandtschaftsverhältnis unter den denkbar ungünstigsten Bedingungen beginnen. Elizabeth war durchaus gewillt, Nachsicht walten zu lassen, was die Eifersucht ihrer neuen Schwägerin anbelangte. Doch nun, da sie die Wahrheit kannte, konnte sie die Tatsache, nicht außer Acht lassen, dass die junge Frau mit der sie künftig ein schwesterliches Band verbinden sollte, sie vorsätzlich getäuscht hatte, was ihr sowohl Schmerz zugefügt hatte, als auch äußerst zerstörerisch hätte enden können. Mit Darcy hatte sie nicht darüber gesprochen, und doch musste sie annehmen, dass ihn das Verhalten seiner Schwester ärgerlich stimmte.

Was die Sache mit ihrem Onkel anbelangte, ging es ihr auch nicht besser. Nachdem Darcy am vorigen Tag aufgebrochen war, hatte Mr. Gardiner sie in sein Arbeitszimmer mitgenommen, um ihr eine Moralpredigt zu halten, die jene noch übertraf, die sie eingehandelt hatte, nachdem er sie an besagtem Abend in Darcys Stadthaus erwischt hatte. *In meinem Haus, unter meinem Dach, erwarte ich von dir, dass du dich an meine Regeln hältst,* hatte er gesagt. *Wenn dieses Ausmaß an Disziplin über deine Fähigkeiten geht, dann tut es mir leid, dir mitteilen zu müssen, dass du hier nicht länger willkommen sein wirst.* Sein eisiger Tonfall hatte sie schwer getroffen, doch was sie noch mehr verletzte, war seine Zurückweisung. Das Haus der Gardiners hatte sie immer als ihr zweites Zuhause angesehen, und nun für etwas, das sie für keinen bedeutsamen Verstoß hielt, so rundheraus abgewiesen zu werden, kränkte sie. Nach all den emotionalen Herausforderungen dieses Tages war das beinahe mehr gewesen, als sie verkraften konnte.

Sie sehnte sich danach, Darcy zu sehen, denn im Moment schien er ihr einziger Verbündeter zu sein. Sie wusste, dass ihn eben diese Dinge, die Mr. Gardiner so aufgebracht hatten, nicht im Mindesten aus der Ruhe brachten. Wieder drehten sich ihre Gedanken darum, was er tags zuvor mit so viel Aufrichtigkeit in den Augen gesagt hatte: *Dein Verhalten bereitet mir nichts als Freude.*

Der Ärger mit ihrem Onkel und ihre quälenden Selbstvorwürfe verblassten, wenn sie daran dachte, wie vollkommen anders Darcys Einstellung zu ihren Gefühlen war. Für ihn, das wurde ihr nun bewusst, waren sie nicht unangemessen. Das stand in so starkem Kontrast zu dem, was man ihr bisher darüber eingebläut hatte, welche Ansprüche ein Mann an seine Ehefrau stelle. Es war nur schwer zu glauben, dass er sie sich in dieser Hinsicht nicht passiver wünschte, und doch war es offensichtlich genau so.

Wenig später am selben Morgen wartete sie voll Ungeduld darauf, dass Mr. Darcy ihr seine Aufwartung machte, als sich ihre Tante kurz im Wohnzimmer zu ihr gesellte. Elizabeth, die sich dessen bewusst war, welchem Dilemma ihre Tante sich ausgesetzt sah – ihr als Anstandsdame zu dienen und sich gleichzeitig um ein krankes Kind zu kümmern – schlug vor, einen Spaziergang mit Mr. Darcy zu unternehmen, um ihr wenigstens eine Last von den Schultern zu nehmen.

„Wenn du das möchtest, Liebes, dann dürft ihr natürlich ausgehen, ihr könnt aber auch hier bleiben. Das würde mir auch kein Kopfzerbrechen bescheren", sagte Mrs. Gardiner.

Elizabeth errötete und war sich sicher, ihre Tante spielte darauf an, dass sie gemaßregelt worden war. „Sorgen musst du dir auch keine machen", sagte sie höflich, wenn auch nicht ganz glücklich.

Ihre Tante hielt inne und sah sie mitfühlend an. „Weißt du, Liebes, dein Bedürfnis nach Mr. Darcys Nähe ist ganz und gar nicht ungewöhnlich. Es sagt in der Tat, so sehe ich das, sehr viel über deine Gefühle für ihn aus. Es gibt so einiges an den Regeln unserer Gesellschaft, das ich nicht verstehe. Dazu gehört unter anderem auch, dass wir, wenn wir festlegen, ein bestimmtes *Verhalten* solle nicht an den Tag gelegt werden, eben dies nicht kundtun. Stattdessen vertreten wir die Auffassung, dass niemand den *Wunsch* verspüren darf, sich auf diese Art und Weise zu verhalten, als ob der Wunsch und seine Ausführung ein und dasselbe wären. Du hast eine leidenschaftliche Natur, Lizzy, und das ist nichts, dessen du dich schämen müsstest."

Diese scharfsinnige, kleine Rede führte dazu, dass Elizabeth nur noch verlegener wurde, gleichzeitig wirkte sie aber auch beruhigend auf sie. Wenn Mrs. Gardiner, die sie so sehr bewunderte, nichts beschämendes in ihren Wünschen und Bedürfnissen sah, dann war sie mit ihren Gefühlen vielleicht nicht ganz so allein, wie sie gedacht hatte. „Dankeschön. Mich hat das alles nur allzu sehr verwirrt."

„Das kann ich mir vorstellen", sagte ihre Tante und drückte ihr mit einem verständnisvollen Lächeln einen Kuss auf die Wange, ehe sie sich aufmachte, um nach ihren Kindern zu sehen.

ALS MR. DARCY EINTRAF, begrüßte Elizabeth ihn mir einer solchen Freude, dass es ihm den Atem verschlug. Ein wenig hatte er sich Sorgen gemacht, wie sie sich nach ihrem Streit von gestern fühlen würde, doch als er sah, wie ihre Augen aufleuchteten als sie ihn erblickte, nahmen sie ihm jeden Zweifel, nein, sie brachten es fertig, ihn in die Gefilde höchster Freude zu befördern. Er sehnte sich danach, sie in seine Arme zu nehmen und mit sich fortzutragen, doch nach reiflicher Überlegung war er bedauernd zu dem Schluss gekommen, dass es um Elizabeths willen wohl besser wäre, wenn er sich die restliche Zeit ihres Verlöbnisses wie ein perfekter Gentleman

237

benehmen würde. Er hoffte inständig, dass ihre Eltern nicht auf einer langen Verlobungszeit bestehen würden, denn es fiel ihm schwer genug, die notwendige Zurückhaltung aufzubringen, wenn sie ihn mir solch offenkundiger Zuneigung ansah.

Elizabeth, die es vermeiden wollte, das Zusammentreffen mit ihrem Onkel zu besprechen, griff die Idee eines Spaziergangs auf, die auch seinerseits auf Gegenliebe traf. *Zumindest kann ich ihm so nahe sein und seinen Arm berühren, ohne mich dessen schämen zu müssen*, dachte sie.

Darcy brachte er es nicht über sich, Reue zu empfinden ob der größeren Wärme, mit der Elizabeth ihm begegnete, denn sie war Balsam für seine Seele, die sich nach ihrer Zuwendung sehnte. Seine Zurückhaltung stellte sie jedoch auf eine schwere Probe, insbesondere als sie sich eng an seinen Arm schmiegte, sodass er all seine wollüstigen Gedanken beiseiteschieben musste, um die Beherrschung nicht vollends zu verlieren.

Auch wenn der Besuch gut verlief, kam Elizabeth nicht umhin, festzustellen, dass er sie nicht mehr mit leidenschaftlichen Blicken bedachte. Ebenso fehlten ihr seine gewagten Vorstöße in der Unterhaltung sehr, er ging nicht mehr so mit ihr um, wie er das bei vorangegangenen Spaziergängen getan hatte. Beschämt stellte sie fest, dass sie es vermisste, ebenso wie das stimulierende Gefühl der Verbundenheit, das sich dadurch bei ihr einstellte. Es schien, als habe er urplötzlich diesen Teil ihrer Verbundenheit beiseitegeschoben. Ihr Kopf wusste wohl, dass er das aus gutem Grund und um ihretwillen tat und doch verspürte ihr Herz eine Spur von Reue.

An diesem Nachmittag verabschiedete sie sich mit Bedauern von ihm. Ihre Enttäuschung war nur umso größer, denn sie wusste, dass sie ihn am folgenden Tag nicht sehen würde, da ihr Onkel seine Geschäftspartner zu Gast haben würde. Darcy konnte sich nicht helfen und verweilte beim Abschied noch ein wenig länger als nötig über ihrer Hand, denn in diesen letzten Augenblicken wollte er seinen Augen noch zugestehen, all sein Verlangen nach ihr auszudrücken, als er ihr sagte, dass sie ihm fehlen würde.

Auch Elizabeth war ein wenig schwermütig ums Herz, nachdem er aufgebrochen war, wurde aber bald schon abgelenkt, als ein Dienstmädchen mit einem soeben für sie eingetroffenen Brief in der Tür erschien. Die Handschrift war Elizabeth fremd und so öffnete sie ihn mit einem nicht geringen Maß an Neugierde. Ohne Umschweife und Grußformel begann er mit:

Sie können keinen Zweifel daran hegen, aus welchem Grund ich Ihnen diesen Brief schreibe. Mir wurde von Ihrem Verlöbnis mit meinem Neffen berichtet. Ich bin aufs Äußerste verärgert; zu sehr, um auch nur in Betracht zu ziehen, dass Sie mit einer solch herzlosen Missachtung für seine Ehre, seine Pflichten der Familie gegenüber und seiner Stellung in dieser Welt handeln könnten und ihn mit Ihren Verführungskünsten und Reizen bezirzt haben, um ihn zu einer solchen Entscheidung zu verleiten! Hätte er all seine Sinne beisammen gehabt, wäre er niemals ein solches Wagnis eingegangen, das den Wünschen seiner Mutter und seiner gesamten Familie in vollem Umfang widerspricht. Haben Sie keinerlei Achtung vor den Wünschen seiner Lieben? Fehlt Ihnen jegliches Fingerspitzengefühl für Anstand und Schicklichkeit?

Gegen eine solche Ehe sollte Ihr ureigenes Ehrgefühl, Ihr Anstand und Ihre Umsicht sprechen, nein, vielmehr noch stünde sie Ihren eigenen Interessen entgegen! Ja, Sie handeln nicht in Ihrem Interesse, denn erwarten Sie nicht, dass seine Familie oder seine Freunde Ihnen Beachtung schenken werden, wenn Sie wissentlich gegen deren Willen handeln. Ich kann Ihnen versichern, eine solche Eheschließung würde niemals durch seine Familie anerkannt werden und dass Sie ihn damit zu einem Ausgestoßenen unter all seinen Liebsten machen werden. Man wird Sie verurteilen und mit Missachtung strafen und noch dazu werden Sie von allen verachtet werden, zu denen er bislang

Verbindungen unterhält. Ihre Ehe wird ein Schandfleck sein, Ihr Name wird uns niemals über die Lippen kommen.

All jenen Einwänden, die ich bislang vorgebracht habe, werde ich noch einen weiteren hinzufügen. Mir sind die Umstände der schändlichen Flucht Ihrer Schwester durchaus bekannt. Und solch ein Backfisch soll die Schwägerin meines Neffen werden? Soll ihr Angetrauter, der Sohn des verstorbenen Verwalters meines Schwagers, sein Schwager werden? Soll das ehrenwerte Geschlecht derer von Pemberley derart beschmutzt werden? Seien Sie versichert, Miss Bennet, dass ich diesen Appell auch an meinen Neffen richten werde, in unerschütterlicher Überzeugung, dass er zur Vernunft kommen und jenen immensen Fehler, den er gemacht hat, erkennen wird, ehe es zu spät ist. Ich bin aufs Ernsthafteste verstimmt.

Signiert hatte den Schrieb Lady Catherine de Bourgh. Diese außergewöhnliche Postsendung erregte ihr Gemüt derart, dass es sich so schnell nicht mehr beruhigen wollte. Ein solcher Angriff, nun da ihr Verlöbnis bereits vollzogen war, schockierte sie zutiefst. Sicherlich glaubte Lady Catherine nicht ernsthaft daran, dass ihr Neffe sein Versprechen ihr gegenüber brechen würde? Sie hatte sich schon gedacht, dass seine Familie nicht allzu viel von der Verbindung halten würde, doch mit einem direkten, offenkundig beleidigenden und kränkenden Angriff hatte sie nicht gerechnet.

Ihre erste Reaktion darauf war richtiggehend Wut über die Beleidigungen gewesen, mit denen Lady Catherine sie und ihre Familie bemaß, doch bald schon breitete sich ein entmutigendes und ungutes Gefühl in ihr aus. Wenn sie Recht hätte und seine Familie sie ächten würde, würde ihn das früher oder später gegen sie selbst oder gegen seine Familie aufbringen. In beiden Fällen würde er einen hohen Preis für seine Ehe zahlen. Sie konnte sich nicht vorstellen, dass Darcys Ehrgefühl es zuließe, die Entscheidung, sie zu heiraten, noch einmal zu überdenken, selbst wenn er es wollte. Doch dass er es mit der Zeit bereuen könnte, daran hegte sie keinerlei Zweifel. Sie konnte sich nicht vorstellen, was ihr größeren Schmerz bereiten könnte.

Sie wusste nicht genau, wie sehr Mr. Darcy seine Tante ins Herz geschlossen hatte, oder wie abhängig er von ihrem Urteil war, doch es lag nahe, dass er wesentlich besser von ihrer Ladyschaft denken musste, als *ihr* das gelingen könnte. Es lag auf der Hand, dass seine Tante ihn an seiner Achillesferse treffen würde, wenn sie ihm all die Nachteile einer Ehe mit einer Frau aufzählte, deren gesellschaftliche Verbindungen den seinen nicht das Wasser reichen konnten. All die Ängste, die sie beiseitegeschoben hatte, um sein Werben und seine Gesellschaft zu genießen, kehrten nun umso heftiger wieder zurück. Sie wollte nicht, dass er auf irgendeine Weise zu Schaden kam, und doch wusste sie, dass sie nun schon viel zu sehr an ihm hing, um ihn aufzugeben, selbst um seinetwillen. Und ihr Onkel würde es auch nicht zulassen, gemäß dem Fall, dass sie es versuchte.

Einem anderen Dilemma musste sie sich auch noch stellen: Sollte sie Darcy vom Brief seiner Tante erzählen oder besser doch nicht? Falls sie es täte, würde er ihn zweifelsohne lesen wollen, was sie am liebsten vermeiden würde. Doch wenn sie sich dazu entschloss, den Brief vor ihm geheim zu halten, wäre er sicherlich verärgert mit ihr, wenn er später dahinter kommen sollte. Über viele Stunden hinweg drehte und wendete sie das Problem in Gedanken und kam zu keinem Ergebnis.

Abends beim Dinner verkündete ihr Onkel, dass er von Mr. Bennet endlich eine Antwort auf seinen Brief erhalten habe. Als Elizabeth besorgt fragte, welchen Standpunkt ihr Vater vertrat, zog Mr. Gardiner stumm, aber mit unübersehbarem Mitgefühl, einen gefalteten Briefbogen aus seiner Tasche und reichte ihn ihr. Sie entfaltete das Blatt, um festzustellen, dass darauf nur ein einziger Satz geschrieben stand: *„Ich gebe meine Zustimmung"*, war über der ihr vertrauten, gekritzelten Unterschrift ihres Vaters zu lesen.

Ihr wurde schwer ums Herz. Sein Missfallen bracht er durch sein Schweigen noch viel deutlicher zum Ausdruck, als er es mit einer langen Tirade hätte tun können. *Ich hätte wohl kaum mehr erwarten können,* sagte sie sich. *Schließlich wirft es kein gutes Licht auf ihn, wenn nun auch noch eine weitere seiner Töchter kompromittiert wurde. Und Mr. Darcy hat er ohnehin noch nie gemocht.* Sie beschloss, alles zu unternehmen, was in ihrer Macht stand, um seine Meinung von ihm nach ihrer Rückkehr zu verbessern, und trotzdem schmerzte seine Antwort. Sie hatte gehofft, nach ihrer Rückkehr nach Hause wieder ein besseres Verhältnis zu ihrem Vater zu haben, als sie es bei ihrer Abreise gehabt hatten, doch nun schien es nicht so zu kommen.

Mrs. Gardiner fiel auf, wie bedrückt ihre Nichte an diesem Abend wirkte und versuchte, sie aus der Reserve zu locken, was ihr jedoch nicht gelingen wollte. Elizabeth behielt ihre Sorgen für sich, denn sie war sich nicht sicher, ob sie in der Lage sein würde, sich zusammenzunehmen, falls sie sich öffnete. Sie fühlte sich umgeben von Missbilligung, sei es nun vonseiten seiner Familie oder ihrer eigenen, die entweder sie selbst oder ihre Entscheidungen in Frage stellten, was schmerzlich und unerträglich war. Alles, was sie nun wollte, war Darcy zu sehen und sie wusste, dass sie aus seiner Präsenz Kraft schöpfen könnte, denn er wäre in der Lage, ihr zu versichern, dass sie all diese Widrigkeiten zusammen bewältigen würden. Doch falls *ihm* Zweifel kämen, wüsste sie nicht, wie sie das verkraften sollte. Wie wenig sie ihm im Ausgleich für seine Beständigkeit und Liebe doch bisher gegeben hatte! Sie bereute jede schnippische Bemerkung und jede Unverschämtheit, die sie ihm jemals an den Kopf geworfen hatte und all den Schmerz, den sie durch ihre Fehleinschätzungen und ihr mangelndes Vertrauen in ihm ausgelöst hatte und sogar ihre Ambivalenz, wenn er sich ihr zugewandt hatte. Er verdiente so viel mehr und sie beschloss, dass er genau das in Zukunft von ihr bekommen würde. Sie bereute ebenfalls, dass er sich nun ihretwegen nicht mehr wohl damit fühlte, sie auch nur leidenschaftlich anzusehen, geschweige denn, ihr ein paar Küsse zu schenken.

Später, als sie allein war, vergoss sie ein paar Tränen über die beiden Briefe. Den Missmut ihres Vaters meinte sie deutlich spüren zu können. Lady Catherines Opposition beunruhigte sie zwar, schmerzte aber nicht so tiefgehend und doch brach darüber noch einmal die Wunde auf, die Georgianas Verrat an Darcy und ihr gerissen hatte. Sie spürte, wie sehr das Benehmen seiner Schwester Darcy getroffen haben musste. Wie sie jemals friedlich als Familie zusammenleben sollten, war ihr schleierhaft. Wie viel mehr ihn seine Liebe zu ihr bereits gekostet hatte, als er damals in Hunsford angenommen hatte, als er noch dachte, dass sie lediglich als Herabsetzung einzustufen wäre. Wenn er damals schon geahnt hätte, dass ihn seine gesamte Familie zurückweisen würde, hätte er auch dann noch darauf bestanden, sie zu umwerben?

Sie brachte eine unruhige Nacht hinter sich, während derer sie an einen Punkt gelangte, an dem sich durch ihren nächtlichen Schlafmangel der Schmerz über die Zurückweisung ihrer Familien in bittere Wut über diese Ungerechtigkeit verwandelte. Was hatte sie schon verbrochen, abgesehen davon, sich in einen respektablen Mann zu verlieben, der sie auch liebte und noch dazu eine brillante Partie war? Ihr Verhalten war nicht unfehlbar gewesen, dennoch ging es in keinster Weise über das hinaus, was andere verlobte Paare ebenfalls taten, wenn auch ein wenig diskreter. Und doch war es weit von Lydias Taten entfernt, die jeden Anstand über Bord geworfen hatte und auch nicht viel schlimmer als das, was ihre jüngeren Schwestern regelmäßig zur Schau stellten, wenn sie auf Männer trafen, mit denen sie kaum bekannt waren. Warum nur, wunderte sie sich, hatte sie sich so sehr gegen Darcys körperlichen Ausdruck seiner Gefühle für sie gesträubt, wenn er doch immer in ihrem stillschweigenden Einvernehmen geschah? Niemals hatte er ein „Nein" von ihr nicht akzeptiert und ebenso – das musste sie sich ehrlicherweise eingestehen – nichts getan, das sie nicht auf mehr hatte hoffen lassen. Zudem brachte sie auf, dass ihr von eben jenen Leuten Glauben gemacht wurde, sie solle sich schuldig dafür fühlen, dass sie sich nach seinen Berührungen sehnte, die nun so herzhaft ihr Missfallen darüber zum Ausdruck brachten, dass sie auf natürlichste Art und Weise ihre Liebe zu dem einen Mann zeigte, der ihr mit Freundlichkeit, Respekt und Liebe begegnete.

Wie mitternächtliche Gedankenspiele es so an sich haben, wuchs ihr Schmerz und ihre Verbitterung nur umso mehr an, je länger sie darüber nachgrübelte und schließlich wurde der Ärger von Ablehnung abgelöst, auf die wiederum ein Gefühl rücksichtsloser Gleichgültigkeit gegenüber jenen folgte, die sie so verletzt hatten. Schlussendlich beschloss sie erschöpft, dass sie ihren künftigen Ehemann und dessen Meinung allem anderen vorziehen würde und ihre Familie hinten anstehen musste. Und wenn sie am nächsten Morgen immer noch dasselbe Bedürfnis verspüren würde, ihn zu sehen, wie sie es eben tat, dann würde sie zu ihm gehen, ganz gleich, was andere darüber denken mochten. Und wenn ihm der Sinn danach stand, seinen Gefühlen körperlich Ausdruck zu verleihen, dann würde sie keinen Einwand dagegen vorbringen.

ELIZABETH ERWACHTE AM nächsten Morgen aus vagen und beunruhigenden Träumen und stellte fest, dass weder ihre Verstimmung noch ihre Entschlossenheit der letzten Nacht sich gelegt hatten. Sie ging nicht sofort zum Frühstück hinunter, da sie nicht auf Mr. Gardiner treffen wollte. Auch wenn er am Abend zuvor ein gewisses Einfühlungsvermögen gezeigt hatte, schien es ihr unklug, das Risiko einzugehen, er könnte auf irgendeine Art und Weise Witterung von ihrem kürzlich erwachten tollkühnen Widerstand gegen seine Autorität aufnehmen. Sie verbrachte ihre Zeit damit, sich Lady Catherines Brief nochmals zu Gemüte zu führen. Nun las sie ihn nicht mehr als Beleidigung gegen sich selbst, sondern war vielmehr verärgert darüber, dass Ihre Ladyschaft gewillt war, ihn aus dem Schoße der Familie zu verstoßen, und das aus dem schlichten Grund, weil er die Dreistigkeit besaß, seinem Herzen zu folgen.

Fehlt Ihnen jegliches Fingerspitzengefühl für Anstand und Schicklichkeit? – Elizabeth las den Satz mit einem zynischen Lächeln und erinnerte sich daran, wie sie sich tags zuvor dadurch noch beleidigt gefühlt hatte. Nun betrachtete sie ihn beinahe als Tapferkeitsabzeichen.

Größeren Schmerz bereitete es ihr, als sie die Notiz ihres Vaters nochmals öffnete – einen Brief konnte man sie kaum nennen – und seinen schnell dahin gekritzelten Satz betrachtete. Dass er sie kurzerhand abfertigte! Erneut verspürte sie seine Unwilligkeit, ihr Gehör zu schenken, sowohl als sie ihm davon abgeraten hatte, Lydia nach Brighton reisen zu lassen, als auch das zweite Mal, als er nicht anerkennen wollte, was Lydias Flucht sie gekostet hatte.

Es schien so, als wäre ihr Vater nur dann stolz auf sie, wenn er eine geistreiche und wortgewandte Gefährtin brauchte. Doch wann immer sie auf ihn als Vater angewiesen war, und für ihn dabei kein Amüsement in Sicht war – nicht so wie damals bei Mr. Collins – oder ihre eigene Meinung vertrat, verhielt er sich ihr gegenüber vollkommen anders.

Ebenso verhielt es sich mit all den Leuten, die zwischen ihr und Mr. Darcy standen! Sie war fest entschlossen, sich nicht mehr deren Wünschen und Plänen unterzuordnen. Vielmehr beschloss sie, ihr eigenes Glück als Maßstab für ihr Verhalten anzusetzen, ohne sich dabei von anderen dreinreden zu lassen. Und wenn sie zu dem Schluss kämen, dass das, was sie vorhatte, kühn und skandalös war, dann würde sie sich nicht davon beirren lassen.

Als sie schließlich hinunter ging, fand ihre Tante, die mit all den Erfordernissen ihres Haushaltes beschäftigt war, trotzdem noch Zeit, sie herzlich zu grüßen und zu fragen: „Lizzy, geht es dir heute Morgen auch gut?"

Die Sorge in Mrs. Gardiners Stimme verleitete sie einen Augenblick lang beinahe dazu, ihre Pläne wieder zu überdenken, denn eigentlich wünschte sie sich nichts sehnlicher, als ihrer Tante zu gestehen, wie verletzt und verärgert sie war. Doch sie

245

wusste, dass Mrs. Gardiner, die sich zwar aufrichtig um sie sorgte, heute keine Kraft für sie erübrigen konnte, da sie sich sowohl um die Vorbereitungen für die zu erwartenden Gäste als auch um ihre kranken Kinder kümmern musste.

Ihre Tante hatte alle Hände voll zu tun und das kam Elizabeth nur allzu gelegen, machte es ihr das Ganze doch nur umso leichter, sich davonzustehlen. Nichtsdestotrotz kam es Elizabeth so vor, als müsse sie viel zu viele Pläne schmieden, um sich unbemerkt zum Stadthaus der Darcys absetzen zu können. Niemand sollte mitbekommen, dass sie sich ein wenig Zeit mit ihm stahl. Ihr erster Schritt bestand darin, ihre Tante zu informieren, dass sie einer befreundeten jungen Dame, Miss Harris, einen Besuch abstatten werde.

Mrs. Gardiner sah dabei eher erleichtert denn besorgt drein und bat Elizabeth lediglich, Miss Harris und ihrer Mutter ihre besten Grüße auszurichten. Elizabeth versprach es eifrig, auch wenn sie ein gewisses Schuldgefühl beschlich, weil sie ihre Tante belogen hatte, und brach nach dem Frühstück auf. Einige Straßenzüge ging sie in Richtung des Harris'schen Hauses, ehe sie sich auf den Weg zu einem Standplatz für Mietskutschen machte. Mit klopfendem Herzen angesichts ihrer eigenen Kühnheit ignorierte sie erhobenen Hauptes den missbilligenden Blick des Fahrers, der sich wunderte, weshalb eine junge Dame vollkommen allein, ja nicht einmal in Begleitung eines Dienstmädchens, unterwegs war. Anweisungen wurden gegeben, sie zum Grosvenor Square zu bringen. Von dort aus lief sie zur Brook Street und stellte erfreut fest, dass sie problemlos eine verlassene Seitengasse, am Stall vorbei, bis zum Garten von Darcy House nehmen konnte. Und dann musste sie feststellen, dass ihr das Glück – oder die Vorsehung – tatsächlich hold war. Darcy war nicht nur zu Hause, sondern noch dazu in seinem Wohnzimmer, dessen französische Flügeltüren sich zur Terrasse und dem Garten hin öffneten. Um Courage bemüht, atmete sie einmal tief durch und klopfte sanft an das Glas, um seine Aufmerksamkeit auf sich zu ziehen.

Allem Anschein nach war Darcy in seine Zeitung vertieft gewesen, als er ihr Klopfen gehört hatte. Tatsächlich allerdings hatte er sich einem angenehmeren Zeitvertreib hingegeben und in Erinnerungen geschwelgt. Hier in diesem Sessel war er mit Elizabeth auf seinem Schoß gesessen. Die Wonne, die er verspürt hatte, als er sie mit Küssen abgelenkt und ihre sanfte Haut unter seinen Fingern gespürt hatte, während er ihr Kleid aufgeknöpft hatte, war ihm eine willkommenere Ablenkung, als die neuesten Berichte über den Krieg auf der iberischen Halbinsel zu lesen.

Überrascht und ein wenig peinlich berührt, dass er erwischt worden war, als er sich solch intimen Gedanken hingab, bemerkte er seinen Besuch. „Elizabeth!", stieß er hervor und öffnete sichtlich erfreut über ihr Kommen die Tür weiter, um sie hereinzulassen. „Das ist aber eine schöne Überraschung." Mannhaft kämpfte er dagegen an, seine Gedanken von dem Verlangen abzulenken, an Ort und Stelle über sie herzufallen.

Mit Erleichterung stellte sie fest, dass er ihr unorthodoxes Eintreten gut aufnahm, doch ihre Freude darüber, ihn zu sehen, zerstreute jegliche Zweifel über ihr Benehmen. Bis sie in seinen Armen lag, war ihr nicht klar gewesen, wie sehr sie sich danach gesehnt hatte. Sie atmete tief ein, schenkte ihm ein verspieltes Lächeln und sagte: „Ich freue mich auch sehr, dich zu sehen. Und ich bin froh, dass du zu Hause bist."

Das Glitzern in ihren Augen hatte den üblichen Effekt auf Darcy – er war hingerissen. Ehe sie ihn jedoch vollkommen in ihren Bann ziehen konnte, schielte er in den Garten hinaus, in Erwartung, dort ihre Tante oder zumindest eine Zofe zu entdecken. „Ist Mrs. Gardiner gar nicht bei dir?", fragte er.

Elizabeth lief rot an. Der Moment der Wahrheit war nun also gekommen. Sie befürchtete und hoffte beinahe, er würde die Intention ihres Besuchs erkennen, sobald er verstand, dass sie allein und heimlich zu ihm gekommen war. „Ich muss gestehen, dass ich allein hergekommen bin. Meine Tante denkt, ich besuche eine Freundin."

Darcys Augenbrauen schossen in die Höhe. Er hätte niemals erwartet, dass Elizabeth besondere Anstrengungen unternehmen würde, um mit ihm allein sein zu können – und dann war sie auch noch so weit gegangen, ihre Familie über ihre wahren Absichten zu täuschen! Doch just als er das verstanden hatte, wurde ihm klar, dass sie es ihm damit nicht unbedingt leichter machte. Es war wenig problematisch gewesen, ihr sein Wort zu geben, sie sei vor seinen Avancen sicher, als er glaubte, dass ihre Chancen, allein und für sich zu sein, sich auf ein Minimum beschränkten. Und doch war es eine ganz andere Sache, wenn sie so vor ihm stand und ihn mit diesem herrlich spitzbübischen Ausdruck ansah, während sie, abgesehen von einer Handvoll Bediensteter, allein im Haus waren.

Er würde sich in Acht nehmen müssen, wenn er seine Zurückhaltung aufrechterhalten wollte. Diesen Plan schmiedete zumindest seine Vernunft, sein Herz war nicht so kooperativ. *Warum kämpfst du noch dagegen an?*, fragte er sich spöttisch. *Du weißt selbst nur zu gut, dass du früher oder später der Versuchung erliegen und sie küssen wirst, warum es also hinausschieben? Nur um dich mit stolz geschwellter Brust in deiner Selbstbeherrschung sonnen zu können?* Nicht einmal sich selbst gegenüber wagte er, die wahre Antwort darauf auszusprechen – dass es, wenn er einmal damit begonnen hatte, nichts gäbe, was ihn noch aufhalten konnte.

Nach außen hin wirkte er gefasst und gelassen, sein innerer Tumult drang nicht bis zur Oberfläche durch. „Was verschafft mir die Ehre deines Besuches?", wollte er höflich wissen.

„Ich hatte den Wunsch dich zu sehen, brauche ich dafür einen bestimmten Grund?", neckte sie ihn. „Genügt es nicht, dass ich dich vermisse, wenn ich den ganzen Tag lang nicht das Vergnügen deiner Gesellschaft haben werde?" Nun fühlte sie sich ein wenig ratlos. Sie war davon ausgegangen, dass er, sobald er sich dessen gewahr wurde, dass sie allein war, ebenso wie bisher auch nicht zögern würde, um die Situation für sich zu nutzen. Doch er wollte wohl um jeden Preis Umsicht walten lassen, wie ihr schien, und so suchte sie fieberhaft nach neuen Strategien.

Ihr kecker Ton brachte seine mühsam aufrechterhaltene Zurückhaltung gehörig ins Wanken. Er faltete seine Hände absichtlich vor dem Körper, wo sie keinen Unsinn anstellen konnten. „Ich kann nicht behaupten, dass ich das nicht gerne höre", antwortete er leichthin.

Sie legte den Kopf in den Nacken. „Schockiert es dich, dass ich ganz alleine hergekommen bin?"

„Du verstehst es immer wieder, mich zu überraschen, mein Herz", entgegnete er. Ihm wurde leicht schwindelig, wenn sie ihn so ansah. *Wenn ich es nicht besser wüsste, würde ich schwören, sie hofft darauf, von mir geküsst zu werden! Sie wäre niemals gekommen, wenn sie sich dessen bewusst wäre, welch einen Kampf ich ausstehe, um sie nicht zu berühren.* Noch einmal drängte sich ihm das Bild auf, wie weich sie gewesen war, als er ihr an jenem Tag das Kleid geöffnet hatte. *Hör auf damit!*, wies er sich selbst zurecht. Und so suchte er krampfhaft nach einem neutralen Gesprächsthema, um schließlich zu fragen: „Geht es deiner Tante gut? Und deinen Cousins und Cousinen auch?"

„Meiner Tante geht es ausgezeichnet, aber ihr Jüngster hat eine fiebrige Erkältung, sodass sie heute vollauf beschäftigt ist, da sie sich um ihn und die Gäste meines Onkels kümmern muss", erklärte Elizabeth, die langsam nervös wurde. Konnte es sein, dass sie seine Wünsche falsch eingeschätzt hatte? War es möglich, dass ihn ihr ungebührliches Verhalten abstieß, statt ihm zu gefallen, wie sie vermutet hatte? Darüber wollte sie nicht einmal nachdenken und einem waghalsigen Impuls folgend, ging sie auf ihn zu, um sich ganz dich vor ihn zu stellen. Ihre eigene Kühnheit machte die Sache nur umso prickelnder und als sie zu ihm aufsah, entdeckte sie zum ersten Mal, wie sehr er um seine Selbstbeherrschung rang. Mehr brauchte es nicht, um sie zu ermutigen und so ließ sie mit einem verschmitzten Grinsen ihre Arme um seinen Nacken gleiten.

Das ist mehr, als man von einem Mann verlangen kann, dachte Darcy verzweifelt. Angesichts ihrer offensichtlichen Einladung konnte er sich nicht helfen, seine Lippen fanden den Weg zu ihren beinahe von selbst, um von ihrer Süße zu kosten. Eigentlich wollte er sich nur einen Moment des Glückes stehlen, doch stieß er bei ihr auf so viel Hingabe, dass seine Leidenschaft mit ihm durchging. Er zog sie in seine Arme und küsste sie inniger, ohne auch nur an die Konsequenzen denken zu wollen.

Kurzzeitig gelang es ihm, sich selbst in den Freuden, die ihr Mund für ihn bereit hielt, zu vergessen, doch als sie sich an ihn presste und ihre Finger kühn in seinem dichten Haar vergrub, schwante ihm, welchem Risiko er sich damit ausgesetzt hatte. Er brachte es – wie auch immer – fertig, seine Lippen von ihren zu lösen, um sie zu warnen: „Elizabeth, du spielst mit dem Feuer!"

Sie ließ ihre Hände gemächlich seine Brust hinunter wandern und sah provokativ durch ihre Wimpern zu ihm auf. „Ich dachte, Sie hätten gesagt, es gefiele Ihnen, wenn ich unerschrocken bin, Sir."

Nun konnte er sich nicht mehr zurückhalten. „Du bist unwiderstehlich, wenn du unerschrocken bist, mein Herz." *Wenn du nur wüsstest, wie unwiderstehlich!* Wieder widmete er sich ihren Lippen und sein Kuss drückte all das unterdrückte Verlangen aus, das sich in ihm angestaut hatte, seit er sie zum ersten Mal am Fenster erblickt hatte.

Sie rang angesichts seines drängenden Hungers nach Luft, tat es ihm aber bald schon gleich, denn die Entsagung der letzten Tage hatte ihr Verlangen nur umso stärker anwachsen lassen. Nun lag sie wieder in seinen Armen, etwas, das sie seit ihrem Streit so dringend gebraucht hatte und suchte nach jener Bestätigung und jenem Verlangen, das nur er ihr geben konnte. Atemlos nahm sie wahr, wie sich sein fester Körper an ihren drücke und er ihre Hüften noch enger zu sich heranzog – eine Intimität, wie sie sie noch nie verspürt hatte.

Er konnte nicht genug von ihr bekommen. Seine Hände wanderten über ihren Körper und beanspruchten alles, was sich

250

unter ihnen befand, für sich. Es bestand kein Zweifel, er sollte damit aufhören und nach einem Weg suchen, sie sicher aus seinem Haus zu lotsen – *vielleicht ein Spaziergang durch den Hyde Park?*, sinnierte er verzweifelt. Was er tun *sollte*, wusste er, doch jeder Moment, in dem er sie berührte und ihre herrliche Reaktion darauf auskostete, war so süß, dass er die Pflicht um noch einen weiteren hinausschob und sich einredete, bald schon den Willen zum Aufhören aufbringen zu können.

Elizabeth stöhnte auf, als seine Hände ihre Brüste erreichten und das zarte Fleisch durch den Stoff ihres Kleides liebkosten. Seit sie sich das letzte Mal so begegnet waren, hatte sie sich danach gesehnt und jede seiner Berührungen verstärkte das Verlangen, das sie nach ihm hatte, nur umso mehr. Sie schloss ihre Augen und bog sich ihm entgegen, um dann wie eingefroren innezuhalten, als sein Daumen den höchsten Punkt der Wölbung erreicht hatte, ehe er schließlich die sensible Spitze streichelte. Ihre Augen öffneten sich schlagartig und begegneten Darcys unverwandtem, lustverschleiertem Blick.

„Gefällt dir das, mein Herz?", fragte er, während seine Hände die süße Qual fortsetzten.

Sie nickte, unfähig etwas zu erwidern und wusste nicht, wie sie den Empfindungen, die er damit in ihr auslöste, standhalten sollte. Mit erwartungsvollem Blick verstärkte er seine Bemühungen und ihr entschlüpfte, zu seiner offensichtlichen Befriedigung, ein kleines Keuchen. Er neigte seinen Kopf zu ihr hinunter und begann, kleine, federleichte Küsse ihren Hals und Nacken hinunter zu hauchen, während seine Hände nicht aufhörten, ihr weiterhin ihre Aufmerksamkeit zu schenken, bis Elizabeth sich schließlich nur noch hilflos an seine Schultern klammerte.

Darcy war berauscht von der schwindelerregenden Erfahrung, Elizabeth in seinen Armen zu halten, während sie derart erregt war, dass ihr nicht einmal die Idee kam, ihn aufzuhalten. Und doch drang der Gedanke zu ihm durch, welche Gefahr sie damit heraufbeschworen. Er konnte nicht riskieren, dass sie ihn später für das hasste, was er nun mit ihr anstellen würde, wenn sie es nicht beendeten. Nur äußerst widerwillig murmelte er in ihr Ohr: „Elizabeth, wir müssen damit aufhören. Wir sind hier vollkommen allein, so viel Vertrauen darfst du mir nicht schenken!" Er fuhr fort, sie zu stimulieren, nur um der Freude willen, ihr kleinen Japser zu hören, war sich aber dessen bewusst, in welchem Widerspruch seine Handlungen zu dem standen, was er eben gesagt hatte. *So ists recht, halte ihr Vorträge darüber, dass sie aufhören soll, nur um es ihr dann so schwer wie nur irgend möglich zu machen!*, wies er sich mit einiger Abscheu vor sich selbst zurecht, und wusste doch, dass er kein Bisschen Willenskraft mehr aufbringen konnte, um anders zu handeln.

Zunächst wusste sie nicht, wie sie auch nur einen vernünftigen Satz formulieren sollte, so sehr drehte sich in ihrem Kopf alles. „Müssen wir denn aufhören?", brachte sie schließlich hervor. „Alles, was ich will, ist, dass du mich zu der Deinen machst." Ihr Herz zog sich beklommen zusammen, als die Worte ihren Mund verließen, nach denen es nun kein Zurück mehr geben würde.

Darcy meinte, seinen Ohren nicht trauen zu können. „Elizabeth, meine entzückendste Elizabeth", murmelte er, als er sein Gesicht in ihrem Nacken barg und seine Hände hinab sinken ließ, um ihre Taille zu umfassen. „Du machst dir keine Vorstellung davon, wie sehr ich mir genau das wünsche, aber ich möchte dich nicht ausnutzen und auf keinen Fall möchte ich, dass du etwas tust, das du später bereuen könntest."

Sie fühlte sich seiner Berührung beraubt und entgegnete: „Ich werde es nicht bereuen, denn aus eben diesem Grund bin ich heute zu dir gekommen."

Ihre Worte ließen ihn erstarren. Ihm war bewusst, was er tun *sollte* und doch wusste er nur zu gut, dass er nicht in der Lage dazu sein würde, sich das zu versagen, was sie ihm da so freigiebig darbot und wonach er sich schon so lange sehnte.

Irgendwie brachte er den Willen auf, um zu fragen: „Bist du dir sicher?"

Ein kleines, leicht verschmitztes Grinsen huschte über ihr Gesicht. „Was mich angeht, bin ich mir vollkommen sicher. Nun stellt sich noch die Frage, ob es auch das ist, was *dir* vorschwebt."

Seine Hände bewegten sich wie von selbst zu ihren Hüften. „Du weißt ganz genau, Madamchen, wie sehr ich mich danach sehne, dich in meinem Bett zu haben", versuchte er Gelassenheit vorzutäuschen und doch verriet ihn seine belegte Stimme.

Eine ihrer Augenbrauen wanderte neckisch in die Höhe. „Nun denn, Sir?", fragte sie mit klopfendem Herzen.

Ein Gefühl der Euphorie erfüllte ihn – endlich nun würde sie ihm gehören! Darcy fing ihre Lippen erneut mit seinen ein, um ihr einen Kuss zu geben, der ebenso sehr ein Versprechen wie auch ein Befehl war und erforschte so verführerisch ihren Mund, dass ihr der Atem stockte. „Ja, mein Herz, ich werde dich zu der Meinen machen", murmelte er und seine Augen beanspruchten sie ebenso sehr für sich, wie seine Worte. „Komm mit", er griff nach ihrer Hand und führte sie zur Tür.

„Was ist mit den Dienstboten?", fragte sie nervös. „Könnten sie uns nicht sehen?"

Er hielt inne, um ihr einen innigen, atemberaubenden Kuss zu geben. „Zur Hölle mit den Dienstboten", wischte er ihre Bedenken knapp beiseite. Ihre Wangen waren vor Scham gerötet, und doch folgte sie ihm erhobenen Hauptes die Treppe hinauf. Seine Erregung machte selbst die kurze Zeit, die sie sich nicht berührten, unerträglich und so gab er schließlich, als sie den Treppenabsatz erreicht hatten, seinem drängenden Bedürfnis nach und zog sie wieder in seine Arme, um sich nochmals mit ein paar Küssen zu stärken, ehe sie ihren Weg fortsetzten.

Sie gingen den Gang hinunter und erreichten einen Raum, der von einem reich mit Schnitzereien versehenen Himmelbett dominiert wurde. Elizabeth blieb einen Augenblick zögernd im Türrahmen stehen, als ihr bewusst wurde, welche Bedeutung ihr nächster Schritt nun haben würde, wenn sie das verbotene Terrain eines männlichen Schlafgemaches betrat, ehe sie resolut eintrat. Darcy, dessen Augen nicht von ihr wichen, schloss die Tür hinter ihnen, um sich dann flink seiner Krawatte, des Rockes und seiner Weste zu entledigen.

Der Ausdruck faszinierten Schocks auf ihrem Gesicht ließ ihn für einen Moment innehalten. „Zweifel, meine Liebste?", fragte er mit tiefer Stimme und betete, dass sie nicht bejahte.

Sie schüttelte stumm den Kopf. Darcys Anblick in seinem lose hängenden Hemd, unter dem sich die Konturen seines Körpers abzeichneten, nahm ihr den Atem. Sein lodernder Blick sagte ihr, dass noch weitere Entdeckungen folgen würden. Sachte ließ er seine Finger über ihre Lippen gleiten, die sich unwillkürlich öffneten. In seinen Augen flackerte ein zufriedener Ausdruck auf und seine Finger folgten der Linie ihres Kiefers bis zu ihrem Hals. Dann verharrte er einen Augenblick und hielt ihren Blick, als sein Finger weiter nach unten wanderte, ehe er knapp oberhalb des Ausschnitts ihres Kleides zum Liegen kam. Das Verlangen pulsierte durch sie, als sich sein Mund zu einem trägen Lächeln kräuselte, ehe sein Finger unter den Saum ihres Ausschnitts schlüpfte. Wie konnte der bloße Hauch einer Berührung sie mit solch exquisiten Empfindungen erfüllen? Ihre Augen weiteten sich schockiert, als die leichten Bewegungen seines Fingers sie gänzlich zu ergreifen und mit purem, drängenden Verlangen auszufüllen schienen.

"Oh, ja, meine Elizabeth", sagte er leise. "Ich will dich so sehr, so, so sehr, und doch möchte ich, dass wir uns Zeit nehmen, denn ich habe vor, jeden Zentimeter von dir zu genießen – ebenso wie ich deine Freude daran sehen und auskosten will." Mit den Zähnen zupfte er sacht an ihrem Ohrläppchen, als seine Hand ihre Brüste verließ, um sich auf die Reise zu ihrem Nacken zu machen. Sie spürte, wie seine Hände ihre sorgfältig zurechtgemachte Frisur erforschten und er begann, ihre Haarnadeln zu lösen, die er achtlos zu Boden fallen ließ, bis er sich einen lange gehegten Wunsch erfüllen und seine

Hände durch ihre langen, dunklen Locken gleiten lassen konnte. Seine Finger noch immer tief in ihren Locken vergraben, lehnte er sich einen Augenblick zurück, um das Bild zu bewundern, das sich ihm darbot – seine Elizabeth mit zerzaustem Haar und den von seinen Küssen geschwollenen Lippen. "Ich frage dich ein letztes Mal – bist du dir sicher, dass du das hier wirklich willst?", hakte er nach, sah ihr tief in die Augen und fragte sich, wie er es wohl fertig bringen würde, sie gehen zu lassen, falls sie sich ihm nun verweigern würde.

Ihre Augen waren dunkel vor Leidenschaft. "Ja, das bin ich", sagte sie, wohl wissend, dass sie den Punkt, an dem sie in der Lage gewesen wäre, damit aufzuhören, schon lange überschritten hatte. "Ich möchte dir gehören."

Darcys Kehle entfuhr ein undeutbarer Laut. "In diesem Fall, mein Herz, hast du eindeutig zu viel an." Er trat hinter sie, wandte sich den Verschlüssen ihres Kleides zu und nutzte die Gelegenheit, auch gleich die zarte Haut ihres Nackens zu kosten.

Erregung durchzuckte sie scharf bei seiner Berührung, was Elizabeth einen Augenblick lang Angst einjagte. Diesen Part – das eigentliche Entkleiden – hatte sie sich zuvor noch nie vorgestellt. Sie keuchte, als sie spürte, wie seine Hände sich auf Höhe ihrer Taille in ihr Kleid schoben. Das intime Gefühl seiner Berührung durch nichts anderes als ihr Hemdchen breitete sich warm in ihr aus und so ließ sie sich gegen ihn sinken und gab seinen Händen den Weg zu ihren Schenkeln frei. Ein tiefes, pochendes Ziehen baute sich in ihrem Inneren auf, und sie drückte ihm die Hüfte entgegen.

Wie nur sollte er sich zusammennehmen, sich zurückhalten und sanft mit ihr umgehen, wenn sie so heftig auf jede seiner Berührungen reagierte? Lange schon hatte er davon geträumt, die Leidenschaft zu entfesseln, von der er schon immer gewusst hatte, dass sie in ihr schlummerte, doch die Realität übertraf selbst seinen kühnsten Träume. Wenn er keinen Weg fände, sich zu beherrschen, wäre er wohl nicht mehr lange Herr seiner selbst. Nur widerwillig zog er seine Hand bis zu ihren Schultern zurück und drehte sie um, sodass sie ihn ansehen konnte.

Ihm wich alle Luft aus den Lungen, als sie mit einem vor Verlangen verschleierten Blick zu ihm aufsah. "Küss mich, Elizabeth", hauchte er.

Beinahe konnte sie die Hitze seiner Leidenschaft sehen. Lächelnd ließ sie ihre Lippen hauchzart über seine streifen und neckte ihn sanft, bis er ungeduldig den Kuss vertiefte. Ein Schauder lief ihr über den Rücken, als sie spürte, wie seine Hände ihr das Kleid von den Schultern streiften und ihre Arme entlang fuhren, bis sie aus den Ärmeln befreit war.

Als ihr Kleid achtlos zu Boden fiel, und sie in nichts weiter als ihrem Hemdchen vor ihm stand, kehrten seine Hände hungrig zu ihren Brüsten zurück. Nun, da ihr Verlangen noch weiter angewachsen war, reagierte sie auf seine Liebkosungen noch weit heftiger, ihr Mund presste sich drängend auf seinen, als seine Finger Kreise um ihre Brustwarzen schrieben, und das pure Vergnügen durch ihren Körper pulsierte.

Nun konnte er nicht mehr warten, so sehr sehnte er sich danach, sie noch intimer zu berühren. Er war wie berauscht davon, sie zu schmecken, zu spüren, besonders da er wusste, dass sie nun endlich ihm gehören würde. Es spielte keine Rolle, dass es zu früh war oder möglicherweise Folgen nach sich ziehen konnte – alles, was nun noch zählte, war die Frau in seinen Armen und das Bewusstsein, dass sie sich bald auf eine Art ergänzen würden, die so alt war, wie die Menschheit selbst. Es fühlte sich so richtig an, sie in seinen Armen zu halten, sie zu berühren und dabei zu wissen, dass er sie nun zu seinem Bett führen würde, dort, wo sie hingehörte und in seinen Träumen schon vor so langer Zeit Form angenommen hatte.

Ungeduldig löste er die Schnürung ihres Hemdchens und schob eine Hand hinein, bis er die weiche Haut ihrer Brust darunter spüren konnte. Wie er sich nach diesem Moment gesehnt hatte, in dem er ihren liebreizenden Körper für sich beanspruchen konnte. Ihn überkam die Ungeduld und so zog er sie an sich, hob sie in seine Arme und trug sie zum Bett hinüber.

Er zog ihr die Chemise so weit hinunter, bis er ihre Brüste entblößt hatte, senkte seinen Mund auf ihren Hals hinab und begann sie zu reizen und aufs Köstlichste zu quälen, indem er federleichte Küsse über die empfindlichen Vertiefungen hauchte. Als sie sich schließlich stöhnend unter ihm bewegte, gestand er sich zu, ein wenig tiefer zu wandern, bis seine Lippen die zarte Haut ihrer Brüste erkunden konnten. Er spürte, dass ihre Hände sich in seine Schultern krallten, hob er den Kopf gerade lange genug an, um "Oh, meine lieblichste, reizendste Elizabeth" zu murmeln, ehe sein Mund sich der rosigen Knospe widmete.

Erstaunt versteifte sich ihr Körper kurz, doch schon im nächsten Augenblick konnte sie an nichts anderes mehr denken, als dieses außerordentliche Glück, das durch sie strömte, als er zu saugen begann. In ihr stieg eine Hitze auf, die nach mehr verlangte. Ihre Hände wanderten über seine Schultern und seinen Rücken, als sie sich nach einer Erfüllung sehnte, die sie noch nicht recht einordnen konnte. Doch er fuhr fort, sie zu stimulieren und es dauerte nicht lange, bis sie nicht mehr in der Lage war, auch nur noch einen klaren Gedanken zu fassen und nichts weiter zurückblieb, als ein tiefes Verlangen nach ihm.

Er spürte, dass sich etwas in ihr veränderte, als die Anspannung des Unbekannten ihren Körper verließ und sich nun eine Frau unter ihm wand, von der die Leidenschaft Besitz ergriffen hatte. Zufrieden, dass sie sich ihm nun vollkommen hingeben würde, richtete er sich gerade genug auf, um sich hastig das Hemd über den Kopf zu ziehen. Er legte sich neben sie, fing ihren Blick auf und hielt ihn, während er sanft befahl: "Wende dich nun nicht ab und schau mir weiter in die Augen, Elizabeth, ja, genau so."

Sie gehorchte und spürte, wie seine Hände zum Saum ihres Hemdchens hinunter glitten, das sich nun um ihre Taille bauschte. Begehren durchzuckte sie, als seine Hand noch tiefer wanderte und unter den Stoff glitt, um sich dem privatesten Teil ihres Körpers zu widmen. Jeder Zentimeter, den seine Hand zurücklegte, schien ihr Verlangen nur noch zu steigern, und so schloss sie die Augen, um all die Empfindungen, die sie nun durchströmten, voll auskosten zu können.

"Nein, mein Herz, sieh mich *an*", wiederholte er mit rauer Stimme. "Ich möchte deine Augen sehen." Als sie die Augen öffnete und diesen Blick auffing, den er keiner anderen als ihr jemals schenken würde, glitt seine Hand das letzte Stück des Weges hinunter, bis sie das Zentrum ihres Verlangens erreicht hatte. Ihre nur allzu natürliche Verlegenheit ob der tiefen Intimität seiner Berührung trat bald in den Hintergrund, als seine Finger begannen, sich rhythmisch zu bewegen und sie auf Gedeih und Verderb diesen intensiven Empfindungen auslieferten, von denen sie sich zuvor niemals hätte träumen lassen.

Sein Blick ruhte auf ihr, studierte ihr Gesicht und sie entdeckte, wie ein kleines, zufriedenes Lächeln seine Miene erhellte. "Oh, ja, mein Liebling, genau so", sagte er, und man sah ihm seine Erregung selbst dann noch deutlich an, als sie mit der wachsenden Intensität in ihrem Inneren zu keuchen begann. Ohne mit dem aufzuhören, was ihr so viel Freude brachte, küsste er sie sanft, ehe sich sein Mund wieder auf ihre Brust senkte.

Sie hätte nicht gedacht, dass das Feuer der Begierde, das sie durchströmte, sich noch steigern konnte, und doch schien es, als würde sie jedes Mal, da sie dachte, dass er ihre Erregung nicht weiter steigern konnte, eines Besseren belehrt. Als sein Mund und seine Hand fortfuhren, sie zu liebkosen, verlor sie jedes Gefühl für Raum und Zeit, stöhnte und bog sich ihm entgegen. Das ging so weit über alles hinaus, was sie bisher für möglich gehalten hatte, dass ihr nichts anderes übrig blieb, als sich von ihren Empfindungen mitreißen zu lassen, während sich tief in ihrem Inneren das Verlangen bis zu den Grenzen der Erträglichkeit steigerte. Just, als sie diesen Punkt erreicht hatte, veränderte Darcy leicht den Winkel seiner Bewegungen und augenblicklich überrollte sie unausweichlich Welle um Welle des reinsten Glückes und der tiefsten Befriedigung. Sie schrie seinen Namen, als ihr ganzer Körper wieder und wieder erschauerte. Schließlich fand sie wieder zu sich selbst, während seine Finger sie zart weiter streichelten und noch die letzten kleinen, genussvollen, abebbenden Wellen aus ihr herausholten. Erstaunt sah sie zu ihm auf. Für einen Moment war es, als ob ihre Fähigkeit, sich zu bewegen oder zu sprechen sie im Stich gelassen hätte, und sie schämte sich, weil sie sich so gänzlich selbst vergessen hatte, doch Darcys Ausdruck der tiefen Freude und Genugtuung beruhigte sie. In diesem kurzen Moment des Unbehagens fragte sie: "Sollte das... so sein?"

In Darcys dunklem Blick loderte etwas auf, das sie als Befriedigung deutete. Er war sich nicht sicher gewesen, ob er ihr schon dieses erste Mal Vergnügen bereiten könnte, oder ob sich das erst mit der Zeit ergeben würde. Durchaus zufrieden mit sich selbst, antwortete er: "Oh ja, meine Liebste, genau das hatte mir vorgeschwebt, und es wird noch viel mehr folgen."

Einen Moment zog er sich von ihr zurück, um sich seiner Hose zu entledigen. Elizabeth brachte es nicht über sich, zu ihm hinüber zu schauen, selbst wenn es nun auch ein wenig zu spät für jungfräuliche Ängste war, war doch nicht von der Hand zu weisen, was ihr ein Leben lang anerzogen worden war. Und doch fühlte sie sich jetzt schon seiner Gegenwart beraubt und so streckte sie ihm ihre Hand entgegen und er kehrte in ihre Arme zurück, als läge dort seine wahre Heimat. Er küsste sie innig, wohl wissend, dass seine tiefsten Wünsche nun bald erfüllt werden würden.

Liebkosend wanderten seine Hände ihren Körper hinab, schälten sie aus dem zerknitterten Hemdchen, das immer noch um ihre Taille geschlungen war, sodass er die eben enthüllte Schönheit vor sich bewundern konnte. Eine Schönheit, die er einfach für sich einnehmen musste, und er konnte es kaum noch erwarten, nun Besitz von ihr zu ergreifen. Während er sich zu ihr hinunter sinken ließ, öffneten sich ihre Beine instinktiv, um

Raum für ihn zu schaffen. An seiner Erregung spürte er die Hitze, die von ihr ausging und ihn drängend zu sich rief.

Beinahe grob nahm er ihr Gesicht zwischen beide Hände, denn er wollte, dass sie ihn ansah, wollte sie sehen können, wenn er Besitz von ihr ergriff. "Mein Herz, bist du bereit?", fragte er, seine Stimme heiser vor Verlangen.

Ihre Antwort bestand darin, sich ihm entgegenzudrücken, überrascht darüber, wie überwältigend es sich anfühlte, Hautkontakt an der privatesten Stelle ihres Körpers zu haben. "Ich liebe dich", sagte sie, endlich in der Lage, ihm jene Worte zum Geschenk zu machen, die sie in ihrem Herzen schon lange ausgesprochen hatte.

Seine Augen glühten ob dieses unerwarteten Geständnisses und er konnte sich nicht länger zurückhalten. Mit einem kräftigen Stoß versenkte er sich in ihre Tiefen, kostete den Moment voll aus, um dann innezuhalten und sie sanft zu küssen, als er ihren verhaltenen Schmerzensschrei vernahm. "Ich weiß, mein Herz – es tut weh, dieses erste Mal, aber nicht lange" sagte er, und jauchzte innerlich vor Freude, dass sie nun endlich die seine war.

Allmählich ließen die Schmerzen nach und wurden durch ein herrliches Gefühl der Erregung und des Ausgefülltseins ersetzt. "Es ist... na ja", flüsterte sie und drängte sich ihm entgegen, als er begann, sich rhythmisch in ihr zu bewegen und damit nach dem anfänglichen Schmerz eine unerwartete Freude in ihr auslöste. Instinktiv schlang sie ihre Beine um seine Mitte und versuchte, ihn dadurch noch tiefer in sich aufzunehmen. Jeder Stoß schien ihr neue Wellen dieser exquisiten Empfindung zu schenken. Ihre leisen Ausrufe des Vergnügens, die sie immer dann von sich gab, wenn er sich in ihr bewegte, ließen sein Verlangen nur umso stärker anwachsen. Seine Erregung steigerte sich rasch zu jenem höchsten Punkt, von dem aus sein Verlangen nach ihr ihn über die Klippe im freien Fall in den Abgrund riss und mit einem letzten Stoß füllte er sie mit seinem Samen aus.

Es dauerte einige Momente, ehe Elizabeth zu sich selbst zurückkehren konnte. *Das ist es also, was im Ehebett geschieht*, dachte sie und erinnerte sich mit einiger Belustigung daran, wie weit diese Erfahrung von den vagen Warnungen ihrer Mutter über generelle Unannehmlichkeit entfernt war. Sie fühlte sich bemerkenswert zufrieden in Darcys Armen, während ihre Körper noch miteinander verbunden waren. Es war ihr unbegreiflich, wie es sich so natürlich anfühlen konnte, so mit ihm dazuliegen, ohne sich schockiert Gedanken über ihre eigene Nacktheit oder seinen Zustand zu machen. Sanft streichelte sie sein Gesicht, als er erschöpft in ihren Armen lag, bis seine Atmung sich wieder normalisiert hatte und er sich ihr zuwandte, um sie zu küssen. Dann verlagerte er sein Gewicht, bis er auf der Seite lag und zog sie mit, bis ihr Kopf an seiner Schulter ruhte.

Darcy fühlte ein allumfassendes Glück tief in seinem Innersten, dem, so schien es ihm, kein Leid jemals etwas anhaben konnte. Er hatte nie ganz verstanden, wie Elizabeths Sinneswandel nach Hunsford zu Stande gekommen war, was auch der Grund dafür war, warum er sich nie vollkommen darauf verlassen und Vertrauen darauf aufbauen konnte, ganz gleich, wie sicher er sich hinsichtlich der Unantastbarkeit ihrer Verlobung gewesen war. Doch all das gehörte nun der Vergangenheit an. Er mochte nicht verstehen, *weshalb* sie Gefühle für ihn hegte, doch ihr Liebesgeständnis in Verbindung mit dem Geschenk, das sie ihm durch ihre Hingabe gemacht hatte, sagten mehr aus, als es eine Eheschließung nach Recht und Gesetz jemals könnte. Das erhebende Gefühl, sich ihrer Zuneigung sicher zu sein, war noch neu für ihn und ihm wurde bewusst, dass er sich weder bei seinen zahlreichen Freunden, noch bei seiner Familie, jemals so sehr angenommen gefühlt hatte, wie in diesem Augenblick.

Nur ein einziger Schatten konnte seine Glückseligkeit nun trüben und das war seine Sorge um Elizabeth. Auch wenn er sich wünschte, glauben zu können, dass sie dieselbe Befriedigung aus ihrer körperlichen Vereinigung hätte ziehen können, wie er

261

selbst auch, hatte er doch an ihren Reaktionen gesehen, wie erstaunt sie immer wieder gewesen war. Im Ganzen betrachtet musste ihr dieses Ereignis in gewisser Weise Angst gemacht haben. Plötzlich überkam ihn der überwältigende Drang, sie zu beschützen, auch wenn er sich eingestehen musste, dass es keine Anzeichen dafür gegeben hatte, dass sie seinen Schutz benötigte. Und doch konnte nur sie ihm die notwendige Rückversicherung geben, um all seine Befürchtungen zu zerstreuen. "Mein Herz, geht es dir gut?", fragte er und streichelte sanft ihr Haar.

Sie lächelte ihn schelmisch an. "Durchaus – hoffentlich habe ich dir keinen Grund für anderweitige Vermutungen gegeben!"

Er war erleichtert, zu sehen, dass ihr Humor sie nicht im Stich ließ, und küsste sie zart. "Da bin ich aber froh. Ich habe gehört, dass es beim ersten Mal für einige Frauen... schwierig sein kann – es wäre mir arg, wenn du dich auch so fühlen würdest"

"Vielleicht liegt das an der guten Gesellschaft, die ich pflege", neckte sie ihn. Dann überkam sie ein Augenblick der Schüchternheit und sie fragte: "Und wie geht es dir?"

Einen Moment zogen sich seine Arme enger um sie. "Mein Herz, wenn du nichts bereust, dann bin ich niemals glücklicher gewesen."

"Überhaupt nichts", antwortete sie ernst, "und doch traue ich mich kaum zu fragen, was du über mich gedacht hast – warst du schockiert, dass ich dich aufsuchte?"

Seine Hand zog geistesabwesend die Linie ihres Rückgrats nach. "Schockiert? Ich muss gestehen, dass ich das war, aber in keinster Weise entsetzt. Das war eine wunderbare Überraschung, wenngleich ich nicht behaupten kann, zu verstehen, was deine Meinung im Vergleich zu vor zwei Tagen so sehr verändert haben könnte, als dich meine Avancen noch so sehr aufwühlten!"

Elizabeth lachte. "Und dann tauchte ich hier auf, um sogar noch mehr von dir zu fordern!"

Er küsste sie langsam und innig. "Ein Wunsch, den ich dir nur allzu gern erfüllt habe, mein Herz, und das werde ich auch mit dem größten Vergnügen wieder tun, wenn du das möchtest."

"Sie sind zu liebenswürdig, mein Herr", sagte sie mit gespielter Ernsthaftigkeit, die sich in Gelächter verwandelte, als er an ihrem Nacken knabberte, um sie für ihre Frechheit zu bestrafen.

Ihre Verspieltheit verzauberte ihn und so auch das Glück, das ihm ihre Zuneigung bescherte, und er genoss es in vollen Zügen. "Mein Herz, eben fällt mir wieder ein, dass du meine Ablenkung geschickt genutzt hast, um mir, nur wenige Minuten zuvor, etwas von immenser Wichtigkeit mitzuteilen, das ich gerne noch einmal hören möchte, nun, da ich ihm meine volle Aufmerksamkeit widmen kann", sagte er schelmisch, um jene ihm eigene Beklemmung zu überspielen, die ihn immer dann beschlich, wenn es darum ging, dass die Menschen, die ihm am meisten bedeuteten, ähnliche Wertschätzung für ihn zum Ausdruck bringen könnten.

Einen Augenblick war sie verwirrt, ehe sie seinen Wink verstand, sich auf einen Arm abstütze und ihn kühn mit zarten Küssen überschüttete, mit denen sie seine Lippen und sein ganzes Gesicht bedeckte. "Ich liebe dich", flüsterte sie zwischen den Küssen. "Ich liebe dich leidenschaftlich, und ich bete dich an, und ich wünsche mir, für immer an deiner Seite zu sein. Nun, hätten wir das Thema damit zu Ihrer Zufriedenheit behandelt, Sir?"

Überglücklich gab er vor, die Angelegenheit kurz zu überdenken. "Für den Moment sollte es ausreichen, nehme ich an, und doch werden häufige Wiederholungen vonnöten sein."

Dass er sich ihrer Wertschätzung so wenig gewiss sein konnte, nach all dem, was zwischen ihnen geschehen war, berührte Elizabeth zutiefst. "Dann, mein Liebster, werde ich es so oft wiederholen, bis du es nicht mehr hören kannst", sagte sie und schmiegte sich zufrieden an ihn.

Er legte einen Arm um sie und zog sie an sich, die andere Hand umschloss ihre Brust, als gehöre sie schon immer dort hin. Überrascht sah sie angesichts dieser neuen Intimität zu ihm auf, ein Blick, dem er mit der größten Genugtuung darüber, sie nun berühren zu dürfen, begegnete, ehe er begann, sie sanft zu streicheln.

Es erstaunte sie, dass seine Berührung bereits wieder die ersten zarten Fünkchen des Verlangens in ihr entfachte. *Hält diese Zufriedenheit denn nur so kurz vor?*, fragte sie sich. Die Antwort auf ihre Frage folgte auf dem Fuße, als seine Finger fortfuhren, die zarte Haut ihrer Brust zu liebkosen und sie erkannte, dass nun, da sie wusste, wie viel mehr er ihr geben konnte, ihre Sehnsucht danach um ein Vielfaches größer war als zuvor, da sie noch unwissend gewesen war. Sie lag still da und genoss es, dass seine Berührungen wohlige Wellen der Begierde in ihr auslösten. Als sie wieder zu ihm aufsah, entdeckte sie, wie sich seine Mundwinkel nach oben kräuselten und amüsiert erkannte sie, dass es ihm durchaus Freude bereitete, ihr Verlangen erneut zu wecken.

Darcy hatte in der Tat seine Freude daran, zu sehen, dass Elizabeth auf ihn reagierte, jedoch verfolgte er auch noch andere Ziele und war nicht abgeneigt, das eine mit dem anderen zu verbinden. "Oft schon habe ich mich gefragt, mein Herz", sagte er, während sein Daumen langsam über ihre Brust strich, "woran es wohl lag, dass sich deine Meinung über mich verändert hat, nach Hunsford und als ich dich auf Longbourn wiedergetroffen habe."

Von seiner Berührung schienen kleine Blitze des puren Vergnügens auszugehen, die sie durchzogen und sie mit dem Wunsch nach mehr zurückließen, doch er beschränkte sich weiterhin darauf, ihre Haut nur sanft zu streicheln. "Lass mich nachdenken", sinnierte sie mit Unschuldsmiene, "ich glaube, es lag daran, dass ich herausgefunden habe, wie herrlich du küsst."

"Eine sehr schöne Antwort, aber irgendetwas sagt mir, dass das noch nicht die ganze Wahrheit ist", entgegnete er mit einem amüsierten Lächeln. "Soweit ich mich erinnere, hast du Reißaus genommen, als ich versucht hatte, dich zu küssen."

Sie lachte. "Das lag daran, dass mein Seelenheil in Gefahr war, weil ich es viel zu wundervoll fand!", sagte sie. "Also gut – es hat sich nach und nach entwickelt, als wir uns besser kennenlernten. Mir kam, dass ich mir nie die Mühe gemacht hatte, dich wirklich kennenzulernen. Und als ich dich erst einmal näher betrachtete, gefiel mir, was ich da sah."

Ihr Geständnis wurde belohnt, er stimulierte ihre Brustwarze mir den Fingern und sie schloss die Augen, um das Gefühl voll auskosten zu können. "Und was hast du dabei gesehen, mein Herz?", bohrte er nach und verringerte den Druck wieder ein wenig.

Langsam aber sicher konnte Elizabeth sich nicht mehr konzentrieren und was er da tat, brachte sie vollkommen durcheinander. "Ich sah einen Gentleman, der klüger und sensibler war, als ich es ihm bisher zugestanden hatte und ich begann zu schätzen, wie geistreich du...ah!" Er schnitt ihr das Wort ab, indem er wieder begann, sie aufreizend zu berühren, was von Mal zu Mal effektiver zu werden schien. Der selbstzufriedene Ausdruck auf seinem Gesicht verriet ihr, dass er sich dessen sehr wohl bewusst war, was der da mit ihr anstellte.

"Und das hat deinen Sinneswandel ausgelöst? Ich muss sagen, dass ich zu diesem Zeitpunkt nicht wirklich einen Unterschied gesehen habe", sagte er und drückte sie sachte von seiner Schulter hinunter, sodass sie auf dem Rücken zum Liegen kam. Er stützte sich neben ihr auf und machte sich daran, mit seinem Handrücken sanft über ihren Körper zu streichen, ein Unterfangen, das ihm die größtmögliche Konzentration abzuverlangen schien.

"Daran hege ich keinen Zweifel", antwortete sie gereizt. "Ich meine, mich daran zu erinnern, dass deine volle Aufmerksamkeit Miss Temple galt, als ich dich das letzte Mal in Kent sah. Meine Existenz hattest du kaum wahrgenommen!"

"Dich kaum wahrgenommen!", rief er empört. "Du hattest eine so schöne Zeit mit Colonel Fitzwilliam, dass ich den ganzen Abend damit zugebracht habe, mir Szenarien auszumalen, wie ich ihn entweder ermorden oder mir dich über die Schulter packen und wegtragen könnte!"

Elizabeth konnte nicht umhin, sie musste einfach lachen, so wie er seine Sicht der Dinge auf diesen schmerzvollen Abend darstellte. Wenn sie nur daran dachte, dass er denselben Plan wie sie selbst verfolgt und vorgetäuscht hatte, an einer anderen interessiert zu sein, und dabei doch nur an sie gedacht hatte! Und doch schwang etwas in seiner Stimme mit, das ihr sagte, dass er nun ihre Rückversicherung mehr brauchte als ihr Lachen und so erklärte sie: "Ich habe mir die größte Mühe gegeben, es so aussehen zu lassen, als sei es mir gleichgültig, wie aufmerksam du gegenüber Miss Temple warst! Ich glaube, ich wäre schon eine Stunde später nicht in der Lage gewesen, mich zu erinnern, was dein Cousin zu mir gesagt hatte."

"Gut", sagte Darcy knapp, und doch hörte man, dass es ihm nicht so gleichgültig gewesen war, wie er vorgeben mochte. "Es wäre mir ein Greul, wenn ich ihn an unserer Hochzeit zum Duell fordern müsste, nur, weil du in seine Richtung lächelst."

"Nur das nicht", lachte Elizabeth. "Es würde mich nur von der Zeremonie ablenken, von der ich wahrscheinlich ohnehin wenig mitbekommen werde, weil all meine Gedanken bei dir sind."

Komplimente dieser Art war er von Elizabeth nicht gewöhnt und doch fand er das Gefühl durchaus annehmbar und so schwieg Darcy einen Augenblick. Schließlich sagte er: "Ich muss mir also nur noch vor Augen führen, was ich habe und er nicht." Er beugte sich über sie, nahm sanft ihre Brustwarze in den Mund und saugte gerade lange genug, um Elizabeth unbefriedigt zurückzulassen, ehe er zu ihren Lippen zurückkehrte, um sie nur umso gründlicher zu erforschen. "Aber du hast mir noch nicht erzählt, was dich dazu bewogen hat, heute zu mir zu kommen und das würde ich nur allzu gerne hören", sagte er und in seinen Augen blitzte wieder diese vertraute Intimität auf, die ihr seine Wünsche nur allzu klar werden ließ.

Sie war nun an einem Punkt angelangt, an dem Taten mehr sprachen als Worte und so beschloss Elizabeth, dass sie es ihm mit gleicher Münze heimzahlen würde. Sie ließ ihre Hand seine Brust hinab wandern und hoffte, es aufreizend genug angestellt zu haben, doch als sie sein Gesicht sah, stahl sich ein kleines Lächeln auf ihr Gesicht. "Genau genommen haben mehrere Umstände hineingespielt – etwas, das du gesagt hast, und auch ein Kommentar meiner Tante, doch vor allem habe ich erkannt, dass meine Loyalität nun dir gehört. Ich habe miterlebt, wie du den Wünschen deiner Familie und all den Erwartungen der Gesellschaft getrotzt hast, um mich heiraten zu können und da wollte ich dich wissen lassen, dass ich mich dir gegenüber mindestens ebenso sehr verbunden fühle. "

"Meine Elizabeth!", stieß Darcy hervor, den ihre Worte so bewegten, dass sie eine Reaktion in seinem Herzen auslösten, der die Reaktion seines Körpers in nichts nachstand. "Und nun *bist* du wahrhaftig meine Frau, wenn auch die Kirche noch nicht ihren Segen dazu gegeben hat."

Sie sah in belustigt an. "Das mag zutreffen, Fitzwilliam, aber momentan scheint es mir so, als sei dir das in diesem Augenblick gerade nicht so wichtig", neckte sie ihn. "Vielleicht ist es nun an der Zeit für mich, in das Haus meines Onkels zurückzukehren und dich in Frieden zu lassen"

Noch bevor die Worte ihren Mund vollkommen verlassen hatten, hielt Darcy sie unter dem Gewicht seines Körpers gefangen und schob ein Bein zwischen ihre. "*Denk* nicht einmal daran, mein Herz! Es wird mir schon schwer genug fallen, dich gehen zu lassen, wenn ich es muss." Er vergrub sein Gesicht in ihrem Haar.

Seine heftige Reaktion traf sie unvorbereitet, und doch entging ihr sein ernster Unterton nicht. Liebevoll wanderte ihre Hand nach oben und streichelte seine Wange. "Nun gut, Sir, Sie haben mich überzeugt", sagte sie liebevoll, als ihr bewusst wurde, dass sie heute eine ganz neue Seite an ihm kennengelernt hatte – eine Verletzlichkeit, die er gewöhnlich hinter seiner gebieterischen Art versteckte. Im Nachhinein erkannt sie, dass es schon immer so gewesen war, zumindest, seit sie sich in Kent begegnet waren, und sie es nur nicht erkannt hatte. Selbst sein Antrag in Hunsford hatte diese Handschrift getragen – nun, da sie ihn besser verstand, sah sie die Aufruhr und Besorgnis hinter seinen Worten, die vordergründig bedingungslosen Gehorsam gefordert hatten. *Hatte er schon immer eine solche Schutzmauer um sich errichtet?*, fragte sie sich und erinnerte sich an das vertrauliche Gespräch mit Lady Matlock – was hatte sie gleich noch gesagt? Dass er seine Eltern vergöttert hatte, sie aber wenig Interesse an ihm gezeigt hatten? Vielleicht hatte er nie gelernt, sein nur allzu menschliches Bedürfnis nach Zuwendung auf eine andere Weise auszudrücken. "Ich liebe dich", flüsterte sie, und eine Anspannung, die sie zunächst gar nicht wahrgenommen hatte, wich aus seinem Körper.

Für den Moment schien es ihm zu genügen, sie einfach nur zu halten, während eine Hand mit ihren weichen Locken spielte. Sie erinnerte sich an seine Worte nach ihrem Streit: *Du wirst mich nicht mehr los, denn ohne dich kann ich nicht mehr sein.* Für sie war es ungewohnt, dass eine andere Person sie brauchte – Jane käme dem wohl am nächsten, doch selbst sie neigte dazu, die Dinge mit sich selbst auszumachen und ging davon aus, dass Elizabeth dasselbe tat. Der Gedanke daran, dass er sie brauchte, war gelinde gesagt beängstigend, und doch vermittelte er ihr ein gewisses Gefühl der Wärme und Geborgenheit. Vermutlich fiel es ihm noch schwerer, sich das einzugestehen, als ihr – und der Himmel allein wusste, dass *sie* sich lange genug dagegen gewehrt hatte, *ihn* zu brauchen. Als sie sich kennengelernt hatten, wer hätte da gedacht, dass ihr Glück einmal von ihm abhängen würde und seines von ihr? Wer hätte gedacht, dass sie eine solch starke Liebe zu ihm verspüren würde, dass sie eine Tugend darin sähe, all das in den Wind zu schreiben, was man ihr zuvor gelehrt hatte? Wer hätte gedacht, dass sich das so natürlich und richtig anfühlen könnte?

Seine Hand, die sich wieder ihren Kurven widmete, drang in ihr Bewusstsein und so verwarf sie diese Gedanken wieder, um sich ganz dem Vergnügen seiner Berührung hingeben zu können. Unglücklicherweise wanderten seine Finger ein klein wenig zu leicht über ihre Rippen hinweg und sie schnappte nach Luft. "Fitzwilliam, ich wäre dir dankbar, wenn du mich nicht kitzeln würdest!", stieß sie lachend hervor.

Er hob seinen Kopf, sodass sie das Funkeln in seinen Augen sehen konnte. "Dann bist du also kitzlig, mein Herz? Das werde ich mir merken müssen. Eines Tages könnte ich dich damit in der Hand haben."

"Du hast mich ohnehin schon in der *Hand*, vielen Dank auch!", empörte sie sich mit vorgeschobener Lippe. "Ich bin im Wesentlichen viel zu empfänglich für deine Art der Überredungskunst."

Sein Gesichtsausdruck veränderte sich kaum merklich. "Ist dem so?", fragte er mit butterweicher Stimme. "Vielleicht sollte ich diese Theorie überprüfen." Er legte seine Hand um ihre Brust und senkte seinen Mund auf ihren.

Der Kuss hatte sanft begonnen, wurde aber rasch intensiver und sie entgegnete: "In der Hand, wohl wahr!"

"Das werde ich nutzen, wann immer ich kann", erwiderte er, während seine Hand zur Innenseite ihrer Oberschenkel wanderte, um sie dort federleicht zu streicheln. "Schließlich, meine Liebste, genügt es schon, dass du mich *anlächelst*, und ich kann dir nicht mehr widerstehen." Mit Freude beobachtete er, wie sie begann, sich an ihn zu drängen.

Sie konnte spüren, wie sich seine Erregung gegen sie drückte. "Nun, vielleicht sollte ich dann einmal *deine* Theorie überprüfen", sagte sie und lächelte ihn mit diebischer Freude an.

Sein Knie schob sich zwischen ihre Beine, ehe er seine Finger behutsam ins Zentrum ihrer Lust gleiten ließ. Elizabeth schnappte nach Luft, so intensiv war die Lust, die er ihr mit seiner Berührung bereitete und er raunte: "Der Beweis für meine Theorie wurde bereits vor Monaten erbracht, liebste, schönste Elizabeth. Es braucht nicht einmal ein Lächeln – ein flüchtiger Blick, ein Gedanke, ich muss dich nur am andern Ende des Raums sehen – und ich bin Wachs in deinen Händen." Die sanften Bewegungen seines Fingers sandten eine Woge des Begehrens durch Elizabeths Körper, und sie begann zu zittern, als sich die Ekstase in ihr ausbreitete. Darcys Augen verdunkelten sich vor Leidenschaft, als er sah, wie empfänglich sie für ihn war und mit einem Mal bedurfte es keiner Worte mehr.

Kapitel 10

DARCY WOLLTE NICHTS davon hören, dass Elizabeth vorhatte, an diesem Nachmittag wieder allein nach Cheapside zurückzukehren. Obwohl er widerwillig einräumte, dass das Risiko, dass man ihnen auf die Schliche kam, wenn er sie direkt bei den Gardiners ablieferte, zu groß war, hielt er doch dagegen, dass es nicht schaden könne, wenn er sie in der Nähe des Hauses ablieferte. Ihm ging es dabei nicht nur um ihren Komfort, tatsächlich fiel es ihm schwer, sie gehen zu lassen und er versuchte damit, das Unvermeidliche so lange als möglich hinauszuzögern.

Und so beschloss er, sie selbst zu kutschieren, sodass es ihm zumindest möglich wäre, neben ihr zu sitzen, statt der strikten Anstandsregeln Folge leisten zu müssen, und ihr in der Kutsche gegenüberzusitzen, wo es ihm unmöglich war, sie zu berühren. Elizabeth grinste angesichts seines durchschaubaren Plans, hatte aber für ihren Teil nichts dagegen einzuwenden.

Ein Thema ging Darcy nicht aus dem Kopf und nun schien ein guter Zeitpunkt gekommen zu sein, um es anzusprechen. "Wir haben noch keinen Termin für unsere Hochzeit gewählt, mein Herz", begann er, und lenkte die Pferde in Richtung Cheapside.

"Nein, das haben wir nicht", antwortete Elizabeth amüsiert und ahnte schon, worauf er damit hinaus wollte. Da es sie nicht störte, darüber zu sprechen, beschloss sie, ihm zu helfen: "Hast du dir in dieser Angelegenheit schon Gedanken gemacht?"

Er warf ihr einen Seitenblick zu. "Ich würde es vorziehen, wenn wir die Verlobungszeit kurz halten könnten."

Es war nicht leicht, ihn damit nicht aufzuziehen, und doch begann sie zu begreifen, dass sie ihn im Bezug auf sich selbst

271

nicht necken sollte. Mühsam verkniff sie sich ein Lachen und sagte: "Das denke ich auch." Der Versuch war nicht von Erfolg gekrönt, denn ihre Fröhlichkeit wollte sich nicht vollkommen unterdrücken lassen und so schlich sich ein Lächeln auf ihre Lippen.

"Amüsiert dich dieses Thema etwa?", fragte er mit leicht gerunzelter Stirn und konzentrierte sich darauf, den Wagen sicher durch die belebten Straßen zu lenken.

Wagemutig legte sie ihm einen Moment ihre Hand auf den Arm und lächelte ihn liebevoll an. "Nicht das Thema an sich, Sir, aber vielleicht wie formal wir eine Frage diskutieren, deren Antwort für Sie, wenn ich mich nicht irre, bereits beschlossene Sache ist", sagte sie.

Mit einem sarkastischen Seitenblick antwortete er: "Also gut, Madam, da Sie meinen, mich so leicht durchschauen zu können, möchte ich nun wissen, wie es um *Ihre* Vorlieben zu dem Thema bestellt ist."

Wie es der Zufall wollte, teilte Elizabeth seine Präferenzen stärker als er dachte, da die Aussicht darauf, noch mehr Zeit entweder im Haus ihres Onkels oder Vaters zu verbringen, ihr momentan nicht besonders zusagte. In einem Fall wie ihren jedoch würde eine überstürzte Heirat an sich schon als kompromittierend betrachtet werden und da der gute Name ihrer Familie ohnehin bereits skandalbehaftet war, wollte sie keinen weiteren heraufbeschwören. "Wenn wir eine kurze Verlobungszeit in Betracht ziehen, dann wäre die einfachste Möglichkeit, das umzusetzen, wenn wir eine Doppelhochzeit mit Jane und Mr. Bingley nächsten Monat in Betracht zögen", schlug sie vorsichtig vor, und wartete seine Reaktion darauf ab.

Denselben Gedanken hatte Darcy mehr als nur einmal gehabt. "Das wäre wohl das Vernünftigste", stimmte er zögerlich zu, denn einen Monat zu warten kam ihm wie eine Ewigkeit vor, und doch war ihm klar, dass Elizabeth wohl kaum von einem früheren Termin überzeugt werden könnte, und so fügte er hinzu: "Wenn dein Vater erst einmal seine offizielle

Zustimmung erteilt hat, können wir mit den Vorbereitungen beginnen."

Elizabeth Lächeln verschwand, als ob es nie dagewesen wäre. "Pardon, ich hatte vergessen, dir zu sagen, dass mein Onkel gestern Abend eine Nachricht von meinem Vater erhalten hat", gestand sie. Sie hatte ihre Sorgen über Mr. Bennets Antwortbrief vollkommen vergessen, während sie mit Darcy zusammen gewesen war, nun drängte es sich ihr wieder auf.

"Kein Grund, dich zu entschuldigen, mein Herz", beruhigte Darcy sie. "Ich zweifle nicht an dir, ich glaube, du warst möglicherweise ein wenig ... abgelenkt." Er lächelte, als er sich den Grund ihrer Ablenkung ins Gedächtnis rief. Betroffen stellte er fest, dass Elizabeth auf ihrer Lippe kaute, als läge ihr etwas auf dem Herzen. "Ist etwas geschehen?", wollte er besorgt wissen.

Instinktiv wollte Elizabeth zunächst jegliche Schwierigkeiten abstreiten, hielt jedoch inne, ehe es ihr herausrutschte. Ihr Vorsatz, ihm zu vertrauen, kam ihr wieder in den Sinn und so sah sie zu ihm auf, rief sich nochmals die Intimitäten, die sie heute miteinander geteilt hatten, in den Sinn und ihr Entschluss stand fest. "Mein Vater hat zwar zugestimmt, es scheint aber, als sei er nicht erfreut darüber" sagte sie und ein Gefühl der Angst überkam sie, nachdem sie ihm ihre Sorgen offenbart hatte.

Darcy runzelte die Stirn. "Wie begründet er das?", wollte er wissen.

"Dazu hat er sich nicht geäußert", antwortete sie. "Ich denke jedoch, dass er niemals einen Grund dafür gesehen hat, seinen ersten Eindruck von dir nochmals zu überdenken. Ich wünsche mir so sehr, unsere Familien wären zufrieden mit unserer Verlobung."

"*Ich* bin zufrieden damit, mehr als zufrieden, und wenn du das auch bist, dann ist das alles, was zählt", sagte er sanft.

Elizabeth ließ sich von ihm beruhigen und den Rest der Fahrt unterhielten sie sich angeregt und liebevoll. Sie gehen zu lassen war jedoch so schwer, wie Darcy es sich vorgestellt hatte. Als sie aus dem offenen Zweispänner ausstieg und in Richtung der Gracechurch Street davonlief, traf ihn der Verlust schwer, denn er wusste, wie leer sein Haus und sein Bett sich ohne sie anfühlen würden. Er konnte nicht einmal ansatzweise bedauern, was an diesem Tag geschehen war und wusste doch, dass es aus eben diesem Grund umso schwerer ohne sie werden würde, denn ihre Liebe gehörte zu denjenigen, die, wenn sie erst einmal vollzogen waren, umso heftiger und drängender gebraucht wurden. Als sie die Straßenecke erreichte, wandte sie sich ihm noch einmal zu, um ihm lächelnd zuzuwinken und jeder seiner Instinkte schrie förmlich danach, ihr nachzulaufen und sie in die Brook Street zu bringen, wo sie hingehörte. Die Erinnerung daran, wie es sich angefühlt hatte, ihren Körper unter seinem zu spüren und wie ihre schüchtern-leidenschaftlichen Reaktionen seine Lust nur umso mehr gesteigert hatten war ihm ein schwacher Trost. Er vermutete, dass ihn diese Erinnerungen in den kommenden Wochen mehr am Leben halten würden als Essen oder Trinken.

Sicher hätte es ihn beruhigt, zu wissen, dass auch er Elizabeth bereits fehlte, auch wenn sich ihr Verstand nun damit beschäftigte, wie sie es wohl anstellen mochte, dass die Gardiners keinen Verdacht schöpften. Bevor sie sein Stadthaus verließen, hatte sie größte Sorgfalt walten lassen, um ihr Kleid und Haar wieder so makellos wie irgend möglich aussehen zu lassen. Auch wenn ihr bewusst war, dass es nichts zu bemerken gab, befürchtete sie doch, dass sich ihnen die Veränderung an *ihr* selbst, die sich so grundlegend anfühlte, doch offenbaren würde. Wenn ihr Onkel herausfände, was sich zugetragen hatte, würde ihn das ganz sicher furchtbar aufbringen, zweifelsohne würde er sie dann nach Hause schicken, wenn auch nicht, ohne sie zuvor – im Zweifelsfall unter Anwendung von Gewalt – vor den Altar gebracht zu haben, *was vielleicht gar nicht die schlechteste Option wäre*, sinnierte sie bei sich. Beim Gedanken daran, als seine Frau wieder in Darcys Haus zurückzukehren, überrollte sie eine Welle von Gefühlen. Dort würde sie nie mehr fortgeschickt werden, es wären keine Versteckspielchen mehr vonnöten und beinahe wünschte sie sich, dass es genau so kommen möge, gäbe es da nicht noch seine und ihre Familie, die sie vor einem Skandal bewahren wollte. Und doch verlieh ihr der Gedanke den Mut, mit einem Selbstbewusstsein in das Haus der Gardiners zurückzukehren, das sie zuvor nicht besessen hatte und so kam es, dass ihr keinerlei Fragen gestellt wurden.

Erst spätabends, als sie wieder allein war, gestand sie sich zu, über all das, was an diesem Tage geschehen war, nachzudenken. Sie sah in den Spiegel und fragte sich, weshalb sich ihre äußere Erscheinung nicht verändert hatte, nun, da sie eine solch tiefgreifende Veränderung in ihrem Inneren verspürte. Bereits im zarten Alter hatte sie gewusst, dass verlobte Paare auf die eine oder andere Weise dem Ehegelübde vorgriffen und die Gesellschaft die Augen davor verschloss, und doch hätte sie nie gedacht, dass auch sie selbst einmal dazu gehören würde. Andererseits schien es so viel zu geben, womit sie niemals gerechnet hätte – das starke Gefühl der Verbundenheit, das sich mit dem Verliebtsein einstellte, die tiefe Freude, die man empfand, wenn man seinen Geliebten glücklich machte und die Intensität und die Freude am körperlichen Kontakt, der die Verbindung nur umso stärker machte und sie von all den anderen Lieben des Lebens, zu Familie oder Freunden, unterschied. Die größte Überraschung war jedoch die Entdeckung, dass ihr ab einem gewissen Punkt Mr. Darcy wichtiger als alles andere geworden war. Die Veränderung, die sie an sich wahrnahm, reflektierte sie, rührte wohl eher von diesem Prioritätenwechsel denn aus dem physischen Akt, der zwischen ihnen stattgefunden hatte, so überwältigend er auch gewesen sein mochte. Sie schlang ihre Arme fest um sich, rief sich noch einmal die Freude und Zufriedenheit ins Gedächtnis, die sie in seinen Armen verspürt hatte und sehnte sich danach, sich nicht mehr von ihm trennen zu müssen, sondern in aller

Öffentlichkeit zeigen zu dürfen, wie stolz sie war, an seiner Seite zu stehen.

DARCY KAM AM nächsten Morgen noch früher als sonst, jedoch nicht mit leeren Händen: Er überreichte Elizabeth ein elegantes Paar Seidenhandschuhe. Sobald sich ihre Blicke trafen, wusste Elizabeth nur zu gut, worum sich seine Gedanken drehten und bezweifelte, dass sie ihm auch nur einen Augenblick widerstehen könnte, falls sich ihnen eine Gelegenheit böte, allein zu sein. Sie hatte weder erwartet, wie viel sehnlicher sie sich nun wünschte, in seinen Armen zu sein, noch, dass ein Wiedersehen mit ihrem Geliebten solche Auswirkungen auf ihr Herz haben könnte. Leider war ihr nur allzu bewusst, dass sie sich glücklich schätzen konnte, wenn sie auch nur die Chance bekämen, ein wenig ungestörter miteinander sprechen zu können. Darcys Augen liebkosten sie auf eine Art und Weise, dass sie nicht wusste, wie sie beide es schaffen sollten, auf Distanz zu bleiben. Sie fragte sich, wie es sein konnte, dass ein einziger Blick sich anfühlte, als entledigte er sie ihrer Kleider, um sie zu lieben.

Irgendwie bewerkstelligten sie es, in Anwesenheit Mrs. Gardiners eine angemessene Unterhaltung zu führen, doch hätte man vor dem Hintergrund ihres Tete-a-Tetes zwischen den Zeilen gelesen, wäre man wohl zu einem anderen Schluss gelangt. Beide waren erleichtert, als Mrs. Gardiner vorschlug, sie könnten, trotz des recht kühlen Wetters, einen Spaziergang miteinander unternehmen.

Sobald sie weit genug gegangen waren, um ein wenig Privatsphäre zu erlangen, sah Darcy sie an und sagte: "Elizabeth!", als ob die Silben ihres Namens all sein Verlangen, seine Sehnsucht und die Freude ausdrücken könnten, die er empfand, nun da er wusste, dass sie die seine war.

Sie schenkte ihm ein süßes, neckisches Lächeln. "Ja, Fitzwilliam?", ermunterte sie ihn.

Seine Augen schienen durch sie hindurch bis in ihre Seele zu blicken. "Ich habe dich heute Nacht in meinem Bett vermisst", murmelte er, sodass nur sie ihn hören konnte.

Seine Worte erzielten den gewünschten Effekt; sie wühlten sie innerlich auf, sodass sie sich wünschte, ihm wesentlich näher zu sein, als die guten Sitten es zuließen. Leichthin entgegnete sie: "Nur gestern Abend? Nun bin ich aber enttäuscht."

Er ließ sich auf ihr Spiel ein und antwortete ihr ins Ohr: "Nein, auch heute Morgen hast du mir gefehlt. Ich wäre viel lieber in deinen Armen aufgewacht und hätte es genossen, jeden wunderhübschen Zentimeter deines Körpers aufs Neue zu erkunden und noch mehr Möglichkeiten zu finden, deine Leidenschaft für mich zu beanspruchen."

Elizabeth Wangen nahmen eine tiefe Röte an. Sie war zu verlegen, um etwas darauf zu erwidern, und doch war sie nicht böse drum, denn sie hätte ohnehin nicht gewusst, was sie sagen sollte. Sie wusste lediglich, dass seine Worte ihr Verlangen weckten und dass es wohl das Beste wäre, wenn sie das Thema wechselten, auch wenn sie das eigentlich gar nicht wollte.

"Und du, hast du heute Morgen an *mich* gedacht, mein Herz?", wollte er wissen.

Elizabeth war auf diese Frage nicht vorbereitet gewesen. Allein auf ihrem Zimmer hatte sie tatsächlich an ihn und auch an das gedacht, was sie gestern verbunden hatte, sich daran erinnert, wie nahe sie sich ihm gefühlt hatte und auch an die erstaunlichen Freuden, mit denen er sie gestern vertraut gemacht hatte. Sie war so verlegen, dass sie beinahe nicht in der Lage war, ihm zu antworten und so erwiderte sie, ohne ihn anzusehen:"Ja, habe ich."

Er schien einen Moment über ihre Antwort nachzudenken, um ihr dann zuzuflüstern: "Mit Vergnügen, hoffe ich." Zart legte er seine Hand an ihre Wange und ermutigte sie, ihn anzusehen.

Augenblicklich verlor sie sich in den Tiefen seiner dunklen Augen. Beinahe atemlos, antwortete sie langsam: "Ja, durchaus."

Er konnte seine Befriedigung angesichts ihrer Worte nicht verbergen, was die Hitze in ihrem Inneren nur noch verstärkte. "Danke", sagte er leise. "Ich weiß nicht, welcher gute Engel dich gestern zu mir gebracht hat und doch werde ich für immer dankbar für das Geschenk sein, das du mir damit gemacht hast."

Ein Beben durchfuhr sie. Dass sie dieses Gespräch überhaupt führten, noch dazu auf einer öffentlichen Straße, selbst wenn kein anderer mithören konnte, war schockierend und aufregend zugleich. Es war, als ob seine Worte sie so innig berührten, wie seine Hände es am vorigen Tag getan hatten; dieses Gespräch war ihnen durch sämtliche Anstandsregeln untersagt, an die sie sich nicht mehr gebunden fühlte. Sie sah ihn an, als ob sie ihm ein Geheimnis anvertraute, ihre Lippen kribbelten, als erwarteten sie einen Kuss, den sie nicht erhalten würden. "Ich bin froh, dass mein Handeln dich nicht empört hat", gestand sie.

Sie hätte nicht gedacht, dass sein Blick noch intensiver werden konnte. "Niemals werde ich vergessen, Elizabeth, dass du aus freien Stücken zu mir gekommen bist und nicht nur eine eheliche Pflicht erfüllt hast", sagte er mit tief bewegter Stimme. "Zu wissen, dass ich dir das Vergnügen, das du mir bereitet hast, in einem gewissen Maße zurückgeben konnte, macht mich sehr glücklich."

"Ich...", begann sie, und fand doch keine Worte, als das Verlangen nach ihm wieder Besitz von ihr ergriff, "Ich bin froh, dass du... zufrieden warst."

Seine Augen wanderten langsam ihren Körper hinunter, als ob sie sie liebkosen wollten und erinnerten sich nur allzu offensichtlich daran, welche Entdeckungen sie gestern gemacht hatten. "Über alle Maßen zufrieden", entgegnete er gedehnt. "Meine liebreizendste Elizabeth, du hast keine Ahnung, was du mit mir anstellst."

Die herrliche Spannung zwischen ihnen bereitete ihr beinahe weiche Knie, und so schlug sie, weil sie nicht recht wusste, was sie sonst tun sollte, die Augen nieder.

Er schien in ihrem Gesicht lesen zu können wie in einem Buch. "Elizabeth!", rief er aus, um ihren Namen für sich zu beanspruchen, da ihm schon nicht mehr gestattet war. "Das wird eine furchtbar lange Verlobungszeit, wie kurz sie auch scheinen mag. Ich weiß, dass ich keinen Frieden finden werde, bis ich das Recht habe, dich in meinem Haus, in meinen Armen zu halten und in meinem Bett zu haben."

Zaghaft sah sie zu ihm auf. "Ebenso wird es mir ergehen, mein Liebster", sagte sie leise und es war, als käme ihr das Kosewort ganz natürlich über die Lippen.

Seine Augen glühten angesichts dieses Eingeständnisses, doch statt ihr zu antworten, legte er seine freie Hand sachte auf ihre und beschleunigte den Schritt. Sie folgte seinem Beispiel, nicht jedoch, ohne ihn dabei fragend anzusehen.

"Dies wäre ein ausgezeichneter Augenblick, um das Thema zu wechseln", sagte er nach einer Weile. "Wir befinden uns in der Öffentlichkeit, mein Herz, und momentan ist meine Selbstbeherrschung *ernstlich* in Gefahr."

Seine Worte weckten auch in ihr das Verlangen, doch Elizabeth reagierte lediglich mit einem amüsierten Seitenblick. "Dann werde ich also versuchen, dich nicht weiter in Versuchung zu bringen", entgegnete sie spielerisch.

Er nahm einen tiefen Atemzug. Seine Stimme hatte einen warnenden Unterton, als er fragte: "Weißt du eigentlich, wie einfach es für mich wäre, dich augenblicklich zu meinem Haus zurückzubringen und mich einen Teufel um die Konsequenzen zu scheren?"

Elizabeth blickte zur Seite, erstaunt und bestürzt darüber, wie sehr sie sich danach sehnte, ihm sagen zu können, dass er genau das tun sollte. Für einen Moment schloss sie die Augen, um sich zu beruhigen und sich ins Gedächtnis zu rufen, wie enttäuscht ihre Tante wäre, würde sie es riskieren, Schande über ihre Familie zu bringen, wenn sie mit ihm ginge. Das genügte schon, um sie auf den Boden der Tatsachen zurückzuholen, sodass sie in der Lage war, ihm zu antworten, ohne sie beide weiter in Gefahr zu bringen. "Dann sollten wir nichts unversucht lassen, das Thema zu wechseln", begann sie. "Du hast mir letzte Woche von deinen Plänen für deine Pächter erzählt, ich frage mich, wie die anderen Grundherren der Umgebung darauf reagieren werden."

Dankbar griff er ihr Ablenkungsmanöver auf und erklärte ihr sein Vorhaben mit großer Beharrlichkeit, bis beide sich in der Lage fühlten, die Gesellschaft des anderen genießen zu können, ohne dabei wieder in gefährliche Fahrwasser zu geraten.

ALLZU BALD KAM der Tag von Elizabeths Abreise nach Hertfordshire. Auch wenn sie sich freute, wieder nach Hause zu kommen, und dort die Möglichkeit zu bekommen, zumindest ihrer Familie alles erklären zu können, reichte allein der Gedanke daran, mehrere Tage ohne Darcy verbringen zu müssen, aus, sie beinahe in Panik zu versetzen. Als er zu seinem täglichen Besuch eintraf, sah sie sich kaum in der Lage, ihm auch nur ein Lächeln zu schenken, und doch wollte sie nichts lieber, als sich in seine Arme zu werfen und ihn niemals wieder gehenzulassen.

Darcy selbst war keinen Deut glücklicher. Jeder Tag ohne Elizabeth in seinen Armen erschien ihm wie eine Ewigkeit, doch in London hatte er sie zumindest in seiner Nähe gewusst. Es gab Momente, in denen er ihr Stelldichein beinahe bereute. Nicht, weil er es rückgängig machen wollte, sondern weil es seine Sehnsucht nach ihr und sein Verlangen danach, sie stets bei sich zu haben, nur noch verstärkt hatte. Er hatte gedacht, seine Gefühle recht gut unter Kontrolle zu haben, bis Elizabeth ihn darum bat, seine Ankunft in Hertfordshire noch ein wenig hinauszuzögern, um ihr Zeit zu geben, ihre Familie von den Vorzügen ihrer Verlobung zu überzeugen. Ihre Argumentation konnte er sofort nachvollziehen, und doch stieß ihm der Gedanke daran derart sauer auf, dass er sich schwer tat, ihr zuzustimmen. Wenn er allein mit sich war, gab es Momente, in denen er zweifelte. Er fragte sich dann, ob sie seiner bereits überdrüssig geworden war, doch ihre Augen sprachen eine andere Sprache, wenn sie ihn jeden Morgen begrüßte und das gab ihm wieder all die Sicherheit, die er so dringend benötigte.

Wenngleich Darcy sich an diesem Morgen Sorgen über Elizabeths übermäßig gedämpfte Stimmung machte, musste er sich doch eingestehen, dass es ihm eine gewisse Befriedigung verschaffte, zu sehen, dass sie ihn ebenso sehr vermissen würde wie er sie. Ihre Unterhaltung wollte nicht recht in Gang kommen, obwohl ihnen nur wenig Zeit miteinander blieb. Schließlich stand ihre Abreise unmittelbar bevor. Mrs. Gardiner hatte ihnen ein unerwartetes Geschenk gemacht und sie zum Lebewohl sagen allein gelassen, wenn auch nicht, ohne einen Dienstboten in unmittelbarer Nähe zu postieren. Als sie von dem Wagen standen, der Elizabeth fort bringen sollte, nahm Darcy, der sich recht befangen fühlte, ein kleines Kästchen aus seiner Manteltasche und reichte es ihr.

Sie sah ernst zu ihm auf. "Du musst mir nichts schenken", sagte sie. "Ich habe schon so viel von dir bekommen."

"Ich werde dir niemals so viel schenken können, wie du mir bereits gegeben hast, mein Herz", antwortete er. Er lehnte sich zu ihr hinüber und flüsterte ihr leise ins Ohr: "Wenn ich schon nicht Liebe mit der machen kann, mein Herz, wirst du mir zumindest gestatten müssen, dass ich dir Geschenke mache."

Ihre Wangen nahmen eine zarte Röte an. "Mir erschließt sich der Zusammenhang nicht", sagte sie mit einem Lächeln, das ihren Worten die Ernsthaftigkeit nahm. Sie öffnete die Schachtel, um ein exquisites Collier aus wunderbar aufeinander abgestimmten Perlen darin zu finden. Einen Moment betrachtete sie es und sagte dann: "Du bist sehr großzügig, aber das ist zu viel; wir sind noch nicht verheiratet."

Er sah sie eindringlich an, bis sich ihre Blicke trafen. "Nur auf dem Papier", sagte er leise und kostete die Gelegenheit voll aus, in ihren Augen die Erinnerung aufflammen zu sehen. Er fragte sich, wen er eigentlich an diese Momente erinnerten wollte. "Sie sind für dich, mein Herz; sie gehörten meiner Mutter."

Elizabeth hatte das Gefühl, in Tränen auszubrechen, falls sie den Versuch machte, auch nur ein Wort über ihre Lippen zu bringen. Ihr Sinn für Humor hatte sie offenbar vollkommen im Stich gelassen. Alles, was ihr übrig blieb, war ihre Augen für ihr Herz sprechen zu lassen.

Er nahm ihre Hände in seine. "Ich werde dich vermissen, Elizabeth. Mehr als drei Tage werde ich dir nicht geben, um deinen Vater von mir zu überzeugen – länger als das werde ich es nicht aushalten, von dir getrennt zu sein", sagte er und bedachte sie wieder mit seinem entschlossenen Blick.

Seine Hand in ihrer zu spüren beruhigte sie und sie sah zu ihm auf. "Ich werde Ihrer Ankunft mit Freuden entgegensehen, Sir."

"Und wenn ich ankomme, werden wir die Hochzeitsplanungen abschließen, sodass uns derartige Abschiedsszenen in Zukunft erspart bleiben."

Elizabeths Gesicht errötete bei seinen Worten. Ihre eigenen Gedanken machten sie so verlegen, dass sie kein Wort herausbrachte. Schließlich lächelte sie selbstironisch und verabschiedete sich förmlich: "Dann werde ich Ihnen nun Lebewohl sagen, Mr. Darcy"

"Auf bald, Miss Bennet", antwortete er, um sich dann, zu ihrer großen Überraschung, zu ihr herabzubeugen und seine Lippen sanft auf ihre zu legen, und das trotz der Anwesenheit der Gardinder'schen Dienstboten. "Träum von mir – du kannst dir gewiss sein, dass ich von dir träumen werde", flüsterte er.

Mit nun flammend roten Wangen gestatte Elizabeth ihm, ihr in die Kutsche zu helfen, ehe sie ihm ein spitzbübisches Lächeln schenkte. "Die Dreistigkeit in Person, Mr. Darcy!", rief sie verschmitzt. "Sicherlich können Sie nicht von mir erwarten, ein solches Verhalten vor unserem Hochzeitstag zuzulassen!"

Er lachte herzhaft, und es klang wie Musik in Elizabeths Ohren. "Selbstverständlich nicht, Miss Bennet. Mir selbst ist schleierhaft, was da über mich kam", sagte er trocken. Sie winkte ihm ein letztes Mal zu, ehe die Kutsche anfuhr und er sah ihr mit tiefem Bedauern nach, bis sie nicht mehr zu sehen war.

ELIZABETHS RÜCKKEHR NACH Longbourn hätte nicht unterschiedlicher ausfallen können als ihre Heimkehr von Rosings. Augenblicklich wurde sie von ihrer Mutter begrüßt, die voll des wortreichen Lobes war, da sie eine solch brillante Partie gemacht hatte. Elizabeth war nun – dank des jährlichen Einkommens von zehntausend Pfund – ohne Frage ihr liebstes Kind. Mrs. Bennet konnte sich nicht zurückhalten, ihrer Tochter jeden erdenklichen Ratschlag bezüglich ihrer Hochzeitsgarderobe zu geben, noch bevor diese das Vestibül vollkommen durchschritten hatte. Elizabeth ließ diese Ergüsse voller Nachsicht und auch ein wenig amüsiert über sich ergehen.

Im Gegensatz dazu verließ ihr Vater nur kurz seine Bibliothek, um sie mit ernstem Gesicht zu begrüßen. Elizabeth machte sich Sorgen, und doch war es ein Ding der Unmöglichkeit, ihre Mutter zu unterbrechen, sodass sie nicht weiter mit ihrem Vater sprechen konnte.

Erst am Abend war es den beiden ältesten Miss Bennet möglich, unter sich zu sein; eine Gelegenheit, die Jane sofort eifrig ergriff, um Elizabeth allerlei Fragen zu stellen, die diese mit demselben Enthusiasmus beantwortete.

"Aber Mr. Darcy! Liebste Lizzy, ich glaube, nichts hätte mich mehr schockieren können, als das zu hören! Ich hatte immer gedacht, du verabscheust ihn, wenngleich ich ihn von Anfang an zu schätzen gewusst habe. Allein für seine Liebe zu dir wäre er sich schon meiner Achtung gewiss gewesen, doch nun, da er noch dazu Bingleys Freund und auch bald dein Ehemann ist, sind nur Bingley und du selbst die einzigen Menschen, die mir noch teurer sind, als er. Es ist nur so, dass ich nicht den Hauch einer Ahnung hatte, wie eingenommen er von dir ist, auch wenn es meinen Bingley nicht ganz so sehr
283

überrascht hatte. Aber wie hat sich das alles nur zugetragen? Du musst mir alles genauestens erzählen!", rief Jane.

"Dann wirst du nun die ganze Geschichte zu hören bekommen, bis deine Ohren müde sind, meine liebe Jane!", neckte Elizabeth sie.

"Oh, nun bleib doch mal ernst, Lizzy! Ich habe nachts so gut wie kein Auge zugemacht, weil ich mich ständig gefragt habe, was wohl geschehen sein mag."

"Dann werde ich dir jedes noch so kleinste Detail berichten, abgesehen von denen, die ein schlechtes Licht auf jemanden werfen könnten, natürlich", antwortete sie in gespielter Ernsthaftigkeit. Sie ergriff Janes Hand und begann, ihr die ganze Geschichte zu schildern, angefangen bei dem katastrophalen Antrag in Hunsford, über ihre darauffolgenden Zusammentreffen mit Darcy und dessen Anteil an Bingleys Auftauchen in der Gracechurch Street. Darauf wiederum folgte die Übereinkunft, zu der sie gekommen waren, als er auf Netherfield weilte und – nachdem sie ihrer Schwester den Schwur strengster Geheimhaltung abgenommen hatte – auch dessen Rolle beim Zustandekommen von Lydias Heirat. Nur ihren letzten Besuch in der Brook Street verschwieg sie, nicht einmal Jane wollte sie dieses Geheimnis anvertrauen. Jane war voll des Staunens, und Elizabeth versicherte sie nur umso ernsthafter ob der Wahrhaftigkeit ihres Berichts.

"Aber bist du zufrieden, Jane? Wirst du ihn gerne zum Schwager haben?", wollte Elizabeth wissen.

"Sehr, sehr gern. Nichts könnte Bingley oder mir mehr Freude bereiten. Aber liebst du ihn auch wirklich genug? Oh, Lizzy! Tu alles was dir beliebt, aber heirate nicht ohne Liebe."

Lange brauchte es nicht, bis Elizabeth Jane durch ihre ernsthaften Zusicherungen von ihren Gefühlen überzeugt hatte. Alle Geständnisse waren gemacht und doch redeten sie noch die halbe Nacht hindurch.

ZWEI VOLLE TAGE vergingen, ehe es Elizabeth endlich möglich war, Mr. Bennet unter vier Augen zu sprechen, der sichtlich darauf bedacht gewesen war, eine solche Gelegenheit nicht aufkommenzulassen. Sein Versuch, ihr aus dem Weg zu gehen, bekümmerte sie, stellte allerdings keine große Überraschung dar, da er es sich bisher schon zur Gewohnheit gemacht hatte, Probleme nicht direkt anzugehen, wenn sie mit ein wenig Geist abgemildert oder gänzlich umgangen werden konnten.

Als sie ihn schließlich eines Nachmittags in der Bibliothek antraf, und resolut auf ihre Verlobung zu sprechen kam, nahm er seine Brille ab und sagte: "Lizzy, ich sehe keinen Sinn darin, noch weiter darüber zu diskutieren. Was geschehen ist, ist geschehen. Weder dir noch mir bleibt in dieser Angelegenheit weiterer Handlungsspielraum. Es tut mir leid, dass du einen Mann ehelichen musst, der dir stets zutiefst zuwider war, ich wünschte, ich könnte dir Hoffnung machen, dass er sich ändert, doch daran glaube ich selbst nicht. Wie dem auch sei, Kummer und Reue haben nun auch keinen Sinn mehr." Sein Tonfall war unmissverständlich abweisend.

Wie sehr wünschte sie sich nun, dass sie sich früher in ihrer Meinungsbildung stärker von der Vernunft hätte leiten lassen und sie gemäßigter vorgebracht hätte! Es hätte ihr einige Erklärungen und Geständnisse erspart, die vorzubringen ihr nun äußerst unangenehm, und dennoch notwendig waren und so beteuerte sie ein wenig wirr, wie viel ihr an Mr. Darcy lag.

Ihr Vater bedachte sie mit einem zynischen Blick. "Glaube nicht, dass ich deinen Versuch, mich zu beruhigen, indem du mir versicherst, dass du damit nicht unglücklich wärst, nicht zu schätzen wüsste. Wenn du jedoch denkst, ich ließe mir auch nur für einen Augenblick weismachen, dass er sich geändert hat, dann liegst du leider vollkommen falsch. Ich habe durch meine eigene Dummheit eine meiner Töchter an den wertlosesten jungen Mann ganz Englands verloren und bin nun im Begriff eine an einen Mann zu verlieren, den sie hasst. Dieses Mal muss ich mir den Fehler immerhin nicht selbst zuschreiben, doch ich kann dir versichern, dass ich mich mit dem Thema nicht weiter befassen möchte und nun mach dich also auf!” Er wandte sich von ihr ab und nahm sein Buch wieder zur Hand.

Elizabeth war nicht bereit, sich so leicht geschlagen zu geben. "Hast du anderweitige Bedenken vorzubringen", verlangte sie zu wissen, "als deine Überzeugung, er sei mir gleichgültig?"

Mr. Bennet schüttelte ungläubig den Kopf. "Ich habe mehr Einwände als vorgebracht werden könnten und das ist nur einer davon."

"Sir, jenen Einwänden, die ich nicht kenne, stehe ich machtlos gegenüber und kann ihnen nichts entgegensetzen, aber er ist mir wirklich, wirklich lieb", antwortete sie mit Tränen in den Augen. "Ich liebe ihn. Seine Liebenswürdigkeit kennt keine Grenzen und ich kenne keinen besseren Mann als ihn. Du kennst ihn nicht so, wie er wirklich ist. Tu mir bitte nicht weh, indem du so abfällig von ihm sprichst."

Mr. Bennet sah sie ernst an. "Diesen Sommer habe ich einiges über meine Schwächen als Vater gelernt. Mir ist nicht entgangen, dass du versuchst, mir meine eigene Torheit nicht weiter vor Augen zu führen, indem du vorgibst, zufrieden mit dem Los zu sein, dir zuteil wurde. Nun, wenn es dir mit dieser Vorstellung besser geht, dann tu dir bitte keinen Zwang an und fahre damit fort. Aber ich für meinen Teil kann keine gute Miene zum bösen Spiel machen."

"Mir *geht* es gut damit, mehr als gut!” stieß sie hervor.

Er seufzte tief. "Ich wünschte, ich könnte dir glauben, Lizzy. Es gibt nichts, was mir mehr am Herzen liegt, als zu sehen, dass du ein glückliches Leben führst. Ich weiß, wie wichtig es für dich ist, deinen Mann respektieren zu können, anderenfalls würdest du kein Glück finden und den Respekt vor dir selbst verlieren. Er muss dir überlegen sein und du musst zu ihm aufschauen können – beides sehe ich nicht in Mr. Darcy. Dein lebensbejahendes Wesen würde dich in einer ungleichen Ehe in größte Schwierigkeiten bringen. Ich hatte gehofft, niemals den Schmerz ertragen zu müssen, ausgerechnet *dir* dabei zusehen zu müssen, wie du deinen Partner fürs Leben nicht wertschätzen kannst. Alles, worauf ich nun noch hoffen kann, ist, dass du einen Ausgleich in den Annehmlichkeiten finden wirst, die Mr. Darcy dir bieten kann."

Elizabeth, immer noch schwer getroffen, sagte: "Du irrst dich, in der Tat, wenn du denkst, dass ich nicht die höchste Achtung vor ihm habe. Gibt es denn gar nichts, was ich sagen kann, um dich davon zu überzeugen, dass er nicht der Mann ist, für den du ihn hältst?"

"Gar nichts, mein Kind. Ich habe dich zu gut darin geschult, mich nicht mit deinen Schwierigkeiten zu behelligen und nun bezahle ich den Preis dafür, denn ich weiß, dass du dich höchstwahrscheinlich nicht an mich wenden wirst, wenn du etwas auf dem Herzen hast. Das habe ich mir selbst zuzuschreiben und nun bekomme ich es zu spüren."

"Du möchtest mich also nicht anhören?", fragte sie verzweifelt.

"Nein, mein Kind, das werde ich nicht", sagte er mit einem guten Maß Endgültigkeit.

Sie war gezwungen, diese Antwort zu akzeptieren, und verließ ihn traurig und enttäuscht.

ELIZABETH FREUTE SICH so sehr auf das Wiedersehen mit Darcy wenn er nach Hertfordshire zurückkehrte, dass es beinahe schmerzte. Sie hätte nie gedacht, ihn so sehr vermissen zu können, dass sie das Gefühl hätte, ein Teil ihrer selbst fehle ihr, nur weil er nicht bei ihr war. Obwohl es ihr peinlich war, konnte sie nicht an sich halten, und musste wieder und wieder aus dem Fenster spähen, um einen ersten Blick auf ihn erhaschen zu können, noch war sie immun gegen das sagenhafte Gefühl der Erleichterung, das sie verspürte, als er endlich in Sichtweite war.

Es war eine Herausforderung, sich im Zaum zu halten und über ihre Stickerei gebeugt zu warten, bis er angekündigt wurde, und doch stand ihr die eigentliche Herkulesaufgabe noch bevor, als er eintrat und sie den außerordentlichen Drang, sich in seine Arme zu werfen, unterdrücken musste. In seiner Nähe zu sein glich einem physischen Schmerz; als er ihm zur Begrüßung einen warmen Blick schenkte, der ihren ganzen Körper zu umschließen schien, ehe er zu ihren Augen zurückkehrte, war sie sich sicher, dass er dasselbe wie auch sie fühlte. Wie es sich gehörte, begrüßte er zunächst ihre Mutter, die ihn mit einem Übermaß an Höflichkeit begegnete, für das sich ihre Tochter schämte, und doch warf er ihr Blicke zu, die ihr versicherten, dass er sich nicht beleidigt fühlte.

Er setzte sich neben sie und sofort verspürte sie wieder diese Anziehung, die sie schon so oft in seine Nähe gebracht hatte. Ihre Blicke trafen und hielten sich. Sie hatte beinahe vergessen, welch tiefe Gefühle er mit nur einem flüchtigen Blick in ihr auslösen konnte. Im Beisein ihrer Familie konnte sie diese Intensität nicht beibehalten und so musste sie sich ablenken, indem sie den Blick wieder auf ihre Arbeit senkte, und doch fühlte sie, wie glücklich er war, wieder bei ihr zu sein.

Sie sprachen über Belanglosigkeiten, schlichtweg, weil sie es genossen, die Stimme des anderen hören zu können, bis sich nach einer kurzen Weile Mr. Bennet zur Familie gesellte. Er begrüßt Darcy so knapp, dass es beinahe an Unhöflichkeit grenzte, setzte sich dann dem jungen Paar gegenüber und betrachtete seinen künftigen Schwiegersohn kühl und eingehend.

Elizabeth, die sich des unfreundlichen Verhaltens ihres Vaters schämte, ebenso wie sie die Feindseligkeit Darcy gegenüber schmerzte, versuchte, Mr. Bennet in ein Gespräch zu verwickeln. Als dieser Versuch an seiner mangelnden Kooperationsbereitschaft scheiterte, gab sie ihr Bestes, um seine schlechten Manieren durch einen lebhaften Austausch mit den anderen zu überspielen. Dies war keine kleine Herausforderung, wenn man beachte, dass sich die Gruppe aus so vielfältigen Persönlichkeiten wie Mrs. Bennet, Mary, Kitty, Darcy und ihr selbst zusammensetzte. Als ihre Energie zu schwinden und ihr

Ärger zu wachsen schien, veränderte sie ihre Taktik und schlug vor, spazieren zu gehen, wohl wissend, dass ihr Vater nutz- und grundlose Streifzüge verabscheute. Von den anderen war Kitty die einzige, der etwas an Spaziergängen lag, doch sie schien genug Taktgefühl zu besitzen um sich dessen gewahr zu sein, dass Elizabeth und Darcy nach der langen Zeit der Trennung wohl gern ein wenig Zeit für sich hätten.

Elizabeth ging, um ihr kurzes Spencerjäckchen zu holen, da es ziemlich kühl geworden war. Als sie Darcy im Vorraum wieder traf, hatte er ein Paket unterm Arm, das er ihr überreichte. Sie löste die Schnürung, um einen eleganten Überwurf, der mit feinster Seide bestickt war, darin zu entdecken. Er legte ihn ihr um die Schultern, als sie sich dafür bedankte, und erklärte ihr vielsagend: "Es geht dabei rein um meine eigenen Interessen; mir drängte sich der Verdacht auf, dass wir in den nächsten Wochen eine Reihe von langen Spaziergängen machen würden, und ich möchte nicht, dass du dir eine Erkältung holst, die dich davon abhält."

Sie lächelte spielerisch zu ihm hinauf und all der Ärger über ihren Vater löste sich in Luft auf. Dann nahm sie seinen Arm, und genoss die Freude, die sich in ihr ausbreitete, weil sie ihn wieder berühren konnte, sei es auch in noch so geringem Maße. "Äußerst umsichtig, Mr. Darcy", lobte sie. "Nun, wohin werden wir heute wandern? Wird es ein Ausflug in die Stadt, oder durchstreifen wir die Landschaft?"

"Die Entscheidung überlasse ich voll und ganz Ihnen, Miss Bennet", antwortete er gut gelaunt. "Allerdings hege ich eine gewisse Vorliebe für das ein oder andere abgelegene Plätzchen das auf unserem Weg liegt."

Als er das sagte, spürte sie, wie sich die Wärme in ihr ausbreitete. Mit einem Blick gespielter Unschuld sagte sie, "Sie hegen also eine Vorliebe für abgeschiedene Gegenden, Sir?"

"Elizabeth", sagte er bedeutungsvoll, "wäre es dir lieber, wenn ich dich küsste, noch ehe wir außer Sichtweite von Longbourn sind?"

"Sir, ich bin voll des Staunens!", entgegnete sie spielerisch.

Sie hatten gerade die Tore durchschnitten, als er sie ohne weitere Umschweife zur Seite zog, sodass die Mauer zwischen ihnen und dem Haus stand, sie aber weiterhin für alle, die da des Weges kommen könnten, gut zu sehen waren. Seine Arme hielten sie von beiden Seiten gefangen, als er sich gegen die Wand lehnte und seine Drohung mit einer Leidenschaft und Gründlichkeit in die Tat umsetzte, die Elizabeths Knie schwach werden ließ, während sie sich gleichzeitig nach mehr sehnte.

"Bestehen noch weitere Unklarheiten, Elizabeth?", murmelte er. Die Begierde in ihren Augen war zu verlockend und so senkte er wieder seinen Kopf hinab, um ihre Küsse nochmals zu schmecken. Er war sich dessen bewusst, wie unbesonnen sein Verhalten war, und doch waren ihm all seine Bedenken in den Tagen, die er ohne sie verbringen musste und sie nicht einmal berühren konnte, abhanden gekommen.

"Sie haben Ihren Standpunkt deutlich gemacht, Sir!", rief sie aus, als er sie schließlich freigab und fühlte sich seiner Nähe bereits beraubt. Mit einem verschlagenen Blick fügte sie hinzu: "Ich muss Ihr Engagement bewundern, Sie verstehen es wirklich vortrefflich, mich vor der Kälte zu bewahren!"

"Für dich tu ich alles, meine Liebste", erwiderte er trocken, als sie wieder zu Laufen begannen. "Ich hoffe dir ist bewusst, wie viel Selbstbeherrschung es mich gekostet hat, dir nicht augenblicklich hierher zu folgen, sobald du London verlassen hattest! Mir war bisher nicht klar gewesen, wie lang drei Tage sein können."

Sie sah sich um und hoffte, dass man sie nicht beobachtet hatte. Als sie niemand entdeckte, sagte sie mit einem spitzbübischen Lächeln: "Die Zeit verging außergewöhnlich langsam, in der Tat."

Darcy warf ihr mit zuckenden Mundwinkeln einen Seitenblick zu. "Wie weit haben wir noch bis zu diesem abgelegenen Ort?", fragte er unverblümt.

Elizabeth lachte. "Ich werde versuchen, Erbarmen mit dir zu haben, mein Liebster", sagte sie. Nach seinen Küssen vorhin war sie nicht minder daran interessiert, mit ihm allein zu sein.

"Ich gehe davon aus, dass diese drei Tage nicht ausgereicht haben, um deinen Vater dazu zu bringen, dass er sich mit dem Gedanken an unsere Hochzeit anfreundet", wechselte er das Thema. Dieser Themenwechsel war nicht nur notwendig, um sich von Elizabeths allzu faszinierenden Küssen abzulenken, sondern auch, um der beunruhigenden Feindseligkeit auf den Grund zu gehen, die Mr. Bennet ihm gegenüber heute gezeigt hatte.

"Nein, es tut mir leid, in dieser Hinsicht konnte ich keinen Erfolg erzielen", antwortete sie mit einem kleinen Stirnrunzeln und deutlich hörbarer Frustration in der Stimme. "Um die Wahrheit zu sagen, mir ist es nicht einmal gelungen, aus ihm herauszubringen, welche Einwände er im Einzelnen hegt, abgesehen davon, dass er unerschütterlich darauf beharrt, ich wäre unglücklich mit dem Gedanken, dich zu heiraten, ganz gleich, wie sehr ich versuche, ihn vom Gegenteil zu überzeugen."

"Er hat seine Zustimmung nicht zurückgezogen, oder?", fragte Darcy plötzlich besorgt.

"Oh, nein, er erwähnte nichts dergleichen!"

"Gut." Darcy schwieg ein paar Augenblicke, und fügte dann hinzu: "Kannst du mir den Gefallen tun, *mich* in einer Hinsicht zu beruhigen, mein Herz?"

Sie sah liebevoll zu ihm auf. "Alles, was du willst, Fitzwilliam."

Kurz fragte er sich, ob sie den Hauch einer Ahnung hatte, wie sehr es ihn bewegte, wenn sie ihn so ansah. "Bist du bereits volljährig?", wollte er wissen.

Sie schenkte ihm ein verständnisvolles, wenngleich auch amüsiertes Lächeln. "Ja das bin ich; seit Juli, wie es der Zufall so will. Und ja, meine Liebster, ich werde dich auch dann noch heiraten, wenn mein Vater uns seine Zustimmung wieder

291

entziehen sollte, was ich allerdings für höchst unwahrscheinlich halte."

"Ich bin froh, das zu hören." Darcy konnte sich nicht erklären, warum er immer noch das Gefühl hatte, sie müsste ihn von ihrer Zuneigung überzeugen. "Ich habe Georgiana geschrieben und sie über unsere Hochzeitspläne informiert."

" Dann wird sie also von Matlock hierher reisen?"

Er sah kurz aus den Augenwinkeln zu ihr hinüber. "Das habe ich ihr überlassen. Für mich wäre es schlimmer, sie gegen ihren Willen dabei zu wissen, als vollkommen auf ihre Gegenwart verzichten zu müssen."

Elizabeth sah ihn überrascht an. Sie war der Meinung gewesen, dass Darcy alle Entscheidungen für Georgiana traf, und doch freute es sie, zu entdecken, dass das offenbar nicht der Fall war. "Ich halte das für eine weise Entscheidung. Sie muss die Freiheit haben, ihre eigenen Entscheidungen zu treffen, sie würde es dir nur übel nehmen, wenn du ihr etwas aufzwingen wolltest."

Ein kleines, zufriedenes Lächeln schlich sich auf Darcys Gesicht. Ehe er den Brief verfasst hatte, hatte er versucht, sich zu überlegen, was Elizabeth wohl tun würde, da es ihm schien, als hätte sie im Großen und Ganzen mehr Erfolg mit Georgiana. Er war froh, das nun mit ihr diskutieren zu können. Viel zu oft schon hatte er sich den Dingen allein stellen müssen und ganz besonders nun, da seine Schwester sich als so unkooperativ zeigte, tat es gut, dass Elizabeth ihn bestärkte und unterstützte. *Wenn ich sie nur auf der Stelle heiraten könnte, wäre es perfekt*, dachte er, und gestattete sich, für einen Moment in der Phantasie zu schwelgen, sie mit sich nach Netherfield zu nehmen, sich wieder mit ihrem liebreizenden Körper vertraut zu machen und ihr auf sehr direkte Art und Weise zu demonstrieren, wie sehr er sie vermisst hatte.

Lange schon war er an dem Punkt angelangt, sie sich nur allzu schmerzlich wieder in seinem Bett zu wünschen, ein Punkt, der ihm grenzenlose Frustration bescherte, da er keinen sicheren und auch diskreten Weg fand, wieder mit ihr zusammen sein zu können. Netherfield war zu riskant, und Longbourn stand vollkommen außer Frage. Dank des kalten Wetters Ende Oktober war ein Treffen unter freiem Himmel auch keine Option, und dass er auch nur daran gedacht hatte, war Beweis genug für seine Verzweiflung.

"Beunruhigt dich etwas, Fitzwilliam?", fragte Elizabeth, denn seine plötzliche Schweigsamkeit und sein ernster Blick beunruhigten wiederum sie.

"Nichts, was die Ehe nicht kurieren könnte", sagte er mit einem Blick, der wenig Zweifel aufkommen ließ, woran er gerade dachte.

Elizabeth errötete angesichts seiner Direktheit. "Nicht auszudenken, dass ich dich einst für das Maß aller Dinge in Sachen Schicklichkeit gehalten habe!", neckte sie ihn.

"Ich kann mir nicht vorstellen, warum – ich möchte meinen, dass mein Verhalten dir gegenüber seit jeher nichts zu wünschen übrig ließ!", antwortete er, und bemerkte, dass sie sich einem kleinen Wäldchen näherten. "Darüber hinaus möchte ich noch hinzufügen, dass mir zudem kein Anreiz geboten wird, mich zu ändern."

Elizabeth lachte und drückte mit ihrer Hand seinen Arm liebevoll ein wenig fester. Er hatte ihr die letzten Tage so sehr gefehlt, dass es nun eine wahre Freude war, einfach nur bei ihm sein zu können, das Lächeln zu sehen zu bekommen, das er anderen so selten zeigte und ihren Kopf an seine Schulter legen zu können, während sie so schlenderten.

Als sie den Wald erreichten, sah Darcy bedeutungsvoll zu ihr hinunter. Mit einem schelmischen Grinsen nahm sie seine Hand und führte ihn in das an den Wald angrenzende Feld, bis sie zu einer kleinen Lichtung zwischen den Bäumen gelangten. Darcy benötigt keine weitere Aufforderung, und schlug den Pfad ein, der sich nun direkt vor ihren Füßen öffnete.

Sobald sie tief genug im Dickicht waren, um von der Straße aus nicht gesehen zu werden, drehte er sich zu ihr um und nahm ihre Hände in seine. Ohne den Blick von ihr zu nehmen, führte er zunächst eine und dann die andere Hand an seine Lippen. Er murmelte ihren Namen und zog sie langsam in seine Arme, als ob er jeden Augenblick auskosten wollte.

Elizabeth, die damit gerechnet hatte, dass er ihr ebenso leidenschaftlich und fordernd wie zuvor begegnen würde, bekam weiche Knie, als sie sah, welche Zärtlichkeit in seinen Augen lag. Nach diesem Moment hatte sie sich so gesehnt, und nun, da er gekommen war, fühlte sie aufs Neue, wie stark sie miteinander verbunden waren. Diese kurze Zeit, während derer sie die Regeln der Gesellschaft beiseiteschieben konnten, um vollkommen offen miteinander zu sein, kostete sie voll aus, denn sie wünschte sich nichts mehr, als bei ihm zu sein.

Als er endlich das exquisite Vergnügen ihres Körpers an seinem verspürte, senkten sich seine Lippen wieder auf ihre, zunächst ganz zart, und dann mit zunehmender Dringlichkeit, als er ihre Reaktion spürte. Zu viele Freiheiten wollte er sich nicht nehmen, sondern sich lediglich eine kleine Kostprobe ihrer Leidenschaft zugestehen, die ihm mehr Freude als alles andere bereiten konnte. Und doch wusste er nur zu gut, wie leicht er ihr verfallen konnte und wie denkbar ungünstig ihre Umstände dafür waren. Ihre leidenschaftliche Reaktion, als sie sich an ihn presste, war alles, was sich ein Mann wünschen konnte und wurde seiner Selbstbeherrschung zum Verhängnis. Sein Hunger nach ihr übernahm die Kontrolle über seinen Verstand und er verlor sich vollkommen darin, sie zu spüren, ein Gefühl, das ihm so lange so sehr gefehlt hatte.

Elizabeth war nicht minder bewegt, sie klammerte sich an ihn, als hinge ihr Leben davon ab, während sie das pure Glück über seine Küsse durchströmte und sie wollte noch mehr. Die Empfindungen, die sie erfüllten, waren ihr noch so neu, dass sie nicht recht wusste, wie sie sie unter Kontrolle bringen konnte – ihr Verlangen nach noch intimeren Berührungen überwältigte sie beinahe.

Nachdem sie ihren ersten Hunger aufeinander durch drängende Küsse gestillt hatten, begannen Darcys Lippen, über ihr Gesicht zu wandern, um ihre weiche Haut zu spüren. Er hauchte federleichte Küsse über ihren Hals und Nacken bis hin zur Mulde an ihrem Schlüsselbein, von der er wusste, dass sie dort besonders empfindsam war. Sie keuchte vor Vergnügen und lehnte sich zurück, um ihm weiteren Raum zuzugestehen, was er sich sofort zunutze machte, um seine Hand nach vorne zu ihrer Brust wandern zu lassen.

Das Gefühl seiner Hand auf ihrer Brust befriedigte ein Bedürfnis tief in ihrem Inneren. Wohlige Schauder durchliefen sie, als seine Finger mir ihrer Brustwarze spielten. Mehrere Tage waren vergangen, seit sie das letzte Mal diese Befriedigung verspürt hatte, die er ihr so großzügig spendete, sodass sie sich nun nur umso mehr danach sehnte. Die Empfindungen überwältigten sie so sehr, dass sie zu taumeln begann, als sie ihre Hände unter seinen Frack gleiten ließ, wo sie die Wärme seines Körpers durch den Stoff seines Hemdes spüren konnte. Wie von selbst schlangen sie sich um seine Mitte, um sein Becken noch näher an sich heranzuziehen.

Widerwillig gehorchte Darcy seinem Verstand, der ihn zur Vorsicht mahnte, nur allzu schnell konnte ihre Leidenschaft an diesem Punkt außer Kontrolle geraten – und er wusste, dass sie noch zu unerfahren war, um das erkennen zu können. Er zwang seine Hände zur Zurückhaltung und gab ihre Brust frei, um sich den sanfteren Rundungen ihres Rückens zu widmen. "Ah, Elizabeth", murmelte er in ihre Haut. "Achtundzwanzig Jahre habe ich ohne dich gelebt – wie kann es sein, dass ich es nicht einmal mehr eine solch kurze Zeit wie eine Woche aushalte, ohne dich zu berühren? Und wie um alles in der Welt soll ich noch drei weitere warten, bis wir verheiratet sind?"

"Das kann ich dir auch nicht sagen", gestand sie, denn sie steckte in exakt demselben Dilemma wie er auch. Als sie getrennt waren, hatte sie immerzu davon geträumt, bei ihm zu sein, doch nun, da sie sich in seinen Armen befand, wollte sie so viel mehr. Sanft schmiegte sie sich an ihn und genoss das Gefühl, seinen Körper an ihrem zu spüren.

Die Gefühle, die dabei bei ihm ausgelöst wurden, brachten seine Selbstbeherrschung ernsthaft in Gefahr. "Elizabeth, der Himmel sei mein Zeuge wie sehr ich dich will", brachte er gepresst hervor. "Aber es gibt hier keine passende Stelle, um noch weiter zu gehen, doch wenn wir das so fortführen, wird es ... schwierig werden, damit aufzuhören."

Die Verlegenheit überkam sie, als Elizabeth sich gewahr wurde, wie sehr sie sich darauf verlassen hatte, dass er in dieser Hinsicht über alles Bescheid wusste. Augenblicklich machte sie sich von ihm los und wagte es nicht, ihn anzusehen. Um ihr Unbehagen zu überspielen, sagte sie, "Selbstverständlich, dann werden wir uns nun zügeln."

Darcy konnte sehen, dass er sie verletzt hatte. Er schalt sich selbst für seine Ungeschicktheit, legte eine Hand an ihre Wange und führte ihr Gesicht zu sich. "Du hast nichts falsch gemacht, nicht im Geringsten, mein Herz – abgesehen davon, dass du der Grund dafür bist, dass ich dich mehr liebe als es meine Vernunft ertragen kann." Er hielt inne und suchte verzweifelt nach den richtigen Worten, um sich ihr zu einem Thema erklären zu können, das so weit von der sonst üblichen, sittsamen Konversation entfernt war. Schließlich gab er sich geschlagen und beschloss, das Risiko einzugehen und ehrlich mit ihr zu sein. "Weißt du, es gibt gewisse Möglichkeiten, die es mir unter diesen Umständen erlauben würden, meine Freude an dir zu haben. Aber ich fürchte, dass deine Unerfahrenheit in diesen Angelegenheiten es wahrscheinlich sowohl unkomfortabel als auch unangenehm für dich machen würde, und *das* ist ein Preis, den ich nicht zu zahlen bereit bin. Aber zweifle nicht daran, dass du mich über alle Maßen in Versuchung führst, meine teuerste, liebreizendste Elizabeth", erklärte er zärtlich. "Wenn du einen Weg findest, mir meine Taktlosigkeit und meinen Mangel an Selbstbeherrschung zu vergeben, dann würde ich dich nur zu gern wieder küssen, nur dieses Mal ein kleines Bisschen...

ruhiger, um ein wenig Rücksicht auf meine Empfänglichkeit zu nehmen."

Erleichtert sank sie in seine Umarmung, und doch ließ sich ihr Kopf nicht ganz so leicht beruhigen. Sie barg ihr Gesicht am Aufschlag seines Mantels und wünschte sich, dass sie diese sorgsam erlernten Gefühle der Scham einfach beiseite wischen könnte. Dann würde es ihr leichter fallen, darauf zu vertrauen, dass er sie respektierte und in Ehren hielt, denn in dieser Hinsicht hatte er sie noch nie enttäuscht. Sie fühlte sich töricht, weil sie so überreagiert hatte, schließlich siegte jedoch ihr Humor und sie war über sich selbst amüsiert, dass sie ein paar Augenblicke, nachdem sie sich selbst dafür gerügt hatte, gleich wieder in die Falle der Selbstzweifel geraten war.

Darcy war erleichtert, zu spüren, wie sich ihr Körper in seinen Armen entspannte und hielt sie nur zu gern ganz nah bei sich. "Meine Liebste, du kannst dir gar nicht vorstellen, wie sehr ich dich vermisst habe", murmelte er in ihr Ohr, in der Hoffnung, dass es ihr ebenso ging.

Elizabeth reagierte, wie er es sich erhofft hatte. "Wenn du mich nicht mehr vermisst hast, als ich dich, dann war es immer noch viel zu viel!", sagte sie voller Inbrunst.

Er vergrub sein Gesicht in ihren weichen Haaren und sog ihren süßen Duft in sich auf beinahe unwillkürlich sagte er: "Nie zuvor habe ich jemanden so sehr gebraucht. Ich bin froh, dass wir uns von nun an nicht mehr trennen müssen, denn von dir getrennt zu sein schmerzt mich mehr, als ich es jemals ausdrücken könnte. Mit dir an meiner Seite fühle ich mich allem gewachsen, ohne dich...", seine Stimme verebbte langsam.

Sie sah zu ihm auf, um einen Schmerz über sein Gesicht huschen zu sehen. Impulsiv umfassten ihre Hände sein Gesicht und zogen ihn zu sich heran, bis er sie direkt anschaute. "Ich bin hier, mein Liebster", sie sagte zärtlich und vergewisserte ihn genüsslich von ihrer Zuneigung, als sich ihre Lippen erneut trafen.

Kapitel 11

BALD SCHON STELLTE sich ein Muster ein, nach dem die Tage in Hertfordshire für Elizabeth und Darcy abliefen. Trotz wiederholter Bitten seiner Tochter weigerte Mr. Bennet sich, sein abweisendes Verhalten seinem künftigen Schwiegersohn gegenüber zu verändern. Stattdessen war er äußerst bemüht, bei all seinen Besuchen anwesend zu sein, statt sich in seine Bibliothek zurückzuziehen, wie er es üblicherweise tat, wenn Bingley seine Aufwartung machte. Nach ein paar Tagen ertrug Elizabeth die unangenehme Atmosphäre nicht mehr und bat Darcy, seine Besuche auf Longbourn auf die Tage zu beschränken, an denen sie im Freien spazieren gehen oder eine gemeinsame Ausfahrt machen konnten. Nur ungern ließ er sich durch Mr. Bennet von Elizabeth trennen, stimmte dieser Einschränkung dann aber widerwillig zu. All seine Hoffnungen lagen nun auf Bingley, auf den er sich verließ, die Bennet-Damen häufig nach Netherfield einzuladen. Faktisch bedeutete es, dass er einen großen Teil des Tages sich selbst überlassen war, was ihm herzlich wenig gefiel, mehr denn je zählte er die Tage bis zu ihrer Hochzeit. Im Ausgleich dafür, fuhr er fort, Elizabeth mit Geschenken zu überschütten; einmal feine Brüsseler Spitze, ein anderes Mal ein Stück kostbare Jade aus China. Dabei überhäufte er sie so sehr, dass sie begann, ihn mit seiner Großzügigkeit, die über jedes Maß und Ziel hinausging, aufzuziehen. Er ließ sich jedoch nicht beirren und hielt sich stoisch an seine Gepflogenheit, beinahe jeden Tag mit einem neuen Präsent aufzuwarten.

Eines Morgens, etwa eine Woche nach Darcys Ankunft, saßen Bingley und die Frauen der Familie gemeinsam im Speisezimmer, während Darcy auf Netherfield zurückblieb und abwartete, bis es spät genug für einen Besuch war, bei dem er Elizabeth ausführen konnte. Die Aufmerksamkeit der kleinen Gruppe auf Longbourn wurde durch das Geräusch einer herannahenden Kutsche schlagartig aufs Fenster gelenkt, bis sie ausmachen konnten, dass ein Vierspänner die Einfahrt hinauffuhr. Es war noch zu früh am Morgen für Besucher, und noch dazu sah die Equipage nicht so aus, als gehöre sie einem ihrer Nachbarn. Die Pferde stammten von einer Poststation und weder die Kutsche, noch die Livree des Lakaien, der stehend mitfuhr, war ihnen vertraut. Als jedoch sicher war, dass sie tatsächlich Besuch bekommen würden, überredete Bingley sofort Miss Bennet, sich des Eindringlings zu entziehen, und mit ihm einen Spaziergang in den verwilderten Teil des Gartens zu unternehmen. Beide machten sich auf den Weg und ließen die verbliebenen drei mit ihren Vermutungen zurück, die erst dann befriedigt wurden, als die Tür aufgerissen wurde und ihr Gast eintrat: Lady Catherine de Bourgh.

Natürlich waren alle auf eine Überraschung eingestellt, ihr Erstaunen übertraf jedoch all ihre Erwartungen. Mrs. Bennet und Kitty waren durcheinander, obwohl sie ihnen vollkommen unbekannt war; ein Gefühl, das Elizabeth um ein Vielfaches stärker verspürte.

Als die Lady hereinschritt, wirkte ihr Auftreten noch ungnädiger als sonst üblich. Elizabeths Begrüßung begegnete sie lediglich mit einem kaum wahrnehmbaren Nicken, um sich dann ohne ein weiteres Wort zu setzten. Obwohl sie nicht um eine Vorstellung gebeten worden war, hatte Elizabeth ihrer Mutter beim Eintreten Ihrer Ladyschaft deren Namen zugeraunt.

Mrs. Bennet war voll des Staunens und noch dazu geschmeichelt und so empfing sie ihren Gast von so hoher Bedeutung mit äußerster Höflichkeit. Einen Moment herrschte Stille, dann sprach sie Elizabeth steif an:

"Ich hoffe Sie sind wohlauf, Miss Bennet. Diese Frau, nehme ich an, ist Ihre Mutter."

Elizabeth antwortete kurz und prägnant, dass dem so sei. Nach dem Brief, den sie letzte Woche von Lady Catherine erhalten hatte, machte sie sich keine Hoffnungen, dass es sich hierbei um einen Freundschaftsbesuch handelte, um sie in der Familie willkommen zu heißen.

"Und wie ich annehme, handelt es sich hierbei um eine Ihrer Schwestern."

"Ja, gnädige Frau", antwortete Mrs. Bennet, die entzückt war, mit Lady Catherine zu sprechen. "Sie ist meine zweitjüngste Tochter. Meine Jüngste hat sich unlängst verheiratet und meine Älteste geht irgendwo im Garten mit einem jungen Mann spazieren, der, wie ich meine, wohl bald zur Familie gehören wird."

"Sie haben einen sehr kleinen Park hier", erwiderte Lady Catherine nach einem kurzen Schweigen.

"Verglichen mit Rosings ist er unbedeutend, Mylady, und doch kann ich Euch versichern, dass er weit größer ist als der von Sir William Lucas."

"An Sommerabenden muss dieser Salon äußerst unkomfortabel sein, alle Fenster sind gen Westen gerichtet."

Mrs. Bennet versicherte ihr, dass sie hier niemals nach dem Abendessen saßen und fügte dann hinzu: "Darf ich mir erlauben, Eure Ladyschaft zu fragen, ob Mr. und Mrs. Collins bei Eurer Abreise bei guter Gesundheit waren?"

"Ja, sehr gut. Ich sah sie vorgestern Abend."

Mrs. Bennet bat Ihre Ladyschaft mit großer Höflichkeit, eine Erfrischung einzunehmen, Lady Catherine lehnte jedoch äußerst resolut, wenngleich auch nicht sehr höflich, ab, auch nur einen Bissen zusichzunehmen, erhob sich und sagte zu Elizabeth:

"Miss Bennet, wir war, als hätte ich jenseits des Rasens ein nettes Fleckchen Wildnis ausgemacht. Ich würde mich dort gerne einmal umsehen, wenn Sie so freundlich wären, mir Gesellschaft zu leisten."

"Geh nur, mein Liebes", trällerte ihre Mutter, "und führe Ihre Ladyschaft über unsere Alleen. Ich denke, die Ermitage wird ihr sicher gefallen."

Elizabeth hatte nicht die Absicht, mit Lady Catherine allein zu sein, denn sie hoffte, dass sich Ihre Ladyschaft vor Publikum ein wenig mehr zusammennehmen und nicht so unfreundlich und anmaßend werden würde. Allerdings wusste sie nicht, wie sie die Aufforderung auf höfliche Art und Weise zurückweisen sollte und so entschied sich Elizabeth für die an wenigsten unhöfliche Variante: "Es tut mir sehr leid, Euch enttäuschen zu müssen, Lady Catherine, doch ich fürchte, dass mich ein Spaziergang heute zu sehr anstrengen würde. Ich muss Euch deshalb um Nachsicht ansuchen und bitte Euch, im Haus bleiben zu dürfen."

Mrs. Bennets Kopf schnellte herum, und sie starrte ihre Tochter schockiert und missbilligend an. "Lizzy, was redest du da? Selbstverständlich wird sie Euch gerne die Wege zeigen, Eure Ladyschaft", versicherte sie hastig.

"Ich fürchte, ich sehe mich heute nicht in der Lage, ihnen gerecht zu werden", sagte Elizabeth und bemühte sich um Gelassenheit, als sie den Zorn in Lady Catherine aufsteigen sah. "Hier würde ich Eurer Ladyschaft allerdings sehr gerne Gesellschaft leisten."

"Unverschämtes Mädchen!", stieß Lady Catherine hervor. "Das ist Ihr Dank für all die Aufmerksamkeit, die ich Ihnen im vergangenen Frühjahr zukommen ließ?"

Wie konnte ich nur jemals denken, sie sei wie ihr Neffe?, fragte sich Elizabeth, als sie ihr ins Gesicht sah. Verzweifelt wünschte sie sich, Jane wäre anwesend. "Im Gegenteil, ich bin sehr dankbar für Eure Aufmerksamkeit, damals wie heute", entgegnete sie kühl.

"Lizzy!", rief Mrs. Bennet, die nun tief beunruhigt war. "Was ist nur in dich gefahren? Ich begreife einfach nicht, Eure Ladyschaft, weshalb sie sich so benimmt!"

Lady Catherine ignorierte sie geflissentlich. "Ihnen ist zweifelsohne bewusst, welcher Grund mich dazu bewog, diese Reise zu unternehmen. Ihr Herz, Ihr Gewissen müssen Ihnen offenbaren, weshalb ich gekommen bin."

Mrs. Bennet, die diese Situation nicht recht einordnen konnte und deshalb vollkommen verwirrt war, flüsterte Mary ein wenig zu laut zu: "Geh, hole rasch deinen Vater!" Mary sandte ihrer ungehörigen älteren Schwester einen Blick moralischer Überlegenheit zu, gehorchte augenblicklich und verließ das Zimmer.

"Miss Bennet", entgegnete Ihre Ladyschaft verärgert, "Sie sollten wissen, dass man sich keine Scherze mit mir erlaubt. Doch, wie unaufrichtig Sie auch sein mögen, mir werden Sie das nicht vorwerfen können. Ich bin seit jeher für meinen offenen und aufrichtigen Charakter bekannt, und in einer Angelegenheit von solcher Tragweite wie dieser werde ich sicherlich nicht davon abrücken. Ich war äußerst besorgt und beunruhigt, als mich die skandalöse Kunde erreichte, Sie wären so anmaßend, ein Verlöbnis mit meinem Neffen einzugehen!"

"Ich bedaure, dass Euch diese Nachricht so unzufrieden stimmt, Eure Ladyschaft. Unsere Verlobung ist offiziell, daher liegt es jenseits meiner Vorstellungskraft, was Ihr Euch von Eurem heutigen Besuch versprochen hattet."

"Darauf zu bestehen, dass Sie gesunden Menschenverstand und ein Interesse am Wohlbefinden meines Neffen zeigen und diese Farce eines Verlöbnisses augenblicklich lösen!"

Erstaunen und Verachtung zeichneten sich in einer zarten Röte auf Elizabeths Gesicht ab und sie antwortete kühl: "Es tut mir leid, Eure Ladyschaft enttäuschen zu müssen, doch ich werde Euch sicherlich *nicht* den Gefallen tun, mich von Euch auf Abwege leiten zu lassen!"

"Halsstarriges, eigensinniges Frolleinchen! Stehen Sie denn gar nicht in meiner Schuld? Lassen Sie sich gesagt sein, Miss Bennet, dass ich in der festen Überzeugung hierhergekommen bin, mein Ansinnen in die Tat umzusetzen, und davon wird mich niemand abbringen. Ich bin es nicht gewohnt, mich nach den Launen anderer zu richten. Fehlschläge hinzunehmen zählt nicht zu meinen Gepflogenheiten."

"*Das* macht die momentane Situation Eurer Ladyschaft nur umso bedauerlicher, doch *mich* wird das nicht weiter berühren", erklärte Elizabeth, deren Wut nun so groß wurde, dass sie jeden Wunsch, den lieben Frieden um Darcys willen zu wahren, beiseiteschob.

Just in diesem Moment erschien ihr Vater im Türrahmen. Sein Ausdruck ließ darauf schließen, dass er sich von der ihm dargebotenen Szene eine beispiellose Belustigung erhoffte. Elizabeth war dankbar für seine Anwesenheit und nahm sich die Freiheit heraus, ihn mit Lady Catherine bekanntzumachen, auch wenn sie nicht um eine Vorstellung ersucht wurde.

"Mr. Bennet", sprach Lady Catherine ihn herablassend an, "gehe ich richtig in der Annahme, dass Sie diesem unklugen Verlöbnis Ihren Segen erteilt haben?"

Mr. Bennets Augen leuchteten amüsiert auf. "Ich habe meine Zustimmung erteilt, wenn es das ist, was Ihr damit ausdrücken wolltet, wenngleich Lizzy ein Alter erreicht hat, in dem eine solche Formalität nicht mehr notwendig ist. Mein Segen ist jedoch eine Geschichte für sich", präzisierte er.

Elizabeth sah ihn schockiert an. Offensichtlich hatte er nicht verstanden, dass Lady Catherine sie beleidigt hatte und im Begriff war, sie dazu zu bringen, das Verlöbnis zu lösen.

"Lassen Sie mich das vollkommen klarstellen. Diese Verbindung, die Sie so dreist anstreben, wird niemals zustande kommen. Mr. Darcy wird *meine Tochter* heiraten. Was haben Sie nun darauf zu erwidern?"

"Nur so viel: Wenn das der Wahrheit entspräche, hätte er mir niemals einen Antrag gemacht!"

"Meine Tochter und mein Neffe sind für einander geschaffen. Mütterlicherseits entstammen sie demselben Adelsgeschlecht, und auch ihre Väter gehörten respektablen, ehrbaren und alteingesessenen, wenngleich bürgerlichen,

Familien an. Beiderseits verfügen sie über ein beträchtliches Vermögen. Sie sind für einander bestimmt, das ist der Wunsch eines jeden Mitglieds unserer beiden Häuser, wer soll sie also scheiden? Eine anmaßende junge Frau, ein Emporkömmling ohne Familie, Verbindungen oder Vermögen? Unerträglich! Was nicht sein darf, wird auch nicht sein. Wenn Sie einen Hauch Vernunft zeigten und im Sinne Ihrer eigenen Interessen handelten, würden Sie nicht anstreben, jene Kreise zu verlassen, in denen Sie aufgewachsen sind."

Mrs. Bennet konnte nicht länger ansichhalten. Ihre Ehrfurcht vor Lady Catherine schwand dahin, als diese ihre Tochter und Familie beleidigte, und so rief sie: "Eure Ladyschaft, wir haben durchaus keinen Mangel an Verbindungen und meine Töchter wurden in jeder Hinsicht zu Damen erzogen!"

Lady Catherine wandte sich Mrs. Bennet mit einem Blick zu, der sogar diese respekteinflößende Dame in die Knie zwang und Kitty, die neben ihr saß, in Tränen auflöste. "*Sie* wurden nicht gefragt, Madam! Ich habe Erkundigungen zu Ihrer Familie eingeholt, und ich finde nichts, *nichts* das mich dazu veranlasst, Ihre Tochter auch nur im Geringsten als akzeptable Braut für meinen Neffen in Betracht zu ziehen! "

Elizabeth schaute zu ihrem Vater hinüber und erwartete eine empörte Reaktion auf diese Abfolge von Beleidigungen, musste jedoch feststellen, dass er sich nicht geneigt sah, einzugreifen, vielmehr hatte sich ein Lächeln auf sein Gesicht geschlichen. Sie fühlte sich schlichtweg verraten und sagte: "Eine Heirat mit Eurem Neffen bedeutet meiner Ansicht nach nicht, dass ich mich aus meiner gesellschaftlichen Schicht löse. Er ist ein Gentleman, ich bin die Tochter eines Gentlemans, was uns auf dieselbe Stufe stellt."

"Wohl wahr. Sie sind die Tochter eines Gentlemans. Doch wer ist Ihre Mutter? Wer sind Ihre Onkel und Tanten? Glauben Sie ja nicht, ich wüsste nicht über ihre Lebensumstände Bescheid. Und Ihre Schwester – ich bin im Bilde was deren Ehe anbelangt – ein notgedrungen abgeschlossenes Geschäft, auf Kosten Ihres Vaters und Ihrer Onkel. Und soll nun *solch* ein Mädchen die Schwägerin meines Neffen werden? Soll ihr Ehemann, der Sohn des Verwalters seines verstorbenen Vaters, sein Schwager sein? Gütiger Himmel! Was bilden Sie sich eigentlich ein? Soll das ehrwürdige Pemberley derart beschmutzt werden?"

Sie hörte ihre Mutter schluchzen, die sichtlich niedergeschmettert war, nachdem sowohl ihre Familie als auch ihre Lieblingstochter derart verunglimpft wurden. Elizabeth, die entsetzt über diese unverschämten Beleidigungen im Beisein von Mrs. Bennet war und noch dazu hatte mitansehen müssen, dass ihr Vater nicht eingeschritten war, brachte kaum eine Antwort zustande: "Wie auch immer es um meine Verbindungen stehen mag, Euch können sie gleichgültig sein, solange Euer Neffe keinen Anstoß daran nimmt."

Lady Catherines Beleidigungen, ihre Besorgnis über Mr. Darcys Reaktion, wenn er von diesem Konflikt erfuhr, das Gefühl des Verrats und dass ihr Vater tatenlos zusah, setzten Elizabeth so sehr zu, dass sie am Ende ihrer Kräfte war. Gewissermaßen stand sie unter Schock, sie war sprachlos und so blieb ihr nun nichts anderes mehr übrig, als wegzuhören und zu hoffen, dass es bald vorüber sein würde.

"Sie weigern sich also, meinem Wunsch zu entsprechen. Sie weigern sich, den Geboten von Pflicht, Ehre und Dankbarkeit nachzukommen. Sie sind entschlossen, ihn in den Augen seiner Freunde zu ruinieren und ihn zu Gespött der Leute zu machen."

In diesem Augenblick stieß ein aufgewühlter Mr. Bingley zu ihnen. Lady Catherine würdigte ihn nur eines kurzen Blickes, ehe sie mit ihrer Tirade fortfuhr. Bingley hörte sich das Ganze nur eine Minute lang an, während derer er Mr. Bennet gelegentlich fassungslose Blicke zuwarf, bevor er zur Überraschung aller Anwesenden einschritt. Mit vor Empörung zitternder Stimme wandte er sich an Lady Catherine: "Ich muss protestieren! Gnädige Frau, mir wurde die Ehre Ihrer Bekanntschaft noch nicht zuteil, und dennoch verbitte ich mir, dass Sie auf eine solche Weise mit Miss Elizabeth sprechen!"

Lady Catherine war vollkommen entgeistert. Sie wandte sich Bingley zu, um ihn hochmütig anzustarren. "Und wer sind *Sie*, Sir, *mir* mit derartigen Forderungen zu begegnen?"

"Ich bin Charles Bingley, und diese Dame ist meine zukünftige Schwägerin, und ich werde nicht dulden, dass *irgendjemand*, ganz gleich wer, so mit ihr spricht!" Mittlerweile warf Bingley Mr. Bennet häufig und etwas hektisch Blicke zu, als erwarte er sich seinerseits Hilfe.

"*Ich* bin Lady Catherine de Bourgh, und diese Unterredung ist noch nicht beendet!" Sie wandte sich wieder Elizabeth zu. "Sind Sie nun doch noch zur Vernunft gekommen, Sie unverschämter Backfisch? Sind Sie noch immer entschlossen, ihn zu ruinieren?"

Bingleys uncharakteristisches Eingreifen hatte Elizabeth die Zeit verschafft, die Sie brauchte, um wieder zu sich zu finden. Ohne Mr. Bennet eines weiteren Blickes zu würdigen, sagte sie grollend, "Das mag nicht für Euch zutreffen, wohl aber für *mich*! Ihr habt mich auf jede erdenkliche Weise beleidigt. Dem habe ich nichts mehr hinzuzufügen." Abrupt drehte sie sich um und ging.

Direkt vor der Tür stieß sie auf Jane. Ihre Schwester führte sie rasch hinaus in den Garten und sagte: "Oh, Lizzy! Es tut mir ja so leid! Wer ist diese schreckliche Frau?"

Elizabeth biss sich auf die Lippe und versuchte, ohne großen Erfolg, die Tränen zurückzuhalten. "*Das* ist Lady Catherine de Bourgh, Mr. Darcys Tante."

Jane stand das Erstaunen ins Gesicht geschrieben. "Das kann nicht sein!", stieß sie hervor, und hoffte wohl eher, als zu glauben, dass ihre Schwester sich irgendwie geirrt haben musste. "Als Bingley und ich die lauten Stimmen und all die schrecklichen Dinge hörten, die sie dir an den Kopf warf, hätten wir uns nicht träumen lassen, dass..." Ihre Stimme verstummte allmählich, als sie sich der Bedeutung des Ganzen bewusst wurde. "Oh, meine arme, liebste Lizzy!"

Nun war Elizabeths Seele vollkommen aufgewühlt und sie brach vollends in Tränen aus. Ihr fehlten die Worte und Jane blieb nichts anderes übrig, als tröstend die Arme um sie zu legen. So verharrten sie, bis Bingley zu ihnen stieß. Elizabeths Tränen machten ihn sichtlich nervös, noch dazu war er schockiert über sein eigenes Benehmen. "Nun, das wäre erledigt", sagte er in einem Brustton, der die Damen nicht vollständig überzeugte. "Sie ist fort, Lizzy, du brauchst dir nun keine Sorgen mehr zu machen."

Elizabeth jedoch war untröstlich. Was sie so sehr aufwühlte, war weniger die anmaßende Art Ihrer Ladyschaft, als mehr der Gedanke daran, wie Darcy darunter leiden würde, wenn er davon erfuhr, dass seine Tante sich so vehement gegen ihre Verlobung aussprach. Und doch wirkten diese Sorgen verschwindend klein, wenn sie daran dachte, wie es sich angefühlt hatte, vom eigenen Vater verraten zu werden, der nichts unternommen hatte, um Lady Catherines Schmähungen zu unterbinden. Das Bild des kleinen Lächelns auf seinem Gesicht, als sie all ihre Argumente gegen ihr Verlöbnis aufgezählt hatte, wollte ihr nicht mehr aus dem Kopf gehen. Wenn man nur daran dachte, wie schockierend und gnadenlos es gewesen sein musste, dass sogar Bingley – der charmante, bescheidene Bingley – überzeugt war, trotz der Anwesenheit ihres Vaters dazwischenzugehen und ihr zu Hilfe zu eilen! Das wollte ihr nicht in den Kopf gehen.

"Komm jetzt ins Haus, Lizzy", bat Jane sie. "Lasst uns auf dein Zimmer gehen, und ich werde Hill bitten, dir etwas Tee zu bringen."

Sie schüttelte den Kopf. "Ich kann da jetzt nicht wieder reingehen, verzeih Jane, aber ich kann es einfach nicht!"

Jane, die die Auseinandersetzung nur gehört und Mr. Bennets passive Rolle nicht mitbekommen hatte, war verwirrt.

Bingley konnte die Situation besser nachvollziehen und nahm Jane beiseite, um sich kurz mit ihr zu beraten. Schließlich sagte er ein wenig zu fröhlich: "Nun gut! Wir können dich schlecht hier in der Kälte stehen lassen, soviel ist sicher, Lizzy! Soll ich nach meiner Kutsche schicken, sodass wir alle nach Netherfield fahren können?"

Elizabeth wusste im Moment weder, was sie sagen, geschweige denn, was sie sich wünschen sollte, doch sie wusste, dass Darcy in Netherfield war und so stimmte sie zu. Bingley schritt energisch in Richtung der Ställe. Jane sagte: "Ich werde sofort zurück sein, Lizzy. Gib mir nur einen Moment, um unsere Mutter über unsere Pläne zu informieren."

"Wie du wünschst", erwiderte Elizabeth bitter, und dachte, dass sie selbst momentan keinerlei Notwendigkeit sah, ihren Eltern so viel Höflichkeit angedeihen zu lassen. Die Wartezeit verbrachte sie damit, im Garten auf- und abzuwandern, um sich zu wärmen, während sich ihr Kopf wie leergefegt anfühlte. Sie würde Darcy sehen und der Gedanke daran ließ keinen Platz mehr für all das, was geschehen war. Sie wollte nichts mehr, als bei ihm zu sein und ihre Sorgen mit ihm zu teilen, und wenn es nach ihr ging, konnte das nicht schnell genug geschehen.

Bald schon tauchte Jane wieder auf und hatte sowohl Elizabeths kurzes Spencer-Jäckchen, als auch den Schal, den Darcy ihr geschenkt hatte, mitgebracht. Elizabeth, die ebenso der Schock wie die Kälte zum Zittern gebracht hatte, nahm sie dankbar entgegen, und ließ sich von ihrer sanften Wärme umhüllen. Ihre Schwester sagte zögernd: "Liebste Lizzy, wenn es dir helfen würde, darüber zu sprechen, dann bin ich nur zu gern für dich da und leihe dir mein Ohr."

Elizabeth brachte ein kurzes Lächeln zustande. "Oh, Jane, du hilfst mir schon so sehr, aber es gibt nicht viel zu sagen; Lady Catherine missbilligt mein Verlöbnis aus vollem Herzen und wünscht sich, dass ich es beende. Sie ist eine Dame von bemerkenswerter Direktheit."

"Ich konnte kaum glauben, was ich da hörte! Ich glaube nicht, dass ich meinen lieben Bingley jemals zuvor so in Rage erlebt habe!"

Viel konnten sie nicht mehr besprechen, ehe Bingley mit der Kutsche vorfuhr. Er half beiden Damen hinein, und obwohl Jane Elizabeths Hand die ganze Zeit über hielt, herrschte auf der Fahrt nach Netherfield Schweigen. Bingley war zu verlegen, Jane allzu besorgt und Lizzy zu sehr mit ihren eigenen Gedanken beschäftigt, um zu sprechen. Sie fürchtete, dass Lady Catherine vor ihr auf Netherfield eintraf. Obwohl sie keinerlei Zweifel hegte, dass Darcys zu ihr stand, wusste sie doch, wie sehr ihn die Missbilligung seiner Tante treffen würde.

BEI IHRER ANKUNFT sah sie, dass ihre Ängste durchaus berechtigt waren; Lady Catherines Kutsche stand samt ihrer darin wartenden Begleiterin bereits vor der Tür. Sie hörte, wie Bingley vor sich hin grummelte, um dann anschließend zu sagen: "Gestattet mir, Darcy zu holen. Einen Augenblick nur."

Elizabeth war nicht bereit, von Darcy getrennt zu sein, nun, da sie ihm so nahe war. "Habt Dank, Mr. Bingley, aber ich denke, ich würde lieber gleich mitkommen."

Bingley warf Jane einen nervösen Blick zu, nahm es dann jedoch so hin. Sie waren kaum in der Tür, als auch schon die durchdringende Stimme Lady Catherines aus dem Salon zu hören war.

Darcy wusste, dass man seine Tante besser nicht unterbrach, wenn sie vor sich hin schimpfte, außerdem wusste er, dass man sich erst gar nicht die Mühe zu machen brauchte, den genauen Wortlaut zu verfolgen. Sie wäre vollkommen zufrieden, wenn er still vor ihr säße und vorgab, sich für das zu interessieren, was sie zum Besten gab. Wenn sie fertig war, würde sie auch wieder aufbrechen. Jahrelange Erfahrung hatte ihm gelehrt, dass Streitbarkeit oder an ihren unangenehmen Schmähreden Anstoß zu nehmen, sich nur negativ auf die Länge ihrer Tiraden auswirke. Dass sie seine Verlobung mit Elizabeth missbilligte, überraschte ihn keineswegs. Für sie kam einzig und allein Anne als Mrs. Darcy in Frage. Dass sie sich nun also über Elizabeths Armut und ihren Mangel an Verbindungen ausließ, zeigte wenig Wirkung auf ihn; wäre Elizabeth reich und einflussreich gewesen, hätte das, von ein paar kleinen Details abgesehen, auch keinen Unterschied gemacht, darüber war er sich im Klaren.

Bingley erschien in der Tür, doch das würde ihn nicht retten – Lady Catherine würde sich durch nichts und niemanden von ihrem Kurs abbringen lassen, wenn sie fest entschlossen war, von ihrem Mitspracherecht Gebrauch zu machen. Er versuchte, Bingley mit den Augen zu vermitteln, dass er sich besser aus dem Staub machen solle, doch Bingley schien dieser Wink entgangen zu sein und er trat dennoch ein. Darcy verdrehte die Augen und entdeckte dann Elizabeth hinter Bingley. Bei ihr war das eine andere Sache; er hatte nicht die Absicht, *sie* Lady Catherines Idiotien auszusetzen, nicht, wenn sie sich auf Elizabeths Kosten Luft machte. Er erhob sich, um sie zu begrüßen, und bemerkte erst dann ihre blassen, tränenüberströmten Wangen.

Just in diesem Moment wandte sich Lady Catherine Bingley zu. "Sie schon wieder!", rief sie erbost. "Nun, Sie können mich nicht davon abhalten, mit meinem eigenen Neffen zu sprechen!"

Darcy, der in seiner Eile, zu Elizabeth zu gelangen, bereits den Raum durchquert hatte, wandte sich plötzlich mit einer unguten Vorahnung an Lady Catherine: "Du kennst Mr. Bingley bereits?", fragte er mit misstrauischer Stimme.

"Zu behaupten, dass ich ihn bereits *kenne*, wäre übertrieben", schnaubte sie herrisch. "Er versuchte, sich einzumischen, während ich mich bemüht habe, Miss Bennet zur Vernunft zu bringen, doch davon wollte sie nichts hören. Dass sie dein Ruin ist, kümmert sie nicht, Darcy! Sich so zu binden! Siehst du denn gar nicht, dass sie dich in eine Falle gelockt hat?"

Da er nun verstand, weshalb Elizabeth so bestürzt aussah, war Darcy plötzlich rasend vor Wut. "Nun ist es endgültig genug!", sagte er, und stand ihr dabei in Sachen Herrschsucht in nichts nach, wenngleich die Kälte seines Tons ihresgleichen suchte. "Ich werde *nicht* zulassen, dass du meine Verlobte beleidigst! Wenn du dich nicht in der Lage dazu siehst, die Höflichkeit zu wahren, muss ich dich auffordern, uns auf der Stelle zu verlassen."

"Würdest du dich deiner eigenen Familie verweigern, nur dieses frechen Görs wegen?" forderte Lady Catherine. "Du wirst all deine Verbindungen verlieren, alle werden dich schneiden! Wünschst du dir das auch für deine Schwester? Soll Georgiana die Familie genommen werden, nur weil *du* es dir in den Kopf gesetzt hast, eine Frau zu heiraten, die dich ruinieren wird?"

"Im Moment, Madam, scheint es mir kein großer Verlust, Georgiana ihrer Familie zu berauben", sagte Darcy ärgerlich. "Ich muss dich bitten, auf der Stelle zu gehen. Du bist hier nicht mehr willkommen, und ehe du dich nicht entschließt, meiner *Frau* mit Respekt zu begegnen, breche ich mit dir!"

Lady Catherine richtete sich zu ihrer vollen Größe auf. "Ich hätte nie erwartet, dass mir meiner Schwester Sohn mit einer solchen Undankbarkeit und Unhöflichkeit begegnen könnte. Wenn du jedoch keine Vernunft annehmen möchtest, wirst du auch *mir* kein Verlust sein." Mit diesen Worten rauschte sie hochmütig aus dem Zimmer.

Darcy seufzte und fuhr sich mit der Hand durchs Haar. Er ging um den schockierten Bingley herum, und nahm sanft Elizabeths Hände in die seinen. "Es tut mir so leid, mein Herz, dass du das mitanhören musstest. Mich berührt das nicht weiter, und ich hoffe, dass du das ebenso sehen kannst."

Elizabeth konnte ihn nur anstarren. Es schien, als käme ihre Verlobung sie beiderseits teuer zu stehen, was ihre Familien anbelangte. Lady Catherines Zorn bereitete ihr nur um *seinetwillen* Sorgen, aber Mr. Bennets mangelnde Unterstützung tat äußerst weh. Mit einem kleinen Seufzer ließ sie sich in seine Arme fallen.

Bingley war deutlich anzusehen, dass er in einer Zwickmühle steckte. Er hatte Elizabeth sowohl vor Lady Catherine verteidigt, als auch vor ihrem eigenen Vater – sollte er sie nun etwa noch vor Darcy schützen müssen, der sie nur allzu gerne an sich gedrückt hielt, um ihr abwechselnd leise ins Ohr zu raunen, ehe er ihr wieder die Stirn oder das Haar mit Küssen bedeckte. Er räusperte sich hörbar und fragte sich, was in so einem Falle wohl von ihm erwartet wurde. "Darcy", meldete er sich zögernd zu Wort, "ich habe Lizzy hierher gebracht, weil sie im Anschluss an den Besuch deiner Tante sehr aufgewühlt war."

Darcy sah ruhig zu ihm auf. "Ich danke dir, Bingley, du hast das Richtige getan. Doch nun, Bingley...", er hielt inne, bis sein Freund ihm in die Augen sah. "Bitte geh weg."

Bingley Augen weiteten sich schockiert. Sicherlich erwartete Darcy nicht, dass er die beiden allein lassen würde? Ein weiterer Blick auf Darcy bestätigt ihm jedoch, dass sein Freund genau das wollte. Er schwankte, hin- und hergerissen zwischen seiner Verantwortung gegenüber Jane, und damit auch gegenüber Elizabeth und seiner langjährigen Freundschaft zu Darcy. Zu guter Letzt warf er einen Blick auf Elizabeth, die keinerlei Zeichen des Protestes zeigte, und so wandte er sich ab und ging zur Tür. Die Hand bereits auf der Klinke hielt er einen Augenblick inne und sagte: "Darcy? Bitte, du solltest Lizzy unbedingt nach Mr. Bennet fragen." Auf Darcys kurzes Nicken hin, drehte er sich widerstrebend um, zog die Tür hinter sich zu und fragte sich, wie er das nur Jane erklären sollte.

Elizabeth hatte sich für relativ ruhig gehalten, doch sobald sie von Darcys Armen umschlossen wurde, fühlte sie die Panik in sich aufsteigen. Warum das so war, konnte sie sich selbst nicht erklären, denn es schien so, als sei in ihrem Leben nur noch Verlass auf ihn, und doch fühlte sie sich nur noch eingeschüchterter und überforderter, als noch ein paar Augenblicke zuvor. Bingleys Fortgehen nahm sie kaum wahr, so sehr war sie damit beschäftigt, ihr Zittern unter Kontrolle zu bringen.

"Meine armer, süßer Liebling", sagte Darcy sanft. "Es tut mir so leid, dass sie dir gegenüber so gehässig war. Hüte dich, irgendetwas auf das zu geben, was sie von sich gibt." Als er darauf keine Antwort erhielt, wurde es ihm einen Augenblick angst und bange. Schließlich legte er ihr einen Finger unters Kinn, sodass sie zu ihm aufsehen musste und sagte: "Bitte, mein Herz, kannst du nicht wenigstens mit mir reden?" Sanft strich er mit seinen Lippen über ihre.

Das war mehr, als sie ertragen konnte; sie brach in Tränen aus und drückte ihr Gesicht gegen den Stoff seines Mantels. Ihr ganzer Oberkörper wurde von unkontrollierbaren, herzzerreißenden Schluchzern erschüttert. Alles, was geschehen war – die offene Feindseligkeit ihres Vaters gegenüber Darcy, sein Unwille, ihr zuzuhören und nun auch noch seine Bereitschaft, mit der er Lady Catherine gewähren und seine Tochter die unerträglichen Beleidigungen ertragen ließ, war offenbar zu viel für sie. Es schien, als würde sie in ein paar Wochen nicht nur ihre Familie hinter sich lassen, sondern auch, als hätte diese Familie, an die sie so sehr geglaubt hatte, niemals wirklich existiert. Was würde ihr in Zukunft auf Longbourn noch bleiben? Jane wäre auf Netherfield und was den Rest anbelangte... sie wagte es nicht einmal, den Gedanken zu Ende zu führen.

Darcy, der sie noch niemals zuvor in einem solchen Zustand gesehen hatte, brachte nur undeutlich heraus, dass er sich Sorgen mache, ehe er ihr Zärtlichkeiten ins Ohr flüsterte. Er fühlte sich hilflos, denn er konnte nichts tun, um sie von ihrem Leiden zu befreien, ein Gefühl, das so gar nicht zu ihm passen wollte und das machte ihn wütend, auf seine Tante, weil sie seiner Elizabeth weh getan hatte und auch auf sich selbst, weil er es nicht fertig gebracht hatte, sie zu beschützen. Die Minuten verstrichen, doch ihre Tränen wollten nicht versiegen, und so führte er sie zu einem Stuhl, auf dem er sie, nach einem kurzen Moment des Zögerns, auf seinen Schoß zog.

Sie schlang ihre Arme um seinen Hals und vergrub ihr Gesicht an seiner Schulter. Ein Gedanke schlich sich in ihren Kopf wie ein ungebetener Gast – *ich muss damit aufhören! Mutter sagte immer, dass Gentlemen heulende Frauenzimmer abstoßend finden!* Tapfer bemühte sie sich, wieder die Kontrolle über sich zu erlangen, doch das führte lediglich dazu, dass die Schluchzer sie wieder fest im Griff hatten, als seine liebevoll-beschwichtigenden Worte zu ihr durchdrangen. Schließlich und endlich – es kam ihr wie eine halbe Ewigkeit vor – schien es, als hätte sie sich vollkommen leergeweint.

Darcy, der sich in dieser Situation größtenteils verunsichert fühlte, blieb nichts anderes übrig, als es zu genießen, dass er ihren Körper so nah an seinem spüren konnte. So sehr hatte er sich danach gesehnt, allein mit ihr zu sein, und nun, da er es war, drehten sich seine Gedanken um nichts anderes, als ihr den Schmerz zu nehmen, selbst wenn er ihn noch nicht recht einordnen konnte. Erleichterung durchflutete ihn, als sie ruhiger wurde und wieder gleichmäßiger atmete. Er griff nach seinem Taschentuch und legte es ihr sanft in die Hand.

Mit dem Gefühl, mehr als nur töricht gewesen zu sein, wischte Elizabeth sich über die Augen. Schließlich blickte sie ihn mit verweintem Gesicht an und schniefte kläglich: "Tut mir leid – ich habe deinen Rock vollkommen durchnässt."

"Was kümmert mich der Rock, Liebste! Sorgen mache ich mir einzig und allein um dich", antwortete er schlicht.

"*Ich* bin diejenige, die sich Sorgen um *dich* machen sollte!", rief sie zerknirscht. "Wie es sich für dich anfühlen muss, wenn deine eigene Tante sich von dir lossagt!"

Er lachte leise. "Darüber brauchst du dir keine Sorgen zu machen, mein Herz. Seit Jahren schon habe ich gewusst, dass es dazu kommen würde, sobald ich mich dazu entschließe zu heiraten. Ihre Vorhaltungen weichen nur in einigen Einzelheiten von dem ab, was ich immer erwartet hatte. Für das Wohlwollen meiner Tante zahlt man einen hohen Preis und den ist es nicht wert." Er runzelte die Stirn. "Dass sie dich dabei verletzt hat, finde ich allerdings unverzeihlich."

Sie berührte sanft seine Wange. "So schlimm war es auch wieder nicht. Ich hatte nicht erwartet, dass sie mich aufsuchen würde, doch als sie es schließlich tat, war mir klar, dass sie Gift und Galle spucken würde."

Er küsste sie zärtlich und wünschte sich, sie könnte sich ihm mehr anvertrauen. Doch das würde vermutlich mit der Zeit kommen. "Mir musst du nichts vorspielen. Es ist offensichtlich, wie sehr sie dich aus der Fassung gebracht hat. Ich weiß, wie grausam sie sein kann."

Elizabeths Augen senkten sich und sie schwieg einen Moment. Die Gefühle, die ihr Vater heute in ihr ausgelöst hatte, waren so persönlich und die Wunde noch so frisch, dass sie nicht wusste, ob sie sie bereits teilen konnte und doch hatte er eine Antwort verdient, die der Wahrheit näher kam. Und was hatte *sie selbst* verdient? Sie sah wieder zu ihm auf und überraschte Darcy vollkommen mit ihrem leidenschaftlichen Kuss. "Nicht Lady Catherine war es, die mich so aufgebracht hat", sagte sie langsam, und konnte ihm dabei nicht recht in die Augen sehen. "Es war mein Vater. Er war anwesend und tat nichts anderes, als dazustehen. Gar nichts. Er ließ es einfach zu, dass sie mir allerhand an den Kopf warf und lächelte auch noch, als sie das tat! Es war Bingley – Bingley! – der sie draußen gehört hatte und hereingeeilt kam, um sie zurechtzuweisen, dass sie so nicht mit mir sprechen darf! Er ist für mich eingetreten, als mein eigener Vater es nicht tat!" Bei den letzten Worten zitterte ihre Stimme erneut.

Darcy sog scharf den Atem ein, als sich die Wut in ihm ausbreitete. Er würde ein paar Wörtchen mit Mr. Bennet zu reden haben, wenn er ihn das nächste Mal sah. Das würde er ganz sicher nicht tolerieren, selbst wenn es bedeutete, dass er ihm Elizabeth wegnehmen musste. Er war im Begriff, ihr das zu sagen, als er den Schmerz auf ihrem Gesicht sah, was ihn zu der überraschenden Erkenntnis führte, dass sie in diesem Augenblick weder seinen berechtigten Zorn brauchte, noch von ihm verteidigt werden musste, sondern vielmehr sein Mitgefühl und seine Zuneigung. Er zog sie näher zu sich heran. "Meine Liebste", sagte er, da er nicht recht wusste, was er sagen sollte. "Mir bleibt nichts, als mir vorzustellen, wie sehr dich das verletzt haben muss. Das hätte nicht passieren dürfen."

Elizabeth stieß einen langen Seufzer aus. "Es hätte mich nicht so sehr überraschen sollen. In letzter Zeit war er so *anders*, ich kann überhaupt nicht verstehen, weshalb er sich so sehr gegen dich sträubt und warum er so wenig auf mein Urteil vertraut." Sie hielt kurz inne, um dann fortzufahren: "Ich war immer seine Lieblingstochter und das hat mir sehr viel bedeutet, doch nun ist mir klar geworden, dass er mich eher der guten Gesellschaft wegen geschätzt hat, und weniger an meinem Wert als Person interessiert war. Das ist ... bitter."

"Selbst die kostbarsten Juwelen könnten mir deinen Wert nicht aufwiegen", sagte er, bewegt, dass sie ihn ins Vertrauen gezogen hatte. Er schwieg einen Augenblick und vergrub seine Nase in ihrem Haar. "Als ich jung war, habe ich meine Eltern vergöttert, mein ganzes Leben drehte sich darum, von ihnen gelobt zu werden. Ich musste älter werden, um zu begreifen, dass ihr Interesse an mir, und später auch an Georgiana, nur so weit ging, wie es nötig war, um sicherzustellen, dass wir sie in einem guten Licht dastehen ließen und weder Probleme, noch Mühe bereiteten. Ich erinnere mich daran – ich muss vielleicht vierzehn oder fünfzehn gewesen sein und den Sommer nicht in der Schule, sondern zuhause verbracht haben – als ich endlich eine schwierige Aufgabe beim Reiten bewältigte, an der ich mir schon eine Weile die Zähne ausgebissen hatte. Furchtbar stolz auf mich rannte ich los, um es meinem Vater zu erzählen – meine Mutter hatte nichts fürs Reiten übrig. Ich entdeckte ihn in seinem Arbeitszimmer. Wie der Zufall es so wollte, spielte er gerade Karten mit George Wickham, der sich bestens drauf verstand, ihm zu schmeicheln und auf eine Art und Weise zu unterhalten, wie es mir nie gelingen wollte. Ich verkündete meine Neuigkeiten und er würdigte mich nur eines kurzen Blickes, um mich mit einem knappen Lob zu bedenken, ehe er mich rügte, ihn nicht wieder beim Spiel zu stören, ich würde ihn damit aus dem Konzept bringen. Es war genau dieser Moment, glaube ich, als ich erkannte, dass ich für ihn nicht mehr als eine Schachfigur war. Ich erinnere mich daran, dass ich zum See gegangen, mich ans Ufer gesetzt und beschlossen habe, dass Georgiana sich niemals so wenig beachtet fühlen sollte, wie ich in diesem Moment." Niemals zuvor hatte er jemandem das anvertraut, er fühlte sich seltsam sicher und verwundbar zugleich. Er legte seinen Kopf an ihre Brust und spürte, wie das gleichmäßige, kräftige Schlagen ihres Herzens ihn gleichermaßen tröstete und beruhigte.

Sein Geständnis hatte nicht nur die Wirkung, ihr über ihren eigenen Kummer hinwegzuhelfen, sondern brachte auch noch den Beschützerinstinkt in Elizabeth zum Vorschein. Nie zuvor hatte sie erlebt, dass er sich ihr so sehr geöffnet hatte und das berührte sie zutiefst. Sanft streichelte sie ihm übers Haar, während sich ihr Herz zum ersten Mal darüber klar wurde, dass er sie *brauchte*, nicht nur ihrer Schlagfertigkeit, ihres Aussehens oder ihrer Küsse wegen, sondern um ihrer selbst willen liebte, und dass ihre Person an sich einen Wert für ihn darstellte, der frei von allen Äußerlichkeiten war. Es war, als würden ihr die Augen geöffnet für ein Konzept der Liebe, das sich so sehr von all dem Unterschied, was sie in der Vergangenheit geglaubt hatte. Sie sah nun, dass er, im Gegensatz zu ihrem Vater, es nicht als Bürde, sondern vielmehr als Fürsorge ansehen würde, wenn sie ihren Schmerz mit ihm teilte. Sie wusste nicht, wie sie eine solche Liebe annehmen sollte, wie sie sich selbst eine solch emotionale Ehrlichkeit zugestehen sollte, die er sich zweifellos von ihr wünschte und doch erinnerte sie sich daran, dass er selbst damals in der Bibliothek auf Rosings, als sie so weit voneinander entfernt waren, wie an keinem anderen Punkt zuvor, ihre Gefühle ernst genommen und anerkannt hatte. Ein mächtiges Gefühl der Zuneigung für ihn breitete sich in ihr aus, und sie fand irgendwie den Mut, zu sagen: "Wie sehr ich dich liebe, mein Liebster!"

Er versteifte sich ein wenig bei ihren Worten. Auch zuvor hatte sie das schon einmal zu ihm gesagt, und doch hörte er nun einen qualitativen Unterschied heraus, in ihrer Stimme und in der Art, wie ihr Körper sich an seinen schmiegte, als wolle er mit dem seinen verschmelzen. Zum ersten Mal hörte er das Gefühl dahinter heraus; es war nicht einfach nur ein abstrakter Kommentar oder eine Plattitüde, um seine Gefühle nicht zu verletzen. Instinktiv fühlte er, dass es das war, wonach er sich gesehnt hatte, was er sich von Anfang an von ihr erhofft hatte, auch als es ihm selbst noch nicht klar gewesen war. Er nahm ihr Gesicht zwischen seine Hände und küsste sie innig. Seine Stirn senkte sich gegen ihre und er sprach die Worte aus, die ihm schon so oft in den Sinn gekommen waren, wenn er an sie dachte: "Du hältst mein Herz in deinen Händen!"

Sie fühlte, wie seine Hände zitterten, das Bewusstsein über die wahre Stärke seiner Hingabe brach wie eine Welle über sie herein, die auch den letzten Rest ihres Widerstandes mit sich hinfort spülte. Ihre Gedanken ließen sich nicht in Worte fassen, und so ließ sie stattdessen ihre Augen sprechen, als sie ihn anblickte, ehe sie sich mit Tränen füllten, die Freude und Sorge gleichermaßen ausdrückten.

"Ich wünschte, es gäbe etwas, was ich tun könnte, um es besser zu machen", sagte er mit belegter Stimme, während er sie fest an sich drückte.

"Du *machst* es besser", flüsterte sie. Sie lehnte sich gegen ihn, und genoss es, einfach gehalten zu werden und die Wärme seiner Zuneigung zu spüren. Sie hätte bis in alle Ewigkeit dort sitzen bleiben können, was sie dann durchaus auch ein Weilchen lang regungslos und still taten, wenn man von dem ein- oder anderen zarten Kuss und ein paar Liebkosungen absah.

Schließlich war es Darcy, der neben der Freude an ihrer Gesellschaft auch noch andere Gefühlsregungen verspürte, die er

Elizabeth in ihrem aufgebrachten Zustand nicht zumuten wollte und so bat er sie träge: "Würdest du dein Haar für mich lösen, mein Herz?"

Sie schenkte ihm ein wissendes Lächeln, und reichte nach hinten, um ihre Haarnadeln zu entfernen. Als sich die dunklen Locken über ihre Schultern ergossen, vergrub er Gesicht und Hände in der seidenen Pracht. "Ich liebe dein Haar, meine Lizzy", sagte er, mit leicht gedämpfter Stimme.

Ihr Herz schien einen Schlag auszusetzen, als er zum ersten Mal den vertrauten Namen aussprach, so informell war er nie zuvor mit ihr gewesen, eine Intimität, die beinahe nicht aushaltbar war. Sie reagierte darauf, indem sie sein Haupt mit federleichten Küssen bedeckte, bis er sein Gesicht hob, um ihren Mund mit einem leidenschaftlichen Kuss einzunehmen, der seine glühende Leidenschaft ausdrückte, ohne dabei fordernd zu sein.

Einige Zeit noch saßen sie so beieinander, genossen es, zusammen zu sein und sich vornehmlich über Küsse und Zärtlichkeiten zu verständigen. Dieses kleine Zwischenspiel war Balsam für Elizabeths Seele, doch wenig später wanderten Darcys Gedanken wieder zu den Schwierigkeiten ab, denen sie sich stellen mussten, wenn sie wieder hinaus in die Welt treten würden. Elizabeth, der auffiel, dass er zunehmend angespannter wirkte, fragte vorsichtig, ob ihn etwas beunruhigte.

Darcy seufzte tief. "Ich habe über deinen Vater nachgedacht, und das hat mich daran erinnert, dass ich nicht weiß, was ich mit Georgiana anstellen soll", sagte er gedehnt. "Auf meinen Brief hat sie nicht geantwortet."

Elizabeth hatte sich darüber schon mehrmals den Kopf zerbrochen, war sich aber bewusst, wie ausgeprägt Darcys Beschützerinstinkt im Bezug auf seine Schwester war und so hielt sie es für das Beste, ihm die Entscheidung selbst zu überlassen. Sie erkannte, welch bedeutsamer Schritt es für ihn war, sich an sie zu wenden und ihr seine Gefühle in dieser Angelegenheit anzuvertrauen und so beschloss sie, mit Bedacht

319

vorzugehen: "Was hältst *du* denn davon?", fragte sie vorsichtig und kuschelte sich an seinen Hals.

Sie rief damit genau die Reaktion hervor, die sie sich erwünscht hatte – er lächelte zärtlich zu ihr hinunter, ehe er antwortete: "Ich weiß nicht, *was* ich davon halten soll! Sie war immer so ein liebreizendes Kind, aber in den letzten ein-zwei Jahren ließ ihr Verhalten schwer zu wünschen übrig und hat sich noch dazu stetig verschlechtert. Ich mache mir da nichts vor, sicherlich war ich toleranter als ich es hätte sein sollen, doch so kann es nicht weiter gehen. Was sie zu dir gesagt hat..." Sein Mund verhärtete sich, als er an ihren Kommentar und den darauf folgenden Schmerz dachte. "Das war unverzeihlich, und ich kann nicht einfach darüber hinwegsehen."

"Dessen ist sie sich unter Umständen mehr als bewusst, und ich kann mir vorstellen, dass ihr das große Angst einjagt", warf Elizabeth ein. Ihr selbst würde es schwer genug fallen, Georgiana zu vergeben, und doch wusste sie, wie es im Kopf eines sechzehnjährigen Mädchens aussah.

Darcy runzelte die Stirn. "Und dennoch darf sie ihre Pflichten nicht vernachlässigen. Bald schon muss ich etwas unternehmen, und im Mindesten sollte ich erfahren, wie sie sich das mit unserer Hochzeit vorgestellt hat." Es war offensichtlich, wie sehr ihn der Gedanke schmerzte, dass seine Schwester nicht daran teilhaben könnte.

"Wirst du ihr also nochmals schreiben?"

Diese Frage schien ihm deutlich zu missfallen, sodass Elizabeth, die ihn nicht gerne unglücklich sah, begann, eine Seite seines Gesichts und sein Ohr mit Küssen zu bedecken, bis sich sein Körper wieder ein wenig entspannte. "Ich weiß, dass ich nach Matlock fahren *sollte*, um es mit ihr direkt zu besprechen, doch es widerstrebt mir, dich so lange allein zu lassen, mein Herz, ganz besonders nach dem, was heute geschehen ist. Es wäre also vermutlich das Beste, ihr zu schreiben, wenngleich ich auch nicht recht weiß, was ich sagen soll." Er vergrub seine Finger noch tiefer in ihrem Haar, während er darüber nachsann, wie schwer es nach all dem, was sie nun verband, allein schon werden würde, sie wieder nach Longbourn zurückkehren zu lassen. Alles, was er wollte, war von ihrer Anwesenheit berauscht zu sein und ihre Liebe spüren zu können – die Vorstellungen der Gesellschaft sollten sich doch zum Teufel scheren, er wollte sie nur bei sich haben.

Elizabeth grübelte einen Moment und sagte dann widerwillig: "Anders wäre es mir zwar lieber, aber ich halte es für richtig, wenn du nach Matlock reist. Es steht zu viel auf dem Spiel, um sich auf einen Brief zu verlassen."

Kurz entschlossen entgegnete er: "Dann komm mit."

Elizabeth Augenbrauen schossen vor Überraschung in die Höhe, dann lächelte sie amüsiert. "So verlockend diese Idee auch sein mag, ich fürchte, es wäre kaum angebracht."

"Wir könnten zunächst nach London fahren, dort auf der Stelle heiraten und dann könnte sich niemand mehr beschweren", sagte er hoffnungsvoll, wohl wissend, dass sie dem niemals zustimmen würde.

"Abgesehen von meiner Familie und all meinen Freunden und Bekannten, gäbe es in der Tat niemanden, der sich beklagen würde", neckte sie.

Den verwegenen Ausdruck, der nun über sein Gesicht huschte, kannte sie nur zu gut. "Vielleicht sollte ich versuchen, dich... anderweitig zu überzeugen", raunte er, während seine Hand die Reise zu ihrer Brust antrat.

"Ich hege zwar keinen Zweifel daran, dass du mich zu *irgendetwas* überreden könntest, kann es mir jedoch nicht vorstellen, dass wir es dabei bis nach London schaffen würden", sagte sie schelmisch.

"*Du* bist die Verführung in Person", sagte er und hauchte kleine Küsse auf ihr Gesicht.

Sie knabberte zärtlich an seine Lippen. " 'Er küsse mich mit dem Kusse seines Mundes, denn deine Liebe ist lieblicher als Wein' ", antwortete sie ihm auf sein vorangegangenes Zitat hin.

Seine Antwort war ein Kuss, dessen Intensität ihr den Atem nahm, während sie warme Schauer durchliefen. *Warum fällt es ihm so leicht, das mit mir anzustellen?*, fragte sie sich nicht zum ersten Mal, als seine Hände wieder einmal ein Eigenleben entwickelten und begannen, ihre Kurven zu erforschen. Sie seufzte, als er ihre Brüste streichelte und mit der Knospe spielte. Sie spürte, wie sich seine Erregung gegen sie drücke und fühlte, wie sie innerlich schwach wurde, als sie sich daran erinnerte, wie er sie an jenem Nachmittag in London berührt und ausgefüllt hatte.

Er ließ nicht von ihren Lippen ab, ehe das Gefühl ihres erregten Körpers in seinen Armen ihn zufriedengestellt hatte. "Du brauchst mich nur zu fragen, wenn du dich nach meinen Küssen sehnst", raunte er.

Mit verschmitzt funkelnden Augen antwortete sie, "Nun, wenn Bibelverse einen solchen Einfluss auf dich haben, mein Lieber, dann werde ich noch einmal darüber nachdenken müssen, ob es klug wäre, wenn wir gemeinsam zur Kirche gingen."

"Wenn wir erst einmal verheiratet sind, wirst du dich glücklich schätzen, wenn du auch nur eine Minute die Gelegenheit haben wirst, einmal nicht an meiner Seite zu sein!", konterte er. Er wünschte sich inbrünstig, dass Bingley sich nicht im Hause befände, oder zumindest die Dienstboten ihm zur Loyalität verpflichtet wären, statt den Klatschbasen von Meryton. Wahlweise konnten sich auch alle auf wundersame Weise in Luft auslösen, sodass er sie lieben könnte, ohne ihren Ruf dabei rücksichtslos aufs Spiel zu setzen. Seit London war schon wieder so viel Zeit vergangenen... aber er rief sich ins Gedächtnis, dass sie nur ein paar Minuten zuvor in Tränen aufgelöst gewesen war. Sein Trost war es, was sie nun brauchte, nicht seine Leidenschaft. Er rang mit sich, um sich zu entspannen, sich auf sie zu konzentrieren und sich ins Gedächtnis zu rufen, wie glücklich ihn ihre Liebe bereits gemacht hatte. Um sich abzulenken, griff er das Gespräch von zuvor wieder auf und sagte: "Was meine Schwester anbelangt, bin ich ehrlich gesagt versucht, ihr einfach zu sagen, dass sie in der Obhut meiner Tante und meines Onkels bleiben soll, wenn sie so unzufrieden mit meiner Vormundschaft ist – ich fürchte jedoch, dass ich das später bereuen könnte."

Es kostete Elizabeth einige Anstrengung, ihr rasendes Herz unter Kontrolle zu bringen und sich wieder auf ihr Gesprächsthema zu konzentrieren, nachdem er sie so in Wallung gebracht hatte. "Vielleicht könntest du sie stattdessen fragen, ob sie denkt, dass sie bei deiner Tante und deinem Onkel glücklicher wäre. Lass sie die Entscheidung treffen, bei wem sie leben möchte – sonst lieferst du ihr nur weitere Gründe, dir mit Unmut zu begegnen. Sie ist nun beinahe eine Frau; vielleicht ist es an der Zeit, ihr die Verantwortung zuzugestehen, die mit einem solchen Status einhergeht."

Darcy schwieg. Schließlich sagte er: "Du hast Recht – Liebe und Respekt können nicht eingefordert, sondern nur gegeben werden. *Du* hast mich das gelehrt, eine Lektion, die zunächst nicht leicht zu verdauen war, sich aber sehr vorteilhaft ausgewirkt hat. Wenn sie glücklicher damit wäre, bei ihnen zu leben, dann sollte ich ihr das gestatten, wenngleich ich auf eine andere Antwort hoffe." Er hielt inne und fügte dann hinzu: "Und doch werde ich ihr wieder schreiben, statt zu ihr zu fahren – denn falls sie sich gegen mich entscheiden sollte, möchte ich das mit dir an meiner Seite zu hören bekommen."

Und schon trieb sie auf einer Welle der Zärtlichkeit für ihn, seine Ehrlichkeit und Offenheit und all seine Stärken und Schwächen dahin, "Du bist der beste Mann, den ich je kennengelernt habe", sagte sie leise.

Noch ehe er antworten konnte, klopfte es an der Tür, einhergehend mit Bingleys Stimme, die bestimmt seinen Namen rief. "Ich fürchte, uns ist die Zeit davongelaufen, mein Herz", bedauerte Darcy.

Mit einem kläglichen Lächeln wand sie ihr Haar in einen einfachen Knoten und machte Anstalten, aufzustehen, ehe

Bingley sie in einer derart kompromittierenden Position ertappen konnte, doch er schlang seine Arme noch enger um sie, sodass sie nicht mehr entkommen konnte. "Ich schäme mich nicht, Bingley zu zeigen, was du mir bedeutest", sagte er entschlossen.

Sie sah ihm an, wie sehr er sich wünschte, dass auch sie sich nochmals öffentlich zu ihm bekannte. Spielerisch antwortete sie: "Du vielleicht nicht, *ihn* möchte ich allerdings nicht in Verlegenheit bringen!"

"Nun gut", lenkte Darcy alles andere als zufrieden ein, ließ sie aber dennoch gehen.

Mit einem verschmitzten Lächeln rutschte sie von seinem Schoß, um sich dann wesentlich näher neben ihn zu setzen, als auch nur im Entferntesten als anständig bezeichnet werden konnte. "Kommen Sie herein, Mr. Bingley", rief sie.

Darcy würdigte seinen Freund keines Blickes, als dieser eintrat. "Du, meine Liebe, bist sehr ungezogen", raunte er und küsste sie sanft. Er zog sich wieder zurück und bedachte sie mit einem selbstzufriedenen Blick.

"Darcy", jammerte Bingley, "hab Mitleid mit mir, um Himmels willen! Mir gehen die *Ausreden* aus, die ich Jane auftischen kann, um zu erklären, weshalb ich euch miteinander allein gelassen habe. *Musst* du es darauf anlegen, die Sache noch schlimmer zu machen?"

Elizabeth erhob sich. "Schenken Sie ihm keinerlei Beachtung, Mr. Bingley", sagte sie mit einem einnehmenden Lächeln. "Er genießt es, ins Wespennest zu stechen." Sie hörte Darcy kichern.

"Das sehe ich", brummte Bingley gutmütig.

JANE WAR DURCHAUS beruhigt, zu sehen, dass Elizabeth wieder die Alte war. Wenngleich sie sich auch Sorgen um die Schicklichkeit machte, ließ sie sich dennoch dazu überreden, bis nach dem Lunch auf Netherfield zu verweilen. Die beiden Paare saßen in einträchtiger, wenn auch etwas verhaltener Runde beisammen. Doch als die Zeit der Abreise für die Damen näher rückte, wollte Darcy Elizabeth noch einmal allein sprechen. Aus Rücksicht auf Janes Gefühle saßen sie zusammen im Empfangszimmer, dessen Tür offen stand, sodass sie nichts kompromittierenderes tun konnten, als sich an den Händen zu halten. Und das war auch gut so, ging es Darcy durch den Kopf, wenn man bedachte, dass seine natürliche Reaktion auf die Innigkeit, die sie zuvor geteilt hatten, ein starker Drang war, der emotionalen mit einer ebenso körperlichen Intimität zu entsprechen.

Beide sagten nicht viel, verließen sie sich doch darauf, ihre Augen und Hände für sich sprechen zu lassen. Der Tag war voller Emotionen gewesen, und beide genossen es, Kraft aus der Anwesenheit des anderen und ihrem neu gewonnenen Gefühl des Vertrauens zueinander zu schöpfen. Doch die unangenehme Aussicht auf den bevorstehenden Abschied überschattete ihr Glück, sodass Elizabeth schließlich das Wort ergriff und wehmütig ihren Wunsch, noch länger bei ihm blieben zu können, äußerte.

Das hörte Darcy nur allzu gern und so sagte er impulsiv: "Dann bleib hier. Du könntest eine Nachricht nach Longbourn schicken und schreiben, dass du krank geworden bist und die heutige Nacht hier verbringst. Wir könnten deine Mutter oder Mary bitten, zu kommen – alles wäre so, wie es sich gehört".

Die Vorstellung war so verlockend, dass Elizabeth sie tatsächlich kurz in Betracht zog – nicht nur, um ihrem Vater und der Konfrontation auszuweichen, die unweigerlich folgen musste, sondern auch um bei Darcy zu sein, in dessen Gegenwart sie sich so wohl fühlte und, zweifelsohne, um das Bett mit ihm zu teilen, ganz gleich, wie viele Anstandsdamen sich im Hause befanden. Sie wollte es so sehr, und dennoch war sie sich im Klaren darüber, dass sie sich der Situation auf Longbourn stellen musste, und jede Verzögerung nur dazu führen würde, sich verdächtig und damit alles noch schlimmer zu machen. Ein Teil von ihr hoffte beinahe, dass sie nicht in der

Lage sein würde, sich mit ihrem Vater auszusprechen, um ihr eine Entschuldigung dafür zu liefern, sich mit Darcy auf und davon zu machen, so wie er es vorgeschlagen hatte. Und doch hatte sie das Gefühl, dass sie noch nicht bereit dafür war, ihren Vater vollkommen aufzugeben.

"Ich wünschte, das könnte ich, mein Liebster", sagte sie langsam, "aber ich muss meinem Vater die Gelegenheit geben, sich zu erklären. Ich möchte nicht alle Brücken hinter mir abbrechen."

Er war enttäuscht und hätte sie gerne vom Gegenteil überzeugt, hörte ihrer Stimme jedoch an, dass er sie damit unglücklich machen würde. Es kostete ihn einige Anstrengung, zu sagen: "Dann werde *ich* dich zurückbringen, wenn du bereit dazu bist; es wird höchste Zeit, dass ich auch einmal ein paar Worte mit deinem Vater wechsele. Dieser Unsinn uns gegenseitig aus dem Weg zu gehen kann so nicht weitergehen."

Elizabeth seufzte. Als ihr Verlobter stand ihm das zu und sie konnte es ihm nicht verweigern, auch wenn sie sich große Sorgen machte, dass es dabei zu einer unschönen Konfrontation kommen könnte, die vermutlich nicht so leicht aufzulösen wäre. "Wie du wünschst", sagte sie leise.

"Mein Wunsch ist es, zu wissen, wie ich dich wieder zum Lächeln bringen kann", platzte er heraus.

Ihr Gesicht nahm weichere Züge an. "Mein Liebster", sagte sie. "Ich liebe dich so sehr." Ein Blick in seine Augen genügte, um dort eine Leidenschaft zu entdecken, die ihren Puls beschleunigte. Ungeachtet dessen, wer sie dabei entdecken könnte, bewegte sich ihr Mund auf seinen zu. Er kam ihr mit einem Kuss von tiefster Zärtlichkeit entgegen, der jedoch keinen Hehl daraus machte, wie sehr er sie nach diesem emotionsgeladenen Tag brauchte.

Viel zu schnell war es zu Ende, als ihnen die engen Grenzen der Schicklichkeit weiteren Kontakt untersagten und das war etwas, womit sich Darcy, der immer noch vom Geist ihrer neu geteilten Offenheit erfüllt war, schwer tat. "Elizabeth", sagte er, als ob die Worte seinen Mund nur unfreiwillig verließen, "wenn ich einen angemessenen Ort finden könnte, denkst du, du könntest mir dann eine Nacht schenken?"

Die Luft wollte ihre Kehle nicht recht verlassen. In seinen Augen las sie mehr als bloßes Verlangen – sie konnte sehen, wie schwer es für ihn war, von ihr getrennt zu sein und anerkennen zu müssen, dass momentan sein Anspruch auf sie noch dem ihrer Familie hintanzustehen hatte. Er würde es akzeptieren, wenn sie ihm diesen Wunsch verweigerte, das war ihr bewusst, doch wenn sie ehrlich war, wollte sie der Versuchung gar nicht widerstehen, wieder diese Intimität und so viel Lust mit ihm zu teilen.

"Wenn du den passenden Ort gefunden hast, Fitzwilliam", antwortete sie, "werde ich zu dir kommen."

Kapitel 12

DARCY HIELT STANDHAFT an seiner Absicht fest, Elizabeths Vater zu sprechen, ehe er sie in seiner Obhut ließ. Zwar teilte er ihre Sorge, was den Ausgang einer solchen Diskussion anbelangte, und doch hielt er sie für unvermeidlich. Deshalb machte er sich nach ihrer Ankunft auf Longbourn ohne Umschweife auf den Weg in die Bibliothek.

"Herein!", ertönte Mr. Bennets Stimme.

Darcy trat ein und zog die Tür hinter sich ins Schloss. Er hegte keinen Zweifel, dass es eine hitzige Diskussion werden würde. In seiner momentanen Stimmung war nicht mit ihm zu spaßen und das würde er Mr. Bennet wissen lassen. Der Konflikt zwischen ihm und Elizabeths Vater durfte nicht mehr auf Elizabeths Rücken ausgetragen werden, das würde er nicht länger zulassen. Er ging hinüber zu Mr. Bennets Schreibtisch, beugte sich vor und stütze sich mit gespreizten Fingerspitzen auf der Schreibtischplatte ab.

Mr. Bennet setzte betont langsam seine Brille ab und legte sein Buch beiseite. "Ja, Mr. Darcy?", fragte er ruhig.

"Ich möchte nur einen einzigen Grund hören", sagte Darcy gedehnt, "warum ich Elizabeth gestatten sollte, heute Abend in dieses Haus zurückzukehren."

Mr. Bennet hob eine Augenbraue. "Mir erschließt sich kein Grund, weshalb es Ihnen zustünde, ihr etwas zu *gestatten*; noch sind Sie nicht ihr Ehemann, und, wenngleich Ihnen das auch nicht gefallen mag, bis zu dem Zeitpunkt da Sie es sind, steht sie weiterhin unter *meiner* Autorität."

"Die sie mit dem heutigen Tag verwirkt haben", entgegnete Darcy prompt. "Wenn Sie nicht willens sind, die Rolle ihres Vaters zu übernehmen, dann kann ich Ihnen versichern, dass ich durchaus bereit bin, die Rolle ihres Ehemannes zu übernehmen. Wenn Sie weder willens, noch in der Lage dazu sind, sie zu schützen, dann bin *ich* nicht gewillt, sie in Ihrer Obhut zu belassen. Ich frage Sie nochmals nach auch nur einem Grund, weshalb ich Elizabeth nicht heute noch nach London mitnehmen sollte, um sie auf der Stelle zu heiraten."

Mr. Bennets Augen verengten sich und er antwortete: "Falls Sie sich auf das Verhalten beziehen, das *Ihre* Tante an den Tag gelegt hat, verstehe ich nicht, wie *ich* dafür zur Verantwortung gezogen werden könnte. Und wenn es sich so fügt, dass ich, aus welchen Gründen auch immer, die Meinung ihrer Tante teile, dann sehe ich keinen Grund, weshalb ich sie davon abbringen sollte, uns ihre Sicht der Singe zu offenbaren."

"Sie teilen die Meinung meiner Tante?", wiederholte Darcy ungläubig. "In welcher Hinsicht?"

Nachdem Elizabeth heute sang- und klanglos verschwunden war, war er nicht in der Stimmung, Mr. Darcy bei Laune zu halten: "Insofern, als ich denke, es läge in Lizzys bestem Interesse, die Verlobung mit Ihnen zu lösen."

Darcy konnte nicht glauben, was er da hörte. "Sie mögen *denken* was immer Sie wollen, Sir, doch das wird niemals geschehen. Und ich verstehe nicht, weshalb ein Vater es besser fände, wenn seine Tochter durch einen solchen Skandal ruiniert wäre, statt sie in einer ehrhaften Ehe wissen zu wollen."

"Das liegt daran, Mr. Darcy, dass ihr ein Leben mit *Ihnen* nichts als Kummer bereiten wird!"

Nun ging Darcys Temperament endgültig mit ihm durch. "Auf welcher Grundlage stellen Sie diese Behauptung auf?", schnauzte er.

"Lizzy konnte Sie nie leiden, und die Anstandsregeln hatte sie zuvor niemals verletzt. Denken Sie allen Ernstes, dass ich glaube, sie würde Ihre Avancen urplötzlich tolerieren, wenn ihr etwas anderes übrig bliebe? Und nun verlangen Sie von mir, Ihnen zu glauben, sie könnte mit einem Mann *glücklich* werden, der sich ihr aufgezwungen hat? Ich hatte keine andere Wahl, als meine Zustimmung zu dieser Ehe zu erteilen. Meinen Segen werden Sie allerdings *niemals* bekommen!" Mr. Bennets Rage, die sich Stück um Stück aufgebaut hatte, seit er Mr. Gardiners Brief erhalten hatte, brach nun mit voller Kraft durch.

Einen Moment starrte Darcy ihn mit Unverständnis an, ehe ihm schließlich dämmerte, was der ältere Mann ihm damit sagen wollte, und vor lauter Ungläubigkeit brach er in Gelächter aus. "*Das* ist es also, was Sie glauben? Mr. Bennet, ich hätte *Mitleid* mit jedem armen Wicht, der versucht, sich Ihrer Tochter aufzudrängen, wenn sie das nicht möchte! Wie sehr es Ihnen auch missfallen mag, die Wahrheit ist, dass Ihre Tochter das aus freien Stücken tut. Dass sie mich heiratet hat einen schlichten Grund und sonst keinen: Es ist *ihr* Wunsch."

Von allen Reaktionen, mit denen Mr. Bennet auf seine Anklage hin gerechnet hatte, war das die am wenigsten erwartete gewesen. Es war unmöglich, dass er falsch lag. Er sah nicht, wie man zu einem anderen Schluss gelangen könnte: Lizzy war in einer kompromittierenden Situation mit einem unangenehmen Mann erwischt worden, von dem alle Welt wusste, dass sie ihn ungemein verabscheute. Und doch hatte Mr. Gardiner Grund gesehen, mit der brillanten Partie, die sie dabei machte, unglücklich zu sein... Nein, er konnte sich keinen anderen Reim auf das Ganze machen. Elizabeth hatte ihm selbst gesagt, dass sie die Verbindung wolle – doch wie hatte sich ihre Meinung so schnell ändern können und noch dazu zu Gunsten dieses stolzen, fordernden Mannes, der sie so weit von ihrem Zuhause und ihrer Familie wegbringen würde?

Mr. Bennets Schweigen wirkte sich nicht positiv auf Darcys Einschätzung der Situation aus und sein Ärger darüber, dass derartiges von ihm gedacht werden konnte, spitzte sich zunehmend zu. "Dass Sie eine solche Möglichkeit auch nur in Betracht ziehen, zeigt, wie tiefgreifend Sie sowohl Ihre Tochter, als auch mich missverstehen. Ich kann Ihnen nur empfehlen, mit Ihrer Tochter zu *reden*, statt derart voreilige Schlüsse zu ziehen!" Er erkannte, dass jede weitere Diskussion höchstwahrscheinlich dazu führen würde, dass er nur noch unpassendere Worte wählen würde und so bedachte er Mr. Bennet mit einem letzten, eisernen Blick, ehe er auf dem Absatz kehrtmachte und hinausstürmte.

Er holte Elizabeth aus dem mit ihren Schwestern und ihre Mutter überfüllten Salon mit einem Gesichtsausdruck, der ihr verriet, dass sie nun besser keine Fragen stellte und ihm stattdessen einfach folgen sollte. Über seine Lippen kam kein Wort, bis sie ein Stück vom Haus entfernt waren.

Schließlich blieb er stehen und fuhr sich mit der Hand durchs Haar. Er stieß einen langen Atemzug aus und sah dann Elizabeth an. "Dein Vater", sagte er langsam und deutlich, "ist ein Idiot."

Obwohl sie sich Sorgen machte, was wohl zwischen den beiden Männern vor sich gegangen war, lächelte Elizabeth Darcy verständnisvoll zu, denn irgendetwas sagte ihr, dass dieser Temperamentsausbruch nicht ganz das war, was er zu sein schien. Sie nahm seine Hand in ihre, was seine Miene deutlich entspannte.

Dann fuhr er fort: "Er scheint es sich in den Kopf gesetzt zu haben, dass ich dir meine Avancen *aufgezwungen* habe."

"Oh!", sagte Elizabeth überrascht. "Wie ist er nur auf diesen Gedanken gekommen?"

"Darüber möchte ich keine Vermutung wagen. Es tut mir leid, dir sagen zu müssen, dass er mich mit dem Vorwurf so sehr verärgert hat, dass ich es schlichtweg verneint habe und hinausgegangen bin", sagte er und verzog das Gesicht.

"Das kann ich mir vorstellen!" Sie lächelte mitfühlend.

Er blickte auf ihre verschränkten Hände hinunter. "Bist du dir ganz sicher, dass ich dich nicht dazu überreden kann, mit mir fortzugehen, Lizzy?", bat er beinahe klagend.

Sie stellte sich auf die Zehenspitzen, sodass ihre Lippen gegen seine streiften. "So verlockend das auch klingen mag, möchte ich doch nichts unversucht lassen, zu einer Lösung zu gelangen, denn ich weiß, dass ich das sonst später bereuen würde", erklärte sie.

Darcy warf dem Haus einen Blick zu, als zöge er das schwer in Frage, wobei ihm Mr. Bennet ins Auge fiel, der sie vom Fenster der Bibliothek aus beobachtete. Mit einem gewissen ungezähmten Vergnügen wandte er sich wieder Elizabeth zu, um sie abermals zu küssen. Zunächst begann er ganz zart, vertiefte den Kuss dann allmählich, bis sich ihre Arme um seinen Hals legten und sie sich an ihn drückte. Er nahm sich alle Zeit der Welt, um die Freuden ihres Mundes und ihrer schlanken Silhouette in seinen Armen auszukosten und sich nochmals uns Gedächtnis zu rufen, dass sie nun die seine war, selbst wenn er auf sie warten und sich mit ihrem schwierigen Vater herumschlagen musste, ehe er sie als seine Braut nach Pemberley bringen konnte. Sollte ihm Mr. Bennet nach dieser Vorstellung nochmal ins Gesicht sagen, dass sie nicht willens war!

Dass er ihr so leidenschaftlich zugeneigt war, stellte für Elizabeth eine größere Verlockung dar, als er erahnen konnte. Sie wünschte sich sehnlichst, den Streit einfach hinter sich lassen zu können, um nur mit ihm zusammen zu sein. Zu wissen, dass ein einziges Wort ihrerseits genügte, stellte sie auf eine harte Probe. Es war so einfach, der Frage aus dem Weg zu gehen, indem sie sich selbst in seinen Berührungen und Küssen verlor. Alles, was sie nun wollte, war sämtliche Selbstbeherrschung und Konsequenzen über Bord zu werfen und alles andere zu vergessen, um sich ganz auf ihn zu konzentrieren.

Ihr Mangel an Zurückhaltung blieb auch Darcy nicht verborgen, dem all die subtilen Bewegungen ihres Körpers und ihr Keuchen nicht entgingen, als seine Hände ihre Kurven erforschten. Das berauschte ihn so sehr, und da er mehr brauchte, begann er, verlockende Küsse über ihr Gesicht und ihren Hals hinunter zu hauchen. Er spürte, wie ihr Körper mit seinem verschmolz und sein Bedürfnis, nicht damit aufzuhören war ein beinahe unüberwindbares Hindernis, so leidenschaftlich reagierte sie auf ihn, und doch war ihm klar, dass das nicht die passende Situation war. Beinahe erleichtert kam er wieder zu Sinnen, als sie sich bestürzt in seinen Armen versteifte. Er lehnte sich zurück und blickte sie besorgt an, um zu sehen, dass sie entsetzt über seine Schulter hinweg starrte.

"Sie haben Ihren Standpunkt deutlich gemacht, Mr. Darcy", sagte Mr. Bennet gepresst. "Für dich ist es nun an der Zeit, ins Haus zu kommen, Lizzy."

Am liebsten wäre sie im Boden versunken, doch als sie zunächst zu Darcy hinüber sah, musste sie feststellen, dass ihn die Situation bemerkenswert kalt ließ. Er nickte, und sie griff, mehr der Unterstützung wegen, nach seiner Hand, als sie stumm dem sich entfernenden Mr. Bennet ins Haus folgten.

Es gab nur wenig, das Mr. Bennet mehr missfiel, als der Gedanke daran, seine Lizzy könnte weit von ihm fort ziehen und ihre Loyalität auf einen anderen Mann übertragen, doch zu diesen wenigen Dingen gehörte eine starke Abneigung dagegen, herauszufinden, dass er im Unrecht war. Und so war es kaum verwunderlich, dass er bei einer solchen Gelegenheit nicht bester Dinge war, und über seinen Fehlern zu stehen beinhaltete nun auch noch, einem Mann gegenüber freundlich zu sein, den er immer noch nicht ausstehen konnte. Es war also keine Kleinigkeit, dass er es fertig brachte, Mr. Darcy im Beisein seiner Familie ein Mindestmaß an Höflichkeit angedeihen zu lassen, andererseits war er ein Mann, der durchaus geübt darin war, mit seinen Gefühlen und Absichten hinterm Berg zu halten. Elizabeth, die auf seinen Vergeltungsschlag für ihr ungebührliches Verhalten ebenso wie für ihr Verschwinden heute Morgen wartete, warf ihrem Vater nervöse Blicke zu. Darcy an ihrer Seite war wiederum bemüht, einen neutralen Gesichtsausdruck zu wahren, auch wenn er nun angesichts dessen, dass er Mr. Bennets vorherige Seitenhiebe auf seinen Charakter widerlegt hatte, vor Selbstzufriedenheit strotzte.

Irgendwie brachten es die drei zu Stande, während es gesamten Dinners, das noch dazu das erste war, das Darcy seit seiner Ankunft auf Longbourn einnahm, ruhig zu wirken. Nachdem Elizabeth Darcy anschließend in der Abgeschiedenheit des vorderen Säulengangs zärtlich Adieu gesagt hatte, ging sie mit einer gewissen Beklommenheit an der Bibliothek ihres Vaters vorüber, um zum Wohnzimmer zu gelangen. Es überraschte sie keineswegs, dass er sie zu sich herein rief, und doch wartete sie mit einem nicht unerheblichen Maß an Beklommenheit darauf, dass sich sein Ärger entlud, während er ihr stumm gegenüber saß und sie ansah. Doch dann erinnerte sie sich daran, dass er nicht der einzige war, der Grund hatte, sich zu ärgern.

"Nun, Lizzy", sagte er schließlich, "ich ziehe meine Einwände gegen deine Verlobung zurück."

Das war so weit von dem entfernt, was sie zu hören erwartet hatte, dass sie einen Moment lang nicht denken konnte. Schließlich brachte sie ein "Freut mich, das zu hören" heraus. Für sie war diese Kehrtwende nur schwer nachvollziehbar.

"Das wäre alles, meine Liebe, nun mach dich wieder auf", sagte er wegwerfend.

Einen Moment hielt sie inne, ehe sie ihn ansah und antwortete, als hoffe sie, ihn doch noch überzeugen zu können: "Er ist ein sehr guter und überaus liebenswürdiger Mann."

"Ja, ja, denk du nur, was du willst", entgegnete er trocken.

Seine Unfähigkeit, ihren Worten mit dem nötigen Ernst zu begegnen brachte sie in Rage. "Das *ist* er", sagte sie mit Nachdruck. "Du hast mir nie zugestanden, über meine Gefühle für ihn zu sprechen."

Er schaute drein, als wäre ihre Zuneigung zu Darcy das Letzte, was er zu hören wünschte, und doch bat er sie mit offensichtlichem Widerwillen, genau dies zu tun. Sie erklärte, wie sich das Bild, das sie von ihm hatte, allmählich gewandelt hatte und legte ihm dar, wie vollkommen gewiss sie sich war, dass seine Zuneigung nicht aus einer Laune heraus entstanden,

334

sondern viele Monate der Spannungen zwischen ihnen überstanden hatte.

"Nun, mein Liebes", meldete er sich zu Wort, als sie verstummte, "du hast mir viel Stoff zum Nachdenken gegeben. Und nun *werde* ich dir eine gute Nacht wünschen."

Dieses Mal nahm sie ihre Entlassung hin und erwiderte verhalten seinen Gruß, ehe sie auf ihr Zimmer ging, um allein über all das nachdenken zu können, was an diesem Tag geschehen war.

AUCH DARCY DACHTE gründlich über die Geschichte mit Mr. Bennet nach. Er war immer noch verärgert darüber, dass Mr. Bennet Elizabeth vor Lady Catherine nicht in Schutz genommen hatte, ganz zu schweigen von der direkten Beleidigung, was die Art seiner Beziehung zu Elizabeth anging. Unter normalen Umständen wäre dies mehr, als er verzeihen konnte, doch hier ging es um Elizabeths Vater, für den sie aus unerfindlichen Gründen weiterhin Gefühle hegte. Daher sah er es als seine Pflicht an, jeden halbwegs vernünftigen Versuch zu unternehmen, mit dem Mann auszukommen, ganz gleich, wie wenig ihm der Gedanke daran auch gefallen mochte.

Bei seiner Ankunft auf Longbourn am folgenden Morgen fragte er daher nach Mr. Bennet anstelle von Elizabeth – *erst die Arbeit, dann das Vergnügen*, dachte er düster. Mr. Bennet schien ziemlich überrascht, ihn zu sehen, wies ihm aber dennoch höflich einen Platz an.

"Dies sollte lediglich einen Moment in Anspruch nehmen", sagte Darcy, und hoffte grimmig, dass er mit seiner Einschätzung richtig lag. "Ich möchte mich für meine Unbeherrschtheit gestern entschuldigen. In Anbetracht der Tatsache, dass Sie einem Irrtum unterlagen, ist Ihre Haltung durchaus verständlich. Ich hoffe, dass wir nun beide die Situation besser einschätzen können." Falls Mr. Bennet dieses

Friedensangebot nicht annahm, konnte man Darcy nun wirklich keine Vorwürfe machen.

"Ich danke Ihnen, Mr. Darcy", erwiderte Mr. Bennet mit perfekter Liebenswürdigkeit. "Die Schlussfolgerung, zu der ich gelangt bin, war nicht gerechtfertigt. Dafür habe auch ich mich zu entschuldigen."

Sie hatten nun mehrere zivilisierte Sätze miteinander gewechselt, was Darcy nicht nur als Erfolg betrachtete, sondern auch für mehr als ausreichend für diesen Anlass hielt. Er beschränkte sich deshalb darauf, Mr. Bennets Entschuldigung mit einem Nicken anzuerkennen, und wandte sich mit einer Verbeugung zum Gehen.

"Einen Moment noch, Mr. Darcy", wandte Mr. Bennet nicht wirklich durchschaubar ein. "Verstehe ich Sie also richtig, dass Sie *nicht* vorhaben, sich dafür zu entschuldigen, den Ruf meiner Tochter unten in meinem Garten aufs Spiel gesetzt zu haben?"

Darcy machte kehrt und sah ihm für einen Moment ruhig in die Augen. "Nein, das tue ich nicht, da liegen Sie richtig, Sir."

"Sie tun es nicht", wiederholte Mr. Bennet, dessen Stimme ein gewisses Maß an Unglauben verriet.

"Nein", wiederholte Darcy ruhig. „Das tue ich nicht. Sollten Sie es jedoch wünschen, bin ich bereit, sie auf der Stelle zu heiraten, um ihren Ruf zu schützen." *So bereit, dass ich es kaum erwarten kann!* dachte er bei sich.

Mr. Bennet lachte. "Oh, nein, Mr. Darcy", sagte er und seine Augen blitzten amüsiert auf. "Ich habe nicht die Absicht, Ihnen meine Lizzy auch nur einen Moment früher zu überlassen, als ich muss."

Darcy hob eine Augenbraue. "Solange Sie vorhaben, es dann zu tun, sind wir uns einig."

"Das sind wir, solange es kein weiteres Mal zu einem Verhalten wie dem im Garten kommen wird", erwiderte Mr. Bennet trocken.

Die Regeln seiner Beziehung zu Mr. Bennet hatten sich zweifelsohne geändert, und er war klug genug zu erkennen, wann er herausgefordert wurde. Darcy sah ihm in die Augen. "Ich habe Ihre Meinung zur Kenntnis genommen", entgegnete er. "Guten Tag, Mr. Bennet."

Als Darcy den Raum verließ, lehnte sich Mr. Bennet in seinem Stuhl zurück und dachte bei sich, da es so schien, als müsse er den Mann wohl ertragen, könnte er ihm ebenso gut eine Quelle des Amüsements bieten.

ZWEI NÄCHTE SPÄTER wartete Elizabeth auch dann noch ab, als alle bereits zu Bett gegangen waren, um sich auf den Weg aus dem dunklen Haus zu machen. Das war der schwierigste Teil, sobald sie einmal draußen war, würde das Licht des beinahe vollen Mondes ausreichen, um die Straße gut erkennen zu können, wenngleich die Kälte sie erschaudern ließ. Ihr war nicht mehr ganz so schwer ums Herz, als sie sich der Kirche näherte, und sie lächelte, als Darcys vertraute Silhouette aus dem Schatten hervortrat und ein Schauer der Begierde sie beim Gedanken an all das, was da noch kommen mochte, durchzog. Obwohl sie sein Gesicht nicht eindeutig erkennen konnte, fühlte sie doch, wie sehr es ihm gefiel, sie bei sich zu haben.

Er begrüßte sie und küsste ihre Hand. Nachdem die ersten Grußworte gewechselt waren, sprachen sie nicht viel, was eher daher rührte, dass sie so voller Gefühl waren, denn aus Angst davor, entdeckt zu werden. Hand in Hand zu gehen, wie es ihnen bei Tageslicht niemals gestattet wäre, erfüllte Elizabeth mit einer tiefen Zufriedenheit. Schließlich sagte sie leise, als ob sie die Stille der Nacht nicht durchbrechen wollte: "Ich habe mich schon gefragt, wohin du mich bringen willst, mein Liebster."

"Zu einem alten Cottage, das mittlerweile ungenutzt dasteht – ziemlich rustikal, fürchte ich, aber warm und gemütlich." Er hielt inne und drehte sich zu ihr, nahm ihre beiden Hände in seine und sagte: "Du sollst nicht das Gefühl haben, zu irgendetwas verpflichtet zu sein, allein die Gelegenheit, ohne

Unterbrechung mit dir allein zu sein und dich zu halten wird mir schon genügen, wenn es das ist, was du willst. "

Sie langte zu ihm hinauf, um ihn zu küssen. "Und *du* sollst dir nicht so viele Sorgen machen! Ich weiß ganz genau, weshalb ich hier bin."

Er küsste sie noch inniger zurück. "Nun denn", sagte er, seine Stimme voll warmer Zufriedenheit, und führte sie über Schleichwege, bis sie ein kleines Häuschen erreichten. Sie wusste, dass es seit einigen Jahren leer stand und so erwartete Elizabeth, als sie eintrat, Anzeichen dafür zu finden, dass es schon so lange nicht mehr bewohnt wurde, stattdessen aber fiel ihr ins Auge, wie sauber es war – sogar ein Feuer brannte in dem niedrigen Kamin. Einige ordentliche, wenn auch einfache, Möbelstücke waren fein säuberlich arrangiert worden. Das Bett, das nicht so recht zum Rest des Raumes passen wollte, war mit eleganter Bettwäsche bezogen worden.

Mit einem amüsierten Blick wandte sie sich zu Darcy um. "Sie waren beschäftigt, Sir!", scherzte sie.

Darcy sah man sein Unbehagen deutlich an. "Es ist nicht viel, weit weniger, als ich dir gerne bieten würde. Ich hatte vor, dir Pemberley zu Füßen zu legen, und doch sind wir hier gelandet, im Cottage eines einfachen Arbeiters."

Impulsiv legte sie die Arme um ihn. "Es spielt keine Rolle, wo wir sind, solange ich bei dir bin. Du brauchst weder ein feines Anwesen, noch schöne Geschenke, um mein Herz für dich zu gewinnen."

Er drückte sie fest an sich, so sehr bewegte ihn, was sie gesagt hatte und doch wusste er, dass es die Wahrheit war, dass er sie um seinetwillen für sich gewonnen hatte, weder mit seinem Vermögen noch seiner Stellung in der Gesellschaft. Das war ein Geschenk, das unbezahlbarer war als alles, was er ihr zu geben hatte.

"Und doch muss ich sagen, dass dir das hier bemerkenswert gut gelungen ist", ergänzte sie spielerisch.

"Das ist nicht ganz mein Werk, muss ich gestehen. Mein Kammerdiener ist nicht nur talentiert, sondern auch äußerst diskret – ich glaube, er hat diese Aufgabe als persönliche Herausforderung aufgefasst."

Der entschlossene Blick in seinen dunklen Augen verriet ihr, dass seine Gedanken weit von ihrem Gespräch abgedriftet waren. Sie schlang ihre Arme um seinen Hals und küsste ihn. Ihr Herz begann zu flatterten, als sie seinen harten Körper an ihrem spürte. Sie wusste genau, was nun folgen würde und fühlte, wie ihr Verlangen nach ihm wuchs.

Während ihr Kuss seine wachsende Leidenschaft noch weiter beflügelte, konnte Darcy nicht umhin, zu bemerken, wie kalt ihre Arme unter ihrem Schal waren. Als sie nach Atem rangen, sagte er: "Komm herüber zum Feuer, mein Herz, und wärme dich. Ich möchte nicht, dass du dir eine Erkältung holst." Er zog einen Stuhl für sie heran, auf den sie sich setzte. Zu ihrer Überraschung setzte er sich neben ihren Füßen auf den Boden und ließ seinen Kopf gegen ihr Bein sinken.

Unfähig zu widerstehen, ließ Elizabeth ihre Finger durch sein kräftiges, dunkles Haar gleiten. Er griff nach ihrer Hand und drückte einen zarten Kuss darauf. Sein Verhalten verwirrte sie, wenn man bedachte, wie erwartungsfroh er auf diesem Treffen entgegengefiebert hatte, war sie davon ausgegangen, dass er keine Zeit verlieren würde, sie zu diesem Bett zu führen und doch schien er vollkommen gelassen und damit zufrieden, einfach nur bei ihr zu sein.

Wäre sie in der Lage gewesen, Darcys Gedanken zu lesen, hätte sie ein anderes Bild darin vorgefunden. Seine Sehnsucht nach ihr war ungebrochen, und doch hatte er entdeckt, dass eine reizvolle Spannung darin lag, zu wissen, dass er sie bald schon für sich vereinnahmen würde. Er war noch nicht bereit dazu, sich das Vergnügen der Vorfreude nehmen zu lassen. Er genoss das entspannende Gefühl, als ihre Hand durch sein Haar glitt, und er sich dabei vorstellen konnte, welche Freuden ihm ihr

Körper bereiten würde. Seine Hand schlüpfte unter ihre Röcke und legte sich um ihren Knöchel.

Damit hatte Elizabeth nicht gerechnet, sie fühlte, wie ein Blitz der Begierde sie durchzuckte und ihre Hand erstarrte für einen Augenblick in seinem Haar. Die Spur eines Lächelns huschte über Darcys Gesicht, und er begann, sanft ihr Bein zu streicheln und nahm sich Zeit, als seine Finger ihre Erkundungsreise antraten. Sie war erstaunt, wie viel Empfindung eine solch hauchzarte Berührung mit sich bringen konnte, und fühlte ein Pochen tief in ihrem Inneren. Dass diese Erkundungen derart verbotenen waren, verstärkte ihre Erregung nur umso mehr. Sie begann sich zu fragen, wie viel mehr sie von dieser zarten Folter ertragen konnte, als er sich daranmachte, ihre Stiefeletten aufzuschnüren.

Nachdem er sie ihr von den Füßen gezogen hatte, kehrte er wieder zu seinen Erkundungen zurück und seine Hand wanderte Stück um Stück zu ihrem Knie hinauf. Elizabeth konnten ein leichtes Keuchen nicht mehr unterdrücken, als er sich langsam und aufreizend auf ihr Strumpfband zubewegte.

Darcy kam in den tiefen Genuss, Zoll um Zoll von Elizabeths Körper Besitz zu ergreifen. Er fühlte, wie sich ihre Finger in sein Haar krallten und seine Leidenschaft stieg ebenso an wie ihre. Bewusst langsam hakte er seine Finger in ihr Strumpfband und wandte sich ihr zu, um sie anzusehen. Ihre Wangen waren gerötet, und ihre Augen vor Leidenschaft verhangen, und trotz der Einfachheit ihrer Aufmachung und Frisur, die die mitternächtliche Flucht mit sich gebracht hatten, hatte er sie noch nie schöner gesehen. Ihm kam, dass sie auf eine Weise allein miteinander waren, die ihm vollkommen fremd war – es waren weder Familie, noch Freunde oder Bedienstete in ihrer Nähe, sie waren tatsächlich gänzlich allein. In einem Haus wie Pemberley oder Netherfield war es niemals möglich, vollkommen allein zu sein, eine Erfahrung, die sie angesichts ihrer vier Schwestern sicherlich mit ihm teilte. Wirklich für sich konnten sie nur unter freiem Himmel sein und dort gab es keinerlei Privatsphäre. Die Neuartigkeit dieser Situation verlieh ihrer Begegnung einen neuen Aspekt der Freude und der Freiheit. Sie war sein, dieses Haus gehörte ihnen und sie mussten sich vor niemandem rechtfertigen, waren für niemanden verantwortlich, hatten niemandes Normen zu beachten und mussten niemandes Regeln befolgen, abgesehen von ihren eigenen.

Das intensive Verlangen, das bei dieser Erkenntnis in ihm aufstieg, berauschte ihn geradezu. Er sah ihr in die Augen und hielt den Blick, als er ihr Strumpfband löste und es mit dem Strumpf nach unten zog, sodass seine Fingerspitzen ihre warme Haut entlang glitten, während er das tat. Ehe er sich dem anderen Strumpf zuwandte, hielt er inne, um die zarte Haut ihres inneren Schenkels zu liebkosen und dabei den Ausdruck auf ihrem Gesicht zu beobachten, über das das Licht des Feuers tanzte. Was er von ihr wollte, war mehr als Kooperation und Leidenschaft – er wollte dieselbe, erfüllende körperliche Intimität, die sie auf Netherfield auch im Geiste geteilt hatten. Der zweite Strumpf gesellte sich zu seinem Zwilling auf dem Boden, und er ließ ihre Röcke wieder in ihre ursprüngliche Position zurückfallen, nur seine Hand blieb auf der zarten Haut der Oberseite ihres Fußes liegen. Es lag etwas sehr erregendes darin, kam es ihm in den Sinn, Elizabeths entblößte Füße zu sehen. Eine Vertrautheit, die von Nähe und Vertrauen zeugte.

Noch immer hatten sie kaum körperlichen Kontakt, und doch schien ihr Verlangen eine starke Verbindung zwischen ihnen herzustellen –beinahe schien es, als fühle sie bereits seine Berührungen und die überaus befriedigende Empfindung, ihn in sich zu spüren. Sie zitterte beinahe vor Verlangen, obwohl sie noch nicht einmal wirklich begonnen hatten.

Darcy legte seine Hände auf ihre Taille. "Komm zu mir", sagte er. Sie ging davon aus, er würde sie zum Bett bringen, stattdessen aber zog er sie zu sich hinunter und zwischen seine Beine auf den Boden, sodass sich ihr Rücken an ihn lehnte. Er küsse sie weder, noch streichelte er sie, sondern ließ lediglich seinen Kopf gegen ihren sinken, während seine Hand damit begann, ihre Röcke zusammenzuraffen, bis er ihre wohlgeformten Beine sehen konnte. Er hatte jedoch mehr im Sinn, als sie nur anzusehen und so begann er, seine Finger sanft über ihre Oberschenkel gleitenzulassen. Sie wanderten höher und höher, bis sie mit einem Laut, der halb Seufzer und halb Stöhnen war, ihre Beine öffnete, um ihm ungehinderten Zugang zu verschaffen.

Seine Finger glitten zwischen ihre Beine, wo er ihr Vergnügen suchte und auch fand. Als seine Finger sie massierten, begann sie zu stöhnen und sich fester an ihn zu drücken. Für ihn war es durchaus erregend, sie so intim zu berühren, während sie beide noch bekleidet waren und er sie kaum geküsst hatte. Das Vertrauen, das sie ihm entgegenbrachte, als sie sich ihm hier in ihrem eigenen, ungestörten Liebesnest hingab, war etwas, wonach er sich sehnte; dieses Gefühl der absoluten Verbundenheit und des Gleichklangs brauchte er wie die Luft zum Atmen. Er konnte nicht widerstehen, und ließ seine Finger tief in sie gleiten, bis sie vor Lust aufkeuchte. Ganz zart streichelte er sie, bis sie den Höhepunkt der Erfüllung erreichte und in seinen Armen zitternd wieder hinab segelte.

Einige Zeit hielt er sie einfach in seinen Armen, und gab ihr Zeit, sich zu erholen, doch ihre Reaktion hatte Bedürfnisse in ihm geweckt, und so suchten seine Lippen leidenschaftlich und drängend die ihren. Sein Wunsch, die eigene Befriedigung hinauszuzögern, war verflogen, was seine Finger dazu veranlasste, sich rasch den Verschlüssen ihres Kleides zu widmen, um es ihr anschließend, vom Hunger auf den Geschmack ihrer Haut getrieben, von den Schultern zu streifen. Sie wölbte sich seinen Händen entgegen, als diese ihre Brüste erreichten.

Seine Finger glitten zu ihrem Rücken, um ihr Kleid weiter zu öffnen. Sie zog ihre Arme aus den Ärmeln und stieg dann aus den Röcken, bis sie vor ihm stand. Sein Blick glitt anerkennend über sie hinweg und in Elizabeth stieg das befriedigende

Lustgefühl auf, das nur mit einer solch intimen und ehrlichen Entblößung einhergeht.

"Dein Haar. Wirst du es für mich herunterlassen?" Seine Stimme war heiser geworden.

Mit einem bezaubernden Lächeln zog sie die Nadeln aus ihrem Haar und schüttelte es, bis es sich frei über ihre Schultern ergoss. Ermutigt durch seinen hitzigen Blick trat sie auf ihn zu. Sie schob ihre Hände unter seinen Mantel, und hielt ihn so an, ihn auszuziehen ehe sie sich dann seinem Hemd widmete, eine Angelegenheit, die ein gewisses Maß an Mithilfe von Darcy erforderte, dem ihre liebevolle Fürsorge große Freude bereitete. Einen Moment zögerte sie, ehe sie nach seiner Hose griff – sogar in London war sie zu sittsam gewesen, um direkt hinzusehen – doch nun fand sie den Mut, damit fortzufahren, in seinen Augen. Nachdem sie die Knöpfe gelöst hatte und die Hose zu Boden gefallen war, griff sie kurz entschlossen nach jenem Teil von ihm, der ihr immer noch die Röte auf die Wangen trieb. Seine deutliche Reaktion machte ihr Mut, und sie beobachtete, wie er es genoss, von ihr berührt zu werden.

Kurze Zeit später bedeutete er ihr, innezuhalten. "Komm, mein Herz", sagte er, führte sie zum Bett und schlug das Bettzeug beiseite. Sie schlüpfte hinein, breitete ihre Arme einladend aus, während ihre Füße erfreut feststellten, dass die Vorbereitungen seines Kammerdieners soweit reichten, auch warme Ziegelsteine ans Fußende des Bettes zu legen. Ihre Sehnsucht, ihn in sich zu spüren, stieg zusehends an.

Er gab sich nicht zufrieden, bis seine Hände ihren gesamten Körper erneut erkundet hatten. Entschlossen, abzuwarten, bis ihr Verlangen ebenso groß war wie seines, hielt er sich noch ein wenig zurück, um an ihren Brüsten zu saugen.

Wellen der Lust durchstreiften sie, als sein Mund sie berührte, sie presste sich an ihn und zog seinen Kopf näher zu sich heran, sodass er sie noch heftiger stimulierte. Sie wimmerte seinen Namen, als ihre Hand nach seiner Erektion griff.

343

Er konnte nicht länger warten, machte sich von ihr los und brachte sich über ihr in Position, während seine Augen ihre in beinahe verzweifeltem Verlangen für sich beanspruchten. Er hatte vorgehabt, es wieder langsam angehen zu lassen, um ihr nicht wehzutun, doch nun konnte er sich nicht mehr zurückhalten und versenkte sich in ihren Tiefen.

Elizabeth keuchte, als er sich auf die intimste Art und Weise mit ihr verband und presste sich ihm entgegen, sobald er sich in ihr zu bewegen begann. Als er zu harten, schnellen Stößen überging, mit denen er sie für sich beanspruchte, begann sich das Vergnügen in ihr auszubreiten. Seine Erregung stieg weiter an, bis auch er seine Erlösung fand und in ihre Arme sank. So sehr hatte er sich noch nicht verausgabt, um sich nicht noch nach mehr zu sehnen und so machten sich seine Finger auf den Weg zu jener Stelle, die ihr so mühelos Wonne bereitete und streichelten sie. Lange dauerte es nicht, bis Wellen purer Befriedigung über sie hinweg rollten.

Sie vermochte nicht zu sagen, weshalb sie sich ihm in diesen Momenten so nahe fühlte, doch leugnen ließ sich diese schlichte Wahrheit auch nicht. In diesem Augenblick hätte er alles von ihr verlangen können und sie hätte es ihm mit Liebe gegeben. Wenn er sie nun noch einmal gebeten hätte, ihn auf der Stelle zu heiraten, hätte sie zugestimmt, nur um zu sehen, wie glücklich ihn das machte. Ich kann von Glück sagen, ging es ihr durch den Kopf, dass er sich nicht bewusst ist, welche Macht er über mich hat. Sie schmiegte sich so nah wie möglich an ihn und verspürte vollkommene Zufriedenheit, als seine Arme sich fester um sie schlossen.

Es fühlte sich so gut an, sie nah bei sich zu haben und er sinnierte, welches Glück er hatte, die Liebe dieser Frau gewonnen zu haben. Sie war so großzügig und freimütig mit ihm, was ihn immer wieder von Neuem in Erstaunen versetzte und erfreute. "Mein Herz", flüsterte er in ihr Ohr. Am liebsten hätte er diesen Moment für immer festgehalten, doch schließlich schob sich Elizabeth weit genug von ihm fort, um sich auf ihren

Ellenbogen zu stützen. Mit den Fingerspitzen zog sie seine Gesichtszüge nach, während sie ihm ein Lächeln schenkte, das von ihrer tiefen Zuneigung zu ihm sprach. Er fühlte sich ihrer beraubt und reckte ihr die Arme entgegen. "Komm zurück zu mir, Lizzy", sagte er, mit verführerischem Blick.

Sie sah ihn amüsiert an. "Ein verlockender Gedanke, doch wenn ich das täte, würde ich mich zu sehr entspannen. Es ist schon recht spät, und ich würde nur zu gerne die ganze Nacht in deinen Armen verbringen – doch ich bezweifle, dass ich lange wach bleiben könnte."

"All das trifft auch auf mich zu, auch du hast mich mehr als zufriedengestellt und momentan kann ich mir nichts Schöneres vorstellen, als mit dir einzuschlafen", sagte er verbindlich. "Ich weiß, dass das noch warten muss – aber musst du denn so schnell wieder fort? Ich genieße es, dich für mich zu haben, weit weg von Familie und Dienerschaft, nichts und niemand um uns, nur du und ich allein."

Sie wusste nicht, wie sie da widerstehen sollte und ließ sich wieder in seine Arme sinken. "Sehr wohl, Sir, aber ich verlasse mich darauf, dass du mich wach hältst", sagte sie neckend.

"Ich bin mir sicher, dass mir etwas einfallen würde, falls sich die Lage zuspitzen sollte", entgegnete er trocken und ließ seine Hand vielsagend ihre Seite hinuntergleiten. "Ich glaube, ich lassen uns genau so ein Cottage auf Pemberley erbauen, nur für uns allein, wohin ich dich gelegentlich entführe, und wir vollkommen allein sein können. Würde dir das zusagen, liebste Lizzy?"

Der Gedanke ließ Bilder in ihren Kopf entstehen, die sie dort im Moment nicht haben wollte, doch als sie sich erst einmal eingeschlichen hatten, brachte sie sie nicht mehr los. Das Gefühl der Nähe zu ihm begann zu schwinden, an seiner statt kroch ihr die Traurigkeit in die Glieder. Ihr Instinkt sagte ihr, dass es mit einer saloppen Antwort beiseiteschieben sollte, doch sie hielt sich zurück, denn sie erinnerte sich daran, dass er sich gewünscht hatte, sie möge all ihre Sorgen mit ihm teilen. Jedoch handelte es sich hierbei möglicherweise um ein Thema, bei dem es ihm lieber wäre, wenn er ihre Gedanken dazu *nicht* kannte, und doch wollte sie nicht, dass irgendetwas zwischen ihnen stand. Bevor sie es sich noch einmal anders überlegen konnte, sagte sie langsam, "Sir John Hennessey, in Letchworth, verfügt über solch ein Liebesnest. Ich weiß, dass Mädchen über solche Dinge nicht Bescheid wissen sollten, aber genau dort hält er sich seine Geliebte." Vom Klatsch und Tratsch der Leute wusste sie, dass es sich dabei keineswegs um eine ungewöhnliche Nutzung eines solchen Rückzugsortes handelte.

Darcy küsste ihre Stirn. "Nun, glücklicherweise musst du dir um so etwas keine Gedanken machen", erwiderte er ohne zu zögern. "Es wird ausschließlich für dich und mich sein, meine süßeste, liebreizendste Elizabeth." Seine Hand machte es sich in ihrem Haar bequem und er genoss das Gefühl der seidenen Strähnen zwischen seinen Fingern. Er war so sehr in seiner eigenen Zufriedenheit versunken, dass ein wenig Zeit verstrich, ehe ihm klar wurde, dass sie nichts drauf gesagt hatte. Als er sie ansah, überschattete ein unglücklicher Ausdruck ihre Augen. Besorgt rief er sich ins Gedächtnis, worüber sie zuvor gesprochen hatten und als die Erkenntnis kam, sagte er bestürzt: "Du *machst* dir Sorgen! Mein Herz, wie kannst du so etwas nur denken? Warum sollte ich jemals das Verlangen nach einer anderen Frau haben, wenn ich dich habe?" Er konnte sich nicht vorstellen, wie sie sich selbst so gering schätzen konnte, doch dann kam ihm das Verhalten ihres Vaters in den Sinn was es wiederum nicht mehr so schleierhaft machte.

"Ich bin nicht völlig naiv, Fitzwilliam", sagte sie zögernd. "Ich bin mir der Realität des Lebens durchaus bewusst, und auch dessen, dass du höchstwahrscheinlich nicht immer so für mich empfinden wirst. Ich verstehe, was in einer solchen Situation von mir erwartet wird, und ich weiß, dass es meiner Rolle entspricht, das zu akzeptieren – aber nein, ich würde es vorziehen, wenn du kein solches Cottage bauen würdest, denn ich bezweifle, dass ich Freude daran finden könnte." *Der Preis*

346

der Ehrlichkeit ist in der Tat hoch, dachte sie mit einem Kloß im Hals. Sie wünschte sich so sehr, das Thema wäre niemals aufgekommen, sie wollte einfach nur dieselbe wohlige Nähe zu ihm genießen, die sie ein paar Minuten zuvor empfunden hatte.

Darcy machte sich weit genug von ihr los, um sie direkt ansehen zu können, während das schwache Licht des ersterbenden Feuers Schatten über sein Gesicht huschen ließ. Einen Augenblick schwieg er mit beunruhigtem Gesicht. "Elizabeth", begann er, verstumme jedoch wieder. "Ich kann nicht leugnen, dass es in der Vergangenheit Frauen gab – und ich bezweifle, dass irgendein Gentleman das könnte – aber nur in Grenzen. Weder habe ich jemals den Ruf einer Frau ruiniert, noch war ich mit einer verheirateten Frau zusammen, und Gott sei mein Zeuge, an Angeboten hat es nicht gemangelt! Nein, mein Herz, die Ehe ist mir heilig und das ist eine Grenze, die ich nicht überschreiten würde – und ich kann dir gar nicht sagen, wie todunglücklich es mich machen würde, solltest *du* das jemals tun."

"Sssscht", unterbrach ihn Elizabeth verlegen. "Wie kannst du so etwas sagen!"

"Ebenso wie du das konntest, denn der bloße Gedanke daran, du könntest einen anderen Mann auch nur ansehen, ist mehr, als ich ertragen kann. Außerdem weiß ich, wie viele der Damen des *ton* ihr Eheversprechen auf die leichte Schulter nehmen, sobald sie den obligatorischen Erben produziert haben. Also hab keine Zweifel an mir, wenn ich eine solche Ehe gewollt hätte, dann hätte ich sie in den letzten acht Jahren jederzeit eingehen könnten, was ich jedoch nicht getan habe."

Seine Worte hatten den unverwechselbaren Klang der Ehrlichkeit und Elizabeth atmete erleichtert auf. Und doch ließ sich ein so wichtiges Thema nicht so leicht vom Tisch wischen, sodass letzte Zweifel dennoch bestehen blieben. Er war so wichtig für sie geworden, dass der bloße Gedanke daran, er könne sich anderweitig orientieren, schon ausreichte, um sich elend zu fühlen. Leise fragte sie: "Warum hast du's nicht getan?

347

Das wäre sicherlich mit Abstand der einfachste Weg für dich gewesen."

Er hielt sie fest an sich gepresst, denn er verstand, wie viel der Gedanke daran, ihre Unsicherheiten so offenzulegen, einen so unabhängigen Menschen wie seine Elizabeth, die immer für sich selbst gesorgt hatte, kosten musste. Nur zu gut konnte er nachvollziehen, wie solche Ängste entstanden, denn schließlich hatte er genug unter den Qualen, sie möglicherweise verlieren zu können, gelitten, um das Gefühl nur allzu gut nachfühlen zu können. "Warum hast *du* Mr. Collins nicht geheiratet, mein Herz? Er hätte schließlich als gute Partie gegolten", sagte er sanft. "Nein, meine Liebste, ich weiß, was es bedeutet, ohne Liebe zu leben, zu wissen, dass Zuwendung und Fürsorge von Dienstboten kommt, die dafür bezahlt werden und dass die Liebe einer Familie ein Luxus war, den sich niemand leisten wollte. Ich habe schon vor langer Zeit beschlossen, niemals eine Frau zu heiraten, die ich nicht respektieren könnte oder für die ich nichts empfinde – wenngleich ich auch gestehen muss, dass ich nicht damit gerechnet hatte, sie dort zu entdecken wo ich es letztlich tat, so weit von der guten Gesellschaft Londons entfernt. Doch wenn ich's mir im Nachhinein recht überlege, hätte ich genau dort die ganze Zeit schon danach suchen sollen." Ein Lächeln huschte über sein Gesicht, als er an seine eigene Arroganz dachte. "Und du, liebste Lizzy? Vor einiger Zeit hast du mir gesagt, was du an einem Ehemann *nicht* schätzt – was aber *willst* du?"

Einen Moment lang war sie still. "Ich hatte mir immer gewünscht, aus Liebe zu heiraten und habe schon immer gewusst, dass ich niemanden heiraten könnte, den ich nicht respektiere, doch ehrlich gesagt, bin ich mir nicht mehr so sicher, ob ich wusste, was Liebe eigentlich ist. Ich musste sie erst kennenlernen, um am eigenen Leib zu *erfahren*, welche Macht sie hat."

Seine dunklen Augen blickten tief in ihre. "Und nachdem du diese Erfahrung gemacht hast, wie konntest du da noch an mir zweifeln?"

Sie konnte nicht anders, sie musste einfach ehrlich mit ihm sein. "Weil ich weiß, dass du ein Mann von Welt bist und dein ganzes Leben nach anderen Regeln gelebt hast, als in dieser kleinen, abgeschotteten Gesellschaft gelten, in der ich groß geworden bin und weil ich weiß, dass ich mich auf den Weg in deine Welt mache, ohne genau zu wissen, worauf ich mich dabei einlasse. Wenn ich ehrlich bin, weiß ich nicht recht, was *du* von deiner Ehefrau erwartest."

"Dich – nichts als dich", antwortete er ohne Umschweife, doch seine Gedanken waren in Aufruhr. Von dem Moment an, als sie zu sprechen begonnen hatte, war es ihm wie Schuppen von den Augen gefallen – wie konnte ihm die Tatsache entgangen sein, dass neben den rein praktischen Vorteilen, die eine Ehe für ihr bot, auch noch eine schwierige Veränderung für sie anstand? Er verlangte so viel von ihr und dachte dabei nur an das, was er ihr zu bieten hatte. "Ich kann nicht behaupten, dass auf uns keinerlei Herausforderungen zukommen werden, doch solange wir sie zusammen meistern, hege ich keinerlei Zweifel daran, dass wir Erfolg haben werden."

"Danke", sagte sie leise.

Er konnte spüren, wie sich ihr Körper in seinen Armen allmählich entspannte, und doch wollte seine Seele keine Ruhe finden, da ihre Zweifel in ihm die Frage aufwarfen, wie sicher er sich ihrer Zuneigung sein konnte. "Elizabeth?", sagte er abrupt.

Sie küsste seine Schulter. "Ja, mein Liebster?"

"Ich...", begann er, um sogleich wieder zu verstummen. Verdammt, wie er diese Verwundbarkeit hasste! "Lizzy, ich würde mich freuen, wenn du mir sagtest, dass ich dir etwas bedeute."

Sie hob den Kopf, um ihn zu betrachten und erkannte in seiner Miene dieselbe Verzweiflung, die auch sie selbst zuvor verspürt hatte. "Oh, mein Liebster! Ich konnte mir nie vorstellen, jemanden so zu lieben, wie ich dich liebe; du bist mein Glück und meine Freude. Ich wünschte, ich könnte immer bei dir sein, und dass wir uns niemals trennen müssten", sagte sie. Als sie seine Erleichterung sah, brach ihre verspielte Seite wieder durch und sie hielt ihn kühn mit ihrem Körper auf dem Bett gefangen. "Und ist meine Anwesenheit hier nicht Erklärung genug?"

Wie sie sich erhofft hatte, ging er auf ihre Keckheit und ihr Necken ein, gewann die Oberhand und drehte sie mit einem niederträchtigen Lächeln blitzschnell auf den Rücken, ehe sie auch nur protestieren konnte. Jedes einzelne Wort, das er sprach, wurde mit einem Kuss besiegelt, als er murmelte: "Vieles lässt sich dadurch erklären, mein Herz – es sagt einiges darüber aus, dass du liebenswürdig und großzügig bist, dass du weißt, wie leidenschaftlich ich dich verehre und", fügte er bedeutsam hinzu, "dass du meine Frau *bist*, selbst wenn ich dich nicht dazu überreden kann, mit mir auf- und davonzulaufen und mich nach London zu begleiten." Er küsste sie innig, hielt dann jedoch abrupt inne, nahm ihr Gesicht zwischen seine Hände und sah ihr plötzlich ernst in ihre reizenden Augen. "Es gibt in meinem Leben nicht viel, das mir Angst macht, Elizabeth. Doch die Möglichkeit, dass ich dich vielleicht irgendwie verlieren könnte – oder auch nur deine Zuneigung – jagt mir eine Heidenangst ein."

"Oh, meine Liebster, so leicht wirst du mich nicht los!", wisperte sie berührt über sein Geständnis. Die Wahrheit war, dass sie sich nichts sehnlicher wünschte, als bei ihm zu sein und den Gedanken daran, mit ihm durchzubrennen, viel zu verlockend fand. Und doch wusste sie, dass die Unfähigkeit, von ihm getrennt zu sein, nicht der richtige Grund war, um ein solches Risiko einzugehen. Sie war gezwungen, sich einzugestehen, dass sie sich auch deswegen wünschte, immer bei ihm sein zu können, weil sie sich selbst vor einer solch gewaltigen Liebe fürchtete, die die Macht besaß, sie ebenso gewaltig zu verletzen und so würde sie immer darauf angewiesen sein, dass er sie dieser Zuneigung versicherte. Ihr fiel es schwer, Vertrauen zu fassen, und dabei ging es gar nicht so sehr um *ihn*, als vielmehr um die Welt, in der sie lebten. Denn sie hatte keine Ahnung, wie sie es ertragen könnte, falls ihm etwas zustoßen sollte. *Wie eng Liebe und Schmerz miteinander verbunden sind*, dachte sie, *dass dieselbe Liebe, die einem ein solches Glücksgefühl beschert, wenn man zusammen ist, auch Trennungsschmerz und die Furcht vor dem Verlust mit sich bringt.* Es war ein Rätsel ohne Lösung.

Darcy zog müßig mit seinen Fingern Linien ihren Körper hinunter. "Es wird schwieriger werden, Zeit für uns alleine zu finden", warf er ein, "da Georgiana morgen ankommt. Ich werde nach einem Weg suchen, dass wir Zeit miteinander verbringen können, doch das hängt zu einem nicht unerheblichen Teil davon ab, wie sie es aufnimmt und das kann ich nicht vorhersehen. Er warf ihr einen verschmitzten Seitenblick zu, ehe er hinzufügte: "Natürlich könnten wir jederzeit hierher zurückkehren."

Elizabeth lachte. "Und wann gedenkst du uns Schlaf zu gönnen, mein Lieber? Ich wage zu behaupten, dass es dir nicht recht wäre, wenn deine Braut schwarze Augenringe hätte."

Er küsste sie langsam und aufreizend. "Wenn das bedeutet, dass du deine Nächte mit mir verbringst, wäre ich zu einigen Opfern bereit", sagte er mit einem Lächeln.

Elizabeth konnte nicht umhin, und musste amüsiert anerkennen, wie schnell er ihren Widerstand dahinschmelzen ließ. *Was erwartest du*, fragte sie sich, *schließlich schlägt er doch nur das vor, was du dir selbst auch erhofft hattest!* "Nun ja, vielleicht nicht *jede* Nacht", sagte sie mit einem Lächeln.

"Sie sind eine harte Verhandlungspartnerin, Madam", konterte er. Er begann, federleichte Küsse über ihren Hals zu hauchen und sparte dabei keinen der Orte aus, an denen sie am empfindlichsten war, während er sich Stück um Stück nach unten weiterarbeitete, um seiner Überredungskunst Nachdruck zu verleihen. "Ich hoffe, Sie verstehen also, dass ich nicht geneigt bin, Sie alsbald wieder gehenzulassen."

Sie schnappte nach Luft, als seine Lippen ihre Brust erreichten. "Nein", hauchte sie, "lass mich nicht gehen."

ELIZABETH VERMISSTE DARCY bereits, als sie schließlich wieder auf Longbourn ankam. Bis zur Morgendämmerung vergingen noch einige Stunden, und noch länger würde es dauern, bis der Haushalt wieder erwachen würde, und so machte sie sich keine Gedanken, als sie so leise als möglich das Haus wieder betrat. Daher erschrak sie sich gehörig, presste sich die Hand aufs Herz und wich einen Schritt zurück, als ihr Vater auf der Türschwelle seiner Bibliothek in Nachthemd und Morgenrock, die Kerze in der Hand, erschien.

Sein Mund verzog sich vor Ironie. "Hast du einen schönen Spaziergang gemacht, Lizzy?", wollte er wissen.

Vollkommen überrumpelt, kam ihr nur ein Gedanke in den Sinn, und sie wünschte, Darcy ihr Einverständnis gegeben zu haben, mit ihm nach London zu fahren. Schließlich fing sie sich wieder und antwortete: "Ja, das habe ich; die Nachtluft war sehr erfrischend."

"Erfrischend, tatsächlich?", fragte ihr Vater zynisch. "Und wie geht es Mr. Darcy?"

Ein Geständnis würde er von ihr nicht bekommen, den Gefallen würde sie ihm nicht tun. "Als ich ihn zuletzt sah, war er durchaus wohlauf. Gute Nacht, Sir." Sie ging auf die Treppe zu.

"Elizabeth!", rief er ihr nach. Als sie sich umdrehte, um ihn anzusehen, sagte er: "Weitere nächtliche Spaziergänge wird es nicht geben."

Hätte er nicht einen solch spöttischen Ton angeschlagen, hätte sie sich wohl der Anweisung, die ihm als Vater zustand, ohne jegliche Diskussion gefügt. Wie es nun allerdings ablief, kamen all ihre verletzten Gefühle und die Herabwürdigung mit voller Wucht wieder zum Vorschein, und sie entgegnete trotzig: "Vielleicht sollte ich besser eine Reise nach London in Betracht ziehen." Wäre sie nicht sofort die Treppe hinaufgestürmt, wäre ihr der Ausdruck des Schmerzes auf seinem Gesicht nicht entgangen.

Mr. Bennet sah ihr einen Moment lang nach, ehe er langsam kehrtmachte und in seine Bibliothek zurückkehrte.

ELIZABETH HÄTTE AM nächsten Morgen gerne ausgeschlafen, wusste aber, dass ihre Abwesenheit vom Frühstückstisch ihrem Vater nur Stoff für weitere Kommentare liefern würde und so verließ sie ihr Bett nur wenig später als gewöhnlich, um pünktlich unten anzukommen. Sie hatte nicht die Absicht, ihre Drohung der letzten Nacht in die Tat umzusetzen, wohl wissend, dass sie damit nur Jane und ihrer Mutter Leid zufügen würde, die bei dieser Geschichte vollkommen unschuldig waren. Mr. Bennet ersparte ihr glücklicherweise weitere Seitenhiebe, wofür Elizabeth dankbar war. Auch so ging ihr bereits genug im Kopf herum, da Miss Darcy an diesem Morgen auf Netherfield ankommen sollte und sie hatte sich noch nicht entschieden, wie sie ihr begegnen wollte, nachdem Georgiana sie bei ihrem letzten Treffen auf so beunruhigende Weise in die Irre geführt hatte.

Als sie sich schließlich nachmittags nach Netherfield aufmachte, um sie zu begrüßen, war sie sich nur in einem sicher – dass sie abwarten würde, wie Georgiana auf sie reagierte, um darauf aufbauend die Entscheidung zu treffen, wie sie weiter vorgehen würde. Als sie eintraf, tauschte Elizabeth einen sehnsüchtigen Blick mit Darcy aus, ehe sie Georgiana gleichmütig grüßte und nach ihrer Reise fragte. Das Mädchen schien noch stärker in sich zurückgezogen, als sie es bei ihrem ersten Kennenlernen auf Rosings gewesen war. Sie sah kaum zu Elizabeth auf, wenn diese mit ihr sprach, während ihre Antworten auf Fragen zu ihrem Aufenthalt in Matlock und ihrer Musik kaum lauter als ein Flüstern waren und selten mehr als nur eine Silbe enthielten.

Elizabeth sah fragend zu Darcy hinüber, der kaum merklich mit den Schultern zuckte, da ihm das Verhalten seiner Schwester ebenso sehr ein Rätsel war. Es war offensichtlich, dass ihn die Situation alles andere als zufrieden stellte, und doch war sie sich nicht klar darüber, was vor ihrer Ankunft vorgefallen war. Wie sehr wünschte sie sich, auch nur ein paar Minuten allein mit ihm sprechen zu können. Um die Stille nicht allzu unangenehm werden zu lassen, begann sie, mit ihm über die anderen Hochzeitsgäste zu sprechen. Zunächst antwortete er recht steif – *ich werde mir für die Zukunft merken müssen, dass sie einander noch zurückhaltender machen können!* dachte Elizabeth – doch schlussendlich entspannte er sich zusehends und der Mann, den sie kennen gelernt hatte, kam wieder zum Vorschein.

Das Gespräch fiel auf Pemberley, und Elizabeth versicherte eifrig, wie sehr sie sich wünschte, es endlich sehen zu dürfen. "Oder zumindest wünsche ich mir sehr, es gezeigt zu bekommen", schob sie reumütig-amüsiert nach. "Beim Gedanken an das Haus selbst wird mir jetzt schon bange. Nach allem, was ich darüber gehört habe, fürchte ich, dass ich mich hoffnungslos darin verlaufen werde, und du wirst die Jagdhunde auf mich ansetzten müssen, damit sie mich wieder aufspüren!"

Darcys Mundwinkel zuckten. "Die Hunde werden so begeistert sein, ein Rennen durchs Haus veranstalten zu können, dass es eine Weile dauern dürfte, bis sie dich finden würden", neckte er. "Ich werde dir eine Karte machen lassen und dich für alle Fälle mit einem Kompass ausstatten."

Elizabeth lachte. "Ich verlasse mich darauf!" Sie wagte einen Blick auf Georgiana, um sie in den Scherz mit einzubeziehen, und musste zu ihrer Bestürzung feststellen, dass ihr Tränen über die Wangen kullerten.

Darcy, der sich in dem zufriedenen Gefühl sonnte, Elizabeth endlich bei sich zu haben, nachdem er zuvor mit einer beinahe stummen Schwester zu tun gehabt hatte, bemerkte zunächst nichts, denn er genoss die Freude, seine Augen auf der Frau ruhen zu lassen, die er liebte. Was ihm jedoch nicht entging, war der Ausdruck der Sorge auf ihrem Antlitz und als er ihrem Blick folgte, musste er entsetzt feststellen, dass Georgiana Kummer hatte. Elizabeth durchquerte rasch den Raum, um sich neben sie zu setzen und ihr behutsam einen Arm um die Schultern zu legen.

"Meine liebe Georgiana", sagte sie beruhigend. "Was ist denn los?"

Georgiana antwortete nicht. Darcy kniete sich zu ihren Füßen und nahm ihre Hand zwischen seine, was bei dem Mädchen nur noch mehr Tränen zum Fließen brachte.

Kurz entschlossen nahm Elizabeth das Heft in die Hand. "Fitzwilliam, würdest du bitte nachsehen, ob jemand uns Tee bringen könnte?" Auf seinen verwirrten Blick hin deutete sie mit ihrem Kopf zur Tür.

"Bitte entschuldige mich, Georgiana, ich werde gleich zurück sein", sagte er unsicher, aber durchaus bereit, sich im Bezug auf seine Schwester auf Elizabeths Weisheit zu verlassen.

"Danke", quittierte Elizabeth. Als er ging, wandte sie sich wieder seiner Schwester zu. "Nun, Georgiana, was hat das alles zu bedeuten?", fragte sie sanft.

Einige Minuten vergingen, ehe Georgiana ruhig genug geworden war, um ein paar Worte herauszubringen. "Was ich damals gesagt habe – es tut mir so leid – ich habe mich deshalb *schrecklich* gefühlt – ich hätte nie gedacht, dass du mich für voll nehmen würdest. Du bist so stark, ich dachte, du würdest einfach zu ihm gehen und die Wahrheit von ihm verlangen und er wäre peinlich berührt – ich hatte niemals vor, dir wehzutun!", schluchzte sie abgehackt.

Elizabeth drückte sanft ihre Hand. "Ich denke, wir haben alle etwas aus dieser Episode gelernt und ich hoffe, dass wir das hinter uns lassen können", sagte sie.

"Ich kann nicht verstehen, warum du so nett zu mir bist – warum du mich überhaupt wiedersehen möchtest", schniefte Georgiana, und als sie schließlich fertig war, überkamen sie so heftige Schluchzer, dass sie kaum noch atmen konnte.

Elizabeth konnte nichts für sie tun, ehe sie sich ein wenig beruhigt hatte und so saß sie lediglich da und rieb dem Mädchen die Hände, während sie ihr versicherte, stets willkommen zu sein. Schließlich beruhigte sie sich, wirkte jedoch eher entmutigt und benommen, statt wahren Frieden gefunden zu haben. "Meine liebe Georgiana", sagte Elizabeth, "Wenn es da noch etwas gibt, das dich bedrückt, dann leihe ich dir nur zu gern mein Ohr. Bedrängen, es mir zu sagen, möchte ich dich allerdings nicht."

Georgiana schüttelte langsam den Kopf, ihre Augen fest auf den Boden gerichtet. "Es ist nur, dass ... Ich hätte nie gedacht, dass es jemals soweit kommen könnte, dass er mich nicht mehr will. Ich weiß, dass ich es verdiene, ich dachte nur nie, er würde ... aber ich weiß, dass er jetzt dich hat, und mit dir ist er so viel glücklicher als er mit mir jemals war und ich werde bei meiner Tante und meinem Onkel sein..." Ihre Stimme brach.

Elizabeth betrachtete sie amüsiert und verzweifelt zugleich. "Möchtest du damit andeuten, dass du denkst, dein Bruder wollte nicht mehr, dass du bei ihm lebst?" Die absolute Stille, die auf ihre Frage folgte, war Anzeichen genug, dass sie den Nagel auf den Kopf getroffen hatte und Georgiana das tatsächlich dachte. "Wie bist du nur auf diesen Gedanken gekommen?"

Zum ersten Mal sah Georgiana zu Elizabeth auf. "Er hat mir einen Brief geschrieben. Bitte denk nicht, dass ich ihm die Schuld gebe. Ich weiß, dass er über die Jahre hinweg mehr getan hat, als mir gegenüber nur seine Pflicht zu erfüllen, und in letzter Zeit war ich so ... schwierig", seufzte sie hoffnungslos.

"Ich glaube, er hat dir die Wahl gelassen", antwortete Elizabeth nicht unfreundlich. "Er möchte dich glücklich sehen, weißt du, und es schien so, als wärst du in seiner Obhut nicht besonders zufrieden gewesen. Dir dieses Angebot zu machen ist ihm nicht leicht gefallen."

"Doch nicht seinetwegen! Ich bin nicht glücklich, weil ich nichts richtig machen kann", stieß sie hervor.

"Wie kommst du darauf?", fragte Elizabeth, die spürte, dass sie sich dem Kern des Problems näherten.

"Weil es wahr ist. Niemand sonst wäre weniger geeignet, Miss Darcy von Pemberley zu sein. Ich werde nie in der Lage sein, meine Pflichten zu erfüllen. Wenn ich nur an Bälle und die feine Gesellschaft denke, bekomme ich schon eine Heidenangst, ich verstehe nichts von Mode oder dem *ton*, und der Gedanke daran, Männer könnten mich nur meines Vermögens wegen umwerben, macht mich krank. Mein Debut bereitet mir Albträume, seit ich alt genug bin, um zu verstehen, was das bedeutet! Ich werde Schande über meinen Bruder und meine Familie bringen, und irgendein bedauernswerter Mann wird feststellen müssen, dass er ein schlechtes Geschäft gemacht hat, als er mich heiratete, wenn er herausfindet, dass ich nicht in der Lage bin, einen großen Haushalt zu führen oder einen Ball zu geben. Meine Rolle sollte einem anderen Mädchen zufallen und ich sollte still und verborgen in irgendeinem verschlafenen Nest leben, wo abgesehen von den alltäglichen Kleinigkeiten keinerlei Ansprüche an mich gestellt werden", sagte sie verzweifelt.

Elizabeth betrachtete sie genau. "Das klingt, als ob du sehr unglücklich gewesen bist", sagte sie. Nun war es offensichtlich, worin der Reiz, mit George Wickham davonzulaufen, gelegen haben musste, denn durch ihn hätte sie ihren Pflichten entkommen können – zumindest musste sie das gedacht haben.

"Ich bin nur dann glücklich, wenn ich an meinem Pianoforte bin und all das vergessen kann!", seufzte Georgiana. "Oh, aber bitte sag das nicht meinem Bruder – nichts davon hätte ich auch nur äußern dürfen, und ich möchte nicht, dass er erfährt, wie wenig ich all seinen Erwartungen entspreche. Wenn er mich nur wieder zu sich nimmt – wenn *du* mich nur wieder zurück haben willst – dann verspreche ich, dass ich noch härter an mir arbeiten und alles tun werde, was er verlangt." Flehentlich sah sie Elizabeth an.

"Ich versuche beständig, deinen Bruder davon zu überzeugen, dass er *nicht* für alles verantwortlich ist – bitte, mach nicht zunichte, wofür ich hart gearbeitet habe!", sagte Elizabeth mit einem Lächeln. "Von Zeit zu Zeit tut es ihm ganz gut, in Frage gestellt zu werden."

Einen Moment lang sah Georgiana sie ungläubig an, ehe sie die leise Ahnung beschlich, dass sie auf den Arm genommen wurde. Ein Lächeln brachte sie noch nicht recht zustande, doch in ihren Augen blitzte ein kleines Leuchten auf. "Er mag es, wenn alles nach seinem Gutdünken geschieht", sagte sie schüchtern und beobachtete Elizabeth genau, um sicher zu sein, dass sie sie nicht beleidigt hatte.

"In der Tat", sagte Elizabeth fest. "Aber glaubst du denn, dein Bruder kann deine Angst vor Bällen und er feinen Gesellschaft nicht verstehen?"

"Er möchte, dass ich gute Partie mache", antwortete sie traurig.

"Da bin ich mir sicher, doch wenn man bedenkt, dass er sich selbst mit größeren Menschenansammlungen schwer tut, so sehr, dass ich glaube, er wäre mehr als glücklich, niemals wieder in seinem Leben auch nur einen Ball besuchen zu müssen, nehme ich doch schwer an, dass er dich besser verstehen könnte, als du denkst."

Bei diesem Gedanken hellte sich ihr Gesicht kurz auf, um gleich darauf wieder in Resignation zu verfallen. "Und doch würde es keinen Unterschied machen, selbst wenn er mich versteht, würde das nichts an meinen Pflichten ändern."

"Nun, das ist ein Thema für sich, das wir vielleicht ein andermal besprechen sollten, denn in dieser Hinsicht bin ich nicht die beste Ansprechpartnerin", wandte Elizabeth nachdenklich ein. "Vielleicht wäre es gut, wenn wir einen Schritt nach dem anderen gehen würden."

Darcy wählte just diesen Moment, um wieder in der Tür zu erscheinen und Elizabeth fragend anzusehen. Sie schenkte ihm ein beruhigendes Lächeln, doch Georgiana weigerte sich standhaft, ihn anzusehen. Was folgte, war ein unangenehmer Moment der Stille, ehe Elizabeth, die das Gefühl hatte, wohl besser den direkten Weg zu wählen, sagte: "Wie es scheint, beruht all das auf einem Missverständnis, Fitzwilliam. Georgiana hat den Eindruck, du würdest es vorziehen, wenn sie nicht bei uns lebt."

Einen Moment sah er sie ungläubig an, dann ging er zu seiner Schwester, um sie in die Arme zu schließen. "Natürlich ist das nicht der Fall, mein Schatz!", versicherte er. "So etwas würde ich mir niemals wünschen."

"Bist du dir sicher?", fragte sie unsicher.

"Vollkommen sicher", antwortete er bestimmt und ihm war die Sorge um sie anzusehen.

Nun, da sie sah, dass die beiden sich in den Armen lagen, beschloss Elizabeth, sich unbemerkt davonzustehlen, doch ehe sie das tun konnte, warf Darcy ihre einen dankbaren Blick zu. Sie freute sich, dass alles geklärt werden konnte. Zweifelsohne würden ihnen noch weitere Herausforderungen bevorstehen, aber vielleicht hatten sie heute ja eine gute Grundlage gelegt, um sich in Zukunft besser zu verstehen. Später würde sie Darcy noch auf Georgianas andere Sorgen ansprechen, für die sie sicherlich auch eine Lösung finden würden.

Kapitel 13

MR. UND MRS. GARDINER erreichten Longbourn am Vortag der
Hochzeit mit der Absicht, auch nach der Zeremonie noch
mehrere Tage zu bleiben. Sie freuten sich darauf, die Bennets,
trotz des Chaos, das die bevorstehende Hochzeit mit sich
brachte, zu sehen und auch den beiden jungen Männer, die sie in
London kennen gelernt hatten, einen Besuch abzustatten.
Sowohl Bingley als auch Darcy, verbrachten diesem Abend
gemeinsam mit Miss Darcy bei den Bennets zum Dinner, um
ihre Gesellschaft und selbstverständlich auch die ihrer beiden
Bräute zu genießen.

Es war ein schöner Abend, voll lebhafter Gespräche
zwischen den jungen Paaren und den Gardiners, die Mr. Bennet
gelegentlichen mit dem ein oder anderen trockenen Kommentar
bereicherte, während Mrs. Bennets volle Aufmerksamkeit der
Hochzeit galt, was sie veranlasste, unentwegt auf Mary und
Kitty einzureden. Nachdem die Damen sich zurückgezogen
hatten, war Mr. Gardiners Liebenswürdigkeit und seine breites
Spektrum an Gesprächsthemen sehr von Nutzen. Darcy und Mr.
Bennet wahrten weiterhin ihren fragilen Waffenstillstand, der
jedoch nicht gerade dazu beitrug, ein freies und ungezwungenes
Gespräch in Gang zu bringen. Darcy war erleichtert, als es an
der Zeit war, sich den Damen wieder anzuschließen. Er
betrachtet jede Begegnung als Erfolg, die zwischen Mr. Bennet
und ihm nicht zu einem verbalen Schlagabtausch oder in
Totenstille endete, und wollte sein Glück nicht herausfordern.

Später am Abend, nachdem die Gäste gegangen waren,
setzte sich Mr. Gardiner zu Mr. Bennet in dessen Bibliothek, um
einen Brandy samt belangloser Konversation zu genießen.
Schließlich sagte Mr. Bennet mit kaum verhohlenem Groll: "Mir

scheint, als wärt ihr recht angetan von Mr. Darcy, du und deine Frau."

Mr. Gardiner, der die Geschichte zwischen den beiden noch nicht kannte, bejahte, und fuhr fort: "Er ist ein angenehmer Zeitgenosse, noch dazu aufgeweckt und intelligent."

Mr. Bennet nippte an seinem Brandy. "Ich hatte den Eindruck, dass du gewisse Vorbehalte hattest, was Lizzys Verlobung mit ihm anging."

"Weniger die Verlobung selbst, als die Umstände, die dazu führten, wobei es ein wenig dauerte, bis ich davon überzeugt war, dass Lizzy glücklich mit diesem Arrangement ist. Obwohl ich ihn für einen sehr verantwortungsvollen jungen Menschen halte, mangelt es ihm zu einem gewissen Grad an Kontrolle, wenn es um Lizzy geht, und ich muss leider sagen, dass sie offensichtlich nichts unternommen hat, um ihn davon abzuhalten. Ich gestehe, ich war ziemlich froh, dieses Problem an dich weiterreichen zu können", räumte Mr. Gardiner ein. "Ich hätte ja gerne gesagt, dass sie hoffentlich ein wenig an ihrer Zurückhaltung gefeilt haben, doch deinem Gesichtsausdruck nach zu urteilen, scheint dem nicht der Fall zu sein."

Mr. Bennet schnitt eine Grimasse und sagte: "Schlimmer hätte es kaum kommen können. Er ermutigt sie auf jede erdenkliche Art und Weise – hast du gewusst, dass ich sie dabei erwischt habe, als sie sich mitten in der Nacht ins Haus schlich? *Dafür* kann man ihm wohl kaum Verantwortungsbewusstsein nachsagen."

"Nein, als das würde ich es auch nicht bezeichnen", antwortete ein entsetzt dreinschauender Mr. Gardiner. "Nun ja, zumindest dieses Problem löst sich morgen ja zur allseitigen Zufriedenheit in Wohlgefallen auf. Für mich ist es ein kleiner Trost, dass er Lizzy ganz offensichtlich vergöttert und alles für sie tun würde, was man in seinem Fall ja auch durchaus wörtlich nehmen kann, wenn man bedenkt, wie sehr er sich für Lydias Eheschließung eingesetzt hat. Und das auch noch, während er und Lizzy allem Anschein nach im Streit lagen. Wie es aussah,

361

hatte zu diesem Zeitpunkt keiner der beiden damit gerechnet, zu einer Übereinkunft kommen zu können, wenngleich ich das erst sehr viel später verstehen konnte."

"*Was* genau hatte Mr. Darcy mit Lydia zu schaffen?", fragte Mr. Bennet argwöhnisch.

Mr. Gardiner sah ihn mit einer Mischung aus Bestürzung und Überraschung an. "Möchtest du mir damit etwa sagen, dass Lizzy dich nicht eingeweiht hat? Oh je, da bin ich aber geradewegs ins Fettnäpfchen getreten."

"Was meine Familie angeht schätze ich Geheimnisse *überhaupt nicht* – darum frage ich dich jetzt also nochmals: Was hatte er mit Lydia zu tun?" Mr. Bennets Blicke nahmen immer finsterere Züge an.

Mit einem Seufzer antwortete Mr. Gardiner: "Da es mir nun schon einmal herausgerutscht ist, nehme ich an, dass ich dir nun die ganze Geschichte erzählen muss. Und doch muss ich gestehen, dass Darcy darauf bestand, es vor deiner Familie geheim zu halten. Die Wahrheit ist, dass alles sein Verdienst war – er fand sie, sorgte für eine Verlobung, hat Wickhams Schulden bezahlt und sein Offizierspatent gekauft und überließ mir nichts weiter, als die Lorbeeren dafür zu ernten."

Mr. Bennet starrte ihn schockiert an, beugte sich vor und legte seine Stirn in die Hände. Es gab wohl wenig Schlimmeres, dachte er, als tief in der Schuld jenes Mannes zu stehen, den man so überhaupt nicht leiden konnte. Die letzten Monate seitdem Lydia ausgerissen war, waren schwierig genug für ihn gewesen, auch ohne dass Darcy obendrein zum Problem wurde. Das war eine Komplikation, die er nicht gebrauchen konnte, wenngleich es ihm eine gewisse Erleichterung verschaffte, weil er nun keine Schulden mehr bei Mr. Gardiner hatte. "Ach, warum musste es ausgerechnet *er* sein?"

Mr. Gardiner sah ihn mit erhobenen Augenbrauen an. "Du magst ihn nicht, nicht wahr?"

"*Das* ist noch untertrieben, mein Freund."

"Was gefällt dir nicht an ihm?"

Mr. Bennet seufzte. "Er ist stolz und ein unangenehmer Geselle, und ich mag es nicht, wie er Lizzy behandelt." Seine Auflistung von Darcys Sünden war nicht so beeindruckend, wie noch eine Woche zuvor, als ihm nichts anderes übrig blieb, als ein paar davon wieder zu streichen, was ihn nicht gerade glücklich gemacht hatte.

"Stolz und unangenehm?" Mr. Gardiner nippte an seinem Brandy. "Nun, so hat er sich mir noch nie gezeigt – er war stets sehr höflich und freundlich zu mir. Aber vielleicht ist die weitaus bedeutendere Frage, was Lizzy zu seinem Verhalten ihr gegenüber zu sagen hat. Er ist nicht perfekt, aber, und das muss ich dir ganz ehrlich sagen – ich denke, dass er für Lizzy perfekt sein könnte."

"Edward, ich bin nicht auf der Suche nach Möglichkeiten, dem Mann zu vergeben!", rief er zornig.

"*Soviel* ist offensichtlich. Mir tut Lizzy leid, die zwischen den Fronten steht."

"Lizzy kommt gut genug zurecht", entgegnete Mr. Bennet schroff.

"Nun, ich sehe, dass du dich hier um keinen Millimeter bewegen wirst, darum werde ich mich nicht weiter bemühen", sagte Mr. Gardiner. "Wollen wir uns stattdessen angenehmeren Themen zuwenden?"

DER TAG DER Hochzeiten dämmerte kalt und klar.

Mr. Bennet konnte Mr. Darcy schließlich im Hauptschiff der Kirche abfangen. Die nicht allzu angenehme Nacht steckte ihm noch in den Knochen, und er konnte nicht behaupten, sich auf dieses Gespräch zu freuen. Ihm war nicht entgangen, dass die Tatsache, dass Lydia in Ungnade gefallen war, direkt auf sein Fehlverhalten zurückzuführen war. Er war unfähig gewesen, seinen Töchtern die nötige Disziplin angedeihen zu lassen. Viele seiner jüngsten Schwierigkeiten rührten von dem Versuch, dies wieder wettzumachen, und doch hatte er dabei übers Ziel hinaus

363

geschossen und seine verbliebenen Töchter viel zu sehr kontrolliert. Er wollte dem so schnell als möglich ein Ende setzen und wieder zu der ihm eigenen Trägheit zurückkehren, doch zuvor hatte er noch eine unangenehme Aufgabe zu erledigen. "Mr. Darcy", machte er auf sich aufmerksam.

Darcy wandte sich um und sah ihn an. "Mr. Bennet", antwortete er höflich, in Gedanken bereits bei der vorstehenden Zeremonie.

"Mir ist zu Ohren gekommen, dass ich Ihnen Dank für Ihre Bemühungen im Namen meiner jüngsten Tochter schulde", sagte Mr. Bennet.

Nun galt ihm Darcys volle Aufmerksamkeit. "Sir, es tut mir leid, wenn Ihnen dieses Wissen Unbehagen bereitet, ich hatte nie vor, Sie von meiner Beteiligung daran wissen zu lassen. Sie schulden mir nichts. Ich hatte meine eigenen Gründe für das, was ich getan hatte."

"Nichtsdestotrotz gilt Ihnen mein Dank." Mr. Bennet hielt inne, und fügte dann mit einigem Bemühen hinzu: "Und auch meine Entschuldigung – wie es scheint, habe ich Sie nicht nur in einer Hinsicht falsch eingeschätzt."

Nur mit großer Anstrengung konnte Darcy sich davon abhalten, dieser Aussage lautstark zuzustimmen. Stattdessen dachte er an Elizabeth, und was er um ihretwillen alles ertragen würde und so antwortete er mit vollendeter Höflichkeit: "Ich hoffe, wir beide werden noch lernen, einander besser zu verstehen. Doch um ehrlich zu sein – Sie sprechen mit der falschen Person. Ihre Tochter ist diejenige, die eine solche Entschuldigung dringender hören müsste."

Mr. Bennet lächelte selbstironisch. "Da mögen Sie durchaus Recht behalten. Bis später dann", sagte er, und machte in Richtung Kirchenportal auf.

Mrs. Bennet flatterte um Jane und Elizabeth herum, zupfte in letzter Minute noch an den Haaren und ihren Kleidern herum, während sich ihre Töchter sich gutmütig-amüsierte Blicke zuwarfen. Jane konnte glücklicher nicht sein, sie strahlte übers ganze Gesicht; während Elizabeth ihr Glück mehr fühlte, und nicht so sehr nach außen trug. Sie war nicht nur glücklich, sondern auch erleichtert, dass der Tag nun endlich gekommen war, und ihre Trauer über den Abschied von ihrer Familie und Heimat wurde durch das Wissen abgemildert, dass sie sich nun nicht mehr von Darcy trennen musste.

Als der große Moment näher rückte, gesellte sich Mr. Bennet zu ihnen, und machte sich bereit, seine beiden ältesten Töchter auf einmal freizugeben. Er küsste Janes Wange und sagte ihr, er sei sich sicher, sie würde stets glücklich sein, da Bingley niemals etwas anderes zulassen würde, dann wandte er sich Elizabeth zu: "Lizzy, meine Liebe, Dir gebühren meine besten Wünsche für deine Gesundheit und dein Glück."

Obwohl sie an ihrem Hochzeitstag keinen Zwist wollte, konnte Elizabeth sich nicht helfen und sagte traurig: "Aber nicht deinen Segen."

Zu ihrer Überraschung lachte er trocken und küsste ihre Wange. "Auch meinen Segen hast du. An deinen jungen Mann werde ich mich noch ein wenig gewöhnen müssen – er ist nicht so friedvoll wie Janes. Nun, ich glaube, wir werden drinnen gebraucht."

Elizabeth fühlte, wie ihr bei seinen Worten die Tränen in die Augen schossen. "Danke", sagte sie leise, als er ihr seinen Arm anbot.

Später konnte sie sich nicht mehr wirklich an die Zeremonie erinnern, sondern nur noch an Darcys Blick, als er sie erspäht hatte und den intensiven Ausdruck in seinen Augen, als sie ihr Gelübde sprachen. Die Erinnerung an das Hochzeitsfrühstück war da schon etwas klarer, insbesondere deshalb, weil sie Darcy noch niemals so viel in der Öffentlichkeit lächeln und sogar lachen gesehen hatte, als an diesem Tag. Seine Offenheit schien ansteckend zu sein, denn selbst Georgiana war in ein Gespräch mit dem ältesten Sohn von Lord Allington vertieft. Sie würde daran denken müssen, Lord Allington und seine Familie zum Dinner einzuladen, wenn sie wieder in London zurück waren, vielleicht war es genau das, was ihrem Selbstbewusstsein nun gut tat.

Die frischgebackenen Eheleute Darcy wollten schon früh aufbrechen; Darcy hoffte, Blenheim bei Einbruch der Dunkelheit zu erreichen, da er bereits Vorbereitungen getroffen hatte, sodass ihnen für diese Nacht ein kleines Haus zur Verfügung stand, ehe sie nach Pemberley weiterreisen würden. Elizabeths Augen wanderten noch ein letztes Mal durch Longbourn, denn sie wusste, dass einige Zeit vergehen konnte, ehe sie es wieder sehen würde. Darauf folgten eine tränenreiche Umarmung mit Jane und viele Versprechen, regelmäßig zu schreiben, ehe sie sich geduldig Mrs. Bennets sorgenvolle letzte Ratschläge für ihre Zukunft anhörte.

Just bevor sie aufbrachen, kam Mr. Bennet heran und nahm Elizabeths Hände in seine, um leise mit ihr zu sprechen: "Nun, mein Liebes, bis wir uns wiedersehen, wird einige Zeit verstreichen, deshalb möchte ich nun noch ein paar Worte an dich richten. Jegliches Leid, das du meinetwegen in letzter Zeit erdulden musstest, bedaure ich zutiefst. Mir scheint, als hättest du den Überblick behalten, als mir die Weitsicht fehlte. Ich hoffe, wir können noch einmal von vorne beginnen, um uns in Zukunft besser zu verstehen."

Elizabeth, die sich so sehr wünschte, sich im Guten von ihrem Vater zu verabschieden, sagte leichtmütig: "Dir sei vergeben, ich weiß doch, dass es nicht einfach ist, sich von so vielen Töchtern auf einmal verabschieden zu müssen!"

Er lächelte etwas steif und sagte: "Danke, mein Liebes." Dann half er ihr in die Kutsche, ein klares Zeichen, dass die Unterhaltung für ihn damit beendet war, wo ihr frischgebackener Ehemann sich sogleich zu ihr gesellte. Darcy rief dem Kutscher, und der Wagen setzte sich, begleitet von vielen Abschiedsrufen und flatternden Taschentüchern, in Bewegung.

Sie hatten kaum die Straße erreicht, als Darcy, der bemerkt hatte, dass Elizabeth sich auf die Lippe biss, sich neben sie setzte und ihre Hand in seine nahm. "Du bereitest mir kein Unbehagen, wenn du zugibst, dass es dir schwer fällt, dein Zuhause zu verlassen", sagte er. "Es ist nur verständlich."

Sie sah durch das Halbdunkel der Kutsche zu ihm auf, um ihm ein zaghaftes Lächeln zu schenken. "Ich habe eher das Gefühl, als ginge ich schon seit geraumer Zeit Stück für Stück", antwortete sie. Mit festerer Stimme fügte sie hinzu, "Und ich bin sehr, sehr glücklich, dass wir nun endlich verheiratet sind."

"Das geht mir ganz genauso, meine süßeste, reizendste Elizabeth", sagte er leise und legte einen Arm um ihre Schultern.

DANN BEGANN ES zu regnen. Die Fahrt war lang gewesen, und zum gleichförmigen, sanften Klopfen der Regentropfen, die auf das Dach der Kusche fielen, fiel Elizabeth, deren Kopf auf Darcys Schulter ruhte, in einen unruhigen Schlaf. Nie zuvor hatte er sie schlafen sehen und die Verletzlichkeit, die sie dabei ausstrahlte, rührte ihn zutiefst. Am liebsten hätte er sie für immer so gehalten und ihr beim Schlafen zugesehen. Dazu kam es jedoch nicht, da schon bald darauf der Wind auffrischte, sodass die Kutsche ins Schlingern geriet, was wiederum Elizabeth aufweckte. Sie lächelte ihn schläfrig an, und er konnte nicht widerstehen, und küsste sie zärtlich.

Wenige Momente später verlangsamte sich ihre Geschwindigkeit so sehr, dass sie mehr standen, denn fuhren. Darcy sah aus dem Fenster, um die Situation einzuschätzen, und bemerkte, dass der Regen auf der Straße gefroren war, sodass stellenweise bereits das Eis glitzerte. Er wollte Elizabeth nicht beunruhigen, außerdem hatte er größtes Vertrauen in seinen Kutscher und seine Pferde, und so sagte er nichts, bis der Wagen in einem kleinen Weiler vollends zum Stillstand kam. "Entschuldige mich bitte, mein Herz", verabschiedete er sich, ehe er in den kalten Regen hinausstieg, um sich mit dem Fahrer zu beraten.

Der Kutscher war dabei, die Pferde zu trocknen, in deren Mähnen und Schweifen bereits kleine Eiströpfchen hingen.

367

Beim Anblick seines Herrn sagte er: "Mr. Darcy, Sir, ich denke nicht, dass wir es heute Abend noch bis Blenheim schaffen werden."

Darcy, wer bereits zum selben Schluss gekommen war, sagte: "Denken Sie, wir kommen noch bis Oxford?" Es war nicht ganz das, was er im Sinn gehabt hatte, aber das *Mitre* hatte einen ausgezeichneten Ruf, was Unterkunft und Verpflegung anbelangte, und damit würden sie sicherlich auskommen.

"Ich werde mein Bestes geben, Sir, aber versprechen kann ich nichts – Sie sehen ja selbst, wie die Straße ist", kam als Antwort.

Darcy kehrte in den Wagen zurück und weihte Elizabeth in die Planänderungen ein. "Das hört sich großartig an", sagte sie geistesabwesend, und wischte ein paar Regentropfen von seinem Mantel, ehe sie die Decken wieder über seinen Schoß legte. Ihre Fürsorge zauberte Darcy ein Lächeln ins Gesicht.

Der Zustand der Straße verschlechterte sich jedoch zusehends, von Zeit zu Zeit fühlten sie, wie die Kutsche ins Rutschen kam und übers Eis schlitterte. Dunkelheit brach herein und Darcy, der Elizabeth in seinen Armen hielt, begann sich Sorgen über ihre Sicherheit zu machen. Es überraschte ihn keineswegs, als sie in einen gepflasterten Hof in einem kleinen Dorf anhielten. Beim Blick aus dem Fenster entdeckte er den Ausleger an der Hauswand, der besagte, dass sie sich vor dem "*Red Lion*" befanden. Er runzelte die Stirn. Das war nicht wirklich, was er im Sinn gehabt hatte, und doch würden sie sich damit arrangieren müssen.

Der Kutscher stieg vom Bock und beriet sich kurz mit ihm, ehe er das Gasthaus betrat. In Begleitung eines Knechts kehrte er zurück. "Sie haben ein Zimmer, Sir, nicht das, was Sie gewöhnt sind, aber es ist trocken."

Darcy zuckte mit den Schultern und wandte sich dann an Elizabeth. "Ich fürchte, wir werden die Nacht hier verbringen", sagte er entschuldigend und war überrascht, als sie ihm nicht nur ihre Zustimmung, sondern auch noch ein verschmitztes Lächeln schenkte.

Er trat aus dem Wagen und wies den Kutscher an: "Nein, kümmern Sie sich zuerst um die Pferde, unser Gepäck kann warten." Danach half er Elizabeth aus der Kutsche und eilte mit ihr durch den Regen, um Schutz im Gasthaus zu finden.

Es war ein typisches kleines Landgasthaus und Elizabeth ging dankbar zum Feuer hinüber, und wärmte sich daran, während Darcy kurz mit dem Wirt sprach, um dafür zu sorgen, dass ihnen ein heißes Abendessen aufs Zimmer gebracht wurde. Die Frau des Wirts führte sie eine schmale Treppe hinauf und öffnete eine Tür, um ihnen ihr Zimmer zu zeigen.

Darcy bedankte sich, geleitete Elizabeth hinein und zog die Tür nach sich ins Schloss. Das Zimmer war klein, aber durchaus sauber, und im Kamin züngelten bereits die ersten Flämmchen eines Feuers, sodass er auch bald warm sein würde. Sie mussten es entfacht haben, sobald ihnen klar wurde, dass zahlende Gäste ins Haus standen. Elizabeth hatte ihre Haube abgenommen und sah sich um, schürte das Feuer noch ein wenig und zog die Vorhänge zu. Darcy lehnte sich gegen die Tür, und genoss es, sie so häuslich zu sehen. Sie sah mit einem bezaubernden Lächeln zu ihm auf, als sie sich des nassen Mantels entledigte.

"Nicht ganz das, was ich mir für unsere Hochzeitsnacht erhofft hatte", sagte er reumütig. Er konnte sich nicht gegen den Gedanken wehren, wie jede andere Frau seines Bekanntenkreises darauf reagiert hätte, wenn sie gezwungen gewesen wäre, ihre Hochzeitsnacht unter solchen Umständen zu verbringen, und so danke er dem Himmel aufrichtig für die eine, die er nun bei sich hatte. Er hoffte, dass ihre Enttäuschung sich in Grenzen hielt und schwor sich, dass er es irgendwie wieder gut machen würde.

Sie kam mit ihrem spitzbübischen Lächeln auf ihn zu und küsste ihn zart. "Ich sehe eine Tür, die sich verriegeln lässt, ein Bett, ein Feuer und dich. Was will man mehr? "

Er zog sie an sich und verschränkte seine Hände hinter ihrem Rücken. "Du bist einzigartig, Mrs. Darcy", sagte er und sein Kopf neigte sich, um sie innig zu küssen.

Ein Klopfen an der Tür unterbrach sie. Als Darcy beiseitetrat und sie öffnete, kam ein Diener und stellte ihre Reisetaschen voller Ehrfurcht vor solch wohlhabenden Gästen neben dem Bett ab. Als er wieder gegangen war, grinste Elizabeth: "Ich vermute, er wird seiner Familie noch wochenlang davon erzählen!" Sie öffnete ihre Tasche und begann, alles Notwendige auszupacken. Sie legte Kamm und Bürste bereit – die, die er ihr geschenkt hatte, aus Silber, mit einer Gravur ihrer neuen Initialen – während er sich wieder zurücklehnte, um sich an ihrem Anblick zu erfreuen.

Eine tiefe Vertrautheit ging davon aus, diesen Teil ihres Lebens zu sehen zu bekommen. Das Schlafgemach einer Dame war stets verbotenes Terrain für ihn gewesen. Und nun stand es ihm frei, dabei zuzusehen, wann immer ihm der Sinn danach stand, auch wenn das, was Elizabeth da nun tat, auf Pemberley zu den Aufgaben ihrer Kammerzofe gehören würde. Sie schüttelte ein Kleid auf, um es anschließend am Bettpfosten aufzuhängen, ehe sie sich mit verschränkten Armen zu ihm umdrehte. "Und was habe ich getan, mein Herr, das es verdient, derart angestarrt zu werden?", fragte sie vergnügt. "Erledige ich Arbeiten, die der Herrin von Pemberley nicht würdig sind? Welch ein Glück an einem Abend wie diesem, dass du eine Frau gewählt hast, die weiß, was sie zu tun hat, wenn sie auf sich allein gestellt ist."

Er schüttelte den Kopf. "Ich genieße den Anblick, mein Herz", antwortete er.

Sie hob eine Augenbraue. "Ich weiß mich also nicht nur alleine durchzuschlagen, sondern auch noch für Amüsement zu sorgen. Da bin ich aber froh, so nützlich zu sein!" Mit einem weiteren lebhaften Lächeln wandte sie sich wieder um, um sorgsam die Falten aus dem Kleid zu streichen.

"Es tut mir leid, dass du heute Abend überhaupt einen Finger rühren musst", entgegnete er. "Diese Nacht sollte etwas Besonderes sein."

Sie warf ihm einen scharfen Blick zu. "Hatten wir das nicht eben schon, mein Liebster?", fragte sie sanft. "Es *ist* etwas Besonderes, denn nun bist du mein Mann, und ich werde die ganze Nacht bei dir sein und darf am Morgen neben dir aufwachen. Glaubst du tatsächlich, dass die Umgebung so einen Unterschied für mich macht?"

"Du hast das Recht, mehr von deiner Hochzeitsnacht zu erwarten."

Sie stemmte die Hände in die Hüften und sagte lachend: "Sie haben mir nicht zugehört, mein Herr! Pemberley, Blenheim oder dein Haus in der Brook Street – all das war nicht der Grund, weshalb ich dich geheiratet habe. Ich habe dir heute mein Jawort gegeben, weil ich dich liebe und immer bei dir sein will. Und genau das habe ich jetzt und genau deshalb bin ich vollends zufrieden!" Er sah sie immer noch ein wenig zweifelnd an, sodass sie ihren Worten Taten folgen ließ und ihn zärtlich küsste, ein Zeitvertreib, dem er sich nur zu gern anschloss, bis ein erneutes Klopfen an der Tür sie unterbrach.

"Nicht schon wieder!", murmelte er an Elizabeths Ohr. "Ich hoffe schwer, dass das nun nicht jedes Mal passieren wird, wenn ich dich küsse." Wieder öffnete er die Tür, um der Wirtin Zutritt zu gewähren, die einen Krug Wasser und eine Waschschüssel für sie bereitstellte und versprach, bald mit dem Abendessen zurück zu sein. Elizabeth hatte Recht, ihre Umgebung spielte überhaupt keine Rolle. Nach all den Jahren, in denen er nur an seinem Reichtum gemessen worden war, kam es ihm immer noch seltsam und wunderbar zugleich vor, dass Elizabeth ihn als Mensch und nicht nur als den Herrn von Pemberley sah. Eine Zeitlang hatte er vergessen, wer er jenseits der engen Grenzen seiner Position war, doch das hatte sich seit dem Tag, als er Bingley zu den Gardiners gebracht hatte, allmählich verändert, ein Wandel, den er vollends Elizabeth zu verdanken hatte.

Sie hatte solche Freude in sein Leben gebracht. Bisher hatte er diese Freude nur zeitweise und sehr intensiv genießen können, er hatte sich an ihrer Nähe stets nur in dem Wissen, sie bald wieder hergeben zu müssen, erfreuen können. Dann war er mit einem Gefühl der Leere und der Einsamkeit zurückgeblieben und es war ihm wie eine Ewigkeit vorgekommen, bis er sie wieder sehen durfte. Nun gab es niemanden, der sie ihm wegnehmen konnte, keine Forderungen seitens der Familie oder der Gesellschaft, die Vorrang vor seinen Bedürfnissen hatten. Sie konnte nun immer bei ihm sein und ihm dauerhaft das Glück in sein Leben bringen. Es war beinahe zu schön, um wahr zu sein.

Er konnte sich nicht daran erinnern, wann er sich jemals so vollkommen auf eine andere Person verlassen oder auf deren Liebe und Zuneigung vertrauen konnte. Daran gewöhnt, mit seinen Problemen auf sich selbst gestellt zu sein, hatte er die Kunst, Schwierigkeiten vorauszusehen, perfektioniert. Selbst jetzt schweiften seine Gedanken ab, und er dachte nicht mehr daran, dass Elizabeth nun für immer zu ihm gehören würde. Stattdessen fielen ihm unzählige Wege ein, die sie voneinander trennen könnten, sei es durch eine Krankheit, einen Unfall oder einfach nur, dass die Vorsehung nichts Gutes für sie bereit hielt. Die Angst von zuvor, als er sich Sorgen wegen des schlechten Wetters gemacht hatte, holte ihn nun wieder ein – wie wäre es wohl ausgegangen, wenn seine Pferde nicht so trittsicher oder sein Kutscher nicht so umsichtig gewesen wäre? Elizabeth hätte sich verletzen oder sogar sterben können. Es war, als müsse er sich die Unausweichlichkeit des Schmerzes vor Augen führen, nur um sicherzustellen, dass er wachsam blieb und sich nicht auf sein Glück verließ, um nicht zwangsläufig enttäuscht zu werden, wenn es ihm durch die Finger glitt.

Elizabeth sah wieder zu ihm auf, um den ernüchterten Ausdruck auf seinem Gesicht zu sehen und so nahm sie seine Hand in ihre. "Was beunruhigt dich, mein Liebster?", wollte sie wissen. "Bist du immer noch enttäuscht, hier zu sein?"

Er schüttelte den Kopf. "Nein, ich habe nur meine Gedanken schweifen lassen. Und dabei zwangsläufig daran gedacht, wie schwer es zu glauben ist, dass du nicht auf die ein- oder andere Weise wieder verschwinden wirst. Und dann habe ich mich mit den verschiedenen Möglichkeiten gequält."

Sie legte den Kopf in den Nacken, um zu ihm aufzusehen. "Dann werde ich dir wohl beibringen müssen, wie man glücklich ist, nicht wahr, mein Liebster?", fragte sie neckend, und doch war deutlich herauszuhören, wie ernst es ihr damit war.

Er zog sie in seine Arme und ließ seine Lippen zart über ihre streifen, rein aus der Freude heraus, zu wissen, dass er das nun tun konnte, wann immer ihm der Sinn danach stand. "Vielleicht", antwortete er. "Ich bin zu versiert darin, überall Probleme zu sehen, wo gar keine sind."

Einen Moment schwieg sie und sagte dann: "Nichts im Leben ist vollkommen gewiss, das ist wahr. Ich lasse meine Familie zurück, reise an einen Ort, den ich nie gesehen habe, um dort mein Leben zu verbringen, und eine Rolle zu übernehmen, bei der ich mir alles andere als sicher bin, ob ich sie erfolgreich bewältigen werde. Und dabei bist du die einzige Konstante."

"Du sollst nie Grund haben, es zu bereuen. Ich werde alles tun, was in meiner Macht steht, um dich glücklich zu machen."

"Aber mein Glück steht nicht in deiner Macht. Es ist etwas, das nur aus mir selbst kommen kann, und auch nur dann, wenn ich die Freuden, die mir zuteilwurden, annehmen kann", sagte sie langsam, und versuchte, die Gedanken, die ihr in letzter Zeit im Kopf herumgegangen waren, in Worte zu fassen. "Wir müssen sie annehmen und hoffen, dass sie Bestand haben werden und uns doch weiter bewusst bleiben, dass über den Moment hinaus keinerlei Gewissheit besteht. Wer weiß schon, was uns morgen erwartet?" Sie sah zu ihm auf und legte zärtlich eine Hand an seine Wange. Mit nur einem Hauch Amüsement in der Stimme fuhr sie fort: "Mein Glück rührt aus meiner Liebe zu dir und meinem Vertrauen in dich, nicht aus all dem, was du mir zu geben hast, für mich tun könntest oder mir versprichst. Und

373

weder meine Liebe noch mein Vertrauen in dich lassen sich erschüttern..."

Eine Zeitlang schwieg er, und Elizabeth machte sich bereits Sorgen, sich mit ihrem amateurhaften Philosophieren lächerlich gemacht zu haben, als er schließlich zu sprechen begann: "Du bist sehr weise, meine Lizzy. Aus mir spricht nichts anderes als meine Angst und meine mir eigene Abneigung, zu glauben, dass ich so glücklich sein könnte – als ob der bloße Glaube das Schicksal herausforderte und zwangsläufig in einer Enttäuschung enden müsste."

"Während ich dir sage, dass du daran glauben *solltest*. Wir lieben uns nun schon eine ganze Zeit. Bist du, je länger es nun andauert, nicht eher glücklicher geworden, denn unglücklicher?"

Er lächelte, und es war, als würde sein ganzes Gesicht mit einem Mal zu Strahlen beginnen. "Ja, mein Herz; denn je besser ich dich kennenlerne, desto mehr Liebenswertes finde ich an dir."

"Mir geht es ebenso", bestätigte sie. "Ich habe dir mehr vertraut, als ich jemals einem anderen Menschen vertraut habe, und du zeigst mir jeden Tag aufs Neue, wie richtig ich damit lag. Ich bin so froh, mein Glück in deine Hände und in meine Liebe zu dir gelegt zu haben, weil ich weiß, dass ich mich auf dich verlassen kann."

Er wusste, dass ihre Worte ebenso sehr auf ihn zutrafen. Weder fehlende Zuneigung noch Vertrauen verbauten ihm die Zukunft. Nichts anderes, als seine Unabhängigkeit, und dass er sich so sehr dagegen sträubte, sich auf andere zu verlassen, standen seinem Glück im Weg, doch nun hatte er Elizabeth, die die Freude in sein Leben zurückbringen würde.

Zärtlich ließ Elizabeth ihren Finger seine Wange hinunter gleiten und sagte dann ganz pragmatisch: "Wir sollten dir den nassen Rock ausziehen, ehe du dich noch erkältest." Er gehorchte, sie hängte seinen Gehrock am Bettpfosten auf und kehrte zurück, um sich seiner Weste anzunehmen. Ihre sachliche Herangehensweise machte den Anschein, als hätte sie im

Augenblick nicht vor, ihn zu verführen, wenngleich Darcy eben dieser Gedanke kam, als sie sich mit geschickten Fingern daran machte, seine Weste aufzuknöpfen. Nachdem sie sich ihrer erfolgreich entledigt hatte, zog sie an seiner Hand, um ihn in Richtung Bett zu bewegen, auf das sie sich setzte und ihre Arme nach ihm ausstreckte, damit er sich ihr anschloss. Sich immer noch nicht ganz im Klaren darüber, was sie nun vorhatte, setzte er sich brav, ehe sie ihn, kaum dass er das Bett berührte, dazu ermunterte, sich hinzulegen.

"Elizabeth, bald werden sie unser Dinner bringen."

"Schhht, mein Liebster", brachte sie ihn zum Schweigen, rutschte an seine Seite und kuschelte sich an ihn. "Lass uns einfach einen Moment die Ruhe und den Frieden miteinander genießen und all unsere Sorgen über Bord werfen."

"Ist etwas nicht in Ordnung? Ich hoffe, du fühlst dich nicht krank durch die Reise."

"Nicht im Geringsten", antwortete sie, während ihre Lippen über seine Wangen streiften. "Aber ich kann mich kerngesund fühlen und dennoch tut es mir gut, in deinen Armen gehalten zu werden und vielleicht besteht dabei ja auch die Möglichkeit, dass du herausfindest, wie gut dir das gefällt."

Den letzten Worten hatte sie einen gewissen Nachdruck verliehen, was ihn innehalten und nochmals darüber nachdenken ließ, denn er spürte, wie wichtig ihr das war. Das war kein Thema, über das er für gewöhnlich nachdachte – ihm fielen da durchaus bessere Verwendungsmöglichkeiten für ein Bett ein, in dem Elizabeth lag – doch schließlich antwortete er ihr so ehrlich er konnte: "Es ist schon viele Jahre her, seit es jemanden gab, von dem ich mich hätte halten lassen können, weshalb mir der Gedanke bisher nicht in den Sinn kam."

"Nun, jetzt gibt es jemanden und ich habe vor, genau das zu tun, du gewöhnst dich also besser schon mal dran."

Auf einen Ellenbogen gestützt blickte er auf sie hinunter. "Erteilst du mir etwa Befehle?", fragte er sanft.

Sie musste sich das Lachen verkneifen, während sie seinen Blick herausfordernd erwiderte. "Ja, das tue ich. Hast du etwa vor, etwas dagegen zu unternehmen, Fitzwilliam?"

Der Gebrauch seines Vornamens rief so viele Kindheitserinnerungen hervor, dass sich tief in seinem Inneren etwas bewegte. Er küsste sie sachte. "Nein, ich wollte es nur wissen", berichtigte er. Von tiefer Zufriedenheit erfüllt, legte er sich zurück und nahm sie in seine Arme, ihr Kopf ruhte auf seiner Schulter, als ob sie genau dafür gemacht wäre. Sie hatte Recht, sinnierte er; es war viel zu lang her, seit ihn jemand aus dem schlichten Grund, weil es ihm gut tat, gehalten hatte oder es auch nur anzudeuten gewagt hätte, dass er Wärme und Zuneigung bräuchte.

Ein Gefühl des inneren Friedens durchflutete ihn allmählich und mit ihm die Erkenntnis, dass Elizabeth nicht verschwinden würde; dass sie real, lebendig und warm hier in seinen Armen lag, wo sie auch zu bleiben gedachte. Er schlag seine Arme um sie und verspürte eine Freude tief im Innern und ein Gefühl, endlich zu Hause zu sein, hier, in einem unbekannten Landgasthaus mitten im Nirgendwo. Ihre linke Hand ruhte auf seiner Brust und der Ring, den er ihr an diesem Morgen angesteckt hatte, fing das Licht des Feuers ein. Worte brauchten sie nun nicht mehr, nur die Stille der Nacht und die Wärme des jeweils anderen, die sie in der Umarmung spüren konnten.

Epilog

ELIZABETH LEHNTE SICH gegen den vertrauen, harten Körper ihres Mannes und war zufrieden, in seiner Gegenwart und inmitten solch naturbelassener Schönheit zu sein, die sie sich bis vor Kurzem nicht hatte träumen lassen. Er küsste ihr Haar geistesabwesend, während sein Arm beinahe reflexartig um ihre neuerdings gerundete Mitte glitt und dort verweilte. Sie wandte den Kopf, um ihn anzusehen.

"Du wirkst, als wärst du mit den Gedanken furchtbar weit weg, mein Liebster", sagte sie liebevoll. "Wenn dich diese Landschaft nicht in ihren Bann zieht, dann ist es mir ein Rätsel, was es jemals könnte!"

Mit einem kurzen Lächeln sah er auf sie herab. "Es gibt keinen Ort auf der Welt, an dem ich in diesem Augenblick lieber wäre, mein Herz", sagte er. "Ehrlich gesagt, habe ich eben an jene Zeit in Kent gedacht, als du mir erzählt hattest, dass deine Tante und dein Onkel mit dir zu den Seen fahren wollten, und wie eifersüchtig ich war, denn ich wollte derjenige sein, der dich hierher bringt – woran zu diesem Zeitpunkt natürlich nicht einmal im Traum zu denken gewesen wäre."

"Und nun ist es doch so gekommen. Ich hoffe, unsere Reise kann deinen Erwartungen gerecht werden."

"Ausgesprochen", entgegnete er und küsste sie zärtlich.

"War das an jenem Tag, als wir zusammen mit Georgiana spazieren gingen?"

"Ich bevorzuge, ihm mir als jenen Tag in Erinnerung zu behalten, an dem wir uns das erste Mal küssten", berichtigte er spielerisch.

Elizabeth lächelte amüsiert. "Ja, fürwahr, ein unvergesslicher Moment."

377

"Unvergesslich? Die Erinnerung daran hat mich monatelang gequält!", scherzte er. Als ihre Gesichtszüge plötzlich ernst wurden, fügte er hinzu: "Gib dir nicht selbst die Schuld dafür, Liebste, das habe ich niemandem als mir selbst zuzuschreiben. Ich möchte diese Erinnerung nicht missen, ganz gleich, wie schmerzhaft sie auch gewesen sein mag – und schon damals hatte sie auch ihre guten Seiten, denn sie zeigte mir, dass ich dir nicht vollkommen gleichgültig bin und, was vermutlich ebenso wichtig war, dass du nicht in George Wickham verliebt warst."

"Was?", stieß Elizabeth hervor. "Verliebt in Wickham? Ganz sicher nicht. Ich bin mir nicht sicher, ob du es verdient hast, dass ich dir auch nur den Gedanken daran vergebe."

Er war immerhin anständig genug, peinlich berührt dreinzuschauen. "Nun, zu dem Zeitpunkt wusste ich es nicht – wenige Tage, nachdem ich dir diesen entsetzlichen Brief gegeben hatte, hatte ich dich in Tränen aufgelöst auf der Lichtung entdeckt. Dir war nicht bewusst, dass ich dort war, und ich machte auch gleich wieder auf dem Absatz kehrt, doch in meiner grenzenlosen Selbstgefälligkeit nahm ich an, dass wohl Wickham und was ich dir Enttäuschendes über ihn verraten hatte der Grund für deinen Zustand war. Es war nur gut, dass er weit weg war – ich denke, dass ich ihm in jenem Augenblick wohl an die Gurgel gegangen wäre, wenn sich die Gelegenheit geboten hätte."

Elizabeth kam nicht umhin und musste lachen. "Nichts hätte fernerliegen können, mein Liebster. Dass er mir den Vorzug gab, hat mir geschmeichelt, doch als er seine Aufmerksamkeit einer anderen widmete, wurde mir bewusst, dass er mein Herz nicht berührt hatte, andernfalls hätte es mich weitaus mehr berührt. *Seinetwegen* habe ich niemals geweint."

"Später wusste ich das auch – wenngleich ich auch dachte, dass dir nichts am mir lag, kannte ich deine grundehrliche Art doch zu gut, um zu wissen, dass du mich niemals so hättest küssen können, wenn dein Herz einem anderen Mann gehört hätte. Wie gesagt, in gewisser Weise war es mir ein Trost."

Sie küsste ihn liebevoll und kuschelte sich dichter an ihn. "Nun, ich weiß nicht mehr, *weshalb* ich weinte, aber ganz sicherlich nicht seinetwegen! Aber warte – war das an jenem Sonntag, nach der Kirche?"

Er biss ihr sanft ins Ohr. "Ja, du kleines Biest, ich glaube schon."

"Mein törichter Liebster, ich habe geweint, weil du mir in der Kirche die kalte Schulter gezeigt hast und mir mein ganzes Leben vollkommen hoffnungslos vorkam."

"Wirklich?", er klang ziemlich überrascht. "Ich hatte keine Ahnung. Hätte ich das gewusst, kannst du dir sicher sein, dass ich dir zur Seite gestanden und versucht hätte, dir die Tränen wegzuküssen, was uns eine Menge Zeit und Unannehmlichkeiten erspart hätte. In der Kirche war ich nur deshalb so wütend auf dich, weil ich nach allem, was zwischen uns vorgefallen war, in dem Moment, als ich dich wiedersah, wusste, dass du noch ebenso viel Macht über mich hattest wie eh und je."

"Nun, ich bin mir nicht sicher, ob ich *dafür* schon bereit gewesen wäre – bei mir hat es doch ein wenig länger gedauert, bis ich zur Besinnung gekommen war. Es ist doch ein Weilchen ins Land gezogen, bis ich verstanden hatte, wer du wirklich bist", sagte Elizabeth ruhig.

"Und ich war vollkommen verzaubert vor dir, hatte aber nicht die geringste Ahnung von deinem Herzen, vielleicht war es also gut, dass es so kam, wie es kam", sagte er. "Tatsächlich gibt es ein Gedicht von Wordsworth, das mich immer wieder daran erinnert." Er zitierte:

> Phantom der Freude sie mir war, berückend,
> ganz liebliche Erscheinung und entzückend,
> wie zu des Augenblickes Schmuck gesandt,

als Sie zum ersten Male vor mir stand:
Die Augen wie das Abendlicht so klar,
ein Dämmerschein auch auf dem dunklen Haar,
sonst alle Dinge, die um Sie herum,
aus Maienzeit, aus froher Morgendämmerung,
bewegliche Gestalt, ein Anblick, der erfreut,
den abzupassen, zu erhaschen nie gereut.

Als näher hin und nüchterner ich schau:
Eine Seel! Und eine gute Frau!
Wie leicht geht ihr die Arbeit von der Hand,
wie mädchenhaft beschwingt dabei Ihr Gang;
ein Antlitz Ihr, in dem zusammentreffen
Erinnerung, Verheißung und Versprechen:
Geschöpf, das nicht zu schad und überlegen,
nein, gut zu haben für das Alltagsleben,
für kleine Sorgen und für fade Stund,
Lob, Tadel, Tränen, Küsse auf den Mund.

Und jetzt seh' ich mit abgeklärtem Aug' die Welt
und was auch Sie im Innersten zusammenhält:
Ein Wesen, dem Besinnung ist ein täglich Brot
auf seiner Reise durch das Leben hin zum Tod.
Ein sicherer Verstand, Beherrschung, Überblick,
Geduld und Tatkraft, bei der Arbeit viel Geschick:
Perfekt erschaffen Sie, so nobel und modest,
daß Sie mich mahnen, trösten, dirigieren läßt!
Ach, Ihre Seele ist so still und hell und klar,
als wenn sie teilhat an dem Licht der Engelschar.

Elizabeth ließ ihren Kopf wieder an seine Schulter sinken. In den vergangenen Monaten hatte sie sich an die Vorliebe ihres Ehemannes gewöhnt, Verse auswendigzulernen und sie zu rezitieren, etwas, das seine Wirkung auf sie nie verfehlte und sie immer wieder verzauberte, insbesondere dann, wenn er dabei an sie gedacht hatte.

"So war es damals – du warst ein Phantom der Freude; erst viel später, als wir verlobt waren, sah ich, welche Frau sich wirklich dahinter verbarg", sagte er. "Und jetzt sehe ich, dass du eine perfekte Frau bist – und dennoch verzauberst du mich immer noch." Er bettete ihr Kinn in seiner Hand und zog ihre Lippen an seine, um sie in einem Kuss tiefster Leidenschaft gefangen zu halten. Sie rang nach Luft, als er ihren Mund wieder freigab, um seine Lippen verführerisch ihren Hals hinunter wandern zu lassen. Seine Hand begann, ihre Brust zu streicheln, eine Freude, die er erst vor kurzem nach einigen Wochen der Entbehrung wiederentdeckt hatte, als ihr Zustand jegliche Berührung schmerzhaft gemacht hatte.

Elizabeth keuchte. Darcy war mit der Zeit nur noch geschickter darin geworden, sie zu erregen. Doch ehe sich ihm die Möglichkeit bot, ihren Verstand vollends zu umnebeln, sagte sie spielerisch: "Erinnerst du dich an den Tag, als wir verlobt waren, und du das erste Mal nach Longbourn kamst?"

Darcy, der an diesem Punkt weniger Interesse an einem Gespräch denn an Küssen hatte, murmelte zwischen zweien: "Natürlich."

"Erinnerst du dich daran, dass du mich gebeten hast, dich an einen abgelegenen Ort zu führen, und gesagt hast, dass es Möglichkeiten gäbe, weiter zu gehen, ich aber nicht die nötige Erfahrung hätte?"

Darcy musste feststellen, dass das Gespräch doch faszinierender war, als er ursprünglich angenommen hatte. "Ich erinnere mich lebhaft daran, mein Herz", sagte er mit samtweicher Stimme. "Ein Opfer, das mir nicht ganz leicht gefallen ist, aber du warst es mir wert."

Sie küsste ihn aufreizend, während ihre Hand unter seinen Mantel glitt. "Ich möchte meinen, dass ich mittlerweile doch um *einiges* an Erfahrung dazugewonnen habe."

"Das hast du, meine Liebste", sagte er anerkennend. "Das hast du."

Wenn ein Buch gut geschrieben ist, halte ich es stets für zu kurz.

Jane Austen

Sie lieben Stolz und Vorurteil und können nicht genug kriegen von Lizzy und Mr. Darcy? Noch mehr Pemberleyvariationen von Abigail Reynolds finden Sie nun endlich auch auf Deutsch als Taschenbuch (Amazon) und im gut sortierten E-Book-Handel!

Pemberleyvariationen in deutscher Übersetzung:

ALLEIN MIT MR. DARCY
DIE KRAFT DES INSTINKTS
ES REGNET SEINEN LAUF (kostenlose Kurzgeschichte)
MR. DARCYS FEINE VERWANDTSCHAFT
DIE DARCYS VON DERBYSHIRE
demnächst: MR. DARCYS REISE

Ganz einfach auf dem Laufenden bleiben?

Folgen Sie *Abigail Reynolds* auf ihrer *Amazon-Autorenseite* –
und schon gehören Sie zu den Glücklichen, die unverzüglich
über Neuerscheinungen informiert werden ☺

Ein spezieller Dank...

… gebührt Herrn **Dietrich H. Fischer**, der sich seit Mitte der 1990iger Jahren um eigene Übertragungen von Gedichten des englischen Dichters William Wordsworth kümmert, sie 2003 erstmals ins Internet gestellt hat und seither auch weiter an dieser umfangreichen Auswahl arbeitet. Mit seiner freundlichen Genehmigung durften wir uns für die deutschsprachige Ausgabe dieses Buches seiner Arbeit bedienen. Herrn Fischers Übersetzung des Gedichtes „*Lines Composed a Few Miles Above Tintern Abbey*" ist (in Auszügen) in Kapitel 2 und 3 zu finden und auch die Übersetzung des Gedichts „*She was a Phantom of Delight*" im Epilog stammt aus seiner Feder. Herzlichen Dank dafür!

Sein Gesamtwerk finden Sie – jeweils in der englischen Originalfassung, sowie der deutschen Übersetzung – unter folgender Internetadresse:

www.william-wordsworth.de

Über die Autorin

Abigail Reynolds hat die letzten 50 Jahre damit zugebracht, sich zu fragen, was sie einmal werden will, wenn sie erwachsen ist. Diesen Monat ist sie Autorin, Mutter und arbeitet in Teilzeit als Ärztin in einer Privatpraxis. Was im nächsten Monat ist, steht noch in den Sternen.

Ursprünglich stammt sie aus dem Bundesstaat New York, hat Russisch, Theater und Marinebiologie studiert, bevor sie sich dazu entschlossen hat, ein Medizinstudium zu beginnen. Diese Entscheidung ermöglichte es ihr, ganze vier Jahre lang sämtlichen Entscheidungen aus dem Weg zu gehen.

2001 begann Abigail Reynolds damit, Variationen zu *Pride & Prejudice („Stolz und Vorurteil")* zu schreiben, um mehr Zeit mit den von ihr so geliebten Charakteren zu verbringen. Der Zuspruch anderer Austenfans motivierte sie, sich auch weiterhin die Frage „Was wäre, wenn...?" zu stellen und so schrieb sie bisher 12 weitere Pemberleyvariationen und zwei zeitgenössische Romane, die auf Cape Cod spielen. Ihre neuesten Werke sind die US-Bestseller:

Mr. Darcy's Journey (*Mr. Darcys Reise*, demnächst erhältlich),
Alone with Mr. Darcy (*Allein mit Mr. Darcy*),
Mr. Darcy's Noble Connections (*Mr. Darcy's feine Verwandtschaft*) und
The Darcys of Derbyshire (Die Darcys von Derbyshire).

Derzeit arbeitet sie an dem ein- oder anderen Buch und wird es die Welt wissen lassen, wenn sie herausgefunden hat, was sich denn nun daraus entwickeln soll.

Sie ist ein lebenslanges Mitglied der JASNA („Jane Austen Society of North America") und lebt mit ihrem Ehemann, Sohn und einer Menagerie von Haustieren auf Cape Cod. Zu ihren Hobbies zählen weder schlafen noch putzen.

www.pemberleyvariations.com

www.austenvariations.com

Auszug aus

ALLEIN MIT MR. DARCY

von Abigail Reynolds,
übersetzt von Nicola Geiger

Kapitel 1

ER ERINNERTE SICH an diese alte Eiche, die mit dem gespaltenen
Stamm. Wie ein Gigant, der ein Stück vom Himmel für sich
beansprucht, war sie in vollem Grün gestanden, als er das erste
Mal mit Bingley nach Meryton geritten war. Jetzt hingen ihre
kahlen Äste über die Hecke hinweg, als ob sie nach einem
unachtsamen Reisenden greifen wollten. Aber Darcy war alles
andere als unachtsam.

Er kannte die Gefahren, die auf seiner Reiseroute lauerten,
ganz genau. Sie führte zu Miss Elizabeth Bennet mit den
schönen Augen, die Frau, die ihn beinahe hatte vergessen lassen,
wer er war und was er zu tun hatte. Aber das hatte nun ein Ende.
Er hatte diese Schwäche besiegt und hinter sich gelassen. Seine
Reise nach Meryton diente einem Zweck und diesem allein, und
sie wiederzusehen gehörte nicht dazu.

Die meisten seiner Bekanntschaften in Meryton waren in
seinem Gedächtnis bereits verblasst. Er konnte sich kaum noch
an deren Gesichter erinnern, aber diese kleine Haarlocke, die
Elizabeths Haarnadeln entwischt war und über ihren Nacken
getanzt war – *daran* erinnerte er sich in jedem qualvollen Detail.
Er konnte ihren Duft nach Lavendel praktisch riechen und sehen,
wie sich das Kerzenlicht in dem gravierten Silberanhänger
spiegelte, den sie zum Ball auf Netherfield an ihrer Kette

getragen hatte, der seine Augen magisch angezogen und ihn in Versuchung gebracht hatte. Ihr melodisches Lachen, ihre schönen Augen, die blitzten, wenn sie etwas vergnügte, dieses blassblaue Kleid, das sie getragen hatte, als Caroline Bingley sie aufgefordert hatte, mit ihr durch den Raum zu schreiten. Das Sonnenlicht hatte durchgeschienen, als sie damit vor dem Fenster entlang gegangen war, ein Bild, das sich in seine Seele eingebrannt hatte. Aber jetzt hatte er all das hinter sich gelassen. Falls sich ihre Wege heute kreuzen sollten, würde er nichts fühlen. Er hatte sich wieder unter Kontrolle, er war der Herr von Pemberley und seines eigenen Schicksals.

Der eisige Wind blies ihm um die Ohren und in seinen Kragen hinein, als ein paar träge Schneeflocken durch die Luft tanzten. Mit der freien Hand zog er seinen Schal enger um den Hals und schlug den Kragen seines Mantels mit den mehrlagigen Schultercapes, um die er bei diesem Wetter froh war, hoch. Seine dicken Lederhandschuhe waren pelzgefüttert, nichtsdestotrotz wurden seine Finger langsam taub, als er die Zügel hielt. Es wäre klüger gewesen, bei diesem Wetter die Kutsche zu nehmen, in der er einen warmen Ziegelstein zu seinen Füßen und einen weiteren für seine Hände gehabt hätte, doch er hatte sich für die Freiheit entschieden, kommen und gehen zu können wann immer er wollte, wenn er Meryton erreichte. Nur noch ein paar Meilen lagen vor ihm. Seine tauben Finger spielten keine Rolle. Je schneller er es hinter sich gebracht hatte, desto schneller würde er wieder glücklich sein.

Er blinzelte zum grauen Himmel hinauf. Er war klar gewesen, als er London verlassen hatte. Nun war er vollkommen von Wolken verhangen, doch das ließ ihn kalt. Wolken entsprachen eher seiner Stimmung, als blauer Himmel und Sonnenschein. Bald schon wurde der Schnee dichter und der Wind frischte auf.

Ein ernsthafter Schneesturm könnte ihn über Nacht in Meryton festhalten und das war unannehmbar. Die Leute würden ihn erkennen und Fragen stellen. Vielleicht sollte er umkehren und ein Gasthaus an der Hauptstraße finden. Jedoch war er weder mit seinem Kammerdiener noch mit Wechselkleidung für einen weiteren Tag angereist, und wenn er den Schneesturm über Nacht in einem Gasthaus aussitzen müsste, würde er am nächsten Tag nicht annehmbar aussehen, wenn er nach Longbourn reiten müsste. Es war schon schlimm genug, dass er die Spuren seines langen, kalten Ritts nicht würde verbergen können. Nicht dass er es nötig hatte, irgendjemand auf Longbourn zu imponieren – bei Weitem nicht. Er hatte nicht vor, bei irgendjemand irgendwelche Hoffnungen zu wecken. Nicht die Geringsten.

Wahrscheinlich war es nur ein kurzes Schneegestöber, das bald wieder vorüber sein würde.

Ein Windstoß blies ihm den Schnee direkt ins Gesicht. Mercury warf seinen Kopf zurück und wieherte, vermutlich war er unglücklich mit dem Schnee, der ihm in die Augen wehte. Wahrscheinlich hatte er noch nie zuvor Schnee gesehen. Darcy beugte sich vor und tätschelte ihm seitlich den Kopf, aber die Ohren des Pferds blieben angelegt. Vielleicht war es ein Fehler gewesen, den jungen Hengst statt eines seiner erfahrenen Pferde zu nehmen.

Nun schneite es stärker und es wurde zunehmend schwieriger, den Verlauf der Straße in der Ferne noch zu erkennen. Teufel nochmal, er würde umkehren müssen. Aber als er an Mercurys Zügeln zog, bäumte sich das Pferd wild auf, anstatt umzukehren. Plötzlich spürte Darcy nichts als Luft unter sich.

***

Elizabeth Bennet schob ihre eisigen Finger tiefer in ihre Wollhandschuhe und wünschte sich, Lydia hätte nicht schon wieder den Muff für sich beansprucht. Natürlich würde Lydia darüber nur lachen und sagen, dass sie selbst schuld war, wenn sie den langen Weg von der Kirche nach Hause lief. Lydia würde ihr Bedürfnis, den anderen für eine Weile zu entkommen, nie verstehen, und heute wäre sie wahnsinnig geworden, wenn sie nicht ein wenig Zeit für sich selbst gehabt hätte.

Warum, warum nur, hatte sie zugestimmt, Charlotte in Kent zu besuchen? Das Letzte, was sie sich wünschte, war die lange Reise nach Kent zu unternehmen, nur um die angebliche Freude zu haben, sich ein Haus mit Mr. Collins und all seinen lächerlichen Plattitüden und Schmeicheleien zu teilen. Wie konnte Charlotte nur einer Ehe mit diesem Dummkopf zustimmen? Was war mit ihrem gesunden Menschenverstand geschehen? Elizabeth wäre lieber eine arme alte Jungfer, als einen Mann zu heiraten, den sie nicht respektieren konnte.

Und dennoch war es unmöglich gewesen, die Einladung abzulehnen. Wenn Charlotte sie nur nicht direkt an der Kirchentüre gefragt hätte, wo alle um sie herum gestanden waren! Dann hätte sie womöglich eine Ausrede gefunden, durch die sie den Besuch hätte vermeiden können. Aber jetzt war sie darauf festgenagelt, denn jeder in der Stadt wusste, dass sie im März nach Kent fahren würde. Oh Freuden – sie würde ganz bestimmt in den *großen* Genuss kommen, die berühmte Lady Catherine de Bourgh ebenfalls kennen zu lernen. Das würden keine fröhlichen Ferien werden.

Der Schnee fiel nun wirklich dichter vom Himmel, wirbelte um sie herum und zeichnete die Welt in allen Schattierungen von Weiß. Wie könnte sie widerstehen, ihre Zunge herauszustrecken und eine Flocke zu fangen, auch wenn sie schon halb erfroren war? Von ihren Schwestern war sie bei diesem Spiel immer die Beste gewesen und Schneeflocken zu fangen war wesentlich angenehmer, als an einen Besuch bei Charlotte und ihrem schrecklichen Ehemann zu denken. Ihre kalten Finger waren vergessen, als sie den Weg entlang tanzte, und hier und da anhielt, um die schönen Formen der Schneeflocken zu bestaunen, die auf ihren Handschuhen landeten. Keine war wie die andere zuvor! Wenn es nur eine Möglichkeit gäbe, die phantasievollen Formen zu erhalten. Doch

391

innerhalb von Sekunden waren sie schon wieder zu nichts als einem kleinen Tropfen Wasser geschmolzen.

***

Ein glühendes Messer bohrte sich in Darcys Schädel. Warum? Er wollte nur schlafen. Endlich war die Kälte verschwunden. Wenn nur das Messer dasselbe täte!

„Mr. Darcy, Mr. Darcy!", rief ihn eine weibliche Stimme drängend. Er wollte sie ignorieren, doch irgendwie kam sie ihm bekannt vor. Angestrengt zwang er sich dazu, die Augen zu öffnen, nur um Elizabeth Bennets Gesicht wenige Zentimeter von seinem eigenen entfernt zu entdecken. „Sie", sagte er deutlich, „sollten nicht hier sein."

„*Ich* sollte nicht hier sein?" Ihre Stimme erhob sich schrill, als sie sprach. „Sie sind derjenige, der… ach, vergessen Sie es. Geht es Ihnen gut genug, dass Sie gehen können?"

„Gehen? Warum sollte ich gehen wollen?"

Sie schloss die Augen als ob sie versuchte, innerlich Geduld aufzubringen. „Weil es schneit und Sie verletzt sind."

„Ich bin nicht verletzt. Ich ruhe mich lediglich aus."

Dieses Mal zuckten ihre Mundwinkel. „Ich verstehe. Sie haben sich dazu entschlossen, eine Pause am Wegesrand einzulegen, mitten in einem Schneesturm mit einer Platzwunde am Kopf. Eine sehr interessante Wahl, Mr. Darcy. Ich persönlich würde Ihnen für das nächste Mal ein warmes Bett empfehlen."

Wie verlockend diese Lippen waren! „Ein warmes Bett klingt gut, jedoch wohl kaum zum Ausruhen."

Elizabeth wandte sich ab, und er meinte, sie lachen gesehen zu haben. „Kommen Sie, Sir. Ich muss Sie in Sicherheit bringen. Ich fürchte, dass Sie durch Ihren Unfall verwirrt sind."

Er runzelte die Stirn. Hatte sie ihren sonst so scharfen Verstand verloren? „Ich habe Ihnen schon gesagt, dass ich nicht verletzt bin."

Seufzend zog sie ihren Handschuh aus und berührte mit ihren Fingern das glühende Messer, das sie dadurch nur noch tiefer in seinen Schädel stieß. Er fuhr zusammen, als sie ihm ein blutiges Taschentuch vor die Nase hielt. „Sir, Sie bluten. Landläufig wird das als Anzeichen für Verletzungen angesehen."

Machte sie sich über ihn lustig? Er versuchte, sich aufzusetzen, da es nicht höflich war, sich in Anwesenheit einer Lady hinzulegen, aber das Messer bewegte sich schmerzhaft und er musste sich auf die Lippe beißen, um nicht laut aufzuschreien. Er war also *doch* verletzt. Das erklärte Einiges. „Ah, ja, ich vermute, Sie haben Recht."

Eine eisige Windböe blies über sie hinweg. Elizabeth packte ihren Hut und hielt ihn sich auf dem Kopf fest. „Mr. Darcy, der Sturm wird schlimmer. Hier können wir nicht bleiben."

„Wo sind wir?"

„Auf der Straße nach Hatfield. Waren Sie allein unterwegs?"

„Ich glaube…", vorsichtig schüttelte er den Kopf, worauf ihn wieder dieser brennende Schmerz durchfuhr. Er konnte sich nicht daran erinnern, wie er hier her gekommen war. Aber *das* würde er Miss Bennet gegenüber sicherlich nicht zugeben.

„Macht nichts. Denken Sie, dass Sie stehen können?"

Der Schnee wehte nun schräg von der Seite auf sie und kleine Eiskristalle gruben sich stechend in seine Wangen. Er biss die Zähne zusammen, um den unvermeidlichen Schmerz zu ertragen, als er mit steifen Muskeln taumelnd aufstand und sich den Schnee von seinem Mantel streifte, der sich über die Zeit hinweg dort angesammelt hatte. „Ich muss ein paar Minuten lang bewusstlos gewesen sein."

„Nach der Menge Schnee zu urteilen, die auf Ihnen lag, befürchte ich, dass man wohl von mehr als nur ein paar Minuten ausgehen muss. Sie müssen halb erfroren sein. Vielleicht sollten Sie mein Taschentuch auf Ihre Wunde pressen, damit Sie nicht wieder zu bluten beginnt." Sie stand mit halb ausgebreiteten Armen da, als ob sie jederzeit damit rechnete, ihn auffangen zu müssen.

Er brauchte ihre Hilfe nicht, auch wenn der Boden unter ihm deutlich schwankte. „Mir geht es gut. Können wir in der Nähe irgendwo Unterschlupf finden?"

„Meryton ist beinahe drei Meilen entfernt, wobei es auf halbem Weg eine Schänke gibt, in der Sie sich am Feuer wärmen könnten."

Zwei Meilen. Er versuchte, einen Schritt zu gehen, und dann noch einen. Die Welt verschwamm immer wieder vor seinen Augen. Durch den Nebel aus Schmerz sagte er „Ich fürchte, dass das über meine Kräfte geht. Dürfte ich vorschlagen, dass Sie Hilfe holen, während ich hier bleibe?" Um Hilfe zu bitten war immer bitter. Sie von Elizabeth Bennet erbitten zu müssen, war noch schlimmer.

Elizabeth blickte zum Himmel, konnte durch den dichten Schneefall aber nicht viel erkennen. Dann sah sie auf die Stelle hinab, wo er gerade gelegen hatte, die sich schon wieder zur Hälfte mit Schnee gefüllt hatte. „Ich wage es nicht, Sie bei diesem Wetter so lange allein zu lassen. In der Nähe steht eine Arbeiterhütte. Dahin werde ich Sie bringen und von dort aus Hilfe suchen." Sie biss sich auf die Lippe. „Die Unterbringung mag nicht das sein, was Sie sonst gewöhnt sind, aber es wird warm und trocken sein."

„Ich war zuvor schon in ärmlichen Hütten. Mehr als warm und trocken kann ich nicht verlangen." Warm und trocken klang im Moment wie der Himmel.

***

War sie an dem kleinen Cottage schon vorbeigegangen? Es könnte durch den dichten Schnee nicht zu sehen gewesen sein – schließlich konnte sie keine dreißig Schritte weit sehen. Sie brauchten viel länger als sie es in Erinnerung hatte. Ihr war es so vorgekommen, als wären nur ein paar Minuten vergangen, nachdem sie auf ihrem Streifzug an dem Cottage vorbeigegangen war und bis sie Mr. Darcy am Wegesrand gefunden hatte, jetzt hatte sie jedoch das Gefühl, als würden sie schon viel länger durch den Schnee stapfen. Mr. Darcy behauptete, dass das Laufen für ihn nicht anstrengend sei, was wesentlich glaubhafter wäre, wenn er nicht bei jeder Windböe ins Taumeln geraten würde.

Sie mussten es irgendwie verpasst haben. Was sollte sie jetzt tun? Sollte Sie vorschlagen, umzukehren? Wenn sie in dieser Richtung weitergingen, würde sie das nur noch weiter über die offenen Felder führen. Auf der Straße würden die Chancen besser stehen, gefunden zu werden… wenn sie die Straße *finden* würden. Vielleicht liefen sie ihm Kreis herum. Wenn nur das Zittern aufhören würde, damit sie klar denken könnte!

Ihr Stiefel stieß an ein verborgenes Hindernis und ein heftiger Schmerz durchfuhr ihren Fuß. Offensichtlich waren ihre Zehen noch nicht so taub vor Kälte, wie sie gedacht hatte. Sie ging in die Hocke und wischte über die Stelle, die ihr Fuß erwischt hatte. Ihre Finger erfühlten die Form, bevor ihre Augen sie sehen konnten. Ein Grenzstein – die Hütte musste ganz in der Nähe sein! Sie legte ihre Hand auf Mr. Darcys Arm und sah sich sorgfältig um. Dann sah sie, gleich zu ihrer Linken, die Umrisse nur ein blasser Schatten in der verschneiten Welt. Wenn sie sich nicht den Fuß gestoßen hätte, wären sie direkt daran vorbeigelaufen.

„Da ist es!" Sie eilte zur Tür und hämmerte dagegen. Keine Antwort. Sie klopfte wieder. In den Fenstern war kein Licht zu sehen. Sicherlich waren die Eigentümer bei solchem Wetter nicht ausgegangen. Was, wenn das Cottage unbewohnt war? Sie hätte keine Möglichkeit, Feuer zu machen. Aber das war jetzt nicht die richtige Zeit, sich darüber Gedanken zu machen. Sie fror und Mr. Darcy war verletzt. Sie hob den Riegel an und schob die Tür auf.

Der Innenraum war dunkel, abgesehen von dem schwachen Licht, das durch ein kleines Fenster herein fiel, aber glücklicherweise blies hier der Wind nicht so, der draußen an ihr gezogen und gezerrt hatte. Zumindest war man nicht der *Kraft* des Windes ausgesetzt, an den Wänden konnte man ihn aber immer noch rütteln hören. Drinnen waren nur ein paar spärliche Möbelstücke zu sehen und der Lehmboden war mit Stroh ausgestreut worden. Zu ihrer Linken befand sich die Feuerstelle, eine kleine Nische von der aus ein Abzug nach oben weg führte, der im Kamin endete und den Innenraum rauchfrei hielt. Am oberen Abschluss war ein Kessel an drei dicken eisernen Ketten aufgehängt. Elizabeth ging direkt auf die Feuerstelle zu, kniete sich auf die niedrige, immer noch leicht warme, gemauerte Stufe davor und benutzte den kleinen Handbesen, um die Asche, die das Feuer in der Mitte des kleinen Bereichs umgab, wegzukehren. Dem Himmel sei Dank – ein paar Kohlen glühten noch! Die Pächter mussten nur für den Tag fort gegangen sein. Sie pustete auf die Kohlen, wie sie es die Dienstmädchen hatte tun sehen, wurde aber nur mit einer Wolke aus Asche und Staub belohnt. Sie hustete und wedelte ihre Hand vor der Nase, um sich von der Asche zu befreien.

Mr. Darcy kniete sich neben sie, seine langen Finger legten ein Stück Anfeuerholz nach dem anderen über die Kohlen, dann lehnte er sich vor und pustete behutsam darauf. Dieses Mal erschienen kleine Flämmchen und mit unerträglicher Langsamkeit fing das Holz Feuer.

Elizabeth ließ sich auf ihre Hacken zurücksinken und sah zu, wie er zwei Holzscheite über den Zunder legte. Sie zog ihre Handschuhe aus und hielt ihre Hände gegen das sich langsam entfachende Feuer. Sogar diese schwache Wärme fühlte sich himmlisch an. Sie würde nur lange genug bleiben, um ihre Finger wieder komplett aufzuwärmen. Wenn sie es sich zu gemütlich machte, würde sie sich nicht mehr dazu aufraffen können, wieder in die Kälte hinaus zu gehen. Beim Gedanken, ihre nassen Handschuhe wieder anziehen zu müssen, war ihr zum Heulen zumute.

Glücklicherweise schien es Mr. Darcy besser zu gehen, zumindest wirkte er weniger verwirrt. Als er die Flammen anstarrte, als ob seine bloße Willenskraft sie dazu bringen könnte, höher zu schlagen, versuchte sie, einen Blick auf seine Wunde zu erhaschen. Offensichtlich floss kein Blut mehr heraus, doch mehr konnte sie unter seinem dicken, vom schmelzenden Schnee durchnässten, Haar nicht ausmachen. Sie nahm an, dass ihres auch nicht besser aussah, doch immerhin war ihr Kopf bedeckt, auch wenn ihr Hut die Nässe nicht hatte abhalten können. Aber darum sollte sie sich jetzt keine Sorgen machen. Sogar Mr. Darcy, der sonst so viel Wert auf seine Erscheinung legte, sah derangiert aus.

Die Erschöpfung kroch ihr in die Glieder, sie kämpfte jedoch dagegen an, denn ihm gegenüber wollte sie keine Schwäche zeigen. "Ich muss jetzt gehen, aber ich werde Ihnen so bald als möglich Hilfe schicken."

Er wandte ihr das Gesicht zu, eine Seite im Schatten, die andere fing das Licht des Feuers ein. Er sah erschöpft aus. "Miss Elizabeth, ich rechne Ihnen Ihren Mut hoch an, aber Sie können nicht wieder in diesen Sturm hinaus gehen. Wie sollten Sie zur Straße zurück finden, wenn sie nur ein paar Fuß weit sehen können? Nein, wir müssen hier bleiben, bis der Sturm wieder nachlässt."

"Ich kann nicht hier bleiben! Es wird bald dunkel sein." Und wenn sie hier nach Einbruch der Dunkelheit festsitzen würden, dann würde sich ihr guter Ruf nie wieder davon erholen, auch wenn jeder wusste, dass sie nicht attraktiv genug war, um Mr. Darcy in Versuchung zu bringen.

"Die Situation ist ungünstig, aber wir haben keine andere Wahl. Ich werde Sie nicht Ihr Leben in diesem Sturm riskieren lassen."

Er würde sie nicht lassen! Elizabeth zählte langsam innerlich bis zehn, ehe sie erwiderte: "Das ist *meine*

Entscheidung, Sir, und ich habe vor, zu gehen." Der Himmel wusste wohl, dass Mr. Darcy wahrscheinlich Recht hatte, doch der Himmel war nachsichtiger, als die Bewohner von Meryton.

Er schüttelte den Kopf. "Ich bin erschöpft, Miss Elizabeth. Bitte zwingen Sie mich nicht dazu, mich in den Türrahmen zu stellen und Ihnen den Weg zu versperren. Mir gefällt diese Situation auch nicht besser als Ihnen, aber ich möchte Ihren Tod nicht auf dem Gewissen haben. Falls mein derzeitiger Zustand nicht ausreicht, um Ihnen Ihre Sicherheit vor mir zu garantieren, dann gebe ich Ihnen mein Wort, dass Sie bei mir sicher sein werden." Sein Mund nahm bittere Züge an.

Nicht von ihm ging die Gefahr aus, um die sie sich Sorgen machte, sondern der Klatsch der Leute war die eigentliche Gefahr.

***

Darcy lehnte sich zurück. Sein Kopf pochte während er die tanzenden Flammen beobachtete. Es war Jahre her, seit Richard und er Feuer in der Höhle bei Matlock gemacht hatten, aber offensichtlich war ihm von ihren ungelenken Versuchen noch ein wenig Wissen geblieben. Das kleine Feuer würde nicht ausreichen, um die Kälte im Raum zu vertreiben, aber der Stapel aus Feuerholz und Kohlen neben dem Kamin würde nicht lange reichen, wenn er mehr auflegte. Die Kälte war so tief in seine Knochen vorgedrungen, dass er sich schon gar nicht mehr vorstellen konnte, wie es ihm jemals wieder warm werden sollte.

Er zog seinen durchnässten Mantel aus und hing ihn über einen Hocker in der Nähe des Feuers. Er bezweifelte, dass es einen großen Unterschied machen würde, aber es würde ihm jedenfalls auch nicht weiterhelfen, wenn seine Kleider auch noch nass würden. Nasser, als sie sowieso schon waren, um genau zu sein. Seine Hose war bis zu den Knien durchnässt und über seinen Stiefeln mit Eis verkrustet. Als er so viel Eis abklopfte wie es nur ging, sah er, dass Elizabeth gerade den Saum ihres

Kleides auswrang. In dieser Hinsicht schien es ihr ein wenig besser ergangen zu sein, aber immerhin war sie auch nicht bewusstlos im Schnee gelegen, sondern nur durchgelaufen. Ihr Mantel schien sie gut geschützt zu haben, obwohl ihre Strümpfe nass und kalt sein mussten. Nein. Er sollte nicht an Elizabeths Strümpfe denken, oder daran, wie sie an ihren wohlgeformten Beinen kleben mussten. Nicht dass er ihre Beine jemals gesehen hatte, von einem Schatten durch das blassblaue Kleid hindurch abgesehen, aber er hatte sie sich oft genug vorgestellt, für gewöhnlich um ihn geschlungen. Teufel nochmal! Er musste sich ein wenig mehr zusammenreißen.

Zornig starrte er das Feuer an. Das war kein gutes Zeichen. Hier stand er nun, halb erfroren, verspannt durch all seine Prellungen, sein Kopf pochte, und er befand sich in einem alten Cottage, das nicht viel besser war, als der Unterstand eines Schäfers. Er sollte der Begierde gegenüber immun sein und nicht über Elizabeths Beine nachdenken - besonders wenn diese Beine auf engem Raum mit ihm festsaßen. Vielleicht hatte seine Kopfverletzung doch größere Auswirkungen auf seine geistigen Fähigkeiten, als er gedacht hatte.

Auf der Suche nach Ablenkung fielen ihm zwei Eimer neben der Tür auf. Sie würden Wasser brauchen und er konnte sich genauso gut darum kümmern, während er noch nass und kalt war. Wenn ihm nur nicht so schwindlig wäre! Irgendwie schaffte er es, einen Fuß vor den anderen zu setzen und die paar Schritte bis zur Tür zu gehen.

Elizabeth sagte scharf: "Wo gehen Sie hin? Haben Sie nicht eben gesagt, dass es nicht sicher ist, bei diesem Wetter unterwegs zu sein?"

"Ich habe nicht die Absicht zu gehen, ich hole nur ein wenig Schnee, damit wir ihn schmelzen lassen können. Früher oder später werden wir Wasser brauchen."

"Oh", sie klang überrascht, "danke, dass Sie daran gedacht haben."

Ein ohrenbetäubender, eisiger Windstoß fuhr ihm entgegen, schmerzte im Gesicht und durchfuhr seine Kleidung sobald er über die Schwelle trat. Es war noch schlimmer als ein paar Minuten zuvor. So schnell er konnte, füllte er die Eimer mit Schnee und eilte dann in die relative Sicherheit der Hütte zurück.

Drinnen war es seltsam still, auch wenn er nur ein paar Augenblicke im Sturm draußen verbracht hatte. Er stellte die Eimer neben die Feuerstelle, wo auch Elizabeth stand und sich die Hände wärmte. "Der Wind ist stärker geworden. Wir haben Glück gehabt, dass wir schon einen Unterschlupf gefunden haben."

"Mir kam es auch so vor, als ob er lauter klingen würde."

Irgendetwas an dem Feuer war seltsam. Es schien anzuwachsen, nur um dann gleich wieder zu schrumpfen...

Elizabeths Hand brachte ihn wieder zu sich, als sie sich um seinen Arm legte. "Mr. Darcy, ich bitte Sie, setzen Sie sich, bevor Sie fallen. Eine Wunde am Kopf genügt für heute."

"Mir geht es hervorragend", antwortete er automatisch.

Sie schnaubte. "Wären Sie in diesem Fall, obwohl es Ihnen *hervorragend* geht, so freundlich, sich hinzusetzen, nur um mich von *meiner* übermäßigen Angst zu befreien? Sicherlich möchten Sie nicht, dass ich durch Ihre Sturheit leide."

Wie geschickt sie ihn in die Enge getrieben hatte. Und glücklicherweise hatte sie das so schnell getan, denn der Boden hatte die beunruhigende Tendenz, unter seinen Füßen hinweg zu kippen. "Also gut." Mit einer Hand an der Wand, um sich abzustützen, ließ er sich auf der Stufe vor der Feuerstelle nieder.

"Danke." Elizabeth zögerte, dann eilte sie von der Feuerstelle weg - nicht dass sie weit gekommen wäre - um in einer kleinen Kommode zu kramen.

"Kann ich Ihnen irgendwie helfen?" Der Höflichkeit halber fragte er nach, obwohl er bezweifelte, dass er in der Lage sein würde, aufzustehen.

"Nein, vielen Dank. Ich suche nur nach... ahh, hier sind sie. Bitte seien Sie so gut und drehen Sie sich für einen Augenblick um, das wüsste ich sehr zu schätzen."

"Selbstverständlich." Darcy biss sich so sehr auf die Lippe, dass es weh tat. Sicherlich zog sie sich nicht das Kleid aus!

Schnell kehrte sie wieder zu ihm ans Feuer zurück und trug immer noch dasselbe Kleid - seine Zurechnungsfähigkeit dankte es ihr.

"Vielen Dank. Nun, wenn Sie nichts dagegen haben, denke ich, dass es klug wäre, wenn ich mir Ihre Wunde ansehen würde, solange wir noch genug Licht haben."

Als ob er sich nicht schon genug wie ein Invalide fühlte, nachdem ihn ausgerechnet die Frau hatte retten müssen, die er zu vergessen versucht hatte. „Ich denke, dass das nicht vonnöten ist. Mir scheint, als hätte es aufgehört zu bluten."

Ihre Mundwinkel zuckten. „Ich wusste, dass Sie ein Mann mit vielen Talenten sind, aber die Fähigkeit, auf Ihren Hinterkopf sehen zu können, ist wirklich bemerkenswert. Vielleicht hätte ich mich deutlicher ausdrücken sollen, als ich sagte, dass ich Sie untersuchen würde, wenn Sie nichts dagegen haben. Denn *wenn* Sie etwas dagegen haben, dann würde ich es dennoch vorziehen, einen Blick auf die Wunde zu werfen."

Auf Elizabeth Bennet konnte man sich verlassen - sie würde ihn auch in der unmöglichsten Situation zum Lachen bringen. „Da Sie darauf bestehen, Miss Elizabeth, werde ich mein Bestes geben, Ihnen bereitwillig zuzustimmen, aber ich halte es *dennoch* für unnötig."

„Sie können davon halten was Sie wollen, solange Sie mir gestatten, die Verletzung zu inspizieren. Wenn Sie sich bitte vom Fenster abwenden könnten, damit das Licht darauf fällt – ja, genau so."

Er konnte ihre Finger in seinem Haar fühlen, wie sie es um die Wunde herum vorsichtig zur Seite schoben. Die Bewegung versetzte ihm einen stechenden Schmerz, aber ihre Berührung war alles, woran er denken konnte. Wie oft hatte er sich gewünscht, dass sie ihm mit den Fingern durchs Haar fuhr! Sicherlich, er hatte es sich nicht unter diesen Umständen vorgestellt, und doch stand sie so nahe bei ihm, dass er praktisch die Wärme spüren konnte, die von ihrem Körper ausging.

„Ich fürchte, dass die Augen in Ihrem Hinterkopf sie getrogen haben, Mr. Darcy. Die Wunde blutet in der Tat noch. Haben Sie unter Umständen ein Taschentuch bei sich, mit dem ich sie säubern könnte?"

Darcy griff sich in die Tasche und reichte es ihr wortlos.

„Dankeschön. Es tut mir leid, dass ich das hochwertige Leinen einer solchen Prozedur unterziehen muss. Ich werde versuchen, Ihnen nicht mehr weh zu tun als unbedingt notwendig."

Er war versucht, ihr zu sagen, dass es dafür schon zu spät war. Bereits seit zwei Monaten bereitete ihm seine Unfähigkeit, sie für sich zu beanspruchen, konstant Schmerzen. Verglichen damit war die sanfte Berührung ihrer Finger an einer offenen Wunde gar nichts und ihre Sorge um ihn war mehr Balsam für seine Seele als er es sich eingestehen wollte.

Es wäre ein Leichtes, sich zu erlauben mehr von Elizabeth umsorgt zu werden als er es sollte. Um sich abzulenken, starrte er auf seinen trocknenden Mantel. Zwei lange weiße Strümpfe hatten sich dazu gesellt. Großer Gott, sie musste sie ausgezogen haben, während er beim Schneeholen gewesen war. Vor seinem inneren Auge entfaltete sich ein verlockendes Bild davon, wie er sie beim Eintreten in die Hütte dabei überraschte, als sie sich diese Strümpfe gerade abstreifte, ein Bein nach dem anderen. Verwundet oder nicht, es wäre ihm eine Freude gewesen, ihr seine Hilfe anzubieten und dann…

„Entschuldigen Sie bitte, das muss weh getan haben. Ich werde versuchen, behutsamer zu sein."

Wie gut, dass sie nicht erraten konnte, warum er sich tatsächlich verkrampft hatte. Er sollte nicht mehr an ihre Beine denken, die entblößt und kalt sein mussten unter ihren Unterröcken. Er würde ihr einen Dienst tun, sie zu wärmen.

Fast schon war er dankbar um den alles umnebelnden, heftigen Schmerz, der plötzlich seinen Kopf durchfuhr.

„Na also, jetzt kann ich es sehen. Zum Glück klafft die Wunde nicht tief, aber Sie haben da eine beachtliche Beule. Ich nehme an, dass die Blutung durch ein bisschen Druck zu stoppen ist. Ich habe Ihr Taschentuch gefaltet, vielleicht könnten Sie es hier drauf drücken." Ihre Hand griff die Seine und führte sie an die passende Stelle. „Sehr gut. Ich werde in ein paar Minuten wieder danach sehen."

Was würde sie dazu sagen, wenn er ihr erzählte, dass die Berührung ihrer Hand auf seiner die beste Medizin war, die er sich denken konnte?

„Wie konnte das passieren? Wurden Sie von Wegelagerern überfallen?"

Er zuckte zusammen. „Nein, ich war…" Verdammt nochmal, was *war* passiert? Warum konnte er sich nicht dran erinnern? Die Straße nach Meryton war eine Sichere, und es war ja auch helllichter Tag gewesen. Verstohlen griff er nach seiner Taschenuhr. Sie war noch da, mit Goldkette und allem Drum und Dran. Also keine Wegelagerer. Die hätten sie nicht zurückgelassen. „Ich bin mir nicht sicher."

ALLEIN MIT MR. DARCY

- Eine Pemberley-Variation in Romanlänge -
Als Taschenbuch und im gut sortierten E-Book-Handel erhältlich!

Weitere Werke von Abigail Reynolds

Englischsprachige Pemberley-Variationen

WHAT WOULD MR. DARCY DO?

TO CONQUER MR. DARCY

BY FORCE OF INSTINCT

MR. DARCY'S UNDOING

MR. FITZWILLIAM DARCY: THE LAST MAN IN THE WORLD

MR. DARCY'S OBSESSION

A PEMBERLEY MEDLEY

MR. DARCY'S LETTER

MR. DARCY'S REFUGE

MR. DARCY'S NOBLE CONNECTIONS

THE DARCYS OF DERBYSHIRE

ALONE WITH MR. DARCY

MR. DARCY'S JOURNEY

CONCEIT & CONCEALMENT

The Woods Hole Quartet

THE MAN WHO LOVED PRIDE & PREJUDICE

MORNING LIGHT

Ihre Rezension und Empfehlung machen den Unterschied!

Rezensionen und Mundpropaganda sind für jeden Autor sehr wichtig, um erfolgreich zu sein. Wenn Ihnen dieses Buch gefallen hat, schreiben Sie bitte eine Rezension, selbst wenn es nur ein paar Zeilen sind, und erzählen Sie Ihren Freunden davon. So können auch andere Freude daran finden und der Autor kann Sie mit mehr Lesestoff versorgen.

Danke,
wir wissen Ihre Hilfe zu schätzen!